Claire Pavel
Raena
Ozeans Opfer
Buch Zwei

CLAIRE PAVEL

RAENA

Ozeans Opfer

Buch Zwei

Fantasy Roman

Bibliografische Information der Deutschen Nationalbibliothek: Die Deutsche Nationalbibliothek verzeichnet diese Publikation in der Deutschen Nationalbibliografie; detaillierte bibliografische Daten sind im Internet über http://dnb.dnb.de abrufbar.

© 2025 Claire Pavel
Lektorat/Korrektorat: Denise Monti
Umschlagsgestaltung: Jasmin Kreilmann
Illustration: Astrid Kranner
Karten: Denise Monti/Jasmin Kreilmann

Verlag: BoD · Books on Demand GmbH, Überseering 33, 22297 Hamburg, bod@bod.de
Druck: Libri Plureos GmbH, Friedensallee 273, 22763 Hamburg

ISBN: 978-3-8423-4656-7

Die Autorin:
Claire Pavel wurde 1994 in Český Krumlov, in der Tschechischen Republik geboren. Als Kind zog sie mit ihrer Mutter nach Österreich, wo sie die höhere Lehranstalt für Umwelt und Wirtschaft absolvierte. Aktuell arbeitet sie als Chemielaborantin in der Schichtarbeit und widmet sich in ihrer freien Zeit dem Schreiben, Sport und dem Training ihrer Border Terrier, Hermes und Kronos. Sie ist leidenschaftliche Köchin und liebt das Bergsteigen.
Instagram: *flugfuchsbooks*

„Das, mein Lieber, ist mein Geheimtipp für dich: Der Sklavenhandel wird immer größer, du solltest einsteigen. Kaufe ein paar Südelfen, die bringen gutes Geld. Mein Kontaktmann hält eine ganze Herde und sorgt laufend für frische Ware. Da sind ein paar Perlen dabei. Wenn du intelligent bist, polierst du sie auf und verkaufst sie als Exoten auf der anderen Seite der Welt weiter. Mein Lieber, du wirst reich!"

Händler in Fallen, verbotene Exporte

PROLOG

Als das Unwetter kam, befanden sie sich bereits auf hoher See. Er hatte die Spannung, die einem die Haare zu Berge stehen ließ, bereits gespürt, als sich das Schiff in Bewegung gesetzt hatte und aus dem Hafen gelaufen war.

Die Unruhe der Besatzung war bis in die untersten Schichten der *„Albatros"* durchgedrungen. Es war nicht von Belang, ob das Schiff sank und er, eingesperrt im Kerker, darin umkam. Er würde ohnehin sterben, denn sein Körper war nicht überlebensfähig und nur ein Mittel zum Zweck gewesen.

Er hatte nicht überlegt.

Vielleicht hätte er seine Form nicht wechseln, hätte seine Gestalt behalten und übers Land fliegen sollen. Er hatte versagt und es gab nichts, was dem hinzuzufügen wäre. Die Sehnsucht nach ihr hatte ihn beherrscht, er hatte sogar angenommen, dass sie ihn auf der Stelle zurückverwandeln könnte. Die Vergangenheit, die Geschichten hatten ihn gelehrt, dass das Gleichgewicht eine unvorstellbare göttliche Macht besaß. Allerdings war ihm erst, als er sie wirklich gesehen hatte, klar geworden, dass sie noch lange nicht das Gleichgewicht war, von dem bereits Legenden existierten. Er hatte Worten vertraut, die sich als falsch erwiesen hatten.

Das kam ihm nun teuer zu stehen.

Das Gleichgewicht hatte Jahrtausende durchgeschlafen. Er war dumm gewesen und naiv, trotz seines Alters. Als man ihn damals gebeten hatte, die Macht des Gleichgewichts zu kontrollieren, ihr Drache und Gefährte zu werden und dafür zu sorgen, dass die Götter nie wieder herrschen konnten, hatte er gezögert, verängstigt und überfordert und später war er glücklich gewesen, als er ihren kräftigen Herzschlag in Aras Leib vernommen hatte. Nun saß er, tausende Jahre später, eingesperrt in einem Schiff, in einem fremden Körper mit dem Wissen, dass sein einstiges Rebellieren mit dem jetzigen gleichzusetzen war.

Nur mit dem Unterschied, dass er dieses Mal dabei sterben würde.

Er spürte wie der Körper, den er gewählt hatte, langsam seine Kraft verlor. Zuvor war er nicht einmal mehr fähig gewesen, die Beine zu bewegen. Steif und regungslos hatten sie in der Luft herumgehangen, hatten ihn an zwei tote Baumstümpfe erinnert. Als er früher durch die Berge geflogen war, waren die Kiefern dort, eingefroren im harten Winterfrost, ihre grünen Nadeln, ihre dunkelbraune Rinde voller verschiedenster Schneemuster, durch das raue

Wetter ihres Lebens beraubt worden.

Äußerlich wirkten sie lebendig, frisch, in ihrer Schönheit vollkommen. Innerlich waren sie erstarrt, eiskalt, tot. Im Sommer, sofern die Landschaft überhaupt auftaute, starben sie nacheinander ab. Man nannte sie zwar „unsterbliche Kiefern", doch auch ihr Leben endete irgendwann – wenn auch in einem Sterbeprozess, der Jahre dauerte. Er hatte dort oben seine eigene Zukunft vorausgesehen.

Er saß auf einer Bank und da die Wahrscheinlichkeit ziemlich hoch war, gegen die Wand geschleudert zu werden, hielt er sich daran fest. Sein Griff war zwar schwach, doch noch konnte er aufrecht sitzen.

Das Meer spielte mit dem Schiff, als wäre es eine Nussschale inmitten eines zerstörerischen Wirbels. Das Schiffsgerüst quietschte. Das tat es hin und wieder, ohne dass Wellen dagegen schlugen, doch dieses Mal war es lauter, zäher und dauerte länger an. Falls das Holz nachgeben und brechen würde, würde er der geballten Kraft der stürmischen See ausgeliefert sein. Da er sich bereits mit seinem Schicksal abgefunden hatte, fühlte er bei diesem Gedanken kein Grauen und auch keine Angst mehr. Es war eine wohlverdiente Strafe für sein Versagen.

Seine Lippen verzogen sich zu einem Lächeln.

Und doch hatte er etwas erreicht. Er hatte sie im Arm halten, sie für kurze Zeit beschützen dürfen. Wenn er sich an das Gefühl zurückerinnerte, welches ihn durchströmt, als er sie berührt hatte, vergaß er, wo er war. Es war weit mehr als nur wohlige Wärme gewesen. Unvorstellbar intensiv hatte er ihren göttlichen Pulsschlag vernommen. Hatte gespürt, dass sie lebendig war, aus Fleisch und Knochen und nicht nur aus Legenden bestand. Ihre mächtige Aura, die ihren Körper wie eine Schutzhülle umgab und heller als die Sonne schien, die mit jedem Atemzug wie ein pulsierendes Herz zu und abnahm, hatte ihn berührt. Gierig, einem Parasiten gleich, hatte seine einsame Seele sich daran gelabt und neue Kraft, neue Energie geschöpft.

Als er zu ihr gesprochen hatte, war er der glücklichste Drache auf Erden gewesen. Der glücklichste Drache seit Anbeginn der Zeit.

Nun war sie fort und er war allein, zurückgelassen in der Dunkelheit.

1. KAPITEL

Seit Prinz Torren sie aus dem Wasser gezogen und Jan sie vor seiner Mannschaft geschlagen hatte, waren einige Tage vergangen – Raena hatte sie nicht gezählt. Von groben Männern und einem brutalen Kapitän umgeben, fühlte sie sich wie eine Maus vor einer Runde gieriger Katzen, wie ein Stück Fleisch inmitten einer Horde wildgewordener Bestien. Wie nun auch am gestrigen Abend, nahmen der Prinz und seine Begleiter, sie und Jan, in seiner Kajüte das täglich späte Mahl ein.

Raena hatte Hunger, wenn auch nicht nach Speis und Trank. Ausgehungert nach Freiheit saß sie wie auf heißen Kohlen und wartete jede Stunde, jede Minute einen günstigen Moment ab, in welchem sie erneut versuchen konnte zu fliehen. Ein paar Schläge hielten sie nicht davon ab. Sie war den Besen, den Putzlappen, selbst Schuhe gewohnt und sie heilte auf einmal überaus schnell, eine Fähigkeit, die ihr sehr gelegen kam.

Sie wusste, dass es töricht war, zu glauben, auf dem offenen Meer überleben zu können. Wie groß mochte schon die Wahrscheinlichkeit sein, umgeben von Wellen und fremdartigen Tieren am Leben zu bleiben, gar eine Insel zu erreichen? Sie wusste nicht einmal, wo es welche gab, ob dort überhaupt jemand war, der ihr helfen konnte. Raena würde sterben, dessen war sie sich fast sicher. Doch im Moment erschien ihr die Aussicht besser, als auf einem Markt an irgendeinen lüsternen Gaul verkauft zu werden. Vielleicht war sie egoistisch, da sie ja das Gleichgewicht war, doch sie konnte nicht anders. Flucht und Tod waren die einzigen Möglichkeiten, die ihr strahlender erschienen als Jans blitzblank geputzte Kajüte. Nur der Gedanke an einen möglichen Retter in der Not, an Lanthan, der ihr gelegentlich in den Sinn kam, wenn sie allein und niedergeschlagen in Jans Bett lag, gab ihr die nötige Kraft, nicht in bodenlose Hoffnungslosigkeit zu fallen. Noch hatte sie nicht aufgegeben, noch wünschte sie sich, er würde auftauchen und sie retten. Vielleicht käme Fenriel, so wie auch beim letzten Mal. Selbst Esined vermisste sie.

Was mit ihren Begleitern geschehen war, hatte Jan ihr nicht verraten. Er hatte nur gelächelt und gemeint, dass für sie nur mehr die Zukunft wichtig sei, sie ihre Besitzer glücklich und zufrieden machen müsse. In Mizerak würde sich bestimmt jemand finden, dem sie eine gute Sklavin sein konnte.

Monoton schob sich Raena einen weiteren Bissen in den Mund hinein, während sie auf ihren Porzellanteller starrte. Es gab Ente mit gestampften

Petersilienkartoffeln und als Nachtisch süßes Apfelkompott. Auf ihrer Zunge schmeckte jedes Stück Fleisch fahl und nach zu viel Salz. Entweder konnte der Koch nicht braten, oder ihr fehlender Appetit war der Grund dafür.

Auf ihre schwarze Seite war kein Verlass. Tag und Nacht hatte sie gebetet, zu Ara, zu Suneki, sie möge hervorbrechen und über alle hinwegfegen, doch nichts war geschehen und sie war die Gleiche geblieben – kein Gedächtnisverlust, kein Blut an den Fingern. Vor kurzem hatte sie noch Angst gehabt, jeden abzuschlachten und nun, nun war es ihr gleich, zumindest dachte sie das. Egal wie sehr sie sich quälte, Jan sie mit seinem Verhalten anekelte und die Blicke seiner Männer sie vor Scham erröten ließen, die Macht ließ sie im Stich, war verstummt, als ob es sie nie gegeben hätte.

Von wegen, die schwarze Seite würde sie beschützen.

Nicht einmal wenn sie sich weinend in den Schlaf wiegte, ihre Stimme vor Wut in die Kissen heiser schrie und in ihren Träumen flehte, kam es über sie. Zurück blieben nur ein kratzender Hals, angeschlagene Stimmbänder, tiefes Bedauern und entnervte Seufzer seitens Yinila, die in ihrem Käfig hockte und Raena ertragen musste. Jan ließ die Fee nur selten heraus, doch der schien das nichts auszumachen, gar schien sie ihre Zeit lieber hinter Gitter als in Freiheit verbringen zu wollen.

Ihr Blick flog zum Weinglas. Während sie trank, musterte sie über den Rand hinweg den Prinzen, der sie seit ihrer Rettung nicht mehr angesprochen und auch nicht angesehen hatte. Er behandelte sie wie Luft, vermutlich, weil Jan sie als seine Frau Seiren vorgestellt hatte. Sie sah ihn heute erst zum vierten Mal und er beschäftigte sie vielleicht mehr, als gut für sie war. Manchmal, wenn sie keine Tränen mehr übrighatte, ging er ihr durch den Kopf. Seine Ausstrahlung umgab ihn wie eine dunkle Wolke, schwebte um ihn herum und war mal schwächer, mal stärker – man spürte eine seltsame, schwer einordenbare Bedrohung. Zuerst hatte sie gedacht, sie würde es sich nur einbilden, doch beim verstohlenen Beobachten war ihr bewusst geworden, dass selbst die Matrosen vor ihm zurückwichen, als hätten sie Angst vor ihm. Sein einschüchternder Ausdruck ließ ebenfalls nicht zu, dass sich ihm irgendjemand näherte. Nicht einmal seine Begleiter redeten viel mit ihm, zumindest nicht beim Essen. Der Prinz war wie ein Fels – er wusste, wo er stand und wo sein Platz in der Welt war.

Obwohl sie ihm als Frau des Kapitäns gleichgültig war, konnte sie sich nicht gegen den Wunsch erwehren, dass er sie retten und vom Schiff fortbringen könnte.

Wie er wohl reagiert hätte, wüsste er den Grund ihres Aufenthalts? Natürlich würde ihr ein Prinz Gehör schenken.

Träum weiter.

Raena wusste, dass das nie passieren würde.

Außerdem war sie sich sicher, dass Jan ihr danach sofort den Mund verbieten und sie zurück in den Käfig sperren würde.

„Ein wahrlich ausgezeichneter Koch", durchbrach die Stille der grauhaarige Herr, der mit dem Prinzen an Bord gekommen war. Wenn sie sich richtig erinnerte, so lautete sein Name Mando.

„Genießt du jeden Abend ein solch ausgezeichnetes Mahl? Wo hast du den feinen Kerl ausgegraben?"

Raena schob eine Hand zwischen ihre Schenkel, trank mehrere Schlucke und senkte den Blick.

„Gefunden habe ich ihn auf meinen Reisen rund um die Welt. Er arbeitete in einer Schenke im Osten, doch leider vergaß ich seinen Namen." Jan tat eine weite Armbewegung und lächelte breit, wobei Raena sich sicher war, dass er log. „Ich mochte sein Essen, also habe ich mich entschieden, ihn einzustellen."

Gewöhnlich besaß Raena eine blühende Fantasie, wie die Vorstellung mit dem Prinzen bewies, aber irgendwie konnte sie sich nicht vorstellen, dass Jan den Koch dazu überredet hatte. Viel mehr glaubte sie, dass er ihn mit Drohungen auf sein Schiff gezwungen hatte.

„Meine Glückwünsche", Mando prostete ihm mit seinem Glas zu, „solch ein Koch wäre eine gute Bereicherung für die Küche unseres Königs."

Im Augenwinkel bemerkte sie, dass des Prinzen Kopf kurz zuckte.

War er etwa anderer Meinung?

„Oder für die Rekruten", fügte die junge Frau zögerlich hinzu, die an dem grauen Mann wie ein Schatten klebte, „auch sie würden gutes Essen bestimmt begrüßen."

„Und Ihr? Was habt Ihr später vor?"

Hira Zollrist strich sich ein paar Strähnen aus dem Gesicht und richtete sich in ihrer vollen Größe auf. Sie war eine ansehnliche Frau. Und eine gefährliche, denn Raena hatte die Waffen gesehen, die sie an ihrem Waffengürtel trug. „Wenn wir erfolgreich sind, bekomme ich einen Drachen zugewiesen." Der Stolz in ihrer Stimme war unüberhörbar.

„Wirklich? Wie alt seid Ihr denn?"

„Eine Dame fragt man nicht nach dem Alter", Mando lachte.

„Vielleicht", war Jans simple Antwort, doch er bohrte nicht nach.

Ungerührt starrte Raena ihren Teller an, schob säuberlich alle Krümel zusammen und umklammerte die Gabel fester, als sie das Zittern ihrer Hand bemerkte. Dann drückte sie die Rückseite der Gabel dagegen und aß den letzten Rest, bevor sie das Besteck ablegte und die Hände in ihrem Schoß verschränkte. Ihr Magen fühlte sich überfüllt an, das Korsett drückte dagegen. Am liebsten hätte sie es sich vom Leib gerissen.

Während ihres unfreiwilligen Aufenthaltes war dies nicht das einzige Gespräch, welches sie mitbekam. In vielen Fällen verstand sie nichts, obwohl sie die gleiche Sprache sprachen. Erst gestern hatte Jan sich mit Mando über den Handel zwischen Weiß und Schwarz unterhalten, etwas, das ihres Wissens nach nicht erlaubt war. Über die Meerjungfrauen in Glaskästen, im Frachtraum des Schiffs, verloren sie kein Wort. Trotz des Anscheins, dass sie alte Bekannte waren, schien es Raena, als verhielte Jan sich distanziert und vorsichtig. Ob der Prinz in ihre Machenschaften verwickelt war, konnte sie nicht herausfinden. Bei den Gesprächen war er nie dabei gewesen, während sie, die in Jans Kajüte als Gefangene herumsaß, jedes Wort davon mitbekam. Vielleicht interessierte es ihn nicht.

Verstohlen betrachtete sie, wie er sein Kompott aß und den Saft direkt aus der Schüssel trank. Ihr eigenes stand unberührt neben ihr. Wenn sie auch nur an die süßen Apfelscheibchen dachte, begann ihr Magen zu rebellieren.

Dann bemerkte sie, wie sich sein Blick hob.

Erschrocken wandte sie ihre Augen ab und starrte ihre Hände an.

„Knapp einen Tag dauert es noch, dann ankern wir endlich vor Mizerak."

„Und wenn der Wind nicht günstig weht?"

„Dann dauert es doppelt so lang."

„Verstehe."

Betont interessiert betrachtete sie ihre beiden Daumen und strich ihre Röcke glatt. Der Blick des Prinzen brannte auf ihrem Gesicht. Warum nur hatte Yinila ihr das Haar zusammenbinden müssen? Dann hätte sie es über ihre Augen fallen lassen können.

„Habt Ihr Euch bereits überlegt, wie Ihr die Drachen verstecken wollt? Mein Schiffsarzt hält nicht mehr lange durch", das Messer quietschte über den Teller, „als ich ihn zuletzt gesehen habe, hat er übel gejammert", in ihrem Augenwinkel wurde die Gabel zum Mund gehoben, „und ich möchte nicht, dass er mir wegstirbt", kauend stellte Jan einen Ellbogen am Esstisch ab, bevor er mit dem Messer in der Luft herumwedelte, „das war vor ... hm, etwa zwei Stunden?"

„Wir finden eine Lösung", sagte Mando schnell, „vielleicht gibt es in der Nähe eine Insel, wo wir sie unterbringen können."

Schiffsarzt? Er hatte ihn einmal erwähnt, zu Beginn, als sie sich in seiner Kajüte übergeben hatte. Die Erinnerung daran rief unangenehme Gefühle hervor.

Wenn sie ihn doch nur überreden könnte, sie nicht zu verkaufen.

„Gibt es eine Insel in der Nähe." Keine Frage, aber auch keine Drohung aus dem Munde des Prinzen.

Raena riss ihre Augen von ihren Daumen fort und als ob er nur darauf gewartet hätte, kreuzten sich ihre Blicke erneut. Wiederholt sah sie weg, betrachtete stattdessen ihr halbleeres Weinglas und erschauerte.

Mit dem Prinzen der schwarzen Reiter am gleichen Tisch zu sitzen und gemeinsam zu speisen war ein Privileg, das ihr, sobald er das Schiff verlassen, nie mehr widerfahren würde. In ihren kühnsten Träumen hätte sie niemals gewagt, sich so etwas Unrealistisches vorzustellen.

Er schüchterte sie ein, kein Wunder, immerhin war er ein mächtiger Mann in einer wichtigen Position. Und er hatte sie schreien gehört. Das hatte genügt, um sie völlig durcheinanderzubringen.

„Es gibt viele Inseln", murmelte Jan, „kommt ganz darauf an, welche von ihnen für eure Drachen infrage käme. Wir können den Kurs anpassen."

„Dürfen wir in deine Land- und Seekarten sehen?" Mando hatte seinen Teller ebenfalls geleert, schob ihn zur Seite und trank sein Weinglas leer. Nachdem er es abgestellt hatte, lehnte er sich zurück und verschränkte die Arme vor der Brust.

„Natürlich, aber lasst uns erst das Mahl beenden." Er wandte sich an den Prinzen. „Seid Ihr satt? Ich kann anordnen ..."

„Vielen Dank, ich bin satt", unterbrach ihn der Prinz kühl und Raena konnte spüren, wie sich Jan neben ihr versteifte.

Die Minuten zogen sich dahin. Unter ihren Sohlen vibrierte das Schiff – an diesem Tag waren die Wellen stärker.

Es hatte keinen Sinn, Jan nach frischer Luft zu fragen, da er am Vortag nicht nur beim ersten, sondern auch beim zweiten Mal ihre Frage mit einem ironischen Lacher abgetan hatte, sie wolle doch nur wieder von Bord springen. Wenn sie sich nicht gut fühle, könne er einen Trank für sie beschaffen, vielleicht etwas zur Beruhigung ihres Gemüts? Bald schon, hatte er gemeint, würde sie ihn loswerden. Dabei hatte er so hämisch gegrinst, dass sich seine Fratze in ihr Hirn gebrannt hatte. Und so rückte der Tag des Verkaufs näher, die angebliche Rettung vor ihm – am liebsten wäre sie tot umgefallen.

Jan und Mando sprachen über irgendetwas, das sie nicht wahrnahm, weil sie keine Energie zum Zuhören hatte. Wie es Yinila nur in ihrem Käfig aushielt, konnte sie nicht verstehen. Jan gab ihr gelegentlich Essen, meistens Früchte in einer Schüssel, an denen sie mit ihren kleinen Fingern herumpikte. Welche Art von Beziehung sie führten, war Raena ein Rätsel, doch wenn sie ehrlich war, so wollte sie es auch nicht wissen.

Sie rief sich Lanthan ins Gedächtnis, sein vernarbtes Gesicht, seine moosgrünen Augen. Die Augen, die ihr einfach nicht aus dem Kopf gingen. Seine Stimme, seine ach so freundliche und geduldige Stimme und die Geborgenheit, die er ihr gegeben hatte, als er sie getröstet hatte. Für einen Moment beruhigte sie sich, schaffte es, klar zu denken.

Da bemerkte sie den Blick aus den braunen Rehaugen der ebenfalls anwesenden Frau und das grausame Mitleid darin gab ihr den Rest.

Zum Suneki mit dem Essen!

„... hintere Bucht. Dort haben wir zuletzt geankert. Wilde Tiere wären uns kaum aufgefallen. Zudem glaube ich, dass Eure Drachen mit ein paar Katzen fertig werden. Piraten haben wir erst vor ..."

Sie konnte nicht mehr untätig herumsitzen und zählte bis zehn.

Mut, schoss ihr durch den Kopf, *hab Mut.*

Schließlich war es Übelkeit, die sie dazu zwang, ihren Stuhl nach hinten zu schieben, die Fäuste zu ballen und den Kopf zu heben. Sie wusste, dass es, sollte er sie nicht gehen lassen, in einer Szene enden würde. Sie würde schreien, bis er sie erneut schlug, ihn anflehen, es fest genug zu tun, damit sie all das nicht mehr ertragen musste.

Nun war der perfekte Zeitpunkt.

„Verzeiht", sagte sie und beugte sich vor. Mit feuchten Handflächen stützte sie sich auf der Tischplatte ab und bemerkte, wie sehr ihr der Wein zu Kopf gestiegen war.

„Ich muss ...", der Rest des Satzes wollte ihr glatt nicht mehr einfallen, da es viele Sachen gab, die sie lieber gemacht hätte, als in Jans Gesellschaft zu Abend zu essen. Am liebsten wäre sie mit ihrer Entführung rausgeplatzt.

„Ich bin – muss an Deck", presste sie aus sich hervor, wohl wissend, dass er sie bestrafen würde, wenn sie nicht bei seiner Scharade mitspielte. Eigentlich konnte ihr herzlichst egal sein, was die Anwesenden über ihre Person dachten. Vor allem jetzt, wo sie beschlossen hatte, lieber zu sterben, als verkauft zu werden.

Raena realisierte, dass Jan von seinem Stuhl aufgesprungen war und nach ihrem nackten Oberarm gegriffen hatte. Fest umschloss er ihre bleiche Haut, die nach dem Sonnenentzug ihre Farbe verloren hatte. Sie konnte seine Berührung nicht ertragen und doch musste sie es.

„Du kannst nicht gehen", hörte sie ihn sagen. Die Blicke der anderen störten ihn nicht und sie war sich sicher, dass er sie längst verprügelt hätte, wären sie nicht anwesend.

„Lasst sie gehen, wir sind ohnehin längst fertig", meinte Mando leichthin.

Raena dankte den Göttern für seine Worte und sah zur Tür, hoffend, Jan würde sie endlich loslassen.

„Darf ich Eure Frau begleiten?" Hira Zollrist setzte zum Aufstehen an, blieb aber noch sitzen, da sie auf die Erlaubnis ihres „Mannes" wartete, der kurz davor war, die Kontrolle über sein Gesicht und seine Hände zu verlieren. Der eiserne Griff seiner Finger schmerzte, die Nägel viel zu lang.

„Ich muss an die frische Luft", Raena schenkte ihm einen trotzigen Blick, für den, sie war sich sicher, sie später teuer bezahlen würde. Tatsächlich glaubte sie gleich umzufallen, wenn er nicht endlich seine dreckigen Finger von ihr nahm. Ihr Magen protestierte laut und spätestens nun musste ihm klar sein, dass sie ihn nicht anschwindelte und frische Luft benötigte. Wollte er etwa, dass sie sich erniedrigte?

Der Zorn in seinen Augen gewann an Intensität und der Raum vor Raenas Augen verschwamm, als eine Sekunde später ihre Hoffnung zunichtegemacht wurde, zerplatzt durch die spitze Nadel seiner zischenden Zunge: „Du bleibst. Zügel dich. Bald sind wir wieder allein. Was isst du auch so viel."

Gewaltsam wollte er sie wieder in den Stuhl hineinzwingen und innerlich schrie sie vor Frust, da sie es nicht über sich brachte, ihre Hand gegen seine Brust zu drücken und ihm jene Szene zu machen, die sie sich vorgestellt hatte. Stattdessen stemmte sie sich gegen die Tischplatte, zwang sich mit aller Kraft stehenzubleiben. Sie musste wie eine Katze aussehen, die nicht zurück in ihren Käfig wollte.

Seine Berührung war wie Gift. Er widerte sie an.

„Lasst sie gehen", wiederholte Mando gereizt, „Ihr werdet sie doch nicht vor uns züchtigen wollen!"

Gefolgt von einem quiekenden Ausruf, der nicht der ihre war, kam der erste Schlag. Ihr Kopf flog zur Seite, sie biss sich auf die Zunge, in die Wange, schmeckte Blut. Fahrig hielt sie sich am Tisch fest, bemerkte erleichtert, dass er ihren Arm losgelassen hatte, und fegte dabei unbeabsichtigt ihr Kompott auf den Boden. Flüssigkeit spritzte auf ihr Kleid und Splitter flogen in alle Richtungen.

„Du kleine ...!"

Raena wusste, dass er erneut zuschlagen würde und fragte sich noch, ob bei den schwarzen Reitern solch ein Umgang mit Frauen an der Tagesordnung war, bevor sie beide Hände in die Höhe riss, auf die Knie sank und schwer atmend alle Haut einklemmte, die die Stäbe des Korsetts einklemmen konnten. Zitternd und mit geschlossenen Augen wartete sie, doch der Schlag kam nicht.

„Ich gehe mit ihr an Deck."

Am Rande nahm Raena die Stimme des Prinzen wahr – wie auch immer er es geschafft hatte, binnen solch kurzer Zeit auf die andere Seite zu wechseln, aber er stand zwischen ihnen, seine Schuhe nur eine halbe Armlänge von ihren Knien entfernt.

Geräuschlos ließ sie die Luft zwischen ihren Lippen entweichen und spürte einen stechenden Schmerz in ihrer Bauchgegend.

„Wie könnt Ihr ..."

„Ich gehe." Seine Stimme kam einem eisigen Regen gleich, als würde er Jan gleichzeitig drohen und befehlen wollen. „Deine Frau ist gut bei mir aufgehoben."

„Wie könnt Ihr bloß Eure eigene Frau schlagen! Und das in der Anwesenheit eines Prinzen! Schämt Euch."

Wie seltsam. Zuletzt hatte niemand sie verteidigt.

Raena lauschte den vorwurfsvollen Worten der Frau und wurde nur von einem einzigen, banalen Gedanken beherrscht. Es schien ihr unglaublich wichtig zu wissen, ob sie aufstehen konnte. Obwohl sie wie ein geschlagener Hund am Boden herumkroch und alle um sie herumstanden und sie anglotzten, spürte sie keine Traurigkeit, sondern eher ein Gefühl zwischen Hoffnungslosigkeit und einem bodenlosen Etwas, das sie nicht benennen konnte. Resignation vielleicht? Vorsichtig stützte sie sich ab, ihr Handgelenk wollte ihr nicht gehorchen. Den Schmerz in ihrem Gesicht nahm sie kaum wahr, die Übelkeit in ihrer Magengrube überschattete alles. Würde er sie erneut schlagen, wenn sie aufstand?

Soll er doch. Alles drehte sich.

„Seiren", eine Hand rutschte in ihr verschwommenes Blickfeld und die Fingerspitzen bewegten sich auffordernd, „entschuldige, ich wollte dich nicht schlagen." Sie blinzelte – schwacher schwarzer Nebel umgab seine Finger.

Zuerst begriff sie nicht, wen er ansprach, bis ihr in den Sinn kam, dass er sie auf diesen Namen getauft hatte. Wissend, dass all die Aufmerksamkeit im Raum auf ihrer Person lag, wanderten ihre Augen über die schmutzigen Lederstiefel bis zu seinem Gesicht hoch.

Sie hatte es sich nicht eingebildet. Jan hatte sich entschuldigt.

Knapp neben ihm stand der Prinz, seine dunkle Silhouette glich einem Schatten, der jedes Licht im Raum zu verschlucken schien. Er erinnerte sie an eine finstere Statue inmitten eines verlassenen Walds.

Was für eine Schmach, vor ihm geschlagen zu werden.

Obwohl es ihr widerstrebte, nach der Hand des Kapitäns zu greifen, tat sie es trotzdem. Wie die Klauen eines Greifvogels schlossen sich seine Finger um die ihren und unsanft zerrte er sie auf die Beine, seine Berührung kalt, wobei er ihr halb den Arm verdrehte, da er nach wie vor grob mit ihr umging und es auch nicht sonderlich verbarg.

„Sie gehört Euch, Eure Hoheit", brummte Jan und gab sie schnell frei, als ob er sich verbrannt hätte.

„Können wir uns nun endlich den Karten widmen?", kam es genervt von Mando.

„Ich lasse den Tisch abdecken." Jan marschierte an ihr vorbei und die Doppelflügeltür fiel hinter ihm ins Schloss, als er die Kajüte verließ.

Raena stand da wie festgefroren. Ihre Hand kribbelte.

Das Kompott war auf den Planken verlaufen und ein paar Apfelscheiben trockneten einsam an der Luft.

„Kommt." Der Prinz ging vor.

„Eure Hoheit", rief Mando ihm nach, „vergesst nicht, dass Ihr Euch die Pläne ebenfalls ansehen solltet!"

Ohne sich auch nur umzudrehen, tat Torren die Aussage seines Begleiters ab: „Ich bin mir sicher, dass Ihr einen guten Platz für unsere Drachen aussuchen werdet." Vor der Tür blieb er kurz stehen. „Steht nicht so herum wie eine halb abgebrannte Kerze und bewegt Euch endlich."

Dann trat auch er hinaus.

2. KAPITEL

Raena ballte ihre Hände zu Fäusten und presste sie gegen ihre einge-
schnürte Taille, bevor sie ihm auf schwachen Beinen hinaus in den Gang
folgte. Erst die geschlossene Tür verbarg ihre Silhouette vor den Blicken, die
ein Loch in ihren Rücken gebohrt, wenn sie gekonnt hätten.

Hilfesuchend lehnte sie sich gegen die Wand und kämpfte mit Schwindel,
über ihr eine geheimnisvolle Lichtquelle baumelnd, eine Laterne, wie sie inzwischen wusste. Dann ging sie weiter, fünf Stufen den Gang hoch. Sie spürte
ihre Wange pochen, doch das war nichts gegen den seelischen Schmerz, der
nun, da sie endlich aus Jans Nähe entflohen war, wie ein Orkan über ihr Herz
hereinbrach.

Prinz Torren stand inzwischen in der Nähe der Säulen, drückte gegen eine
davon und wartete, bis die Tür mit einem Knacken die Treppe zum Deck frei-
machte.

Dann war Jan im Gang, ein paar Männer folgten ihm. Als sie an ihr vorbeieilten, mied Raena ihre Blicke und starrte den Teppich unter ihren Füßen
an. Im Windzug roch sie den Gestank ihrer ungewaschenen Leiber, den beißenden Geruch ihres Schweißes und musste prompt würgen. Aus Furcht, sich
noch mehr Prügel einzuhandeln, krampfte ihr Körper vor Anstrengung, um
seinen Mageninhalt bei sich zu behalten.

„Wie soll ich Euch ansprechen?"

Ihr Kopf flog hoch, sie begegnete Torrens tiefschwarzen Augen und betrachtete ihn verständnislos.

„Euren Mädchennamen zu benutzen erscheint mir unpassend."

Raena war nicht imstande ihm zu antworten. Sie schüttelte den Kopf,
wollte ihm damit sagen, dass es ihr egal sei. Was machte es für einen Unterschied, man hatte sie ohnehin mit falschem Namen vorgestellt.

Torren wandte den Blick von ihr ab und ging die dunklen Stufen hoch.

Raena folgte ihm schweigend. Ihre Seiten stachen und sie kam sich furchtbar langsam vor. An manchen Stellen kribbelte es und sie wusste, dass sie am
nächsten Morgen blaue Flecken und rote Druckstellen haben würde.

Waren alle schwarzen Reiter so gefühlskalt? Sie war vor seinen Augen er-
niedrigt und geschlagen worden und er blieb ausdruckslos, als würde es ihn
nicht kümmern. Ihre Lippen verzogen sich zu einem freudlosen Lächeln.

Und doch wählte sie seine Begleitung, anstatt die von Jan.

Wut ergriff sie, ungezügelter Zorn auf diesen Ort, dieses verfluchte Schiff und seine Mannschaft, ihn und das Meer. Mit zusammengebissenen Zähnen hastete sie Torren nach, stieg die Treppe bis zur Glastür hoch und wunderte sich über die Kraft, die auf einmal durch ihre endlos müden Glieder rauschte. Bevor sie das Lager der Gegenstände erreichte, die quer im Raum verteilt waren, spürte sie kühlen Wind über ihr Gesicht streichen. Verdattert hielt sie inne, denn es war – *unbeschreiblich.*

Fast vergessen hatte sie das Gefühl, welches man bei einem frischen Luftzug verspürte. Ab da wurde sie wieder langsamer, atmete die Seeluft tief in ihre Lungen ein, die nach Salz und Freiheit roch. Ihr Kopf wurde wieder klar, doch nach wie vor war ihr speiübel.

Zu viel Wein.

Die Tür, die ans Deck führte, war offen. Es war beinahe wie vor Tagen, nur dass sie von stiller Dunkelheit anstatt von hellem Sonnenschein begrüßt wurde. Dort, wo die Matrosen ihrer tagtäglichen Arbeit nachgingen, herrschte ungewohnte Leere, da die meisten von ihnen unter Deck verschwunden waren. Zu ihrem Glück blieben ihr dadurch ihre starrenden Blicke erspart.

Raena blieb im Türstock stehen und hielt sich seitlich am glatten Türrahmen fest. Sie holte tief Luft, ließ die frische Brise auf sich wirken und ihre erhitze Haut kühlen. Dann atmete sie zittrig aus.

Unweit von ihr entfernt hing eine kleine Laterne an der Reling. Der Schein der kleinen, gelbroten Flamme zog sie in ihren Bann und hielt ihren Blick fest. Ihr sanftes Licht durchdrang die Dunkelheit, sah tröstlich aus und verströmte Wärme. Es war der friedvollste Anblick, dessen Zeugin sie seit Beginn ihrer Gefangenschaft geworden war und auch der Grund, warum sie nun in Tränen ausbrach und sich eine Hand auf den Mund drückte, um jeglichen Laut im Keim zu ersticken. Sie ging ein paar Schritte, ihre blanken Füße berührten die kalten Bretter des Decks. Sie hörte die Segel über ihrem Kopf rascheln, vernahm das knirschende Holz der Schiffsmasten, als sich der Wind in den Widerstand drückte und das Schiff mit seiner Kraft vorwärtstrieb.

Ihr Ziel war die kleine Flamme.

Warum nur hatte sie so viel Wein getrunken ...

Der Prinz trat in ihr Blickfeld und verbarg das sanfte Flackern mit seiner Silhouette. Auf einmal konnte sie sich nicht mehr beherrschen. Ihr Magen rebellierte. Keuchend rang sie nach Luft und in der Hoffnung, bis zur Reling zu gelangen, taumelte sie an ihm vorbei, strauchelte, fiel, doch dann war der Prinz zur Stelle. Sie spürte seine Berührung auf ihrer pochenden Taille, wie er sie hob und neben die Laterne stellte. Ihre Kehle brannte, sie packte nach der Reling und übergab sich.

Raena musste lachen. Gurgelnd kam es über ihre Lippen, während sie sich gegen das Holz drückte. Sie lachte so laut, dass ihr die Ohren davon klingelten. Dann schwand seine Berührung.

„Ihr seid nicht seine Frau", hörte sie ihn leise sagen. Es war keine Frage, mehr eine Feststellung, welche klar auf der Hand lag.

Raena wischte sich mit dem Handrücken über die Lippen. Ihr Kopf drehte sich, pochte. Was sollte sie sagen? Sie war nicht so betrunken, um ihm die Wahrheit zu verraten und so hüllte sie sich in tiefes Schweigen und starrte die Dunkelheit hinunter. Im Geiste sah sie schäumende Wellen gegen die Breitenseite des Schiffs schlagen und wusste nach einer Weile nicht, ob die kühle Gischt auf ihren Wangen nur Einbildung war.

„Ich verlange keine Antwort. Eure Gedanken waren Antwort genug", sprach er weiter, dieses Mal hörte sich seine Stimme spöttisch an.

Raena sah zur Seite. Prinz Torren stand nur wenige Zentimeter neben ihr, den Blick starr aufs Meer gerichtet. Trotz des spärlichen Lichts fiel ihr auf, dass er jene Lederjacke trug, die er angehabt hatte, als er zu ihrer Rettung ins Meer gesprungen war. Sein Bart war etwas kürzer. Doch ansonsten sah er genauso aus wie vor Tagen.

„Ihr habt mich gehört?", fragte sie zögerlich mit belegter Stimme, ehe sie sich ein wenig aufrichtete und das Gesicht verzog, da sich die Stäbe des Korsetts tiefer in ihre Haut bohrten.

„Das habe ich."

Ihr körperliches Unbehagen, überschattet von Neugierde und einem leichten Anflug von Nervosität, war im Nu verschwunden. Wie war es ihm möglich, ihre Gedanken zu lesen, sie zu hören? Gewiss, er war der Prinz der schwarzen Reiter, aber war er denn so mächtig, dass er sogar die Gedanken eines jeden in seiner Umgebung hören konnte?

Neben ihnen regte sich etwas im Dunkeln. Raena erschrak und wich vor einem ungewaschenen Gesicht zurück. Mit einer Laterne in der Hand leuchtete ein runzeliger Mann ihre Gestalten ab, brummte etwas Unverständliches und setzte schleichend seinen Rundgang fort.

Raena fröstelte. Sie rieb sich die Arme und blies ein paar Strähnen beiseite, die sich aus ihrem Haarknoten gelöst hatten und ihr über die Augen gefallen waren. Zufällig begegnete sie dabei den schwarzen Augen des Prinzen, die sie unverwandt anstarrten.

„Es geht mich nichts an, warum Ihr auf diesem Schiff seid", Torren betrachtete dreist ihren weiten Ausschnitt, „und doch werde ich den Gedanken nicht los, dass Ihr keine gewöhnliche Sklavin seid."

„Ich bin keine Sklavin", verbesserte sie ihn laut und bedeckte ihre hervorgehobenen Brüste mit den Handflächen, ehe sie von ihm zurücktrat „schaut nicht hin!" Mit aufgerissenen Augen trotzte sie seinem spöttischen Blick, ehe ihr klar wurde, dass sie ihre Stimme gegen einen Prinzen erhoben hatte und erbleichte.

„Es ist ziemlich offensichtlich, dass du nicht freiwillig hier bist", erklärte er gelassen und duzte sie, als wäre sie eine Bekannte. Er machte nicht den Eindruck, als wolle er sich auf sie stürzen und seine Reißzähne in ihr versenken. Das gab ihr Mut und sie wurde wütend.

„Was Ihr nicht sagt!", brauste sie auf, „denkt Ihr, ich lasse mich freiwillig in solch ein Ding zwängen und tanze nach der Pfeife dieses ... dieses ... Mannes?"

„Sprich leiser, sonst weckst du das ganze Schiff auf", unterbrach er sie, während ein kleines Lächeln über seine Lippen huschte. Dann verschränkte er die Arme und lehnte sich mit der Hüfte gegen die Reling. Seinen Oberkörper drehte er in ihre Richtung.

Mit offenem Mund starrte sie ihn an, hatte eigentlich eine Zurechtweisung seinerseits erwartet, doch nichts davon kam. Er betrachtete sie bloß neugierig, wie ihr schien. „Sprich ruhig weiter."

Angewidert von seiner Erheiterung, drehte sie sich von ihm weg und starrte mit geblähten Nasenlöchern aufs Meer hinaus. „Vergesst bitte, was ich gesagt habe!" Sie war wütend auf sich selbst und Hoffnungslosigkeit erfasste sie.

Suneki wird über euch alle richten, dessen bin ich mir sicher.

„Meine Liebe", plötzlich stand er direkt neben ihr, sein Mund nur eine Handbreit von ihrem Ohr entfernt, „ich bin der, der über all die Gestalten auf diesem Schiff richten wird. Denn es liegt in meiner Macht, ihr aller Leben mit nur einem Handwink auszulöschen."

Gänsehaut rieselte ihren Rücken hinunter. Seine harten Worte drängten ihr blutige Vorstellungen, Leiber ohne Gliedmaßen, offenstehende Münder mit zerplatzten Augen, Jans enthaupteten und ausgeweideten Körper auf. Sie spürte seine Präsenz in ihren Gedanken wüten, empfand seine Blutgier, seine Gewalt als ihre eigene. Die Lust den Tod zu spüren, der Henker zu sein, das Herz zu umfassen, zu zerdrücken, sich in den Gedärmen des Feindes zu

wühlen, die Gerüche tief in die Lunge einsaugend, genüsslich an den Körper-
flüssigkeiten labend ... und noch viel mehr, sandte er durch ihren Kopf und
enthüllte verborgenes, längst verdrängtes Wissen.

Es war, als entzünde er einen Funken.

Auf einmal kehrten ihre Erinnerungen zurück. Sie kannte nun den Gesichtsausdruck des Reiters, den sie umgebracht hatte und den Blick des Pegasus, der ihm wenige Augenblicke später im Stall in den Tod gefolgt war.

„Aufhören!", keuchte sie, fuhr mit ihren Händen hoch und presste sie gegen ihre Ohren, weil sein derbes Lachen in ihrem Kopf klingelte.

„Ich hatte meine Zweifel an Eurer Herkunft. Nun habe ich sie nicht mehr.
Gute Nacht, meine Liebe", hauchte er mit einem kratzigen Unterton in der
Stimme, ehe er sich entfernte.

Raena fuhr herum, starrte seinen geraden Rücken nieder und hörte daraufhin seine Stimme in ihrem Kopf. *Meine Hilfe ist nicht vonnöten. Du kannst dich
selbst befreien.*

Zum Suneki, warum habt Ihr mich an Deck begleitet?!, brüllte sie instinktiv
zurück, während ihre Finger die Reling umklammerten, als müsse sie sich daran festhalten, um nicht weggerissen zu werden.

Das habe ich nicht, du hast mich begleitet.

Dann war sein dunkler Geist aus ihren Gedanken verschwunden und zurück blieb nur der Schreck nach den Bildern, die er ihr gezeigt hatte. Wie unhöflich, sich ihr unerwartet aufzudrängen, als hätte er das Recht dazu und
anschließend zu gehen, ohne ein Wort der Erklärung, warum er es getan
hatte.

Raena schäumte. Wie war das überhaupt möglich? Dennoch, er hatte sie
mit dem Wissen zurückgelassen, dass ihre schwarze Seite sehr wohl noch da
war.

Frischer Wind kam auf.

Klonk, die Laterne bewegte sich. *Klonk,* und schlug gegen das Holz.

Raena stieß ein schweres Seufzen aus, um ihren Gefühlen Luft zu verschaffen. Der kühle Wind riss an ihrem Haar, löste ihren Haarknoten. Das Leder-
band segelte durch die Luft, ehe es in die Dunkelheit hinausflog. Kraftlos sank
sie in die Knie und ignorierte das Korsett, das ihr eine gemütliche Position
deutlich erschwerte.

„Soll ich mich vor ihm ängstigen?", murmelte sie leise und betrachtete das
sanfte Licht der schwankenden Laterne neben ihr.

Sie tat es nicht. Nicht mehr.

Torren war mit Sicherheit mächtig, sein Geist hatte sich unglaublich groß, unbegreiflich brutal und blutrünstig angefühlt. Wie ein Sturm war er über ihre Seele hinweggefegt, hatte sich durch ihren Kopf gegraben, als wäre es das Einfachste auf der Welt, einem Menschen seine Kontrolle aufzuzwingen, ihm Gedanken einzuflößen, die ihm nicht gehörten.

Sie sollte sich davor ekeln. Vor dem ganzen Blut und den Bildern, die sie sich mühelos vor die Augen rufen konnte. Und doch, wenn sie an Jan und seinen leblosen Körper dachte, ergriff sie ein unbekanntes Gefühl, welches entfernt an Zufriedenheit und Befriedigung erinnerte.

„Ich bin verdammt", flüsterte sie und ihre eigene Stimme hörte sich fremd in ihren Ohren an.

Eine Weile saß sie nur da und fragte sich, wie es Torren gelungen war, ihre Erinnerungen zurückzuholen. Doch dass sie das Gleichgewicht war, das hatte er nicht gesehen. Was hatte er überhaupt vor? Wohin reiste er? Sie hatten über vieles gesprochen, nur nicht über ihr endgültiges Ziel.

Und warum hatte sie plötzlich das Gefühl, dass das wichtig war und sie es unbedingt wissen musste?

Mizerak.

Nicht zum ersten Mal dachte sie sich, dass ihr der Name bekannt vorkam. Sie wusste, dass die Stadt in Weiß war. Deswegen wollten sie ihre Drachen auf einer Insel lassen, denn die würden umgebracht werden, sollten sie gesichtet werden.

Drachen.

Wegen ihres persönlichen Gefängnisses hatte sie nie einen von ihnen zu Gesicht bekommen. Aus den Gesprächen hatte sie vernommen, dass zwei, oder waren es sogar drei gewesen?, um das Schiff herumschwammen. Am Tag ähnelten sie vermutlich Vögeln, wenn sie hoch am Himmel flogen.

Wie eigenartig.

Es war noch nicht lange her, dass sie sich gewünscht hatte, einmal im Leben einen Pegasus oder einen Drachen sehen zu können und nun wollte sie lieber sterben.

Der Wind wurde stärker, kam nun in regelmäßigen Böen. Bretter ächzten, Masten knirschten und plötzlich schlugen große Wellen gegen das Schiff und brachten es zum Schwanken. Wasser ergoss sich übers Deck und spritzte eiskalt in ihren Nacken.

Raena, die kaum begriff, wie ihr geschah, entwich ein lautes Quieken, als sie zu rutschen begann. Mit der Hilfe ihrer Fingernägel versuchte sie sich an den hervorstehenden Brettern festzuhalten, doch stellte innerhalb eines Atemzugs fest, dass es zu sehr wehtat. Den schmerzenden Gliedmaßen zum Trotz drehte sie sich um und kroch auf die Reling zu. Das Schiff knirschte, die Wellen brachen sich am Bug und das Holz widerstand der Kraft des Meeres mit einem tiefen Brummen, das irgendwo unter ihr dröhnte. Schließlich – am Boden liegend – grabschte sie nach der erhöhten Kante unterhalb der Reling und hielt sich daran fest. Wasser spritzte hoch, ergoss sich über ihre Hände und Arme und Gänsehaut rieselte ihren Rücken hinunter.

„Verdammt, ist das kalt!", keuchte sie atemlos.

Neben ihr flackerte die Flamme der Laterne kurz auf, bevor sie erlosch und Dunkelheit sie einhüllte.

Als sich das Schiff zurückneigte, drehte sich ihr Magen um und trieb ihr die Galle bis in den Hals hoch. Wiederholt schwappte eine eiskalte Welle übers Deck, Raena schnappte nach Luft und als der Wind über ihren Rücken fuhr, erzitterte sie. Sie wagte sich nicht zu bewegen, ehe sich die „Albatros" wieder beruhigt hatte und nur am Rande nahm sie wahr, wie verschlafene Männer an Deck stürmten.

„Überfall! Wir werden angegriffen!"

„Zu den Waffen!"

Raena setzte sich auf. Wasser tropfte aus ihren Haaren auf die Bretter unter ihr und zittrig strich sie sich die Strähnen aus den Augen. Erst als sie die dunklen Gestalten herumlaufen sah, kam die Angst, die sie daran erinnerte, dass sie sich eiligst hinunter begeben musste, wenn sie nicht in ein blutiges Gemetzel gelangen wollte.

Torrens Worte kamen ihr in den Sinn.

Meine Hilfe ist nicht vonnöten. Du kannst dich selbst befreien.

Aber das konnte sie nicht, denn sie war zu schwach, um sich gegen den Kapitän und seine Mannschaft aufzulehnen. Sie war allein.

Raena wusste, dass sie mehr Angst hätte haben sollen. Vermutlich hätte sie panisch fliehen müssen. Ihr kleines Wissen, gewonnen aus Mutters Bibliothek, beinhaltete unter anderem auch die Brutalität der Seeräuber und Piratenjäger, da die Geschichten manchmal auch Dinge erzählten, die weniger schön waren. Denn egal welche Seite den Kampf verlor, leiden und vor allem sterben musste immer jemand.

„*Frau!* Geh unter Deck! Was machst du hier?!" Grobe Hände umfassten ihre Schultern und zogen sie auf die Beine hoch. „Hinfort mit dir!"

Raena wurde zur Seite gestoßen und landete in der Umarmung eines

Hünen, der sie grob an seine Brust drückte. „Komm zu mir, Mädel. Hier bist du sicher. Bei mir ist es warm", säuselte er und sein nach faulen Zähnen stinkender Atem traf sie mitten im Gesicht.

„Lass mich ...!"

Ein ohrenbetäubendes Brüllen zerschnitt die Luft und legte ihr Gehör lahm. Der Griff um ihre Schultern lockerte sich und erlaubte ihr, sich umzudrehen.

Die Vermutung eines Angriffs erwies sich als völlig falsch.

Ihr blieb die Luft zum Atmen weg, so atemberaubend war der Anblick, der sich ihnen bot.

Vor ihnen schwebte ein weißer Drachenkopf mit langem Hals in der Luft. Ein Kopf, der so groß war wie ein Karren, nein, er war mindestens so groß wie ein kleiner Schuppen. Die schmale Schnauze mit der breiten Stirn, die elfenbeinfarbene Hörner trug, schwankte hin und her. Augen, so kristallklar und glänzend wie ein weißer Edelstein, glitten von Mann zu Mann, von Gesicht zu Gesicht, von den Waffen, die ein paar von ihnen in den Händen hielten, bis hin zu ihr, die unfreiwillig in den Armen eines Matrosen hing. Der Drache war das schönste Lebewesen, welches sie je zu Gesicht bekommen hatte. *Nein*, verbesserte sie sich in Gedanken, der Pegasus, den sie auf dem Gewissen hatte, hatte sie ebenfalls des Atems beraubt.

Während die Matrosen immer noch stocksteif herumstanden, drückte sie sich von dem Hünen weg, rempelte ein paar von den Männern an und suchte das Weite.

Der Bann war gebrochen.

Sie hörte nicht auf das Geschrei, welches nach ihr rief und ihr befahl, sofort stehenzubleiben. Mit heftig pochendem Herzen eilte sie zur Glastür, zu den Stufen, doch auf der Treppe kam ihr Jan entgegen. Hatte ihn das Schwanken des Schiffs an Deck eilen lassen? Als sich ihre Blicke begegneten, begann sie um ihr Leben zu bangen, weil seine graublauen Augen, die dunkler waren als gewöhnlich und einen schwarzen Stich aufwiesen, ihr für einen Moment die Wut zeigten, die in seinem Inneren wütete.

„Wenn ich mit dir fertig bin, wirst du nicht mehr sitzen können", knurrte er angriffslustig, nahm die letzten Stufen mit einem Sprung und wollte sie am Oberarm packen.

Raena aber hatte es kommen sehen und wich seinen Händen geschickt nach hinten aus. „Dann wirst du mich wohl nicht mehr verkaufen können!", spie sie ihm entgegen, mindestens genauso aggressiv, „denn keiner wird mich mehr haben wollen, wenn ich aussehe wie eine lila Pflaume!" Dann zeigte sie auf ihre Wange, die mittlerweile beachtlich angeschwollen war und die Hälfte ihres Gesichts einnahm.

Mit erhobener Hand blieb er stehen. Sein Gesicht versteinerte, sein Arm sank. Etwas in seinem Blick veränderte sich. „Geh." Ein kühler Befehl, der von unterdrückter Wut nur so triefte. „Yinila wird dir eine Heilsalbe auftragen."

Sie drehte sich von ihm weg und hastete an ihm vorbei. Erst nach wenigen Schritten wurde ihr klar, wie sehr sie am ganzen Leib bebte. Von wo nahm sie nur den Mut her, sich ihm erneut entgegenzustellen? Jan würde versuchen sie zu brechen, vermutlich hatte er gehofft, es längst getan zu haben.

Meine Hilfe ist nicht vonnöten. Du kannst dich selbst befreien.

Der Gedanke verspottete sie.

Das Einzige, was sie tun konnte, war Jan davon zu überzeugen, dass sie als hässliches Etwas wohl kaum die Beutel klingeln ließ. Allerdings würde ihr Triumph schnell schwinden. Sie heilte erstaunlich schnell. Und wenn sie noch einmal die Gelegenheit dazu bekam, mit dem Prinzen zu sprechen und er ihr half zu entkommen ... ?

Nervös kaute sie am Nagel ihres Zeigefingers herum, als sie das Ende der Treppe erreichte und spähte, ob der Gang leer war. Das war er, also eilte sie auf die Kajüte zu. Vielleicht würde Torren auch dem Jungen helfen, der irgendwo im Schiff eingesperrt war.

Wunschdenken.

Bevor sie die Kajüte des Kapitäns betrat, blieb sie vor der Doppelflügeltür stehen und lauschte. Nur wenige Sekunden später vernahm sie leise Stimmen aus dem Inneren, Hira und Mando, ihre Versammlung mit Jan schien durch den Drachen unterbrochen worden zu sein.

Welcher war es gewesen? Torrens? Mandos?

„Seid Ihr Euch sicher? Ihr wollt eine Insel wählen, wo erst vor kurzem Kundschafter gewesen sind?"

Geraschel und leises Schlagen war zu hören.

„Ein paar Kundschafter schaden unseren Drachen nicht. Die Insel liegt nahezu am Weg und ist groß genug, um Balion und Cerion zumindest für eine Weile vor neugierigen Blicken zu verstecken. Es ist wahrscheinlicher, dass die Kundschafter für eine Weile nicht mehr zurückkehren und die Insel sich selbst überlassen. Außerdem, Beweise dafür gibt es nicht. Die Insel gehört Jan, deshalb können wir unbesorgt sein."

Balion und Cerion?

Raena starrte die Tür an. Im Grunde sollte sie es nicht interessieren, aber vielleicht fand sie heraus, warum sie nach Weiß einreisen wollten.

„Was tun wir, sobald wir ankommen? Überzeugen wir sie oder ...?"

Raena legte eine Hand flach auf ihre Taille, dort, wo das Korsett am meisten drückte.

Welche Strafe wird man Torren wohl auferlegen? Würde seinetwegen ein Krieg ausbrechen? *Und wenn er alle umbringt?* Grauenhafte Bilder erschienen in ihrem Kopf. Er würde töten. Sie war sich dessen sicher. Denn er war ein hochnäsiger Schnösel, der es gewohnt war, seinen Willen – egal auf welche Art, durchzusetzen.

„Bahira Zollrist, solange wir auf diesem Schiff sind, verbiete ich es Euch, über unser Vorhaben zu sprechen. Prinz Torren hat Anweisungen, an die er sich zu halten hat. Die gehen Euch nichts an. Ihr seid nur hier, um uns beizustehen. Als Frau, Kriegerin und zukünftige schwarze Reiterin."

Als Frau? Wie das wohl gemeint war. Mandos Stimme klang drohend und Raena bekam das Gefühl, dass sie gerade etwas gehört hatte, was sie nicht hätte hören sollen.

„Wenn Ihr Euch nicht bald von der Stelle bewegt", Geflüster drang an ihr Ohr, „holt Ihr Euch eine Erkältung."

Raena unterdrückte einen Aufschrei und fuhr erschrocken herum. Sie hatte angenommen, dass der Prinz zurück in seine Kajüte gegangen war und nun stand er hinter ihr, während ein unbeteiligtes Lächeln auf seinen Lippen tanzte, das aber seine Augen nicht erreichte. Er sah bleich aus, bleicher als sonst.

Ungewollt erschien ein Bild in ihrem Kopf.

Torren, der halbnackt und mit einem Schwert in der Hand über zwei männliche Leichen gebückt stand. Hellrotes Blut bedeckte seine verzerrten Gesichtszüge, lief seine blassen Wangen entlang und tropfte auf sein linkes Schlüsselbein. Sein Haar war hüftlang und wirr, klebte auf seinem Rücken fest. Die Flüssigkeit verlieh ihm etwas Gnadenloses und gleichzeitig Beruhigendes, als wäre er eine weiße Leinwand und das Blut die Farbe, die auf seine Haut hingehörte, für die er geboren worden war. Er schien dafür geschaffen, Leben zu nehmen und zu morden. Und dann waren dort seine Augen, seine lebendig funkelnden Augen, in denen sich so viel Kraft und Energie widerspiegelte – ein krasser Gegensatz zu dem toten Tal, welches sich nun in ihnen auftat.

Er sah es auch. Seine Gesichtsmuskeln zuckten unkontrolliert. Kurz sah sie so etwas wie Argwohn in seinen Augen. „Wie machst du das. Wer bist du?"

„Seine Sklavin", krächzte sie als Antwort und presste ihren nassen Rücken flach gegen die Wand des Gangs. „Hört auf, in meinen Kopf zu dringen!", fuhr sie ihn unsicher und wütend an, bereit an ihm vorbeizulaufen und zu flüchten, sollte er ihr zu nahekommen.

Es war schon verwunderlich, wie schnell sie in diese – ihr vor Wochen noch fremde Welt hineingewachsen war. Bis vor kurzem hätte sie nie zu träumen gewagt, einem Prinzen zu begegnen, geschweige denn einem, der noch dazu ihre Gedanken hören und irgendwelche Fantasien hervorrufen konnte.

Beängstigend.

„Du bist eine schwarze Grenzmagierin", stellte er überrascht fest, „wie der Arzt, den er hier gefangen hält."

Was? Sie glaubte, sich verhört zu haben.

Grenzmagierin?

Sie?!

3. KAPITEL

„Haltet Euch von meinen Gedanken fern", wiederholte sie mit Nachdruck und erzitterte, als er eine Hand nach ihr ausstreckte. Ihr Herz flatterte. Sie konnte die Gefühle nicht einordnen, welche sie durchströmten. „Fasst mich nicht an", begann sie zu flehen und duckte sich, bevor seine Finger ihre nackte Schulter berührten. „Bei den Göttern, *bitte* ..."

Es war eine Flucht vor ihrer eigenen Faszination, vor den Bildern in ihrem Kopf.

Stumm ließ er seine Hand sinken und jegliche Gefühle, die sie kurz in seinem Gesicht hatte erblicken können, begrub er hinter einer emotionslosen Maske. „Ich hatte nicht vor, Euch zu schaden."

„Hört auf mich zu Ihrzen", knurrte sie, „entscheidet Euch endlich."

Er hob beide Brauen. „Ihr verwirrt mich", meinte er schlicht.

Sie war noch immer triefend nass und schüttelte sich mehr ungewollt als gewollt. Ihr war kalt. Doch vor allem war sie durcheinander. Um seinen toten Augen zu entfliehen, blickte sie erschüttert zu Boden. Wasser tropfte aus ihrer Kleidung, bildete einen unterbrochenen Halbkreis um ihren Körper. Jeder Schwachkopf konnte sehen, dass sie an der Doppelflügeltür gelauscht hatte.

„Seid Ihr nun fertig?", Mando, der die besagte Tür jäh aufriss, blickte genervt von ihr zu Torren, der ihn mit dem gleichen emotionslosen Blick wie sie bedachte. Wohlige Wärme schlug ihr ins Gesicht, im Inneren brannte Feuer im Kamin.

Prinz Torren antwortete ihm nicht und ging an ihm vorbei hinein.

Raena sah ihm nach und mied den verärgerten Blick des älteren Herrn, bevor auch sie sich an ihm vorbeizwängte. Schnell stellte sie sich zum Feuer, um sich aufzuwärmen. Im Augenwinkel sah sie, wie Hira über den Esstisch gebeugt in zwei Karten vertieft war. Sie wirkte nicht, als wäre sie durch die Zurechtweisung des Beraters aus der Fassung gebracht worden. War sie solch groben Umgang etwa gewohnt?

„Wollt Ihr mir schaden, Prinz Torren?" Jan stürmte herein und schlug einen Teil der Tür so grob hinter sich zu, dass der Rahmen wackelte und ein quietschend erbärmliches Geräusch von sich gab. „Warum hetzt Ihr Euren Drachen auf mein Schiff?!"

Also war es sein Drache gewesen.

Jan sah aus, als habe er vor, ihn anzugreifen und Hira, die die Gefahr spürte, zog einen ihrer Dolche, der mit drei Klingen scharf im Schein des Feuers aufleuchtete. „Eure Wortwahl!", wies sie ihn zurecht und schob sich vor Torren, der vorgehabt hatte, die Karten zu inspizieren, aber kurz davor innehielt, um eine Hand auf ihren erhobenen Arm zu legen. „Es besteht kein Grund dazu, Eure Waffe zu ziehen", sagte er.

Raena bemerkte die Röte, die die Wangen der Frau überzog und ihre flackernden Augenlider, als sie den Dolch sinken ließ. „Verzeiht", zerstreut huschte sie in den Hintergrund, wo sie sich neben Mando stellte, der die Arme vor der breiten Brust verschränkt hatte, und dabei wie ein zerzauster Bär aussah, da ihm das Haar wirr vom Kopf stand.

„Niemand wird mich auf meinem eigenen Schiff bedrohen und schon gar nicht ein dahergelaufenes Weib, welches sich als schwarze Reiterin ausgibt!"

„Jetzt werdet Ihr aber unhöflich!"

Mandos Ausruf ließ Jan zusammenfahren. „Ich habe Eure Etikette satt, liebster Berater", entgegnete er daraufhin säuerlich, „Ihr wolltet eine Überfahrt, ich habe zugestimmt. Also habe ich im Gegenzug erwartet, dass auf meinem Schiff- ..."

„Euer Schiff?", unterbrach ihn Torren schneidend, „aber das Schiff gehört Euch nicht. Ich denke, dass es Euch von meinem Vater zur Verfügung gestellt wurde." Die letzten Worte betonte er langsam, als müsse er Jan an irgendetwas erinnern.

Raena hätte sich am liebsten in Salzwasser aufgelöst, so dick war die Luft im Raum geworden.

„Inwiefern ist Euch zudem der Handel mit Sklaven und Magiern", seine schwarzen Augen berührten Raena für einen Moment, „erlaubt worden? Ihr habt mindestens ein halbes Dutzend Meerjungfrauen auf Eurem Schiff beherbergt. Ich frage mich, ob der König darüber informiert ist?"

Im Raum wurde es still.

Was lief hier für ein Spiel? Sie blickte von einem zum anderen und konnte den Hass förmlich glühen spüren, der zwischen ihnen in der warmen Luft schwebte. *Als würden die beiden die Umgebung zusätzlich aufheizen.*

„Das ist meine Frau, Seiren", betonte Jan hart, der auf einmal bleich geworden war und auch der Berater sah aus, als ob er sich verschluckt hätte, sein Gesicht fahl und gräulich.

Unterdessen stemmte Hira beide Hände in die Hüften, die Stirn verwirrt gerunzelt. „Meerjungfrauen?"

„Ja. In einem dunklen Raum", antwortete Torren ihr sofort. „Und Ihr dachtet, dass ich es nicht bemerken würde", sagte er dann an Jan gewandt.

„Eure Hoheit", begann Mando vorsichtig und trat neben ihn, „ich muss Euch enttäuschen. Der Handel ist sehr wohl erlaubt und seine Majestät weiß davon."

Torren wandte den Kopf, sah ihn nun direkt an. Seine Miene war verschlossen und für einen Moment geschah nichts, dann flackerte das Feuer im Kamin auf, eine der Türen öffnete sich und er war verschwunden – so schnell, dass ihre Augen ihm kaum folgen konnten.

Raena blinzelte. Warum floh er? Hatte er nicht behauptet, er könne ... ihr Gedanke brach ab.

„Torren war schon immer schwierig." Mando fuhr sich mit den Fingern durch sein Haar und drückte es platt.

„Wir kennen uns von früher", knurrte Jan.

„Sie dort – schweigt sie?"

„Seiren spricht nicht viel", sagte Jan, die an sie gerichtete Warnung in seinen Worten deutlich hörbar und Raena unterdrückte ein Schaudern.

„Gut. Vergesst nicht, einen Teil des Gewinns an den König zu zahlen. Er wäre sehr enttäuscht, wenn seine Schatzkammern nicht mit Gold gefüllt werden würden."

„Ihr kennt mich doch. Niemals vergesse ich meine Pflicht dem Reich gegenüber und dieses Mal hege ich Hoffnung, dass mir die Käufer mehr zahlen werden. Wir haben einen guten Fang gemacht."

„Sehr gut."

„Wieso macht Ihr das?" Hiras ungläubiges Flüstern ließ Raena den linken Mundwinkel leicht nach unten verziehen. Also wusste auch sie nichts von den angeblich bekannten Geschäften.

„Das geht Euch nichts an, Bahira. Widmet Euch dem Schutz des Prinzen, beschafft ihm seine zukünftige Frau und Ihr werdet aufsteigen. Denkt an Eure Karriere. Ihr wollt doch nicht Eure Familie enttäuschen."

Obwohl Raena in unmittelbarer Nähe zum Feuer stand, fröstelte sie.

„Ich verstehe."

„Kapitän Jan, gebt Bescheid, wenn wir die Insel erreichen."

„Natürlich."

Raena hörte, wie die Tür geöffnet und *Gute Nacht* gewünscht wurde, ehe Ruhe im Raum einkehrte. Nun, da sie mit dem Kapitän allein war, erwartete sie irgendetwas, einen Schlag, wüste Beschimpfungen, barsche Befehle aus seinem Mund. Zu ihrer Verwunderung blieb es still, sogar Yinila, die den gesamten Abend über hinter ihrem Vorhang geschwiegen hatte, tat, was sie immer tat – zu schweigen. Also starrte sie in den Schein des Feuers, darauf hoffend, dass Jan sie allein ließ.

„Zieh dich aus und geh schlafen. Ich lasse Yinila frei, damit sie dir hilft."

Und die Heilsalbe? Aber sie erinnerte ihn nicht. Bestimmt beschäftigte ihn viel. Früher oder später würde er sich für seine Verbrechen verantworten müssen.

„Warum sagst du ihnen nicht, dass du mich verkaufen willst?" Gewollt hatte sie, dass ihre Stimme stark und unnachgiebig klang, schaffte jedoch nur eine bittere Frage geboren aus tiefster Traurigkeit, und als er nicht antwortete, wandte sie den Blick vom Feuer ab. Ein paar Strähnen fielen ihm ins Gesicht und verdeckten seine Augen. Sie folgte seiner Blickrichtung. Hinter den Glasfenstern, hoch oben am Himmel stand der runde, hellscheinende Mond und warf sein gespenstisches Licht über das weite Meer. Sanft wogten sich die Wellen im kühlen Licht, glänzten und funkelten. Wäre sie an einem anderen Ort gewesen, hätte sie den Anblick vermutlich als wunderschön empfunden.

„Weil es sie nichts angeht", kam ein paar Sekunden später aus seinem Mund.

„Was bist du eigentlich?", hauchte sie, „verkaufst Meerjungfrauen, befehligst ein Schiff, das zwischen Weiß und Schwarz segelt, entführst mich, um mich als Sklavin zu verkaufen", sie holte tief Luft, „und du hast eine Fee als

Haustier!"

Eigentlich hatte sie erwartet, Yinilas Einwand aus der Ecke zu hören, doch die erwähnte Fee schwieg wie ein Grab. Dies stachelte sie nur noch mehr an. Sie war in der Tat lebensmüde.

Doch bevor sie ihn erneut mit Vorwürfen konfrontieren und ihre eigene Tracht Prügel planen konnte, erstaunte sie, als er bloß ein paar Schritte näher kam und schließlich stehen blieb.

„Wie geht es deiner Wange?"

„Beim Sprechen schmerzt es."

„Willst du zum Schiffsarzt?", fragte er, sein Gesicht eine Maske ohne jegliches Gefühl. Viel zu sehr erinnerte es sie an die Emotionslosigkeit des Prinzen.

„Nein", lehnte sie mindestens genauso gleichgültig ab und umarmte sich. Als ihre Hände eine feuchte Stelle am Korsett berührten, wurde sie daran erinnert, immer noch triefendnass zu sein.

Raena spürte seinen Blick auf ihrem Gesicht ruhen und hörte Kleidung rascheln, als er in der Tasche seiner Leinenhose nach etwas zu suchen begann. Daraufhin holte er eine kleine Schachtel hervor, jene Schachtel, die ihre *wahre* Identität beinhalten sollte. Sie konnte sich noch gut an den Ausdruck in seinen Augen vor Tagen erinnern, an die Worte, die er dabei gesagt hatte. Ihr Herz setzte einen Schlag lang aus, nur zu gern hätte sie den Deckel abgenommen und nachgesehen, was sich im Inneren verbarg.

„Ich habe sie mitgenommen, während du schliefst." Nachdenklich betrachtete er die Schachtel in seinen Fingern. „Mir kam in den Sinn, dass du versuchen könntest, sie zu öffnen." Als hielte er ein teures Schmuckstück in den Händen, drehte er sie von einer Seite zur anderen und betrachtete den funkelnden Stein auf dem Deckel.

Raena trat von einem Bein aufs andere und als sie murmelte, dass sie es nie gewagt hätte, grinste er nur böse.

Kurz nahm sie an, dass er die Schachtel öffnen würde, doch als er sie wieder in seiner Hosentasche verschwinden ließ, konnte sie ihre Enttäuschung kaum verbergen.

„Was hast du zum Prinzen gesagt?", änderte er auf einmal das Thema und knöpfte seinen Mantel auf. Er streifte ihn von seinen drahtigen Schultern ab und warf ihn auf das breite Himmelbett, wo er zur Hälfte am Rand hängen blieb, langsam zu rutschen begann und geräuschlos auf den Boden fiel.

Raena wurde nervös. „Nichts. Ich habe ihm nicht verraten, dass ich nicht deine Frau bin." Und als er sein Hemd öffnete und seine nackte Brust vor ihr entblößte, schoss ihr das Blut in die Wangen. „Was machst du da?" Sie konnte seine steifen Brustwarzen deutlich sehen.

„Siehst du das nicht?", entgegnete er gelangweilt und schleuderte das weiße Leinenhemd von sich. „Lass Yinila frei. Sie darf dir beim Ausziehen helfen."

Ihr Gehirn weigerte sich zu begreifen. Bei Nachtanbruch hatte er stets den Raum verlassen und war fortgeblieben, hatte bei seinen Männern oder sonst wo auf dem Schiff geschlafen.

Warum also heute?

Ihr Puls beschleunigte sich, als ihr in den Sinn kam, dass er womöglich bei ihr liegen wollte. Raena war nicht dumm. Sie wusste, was dabei geschah, oder ahnte es zumindest. Wollte Jan sich für ihr Verhalten rächen? Sie dachte an die Kühe im Stall, daran, wie still sie standen, wenn ein Stier sie bestieg.

Nein. Das mache ich nicht. Das war zu viel verlangt.

„Was stehst du hier so herum wie festgefroren? Mach schon. Dann hast du's hinter dir."

Machte er sich über sie lustig?

„Warum jetzt?", brachte sie nur mühsam hervor. Mit einem Mal fühlte sie sich nackt. Barfuß und hilflos in engem Korsett und nassen Röcken.

Er hielt inne, hatte sich eigentlich seiner Hose zu entledigen gedacht und starrte sie an, als ob sie auf den Kopf gefallen wäre. „Du bist meine Frau", erinnerte er sie, „ich werde doch wohl im gleichen Bett schlafen können. Die letzten Tage waren anstrengend genug. Geh endlich." Er nestelte solange an seinem Gürtel herum, bis er schwer zu Boden fiel. „Ich habe nicht vor, dich zu fressen – du bist meine Ware. Ich fasse dich schon nicht an."

Ich war es, die dich erst daran erinnern musste, wollte sie entgegnen, presste aber stattdessen die Lippen zu einem schmalen Strich zusammen und schwieg, da ihr Herz beinahe vor Erleichterung stehengeblieben wäre.

Steif strich sie ihre Röcke glatt und entfernte sich vom Feuer. Auf der rechten Seite des Bettes, wo seine Wärme kaum hinreichte, war es merklich kühler. Die schweren Vorhänge des Käfigs offenbarten einen kleinen, vergitterten Raum mit einer verschlossenen Tür, welche sich mittels eines langen Schlüssels öffnen ließ. Als Yinila vor Tagen nach ihr gerufen und verlangt hatte, dass man sie hinausließ, hatte Raena nicht gewusst, dass man dafür einen eigenen Schlüssel benötigte.

Zwischen zwei schräg genagelten Brettern war eine kleine Mulde, in welcher das verrostete Metall nur schwer zu erkennen war. Wussten andere, wo sie den Schlüssel finden konnten? Sollte das Schiff einmal kentern, würde vermutlich nur Jan die Fee aus ihrem persönlichen Gefängnis befreien können.

Im Käfig befand sich eine Stange, die entfernt an eine kleine Schaukel erinnerte. Einmal hatte sie Yinila dort sitzen und ein Buch lesen sehen. Ihre Flügel hatten vor Aufregung gezittert und gebebt, als sie eine besonders spannende Stelle gelesen hatte. Nun lag Yinila in einem kleinen Raum dahinter. Sogar ein winziges Fenster hatte sie dort, konnte wie Raena jeden Tag den Ausblick ins weite Meer hinaus genießen.

Raena wusste nicht, woher sie kam. Yinila verhielt sich nicht wie eine Sklavin und Jan behandelte sie auch nicht grob, sondern eher liebevoll, was seltsam aussah. Sein Gesicht nahm dann stets einen Ausdruck an, der nicht so ganz zu ihm passen wollte.

Nun lag die Fee auf der Seite. Gehüllt in ein Nachthemd, ihre nackten Füße lugten unter einer dünnen Decke hervor, sah sie aus wie ein kleines Kind.

„Yinila! Wach auf." Raenas geschwollene Wange berührte die Stäbe, sie zuckte zurück. „Yinila", sagte sie lauter, da die Fee sich nicht rührte und auch sonst keine Lebenszeichen von sich gab. *„Yinila."*

„Zur Seite."

Sie wich vor Jan zurück, bevor er sie beiseitestoßen konnte, und sah dabei zu, wie er den Schlüssel im Schloss drehte. Sein nackter Körper löste starkes Unwohlsein in ihr aus, denn er trug nur ein Stück Stoff um seine Lenden geschlungen und seine haarlose Haut glänzte im Schein des Feuers. Er stank.

„Yinila", rief er ihren Namen mit etwas mehr Nachdruck, schob sich halb in den Käfig hinein und rüttelte an ihren dürren Beinen. Als sie sich nicht rührte, drehte er die Fee herum und riss ihr die Decke vom Leib. „Yinila!"

Raena verpasste ihre Chance, ihn einzusperren. Sie hätte ihn hineinstoßen können, doch ihr fehlte der Mut dazu. Warum auch immer, sorgte sie sich nun um die blauhaarige Fee, die im Schatten ihres kleinen Heims wie eine schlafende Tote aussah, verletzlich und klein.

„Sie ist krank", hörte sie Jan unruhig murmeln, „ich muss zum Schiffsarzt. Hol mir meine Hose."

Raena eilte hastig durch den Raum und hob sie vom Boden auf. Unter ihren Fingern spürte sie eine Ecke der Schachtel und ihr Herz tat einen Satz. Sollte sie ...? Ihre Hand zitterte. *Verflucht.*

Als sie Jan seine Hose gab, schüttelte er die Beine aus und schlüpfte hinein.

Danach bohrten sich seine Augen durchdringend in ihr abgewandtes Gesicht. „Ich schicke dir jemanden, der dir beim Ausziehen hilft. Du verlässt die Kajüte auf keinen Fall, hast du verstanden?"

Verkrampft starrte sie ihre verschränkten Hände an und vermied es, ihn anzusehen. „Ich brauche keine Hilfe."

„Du überschätzt dich", knurrte er zur Antwort und hob die Fee von ihrem kleinen Bett auf. „Ich bin bald wieder zurück."

Mit starrem Blick betrachtete sie die Muskeln auf seinem Rücken, als er sich mit dem kleinen Gewicht auf den Armen aus dem Käfig zwängte. Er winkelte ein Bein an, verlagerte Yinila auf seinen Oberschenkel und überreichte ihr den Schlüssel. Schweigend nahm Raena das kalte Metall entgegen und spürte Rost zwischen ihren Fingern. Erst jetzt sah sie, wie bleich die Fee war. Ihre Flügel, die durch Löcher im Hemd ihren Rücken herabhingen, hatten ihren bläulichen Schimmer verloren und sahen aus wie weißer Samt.

„Den ganzen Abend über war sie ruhig gewesen, wenn ich bloß gewusst hätte ..." Er presste seine Lippen zu einem schmalen Strich zusammen und schenkte Raena einen kurzen Blick aus gesenkten Augenlidern. „Ich wiederhole, unterlasse es den Raum zu verlassen. Ich werde dich einsperren, sollte ich dich im Gang antreffen." Und als er an ihr vorbeihastete, stieß sie mit dem Rücken gegen den Bettpfosten.

Nachdem die Tür hinter ihnen zugefallen war, wagte sie durchzuatmen. Sie hatte die Luft angehalten.

Ich schicke dir jemanden, klang wie eine Drohung in ihrem Kopf.

Um ihre Gänsehaut zu vertreiben, rieb sie sich die Oberarme. Dass er besorgt reagierte, war etwas ganz Neues für sie.

Danach irrte sie ohne Ziel im Raum umher, hob Jans Hemd, seinen Mantel vom Boden auf und legte beides auf das Bett. Dann blieb sie vor dem Tisch stehen und warf einen beiläufigen Blick auf zwei halb aufgerollte Landkarten. Auf dem sichtbaren Teil waren mehrere Inselgruppen eingezeichnet. Flecken und Risse zeugten von starkem Gebrauch. Da die Farbe an manchen Stellen ausgeblichen war, konnte man einzelne Punkte nicht mehr von Bäumen oder Bergen unterscheiden. Selbst einzelne Felsformationen waren eingezeichnet – *oder soll das ein See sein?*

Raena legte einen Finger auf die geschriebenen Worte und fuhr vorsichtig über die kaum sichtbare Schrift in der untersten, rechten Ecke. Zwar war sie des Lesens mächtig, konnte aber die Sprache des Zeichners nicht verstehen. *Šedý příkop? Tři velké břizy?* Was auch immer das heißen sollte.

Ihre Haut begann zu jucken. Sie rieb sich die Taille und stöhnte auf, weil es nicht aufhören wollte und der Versuch, die festen Schnüre am Rücken zu öffnen, misslang. Yinila wusste, wie man Knoten band. Mit zusammengekniffenen Augen verharrte sie frustriert und wartete, bis gewohnte Taubheit zurückkehrte.

Raena seufzte tief und blieb schließlich vor dem viel zu großen Himmelbett stehen. Ihr kam in den Sinn, dass Jan ihr ebenfalls aus der engen Kleidung hätte helfen können – zum Glück hatte er es nicht getan. Die Vorstellung, seine Hände auf ihrem Körper zu spüren, ließ sie das Gesicht vor Ekel verziehen ... wobei, von Glück konnte man wohl kaum reden, schließlich wusste sie nicht, wer zu ihr kommen würde.

Und wo hatte Yinila ihr Nachthemd hingelegt? Sie suchte zwischen den Bettlaken und rieb sich kurz darauf fluchend die Taille.

Das Feuer im Kamin wurde immer niedriger und Jan kehrte nicht zurück. Raena saß am Bettrand und wartete – niemand kam. Da es in der Kajüte keine Uhr gab – oder zumindest keine, von der sie wusste, konnte sie nicht abschätzen, wie viel Zeit vergangen war. Vielleicht hatte Jan sie absichtlich entfernt, um ihr das Zeitgefühl zu erschweren.

Kurz bevor das Feuer erlosch, warf sie ein Holzscheit hinein. Es war ihr zu dunkel, auch wenn der Mond durch die Fenster schien.

Eigentlich hätte sie froh sein müssen, dass man sie in Ruhe ließ.

Ihre Haut kribbelte – mal pochte, mal juckte sie und an Schlaf war nicht zu denken.

In ihrem Kopf erschien Lanthans Gesicht und Wärme durchströmte ihre Brust. Sie stellte sich vor, wie er seine Arme um sie legte, sie fest an sich drückte, und wie sie ihr Gesicht in seinem Hemd vergrub, das nach Leder und Pferd roch. Sie stellte sich seine Stimme vor, ein Echo in ihrem Kopf, leise Worte, murmelnd, beruhigend.

Resigniert lehnte sie den Kopf an den Bettpfosten.

Es schmerzte.

Die Intensität variierte von Tag zu Tag, manchmal mehr, manchmal weniger, doch heute war es unerträglich. Ihr Herz stach, sodass sie fast keine Luft mehr bekam. Nach wie vor beschäftigte sie die Frage, wer sie nun an Jan verkauft hatte, ob es tatsächlich Esined oder gar Lanthan gewesen war. Es war erschreckend, dass sie an ihm zweifelte und solche Angst davor hatte, bitter enttäuscht zu werden, falls dies stimmen sollte. Diese neu entdeckte, magische Welt ängstigte sie. Die Eindrücke um sie herum erschlugen sie regelrecht, ihre Gedanken spielten verrückt, ihre Gefühlswelt völlig wirr. Selbst Yinila gelang es nicht, sie von der harten Realität abzulenken. Wenigstens konnte sie sich nun endlich an ihre Taten erinnern, an die beiden Tode, die sie verursacht hatte.

Raena fühlte nichts, als sie die Bilder in ihrem Kopf passieren ließ und seufzte. Sie vermisste Mutters Bibliothek, die Liebesgeschichten, die sie manchmal im Bett gelesen hatte, ehe Bara sie angewiesen hatte, mit dem Wachs zu sparen und die Kerze auszublasen.

Suneki und ihre Hoheit, Prinzessin Songul.

Die vergilbten Seiten hatten eine Geschichte erzählt, die auch noch beim vierten Mal spannend genug gewesen war, um sie zu fesseln. Sollte sie Jan um ein paar Bücher bitten? Sie schielte zu seinem Regal und konnte in der Finsternis nur Schemen erkennen. Sie dachte an Geschichten mit glücklichem Ende und stellte sich Lanthan vor, der von weit herkam, nur um sie zu befreien. Sie sollte damit aufhören. Unerfüllte Hoffnungen ließen einen nur noch tiefer fallen. Wie sollte er zu ihr gelangen, er besaß keine Flügel und wusste auch sonst nicht, wo sie war. Sein Bild verschwand aus ihrem Kopf und wurde von Torren ersetzt.

Wenn sie an ihn dachte, war sie verwirrt. Er hatte nicht nachgefragt, als er den Pegasus in ihren Gedanken gesehen hatte. *Grenzmagierin.* Nahm er vielleicht an, dass der Pegasus die Grenze überquert und sie ihn deshalb getötet hatte? Sie hätte auch eine einfache Verbrecherin sein können. Glaubte er sich nicht zu irren, weil er ein Prinz war? Hatte er nicht nachgebohrt, weil sie ihn darum gebeten hatte, nicht mehr in ihren Kopf zu dringen?

„Ich will nachhause", raunte Raena leise.

Ein Klopfen riss sie aus den Gedanken und als sie den Kopf hob, blickte sie einem ausgemergelten Mann ins eingefallene Gesicht. Von draußen kam Licht herein, beschien den Rücken seiner schmalen Silhouette.

Raena kniff die Augen zusammen und richtete sich auf.

Der Fremde trat über die Schwelle und stellte drei flackernde Kerzen auf Jans Arbeitstisch ab. Seine Bewegungen wirkten träge, als hätte er große Schmerzen und müsste viel Mühe aufwenden, um sich selbst aufrecht zu halten. Unter seinem Arm hatte er ein Bündel frischer Kleidung eingeklemmt, das er neben den Kerzen ablegte, bevor er sich langsam und gebückt in ihre Richtung drehte.

Raena musterte ihn angestrengt. Er war der schwarzhaarige Junge, der sie aus dem Käfig gezogen hatte. Oder hatte er nur zugesehen? Sie wusste es nicht mehr genau, weil sie vieles aus ihrem Gedächtnis verdrängt hatte, aber was sie noch wusste, war, dass er sie umarmt hatte.

Er war schrecklich mager. Spitze Beckenknochen zeichneten sich unter der dünnen, zerschlissenen Hose ab und sogar in der Dunkelheit konnte sie erkennen, dass die Ähnlichkeit zu seinem eigenen Schatten allgegenwärtig war. Sein dürrer Brustkorb stand hervor, er wirkte, als wäre er nur ein paar Stunden davor entfernt, vor Erschöpfung zusammenzubrechen oder auf der Stelle zu verhungern, wenn man ihm nicht etwas zu essen gab.

Ihr Inneres zog sich vor Mitleid bei seinem Anblick zusammen. Instinktiv wusste sie, dass von ihm keine Gefahr ausging. Er würde ihr nichts tun – sie war sich sicher.

Als er keinen Schritt in ihre Richtung unternahm und sie bloß anstarrte, gab sie sich einen Ruck. „Wo haben sie dich eingesperrt?" Ihre gedämpfte Stimme war kaum hörbar.

Aber er antwortete nicht. *Ob er wohl nicht sprechen kann?*

„Haben sie dich geschickt, um mir aus meiner Kleidung zu helfen?"

Etwas verspätet nickte er, bewegte sich aber nach wie vor nicht von der Stelle.

Raena erhob sich schwerfällig. Die Bretter knirschten unter ihren nackten Füßen, als sie einen Meter vor ihm stehen blieb. Hatte er überhaupt geblinzelt, seitdem er in den Raum gekommen war? „Soll ich mich vielleicht umdrehen?"

Eine erwünschte Antwort, sei es auch nur ein Kopfnicken, blieb aus. Er sah sie weiterhin nur an und erinnerte entfernt an einen Toten, der dem Grabe entstiegen war und nun unter den Lebenden wandelte. Grotesk standen die Wangenknochen hervor, man konnte die Ansätze seiner Zähne unter den dünnhäutigen und hängenden Wangen erkennen.

Unsicher drehte sie ihm den Rücken zu und lauschte ihrem schnell schlagenden Herzen, bis sie einen Zug an den Schnüren spürte und der Druck endlich nachließ. Raena schloss erleichtert die Augen und spürte, wie sich der Stoff von ihrer klebrigen und verschwitzten Haut löste. Ihre Knie wurden weich, und ihr Oberkörper begann so fürchterlich zu jucken, dass sie sich zurückhalten musste, um das Korsett nicht von ihrer Haut zu reißen und sich wund zu kratzen. Als sie eine weitere Berührung verspürte, stolperte sie ein paar Schritte vorwärts und floh vor ihm, vermutlich hatte er vorgehabt, die Schnüre weiter aufzulockern. Mit den Händen auf ihren Busen gepresst, drehte sie sich zu ihm um und lächelte dünn. „D-den Rest schaffe ich allein."

Auch wenn sie überzeugt war, dass er ihr nichts tun würde, machte er sie nervös. Sein Gesichtsausdruck blieb gleich, wie bei einer Statue. Und doch war irgendetwas an ihm anders. Das Gefühl beunruhigte sie. Egal wie lange sie in seine Augen sah, sie erkannte nicht, warum er ... war es Beklommenheit? – in ihr hervorrief.

„Verstehst du, was ich sage?"

Als er daraufhin kaum merklich nickte, wurde ihr klar, dass er bereits einmal genickt hatte, eine Bewegung, die leicht übersehbar war.

Das Kribbeln und Jucken ihrer Haut wurde unerträglich und Raena verzog das Gesicht. Wann Jan wohl zurückkommen würde? Beiläufig flog ihr Blick zur geschlossenen Tür. Bis dahin wollte sie sich umgezogen haben, da sie es in seiner Gegenwart unbedingt vermeiden wollte.

„Warum hast du mich umarmt?", fragte sie schließlich, um sich abzulenken. Der Junge sagte nichts, also bat sie ihn: „Dreh dich bitte um." Zu ihrer Überraschung veränderte sich sein Gesichtsausdruck. Auf seinen bleichen, kaum von der Haut unterscheidbaren Lippen erschien ein schmales Lächeln und seine Augen sandten für eine Sekunde lang ein wenig Wärme aus – glaubte sie zumindest, ehe er ihr den Rücken zukehrte und in Richtung des Arbeitstischs ging.

Ungeachtet seiner Anwesenheit riss sich Raena das Korsett vom Leib. Sie zerrte an den Seiten, bis die Schnüre knirschend protestierten. Anschließend streifte sie es sich grob über den Kopf, bevor sie es zu Boden warf. Warme und gleichzeitig kühle Luft traf gleich mehrere Stellen ihres Körpers und fast wäre sie vor Hast gestolpert, als sie auf den Tisch zueilte und die Kleidung an sich riss. Danach lief sie zum Bett, drehte ihm den Rücken zu und zwängte sich ins überlange und ausgeblichene Hemd, welches sie wie ein Kartoffelsack umhüllte. Es roch frisch.

Danach quälte sie sich aus den Röcken, knüllte sie zusammen und überlegte, die Kleidung ins Feuer zu werfen und ihr beim Brennen zuzusehen. Doch sie tat es nicht, mit einem Mal unendlich müde und ausgelaugt. Nachdem sie sie zur Seite gelegt hatte, tastete sie sich ab, berührte die Druckstellen unterhalb ihrer Achseln und rieb sie. Wenn man sie einen weiteren Tag genauso fest hineinpresste, würde es nur noch schlimmer werden.

Inzwischen hatte der abgemagerte Junge zu einem Tintenfass und einer Feder gegriffen. Sein Arm zitterte, sein ganzer Körper schien zu beben, als er, nachdem er eine Weile gesucht hatte, aus einer Lade ein leeres Blatt Papier hervorzog.

„Was tust du da?" Nervös blickte sie zur Tür.

Er ignorierte sie und stolperte auf den Esstisch zu, wo er Papier samt Gänsefeder ablegte und die Karten zur Seite schob. Das Öffnen des Tintenfasses bereitete ihm grobe Schwierigkeiten, er benötigte mehrere Anläufe, doch dann stellte er das Fläschchen ab, strich die Papierseite mit seinen dürren Fingern glatt und nahm die Feder zur Hand. Nach einer ewigen Sekunde, die ihr wie eine halbe Stunde vorkam, begann er endlich zu schreiben.

Das leise Kritzeln riss Raena aus ihrer Starre. „Was tust du da?!", wiederholte sie mit Nachdruck, konnte bereits sehen, wie sein Hals am Strick baumelte oder gar schlimmer, wie sein Körper tot im Meer schwamm. „Jan wird dich umbringen!" Ihr wurde kalt bei dem Gedanken, dass auch sie bestraft werden könnte, weil sie ihn nicht aufgehalten und nur zugesehen hatte.

Raena eilte auf ihn zu, fühlte sich nackt unter dem dünnen Stoff des überlangen Hemds und wollte ihm das Papier entreißen, als ihr verdutzt auffiel, dass er nicht schrieb, sondern malte. Sie hielt inne, folgte mit zusammengezogenen Augenbrauen den krakeligen Linien eines länglichen Bauchs mit vier Beinen, einem langen Schwanz und wenigen Strichen, die wohl Dornen darstellen sollten.

Er sah sie an, tunkte die Gänsefeder zurück ins Fass hinein und verpasste dem Leib ein Paar krummer Flügel, wobei beim zweiten die Feder abbrach und Tinte über das Papier spritzte. Er war kein guter Zeichner und dem leisen Zischen zufolge gefiel es ihm nicht, dass er nun sein Bild nicht vollenden konnte. Doch Raena wusste sofort, was es war. Auch ohne Kopf und Hals war es ein misslungener Drache. Als hätte er ihren Gedanken erraten, strich er grob mit seinem Zeigefinger über die Tintenspritzer und schmierte einen Kopf und einen dicken Hals hin. Hätte sie zuvor nicht den Drachen des Prinzen gesehen, wäre ihr dies vermutlich gar nicht erst in den Sinn gekommen.

„Aber ...", hörte sie ihre eigene Stimme von weit her, ihr fiel kein passender Satz ein. „Warum?", endete sie.

Er sah auf sie hinab, während sich in seinen dunklen Augen die kleinen Flammen des Feuers spiegelten und ihr fiel plötzlich etwas auf: *Er hat keine Pupille.*

Misstrauisch wich sie zwei Schritte zurück, beobachtete, wie sich seine Lippen zu einem traurigen Lächeln verzogen. „Du solltest gehen, bevor er dich erwischt."

Der Junge zog die linke Schulter hoch und deutete damit Gleichgültigkeit an. Er hob die Hand, zeigte mit dem Zeigefinger in ihre Richtung und deutete anschließend auf sich und dann auf das Papier. Dabei flammte solch eine Sehnsucht in seinen schwarzen Augen auf, dass sie glaubte, er würde gleich in Tränen ausbrechen.

„Was meinst du? Willst du dir mit mir einen Drachen ansehen?"

Sie konnte so etwas wie Ärger in seinem Gesicht aufblitzen sehen. Er schüttelte den Kopf, zeigte auf sich und wieder auf das Bild. Raena verstand ihn nicht. Ratlos suchte sie sein mageres Gesicht nach Antworten ab.

„Hattest du einen Drachen? Ist er verloren gegangen?", ihre Fragen klangen so dumm in ihren Ohren, dass sie am liebsten hysterisch aufgelacht hätte.

Ungläubig starrte er sie an, ein undefinierbares Gluckern entwich seiner Kehle.

Raena schüttelte den Kopf. „Du solltest gehen. Am Ende bekommen wir beide fürchterliche Schwierigkeiten."

Seine Züge versteinerten. Ohne den Blick von ihr zu nehmen, tunkte er seinen Zeigefinger in die Tinte hinein, zeichnete einen geraden Strich mit zwei Beinen und zwei Händen, sowie einem Kopf mit langen Haaren und zeigte auf sie. Daneben zeichnete er einen weiteren Menschen – *sich selbst?* Die Gestalt hielt kurz darauf eine riesige Gänsefeder zwischen den Fingern.

War er vielleicht ein Verrückter?

Er gab ein verärgertes Geräusch von sich und reagierte damit auf ihre Gedanken, was sie zutiefst schockierte.

„Du hörst mich? Der Prinz hört mich auch!"

Er hob seine tintenfreie Hand vor den Mund, ein Zeichen, dass sie leiser sprechen sollte und Raena nickte steif. *Du bist also stumm,* versuchte sie es weiter, presste die Lippen zu einem schmalen Strich zusammen und starrte seine Stirn an, als ob sie dort eine Öffnung zu seinen Gedanken finden könnte.

Nun schien er ratlos.

„Also hörst du mich nicht immer", murmelte sie enttäuscht und ließ die Schultern hängen. „Warum ist das so?"

Der Junge reagierte nicht auf ihre Frage und verband den Drachen und den Menschen, der ihn darstellte, mit einem geraden Strich. Anschließend zog er den Strich bis zu seiner dritten Zeichnung und vollendete einen unförmigen Kreis. Er, sie und der Drache waren nun irgendwie durch schmierige Tinte miteinander verbunden.

Was auch immer er ihr zeigen wollte, sie verstand es nicht.

„Bitte – *geh.*"

Er ließ es zu, dass sie ihm das Blatt entzog, das Tintenfass zuschraubte und die Gänsefeder ins Feuer warf. Dann eilte sie zum Tisch zurück, spuckte auf die kleinen Tintenspritzer und rieb sie, bis sie verschmiert waren.

Er beobachtete sie stumm.

4. KAPITEL

Nachdem Raena sich eingeredet hatte, dass die Tintenflecken wie alltägliche Gebrauchsspuren aussahen und hoffentlich keinem auffallen würden, blieb sie mitten in der Kajüte stehen und betrachtete das Bild vor ihren Augen. Der krumme Drache mit verwaschenem Kopf sah aus wie eine Kinderzeichnung.

Du und ich.

Sie hob den Blick und begegnete einem Paar schwarzer Augen, die sie unverwandt anstarrten.

Du und ich. Die Stimme war rau, die Worte jedoch deutlich genug.

„Was zum Suneki", flüsterte sie unsicher. Eiseskälte lief ihren Rücken hinunter und sie spürte, wie sich etwas Unsichtbares zwischen ihnen zu bilden begann, schwach, aber es war da, schwebte in der Luft ungreifbar.

Endlich. Dann griff etwas Mächtiges und Uraltes in ihr Bewusstsein und hielt sie fest. *Du hörst mich.*

Hätte sie sich abwenden und vor ihm fliehen wollen, hätte sie schreien und um Hilfe rufen wollen, sie hätte es nicht gekonnt.

Ich habe so lange auf diesen Moment gewartet. Er war das Gefängnis, die Wände, welche sich sekundenschnell um ihren Geist herum aufbauten und sie hatte keine Kraft, ihn zurückzuhalten.

Ein seltsamer Ausdruck trat in seine Augen – Glückseligkeit.

Raena konnte sich nicht rühren. Sie war wie erstarrt, nahm ihre Umgebung anders wahr, als würde sie sich selbst dabei zusehen, wie sie regungslos vor ihm stand, gefesselt von seiner Gegenwart.

Ich kam, um bei dir zu sein.

Sie wurde ganz still. Ihr Herz beruhigte sich, als würde es einen anderen Takt annehmen, sich anpassen, ihr Körper genauso ruhig wie seiner im Raum verharren und Raena erwartete Angst, vielleicht Panik, doch ihre Gefühle waren ihr genommen worden.

Ich werde bei dir bleiben, bis ich sterbe, denn ich bin dein Drache, selbst nachdem ich meinen wahren Körper abgeworfen habe. Seine Worte verhallten in ihrem Kopf, als hätte er dort binnen Sekunden eine Kathedrale aufgebaut, wo er ihrer Gestalt am Thron sitzend wüst entgegenschrie. Er hatte nicht viel Zeit und sie wusste das, irgendwie.

Woher kam er, wer war er? Sie konnte nicht denken.

Bevor du geboren wurdest, baten deine Eltern mich, dir zu dienen. Mein Blut ist mit Ara verbunden, weshalb unsere Verbindung schwach ist und ich fand dich, weil ich sie in dir gespürt habe. Sie leitete mich, ihre Energie in meinem Zacken brachte mich zu dir. Ich habe ihn geschluckt, damit ich ihn nicht verlor, und es war riskant, ein weiterer Zauber hätte mich getötet, denn ihre Energie ist es, die diesen Körper antreibt.

Raena hörte ihn und doch verstand sie nichts davon.

Dein Zustand mag verwirrend sein, aber hab Vertrauen. Du bist wie ein Samen, der erst Wurzeln schlagen muss, ehe er wachsen und gedeihen kann. Seine Augen glänzten. *Niemand sollte eine solch schwere Bürde tragen müssen.*

Bevor sie begreifen konnte, wie ihr geschah, hörte sie sich seufzen.

Er sandte ihr brennende Sehnsucht, beißenden Schmerz, tiefe Trauer und solch endlose Hoffnungslosigkeit zu, dass ihr Tränen in die Augen traten und sie spüren konnte, wie sie ihr Kinn hinabtropften. Einen Wimpernschlag später waren die Gefühle verschwunden. Am liebsten hätte sie sich in seine Arme geworfen. Das Gefühl war so übermächtig, dass sie einen Schritt tat, einen zweiten, und dann ...

Schritte. Langsam – ohne Hast.

Sein Kopf zuckte. Er blickte zur Tür und die Kathedrale in ihrem Kopf begann zu bröckeln. *Wirf die Zeichnung ins Feuer.*

Sie gehorchte, während der rohe Bau in ihrem Kopf zusammenfiel. Die Verbindung brach ab, ihr Herzschlag beschleunigte sich. Nur am Rande nahm sie wahr, wie das gelbe Papier von roten Flammen gefressen und restlos verbrannt wurde.

Dann spürte sie auf einmal Angst, doch nicht wegen Jan, der womöglich kurz davor war, die Kajüte zu betreten. Sollte sie den Drachen mit dem Schürhaken neben dem Kamin erschlagen, da er in ihr Bewusstsein gedrungen war und ohne Zustimmung auf sie eingeredet hatte? *Drache hin oder her.* Am meisten ängstigte sie, dass er, sobald er sie gehört, ihre Gedanken festgehalten und sich irgendwie Zutritt zu ihrem Kopf verschafft hatte.

Wie viele diese Fähigkeit wohl beherrschten?

Und wenn Torren es ebenfalls konnte, es aber noch nicht versucht hatte?

Der Mann hatte ihr klar verständlich gemacht, wie mächtig er war. Der Junge – nein, der Drache vor ihr konnte ihr befehlen, sich sofort in den Tod zu stürzen, dessen war sie sich sicher.

Raena spürte eine Berührung auf ihrer Schulter, Finger, die über ihre Kleidung strichen. Er stand ganz nah und da war sie wieder, jene Verbindung, schwach, aber sie war da. Seine Nähe versprach ihr Trost, Geborgenheit und Schutz, erinnerte sie an Lanthan und doch war es ganz anders, unschuldig, voll bedingungsloser Liebe und Zuneigung. Sofort schwand ihre Angst, als ob ihr Körper sehnlichst darauf gewartet hätte. Es irritierte sie. Er hatte ein Fenster in ihr geöffnet und sie hatte nicht darum gebeten.

Dieser Körper ist nutzlos, der Zauber nicht umkehrbar, doch ich wollte dich sehen – nur ein einziges Mal. Wenn wir mehr Zeit hätten, dann hätten wir versuchen können, es zu vollenden, dann hättest du mich vielleicht retten können.

Tiefe Traurigkeit erschütterte ihr Herz. Sie bebte wie eine Pappel im Sturm. „Vollenden? Retten?", flüsterte sie verwirrt. Ihr Arm kribbelte, Wärme wanderte durch ihren Körper und berührte ihren Geist. Als er die Dunkelheit fand, die tief in ihr verborgen war, hörten sie ein Lachen. Ein Lachen, das Gänsehaut verursachte und für einen Moment hatte sie das Gefühl, dass da noch etwas war, tief in ihr, ein zurückgezogener Teil, der ...

Dann kam Jan.

Und Raena vergaß es.

Er stand mitten in der Tür, starrte wie gebannt auf die Hand, die auf ihrem Arm lag.

Die Zeit schien stillzustehen.

Raena reagierte schnell, stieß ihn beiseite und rief: „Er hat nur mein Hemd geordnet!"

Als er zusammenbrach und schwer atmend auf dem Rücken liegen blieb, schrie ihr Herz auf. *Es tut mir leid!* Was auch immer sich in den letzten Sekunden zwischen ihnen abgespielt hatte, hatte sich auf eine Weise, die sie nicht beschreiben konnte, richtig angefühlt. Ihre Gefühle waren zwar chaotisch, doch sie mochte diesen Jungen, der in ihr Leben getreten war und Dinge behauptete, die sie kaum begreifen konnte.

Jan durfte ihn nicht töten.

Mit erhobenem Kopf und herabhängenden Händen stand sie da und wartete auf sein Urteil, zu ängstlich, um dem Jungen aufzuhelfen.

Jan kam herein und schloss die Tür hinter sich.

Sein Blick blieb unergründlich. Er wischte sich übers Gesicht, kratzte über die schräg verlaufene Narbe und sie spürte, er würde explodieren.

„Steh auf."

Raena schluckte hart und sah im Augenwinkel, wie sich der Junge mühevoll in die Höhe quälte. Er bebte am ganzen Leib.

Wie gern sie ihm geholfen hätte – doch sie konnte nicht.

Sie wusste, dass sie sich diesen Moment ihr restliches Leben lang vorwerfen würde, dennoch ...

Ein Schrei stahl sich auf ihre Lippen, als Jan im nächsten Moment die Entfernung überwunden hatte und ihn mit einem harten Faustschlag gegen den Kiefer niederstreckte. Er stürzte zu Boden und Raena vergaß ihre Vorsicht, ihre Angst, warf sich auf ihn, bedeckte seinen Körper mit ihrem. Ihre Hände umarmten ihn, ihr Gesicht bohrte sich in seine Brust, der raue Stoff an ihren bebenden Lippen. Sie holte tief Luft, roch Moder, Verwesung. Ihr Magen drehte sich um, sie nahm es kaum wahr, weil sie ihn retten wollte, *retten musste*. Er durfte ihn nicht töten.

Schmerz durchzuckte ihr Kreuz. Jan schlug sie, packte sie grob an den Haaren und zerrte sie hoch, von ihm fort.

„Hör auf! *Bitte hör auf!*", wimmerte sie, presste die Augen zusammen und stieß die Luft zwischen den Zähnen aus, auf den nächsten Schlag wartend.

„Du hältst dich da raus!", brüllte er und schleuderte sie quer durch den Raum als wöge sie nichts.

Ihr Kopf krachte gegen den Pfosten.

Nein. Nein. *Nein!*

Blind vor Wut krabbelte sie auf ihn zu, ihre Finger gekrümmt, ihr Körper angespannt. Sie spürte nichts.

Er trat dem Jungen in den Magen, der die Augen schwach geöffnet hatte, ein Spalt zwischen den Lippen, der Blick auf ihrem Gesicht. Er schützte sich nicht.

Raena sah rot. Schreiend schnappte sie nach Jans Bein, zerrte an seinem Lederstiefel, zerrte an seinem Fußgelenk, zog sich an ihm hoch und biss so fest in seinen Schenkel hinein, dass sie ihr Kiefer krachen hören konnte.

Er gab einen überraschten Laut von sich, hob das Bein, schüttelte es, doch sie hielt sich an ihm fest, spürte seine Hand in ihrem Haar.

Jan verlor das Gleichgewicht. Sein linker Fuß trat aus, sein Knie knickte ein. Er brüllte und fiel. Sein Arm bohrte sich in ihre Rippen, seine Hand fiel auf ihr Gesicht. Irgendetwas traf sie am Auge. Für einen Moment sah sie nur helle Punkte.

„Miststück!"

In Raenas Ohren rauschte es. Sie versuchte von ihm wegzukriechen, ihr Herzschlag überschlug sich. Blind kroch sie über den Boden, spürte, wie er aufsprang, keuchte, als er nach ihren Beinen schnappte. Wie zwei Schraubstöcke schlossen sich seine Hände um ihre Fußgelenke und zerrten sie zurück. Raena schrie. Ihre Haut radierte über die Bretter, das Hemd rutschte hoch und offenbarte viel zu viel. Sie trat aus, mit aller Kraft und er lachte nur.

Sie wand sich wie eine Schlange, stöhnte, als sie sein Fluchen hörte, spürte, wie sein Griff nachließ und rutschte von ihm weg, bis sie sich am Bett hochziehen und mit hochrotem Kopf in sein verzerrtes Gesicht blicken konnte.

„Fass mich nicht an!"

Sie atmete heftig. Ihr war heiß und sie glaubte sterben zu müssen, wenn er sie noch einmal anfasste.

Jan hielt sich die linke Wange. Kaum zu glauben, dass sie ihn tatsächlich im Gesicht getroffen hatte. Dennoch grinste er. Sie konnte keine Spur von Ärger in seinen Augen erkennen, viel mehr erkannte sie wachsendes Interesse, als ob ihm ihre Widerspenstigkeit gefallen hätte.

„Wildkatze."

Sie schüttelte sich vor Abscheu.

Der Junge auf dem Boden hatte sich aufgesetzt. Er blutete nicht. Seine dunklen Augen hoben sich von seinem bleichen Gesicht ab, wilde Feuer tanzten in ihnen und sie spürte die Wärme bis in ihre Knochen hinein glühen. Reglos und ohne zu blinzeln sah er sie an, als würde er sich ihren Anblick tief einprägen wollen.

„Wenn du Sehnsucht nach einem Mann hast, hättest du es mir verraten können." Jan breitete die Arme aus, als würde er sie umarmen wollen.

Raena verkrampfte sich innerlich. „Habe ich nicht!"

Er hob eine Augenbraue.

„Habe ich nicht", wiederholte sie etwas ruhiger.

„Gut." Das Grinsen verschwand aus seinem Gesicht und wurde von einer eiskalten Maske ersetzt. „Du. Steh auf." Kräftig stieß er den Hockenden mit seinem Knie an. Die Sekunden zogen sich dahin und bis der Junge schließlich stand, hatte Raena bis zehn gezählt. Er sah sie noch immer an und sie starrte zurück und lauschte ihrem Herzen, welches nicht aufhören wollte zu bluten.

Ich kenne dich nicht! Warum ist das so verwirrend?

„Vor die Tür." Wie ein Peitschenhieb knallte Jans Stimme durch den Raum und ließ sie zusammenzucken. Als sich der Junge nicht von der Stelle rührte, packte ihn der Kapitän am Arm und stieß ihn vor sich her, bis er ihn in den Gang hinauswarf. Nachdem die Tür hinter ihm zugefallen war, stach er mit dem Zeigefinger in ihre Richtung. „Und du – lüg mich nicht an! Ich sollte dich zurück in deinen Käfig stecken, bis ich dich verkauft habe, du undankbares Miststück." Fahrig fuhr er sich durch sein Haar und wandte den Blick von ihr ab. Einen Augenblick später begann er wie ein eingesperrter Hund von einer Seite zur anderen zu laufen – von links nach rechts, von rechts nach links.

Raena schluckte. Sekunden wurden zu Minuten. Die Zeit wollte nicht vergehen und ihr rechtes Handgelenk begann zu zittern. Sie hielt es fest. Am liebsten wäre sie in Tränen ausgebrochen, doch sie erlaubte sich die Schwäche nicht.

Jan wirkte zerstreut.

Was konnte sie tun, um ihn zu besänftigen? Ihr wollte nichts einfallen.

„Was ist mit Yinila?", fragte sie kleinlaut, da er ohne sie zurückgekommen war.

Er ignorierte es, gar schien es so, als wäre er nur körperlich anwesend.

Bei Ara, wollte er etwa, dass sie vor ihm auf die Knie fiel? Sie warf einen Blick zur Tür, hinter der sie den Jungen wusste und fragte sich, was nun mit ihm geschehen würde.

Zum Suneki mit ihrer Angst!

„Was passiert mit ihm?"

Das riss Jan aus seiner Trance. Er fuhr zu ihr herum und sah sie an, als ob sie den Verstand verloren hätte. „Du solltest dich lieber um dich selbst sorgen." Seine Stirn zog sich zusammen, seine Augen wurden schmal. Er tat zwei Schritte, blieb stehen, musterte sie einen Atemzug lang und kam dann erneut auf sie zu, lauernd, bedrohlich, als wisse er nicht, ob er sie packen, schütteln oder zu Boden schlagen und auf sie einprügeln sollte.

Raena wich zurück und als er nur mehr eine halbe Armlänge von ihr entfernt war, stieß sie mit ihrem Fußgelenk gegen das Bettgestell. „Fass mich nicht an!" Sie ließ sich zurückfallen und rutschte über das Bett von ihm fort. Ihre Hände verhedderten sich in den Laken und ohne die Augen von ihm zu nehmen, streifte sie sie hektisch ab, um sie frei zu haben.

„Sonst – was?"

Raena rechnete mit allem. Sie überlegte bereits, wo sie ihn schlagen würde, als er nur die Lippen zu einem gelassenen Lächeln verzog. Zu ihrer Überraschung blieb er auf Abstand.

„Ich werde dir nichts tun", erklärte er gedehnt, „du sollst schön aussehen, wenn du verkauft wirst."

Raena schauderte. Seine Launen waren unvorhersehbar. „Du wirst mich nicht verkaufen", konterte sie und zuckte obgleich seines erheiterten Lachens zusammen.

„Tatsächlich? Und wie kommst du darauf?"

„Du lässt mich frei", versuchte sie es einfach – vermutlich war sie längst wahnsinnig geworden.

„Frei?" Eine kleine Pause folgte, in der sie nur ihren beiden Atem hören konnte. Seiner schnell, ihrer flach. „Frei?", wiederholte er, „was würdest du dafür tun, wenn ich dich im Gegenzug frei lasse? Den Herrscher in Narthinn ermorden?"

„Ich könnte es versuchen", natürlich meinte sie das nicht ernst, doch er lachte sie nur aus, worauf sie ärgerlich die Stirn runzelte. „Ich bin das Gleichgewicht, weshalb- ...", ihre Stimme verlor sich in seinem Aufschrei; er war viel zu schnell, sie konnte ihm nicht folgen. Jäh war er über ihr und drückte sie in die Matratze – sein Körper schwer wie Blei.

Raena kreischte und erstickte halb an seiner Hand, an seinen Fingern, die er ihr in den Mund steckte. Sein Knie stieß er zwischen ihre Schenkel, drückte sie auseinander, schob das Gewand bis zu ihren Hüften hoch.

Sie schnappte nach Luft, schlug nach ihm, kratzte ihn.

Er wich mühelos aus, lachte nur, packte nach ihren Händen, schlug sie beiseite und kam ihr ganz nah. Seine Augen schwebten vor den ihren, geweitet vor Rage und Lust.

Raenas Lider flatterten. Diese Dunkelheit. Sie füllte den gesamten Raum aus. Sie kam von ihm und Raena war wie gelähmt, wie ein Beutetier im Angesicht des Räubers, kurz davor gefressen zu werden.

Mit einem Grinsen drückte Jan ihren Kopf brutal zur Seite. Sie hörte das Knacken in ihrem Nacken, das Klingeln in ihren Ohren und für einen Moment war alles schwarz.

Wehr dich, schoss ihr durch den Kopf. *Wehr dich!*

Dann biss er zu. Seine Zähne bohrten sich in ihren Hals.

In Pein schrie sie auf, trommelte, drosch auf ihn ein, doch er bewegte sich nicht. Sein Kiefer malmte, seine Zähne rissen eine Wunde auf, sodass das Blut warm in die Kissen unter ihr sickerte. Sie hörte ihn knurren, spürte wie sein Knie höher rutschte und sie nach oben drückte. Raena winkelte ihre Beine an, trat nach ihm, seine Kleidung viel zu glatt, stieß einen verzweifelten Laut aus und er biss erneut zu.

Raena schrie. Sie schrie, bis sie keine Luft mehr bekam und röchelte wie ein Schwein auf der Schlachtbank. Da erblickten ihre Augen plötzlich einen Stuhl über sich, erkannten ein bleiches Gesicht, verzerrt vor Weißglut, bevor das Holz gegen den Rücken ihres Peinigers krachte.

Holz splitterte – der Stuhl brach auseinander und die Wucht war so gewaltig, dass Jan auf ihr zusammenbrach.

„...!" Sie keuchte wie ein Blasebalg.

„Kapitän! Kapitän!"

Geschrei drang wie von Weitem zu ihr durch.

Raena hatte nur Augen für den menschlichen Drachen, der wie Suneki höchstpersönlich über ihnen thronte, wie ein Rachegeist aus längst vergangener Zeit aussah.

Jan stöhnte reglos.

Nicht wissend, woher sie eigentlich die Kraft nahm, zog sie ihre pochenden Beine unter ihm weg. Mit zusammengebissenen Zähnen presste sie ihre Handflächen gegen seine Schultern, drückte ihn zur Seite und rollte sich in die entgegengesetzte Richtung. Dabei gelang es ihr, das Hemd wieder über ihren nackten Rücken zu ziehen und sich zu bedecken.

Unbeholfen rutschte sie von der Kante des Betts hinunter und ließ sich von den dürren Fingern ihres Retters aufhelfen, der zwar bedrohlich unter ihrem Gewicht schwankte, ihm aber breitbeinig standhielt. Dann zog er sie hinter seinen ausgemergelten Körper und schützte sie vor den Blicken der Seemänner, die in den Raum gestürzt waren.

Raena betrachtete ihre geröteten Hände, ihre steifen Finger und die bleichen Knöchel, welche sie in blanker Panik gegen seinen Rücken geschlagen hatte.

Sie konnte nicht aufhören zu zittern.

Es ist vorbei. Er wird uns töten.

„E-er b-bringt u-u-uns u-m", murmelte sie gegen seinen Rücken, bekam ihre klappernden Zähne nicht unter Kontrolle und blickte sein kohlrabenschwarzes Haar hoch. „Er bringt dich u-u-m. E-r tötet uns b-b-beide."

Seine Hand schnellte zurück, umfasste ihr Handgelenk und drückte fest zu. Sein Griff wurde zu einer Warnung, zwang sie, den Mund zu schließen und zu schweigen.

Alle Augen ruhten nun auf dem Kapitän, der orientierungslos umhergriff. Erst Sekunden später drehte er sich zur Seite und schob mit seiner linken Hand die Sitzfläche des zerbrochenen Stuhls vom Bett auf den Boden.

Als ob sie ebenfalls von einem Holzstuhl getroffen worden wären, regten sich die Männer erst, nachdem Jan ein langes Stöhnen von sich gab, welches glatt als Lacher durchgehen hätte können. In ihrer Hast fielen sie fast über ihre eigenen Füße, als sie sich zum Bettrand warfen und nach den ausgestreckten Armen ihres Kapitäns griffen, doch der drückte ihre Hände beiseite und fuhr sich mit dem Handrücken über den Mund, um das Blut wegzuwischen.

Gebannt folgte Raena seiner Bewegung und fasste sich an den Hals. Da war Feuchtigkeit auf ihrem Schlüsselbein, Blut, das im Saum versickerte. Nur die Götter wussten, was geschehen wäre, wenn der Drache ihr nicht zur Hilfe gekommen wäre.

In ihrem Hinterkopf ertönte eine leise Stimme, die sie daran erinnerte, dass es die Natur der schwarzen Reiter war, zu morden und Gefallen daran zu finden. Sie wusste, dass der Kapitän zu ihnen gehörte. Die Dunkelheit, die nun wieder verschwunden war, hatte es ihr vor Augen geführt.

Jan betrachtete die roten Rückstände auf seiner Hand. Die Emotionen in seinem Gesicht schwankten zwischen Überraschung und leichter Belustigung. Nachdem er sie an seiner Hose abgewischt hatte, kreuzten sich ihre Blicke und tief in seinen vergrößerten Pupillen begrüßte sie Mordlust.

Wenn nicht einmal sein Übergriff ihre schwarze Seite hervorgelockt hatte, dann war sie endgültig verloren. Aber sie hatte sie doch gespürt, als der Drache sich mit ihr verbunden hatte. Warum also, brach sie dann nicht hervor?

Im Gang ertönten aufgebrachte Stimmen.

In ihren Gedanken erschien die Vorstellung von einem schockierten Torren, wobei sie nur schwer glauben konnte, dass es für ihn jemals irgendeine Notwendigkeit gegeben hatte, schockiert auszusehen.

Es war Sezjal, der halbnackt in die Kajüte stürmte. Raena fühlte einen Stich in der Brust, denn sie hätte sich jemand anderen gewünscht.

„Was ist hier los?!", blaffte er mit weit geöffneten Augen. Er wirkte überfordert, sah zuerst sie, dann den Drachen und anschließend seinen Kapitän an. Einer der Männer stotterte einige Worte, eine Beschreibung dessen, was sie gesehen hatten.

Jan verschränkte beide Arme vor der Brust. „Gibt es ein Problem, Leutnant?"

Sezjal lief rot an und zögerte nur kurz. „Kapitän, der Prinz ist aufgebracht. Das Geschrei der Frau hat seinen Schlaf gestört. Er ist um ihre Sicherheit besorgt."

Raenas Herz tat einen Satz.

„Der Prinz kann beruhigt sein. Meiner Frau geht es ausgezeichnet", entgegnete Jan frostig. Man merkte ihm an, dass es ihm missfiel, wenn Torren sich in seine Angelegenheiten mischte. „Ihr", mit einer verwerfenden Handbewegung deutete er seinen Männern, „beeilt Euch, die Holzreste vom Bett zu räumen."

„Aber ...", begann einer von ihnen, ehe er Raena und dem Jungen einen zweifelnden Blick zuwarf. Er schien verschlafen und blinzelte mehrmals, um wach zu werden. „Seid Ihr sicher, dass- ..." Vermutlich stufte er die beiden als eine Bedrohung ein, die zuerst gelöst werden sollte.

„Beeilung! Wollt ihr, dass euretwegen der Prinz keinen Schlaf finden kann?!", blaffte Sezjal.

Die Männer stolperten durch den Raum. Geschwind griffen zwei nach den Bruchstücken, während die anderen die Splitter mit ihren Ellbogen zu Boden fegten und die Decken ausschüttelten. Feiner Staub und kleine Holznadeln rieselten zu Boden.

„Warum musstest du mich reizen?"

Raena hob den Kopf. Jans herablassender Blick, seine Überheblichkeit darin, verwandelten ihr Innerstes zu Suppenbrühe. Er stand nun näher, sie hatte nicht bemerkt, dass er auf sie zugegangen war.

„Machst du", bei seinen nächsten Worten lief es ihr eiskalt den Rücken hinunter, „das mit Absicht?" Er klang gequält. „Möchtest du", er leckte sich über die Unterlippe, die blasse Narbe in seinem Gesicht folgte dieser Bewegung, „dass ich dich töte? Willst du das?"

Wie gefesselt starrte sie auf sein Kinn, wo ihr Blut klebte.

Dann schob sich ein dürrer Arm in ihr Blickfeld und raubte ihr die Sicht. Der Junge schirmte sie ab oder versuchte es zumindest – was bewundernswert war, wenn man seinen erbärmlichen Zustand bedachte.

Während sie um ihr beider Leben fürchtete, kam ihr entfernt in den Sinn, dass wenn der Junge starb, sie nicht nur die Möglichkeit auf die Wahrheit verlor, sondern auch einen Verbündeten, denn er war zu einem geworden.

„Kennt ihr euch?", man konnte die Heiterkeit, den Spott in seiner Stimme kaum überhören, „ich könnte euch beide sofort ausweiden lassen. Würde euch das gefallen?"

„Kapitän Jan", mischte sich Sezjal mit einem Zischen ein, „es ist genug. Ihr verliert Euch."

„Wessen Schuld ist das wohl?!", brauste der Angesprochene wütend auf und spuckte aus, „dieses Weib ..."

Raena hörte nicht hin, denn ihr war der wunde Rücken des Jungen aufgefallen. Eine dicke Kruste lugte aus einem großen Loch oberhalb seines Arms hervor. Es schien zu eitern und in ihrem Kopf erschien ein grausamer Gedanke und ihr eigenes Elend rückte in weite Ferne.

War er geschlagen worden? Hatten sie ihn ausgepeitscht?

Ihr Atem stockte, als sie es wagte, ihn leicht an der knochigen Hüfte zu berühren. Schwach zuckte er unter ihren Fingern, er war warm und seine Haut glühte. Auf einmal hatte sie das dringende Bedürfnis, sich an ihn zu schmiegen und sich ein wenig Wärme zu holen. Es war ihr gleich, dass er stank. Wie merkwürdig vertraut sich diese Gefühle doch anfühlten.

„Ihr seid Euch sicher, dass Ihr sie verkaufen wollt?", fragte Sezjal ernst, „wisst Ihr überhaupt, wer sie ist? Habt Ihr es in Erfahrung bringen können, Kapitän?"

Jan glotzte ihn an.

„Glaubt Ihr tatsächlich, dass *Seiren* nur eine Sklavin ist? Der große Mann sucht sie bestimmt überall."

„Ich glaube nicht, dass sie nur eine Sklavin ist." Jan warf ihr einen bösen Blick zu. „Die Frau meinte, dass man ihr Verschwinden angeordnet hätte."

Raena erwiderte seinen Blick ungerührt, während sie die Informationen in sich aufsog wie ein Schwamm. Es gab nur eine Frau, die sie im Land der weißen Reiter kannte – *Esined, die Halbsirene.* So traurig es auch war, nun hatte sie Gewissheit und wusste, dass sie es gewesen war, die sie an Jan verraten hatte. Es tat weniger weh, als sie erwartet hatte, Erleichterung überwiegte, weil es bedeutete, dass Lanthan nichts damit zu tun gehabt hatte.

„Ihr hättet sie wenigstens wegsperren sollen. Waren sind im Lager untergebracht. Was sollen bloß die Männer von Euch denken?"

Die besagten Männer beeilten sich, die Kajüte zu verlassen und Raena war klar, dass bald das ganze Schiff wissen würde, was sich hier abgespielt hatte.

Jan baute sich vor Sezjal auf. „Willst du mir befehlen?", fragte er ihn in einem Ton, der den Mann vor ihm erbleichen ließ, „willst du mich an meine Zuständigkeiten erinnern?!"

Sezjal schluckte und meinte dann leiser: „Ich versuche Euch nur an Eure eigenen Regeln zu erinnern, mein Kapitän."

„Es hieß nicht, sie wäre eine Sklavin. Ich soll sie lediglich mit einer Schachtel verkaufen, das ist alles."

„Bitte?", Sezjal sah überrascht aus, „mit einer Schachtel? Habt Ihr sie geöffnet?"

„Sehe ich so aus, als ob es mich interessieren würde? Die ist für ihren Besitzer gedacht. Was soll schon drinstehen? Ich kann nicht mehr zurücktreten. Der Vertrag ist mit meiner mündlichen Zustimmung besiegelt. Wir liefern sie bloß anderswo ab und das erfahren die nie."

„Anderswo? Ihr bringt sie wieder zurück! Und wer schenkt einem eine Frau und gibt einem Gold obendrauf?"

„Ich dachte, dass wir das besprochen hätten."

„Und Ihr wusstet, dass ich nicht damit einverstanden war."

„Wir können sie nicht mehr laufen lassen."

„Verkauft sie nicht. Das ist gefährlich. Behaltet sie."

„Nein, Leutnant."

„Mein Kapitän- ..."

„Wer bist du eigentlich?", blaffte Jan sie an und beide drehten sich zu ihr um.

Raena hörte sich sagen: „Ich habe bereits versucht Euch zu überzeugen, dass- ..."

Natürlich fiel er ihr ins Wort. „Sie ist verrückt, behauptet, das Gleichgewicht zu sein. Das ist unmöglich. Das Gleichgewicht gibt es nicht. Vielleicht ist sie eine Hochstaplerin, eine Betrügerin oder eine ungehorsame Adelstochter und ihr Vater hat dafür bezahlt, sie verschwinden zu lassen."

Gleichgewicht. Es brachte ihr nur Probleme ein. Am liebsten hätte sie es vergessen. Vielleicht war alles eine große Lüge – ein Traum, ein Schauspiel, ein schlechter Scherz?

„Was ist mit der Legende?"

Jan blickte finster drein. „Ammenmärchen."

Sezjal schüttelte den Kopf und zuckte dann die Achseln. „Wie Ihr meint. Trotzdem. Es stinkt zum Himmel. Zusätzlich verursacht der Prinz ein Theater, obwohl er selbst Geschäften in Weiß nachgeht, und der Berater sagt Euch nicht die Wahrheit, ich bin mir sicher."

„Der Prinz war schon immer launisch. Ich kenne ihn besser als du. Und wegen- ..."

„Eben deshalb!"

Beide Männer starrten sich an, einer verzweifelt, der andere verbissen.

„So wie sie jetzt ist, können wir sie nicht vorstellen. Soll ich sie zum Magier bringen?"

„Sie heilt schnell, glaube mir. Da ist kein Schiffsarzt notwendig." Jan winkte sie näher. „Komm her."

Also war es ihm aufgefallen. Raena zögerte.

„Wann geht der Prinz von Bord?", fragte Sezjal und lenkte den Kapitän vorläufig von ihr ab. „Wir sollten ihn schnellstmöglich loswerden."

„Bald. Wir lassen die Drachen auf einer Insel zurück und passen den Kurs auf Mizerak an. Thich weiß Bescheid."

„Und was machen wir mit ihm?" Sezjal deutete auf den Jungen.

„Hm. Seine zweite Chance hat er vermasselt, das ist wahr. Dabei habe ich sogar dafür gesorgt, dass er angemessen gekleidet ist."

Von Kleidung konnte kaum die Rede sein. Es handelte sich um alte Lumpen, die aussahen, als hätten sie jahrelang in einer Ecke gelegen, wo sie von Ratten zerfressen worden waren.

„Er hat mich davor bewahrt, dieses Weib in Stücke zu reißen. Also verdient er eine dritte, meinst du nicht? Anstatt ihn zu töten, sollte ich ihn auch verkaufen. Vielleicht werden sie ja ein Liebespaar? Dann kann ich sie ein Theaterstück einstudieren lassen, um die feinen Herren zu unterhalten. Somit bleibst du am Leben und ich habe dich vom Hals, was meinst du? Oder möchtest du lieber über Bord geworfen werden?"

Raena wusste, dass Jan nun mit dem Drachen sprach und der schwieg, schließlich war er stumm. Sie spürte nicht einmal ein Zucken seines dürren Körpers. Verkrampft umfasste ihre Hand sein zerschlissenes Oberteil. Vielleicht konnten sie noch ein letztes Mal im Geiste sprechen, bevor man ihn wegsperrte und sie ihn womöglich nie mehr wieder zu Gesicht bekam. Der Gedanke ließ sie verzweifeln.

„Vielen Dank, dass du mir zustimmst", spottete Jan gehässig, „und nun trete beiseite, damit ich sie ansehen kann."

Raena ließ nicht los. Obwohl ihr Kopf schrie, sie möge sich von ihm entfernen, blieb ihre zitternde Hand dort, wo sie war.

Der menschliche Drache bewegte sich nicht.

„Diese Leidenschaft, woher rührt sie? Ich habe es mir schon bei eurer ersten Begegnung gedacht", seine ehrliche Verwunderung war unüberhörbar.

„Ich sage es noch einmal. Trete zur Seite."

Raena schluckte den dicken Kloß in ihrem Hals hinunter. Er würde nicht weichen. Da sie für seinen Tod nicht verantwortlich sein wollte, löste sie langsam ihre Hand aus dem fleckigen Stoff und richtete sich auf, bevor sie es war, die beiseitetrat. Das Herz drohte ihr fast aus der Brust zu springen, als sie zwischen Jan und Sezjal hindurchblickte, denn sie konnte keinem der beiden in die Augen sehen.

„Habt Ihr den Verstand verloren?", Sezjals Stimme bebte vor Entrüstung, *„seht sie Euch nur an!"*

Raenas Sicht verschwamm. Sie hatte Mühe den Kopf gerade und das Kinn hoch zu halten. Als Sezjal mit ausgestreckter Hand ein Stück näherkam, zuckte sie zurück. Mit geblähten Nasenflügeln begegnete sie seinem Blick und signalisierte ihm, dass sie sich wehren würde.

„Schon gut", murrte Sezjal und ließ seine Hand sinken. „Mit Eurer Erlaubnis", brummte er, „hole ich nun den Schiffsarzt."

Der Kapitän machte eine verwerfende, gar gleichgültige Handbewegung. „Tu, was du willst. Du findest mich an Deck." Er bedachte Raena mit einem letzten abschätzigen Blick, drehte sich halb um und erstarrte mitten in der Bewegung. „Ach und diesen ... Jungen hier. Wascht ihn und zieht ihn neu an. Er geht mit ihr von Bord. Ich habe nicht vor, ihn länger zu versorgen." Dann suchte er seine Oberbekleidung und nahm den Mantel an sich.

Sezjal wirkte unzufrieden. „Der ist doch nichts wert."

„Das ist mir gleich."

„Wo soll ich ihn einsperren?"

„Ist mir gleichgültig." Damit ging Jan aus dem Raum.

Sezjal blickte für einen Moment ins Leere, trat dann zu den Karten und rollte sie zusammen, ehe er den Drachen zu sich winkte. „Komm her, Junge. Darfst dich glücklich schätzen, dass du der Dame aus der Patsche geholfen hast. Ansonsten wärst du vermutlich bereits Fischfutter." Er seufzte und deutete zum Arbeitstisch. „Und nimm die Kerzen wieder mit, ich nehme an, die hast du gebracht."

Raena blickte ihn an, als er auf Sezjal zuging. Ihre Augen suchten die seinen – *sieh mich an, noch ein letztes Mal* – ein Lächeln seinerseits würde genügen, sie lechzte danach wie eine durstige Blume nach Wasser und tatsächlich, er blickte sie an und sie glaubte, so etwas wie Freude in ihnen zu erkennen. Und als beide den Raum verlassen hatten, der Duft nach ungewaschener Haut sich verflüchtigte, erschien ihr ihre geistige Verbindung – so unbegreiflich sie auch war – nur mehr wie eine Erinnerung an einen schemenhaften Traum.

5. KAPITEL

Die Nacht hatte kein Ende.

Raena umarmte sich. Ihr Blick flog durch den Raum, blieb am Käfig hängen. Kurz dachte sie an Yinila. Wie es ihr wohl ging? Viel gesprochen hatten sie nie und doch war es ihre Anwesenheit gewesen, die ihr das Gefühl vermittelt hatte, nicht allein gefangen zu sein.

Sie stolperte zum Feuer, löste ihre Umarmung und nahm den Schürhaken zur Hand. Sie stocherte herum, bis glimmende Funken wenige Zentimeter in die Höhe flogen und langsam auf das abgenutzte Parkett neben dem Kamin hinabsegelten. Mit leeren Gedanken beobachtete sie, wie ihr Leuchten schwächer wurde und blinkend erlosch.

Raena betrachtete ihre Hände. Dann fiel ihr der feuchte Tropfen auf ihrem Daumen auf und sie sah, wie ein weiterer daneben erschien. Als sich das Licht der Flammen darin brach, erinnerten beide Tropfen an zwei Sonnen mit winzigen, unregelmäßig verlaufenden Strahlen.

Sie biss die Zähne zusammen und weinte still.

Woher war er gekommen? Wie hieß er? Was hatte es mit der Vollendung auf sich und wann hatte er sich mit Ara – ihrer „Mutter", verbunden?

Konnte er tausende Jahre alt sein?

Sie versuchte sich an seine restlichen Worte zu erinnern, zerbrach sich den Kopf über Eltern, die sie nicht kannte. Sie waren Fremde für sie. Sie machte sich nichts aus ihnen und hegte auch keinen Wunsch, ihrem Vater zu begegnen, der angeblich noch leben sollte.

Da erschien jäh eine Frage in ihrem Kopf.

Schwarzer König.

Lanthan hatte gemeint, der schwarze König sei ihr Vater. Der Raum begann sich zu drehen. Warum war ihr das nicht früher eingefallen? *Zu viel Selbstmitleid.* Konnte es sein, dass ...

Nein. Das ... niemals. Nein. *Unmöglich.*

Sie waren sich nicht einmal ähnlich!

War Torrens Vater überhaupt der gleiche König? Außerdem trug Torren bloß einen Titel. Titel wurden vergeben. Was für ein dummer Gedanke. Sie und eine Prinzessin? *Zum Suneki,* nein! Wie konnte sie sich anmaßen, überhaupt so weit zu denken? Er war der Prinz von Schwarz, mächtig, angsteinflößend, ein Aristokrat. Sie war auf dem Feld aufgewachsen, umgeben von

Weidevieh und harter Arbeit!

Der Legende nach hatte sie tausende Jahre geschlafen. Unmöglich konnte Torren ihr Bruder sein. Der Gedanke war so absurd, dass ihre Tränen versiegten. Torren war ein gefährlicher und faszinierender Mann. Sie war nicht wie er. Wäre der schwarze König ihr Vater, hätte er sie dann nicht längst geholt? Es gab immer Möglichkeiten. Wenn es für Jan welche gab, dann sicherlich auch für ihn – er gehörte zum Adel. Hätte sie eine Tochter, hätte sie alles in ihrer Macht Stehende getan, um sie zu beschützen.

Und wenn du Torren fragst?

Den Suneki würde sie tun! Jan würde sie umbringen!

Aber du wolltest doch ohnehin sterben, flüsterte eine Stimme in ihrem Kopf gehässig.

Gab es überhaupt eine weiße Seite in ihr? Bis jetzt hatte sich nur die Schwarze gezeigt. Und was hatte der Drache gesagt? Niemand sollte eine solch schwere Bürde tragen müssen? Ihre gesamte Existenz war ein Chaos. Sie hatte viele Fragen, aber keine Antworten. Wie war es dem Drachen gelungen, eine Kathedrale in ihrem Kopf zu erbauen? Sie stellte sich vor, wie sie es Bara erzählte, doch die hätte nur schallend gelacht und sie eine Verrückte genannt. *Raena, das geht doch nicht!* Wie sie ihre Schwester vermisste.

Aber eines wusste sie mit Sicherheit: Wenn sie Antworten wollte, musste sie zum Drachen zurück und spätestens, wenn man sie an Land brachte, würde sie ihn wiedersehen. Raena dachte an Lanthan und fragte sich, was er ihr geraten hätte. Er fehlte ihr so sehr.

Und dann kam ihr Esined in den Sinn.

Lenk dich ab!

Mit einem erstickten Lachen stellte sie sich vor die Fenster und blickte auf das ruhige, tiefschwarze Meer hinaus. Ihr Vater hatte, als sie noch um einiges jünger gewesen war, stets gesagt: *Schmerzliche Dinge passieren meist viel zu schnell und es liegt an uns, sie zu erkennen und vermeiden zu lernen.* Daraus schloss sie, Esined aus ihrem Kopf zu verbannen und keinen Gedanken mehr an ihre Existenz zu verschwenden, wäre das Beste.

Raena zog die Nase hoch, rieb sich die geschundenen Körperseiten und zuckte ob manch empfindlicher Stelle zusammen. Um ihre Hände zu beschäftigen, begann sie ihre Haarsträhnen mit den Fingern zu entknoten. Müde seufzte sie ihrem schwachen Spiegelbild entgegen, griff sich an den Hals und befühlte die trockenen Wunden, wobei eine besonders wehtat und die andere kaum erwähnenswert war.

Hoffentlich blieb Jan diese Nacht fort.

In der Ferne fuhr ein Blitz über den Himmel und sie zuckte zusammen. Der Strahl war so hell, dass sich sein Licht für eine Sekunde am Parkettboden abzeichnete und die Umgebung gespenstisch erleuchtete. Sie hörte Donner, gefolgt von leisen Stimmen und Schritten irgendwo über ihr. Ihr Blick richtete sich auf den Horizont, wo das Meer doch nicht so ruhig war wie zuvor gedacht.

Bahnte sich wieder ein Unwetter an? Ihr letztes hatte sie im Käfig verbracht und es war alles andere als angenehm gewesen. Ein sanftes Rot überzog den Himmel dort, wo zuvor der Blitz die Wolken durchbrochen hatte. Raena berührte die überraschend warme Glasscheibe und lehnte ihre Stirn dagegen. Segelten sie in Richtung des Sturms? Sie vermochte nicht einzuschätzen, wohin sie sich bewegten und das verunsicherte sie. Zwischen Himmel und Meer zuckten unzählige Blitze und geblendet kniff sie die Augen zusammen. Ungewöhnlich erschien ihr, dass es nicht regnete.

Zuerst war da nur ein Kribbeln unter ihren Fußsohlen, dann konnte sie die weiße Gischt erkennen, mit der sich die Wellen höher und höher hoben und ihr Widerhall, als sie gegen das Schiff schlugen, machte sich vibrierend unter ihren Füßen bemerkbar. Wenn das Schiff mit seiner Besatzung unterging, wären der Drache und sie endlich frei. Ob der Junge am offenen Meer überhaupt lange genug schwimmen konnte, bis sie gemeinsam Land fanden? *Niemals.* Wie naiv war sie eigentlich. Sie würden das nicht überleben.

Aber du wolltest doch sterben.

Raena schrie auf, als ein Fisch gegen die Fensterscheibe flog. Daraufhin folgte ein tiefer Donner und sein unnatürlicher Klang ließ sie zurückweichen. Sie wandte sich von der beängstigenden Aussicht ab und wankte auf das große Himmelbett zu, wo sie sich an den Rand setzte und mit einer Hand den Pfosten umklammerte – in ihrer Vorstellung ein kippendes Schiff. Ein Windzug blies durch den Kamin und Funken flogen durch den Raum. Das Feuer erlosch.

Da klopfte es plötzlich an der Tür und Raena fuhr herum.

Ohne auf ihre Zustimmung zu warten, trat ein dürrer und alter Mann mit weißem Bart ein. Ein wenig unbeholfen und mit weiter Gestik schloss er die Tür hinter sich. „Wunderschöne gute Nacht, junges Fräulein", krächzte er und kam auf sie zu. Trotz seiner geringen Größe hatte er einen schweren Gang. „Wo drückt der Schuh?"

War das jener Schiffsarzt, welchen Sezjal zuvor erwähnt hatte?

Sein Gesicht lag im Schatten und geblendet durch das Unwetterleuchten am Horizont, konnte sie vorerst keine Züge erkennen. Ihm schien das Schwanken unter seinen Füßen jedenfalls keine Schwierigkeiten zu bereiten. „Draußen sind die Götter los. Ich frage mich, warum sie so zornig sind", als er vor ihr stehen blieb, deutete er mit einer dünnen, faltigen Hand auf das Bett, „darf ich hier meine Sachen ausbreiten?"

Seine Stimme hatte einen rauen Ton und Raena fragte sich, wie alt er wohl sein mochte. „Natürlich", entgegnete sie schnell, da er sich nicht gerührt und auf ihre Zustimmung gewartet hatte.

„Vielen Dank, liebes Fräulein", murmelte er und legte sein weißes Bündel am Bett ab. Geschwind öffnete er den Knoten und breitete ein Tuch aus, in dem sich Fläschchen, Tücher und getrocknete Kräuter befanden. Raena roch Kamille.

Dank des nächsten Blitzes erkannte sie eine schmale, gerade Nase und ausgetrocknete Lippen. Sein zur Hälfte kahler Kopf trug dünnes Haar. Und er war ein Elf. Sie sah die Ohren. Er trug Ohrringe aus Federn, wie Fenriel.

„Ein Elf!", hörte sie sich überrascht rufen. Ihr kurzer Gefühlsausbruch ging in einem Donner unter. Sie konnte die Freude kaum fassen, die sie ergriff.

Der alte Arzt hielt inne, drehte den Kopf in ihre Richtung und seine von feinen Falten umrandeten Augen leuchteten kurz auf. Er lachte, als hätte sie einen Witz erzählt. „Nein, kein Elf." Sein nächstes Wort erstickte jegliches positive Gefühl im Keim und schuf große Verwirrung. „Elb." Als spräche er mit einem kleinen Mädchen, tätschelte er ihren Oberarm. „Das passiert den meisten, liebes Fräulein. Ich werde oft verwechselt." Nun klang seine Stimme müde und träge.

„Ein Elb? Aber du trägst Federohrringe."

Das Schiff legte sich in die Seite. Raena umklammerte den Pfosten fester, da sie von der Matratze zu rutschen begann.

„Darf ich denn keine Ohrringe tragen?", fragte er gekränkt, während er sich gegen das Kippen lehnte, einen Fuß anwinkelte und die Schräge ausbalancierte. Raena starrte zuerst ihn und dann den Raum an, der sich merklich nach rechts neigte. Vorhänge folgten der Bewegung, Fläschchen klirrten, Bilder schlugen gegen die Wände und Bücher fielen zu Boden. Tief unter ihnen dröhnte und stöhnte das Holz aus dem Bauch des Schiffs. Raena spannte sich an und in ihrem Geist formten sich Sorgen.

Der Schiffsarzt verzog keine Miene. Es wirkte fast so, als ob seine Füße Wurzeln geschlagen hätten. Unbeeindruckt kratzte er sich Speisereste aus den

Zahnzwischenräumen und schnippte sie fort, ehe das Schiff wieder in eine waagrechte Position fiel. Die Bücher rutschten am Arbeitstisch vorbei und etwas fiel um, doch Raena sah nicht, was es war.

„Hässliches Unwetter", brummte er, „der Kapitän will es meiden, aber es wird ihn einholen, wenn er den Drachen nicht antreibt."

Täuschte sie sich oder schwang ein amüsierter Unterton in seiner Stimme mit? Er sprach so leise, dass seine Worte kaum zu hören waren und im unruhigen Echo der Kajüte untergingen.

Mit einem Ächzen kletterte er in die Bettmitte hinein und griff mit beiden Händen nach seinen Arzneien. Als er sich zurückzog, rutschte er plump von der Kante. Raena wollte ihm helfen, doch da hatte er sich bereits wieder aufgerichtet.

„Ich bin zu alt für diesen Schwachsinn." Er rieb sich den Rücken mit deutlichem Missfallen. „Er hätte dich in meine Kajüte bringen sollen, Mädchen. Ich breche mir noch alle Knochen im Leib." Sein hitziger Blick traf ihr Gesicht, in seinen Augen lag ein stummer Vorwurf.

Raena kam sich fälschlich beschuldigt vor. Hätte man es ihr befohlen, wäre sie gegangen. Es war Sezjals Idee gewesen. Sie hatte nicht darum gebeten.

„Schau nicht so grimmig, sonst wirst du im Alter verrunzelt und hässlich aussehen", belehrte er sie gereizt, ehe er ein Tuch und ein Fläschchen zur Hand nahm. Als er es öffnete, strömte ein schwerer und stechender Duft durch den Raum. „Wo drückt der Schuh?", fragte er erneut und musterte sie geduldig.

Raena konnte ihn nur anstarren. Sah er nicht die Schwellungen, die Jan ihr zugefügt hatte? Sah er nicht den wunden Hals, die Bisse? Seine funkelnden Augen schienen sie zu sehen und doch taten sie es nicht, als blicke er zugleich in weite Ferne, durch sie hindurch, weit, weit weg.

„Er meinte, ich solle eine Wunde am Hals behandeln."

Er hat mich gebissen, siehst du das nicht?

Sie konnte es nicht aussprechen. Stattdessen holte sie zittrig Luft und warf einen Blick über ihre Schulter, zum Horizont, der in roten, gelben und dunklen Tönen nur so spielte. Erst dann hob sie eine Hand und deutete auf die Stellen, die wehtaten.

„Hm", machte der Elb leise, „dachte, das Blut am Hemd käme vom Nasenbluten."

Irritiert wandte sie sich ihm wieder zu.

„W-was zum Henker", stotterte sie, „seid Ihr kein Arzt?!" Ungläubig stand ihr der Mund halb offen.

„Nicht von Geburt, nein", giftete er, blinzelte und seine Augen schienen sich zu fokussieren, bevor er eine unbekannte Flüssigkeit großzügig über das Tuch goss und es ihr hinhielt.

Der Stoff war nun schwarz.

Argwöhnisch weiteten sich ihre Nasenflügel. Nur der Suneki wusste, was er ihr da für ein Zeug gab. Wenn sie sich an die Flüssigkeit erinnerte, die sie gegen ihre Übelkeit hatte trinken müssen ... bei der Erinnerung überzog Gänsehaut ihren Körper.

„Du musst dich damit einreiben. Nicht zu fest, sonst blutest du. Hier. Nimm."

„Was ist das?", wollte sie wissen.

„Unwichtig. Nun mach schon", drängte er sie ungeduldig.

Raena zögerte, doch dann gehorchte sie.

„Gut so", murmelte er und beobachtete ihre Handbewegungen.

Erst in fühlbarer Nähe der Bisse spürte sie, wie es zu brennen begann. In ihrem Kopf erschien Jans Gesicht, seine glänzenden Augen, Lust darin. Ekel schnürte ihr die Luft ab.

„Ist das normal? Das Brennen", hörte sie sich sagen.

„Ja, mach weiter. Nur nichts auslassen. Es heilt viel schneller, wenn du es richtig machst. Anschließend müssen wir unbedingt dein Hemd wechseln. Untersuchen soll ich dich auch, hat er gesagt."

Raena spürte innerlichen Widerstand, der zu einem riesigen, unüberwindbaren Berg anwuchs. Nicht in hundert Jahren würde sie sich vor ihm umziehen, geschweige denn ausziehen. Und auch dann nicht, wenn er sie in barschem Ton aufforderte oder mit einem Messer bedrohte.

Nur über meine Leiche.

„Verarztet ein Arzt nicht für gewöhnlich seine Patienten selbst?", erkundigte sie sich übellaunig. Hoffentlich hatte er das Tuch ausgekocht. „Könnt Ihr keine Heilzauber?" Dabei dachte sie an Fenriel. Der schwere Geruch stieg ihr in die Nase, ließ ihre Augen tränen und ihre Sinne schwinden. Sie schüttelte den Kopf.

„Ich habe die Lust daran verloren, als mir letztes Jahr ein schwarzer Reiter fast den Kopf abgerissen hätte. Ich war zu „gründlich", als ich die Wunde auswusch", keifte der alte Arzt, der Sprühnebel traf sie im Gesicht.

Raena wurde unvorsichtig. Sie drückte zu fest und es brannte auf einmal so stark, als hätte sie ins Feuer gegriffen. Keuchend betrachtete sie das Tuch, auf dem sich deutlich erkennbar, trotz Dunkelheit, winzige Krusten und gelöstes Blut abzeichneten. Dann heftete sich ihr Blick auf das im Schatten liegende Angesicht des grimmigen Elben. Statt ihn anzuherrschen, warum er ihr flüssiges Feuer zum Einreiben gab, sagte sie etwas gänzlich anderes, das nichts mit ihrer Wunde oder der Flüssigkeit zu tun hatte: „Ihr seid nicht auf seiner Seite."

„Pah!", machte er nur und kratzte sich so fest am Kinn, dass sein Bart wild hin und her flatterte. „Wer will das schon sein!" Danach kam er näher, vermutlich um ihren Hals zu begutachten, und zum ersten Mal erkannte sie die Farbe seiner Augen.

Lila. Sie war sich ganz sicher. Dieses geheimnisvolle Schimmern war ihr nicht unbekannt. *Wie die Farbe von Fenriel.* Eine Welle aus Erinnerungen traf sie mit voller Wucht, so heftig, dass sie sich fest auf die Lippen beißen musste, um ihm nicht alles zu erzählen.

„Ich bin vor Jahren aus der weißen Grenze entführt worden. Aus einem südlichen Turm. Der Kapitän zwang mich, für ihn zu arbeiten."

Raena überkam leichter Schwindel. Eisern hielt sie sich am Bettpfosten fest und grub ihre Finger in die sanften Einkerbungen des Holzes hinein. „Wie das?", hörte sie sich mit schwacher Stimme fragen.

„Er brauchte jemanden, der ihn vor der Grenze abschirmt. Als Grenzmagier weiß ich, wie man das anstellt. Ich kann ihn überall und vor jedem abschirmen, wenn er es will."

„Wirklich vor jedem? Kann denn jeder ein Grenzmagier werden?"

„Ihr stellt viele Fragen, Fräulein, aber ja, wenn man über genug Magie verfügt, wieso auch nicht. Doch wenn jemand Mächtiges die Grenze überquert, nun, deshalb gibt es mehrere Grenzmagier, um auch denjenigen aufhalten zu können."

„Wie ist es so?" Ihre Worte kamen ihr furchtbar langsam vor. Was, zum Suneki, geschah mit ihr? Und warum kümmerte es sie nicht? Ihre Nervosität schien verflogen. Sollte das Schiff doch kentern, ihr war es gleich. Diese Substanz war ein wahres Wunder, der auch ihr Herz erlag, denn es schlug ruhiger.

Der alte Mann lachte hölzern, frei von jeder Heiterkeit. „Genug der Fragerei." Er griff nach dem Tuch, riss es ihr förmlich aus der Hand.

„Jan muss ein mächtiger Mann sein, wenn er Grenzmagier entführen kann."

Darauf sagte der besagte Magier nichts, also versuchte sie das Gespräch in eine andere Richtung zu lenken. „Wie geht es Yinila?"

„Die Fee ...", wollte er antworten, verlor aber den Faden, da das Schiff genau in dem Moment einen Ruck, gar einen Satz vorwärts tat.

Raena gab einen erstickten Laut von sich und knallte mit dem Rücken gegen den Bettpfosten. Sie sah ihn zurücktaumeln, ehe er sein Gleichgewicht mit ausgestreckten Armen wiederfand.

Heftiger Regen ergoss sich wie ein Wasserfall über die Glasfront der Kapitänskajüte, peitschte dagegen und war so laut, dass sie die Worte nicht hören konnte, die der Arzt fluchte. Vom Meer war nichts mehr zu erkennen. Hie und da zuckte ein verwaschener Blitz über den Himmel und sein Licht vergrößerte die Schatten der Wasserströme am Parkett, die das Glas hinabliefen.

Raena bildete sich ein, dass mehrere Stimmen im Gang durcheinanderschrien. Es kümmerte sie nicht, während der Arzt zu lauschen schien. Das Schiff quietschte und knackte. Es kam von überall.

„Was ist das?", fragte Raena, ohne Angst zu verspüren.

Er rührte sich, legte hastig das Tuch zu den Fläschchen und machte einen Knoten. Es entstand ein Bündel, das er eilig hochhob. „Ich muss dich leider verlassen, Fräulein. Der Drache ist unzähmbar."

Was?

Es gelang ihr nicht, seinen grabschenden Fingern auszuweichen. Zuerst befühlte er den einen, dann den anderen Biss und ehe sie sich versah, war es auch schon vorbei. „Fast wie neu. Wunderbar", säuselte er und tätschelte ihren Arm, „vielleicht komme ich später zu dir zurück, Fräulein." Damit ließ er sie sitzen. Vor der Tür hörte sie ihn noch gedämpft rufen, ein Wunder, dass sie ihn überhaupt verstand: „Bleib ja da drin, egal, was du hörst!"

Raena saß da wie betäubt. Sie hörte den Wind heulen, der sich mit dem Regen abwechselte, glaubte zu spüren, wie er mit aller Kraft gegen die Glasfront drückte. Der Drache ist unzähmbar – vermutlich meinte er das Schiff.

Ob sie wohl wirklich bald kenterten? Sie dachte an das Sumpfauge und fragte sich, wie sich Ertrinken anfühlte.

Vorsichtig griff sie sich an den Hals. Da war kein Ziehen, kein unangenehmer, pochender Schmerz. Sie spürte nichts. Die Substanz hatte wahre Wunder gewirkt, hatte die Bisse binnen Sekunden verschwinden lassen.

Raena fühlte sich wie benebelt, als hätte sie Alkohol getrunken. *Jetzt gehst du zum Kamin,* kam ihr jäh in den Sinn. Zwar wagte sie zu bezweifeln, dass sie gerade stehen konnte, doch sie tat es trotzdem.

Das Schiff wackelte. Der Boden wackelte. Alles schien zu verschwimmen.

Und dann ... dann machst du ... jeder Gedanke schien zu beginnen, aber nicht zu enden, als würde er mit dem Regen die Scheibe hinab fortgespült.

In ihrem viel zu großen und blutigen Hemd stolperte sie auf den Kamin zu. Jan hatte die Glasplatte nicht vorgezogen. Wenn das Wetter rau war und die See unruhig, schob er mittels eines versteckten Mechanismus eine Platte vor, die verhinderte, dass die gesamte Kajüte und infolge das Schiff in hellem Feuer aufging.

Plötzlich fiel es ihr wieder ein. *Feuer.* Sie wollte Feuer entzünden.

Raena nahm dünne Holzscheite vom Stapel. Ihr war noch nie so bewusst gewesen wie jetzt, wie gut Harz roch und sie hielt es sich unter die Nase, um den süßen Duft des Waldes tief in ihre Lungen einzusaugen.

Irgendwie klebrig und ... dunkelgelb. Sie stocherte herum, fand ein paar glühende Reste und es gelang ihr, ein Feuer zu entfachen. Nachdem sie die Platte vorgezogen hatte, setzte sie sich und streckte die Hände aus. Wärme durchströmte ihre Handflächen und vertrieb für einen Moment die Kälte, welche sich in ihrem Herzen festgesetzt hatte.

Sie war so müde ... so *unendlich* müde.

Mit einem Ruck, der weitere Bücher aus den Regalen löste, setzte sich das Schiff erneut in Bewegung. Raena kippte zur Seite. Sie hatte nicht genügend Kraft, um sich abzustützen und schlug mit der Wange auf den eiskalten Brettern auf. Es tat nicht weh, viel mehr fühlte es sich so an, als wäre der Boden mit Gänsefedern gefüllt.

So weich. So unglaublich weich!

Gehüllt in schmeichelnde Wärme und dankbar für die Watte in ihrem Kopf, glitt sie davon.

6. KAPITEL

Der düstere Ort, den sie betrat, war ihr nicht fremd. Nicht zum ersten Mal stieg sie die steinigen und staubigen Treppen in die Tiefe hinunter, aus der man leise und qualvolle Geräusche hören konnte. Beleuchtet wurde die Treppe mit der niedrigen, gewölbten Decke aus Stein mit zahlreichen Fackeln, deren Wärme auf der Haut fühlbar war, wenn man vorbeiging. Doch nicht für sie.

Ohne ihren Schritt zu verlangsamen, streckte sie die Hände aus und ließ ihre Finger auf beiden Seiten durch die Hitze der Flammen gleiten. Bevor sie das Ende der

Treppe und den breiten Tunnel erreichte, wurde auf diese Weise jede einzelne Fackel geehrt. Auf ihren Fingern hätten Rötungen, gar Blasen erscheinen sollen, doch sie wusste, dass das nicht geschehen würde.

„Verdammt! Jetzt müss'n wir ne' verfluchte Leiche fortschaff'n. Schon wieder. Als ob ich nicht erst gestern eine verbrannt hätte."

„Das ist uns're Arbeit. Find' dich damit ab oder such' dir ne' and're."

Sie lehnte sich gegen die Mauer und verschränkte die Arme vor der Brust, als sie zwei Männer um die Ecke biegen sah. Ihre schmutzigen Gesichter, Hände und unordentlichen Haare, ließen darauf schließen, dass sie ihr Äußeres vernachlässigten und seit Ewigkeiten kein Bad mehr genommen hatten. Zudem wirkte der Linke und deutlich jüngere von ihnen mürrisch und verärgert. In ihrem Hinterkopf erschien ein Bild von einem Scheiterhaufen, dessen Gerüche ihr nur allzu gut vertraut waren. Verkohltes, süßlich duftendes Fleisch, verbranntes Haar. Ein Schlachtfeld roch ähnlich. Vor allem, wenn Drachen ihre Opfer brieten und liegen ließen – Menschen schmeckten nicht.

„Es wa' läng' an da Zeit, dass der Alt' endli' abkratzt. Der saß läng'r, als ich ang'stellt bin."

Sie war überrascht, dass sie ihnen nicht sofort auffiel. Immerhin war sie nackt.

Als der Schmutzigere von ihnen den Blick vom rostigen Schlüsselbund in seinen Händen hob, wäre er fast gestolpert. Sein Mund stand offen, seine Augen fielen ihm fast aus dem Kopf. „Siehst', was ich seh'?", keuchte er daraufhin und zerrte wie wild am Ärmel des Jüngeren, der brauchte, bis er verstand.

Schließlich starrten beide sie an.

Sie war Wirklichkeit und keine Einbildung.

Die Männer waren wie verzaubert.

„Eine Dirne? Hier unten? G'hört sie zu dem Haus, das g'räumt word'n is'?"

Dass sie nackt war, stellte für die beiden kein Problem dar. Sie selbst wäre verwundert gewesen, wenn ihr eine Nackte, die frei herumspazierte, an diesem Ort begegnet wäre.

„Nein, die sind doch weit'r unt'n! Wie soll se' auch den weiten Weg nach oben schaff'n, ohne von den and'ren geseh'n zu werd'n?", zischte der Jüngere laut genug, sodass sie es hören konnte.

Dann schien ihnen ein Licht aufzugehen, denn ihre Gesichter erhellten sich. Nicht weit entfernt befand sich eine unscheinbare Tür, der Eingang.

„Du bist 'ne Schönheit, Mädi. Wie hast'n di' hie'he' verirrt? Könn'n wir dir helf'n?"

Sie ließ langsam ihre Hände sinken, wohl wissend, dass sie ihnen nun ihren Oberkörper präsentierte. Sie wusste, dass sie sie mit ihrer Blöße zur Nachlässigkeit zwang.

Für sie war eine nackte Frau bloß ein Leckerbissen, im Verlies schutzlos ihren scham-
losen Perversionen ausgeliefert.

„Wie 'ne Sirene", *schwärmte der Alte und sein Grinsen wurde breit,* „hast du
Zeit, Mädi? Vergnüg'n wir uns?"
Ihr Kopf zuckte ein wenig zur Seite. Sirene? Nein, sie war keine Sirene. Und was
die Vergnügung anbelangte, so war sie wählerisch. Ihr Herz schrie nach einem ande-
ren, jemandem, den man unter dicken Schichten aus Erde, Stein und Holz begraben,
hinter Schloss und Riegel eingesperrt hatte. Und sie würde über Leichen steigen,
wenn man sie nicht zu ihm gehen ließ.

Mit einem sanften Lächeln auf den Lippen löste sie sich von der Mauer und leicht-
füßig, die Steinchen und den Schmutz auf ihrer Haut nicht spürend, umrundete sie
beide Männer, die nicht begriffen, warum sie so reagierte, wie sie reagierte. Sie wusste,
dass sie mit Panik oder Angst gerechnet hatten, denn so waren die, die in Kerkern
arbeiteten immer – abgestumpft und des menschlichen Daseins unwürdig.

Ihre Sicht verschwamm. Sie sah sich selbst am Boden liegend, während man ihr
die Schenkel auseinanderdrückte und beide über sie herfielen, wobei der Jüngere ihre
Hände hielt und der Ältere sich an ihr zu schaffen machte. Mit hochroten Gesichtern
und steifen Schwänzen nahmen sie sich, was sie wollten. Immerhin hatte man ihnen
doch solch ein großes Geschenk gemacht!

Blutgier flammte in ihr auf, Lust schoss wie glühende Lava durch ihre Adern, ließ
ihre Arme, ihre Hände und Finger in erwartender Freude erheben. Unbarmherzig
packte sie nach ihren ungeschützten Hälsen und spürte ihre Adamsäpfel unter ihren
Fingern nach oben und nach unten wandern, ganz schnell, als ob sie ihre Spucke hin-
unterschlucken müssten. Sie sah ihnen in ihre starren Augen, sah darin erfreutes
Glitzern und wusste instinktiv, dass sie sich noch in ihrer Illusion befanden. In Rage,
bevor sie zum Höhepunkt kamen und ihre Hosen feucht wurden, riss sie ihre Adams-
äpfel, Speise- und Luftröhren heraus und hielt sie triumphierend in die Höhe, wäh-
rend ihr das Blut die Arme entlangließ und ihre Haut dunkelrot färbte.

Sie sah nicht zu, wie sie mit dem Tod kämpften. Einerlei waren ihr die verzweifel-
ten Bemühungen, das Blut davon abzuhalten, unaufhaltsam aus ihren Körpern zu
strömen. Das Echo ihrer schnell schlagenden Herzen hallte dumpf in ihren Ohren
nach. Das Leben wich aus ihnen, doch sie ergötzte sich nicht daran, denn ihr lief die
Zeit davon.

Der Weg führte sie zu einer Wendeltreppe. Diese war breit genug, sodass mindes-
tens vier Personen nebeneinander in die Tiefe gehen konnten.

„Geschliffen haben sie dich", *hörte sie sich mit einer fremden und vor Trauer ge-*
brochenen Stimme sagen, als ein Bild von ihrem Geliebten in ihrem Hinterkopf er-
schien, „bis auf den Grund dieses Lochs, wo sie gedacht, dich sicher verwahrt zu

haben." Ein klares Bild rauschte an ihrem inneren Auge vorbei. Zwei Männer, die einen halbnackten Mann die Stufen nach unten zerrten, davor hatten sie ihn die Peitsche spüren lassen.

Nachdem sie mehrere Türen passiert hatte, erreichte sie einen Gang. Dort war ein Stockwerk voller Gefangener, die gruppenweise in großen Zellen ihre Strafen absaßen. Dem Dreck nach zu urteilen hätte es dort stinken müssen. Doch das tat es nicht. Sie roch nur die Kälte, die sie nicht spürte.

Neugierige und schmutzige Gesichter pressten sich gegen die Gitter. Sie nahm ihre Blicke nicht wahr, auch ihr Gerufe, Gejohle und Gestöhne prallte an ihr ab wie ein winziger Kirschkern an einer Steinmauer. Geehrt sollten sie sich fühlen, dass sie ihre Gestalt für ein paar Sekunden zu Gesicht bekamen, denn ihr Anblick würde sich spätestens, nachdem sie den Raum verlassen hatte, wieder verflüchtigen. Sie kontrollierte das, was sie sahen, das, was sie fühlten. Es war einfach.

In der letzten Zelle saß nur eine Person. Wer auch immer es war, der dort an der Mauer lehnte, Gesicht und Gestalt im Dunkel verborgen, sah sie nicht, denn er hatte keine Augen.

Eine weitere Treppe mit unzählig vielen Stufen folgte. Leichtfüßig tänzelte sie in die Tiefe hinunter, von der Decke hingen schmutzige Spinnenweben. Sehnsucht zerriss sie fast. Nur wenige Schritte trennten sie von dem Mann, an den sie ihr Herz verloren hatte. Endlich, nach so langer Zeit, konnte sie ihn wiedersehen, ihn in die Arme schließen. Doch als sie den nächsten Türgriff nicht zu fassen bekam und ihre Hand einfach durchrutschte, ergriff sie bittere Enttäuschung.

Ihre Haut war durchsichtig geworden.

Die Zeit wurde knapp.

Wenn sie ihn nicht bald fand, würde sie in den Turm zurückkehren, ohne ihn ein letztes Mal gesehen zu haben. Sie musste Ruhe bewahren und so atmete sie tief aus und ein, ehe sie wie ein Geist durch die rostige und schwere Eisentür hindurchging.

Der Gang dahinter war dunkler als die davor, obwohl links und rechts neben dem Eingang schwach zwei Fackeln mit eisig blauem Licht flackerten. In Eile lief sie an den Zellen vorbei, starrte suchend in die Dunkelheit hinein und vernahm hin und wieder schwere, hechelnde Atemzüge. Falls es den Insassen auffiel, dass sie hier war, kümmerte es sie nicht. Viele würden sterben. Zwei waren tot. Der Duft nach totem Fleisch blieb aus.

Sie hätte sich daran ergötzen können. An ihrem Leid. An ihrer Pein. Doch ihre Liebe trieb sie vorwärts und ließ ihren Schritt immer schneller und schneller werden, bis die Gitter an ihr vorbeiflogen und eine weitere, eiserne Tür erschien.

Sie schlüpfte hindurch.

Finsternis umgab sie. Und auch wenn sie ihn nicht sehen konnte, spürte sie seine

Anwesenheit, hörte seinen lispelnden Atem. Er war an die Wand gekettet und schmerzlich wurde ihr bewusst, dass er nicht mehr lange zu leben hatte, so wie sie. Ihre Brust wurde schwer und sie hoffte, ein Wunder möge ihn aus dieser Dunkelheit befreien und zurück an die Oberfläche holen – jemand, der ihn losmachte und vor dem Tod rettete. Sekunde um Sekunde schwand ihre Energie, zu grausam war das Schicksal – gewährte ihr nicht die Möglichkeit, ihn aus seiner misslichen Lage zu befreien.

„Ara ...?"

„Wer ist da ..."

Es ergab keinen Sinn, dass zwei unterschiedliche Stimmen aus ein und demselben Mund kamen. Im Hinterkopf fragte sie sich, wie das möglich war, während ihr Körper wie von selbst nach vorn stolperte. Dicke Tränen liefen über ihre Wangen und ihr Herz zerfiel in Scherben, als sie sich um seinen Hals warf und ihr klar wurde, dass sie seinen Körper, seinen warmen Atem auf ihrer Wange, nicht mehr fühlen konnte und auch nicht mehr würde. Sie schluchzte auf ob der Zeit, die sie nie gehabt hatten – sie und er? Ein Traum. Aber das Gleichgewicht war in ihr, die Götter tot, das Ende dennoch grauenhaft.

Vorsichtig ließ sie von ihm ab.

„Sogar jetzt ... will ich dich noch töten, dabei leuchtest du nicht."

„Raena? Bist du das?"

Sie konnte sein Gesicht nicht sehen und konnte nicht gehen, ehe sie ihn nicht noch ein letztes Mal anblickte. Von wo auch immer sie die Kraft hernahm, ihr Körper erleuchtete und tauchte den Raum in ein glühend gelbes Licht, das die Dunkelheit aus allen Ecken vertrieb.

Zum Vorschein kam ein Gesicht, welches sie kannte und doch nicht kannte.

Geblendet hatte er die Augen zu winzigen Schlitzen zusammengekniffen.

Bedacht legte sie ihre durchsichtige Hand auf seine Wange und lächelte ihn traurig an. Man hatte ihn gefoltert. Wenn sie die Kraft dazu besessen hätte, hätte sie den Kerker dem Erdboden gleichgemacht und alle getötet.

Er erwiderte ihr Lächeln und doch erwiderte er es nicht, er wollte sie tatsächlich töten und sie ... sie liebte ihn.

„Ich liebe dich." *Auf Zehenspitzen beugte sie sich vor, während ihr Körper sich vom Boden hob und berührte seine leicht geöffneten, spröden, verkrusteten Lippen, obwohl sie wusste, dass sie beide es nicht fühlen würden können.*

„Ich liebe dich."

Dann zog Macht sie fort, das Licht erlosch und der folgende Schmerz ...

... riss sie aus dem Schlaf.

7. KAPITEL

Mit weit geöffneten Augen lag Raena da, während Tränen ihre Schläfen entlangliefen und sich in ihren Haaren verfingen. Der Krampf, der ihren Körper gelähmt hatte, ließ langsam nach, wurde zu einem verhallenden Echo, einer fernen Erinnerung in ihrem Geist.

Ihr Kopf brummte wie ein Bienenstock. Sie nieste und erhob sich schwerfällig, denn ihr Körper fühlte sich an, als wäre er von einer Kuhherde überrannt worden. Warum lag sie vor dem Kamin? Warum trug sie bloß ein blutiges Hemd und warum ... ihr war eiskalt.

Jan war nicht zurückgekommen. Sie war sich sicher, dass er sie geweckt hätte. Entweder durch den Stoß seiner Schuhspitze, durch ein Schütteln oder einem Schlag mit dem Schürhaken, der griffbereit neben ihr lag, als hätte sie ihn selbst dort abgelegt.

Raena wollte nicht wissen, was er mit ihr angestellt hätte, hätte er sie am Boden liegend vorgefunden. Hatte sie etwa ein Feuer entzündet? Sie konnte sich nicht erinnern. Ihre Finger fühlten sich klebrig an, als hätte sie in Harz gegriffen. Sie rochen danach. Ihre Gedanken schienen wirr und doch ... hatten sie nicht gefrühstückt? Normal kamen alle in der Kapitänskajüte zusammen. Spätestens da hätte man sie wecken müssen.

Und Yinila? War sie wieder zurück?

„Yinila?", fragte sie und Stille antwortete ihr.

Nun, das Schiff hatte das Unwetter wohl überstanden. Sie wusste zwar nicht, wie das Deck aussah, doch bis auf die Bücher und die Laken, die am Boden lagen, sah der Raum aus wie immer. Ein Kerzenständer war umgefallen, die Kerzen waren zerbrochen und erinnerten sie daran, wie zerbrochen ihr eigenes Leben war.

Raena seufzte leise, rieb sich über die Augen und warf einen Blick zur Fensterfront hinaus. Der Morgen war längst vorbei, die Sonne stand bereits hoch am Himmel.

Sie hatte geträumt. Lebhaft. Real – voll Blut, Schmerz, Tod und Liebe.

Sie sah sich selbst nackt an Zellen von Verurteilten vorbeilaufen, in einem Verlies tief unter der Erde, obwohl sie noch nie in einem gewesen war. Warum hatte sie den Weg gekannt, die Türen, die Stufen, den Eingang?

Raena ging zur Fensterfront, wo sie auf das weite Meer hinausblickte und die Wellen dabei beobachtete, wie sie sich auftürmten und wieder glätteten.

Sie waren tiefblau, schäumten, während der Himmel klar und frei von jeder Wolke war. Sie glaubte, im Wasser einen großen Schatten zu erkennen, doch nach dem Blinzeln sah sie bloß Wellen, die sich bewegten.

Sie hatte getötet.

Das war doch nicht wirklich geschehen?

Ihre Kehle wurde eng.

Sie betrachtete ihre Hände, ihre Füße, ihre Arme, an ihr kein Blut. Die Gefühle, die sie verspürte, waren schwer zu beschreiben, schwer einzuordnen. Sie vermischten sich, wurden eins, ein wirres Knäuel aus Empfindungen. Sie wollte sich an alles erinnern, an jedes Detail und hielt sich den Kopf, während sie sich konzentrierte, auf die dunklen Gänge, die sich kalt angefühlt hatten. Sie hatte einen Mann gesucht, sehnsüchtig, hastig, hatte Angst gehabt, ihre Kraft könnte nicht reichen, um ihn zu finden, doch schließlich hatte sie es geschafft, indem sie durch Wände gegangen war.

Grüne Augen, dunkelgrün – wie Moos, überrascht und ungläubig aufgerissen. *Lanthan.*

„Aber ...", murmelte sie und hatte keine Antwort auf die Frage, die sie sich nicht stellte.

Er war und war es doch nicht gewesen. Das Gesicht hatte auch einem anderen gehört, dessen Namen sie nicht mehr wusste, von dem sie aber sicher war, ihm bereits begegnet zu sein.

Was hatte er gesagt?

Ich liebe dich.

Es konnte nicht Lanthan gewesen sein. Da waren keine Narben gewesen und hatte sie nicht geleuchtet? Wenn sie sich doch an alles erinnern könnte!

Die Worte des Jungen rauschten durch ihren Kopf: *Ich fand dich, weil ich sie in dir gespürt habe.*

Waren ihr die Gefühle ihrer eigenen Mutter aufgedrängt worden? War das möglich? Sie hatte keine Ahnung und Kopfschmerzen davon. Hatte sie nicht auch Blutgier gefühlt – Lust? *Das waren meine Gefühle,* war sie sich sicher.

Wie Ara wohl wirklich gestorben war? Raena glaubte noch immer nicht daran, dass es im Kindbett gewesen sein sollte.

Sie presste ihre Stirn gegen die eiskalte Scheibe. Je mehr sie sich den Kopf zerbrach, desto mehr gelangte der Traum in Vergessenheit. Zurück blieben nur Schwermut und ein Hauch von Schmerz, doch auch das würde schwächer werden und irgendwann verschwinden.

„Was mache ich hier überhaupt", murmelte sie, drehte sich um und ließ die Arme neben ihrem Körper nach unten sinken. Kaum war sie aufgestanden, war sie verwirrt zum Fenster gerannt, nur um sich mit einem sinnlosen Traum zu quälen, der ihr nicht aus diesem Schlamassel helfen würde.

Ihr Blick huschte ziellos im Raum umher.

Ich sollte mich ankleiden.

Fahrig griff sie sich an den Hals, während sie mit dem Gedanken an Jans Angriff durch den Raum stolperte, zurück zum Korsett und dem Rock, den sie am Vortag getragen hatte. Als ob ein paar Schnüre und Unterröcke ihn davon abhalten würden, sie erneut anzugreifen.

Angewidert zog sie sich das blutige Hemd aus und warf es auf den Boden. Dann rieb sie sich die Körperseiten und fühlte ihre Rippen unter den Fingern. Sie war mager geworden. Nun, wenigstens waren die Druckstellen verschwunden. Ob dies an ihrer wundersamen Wundheilung oder an der Substanz lag, mit der sie sich eingerieben und die sie tief eingeatmet hatte, würde sie wohl erst erfahren, wenn man sie erneut verletzte.

Beeilung.

Nachdem sie die Röcke geordnet, zur Taille hochgezogen und festgebunden hatte, griff sie nach dem Korsett und lockerte die Schnüre, damit sie es sich über den Kopf ziehen konnte. Sie dankte den Göttern, dass man die Sachen nicht fortgetragen hatte – auch wenn sie sie hasste.

Eilig zerrte sie ihre Haare nach vorn und stopfte sie vorläufig in ihren Ausschnitt hinein. Dann holte sie tief Luft und griff rückwärts nach den Schnüren. Während sie das Prinzip zu begreifen versuchte und ihre Arme in alle möglichen Richtungen verrenkte, dachte sie an Yinila, die mit überraschender Kraft gezogen und geschnürt hatte, als wäre Raena nur eine Stoffpuppe.

Ihr Magen knurrte vor Hunger und ihre Arme verkrampften. Warum zum Henker wurden Frauen bloß in solch unbequeme Kleidung gezwängt?

Es gelang ihr, die Schlaufen enger zu ziehen.

Ob Prinz Torren noch an Bord war? Wahrscheinlich nicht. Immerhin war letzten Abend von nicht weit entfernten Inseln die Rede gewesen. Oder verdrehte sie das Gehörte und ...?

Bedacht drückten fremde Hände ihre Arme nach unten. Raena keuchte auf und fuhr herum, nur um geradeswegs in die übermüdeten Augen des Kapitäns hineinzublicken.

„Ich habe die Tür nicht gehört", stieß sie hervor, während sie zur gleichen Zeit vor ihm zurückwich. Sie zitterte nicht, was sie verwunderte. *Zum Glück.* Er sollte nicht sehen, wie sehr er sie einschüchterte. Er wusste zur Genüge, welche Angst sie vor ihm hatte.

Jan stand da wie eine Statue, stramm und mit geradem Rücken. Er ließ sie spüren, dass er ihr übergeordnet war. Sein Blick glitt über ihr Gesicht, ihren Hals, ihr Dekolleté. Dann zerrte er ihr die Haare aus dem Ausschnitt und breitete sie gleichmäßig über ihren Schultern aus.

„Deine Heilung ist herausragend." Er strich über ihren Kopf, als würde er einen Hund streicheln. „Wo hast du das gelernt? Du bist doch nicht unsterblich? Unsterbliche haben es im Blut und Elfen besitzen eine natürliche Begabung dafür, sie heilen andere und sich selbst mit erstaunlicher Geduld, aber das weißt du sicher. Du bist keine Elfe, deine Ohren lügen nicht. Wer war dein Meister?"

Raena presste die Lippen zusammen und schwieg. Ihre Kopfhaut kribbelte. Sie hatte mehrmals versucht, ihm die Wahrheit zu sagen.

Nun glotzte er in ihren Ausschnitt und als er sich daran sattgesehen hatte, richtete er seine Augen auf ihr Gesicht.

Er widerte sie an. Seine Anwesenheit trieb ihr die Galle bis zum Hals.

„Ich hatte nicht vor, dir wehzutun. Es kam einfach über mich."

Bitter formte sich ein Gedanke in ihrem Kopf, schwebte zwischen ihnen und schuf einen unüberwindbaren Graben. *Du hättest mich fast zerfleischt.* Ausdruckslos blickte sie ihm entgegen, glaubte ihm kein Wort.

„Wir kommen bald an. Dann bist du mich los."

Warum klang er so schroff?

Sie wollte nichts hören, ihn nicht mehr ansehen. Sie wollte nichts mehr mit ihm zu tun haben. Seine Worte waren seltsam, seine Berührung eine Qual, seine Anwesenheit eine Belastung, seine Kontrolle beängstigend zerbrechlich. Wie lange würde es dauern, bis er sie wieder verlor?

„Soll ich den Grenzmagier herholen, damit er mir die Wahrheit über dich verrät?"

Raena hob die Brauen hoch. Drohte er ihr etwa? Dann zuckte sie die Achseln. Sollte er doch. Gleichzeitig unterdrückte sie das Frösteln, das ihr die Erinnerung an den Jungen an der Grenze bescherte.

Jan reagierte nicht auf ihre Geste, stattdessen deutete er ihr, sich umzudrehen. „Ich helfe dir."

Es hätte keinen Sinn gehabt, sich ihm zu widersetzen. Steif drehte sie ihm den Rücken zu und nahm ihre Röcke hoch, damit sie sich nicht darin verhedderte. Sie hörte die Bretter unter seinem Gewicht knirschen, spürte seine Nähe, die Wärme seines Körpers. Ihre Lippen öffneten sich und sie hörte ihre eigene Stimme, die fremd in ihren Ohren klang, halb interessiert, halb frostig, nach Yinila fragen.

Jan presste ihr die Luft aus den Lungen, als er grob an den mühsam sortierten Schnüren zog, jede einzelne zur Mitte hin abarbeitete und dann von unten dasselbe tat. Das Material ächzte und die plötzliche Kraft, als er an den Bändern links und rechts zog, riss sie fast von den Füßen. Sie hätte sich festgehalten, wenn sie gekonnt hätte, doch der Bettpfosten war außer Reichweite, weshalb sie mit fest zusammengebissenen Zähnen dagegenhielt.

„Gestorben", sagte er schlicht und beendete seine Tortur, indem er ihr eine Schleife verpasste.

Im ersten Moment fiel ihr nichts darauf ein. Sie wunderte sich nur, dass es sie innerlich kaum berührte, hatte sie sich doch um sie gesorgt.

„Nur ein Witz", brummte er, „in zwei Stunden hole ich dich ab. Dann müssten wir in Mizerak eingelaufen sein."

Sie fand seinen *Witz* überhaupt nicht amüsant und falls er auf eine schockierte Reaktion ihrerseits wartete, so würde er keine erhalten.

Er lachte, sein warmer Atem kitzelte ihren Nacken und blies gegen ihr rechtes Ohr. „Wenn du etwas essen willst, jemand bringt dir Zwieback und hart gekochte Eier vorbei."

Raena versteifte sich. Sie wartete und wartete und er tat es ihr gleich. Blut rauschte in ihren Ohren, das Herz polterte in ihrer Brust, bis er, mehrere Atemzüge später, endlich ging.

Es dauerte, bis sie in der Lage war, sich endlich von der Stelle zu lösen und durch den Raum zu irren. Atmen fiel ihr schwer, ein Umstand, den sie ihren aufgewühlten Gefühlen und dem Korsett zu verdanken hatte. Geistesabwesend hob sie die Bücher auf, die am Boden herumlagen, strich die geknickten Seiten glatt, kroch unter den Tisch und hob schließlich auch den Kerzenständer auf, weil sie sich ablenken musste. Die Kerzen legte sie auf den Esstisch, wo sie stehenblieb und die Tintenflecken betrachtete, die sie so gut verschmiert hatte, dass sie kaum zu sehen waren.

Mizerak. Sie würde endlich von Bord gehen. Sie würde den Drachen wiedersehen. Obwohl sie froh sein sollte, Jan endlich verlassen zu können, verspürte sie Unruhe. Nach wie vor hatte sie keine Ahnung, wohin man sie schlussendlich brachte. Was, wenn es dort schlimmer war als hier?

Ihr Blick flog zum Bücherregal. Sie las die teils langweiligen und sachlichen Überschriften, bevor sie schließlich bei einem sehr dünnen, mit gelblicher Schrift versehenem Umschlag verweilte, auf welchem groß *Ausgaben und*

Einnahmen und daneben klein gekritzelt *Preisliste* stand. Es juckte sie in den Fingern, die Hand zu heben und danach zu greifen, nachzusehen, was drinstand. Vielleicht – sie schielte zur Tür, ehe derjenige mit dem Essen kam ...

Raena riss sich davon los und beäugte stattdessen die Landkarte, die daneben an der Wand hing. Manche Inseln waren detailliert gezeichnet, andere wiederum ähnelten nur einem Kreis oder einer undefinierbaren Form. Rechts oben und im unteren Eck befand sich die Legende, allerdings waren die Erklärungen in einer Sprache geschrieben, die sie nicht verstand. Vielleicht waren es Entfernungen oder Grenzen. Sie versuchte sich die Karte vom Streifen in Erinnerung zu rufen, Mutters Bibliothek war auch in dieser Hinsicht hilfreich gewesen, doch sie konnte sich nicht erinnern, ob die Grenzen ähnlich ausgesehen hatten.

Raena kaute sich die Wange wund.

Als sie hörte, wie jemand den Raum betrat, fuhr sie herum. Sie hatte mit jedem gerechnet, nur nicht mit der kleinen Yinila, die mit einem strahlenden Lächeln und einem „guten Morgen" auf den Lippen ein großzügig aufgetürmtes Essenstablett hereintrug. Sie sah aus, als wäre sie nie weggewesen, als ob Jan sie nie zum Schiffsarzt getragen hätte. Ihre Haut strahlte, ihre Augen leuchteten.

„Wie geht es dir? Hast du gut geschlafen?", fragte sie höflich und vielleicht ein wenig zu gut gelaunt, „ich habe dir Brot, etwas Butter, Marmelade, Ei und Schinken mitgebracht. Der Koch wollte sichergehen, dass du auch satt wirst, schließlich hast du kaum gegessen, seit du hier bist."

Zwieback und hartes Ei. Von wegen.

Yinila hatte rosige Wangen. Ihre Flügel glänzten und bewegten sich bei jedem Schritt mit. Offenbar hatte ihr die Behandlung des Arztes neues Leben eingehaucht.

„Hast du keinen Hunger?", ihre liebliche Stimme bekam einen traurigen Unterton, den eines Kleinkindes, dem man sein Spielzeug weggenommen hatte, „dabei habe ich sogar Tee mitgebracht. Magst du keinen Tee?"

„Doch", erwiderte Raena überrumpelt, ehe sie zum Esstisch trat.

Yinila stellte das Tablett ab und lächelte, wobei sie den Kopf schief legte und mit einem Augenaufschlag zu ihr hochsah. Jemand hatte ihr das blaue Haar gebürstet und zu einem Knoten am Hinterkopf festgemacht. Ein paar Strähnen fielen herab und umspielten ihr Gesicht.

„Setz dich doch", forderte Yinila sie auf und klang dabei ein wenig ungehalten. „Danach müssen wir dich unbedingt waschen. Hast du auf dem Boden gelegen? Du hast Ruß an der Wange und deine Haare sind ganz verfilzt. Wann hast du sie zuletzt gebürstet?"

Das war gefühlt eine Ewigkeit her.

Stumm zog Raena einen Stuhl beiseite und setzte sich. Ihr Magen grummelte, als sie das Tablett betrachtete und sich nicht entscheiden konnte, was davon sie zuerst essen sollte. Aus dem winzigen Loch im Deckel der Porzellantasse dampfte es und sie roch den zarten Duft nach Zimt, als sie die Nase direkt in den Dampf hielt. Nachdem sie ihn probiert hatte – er schmeckte nach Nelken, nahm sie sich eine Brotscheibe und belegte sie mit Rohschinken.

„Verzeih mir bitte, falls ich dich beim ersten Mal zu fest geschnürt habe. Ich bin es eng gewohnt, darum hatte ich wohl kein Gefühl in den Fingern und habe nicht darüber nachgedacht, wie es dir damit gehen könnte."

Raena spürte, wie Yinila nach ihren Haaren griff und zuckte unbewusst von ihrer Berührung weg.

„Verzeih, darf ich?"

Als Raena nickte, begann ihr Yinila mit den Fingern durch die Strähnen zu fahren und Knoten zu lösen, die sich zu buschigen Ungetümen aufgetürmt hatten.

„Niemand wird dich ansehen, wenn du wie eine Vogelscheuche aussiehst."

Während die Fee an ihrer Kopfhaut herumriss, starrte Raena das angebissene Brot in ihrer Hand an.

Und? Dann sah sie eben aus wie eine.

Ihr Appetit war verflogen. Zwar war der Teig weich, der Schinken gut, die Butter hellgelb, doch das reichte nicht, um den Knoten in ihrem Magen zu lösen, der sich gebildet hatte. Der saure Geruch ihrer Achsel stach in ihre Nase, als sie den Arm hob und den Deckel von der Teetasse nahm, um auszutrinken. *Ich stinke zum Himmel.* Der Gedanke zwang sie zu einem Lächeln und mit wenigen Bissen würgte sie den Rest des Brotes hinunter.

„Ich bringe dir ein neues Kleid. Welche Farbe möchtest du?"

Farbe. Als ob das wichtig wäre.

„Ist mir egal."

Doch Yinila schien sie nicht gehört zu haben. „Die Herrin mag schöne Frauen. Sie ist selbst eine Schönheit."

Herrin? Raena zuckte zusammen, als die Fee ihr mehrere Strähnen ausriss.

„Der Kapitän hat mir ausdrücklich aufgetragen, dich hübsch anzukleiden, damit du einen Raum für dich bekommst und sie dich nicht in einen Käfig sperrt und wie ein Tier hält. Er ist sehr um dich bemüht, musst du wissen. Es ist immer mühsam, mit der Herrin zu verhandeln, wie viel die Frauen wert sind, die er ihr bringt."

Raena vergaß zu atmen, so angewidert war sie in jenem Moment. „Ach, er bringt ihr mehrere Frauen", murmelte sie, knetete ihre Finger in ihrem Schoß und weigerte sich, das Essen weiter anzurühren.

„Nun, nicht so viele", verbesserte sich Yinila sofort und legte ihre Hände auf Raenas Schultern ab, „früher hat er mit mehr Frauen gehandelt. Man konnte sie nach ihrer Hautfarbe, Körpergröße oder Haarfarbe bei ihm bestellen. Er weiß, wo es die schönsten Frauen der Welt zu finden gibt. Manchmal hat er auch junge Männer dabei, für seine besten Käufer. Die erzielen meist einen höheren Preis, vor allem dann, wenn sie den Anforderungen entsprechen."

„Den Anforderungen entsprechen", hauchte Raena fassungslos. Sie sah im Augenwinkel, dass sich ein paar ihrer Strähnen um die kleinen Finger der Fee gewickelt hatten.

„Es ist erlaubt", sagte Yinila schlicht, ehe sie sich von ihr löste. „Willst du nichts mehr essen?"

„Was soll das heißen, es ist erlaubt – *wer erlaubt so etwas?*"

„Die Männer, die das tun. Der Herrscher interessiert sich nicht dafür." Sie zuckte die Achseln, ihre Flügel folgten der Bewegung. „Zudem veranstaltet er selbst Auktionen."

„Das ist widerlich!"

„Meinst du?"

Die Fee schien wohl jeglichen Bezug zur Realität verloren zu haben.

„Was ist mit den schwarzen Reitern? Ist es dort auch erlaubt?"

„Nein, aber trotzdem tun sie es."

Raena konnte nicht mehr sitzen bleiben. Sie stieß sich vom Tisch fort, der Stuhl quietschte und stand auf. „Ich werde es verbieten", murmelte sie entschlossen – *als Königin.* „Und ich werde sie alle bestrafen." Sofern es ihr jemals gelingen sollte, am Thron Platz zu nehmen. Zum ersten Mal, seit sie von ihrem Titel erfahren hatte, akzeptierte sie ihn. Ein schräges Gefühl. Falls Yinila ihr Gemurmel gehört hatte, schenkte sie dem keine Beachtung.

„Warum lässt der Prinz so etwas zu?" Raena blickte der Fee geradeswegs in die Augen hinein. „Warum unternimmt er nichts?" Nun war sie sich sicher, dass selbst wenn sie ihm die Wahrheit über sich verraten hätte, er sie niemals von hier weggebracht hätte. Prinz Torren sah genauso weg wie all die

78

anderen, die wussten, was Jan tat.

Yinila verschränkte ihre Hände. Ihre Flügel und Ohren bebten gleichzeitig, als sie vorschlug: „So frag ihn doch. Er geht heute ebenfalls von Bord."

Raena starrte sie wütend an. „Was bist du überhaupt? Lebst in einem Käfig wie ein Vogel!?" Gleichzeitig verspürte sie ein Gefühl, welches nicht so ganz passen wollte. War es Freude? Unfassbar. Freute sie sich tatsächlich, Torren noch einmal zu sehen, vielleicht mit ihm zu sprechen, bevor sich ihre Wege endgültig trennten? In ihrem Kopf erschien Lanthan. Sein Gesicht lag im Schatten, und stattdessen sah sie den Mann aus ihren Träumen vor ihr, eine Mischung aus zwei Gesichtern. *Verfluchter Mist.* Was sollte dieses Chaos in ihrem Inneren? Es reizte sie, reizte sie fürchterlich.

„Er hat mich freigekauft. Der Käfig ist zu meinem Schutz da." Yinila zürnte ihr nicht, viel mehr schien sie Raenas Ärger nicht zu verstehen. „Denk bitte nicht schlecht von ihm. Er ist ein schwarzer Reiter, der von seinen Gefühlen beherrscht wird, aber in Wahrheit ist er ein guter Mensch, bloß ein Händler, der sein täglich Brot verdient." In ihren blauen Augen blitzte es wie bei einem Sommergewitter. „Außerdem mag ich meinen Käfig."

„Ich empfinde nur Abscheu für ihn", zischte Raena angewidert.

Yinilas Blick wurde mitfühlend. „Du solltest ihm danken. Er hat dich gut behandelt, besser als die meisten Frauen, die er bei sich hatte. Er hätte dich wegsperren können, doch stattdessen hat er dich bei sich bleiben lassen, seinen eigenen Regeln zum Trotz." Sie schien tatsächlich davon überzeugt zu sein, dass ihr Herr ein guter Mann war.

Raena blieb die Spucke weg. „Gut behandelt?!", schrie sie ihre Gedanken frei heraus, „das nennst du *gut behandelt?!"*

Yinila zuckte erschrocken zusammen, als Raena einen Schritt in ihre Richtung tat. „Er hat sich auf mich gestürzt wie ein Wilder! Hat mich gebissen, mich geschlagen, mich fast totgeprügelt!" Fuchsteufelswild starrte sie das Tablett an, verspürte den Drang, es vom Tisch auf den Boden zu fegen. „Ich kann dir sagen, warum er mich so behandelt hat", knurrte sie, ehe sie ihrem Impuls nachgab. Das Porzellan brach und das Essen verteilte sich in alle Richtungen. „Weil ich Gold wert bin", spuckte sie ihr entgegen, „weil ich verkauft werde, als ob ich ein Schwein oder eine Kuh wäre, nichts als Mastvieh!"

Yinila duckte sich. „Warum bittest du ihn nicht, dich zu retten und dich freizukaufen?", flüsterte sie mit großen Augen und bebenden Lippen, die aussahen wie eine halbierte rote Kirsche. Sie war kurz davor in Tränen auszubrechen.

Raena hatte kein Mitleid mit ihr. Sie wollte ihr eine weitere Anschuldigung an den Kopf werfen, als das Gesprochene zu ihr durchdrang, der Vorschlag, der ihren Kopf leerfegte und jeglichen Ärger im Nu verpuffen ließ.

„Freikaufen?", wiederholte sie tonlos. Sie hatte doch versucht, ihm einzureden, dass er sie freilassen solle. Daraufhin hatte er eine Gegenleistung erwartet. *Den Herrscher ermorden.* Und dann war er über sie hergefallen.

Sie griff sich an den Hals, ihre Finger eiskalt. „Das ... das kann ich nicht."

Ihr Verkauf war ein Befehl. Jan hatte Gold dafür erhalten, dass er sie „verschwinden ließ". Er würde sie niemals freikaufen. Es erschien ihr zu einfach. Und sie hatte nicht vor, ihm irgendeine Gegenleistung zu liefern. Was sollte er schon von ihr wollen? Er hatte alles! Freiheit und Gold. Sogar ein Haustier in Form von einer Fee!

Yinila, der die Bewegung nicht entgangen war, lächelte schwach. „Der Arzt schafft wahre Wunder, nicht wahr?"

Raena erinnerte sich an den Schlag, den Jan ihr vor dem Prinzen verpasst hatte und biss die Zähne zusammen.

„Er ist ein richtiger Heilkünstler. Er hat noch nie jemanden sterben lassen."

Sie sagte nichts, ließ Yinila in dem Glauben, dass der Schiffsarzt ein guter Heiler war. Unfassbar, dass ein jeder über den Fakt hinwegsah, dass er eigentlich ein weißer Grenzmagier und ein Elb war. Wieder ein Beweis, dass sich Prinz Torren nicht für Unrecht interessierte.

„Wenn du wirklich nichts mehr essen willst", Yinila sah mit traurigem Blick den Boden an und Raena richtete sich in ihrer vollen Größe auf, „nehme ich das Tablett wieder mit und bringe dir eine Waschschüssel und ein Kleid, damit du dich umziehen kannst. Vielleicht kannst du auch baden, ich frage nach."

Dem Anschein nach besaß der Kapitän haufenweise Kleider, mit welchen er um sich werfen konnte, auch das schmal geschnittene, welches Yinila trug, hatte Raena noch nie an ihr gesehen. Die Vorstellung, Jan besäße irgendwo auf dem Schiff ein großes Zimmer voller Frauenkleider, kam ihr äußerst absurd vor und fast hätte sie eine Bemerkung darüber gemacht.

Als Yinila das Frühstück vom Boden zu kratzen begann und die Scherben auf das Tablett legte, sah Raena ihr mit zusammengekniffenen Lippen und mit zu Fäusten geballten Händen zu.

„Du wirst es bereuen, dass du nichts mehr gegessen hast." Die Fee schob die Unterlippe vor.

Und wenn schon, mein neuer Besitzer lässt mich schon nicht verhungern. Denn als Tote kann ich ihm wohl kaum zu Diensten sein!

8. KAPITEL

Tropf. Tropf.
Wasser lief die Wände hinab, er hörte es plätschern, spürte es im Gesicht. Wenn sie ihn in seine Zelle brachten, roch er den Schimmel an den Wänden, sah den Algenbewuchs, der im Schein einer Fackel wie ein Flaum aussah und den Großteil des Bodens bedeckte. Der einzig trockene Fleck in diesem Loch war sein Lager – was ihn verwunderte, zu dem er oft auf allen vieren kroch, wenn sie ihn von der Wand losmachten.

Still war es in seinem Verlies.

Kein Windhauch, keine schmerzvollen Schreie aus der Folterkammer. Es gab weder Sonnenlicht noch kleine Rattenbeinchen, die über das schmutzige Stroh huschten, keine Mäulchen mit spitzen Zähnchen, die ihn und sein Essen anfraßen. Wenn er Glück hatte, bekam er manchmal eine Scheibe Brot, doch das war auch schon alles. Herr Grind, der Vorgesetzte der Wärter, der eine tiefe Abscheu gegen Ratten hegte, hielt sich mehrere Katzen, die den Kerker durchstreiften und zu seiner sadistischen Freude gelegentlich als Folterinstrument herhielten. Sie hatten ihm davon erzählt, wie er sie tagelang einsperrte, um sie dann ausgehungert über blutige und halbtot geprügelte Körper herfallen zu lassen. Gron, der sich wie lebendig begraben fühlte, hatte sich vorgestellt, wie sie ihm das Fleisch von den Knochen fraßen.

Die Zelle, die tief unter der Erde lag, war dafür geschaffen worden, den Willen und den Geist zu brechen. Wenn es der Dunkelheit nicht gelang, dann spätestens der Folter oder den Drogen, die sie einem aufzwangen, die den Geist benebelten, das Denken und Sehen manipulierten, sodass man sich nicht einmal mehr fragen konnte, ob man nicht längst den Verstand verloren hatte. Mehrmals wäre er fast am Gebräu erstickt, weil seine trockene Kehle nicht schlucken wollte. Danach hustete und hustete er, spuckte Schaum und hatte das Gefühl, seine Lunge würde verbrennen.

Früher oder später vergaß man alles, die Vergangenheit, sich selbst, wurde zu einem Gefäß aus Schmerz und Pein und dem Wunsch, endlich sterben zu dürfen.

Doch das Schlimmste war, dass die Drogen einem die Magie nahmen, den

Faden zu ihr durchtrennten, als hätten sie ihm einen Arm abgehackt.
Jetzt gesteh doch endlich und sag uns: Wie hast du es angestellt?
Wie viel Zeit seit dem letzten Verhör vergangen war, wusste er nicht, aber manchmal fühlte es sich wie eine Ewigkeit an, dann wieder wie nur ein einziger Atemzug. Kurz vorher schliffen sie ihn auf den Gang hinaus und immer weiter durch den Schmutz, bis er nichts mehr sehen, riechen und nur noch Dreck auf seiner Zunge schmecken konnte.

Man hatte vor, ihn aufzuknüpfen, wenn er Glück hatte. Herr Grind war sehr deutlich gewesen und hatte mehrmals betont, dass er froh sein konnte, wenn ihn die Kälte und die Folter vorher erledigten, sollte der Herrscher seine Hinrichtung noch länger hinauszögern. Jedes Mal, wenn Gron an die zahlreichen Möglichkeiten dachte, drehte sich ihm der Magen um.

Der schamlose Angriff auf das Gleichgewicht musste bestraft werden, das Volk wollte seinen Tod. Er hatte neben ihr gestanden, als sie vergiftet worden war, er musste der Attentäter, der Hochverräter sein, wie die Wärter ihn vom ersten Tag an genannt hatten und er würde mit jedem Tropfen Blut in seinen Adern dafür bezahlen.

Tropf. Tropf.
Sie zu überzeugen, es nicht getan zu haben, ihnen zu sagen, dass man ihn bloß aus dem Weg räumen wollte, glich einer unmöglichen Aufgabe.
Seine lügnerische Majestät, nannten sie ihn dann.
Er hatte nach jemandem verlangt, der seine Gedanken überprüfen könnte, einem Grenzmagier vielleicht oder einem Reiter, der Gedankenkontrolle beherrschte, doch sie hatten nur gelacht und gemeint, dass er als Gefangener nicht das Recht dazu habe, zu verlangen. Er sei schuldig, viele hätten es gesehen und deshalb saß er hier – nein, er saß nicht, er hing, und das tat er oft.

Beim zweiten Verhör, bei welchem man ihm alle Finger gebrochen hatte, ihn geschlagen hatte, bis ihm alles vergangen war, hatten sie ihm verraten, dass das Gleichgewicht noch lebe, aber nicht bei Bewusstsein sei. Er solle froh sein, denn nun würde man Rea gut bewachen, man hatte daraus gelernt und würde alles tun, um einen weiteren Angriff zu verhindern.

Und beim dritten Verhör ... er wollte sich nicht daran erinnern.

Oft hatten sie ihn zusammengeflickt und es erneut getan, ihm immer wieder die Finger gebrochen, manchmal auch die Beine, mal nur einen Knöchel, mal beide Knie, bis er gedacht hatte, endgültig den Verstand und seine Stimme zu verlieren. Sie hatten an ihm gezogen, gedreht und gelacht, ihn mit Eisenspitzen gestochen und er hatte so laut geschrien und geflucht, dass es in seinem Kopf gedröhnt und gepocht und Ohnmacht an ihm gerüttelt hatte.

Nun waren die Finger seiner rechten Hand immer noch gebrochen und sein Körper wund, weil dem Elfen, der ihn geheilt hatte, die Magie ausgegangen war. Manchmal kümmerten sie sich erst Stunden später um ihn, und ließen ihn sich vor Qualen winden, ehe sie sie ihm vielleicht nahmen, nur um ihm erneut Schmerz zuzufügen.

Wenn er allein war, dachte er oft an Rea. Ihre Tarnung war nicht aufgeflogen, als sie wie ein sterbender Schwan zusammengebrochen war, was bedeutete, dass jemand anderes ihr Aussehen verändert und aufrechterhalten hatte. Wer, würde er wohl nie erfahren.

Zu überrascht, um nach ihr zu greifen, hatte er danebengestanden und zugesehen, wie sie mit dem Kopf auf den Steinplatten aufgeschlagen war und das Blut aus ihrem offenen Mund gespritzt hatte. Seine Schuhe waren voll damit gewesen und die Flecken auf dem Leder ließen ihn nicht los. Vielleicht hätte er laufen sollen, hätte sich mehr gegen die Arme wehren sollen, die nach ihm gegriffen hatten.

Wenn er doch nur mit Grashalm Kontakt aufnehmen könnte, ihr sagen könnte, wo er war. Doch mit der verstummten Magie war auch ihre Verbindung verschwunden. Zudem glaubte er zu wissen, dass die Gedanken zwischen Reiter und Tier eine begrenzte Reichweite hatten. Unmöglich konnte sie wissen, wo er sich aufhielt, der Ort war geheim und er würde ihm niemals entkommen. Je eher ihm das bewusstwurde, desto besser.

Einsamkeit.

Er war noch nie in einem Verlies gewesen, nun, nicht in einem solchen. Als er noch jung gewesen war, hatten er und seine Freunde die Händler auf großen Märkten bestohlen. Am Ende des Tages hatten sie ihr Diebesgut in einem Schuppen in den Gärten von Richterberg gesammelt, dort Sachen getauscht und bewundert. Meist kleine Gegenstände, die leicht in eine Tasche passten, aber auch einfache Lebensmittel wie Brot und Käse, getrocknete Früchte, ein Stück Butter. Wer das meiste gestohlen hatte, hatte als Held gegolten.

Irgendwann waren sie aufgeflogen, hatten sich entschuldigen und ihre Eltern eine Strafgebühr bei den bestohlenen Händlern zahlen müssen. Die darauffolgende Tracht Prügel und die einsamen Tage in den Zellen von Richterberg waren ihm damals als äußerst ungerecht erschienen. Erst später erkannte er die milde Strafe als Geschenk, denn anderswo – in Weiß, wäre ihnen etwas abgehackt worden.

Und nun hing er, in eben jenem Land, irgendwo tief unter der Erde und konnte sich die Reaktion seines Volkes kaum vorstellen. Hassten sie ihn? Zerrissen sie sich die Mäuler über ihn? Die Gerüchteküche musste brodeln. Vielleicht glaubten sie nicht, was erzählt wurde. Vielleicht versuchte jemand, ihn zu befreien.

In seinem Kopf ging so viel vor sich, er konnte die Wirklichkeit kaum mehr erkennen, wusste nicht, wo Boden und Decke waren und ob er nicht doch kopfüber nach unten hing. In seinen dunkelsten Stunden rannen ihm die Tränen übers Gesicht, der Rotz aus der Nase und er fühlte sich wie ein Kind, zurückgelassen in der Dunkelheit.

Lachend hatten sie ihm mitgeteilt, er würde nicht länger als vier Stunden hängen, außer man vergaß ihn, dann könne durchaus ein ganzer Tag vergehen, natürlich nur, wenn seine *lügnerische Majestät* nichts dagegen einzuwenden hätte.

Waren bereits vier Stunden vergangen oder hatte er gerade mal eine einzige ausgehalten? Mit Sicherheit wusste er, je länger sie ihn festhielten, desto schwächer wurde er, desto schwieriger würde es sein von hier zu entkommen, denn wenn er nicht mehr gehen konnte, war es vorbei.

Warum konnte er nicht aufhören, an Flucht zu denken?

Er würde hier ohnehin verrotten.

Angst.

Sie liebten es, ihn zu quälen. Er war schließlich ein König. Einen König konnte man nicht jeden Tag nach Belieben schubsen, beschimpfen, schneiden, verbrennen oder treten.

Nicht einmal in seinen Träumen fand er Trost. Sein Gewissen verfolgte ihn, Yalla, seine Söhne, Raena, Rizor, sie alle erschienen ihm, doch am schlimmsten war Fenriels vorwurfsvolle Stimme, sein abgehackter Kopf, der zu ihm sprach, jedes Wort, das über seine Lippen kam wie ein Stich mit dem Messer. Gron redete mit ihm, schrie ihn an, dass das alles keinen Sinn ergab, sie alle noch lebten, dass das Gleichgewicht die Wiege allen Lebens sei und auf den Thron gehöre.

Bis *sie* tatsächlich erschienen war. Raena, nackt, ein schlanker und magerer Schemen und doch, ohne Zweifel, es war Raena gewesen, mit traurigen Augen und lächelndem Mund, als sie sich auf die Zehenspitzen gestellt und ihn aus heiterem Himmel geküsst hatte.

Mit Sicherheit hatte er geträumt, sein Verstand am Rande des Abgrunds.

Gron hatte es zwar nicht gespürt, sich aber ausgemalt, wie es gewesen wäre, hätte sie es tatsächlich getan. Sich vorzustellen, seine Hände auf ihre

Hüften zu legen und sie zu berühren, das wagte er nicht, selbst jetzt nicht, wo er auf das Ende wartete.

Warum ausgerechnet Raena, was bewog ihn dazu, solche Gefühle zu empfinden? Lag es daran, weil sie das Gleichgewicht war? Mochte er ihre Persönlichkeit, ihre Schüchternheit oder ihre dunkle Seite besonders gern, die Gefahr, die von ihr ausging? Er wollte sie ... nicht und er würde seine Gefühle begraben, denn selbst im Angesicht des Todes war er verheiratet und hatte Kinder.

Gron lachte hohl und schüttelte sich vor Kälte.

Die Gänsehaut erinnerte ihn, dass er kein Stück Stoff am Leib trug. Nicht einmal einen Lappen, um seine Blöße zu bedecken, hatten sie ihm gelassen. Seit Stunden war sein Atem abgeflacht, zischelte in seiner Brust wie eine kleine Flamme kurz vorm Ausgehen. Die Mauer hinter seinem Rücken war hart, einzelne Steine bohrten sich in seine Haut hinein.

Ob sie Rizor bereits umgebracht hatten? Oder hielten sie ihn fest, um für seine Freilassung Gold zu fordern? Röhrich würde toben, vom Zwergenkönig ganz zu schweigen. Vielleicht hatte der Krieg bereits begonnen, vielleicht hatte man ihn vergessen.

Wie lange es wohl dauern würde, bis Schwarz sich einmischte?

Gron sackte in sich zusammen, stöhnte. Er musste sich aufrichten, denn wenn er in den Fesseln hing, bekam er keine Luft mehr und drohte zu ersticken. Seine Muskeln und Sehnen schrien bei jeder Bewegung. Die Kälte zehrte an ihm und er fragte sich, wie lange er durchhalten würde, ehe er an einer Erkältung starb.

Was Yalla wohl gerade dachte?

Bedauern.

Der Gedanke an seine Frau tat am meisten weh.

Die Tür schwang auf. Sie kamen also zurück. Er öffnete die Augen nicht.

„Gut geschlafen?"

Gron sagte nichts.

Mehrere Füße kamen auf ihn zu, einer von ihnen konnte seine Beine nicht heben und erzeugte ein lästiges Schlurfgeräusch. Fackeln schienen durch seine Augenlider hindurch und zwei Schatten blieben vor ihm stehen. Sein Herzschlag setzte kurz aus, nur um dann holprig weiterzuschlagen.

Hatte er Angst vor Folter? *Ja.*

Jemand berührte sein Gesicht, drehte es von einer Seite zur anderen. Gron stieg der Geruch von Knoblauch in die Nase. Er würgte und wartete, bis sie ihn losmachten, damit er endlich zu Boden sinken konnte. Doch sie hatten anderes mit ihm vor. Schmerz schoss durch seinen Arm und er riss die Augen auf, während er stöhnend fluchte. Der kleine Mann vor ihm zog genießerisch an seinem Zeige- und Mittelfinger, rieb die gebrochenen Knochen wie Kieseln.

„Sind wir schlecht gelaunt, *Majestät*? Wir kommen, um uns zu unterhalten – erneut."

„Hattest du Knoblauch zum Frühstück?", entgegnete Gron heiser und spürte Schleim in seiner Lunge gurgeln.

„Hatte ich. Frisch gebackenes Brot mit einer knusprigen Kruste. Den Knoblauch hat mir meine Frau zum Frühstück angebraten, mit Kräutern und Salz. Ein Jammer, dass dir solch gutes Essen nicht zuteilwird. Vielleicht sollten wir *Majestät* etwas auftischen? Eine Ratte mit Butter und etwas Petersilie vielleicht?"

Gron verzog den Mund. „Ratten gibt es hier nicht. Ist der Elf etwa schon wieder bereit?"

Der Druck auf seinen Fingern nahm zu. Er knirschte mit den Zähnen, zog an den Eisen und spürte, wie ihn erbarmungslose Hoffnungslosigkeit ergriff, obwohl er dank der Drogen an diesem Tag bloß abgeschwächten Schmerz fühlte. Wenn die Wirkung nachließ und das würde bald geschehen, würde es schlimmer werden, als fiele man drei Stockwerke tief nach unten und die Wahnvorstellungen, die ...

Der kleine Mann veränderte sich, bekam einen großen, aufgeblasenen Kopf und viel zu lange Gliedmaßen. Das bläuliche Licht der Fackeln beleuchtete sein zerfurchtes Gesicht, seine krumme Nase und den harten Zug um seine grinsenden Lippen, die die Hälfte seines Gesichts einnahmen. Es gefiel ihm. Er genoss es, anderen wehzutun. Er sah aus wie ein Monster, eine Ausgeburt aus den Lavatiefen.

Gron begann zu zittern.

Schwach, schoss ihm durch den Kopf, *du bist schwach geworden.*

„Also", gurrte der Wärter gedehnt, „um zu meiner ursprünglichen Frage zurückzukehren ..."

Der Druck von seinen Fingern schwand. Das Pochen blieb. Irgendwo am Rande seines Bewusstseins fragte Gron sich, ob sie wohl für immer steif bleiben würden.

„Merro, die Fackel, damit wir unsere *Majestät* hier besser betrachten können. Sieh nur, wie ungeduldig er ist." Er kicherte. „Wie sehr es mich freut,

dass er sich auch freut." Herrisch fügte er hinzu: „Terkil, das Fläschchen."
Gron ertrug seinen Anblick nicht länger und schloss die Augen.

„Habe ich gesagt, dass du weiterschlafen sollst?! Sieh mich an oder ich brenne dir die Augen aus!"

Die Fackel schwenkte an seinem Gesicht vorbei und er spürte die Hitze, den brennenden Schmerz an seiner Wange. Gron zuckte zurück und schlug sich den Hinterkopf an der Wand an. Widerwillig blinzelte er, die Umgebung bebte, die Wände bewegten sich. Schatten und pechschwarze Kleidung verschwammen zu einer grotesken Masse, bis von der Statur des Mannes kaum etwas übrigblieb. Er grinste und seine spitzen Eckzähne blendeten ihn wie polierte Spiegel, wurden lang und länger, krumm wie Säbel. Schwarze Knopfaugen beäugten ihn, verdoppelten, verdreifachten sich, bis sich die Masse zu einer Spinne formte.

Schauer liefen seinen Rücken hinunter.

Gron wusste, dass das nicht echt war, wenn auch ihm seine Augen das Gegenteil vorgaukelten, und sein Herz hüpfte bei der Vorstellung, von diesen Beinchen berührt und gespreizt zu werden wie auf einem Opferaltar.

„Wie ist es dir gelungen, das Gleichgewicht zu vergiften?"

„Das falsche oder das echte?", entgegnete er lahm.

„Immer wieder die gleiche Antwort. Hast du denn keine Fantasie?"

„Fantasie?" Gron starrte die Spinne an, die den breiten Kopf einmal rundherum drehte und mit den klauenartigen Vorderbeinen schnitt. Sie war wirklich hässlich. Er lachte röchelnd tief in seiner Kehle: „Die Kopie war wohl ein Witz", und spürte daraufhin eine heftige Schmerzwelle, die ihn nach Luft schnappen ließ. Nahmen die Drogen etwa ab?

„Lass die Scherze!", zischte die Spinnenmasse, ehe sie zu flackern begann.

„Warum bringt ihr mich nicht in eure Folterkammer? Hier an der Mauer ist es viel zu kalt für ein V-", Gron keuchte, ehe er verkrampft zu husten begann und hervorwürgte, „V-verhör!"

„Wir wollten dich in die Drehbank spannen, aber die ist besetzt", kam prompt eine schroffe Antwort zurück, „sehnst du dich etwa danach, in die Länge gezogen zu werden?"

Mehrere Stimmen lachten.

Gron schloss sich an, ehe er krächzte: „In einer warmen Stube fühlt man sich doch immer willkommen."

„Unser Spaßvogel hier amüsiert sich scheinbar prächtig."

Gron zuckte zusammen, als man ihm zwischen die Beine griff.

„Wir haben Zeit und du bist ein hübscher Mann. Versüß uns doch den Abend und wir ersparen dir ein paar Folterrunden."

Innerlich erstarrte er, sah sich selbst unter einer haarigen Spinne liegend, festgehalten von Händen mit rauer Haut, mit Fingern, Klauen, während sich eines ihrer Beine an ihm vergriff. Dabei musste er sich verkrampft in Erinnerung rufen, dass der Wärter nur ein Mann war, doch das erleichterte den Gedanken nicht im Mindesten. Er fragte sich, wie viele Insassen bereits in den Genuss dessen gekommen waren, was ihm nun angeboten wurde. Als Antwort drehte sich ihm der Magen um.

Die Hand des Wärters umfasste seine Hoden und quetschte.

„Mochte deine Frau sie?", säuselte es warm an seinem Ohr. Übergroße Lippen mit riesigen Reißzähnen berührten ihn an der Wange, liebkosten und küssten ihn. Ruckartig drehte er den Kopf zur Seite, wollte den grabschenden, viel zu heißen Fingern entkommen und presste seinen Rücken gegen den feuchten Stein hinter ihm.

„Lass mich los", knurrte er rau, wissend, dass ihm die Worte blanken Hohn einbringen würden. Fahrig suchte er den Blick des Wärters in den vielen schwarzen Augen, manche winzig, andere so groß wie Äpfel. Er sah eine Spiegelung darin. Sich selbst?

„Habt ihr das gehört? Ich soll ihn loslassen." Einstimmiges Gelächter. „Ich glaube nicht, dass das möglich ist. Wir sind noch nicht fertig. Ich warte auf eine Antwort."

„Ich kann euch nicht weiterhelfen", keuchte Gron und hörte seinen eigenen Magen rumoren, als der Wärter von seinen Hoden abließ, an den weichen Locken seines Gemächts zog und ein paar Haare ausriss, ehe er sein Glied packte und auch das quetschte.

Gron zuckte, spürte etwas am Bein, dann an seiner Hüfte, Wärme an seinem Rückgrat, tiefer wandernd, ihn auseinanderdrückend.

Versuch zu vergessen. Versuch zu vergessen. Versuch ... zu vergessen.

„Seht nur, wie hart er wird."

„Mach weiter, mal sehen, ob er auch abspritzt!"

„Hol deinen Schwanz raus, schnell!"

„Leuchte mir mal, ich sehe nichts!"

Gron wünschte sich, ein Blitz würde niederfahren, durch Erde und Stein brechen und ihn erschlagen. Ekel ergriff ihn, ein Gefühl, welches er erst die letzten Tage zu spüren erlernt hatte. Wenn er doch nur seine Magie hätte, wenn er wüsste, wie in diesem Nebel, der seine Gedanken beherrschte, nach der Quelle suchen sollte. Es war ihm egal, dass er sich vermutlich damit umgebracht hätte, er wollte nur ...

Auf einmal hörte es auf.

„Doch, ich denke schon, dass du mir helfen kannst."

„Was?", krächzte Gron.

„Seine lügnerische Majestät ist völlig erledigt."

Die Augen aller Anwesenden brannten auf seiner Haut. Er fühlte sich entblößt, wehrlos und ballte die rechte Hand zur Faust, sodass ihn der Schmerz fast aller Sinne beraubte. Sein Kopf drehte sich, sein Geist kurz davor in tiefe Schwärze zu fallen. Er sehnte sich danach, sehnte sich so sehr nach der Dunkelheit, nach wirren Träumen und dem Nichts, welches einen umfing, wenn man einschlief.

Der Wärter schüttelte ihn. Ketten klirrten, Wasser tropfte auf seinen Kopf. Gron sah die glänzende Haut im bläulichen Schein, die dunklen Augen, den verzerrten Mund und das Grinsen. Er wollte ihn anspucken, doch er tat es nicht, weil er Angst hatte zu verfehlen.

Er hoffte nur, dass sie nicht vergaßen, ihn vorher mit mehr Tränken abzufüllen, damit er möglichst wenig davon mitbekam. Das war auch der Gedanke, der ihm seine Hinrichtung halbwegs erträglich erscheinen ließ – unter Drogen würde es aushaltbar sein.

Als sie ihm ins Gesicht schlugen, begann er sich zu wundern, dass er noch alle Zähne besaß. Ersticktes Keuchen, ein weiterer Schlag. Gron kniff die Augen zusammen, als Steinchen auf sein Gesicht rieselten.

„Dreh ihn um, dann kommen wir viel besser an ihn ran."

„Du Hund, es reicht! Hol dir ne' verdammte Hure. Oder nimm dir eins der Weiber, die hier unten verrecken."

„Aber – er ist ein *König*, noch dazu ein Elb! Lasst ihn uns endlich in den Arsch ficken, so eine Chance bekommt man nicht oft! Du willst ihn doch nur für dich selbst, gib's zu."

„Was können wir dafür, dass du beim letzten Mal nicht mitgemacht hast?"

„Fresse!"

Grons Augen waren verklebt und doch ... da war eine Bewegung am Eingang, ein Schatten, der von einer Seite zur anderen huschte.

Hm? Sein Blick fokussierte sich nicht.

Vielleicht war eine der Fackeln aufgelodert und die Schatten hatten ihm einen Streich gespielt. War es Einbildung, als er glaubte, ein kleines Gesicht gesehen zu haben? Dort drüben, direkt neben der Tür.

War Raena zurückgekommen?

Plötzlich musste er lächeln.

Der Wärter nahm seine Hände fort. Irgendetwas erschien in seiner Hand, das Fläschchen von vorhin. Zügig öffnete er es, seine Spinnenbeine hatten kein Problem mit dem Verschluss. Gron wünschte, sie würden daran zerbrechen.

„Terkil. Halt ihn fest. Wir müssen ihn ordentlich betäuben, bevor wir ihn losmachen. Merro, öffne seinen Mund. Kirste, nimm die Fackeln", der kleine Wärter war es gewohnt, Befehle zu erteilen.

War es Herr Grind? Gron war beinahe dankbar für die nächste Dosis, wenn auch sein Herz einen ängstlichen Satz tat.

„Sicher, dass er uns nicht wegstirbt?"

„Ja. Nachher geben wir ihm das Gegengift. Dann wird er sich wünschen, nie geboren worden zu sein. Aber erst haben wir unseren Spaß mit ihm."

Ein großer Mann griff nach seinem Gesicht und Gron holte tief Luft. Er wollte nicht, brauchte die Kraft, brauchte sie, weil ... er vergaß den Gedanken, als grobe Finger wie ein Schraubstock seinen Kopf umfassten und ihn festhielten, während jemand ihm die trockenen Lippen auseinanderzerrte. Seine Mundwinkel rissen ein, und als ein Finger zufällig in seinen Mund gelangte – er schmeckte Ruß, Blut und etwas Säuerliches, biss er mit aller Kraft zu. Der Schrei befriedigte ihn.

„Der Arsch hat mich gebissen!"

Sein Kiefer wurde aufgezwungen, eine geruchlose Substanz in seine Kehle geschüttet. Er verschluckte sich, bekam keine Luft mehr. Er konnte nicht, konnte nicht ... *atmen!* Es brannte so sehr, dass er glaubte, seine Kehle würde in Flammen stehen. Sein Körper krümmte sich in einem Hustenanfall. Den größten Teil spuckte er aus, den Rest würgte er hinunter.

Vor seinen Augen blitzte es silbern, die Hände plötzlich fort. Wildes Handgemenge entstand, ein Schrei, Waffen wurden gezogen. Er hörte ihre Schritte, ihr Keuchen, ihr Gestöhne.

Raena war tatsächlich da, um ihn zu retten.

Sein Magen rumorte, als die Droge am Grund ankam.

„Raena", flüsterte er.

Schweratmend nahm er wahr, wie die Spinne zerhackt wurde. Heißes Blut spritzte in sein Gesicht, benetzte seine Brust, begann prompt an der kalten Luft zu dampfen und zu klumpen. Fackeln fielen zu Boden und eine von ihnen erlosch, als jemand auf die Flamme trat.

Sein Blickfeld veränderte sich. Die Leichen wurden zu schattigen Holzklötzen, Blut wurde zu dunklem Pech und die Wände bröckelten. Er fragte sich, warum zuckendes Holz herumlag, so *lebendig*, da eine Schulter, dort ein Bein aus dem Äste wuchsen.

Schräg.

Er musste kichern.

„Du bist ja gut gelaunt, wenn man bedenkt, in was für einer Situation du dich gerade befindest." Die Stimme klang seltsam verzerrt. Sprach da etwa das Holz mit ihm? Er stellte sich einen Stock mit einem Mund vor, woraufhin er keuchend nach Luft ringen musste, weil sein Gekicher Überhand gewann.

Die Person erhob sich aus ihrer gebückten Haltung, denn sie hatte ein silbernes Stechinstrument am Holz abgewischt.

War es überhaupt Raena?

Er kniff die Augen zusammen, während er versuchte mit dem Lachen aufzuhören.

Nein, sie war es nicht. War es eine Frau? Ein Mann?

Nein, ein Reh auf zwei Beinen! „Und mit einem Schwert!", keuchte er und es gelang ihm tatsächlich, sich zu fassen, während er sich fragte, ob der Kerker verschwunden, er in einem Wald wieder auftaucht und die Wand hinter ihm bloß Rinde war. Aber die Gerüche passten nicht. Außerdem schmeckte er Blut und zähen Schleim und hätte alles für einen Tropfen Wasser gegeben. Vielleicht wurde er ja verrückt? Das Reh war wohl kaum erschienen, um ihn zu befreien.

„Wie gemein", murmelte er, sicher, sich alles nur einzubilden.

„Ich mache dich gleich los", sagte das Reh auf zwei Beinen, schlank und in Kleider gehüllt, bevor es elegant mit dünnen Beinchen und kleinen Hufen über die Teile der Spinne hinwegsprang. Viel zu schnell stand es vor ihm, Gron wurde schwindlig davon und er rüttelte hilflos an seinen Fesseln, um sein Unwohlsein zu verdeutlichen. „Kannst du dich bitte langsamer bewegen?"

Das Reh ignorierte ihn.

Wenn er schon halluzinierte, dann sollte es wenigstens nach seiner Pfeife tanzen, verflucht.

„Erinnerst du dich, als wir den Unterricht geschwänzt haben? Wie du mir danach beigebracht hast, Schlösser zu knacken?"

Vor Grons Augen schwebte ein Rehkopf mit orangenen Augen, so orange wie überreife Mandarinen. Es hatte flauschige Wangen, dichtes, gepunktetes

Fell und eine feuchte Stupsnase. Er sah einen Tropfen am linken Nasenloch hängen und sehnte sich so sehr nach Wasser, dass sein Mund austrocknete. Vielleicht konnte er es essen? Er hatte einen Bärenhunger. „Seit wann gehen Rehe zur Akademie?" Speichel rann ihm über die Lippen. Schmeckte es gut? *Nur ein Bissen.* „Ein Bissen, mehr nicht", murmelte er. Er wollte essen, wollte zubeißen und kosten. Mit all dem Holz um sich herum könnte er versuchen ein Feuer zu entzünden – wenn er doch nur von dem Baum wegkäme!

„Gron, bei Aras behaartem Arsch, was redest du für wirres Zeug? Ahnikki Chitara heiße ich. Kennst du mich noch?", fauchte das weibliche Rehlein, welches nun eine Ähnlichkeit mit einer Frau annahm. Er spürte ein Zerren an seinem Arm. Seltsam, als würde man ihm den Arm verdrehen und doch nicht verdrehen. Er kicherte erneut.

„Verdammt, ich bekomm's nicht auf, ich muss den Schlüssel suchen."

„Viel Erfolg dabei, ich hänge derweil hier herum." Für seine Worte erntete er einen giftigen Blick, bevor das Reh fluchend und schnell von den Ketten zurückwich, die Bewegungen ruckartig. Seine Augen kamen nicht mit, ihm wurde übel und in seinem Magen rumorte es wie in einem Vulkan.

Die Drogen, dachte er. Dennoch konnte er nicht begreifen, dass er doch nicht zu träumen schien und die Frau tatsächlich da war und kein Schemen, hervorgerufen durch seinen verwirrten Verstand. Sie wollte ihn befreien. Sie stand vor ihm ... oder hockte?

Wer zum Henker war das Reh nochmal?

„Der Fette könnte ihr Anführer gewesen sein", redete sie mit sich selbst, ehe sie sich über einen breiten Holzklotz beugte.

„Das kann sein", murmelte Gron schwer. Ihm war furchtbar schwindlig. Der Raum stand Kopf. Alles drehte sich.

„Weißt du, was ich jetzt gern hätte?", krächzte er und schluckte mehrmals, um gegen den Brechreiz anzukämpfen.

„Nein."

„Wasser ... und f-frische Luft."

Der Geruch nach Tod stieg ihm in die Nase und focht mit seiner Übelkeit einen bitteren Kampf aus. Der Wald verschwand, die Wand, die Fesseln erschreckend real. Er stöhnte, klagte unförmige Sätze, die keinen Sinn ergaben.

„Raena ... vergib mir, Raena ... bitte."

„Was *faselst* du da, verdammt?!"

Ahnikkis Gestalt, welche zur Hälfte aus einem Reh zu bestehen schien, nahm eine große Ähnlichkeit mit dem Gleichgewicht an. Ihr lockiges Haar, welches im schwachen Schein der letzten, noch brennenden Fackel dunkel glänzte, wurde aschblond. Doch er wusste, dass Raena nicht hier war. Sie war weit weg, irgendwo, wo er sie nicht erreichen, ihr nicht helfen konnte, sie nicht beschützen, nicht berühren konnte.

„Raena", stöhnte er und übergab sich. Vor seinen Augen wurde alles schwarz und Stille nahm ihn bei sich auf. Er griff danach wie ein Ertrinkender und klammerte sich daran fest, an die Geborgenheit, die Ruhe, die ihn erfasste, als plötzlich ...

„Gron, du verschissener Bastard!"

Hart traf ihn der Schlag im Gesicht. Als er nichts sagte, weil ihn der Schock zu sehr lähmte, rüttelte jemand an ihm, sodass sein Kopf von einer Seite zur anderen schaukelte.

„Gron! *Verdammt*, die hätten dich fast umgebracht!" Sie fluchte und heulte auf wie ein geprügelter Hund. „Warum zum Henker hat man mich nicht früher geholt? Verfluchte Scheiße, Gron! *Reiß dich zusammen!"* Ihre Stimme dröhnte in seinen Ohren und die nächste Ohrfeige zwang ihn, die Augen zu öffnen. Er wollte etwas sagen, doch seine Lippen blieben geschlossen, als ob man sie ihm zugenäht hätte. „Gron!", sagte der Sopran mit einem Unterton, der voll Schmerz und Sorge war. *„Gron!"*

Er spürte einen Luftzug. Instinktiv hob er einen Arm, wollte den nächsten Schlag abwehren und donnerte mit seinen Fingern gegen ein Hindernis. Stechender Schmerz schoss durch seinen Arm und sein Stöhnen entlockte Ahnikki einen leisen Freudenschrei. „Ara sei Dank, dass ich das Gegengift bei ihnen gefunden habe", sie zögerte, „zumindest dachte ich, dass es das sei."

Gegengift?

Irgendetwas berührte ihn an der Wange und tätschelte ihn. Nachdem er die Schwärze vor seinen Augen überwunden hatte, offenbar war auch die letzte Fackel erloschen, nahm er einen säuerlichen Geruch wahr. „Was zum ... *scheiße"*, knurrte er und hustete, da sich in seiner liegenden Position – unter ihm befand sich eiskaltes Gestein, haufenweise Schleim in seiner Lunge angesammelt hatte. Sein Hals kratzte. Sein Gesicht pochte. Alles tat ihm weh und aus Angst, die Brüche noch mehr zu verschlimmern, wagte er seine rechte Hand nicht mehr zu bewegen.

Gron konnte sich nicht erinnern, sich jemals derartig schwach gefühlt zu haben.

Wann hatte sie ihn losgemacht?

„Ich bin so froh, dass du wieder bei mir bist", flüsterte Ahnikki erschüttert. Dann machte sie eine Pause, als ob ihr klar geworden wäre, dass sie eben eine schwache Seite gezeigt hatte. „Ich wäre furchtbar enttäuscht gewesen, wenn du gestorben wärst", endete sie barsch.

„Warum liege ich am Boden?", fragte er, seine Stimme nur ein Schatten dessen, was sie einst gewesen war. Erinnerungen strömten auf ihn ein, machten ihn verletzlich. Tief in seiner Magengrube saß eine Übelkeit, die ihm mehr als der körperliche Schmerz zusetzte.

Mir ist schlecht.

Ich muss hier raus.

„Danke", entgegnete Ahnikki daraufhin gereizt, „nun zu deiner Frage. Du bist in Ohnmacht gefallen, als ich dich von der Wand geholt habe und auch wenn du abgemagert bist, bist du immer noch ziemlich schwer. Zum Glück konnte ich dich wachprügeln."

Gron schluckte und das mehrmals, da sich seine Kehle rau wie Kies anfühlte. Er tastete herum und griff in feuchte, klumpige Masse hinein. *Gestocktes Blut.* Als er glaubte, mit seiner linken Hand Halt gefunden zu haben und sich vom Boden abstützen wollte, schlug er der Länge nach hin, denn seine Schultern trugen ihn nicht. Vor Schmerz wurde er beinahe erneut ohnmächtig.

„Ganz langsam, nur keine Hast." Sorge kehrte in ihre Stimme zurück. Sie griff nach ihm und er spürte ihre warme Berührung auf seiner Haut, spürte, wie sie über seine Schultern strich, ansetzte zu kneten, doch das genügte, um ihn schmerzvoll Aufschreien zu lassen. Er floh vor ihren Händen, indem er über den Boden fortkroch. „Fass mich nicht an!"

„Stell dich nicht so an!", fauchte sie spitz, doch ließ ihn in Ruhe.

Ob die Drogen noch wirkten? Ihm war zwar schwindlig, aber er nahm die Person neben ihm wahr, spürte Schmerz an allen möglichen Stellen seines Körpers anwachsen und zu einem Crescendo in seinem Kopf anschwellen.

Bei Ara, wie kommen wir hier raus, wenn ich mich kaum bewegen kann?!

Er tastete nach seiner Magie, doch er fühlte sie immer noch nicht.

„Ich kann keine Magie wirken", flüsterte er leise und mit bebender Stimme. „Ich kann keine Magie wirken", wiederholte er wie in Trance.

„Beruhige dich. Du wirst heilen, die Magie kehrt zurück. Und wenn ich jemanden höre, wirke ich einen Zauber, auch wenn ich nicht sonderlich gut darin bin, Tarnzauber zu nutzen."

„Wie hast du mich gefunden?", er atmete flach.

Wenn sie sprach, konzentrierte er sich mit aller Kraft auf den Klang ihrer Stimme. *Ahnikki*. Was zum Henker tat sie hier? Es war lange her.

„Das weiß ich nicht genau", Gron hörte, wie sie das Gewicht verlagerte, ihre Kleidung knirschte, „nachdem ich herausgefunden habe, wo sich der Kerker befindet, kam ich so schnell ich konnte. Ich habe Tage gebraucht. Längere Zeit bin ich dann durch die Gänge geirrt, viele Zellen sind leer, manche vollgestopft. Einige haben mich gesehen, leider."

Gron unterdrückte einen Hustenreiz, während vor seinem geistigen Auge Raenas unklares Gesicht erschien. Sie konnte nicht hier gewesen sein. *Vermutlich hast du nur geträumt.* Die kühle Berührung ihrer Hände, die sich sanft auf seine Schultern gelegt hatten, ihr Lächeln ... sie war wie ein Geist dem Nichts entstiegen und das unheimliche Leuchten ihres Körpers hatte sie eingehüllt wie ein Schutzschild. Zwar hatte er den sanften Kuss nicht gespürt, ihn aber mit all seinen Sinnen gefühlt. *Diese Augen* ... die Traurigkeit, die er darin gelesen hatte, es hatte ihn fast umgebracht.

„Gron, *verdammt*. Du hörst mir nicht zu. Fall mir ja nicht wieder in Ohnmacht, hast du mich verstanden?!"

Ungeachtet der Schmerzen in seinen Schultern, die brannten, als ob man sie ihm ausgerissen und wieder angenäht hätte, kämpfte er sich ein Stück empor. Er ruhte erst, als er auf seinem nackten Hinterteil saß. „Entschuldige", röchelte er schwer, die Arme zwischen den angewinkelten Knien, „was hast du gesagt?"

„Du weißt, dass wir uns im Krieg befinden?" Sie fragte ihn zwar, ließ ihn aber nicht antworten. „Man hat die blaue Botschaft angegriffen und uns vertrieben. Ich war mit einigen Schülern unterwegs, meine Schwester war bei mir. Als wir in Narthinn ankamen, wussten wir von all dem nichts. Und dann, die Nachricht vom Gleichgewicht ...", zügellos sprudelten Worte aus ihr hervor und er hatte Mühe, ihr zu folgen, „der Elfenkönig wollte uns töten und das Gleichgewicht tat nichts – *nichts*! Kannst du dir das vorstellen? Mal abgesehen davon, dass Botschaften nicht angegriffen werden dürfen." Sie schnaubte. „Alles nur deswegen, weil wir eine Reise zum Schloss machen wollten. Wie hätte ich ahnen können, dass wir uns im Krieg befinden? Die Nachricht hat uns viel zu spät erreicht. Deine Frau hat die Botschaft aufgesucht, weil sie Hilfe wollte und nur die Götter wissen, wie sie herausfand, dass ich mich dort aufhielt. Wusstest du das? Gron? Gron – hörst du mir überhaupt noch zu?"

„Ja", krächzte er. *Was für ein Zufall.* Woher hatte Yalla gewusst, dass er vorgehabt hatte, zu den blauen Reitern zu gehen? Hatte er es ihr etwa verraten? Er erinnerte sich nicht.

„Die, die nicht entkamen, hat man gefangen genommen, ich glaube, dass er Lösegeld für sie verlangen will." Sie holte tief Luft. „Deinetwegen habe ich meine Schwester mit den Schülern zurückgelassen. Ich hoffe, sie verzeiht es mir."

„Das klingt ja fast wie ein Vorwurf", murmelte Gron, der sich nicht sicher war, ob er alles verstanden hatte. Jedes Wort verschwamm in seinem Kopf. „Sie gehen zu den Wasserfällen?"

„Ja und ich habe ihr geraten, mehrere Söldner zu bezahlen, damit sie dort auch ankommen."

„Du hättest", keuchte er und schluckte geräuschvoll, „du .... musst sie beschützen. Ich wäre gegangen ... zu dir, doch sie haben mir eine Falle gestellt."

„Was? Wovon sprichst du?", als er ihre Berührung spürte, zuckte er zurück. „Deine Frau hat nichts von- ..."

„Ich wollte zu dir, aber ich war zu langsam", entgegnete er hastig, „ist Esined noch immer krank? Das Gleichgewicht, meine ich." Sie konnte nicht wissen, dass es falsch war.

„Was redest du? Welche Esined, verflucht?"

„Das Gleichgewicht", keuchte er ungeduldig, „ist es noch krank?"

„Also ist es wahr. Es existiert wirklich!"

9. KAPITEL

„Ich habe die Wärter davon reden hören."

Kurze, unangenehme Stille, die schwer auf ihm lastete.

„Seine Majestät, hm? Ich bin Botschafterin geworden, übrigens." Sie räusperte sich. „Jedenfalls, du hast es nicht vergiftet, oder?"

Bei Ara. Er hätte sich an den Kopf gegriffen, doch er brachte nur ein Zucken seiner Hand zustande. „Yalla hätte dich nicht schicken sollen, sie bringt sich nur selbst in Gefahr und dich auch."

„Du warst es also nicht. Ich dachte mir schon, dass das nicht sein kann. Deine Frau war ganz aufgelöst, als sie mich fand. Ich habe sie beruhigen müssen und ihr versichert, dass du bestimmt einen Grund hattest, wieso du so seltsam warst." Sie zögerte. „Gron? Würdest du mich bitte bestätigen?"

Ihr Gesicht schien knapp neben dem seinem zu schweben. Er spürte ihren Atem auf seiner Wange, roch ihren Duft, der ihn entfernt an den klärenden, stechenden Rauch einer Duftlampe aus seiner Kindheit erinnerte. Er nahm einen Atemzug davon und seine Übelkeit besserte sich.

Pfefferminz und Eukalyptus.

„Nein", entgegnete er barsch und falls sie nickte, sah er es nicht.

„Und was ist mit deinen Begleitern? Sind sie auch gefangen?"

Gron wusste im Moment nicht, welche Antwort er ihr geben sollte. Stattdessen wich er aus. „Hast du alle im Kerker getötet?"

„Es waren tatsächlich nur wenige Wärter unterwegs. Ich habe mich auf eine halbe Übermacht vorbereitet. Weißt du, was es mich gekostet hat, zu erfahren, wo dieser Ort ist? Ein unauffälliges Haus, am Rande von Klippen, ein kleiner Hof mit einer unscheinbaren Tür, kaum zu glauben, dass sich darunter ein riesiger Kerker befindet. Ich bin über das Dach geklettert."

„Und hast du dir überlegt, wie du mich auf das Dach bringen willst?", murmelte er und drehte den Kopf von ihr weg, um sie nicht anzuhusten.

„Nein", entgegnete sie nachdenklich, „ich werde dich irgendwie tragen müssen, wobei, vielleicht finden wir einen anderen Weg nach draußen. Ich habe da an die Kanalisation gedacht, wie in einer guten Geschichte."

Fast hätte er gelacht. Sie war viel zu klein für sein Gewicht und würde zusammenbrechen, sobald er sich auch nur an sie lehnte. Gut, die Vorstellung war vielleicht ein wenig übertrieben. Aber die Kanalisation? Er runzelte die Stirn, was genauso schmerzte, da sein Gesicht geschwollen war.

„Ich schaffe das schon, irgendwie."

Doch tief in ihm bezweifelte er, dass er sich an einer Hausmauer hochziehen würde können. Schon nach einem Zentimeter würden seine Arme ihn im Stich lassen.

„Komm", forderte sie ihn auf, bevor sie sich erhob, „kannst du aufstehen? Lass uns von hier verschwinden."

Er fühlte, dass die Zeit drängte, und doch war er es nicht gewesen, der sich zuerst vergewissern hatte müssen, ob er das Gleichgewicht tatsächlich vergiftet hatte.

„Hättest du mich dann hiergelassen?", krächzte er.

„Was?"

„Wenn ich es gewesen wäre."

„Nein", sie klang empört.

Er lachte wie eine kaputte Türschiene und sie stieß ihn gegen die Schulter, was wehtat und ihm ein Keuchen entlockte.

Zum Henker. Wie wird es erst sein, wenn der Drogeneinfluss vollständig verschwunden ist?

„Wie viel hast du mir gegeben?"

„Von dem Gegengift? Einen kleinen Schluck."

„Was, wenn du dich getäuscht hättest?"

„Habe ich aber nicht. Bald wird es dir besser gehen und du wirst wieder klar denken können." Sie bewegte sich und er hörte ihre Kleidung rascheln. „Ich habe leider nichts mit, womit du dich bedecken kannst", ihre Stimme nahm einen eigenartigen Tonfall an, „würde es dir etwas ausmachen, wenn ich einem von denen die Hosen ausziehe?"

„Nein." Gron schluckte mehrmals und spürte, wie ihn ein starkes Zittern ergriff. Nun fühlte er sich seltsam, weil sie ihn daran erinnert hatte, dass er keinen Stoff am Leib trug. Sie hatte ihn noch nie nackt gesehen. Umso merkwürdiger war es, dass er sich genau jetzt an die Situation erinnerte, als sie ihn gebeten hatte, Yalla nicht zur Frau zu nehmen. Mutig, wenn man bedachte, dass ihre Beziehung allerhöchstens im Streifen hätte ausgelebt werden können. Und nun stand er tief in ihrer Schuld.

Verdammt, ist mir schlecht.

„Dass ausgerechnet du zu meiner Rettung geeilt kommst."

„Stört es dich etwa?"

„Nein. Ich ... danke dir." Gron wusste nicht einmal, wie er es angestellt hatte, doch schließlich stand er schwankend da, während sich sein Kopf zu drehen begann und nicht mehr aufhören wollte. Zweifellos wäre er zusammengeklappt, hätte Ahnikki nicht nach seinem Arm gegriffen und ihn festgehalten.

„Das wird nichts", raunte er heiser und lehnte sich vollständig an sie, „ich wäre gern eine Wollkugel. Dann könntest du mich rollen und überall runterfallen lassen."

„Was? Das kannst du vergessen", knurrte sie angriffslustig, „hörst du? Reiß dich zusammen!"

Gron spürte, wie sie sich neben ihm versteifte. Sie wiederzusehen tat gut, auch wenn er ihr Gesicht als das eines Rehs identifiziert hatte. „Ich habe dich vermisst."

„Halt den Mund", zischte sie, „bleibst du stehen oder fällst du um?" Erneut wartete sie seine Antwort nicht ab und ließ ihn einfach los. Gron versuchte sein Bestes, doch die Welt drehte sich wie ein verdammter Kreisel.

„Ich hoffe, dass du nicht wählerisch bist, denn ich habe nicht vor, nach demjenigen zu suchen, der am wenigsten stinkt", erklärte sie ihm mit einem bissigen Unterton und er hörte, wie etwas Schweres über den Boden gezerrt wurde. *„Verdammte Scheiße."*

Ihr loses Mundwerk ließ ihn lächeln. „Es gibt tatsächlich noch j-jemanden, der hier u-unten eingesperrt ist", seine Zähne machten die Kälte nicht mehr mit und begannen zu klappern.

Gron hörte, wie sie gegen eine der Fackeln trat.

Wie sollte er ihr nur erklären, was er vermasselt hatte? Warum er eigentlich im Verlies gelandet war? Er musste ihr die Wahrheit sagen.

„Ich würde dir ja meine Jacke borgen, aber ich denke nicht, dass du hineinpasst", stellte sie einen Augenblick später schwer atmend fest.

„Dem Zwerg Rizor", fragte er leise, da er zu einer lauteren Stimme nicht fähig war, „bist du ihm begegnet?"

„Hm?"

„Es ist noch jemand hier u-unten eingesperrt. Ein Zwerg", er hustete trocken, „ich weiß ... n-nicht wo."

„Ist er wichtig? Du weißt, wie viele Stockwerke dieser verdammte Kerker hat?"

„Nein", entgegnete er rau, „und ich erwarte nichts von dir."

Und doch spürte er ihr Zögern. Ahnikki hatte ihm noch nie eine Bitte abschlagen können. Sie kannte ihn gut genug um zu wissen, dass er selbst noch einmal diesen Ort aufsuchen würde, wenn es sein musste.

Und ihm wiederum war klar, dass sie ihn nicht gehen lassen würde. Nicht in den nächsten Tagen, sofern sie es ins Tageslicht schafften.

„Ich kann versuchen, ihn zu finden", entschied sie schließlich gedehnt, „versprich mir, dass du hierbleibst. Ich komme schnellstmöglich zurück."

Er spürte, wie sie ihm eine Hose in die Hand drückte.

„Danke", murmelte er, wünschte ihr innerlich Glück und hoffte, dass Rizor noch am Leben war.

Nachdem sich Ahnikki vergewissert hatte, dass der Gang verlassen war, huschte sie hinaus. Für einen kurzen Moment hatte er schwaches, bläuliches Licht erblickt, welches ihre schlanke Silhouette und den Boden des Gangs beleuchtet hatte. Sobald sie zurückkam, musste er sie fragen, wie lange er bereits festsaß, sofern sie es überhaupt wusste. Vielleicht hatte Yalla es ihr erzählt.

Bei den Göttern ... seine Frau.

Gron ging es noch schlechter, als er an den Tag dachte, wo er ihr wieder begegnen würde. Er liebte sie nach wie vor, auch wenn es ihn zu Raena hinzog, als wäre sie süßes Pech und er ein Insekt, das kleben geblieben war. Bestimmt hatte Yalla in den letzten Tagen viele Lügen gehört. Einerseits war er ihr für ihr Eingreifen dankbar, andererseits war er besorgt. Ihn wunderte, dass sie nicht unter Beobachtung stand. Da sie seine Ehefrau war, hätte es ihn nicht überrascht, wenn man sie ebenfalls eingesperrt und bewacht hätte. Er tippte darauf, dass der Herrscher das elbische Heer nicht verlieren wollte, denn das hätte er, hätte er auch sie in den Kerker geworfen.

Es ging ihr also gut. Das erleichterte ihn ungemein.

Vorsichtig bewegte er seine rechte Hand und presste seine Zähne aufeinander. Seine Schwerthand war völlig hinüber. Einst hatte er mit links gefochten, doch das war mindestens vierzig Jahre her. Vielleicht sollte er damit beginnen, sich endlich die Hose anzuziehen. Ihn graute vor der Vorstellung, in Ahnikkis Begleitung nackt herumzuirren und nach draußen zu kriechen. Und obwohl er so empfand, brachte er es nicht über sich. Zitternd stand er da, hielt in seiner gesunden Hand den Bund der Hose fest und kam sich furchtbar schwach vor.

Ein scharfer Hustenanfall überkam ihn. Sein Oberkörper verkrampfte und stechender Schmerz schoss durch seine Rippen und zwang ihn in eine gebückte Stellung. Röchelnd atmete er die stinkende Luft ein und schluckte den Würgereiz hinunter, nur um sich dann doch zu übergeben.

Unter Krämpfen richtete Gron sich auf und begann vorsichtig, mit dem kleinen Finger der gebrochenen Hand am Bund der Hose entlang zu streichen. Irgendwie fand er heraus, wo sich die Hosenbeine befanden. Als er ein Bein hob, kämpfte er gegen einen weiteren Hustenanfall an. Erst beim zweiten Versuch gelang es ihm ins Hosenbein zu steigen, und als er dann mit den Zehen in etwas Feuchtes und Klebriges trat, dachte er nur daran, wie angenehm es war, wieder Kleidung auf der Haut zu spüren. Der Stoff der Hose fühlte sich rau an, wärmte ihn jedoch sofort. Es war ihm gleich, dass sie einem Toten gehörte.

Gron zog den Bund bis zu seinen Hüften hoch, und bis er die Knöpfe geschlossen hatte, verging eine halbe Ewigkeit.

Und jetzt?

Seine Augen hatten sich mittlerweile gut an die Dunkelheit gewöhnt. Seine Täuschungs- und Verwandlungskünste kamen ihm in den Sinn und er suchte nach der Magie in ihm, doch nach wie vor fühlte er sie nicht. Gron seufzte leise. Auch wenn ein anderes Gesicht kaum Magie verbrauchte, vor allem, wenn man es einer anderen Person stahl, war es reiner Selbstmord, sie nutzen zu wollen. Er hätte im Moment vermutlich ohnehin keines aus seinem Gedächtnis konstruieren können, seine Sinne durch die Drogen immer noch stark getrübt und er wollte nicht Gefahr laufen, als Spinne herumirren zu müssen. Innerlich schüttelte es ihn, der Gedanke ihm zuwider.

Irgendwann wurde die Tür aufgerissen, und Ahnikki stolperte herein. Er konnte sie zwar nicht besonders gut erkennen, doch im Schein der blauen Flamme im Gang, hatte er das Gefühl, ihre Anspannung zu sehen.

„Keine Spur von deinem Zwerg. Es tut mir leid, aber ich kann nicht länger suchen. Ich werde dich nicht erneut in Gefahr bringen, indem ich mich gefangen nehmen lasse."

Gron verspürte einen bedauerlichen Stich in der Brust. „Danke für deine Mühe."

„Bedanke dich nicht bei mir", entgegnete sie schroff, „noch sind wir nicht draußen. Zwei Stockwerke höher sind Wärter. Wenn wir Pech haben, kommen sie uns entgegen." Ahnikki stieg über die Leichen hinweg, ihre Nachtsicht war immer schon herausragend gewesen und tastete mit ihrer Hand nach seinem rechten Oberarm. „Gehen wir. Ich stütze dich", sagte sie mit Nachdruck, ehe sie ihn besitzergreifend an ihre warme Seite presste. Ihr Schwert drängte sich gegen ihn.

Er wusste nicht, woher es kam, doch am liebsten hätte er sie von sich gestoßen. Er redete sich ein, dass er erschöpft und krank war, doch das unangenehme Gefühl wollte nicht weichen.

„V-vielleicht", *solltest du die Seite wechseln*, hatte Gron ihr vorschlagen wollen, doch sie zerrte ihn bereits vorwärts.

„Hier liegt ein Bein. Vorsicht, damit du nicht hinfällst."

Sie lauschte, dann zog sie ihn auf den Gang hinaus.

Gron blinzelte gegen das bläuliche Licht der Fackeln an.

„Warte", murmelte sie kurz darauf und drängte ihn gegen die eiskalte Wand, wo er sich vorsichtig dagegen lehnte, ehe sie wieder in seiner Zelle verschwand. „Ich bin gleich bei dir."

Gron hatte sie eigentlich fragen wollen, was sie vorhatte, doch seine Worte wurden von einem weiteren Hustenanfall erstickt. Und so krümmte er sich mit vorgehaltener Hand, während das Stechen in seinen Rippen nur langsam verebbte.

„Die werden sie nicht vermissen", teilte sie ihm grimmigen Gesichtsausdrucks mit, als sie mit einer Fackel auf ihn zukam und sie entzündete. Ihre

Augen glitzerten wie zwei helle Citrine. Ihre Gestalt war so unglaublich klein und zierlich und ihr Anblick ließ ihn für kurze Zeit seine Beschwerden vergessen, denn Ahnikki war eine exotisch schöne Frau. Auf ihrem Kopf prangte das Markenzeichen des Geschlechts der Ren, ein Rehgeweih, und an ihrer Hüfte hing ein silbernes Schwert ohne Parierstange. Gehüllt in weiches Hirschleder mit Samtverzierungen sah sie aus wie aus einem anderen Land. Und das war sie auch, denn ihre Heimat lag jenseits des Ozeans, dort, wo die blauen Reiter ihren Sitz hatten. Aber der Nasenring, den sie auf der linken Seite ihres Nasenflügels trug, war neu.

„Bist du fertig mit Starren?", fragte sie ihn genervt und wollte nach seinem Arm greifen, doch er wich instinktiv von ihrer Berührung zurück und entschuldigte sich daraufhin röchelnd. Ihre Augenbrauen zogen sich zu einer geraden Linie zusammen und ein ärgerlicher Zug huschte über ihr Gesicht. Sie schwenkte die Fackel von links nach rechts und bedachte ihn mit einem eigenartigen Blick, bevor sie mit einer leichten Kopfbewegung, bei welcher die dicken Locken auf ihrem Rücken zur Seite wippten, in Richtung Ausgang zeigte. „Beeilen wir uns."

Gron nickte gehorsam und spürte, wie ein Zittern seine Glieder ergriff. Mit weichen Knien folgte er ihr durch den Gang. Es roch nach Tod und Qual, man hatte das Gefühl, davon verfolgt zu werden. Um nicht hinzufallen, hielt er sich an den Kerben in der Wand fest, griff in Spinnenweben, Kies und Staub hinein. Gron vermied es, seine misshandelte Hand anzusehen, ignorierte den stechenden Schmerz so gut er konnte und wünschte sich, seine Gliedmaßen würden durch die Kälte taub werden.

Er hatte schrecklichen Durst.

„Wo gehen wir hin?", murmelte er und starrte ihren schmalen Rücken an, als sie eine schwere Eisentür öffnete.

„In die Kanalisation", ächzte sie, als sie sich mit ihrem Körper dagegenstemmte, um sie aufzukriegen.

„Du Trottel, nicht ...!"

Ein lautes Klingeln erklang. Jemand schrie überrascht auf und dann hörte man ein schweres Poltern.

„Ich sagte doch, nicht mit den Schlüsseln spielen!"

„Entschuldige, ich dachte nur, ich schaffe es, sie hoch genug zu werfen und dann wieder aufzufangen."

„Wie soll ich *die* jetzt *da* rauskriegen?!"

Anstatt dass Ahnikki ihn in den Gang zurückzwängte und die Tür zuwarf, packte sie seinen Oberarm und zog ihn auf die Treppe hinaus.

„Lauf nach unten!"

Gron brauchte nur eine Sekunde, bis er realisierte, was sie von ihm wollte.

„Hier, nimm! Ich bin dicht hinter dir!"

Er griff nach der Fackel, die gefährlich nah an seinem Gesicht vorbeischwenkte und gehorchte. Bald darauf wurde ihm ganz anders, denn die Wendeltreppe hatte kein Ende. Sein Kopf drehte sich und seine eigenen Schritte kamen ihm furchtbar langsam vor. Er schleppte sich dahin wie eine Schnecke, wie jemand, der gerade eben das Gehen erlernt hatte.

Als er nicht mehr weiterkonnte, weil der Schwindel ihm stark zusetzte, blieb er stehen und erst da wurde ihm klar, dass Ahnikki ihm nicht folgte. Er fragte sich besorgt, ob sie den Kampf gegen die Wärter angetreten war, aber kein Geräusch drang an sein Ohr, kein Laut, keine Schritte, kein Schwert, welches gegen ein anderes schlug. Um ihn herum war es still, nur die Fackel in seiner Hand flackerte vor sich hin.

Mit rasselndem Atem stand er da, hustete, denn die schlechte Luft reizte seine Kehle. Gequält drückte er den Hinterkopf gegen die Mauer und wischte sich die Haare aus dem Gesicht. Eiskalter Schweiß lief seine Schläfen entlang.

Ahnikki, wo bleibst du?

Mit einem Seitenblick die dunkle Wendeltreppe hoch entschied er, dass wenn sie in den nächsten fünfzig Sekunden nicht herunterkam, er nach oben gehen und sie suchen würde. Sie durfte nicht sterben.

Im Geiste zählte er von Fünfzig abwärts und verlor bei Dreißig den Faden. Dann erschien ein dünner Arm in seinem Blickfeld, gefolgt von schmalen Schultern und Ahnikkis Gesicht, das von der bläulichen Fackel in seiner Hand beleuchtet wurde. Ihr Nasenring glänzte.

„Was machst du hier? Lauf weiter!"

Gron löste sich von der Mauer und betrachtete sie eingehend. Auf ihrer linken Wange war ein Fleck. „Ich habe mir Sorgen gemacht", flüsterte er, da ihm seine Stimme ansonsten den Dienst versagt hätte.

„Unnötig. Geh jetzt", knurrte Ahnikki, die nach seinem Arm greifen wollte, doch seine Hand bewegte sich wie von selbst. Er wehrte ihre Geste mit einem Klatschen ab. Irritiert warf sie ihm einen fragenden Blick zu, der kaum einen Atemzug lang andauerte. Dann zog sie stumm ihre Hand zurück und zwängte sich wortlos an ihm vorbei.

Gron biss sich auf die Innenseite seiner Wange. Sie wollte doch nur helfen, aber er wollte nicht, dass sie ihn berührte. Ihre Berührung, er … *ertrug sie nicht.*

In seiner Kehle bildete sich ein dicker Kloß.

„Die Fackel", warf er kratzig ein, da sie die Führung übernommen hatte. Obwohl sie in der Dunkelheit gut sehen konnte, wollte er nicht, dass sie stolperte. Und als Ahnikki nicht antwortete, ahnte er, dass er sie mit seiner Abwehr beleidigt hatte, was ihn ärgerte und zugleich beschämte.

„Entschuldige", presste er aus sich hervor.

Ahnikki reagierte nicht. Falls sie ihn überhaupt gehört hatte.

Weiter unten wurde es noch kälter. Diejenigen, die in den Tiefen eingesperrt waren, waren mit ihrem Aufenthalt zum Tode verurteilt. Der dünne Stoff schützte ihn kaum. Sie hätte einem der Männer auch noch das Hemd ausziehen sollen.

Gron fühlte sich elendig, als hätte er mehrere Tage lang nicht geschlafen, was zum Teil auch stimmte, schließlich war er die gesamte Zeit über in einem Drogennebel gefangen gewesen. Wenigstens spürte er seine Finger nicht mehr – genauso wie seine nackten Zehen, und das Pochen in seinen Schultern hatte aufgehört.

Ein Hustenanfall ließ ihn innehalten. Er lehnte sich gegen die Wand, seine Brust schwoll an, zog sich zusammen, während sein Leib sich krümmte, als wäre er kurz davor, zum letzten Mal einzuatmen. Der darauffolgende Stich zwischen seinen Schulterblättern lähmte ihn.

Ahnikki nahm ihm die Fackel ab. Er war ihr dankbar, denn bis der Reiz nachließ, verging eine halbe Ewigkeit. Vor seinen Augen blitzten weiße Punkte.

„Es tut mir leid", entschuldigte er sich krächzend für den Lärm, den er verursacht hatte.

Und woher, zum Henker, kamen auf einmal die schrecklichen Magenschmerzen? Es tat so weh, als würde sein Innerstes nach außen gekehrt.

„Schon gut", hörte er sie raunen, „aber wenn du so weitermachst, haben wir bald die ganzen Wärter auf unseren Fersen. Wir müssen dich so schnell wie möglich hier rausschaffen. Ich frage mich nur- ..."

Gron hätte aufgelacht, wenn er gekonnt hätte. Stattdessen murmelte er kaum verständlich: „W-wie du m- ...", dann schmeckte er auf einmal Magensäure und musste schlucken.

... mich rausschaffen sollst, wenn ich jeden Moment zusammenbrechen könnte, hatte er ihren Satz beenden wollen.

„Ich weiß zwar nicht, was genau sie dir angetan haben, aber du kennst mich, also bitte", sie hatte Angst um ihn, er hörte es deutlich, „lass mich dir helfen, ja?"

Obwohl sie sich bereits seit Ewigkeiten nicht mehr gesehen hatten, fühlte es sich so an, als ob es erst gestern gewesen wäre, wo er aufgebrochen war, um in seiner Heimat zu heiraten und König zu werden. Er war ohnehin nicht bereit dazu gewesen, seine Ausbildung bei den blauen Reitern zu beenden. Ihr Meister hatte es oft genug betont.

Nun bin ich es. Ich muss es sein. Wegen Raena.

Dass es manchen nie gelang, ignorierte er.

Im Streit waren sie auseinandergegangen und seit ihrer Liebeserklärung war kein Brief, kein Besuch und kein Wort mehr gewechselt worden. Umso mehr verwunderte ihn, dass Ahnikki nun hier war. Aber er brauchte sie, wenn er mit seinem Vorhaben weitermachen wollte.

„E-entschuldige", murmelte er mit klappernden Zähnen, ließ zu, dass sie ihm einen Arm um die Taille legte und ihn an sich zog und es war, als ob er ihr etwas Intimes erlaubt hätte, als wäre sie in seine persönlichen Gemächer gedrungen und hätte ihn bei etwas Unangenehmen erwischt.

Sein Magen rebellierte und eine Sekunde später zwang ihn ein scharfes Stechen zusammenzusacken und sich zu krümmen.

Gron hörte sich stöhnen – er verlor die Kontrolle über seinen Körper.

„Das geht vorüber", redete Ahnikki auf ihn ein, „komm, wir müssen weiter, sonst kratzt du mir ab, ehe wir nach draußen gelangen."

„Wer da?!" Die Tür des nächsten Stockwerks zur Wendeltreppe wurde aufgerissen. Ein großgewachsener, breitschultriger Mann stand plötzlich im Türrahmen und starrte sie an. Er trug einen Mantel mit einer Kapuze, die sein Gesicht verdeckte und in seiner Hand eine blaue Fackel. Er stand zwar tiefer, doch überragte sie selbst da um einen Kopf. Der Mann musste riesig sein und Gron kam kurz in den Sinn, dass sie wohl nie von hier fortkommen würden.

„Wen haben wir denn hier?", seine Stimme war tief und er schien sofort begriffen zu haben, dass er einen Flüchtling und einen Eindringling vor sich hatte. Voller Kraft stieß er die Tür auf, die daraufhin krachend gegen die Wand donnerte. Staub rieselte zu Boden, benetzte seine Schultern und seinen Kopf. Es war so laut, dass es ein Klingeln in Grons Ohren auslöste.

„Fall ja nicht hin", stieß Ahnikki hervor, ehe sie seine Taille losließ und blitzschnell ihre Waffe zog.

Nachdem seine Stütze verschwunden war, sackte er in sich zusammen und taumelte zur Seite. Mit dem Rücken rutschte er das Gestein entlang und setzte sich, unfähig auch nur einen Muskel zu rühren.

„Verteidige dich!", rief Ahnikki dem Mann zu, hielt ihre Schwertspitze in seine Richtung.

„Was bist du eigentlich, ein Reh auf zwei Beinen?" Er reagierte nicht auf ihre Aufforderung, hatte die Fackel auf sie gerichtet und beleuchtete ihr Gesicht. „Oder trägst du die als Schmuck?" Mit zusammengekniffenen Augen lachte er gehässig, strich mit seiner freien Hand den Mantel beiseite und griff nach seinem Schwertknauf, um eine Waffe zu ziehen, die um ein ganzes Drittel länger war als die von Ahnikki.

„Ich zerschneide dich, ehe du um Hilfe schreien kannst."

Er sprang vorwärts.

Gron blinzelte den Schleier beiseite, der sein Sichtfeld beherrschte und zwang sich, die Augen offenzuhalten. *Ruhe.* Er brauchte Ruhe.

Dumpf sang der Stahl in seinen Ohren, als die Klingen aufeinanderprallten. Ein Funkenregen flog zur Seite, tanzte über den Boden, berührte seine nackten Zehen. Er hätte ihr gern geholfen, doch in seinem Zustand war er ihr nur ein Klotz am Bein.

Ahnikki wich einem Schlag aus, tänzelte auf der Stufe von links nach rechts, duckte sich, als der Mann mit einer aggressiven Bewegung einen Schritt zur Seite tat und nach ihr stach. Obwohl er sich nach Kräften bemühte, sie die Treppe aufwärts zu drängen, wich sie nicht von der Stelle und schützte Gron mit ihrem Körper.

Ich bin ihr im Weg. Nachdem er den Gedanken zu Ende gedacht hatte, stützte er sich schwer vom Boden ab und rutschte zwei Stufen höher. Der Stein war feucht.

Ahnikki keuchte und schnaubte wie ein Pferd.

Vielleicht hätte Gron Angst um sie haben sollen, doch das tat er nicht. Es mochte egoistisch sein, doch er fühlte bloß seinen eigenen Schmerz, der ihn in einen eiskalten Kokon hüllte.

„Du bist gut, aber nicht gut genug!", grölte ihr Gegner und warf ihr die Fackel entgegen.

Ahnikki entwich ein überraschtes Keuchen. Geblendet riss sie ihre Hände hoch, in einer ihre eigene Fackel haltend. Hohl prallte das Holz an ihrem Schwertarm ab, flog durch die Luft, klackerte die Stufen hinunter und erlosch mit einem leisen Zischen in einer Pfütze. Ihr Schrei ließ seinen Puls stolpern, seinen Kopf in die Höhe reißen. Blut spritzte, benetzte die Wand und ein paar warme Tropfen trafen sein Gesicht.

„Sagte ich's doch", bemerkte der Mann selbstgefällig, ehe er sein Schwert zurückzog, „nicht gut genug."

„Mistkerl!", zischte sie, ihre Fackel loslassend.

Trotz der schwachen Lichtquelle, die Flamme leckte über den Stein auf dem sie lag, bemerkte Gron ihre gebückte Haltung. Er glaubte, das Blut tropfen zu hören, vor seinen Augen die Folterkammer, er selbst am Tisch festgebunden, im Augenwinkel der fleckige Boden, die Eimer voll Blut und das Grinsen derer, die ihn gefoltert hatten. Er spürte, wie er bleich wurde.

„Also?", gurrte der Mann gedehnt. „Rehlein, wenn du mich in Ruhe lässt, lasse ich dich in Ruhe, wie klingt das?"

Was?

Irgendetwas an diesen Worten ließ Gron aufhorchen, doch die Bedeutung entzog sich ihm, da er damit beschäftigt war, die Bilder, die sich in sein Bewusstsein drängten, zu vergessen. Er rieb sich Gesicht und Stirn, sah die Eisen an den Wänden, die Zangen vor seinen Augen, die Schrauben, die Schere und das Becken des Wärters, das sich obszön vor und zurück bewegte und den Mann, der neben ihm gelegen hatte, auf einem anderen Tisch blutverschmiert – er hatte sich selbst wie in einem Spiegel gesehen.

Ahnikki hörte nicht hin, griff von unten an. Mühelos parierte der Fremde ihre Schläge, wehrte sie ab, als sie auf seine Genitalien zielte. Er lachte und erneut flogen Funken, die bereits in der Luft erloschen.

„Verarsch mich nicht, Rehlein. *Lass es.*" Seine Bewegungen veränderten sich, wurden schneller, flinker, zielsicherer. Ahnikki stöhnte, als sie sich unter einem Hieb duckte; der Mantel des Fremden vor ihr ähnelte Flügeln.

Gron blinzelte.

„Du bekommst ihn nicht!", schrie sie wie von Sinnen, wurde ungenau, verlor die Kontrolle über ihr Handeln. *Unsicher und verzweifelt.* So war sie immer schon gewesen, trotz ihres Talents für den Schwertkampf. Gron wurde jäh klar, dass sie sterben würde, wenn sie so weitermachte. Sie war seine letzte Chance. Ohne sie würde er es nicht schaffen, er würde Raena niemals wiederfinden.

Sein Körper bewegte sich wie von selbst. Im nächsten Moment stand er zwischen ihnen, schwach und kaum fähig sich aufrecht zu halten, mit ausgebreiteten Armen, ihm ein Rätsel, wie er sich so schnell hatte bewegen können. Eingehend starrte er den Mann an, durchbohrte ihn mit seinen blutunterlaufenen Augen und suchte seinen Blick in der Dunkelheit.

„Gron, was ...!", keuchte Ahnikki schockiert. Ihr war nichts anders übriggeblieben, als auszuweichen, da er sie ansonsten zurückgestoßen hätte.

„Was hast du vorhin gesagt?", hörte er sich röcheln.

Der Fremde räusperte sich. „Ich möchte etwas klarstellen."

Schweratmend sah Gron dabei zu, wie der Stahl zurück in die Scheide geschoben wurde. Dann wurden zwei behandschuhte Hände abwehrend in die Höhe gehoben: „Erstens, ich hatte nicht vor, den da zu entführen oder sonst irgendetwas mit ihm anzustellen. Zweitens, was sollte ich mit dem, der ist doch völlig hinüber und drittens, wisst ihr vielleicht, wo der Ausgang ist?"

„Wie bitte?", fragte Ahnikki an seiner Stelle verdutzt.

Gron starrte ihn an.

„Der Ausgang", wiederholte ihr Gegenüber gedehnt, „A-u-s-g-a-n-g."

„Bei Ara's Arsch – ist das dein Ernst? Machst du dich über mich lustig?!" Sie hätte sich auf ihn gestürzt, wenn Gron seine Hand nicht ausgestreckt hätte, um sie vor dem sicheren Tod zu bewahren.

„Was heißt das?", krächzte er und war sich im nächsten Moment nicht sicher, ob er überhaupt gesprochen hatte.

Die Hände weiterhin in der Luft erhoben, erleuchtete für einen Moment schwach die am Boden liegende Fackel einen halben Teil seines Gesichts. Der Fremde hatte schwarzes Haar und eine dunkle Hautfarbe. Seine lächelnden Lippen formten ein einziges Wort: „Nein." – Gron ignorierte er.

„D-du ...!"

Ahnikki wollte ihn anspringen, doch Gron hielt sie an ihrer Schulter fest. Der Schmerz in seinem Rücken flammte auf und er musste schwer nach Luft schnappen, was wiederum seinen Hals reizte. Ein Hustenanfall überkam ihn, ein Auge halb geöffnet, das andere zugekniffen, spuckte er sich die Seele aus dem Leib.

Er spürte, wie Ahnikki einen Arm um ihn legte und ihn stützte, bevor er in sich zusammensacken konnte.

„Azurit. Was ist hier los?", murmelte eine müde Stimme.

Trotz des Hustenanfalls wusste Gron sofort, wem sie gehörte.

„Ein Wärter und ein Gefangener."

„Wie bitte? Ich bin kein Wärter!", fauchte Ahnikki gereizt und so laut, dass Gron dachte, sein Trommelfell würde bersten. Bestimmend drückte sie ihn von sich und richtete sich auf. Widerwillig ließ sie ihn gewähren. Das Schwert weiterhin fest umklammernd, hatte sie wohl nicht vor, ihre Verteidigung zu vernachlässigen.

„Oh", war seitens Azurit zu hören.

Es war Rizor, der plötzlich auf der Wendeltreppe stand, beharrt und breitbeinig, wie immer. „Also haben sie dich auch eingelocht", war seine trockene Bemerkung, als sich ihre Augen trafen.

„Rizor!", keuchte Gron zwischen zwei kurzen Atemzügen, froh ihn zu sehen. Er konnte es kaum glauben und erst Sekunden später wurde ihm klar, dass irgendetwas nicht stimmte.

Der Bart! Sie hatten ihn ihm abrasiert und dort, wo dichtes Haar aus seinen Wangen gewachsen war, war nun irgendetwas eingebrannt.

Es kostete ihn zwei weitere Atemzüge, bis er den Schock überwunden hatte und schließlich röchelte: „Du l-lebst", seine klappernden Zähne machten ihm einen Strich durch die Rechnung, „A-ara sei D-dank."

„Seit wann bist du ein Gläubiger?", entgegnete der Zwerg leise, der kaum ein Schatten seines früheren Selbst war. Abgemagert und nur noch Haut und Knochen – sie hatten ihn vermutlich genauso wie Gron hungern lassen, sah er aus wie ein altes und faltiges Kind. Seine Brust war nackt, seine Lenden nur mit einem Fetzen bedeckt. „Wo ist dein Leder hin?", ein schiefes Lächeln erschien auf seinen trockenen Lippen, „hattest wohl auch keinen Kleiderschrank zur Verfügung, wie?"

Gron brachte nur ein schwaches Lächeln zustande.

„Ich unterbreche nur ungern euer freudiges Zusammentreffen", mischte sich Azurit schnippisch ein, „aber wir sind in einem Kerker und sollten fliehen, bevor wir entdeckt werden." Dann spürte Gron seinen Blick auf sich ruhen. „Ausgang?"

„Ausgang", wiederholte Ahnikki mit hartem Auflachen, „den kannst du vergessen." Sie schob ihr Schwert zurück. „Wir gehen nach unten, in die Kanalisation, außerdem ..."

Azurit unterbrach sie schneidend: „Habe ich jemals behauptet, euch beiden zu helfen?" Das Geräusch, welches er machte, ähnelte stark einem spöttischen Lacher. „Ihr seid nicht mein Auftrag."

„Du eingebildeter Mistkerl!", beschimpfte sie ihn, wobei er nur dümmlich grinste und sich offensichtlich an ihrer Reaktion erfreute.

„Azurit", lenkte Rizor ein und wartete, bis er seine Aufmerksamkeit erhielt, „du wirst dafür bezahlt, oder nicht?"

Der Angesprochene verzog den Mund zu einem listigen Lächeln. „Das ist wahr", flüsterte er, ehe er sich leicht verneigte. Dabei fiel ihm sein Haar halb übers Gesicht. „Was bietest du mir an?"

„Die gleiche Summe, die du auch für mich erhältst."

„Das ist viel Geld." Azurit legte sich zwei Finger ans Kinn. „Ganz sicher, dass du so viel übrighast?" Er schien ein Mann des Geldes. Ein Söldner.

„Ich werd's beschaffen", knurrte Rizor als Antwort und war beinahe wieder ganz der Alte, „und du musst mir auch nichts zurückzahlen, Anführer." Wäre Gron nicht völlig am Ende, hätte ihn das Verhalten des Söldners bis aufs Äußerste gereizt. Nun stand er einfach nur da und kämpfte um sein Gleichgewicht. Sicher, mit einem kräftigen Kämpfer würden sie schneller vorankommen, falls ihnen Wärter begegnen sollten.

Ahnikki sagte etwas und als sein Blick auf sie fiel, drängte unendliche Müdigkeit ihn zum Schlaf. Sein Atem wurde langsamer, sein Herzschlag unregelmäßiger. Rizor antwortete ihr, doch Gron hörte auch das nicht. Das Gespräch rückte in weite Ferne, als hätte er Watte in den Ohren.

„Wir sollten weiter, ehe ...", er verlor den Faden, denn der Kopfschmerz, der wie aus dem Nichts unter seiner Schädeldecke wütete, raubte ihm schlicht den Verstand. Er wankte, wollte nach Ahnikki greifen, die ihm ihre Arme entgegenstreckte. Mit einem Mal schien sie unendlich weit entfernt. Er konnte sie nicht erreichen, sich nicht an ihr festhalten. Stattdessen sah er bloß das Blut an ihrem Ellenbogen, den Schnitt im Leder.

Tropf.

Sie war verletzt, doch es glitt an seinem Bewusstsein vorbei, ohne ihn zu berühren.

Tropf.

Es fühlte sich fast so an, als ob jemand die Zeit verlangsamt hätte.

Grons Blickfeld verdunkelte sich. Er hörte sein eigenes Stöhnen, bevor ihn ein unbegreiflicher Sog von den Beinen riss und an seinem Körper zerrte. Er schien zu fallen ... und sein Gehör kehrte zurück.

„Was ist mit ihm?!"

„Ich weiß es nicht."

Arme stützten ihn. Er roch Blut, während ihm jemand unter die Achseln griff und mit ihm in den Sog hineingezogen wurde.

„Das sind die Drogen. Letzte Nacht hat jemand in meiner Nähe nach den Wärtern geschrien. Entzugserscheinungen. Wirklich unschön."

„So schnell?"

„Glaube mir, wenn sie dich tagelang damit füttern, dann geht das sehr, sehr schnell."

„Wir sollten verschwinden."

„Gute Idee. Sollen wir ihn tragen?"

Ihre Stimmen verschwammen ineinander, klangen nach einer Person, die weiblich und männlich zugleich sprach. Es war irre, verrückt und er hätte sich die Haare gerauft, wenn er gekonnt hätte. Wie konnte er die Worte überhaupt noch auseinanderhalten? Was, wenn der Zustand andauerte und nie wieder vorüberging? Gron bekam es mit der Angst zu tun.

Es tat weh, als jemand ihn berührte.

Wie kann man fallen und gleichzeitig stehen?

Es ergab keinen Sinn.

Sein Magen drehte sich um. Er wollte erbrechen, konnte aber nicht. „Keine Luft ...", hörte er sich röcheln. Ein Anfall schüttelte ihn und ließ seine Gliedmaßen verkrampfen, ließ ihn sich wie einen Ertrinkenden im Todeskampf winden.

„Hast du Wasser? Er braucht Wasser."

„Natürlich habe ich Wasser!"

Plötzlich spürte er einen Kuss auf den Lippen. Kühle Feuchtigkeit, die seine Zunge benetzte und in seine Kehle drang. Er musste schlucken und jaulte auf, als jemand ihn hochhob.

„Hat er getrunken?"

„Ich glaube schon. Er hat es zumindest nicht ausgespuckt."

„Gib mir den Beutel."

Die Dunkelheit wich ein kleines Stück, der Schleier vor seinen Augen lichtete sich. Yalla, die aus unbekannten Gründen das Gesicht von Raena trug, schwebte über ihm. Ihr Haar kitzelte ihn in der Nase. Seine Beine baumelten in der Luft, während seine gesamte rechte Seite kraftvoll gegen ihre Brust gedrückt wurde. Wie ein Kind hatte sie ihn hochgehoben und lächerlicherweise kam er sich vor wie eine Jungfrau vor der Hochzeitsnacht.

„Yalla", murmelte er wie betrunken, säuselte ihren Namen, als wäre er heilig, „was ist nur mit uns passiert, dass es so endet? Yalla. *Yalla*", wiederholte er mehrmals einer Litanei gleich, „es tut mir leid. Ich liebe dich, liebe dich so sehr."

Raenas Augen durchbohrten ihn fragend. „Wer ist Yalla?", fragte sie verdutzt mit einer viel zu männlichen Stimme.

„Seine Frau."

10. KAPITEL

Die See war ruhig. Niedrig hing die Sonne am Himmel und ihre Strahlen, die das letzte warme Licht an diesem Tag spendeten, wurden am Parkett der Kapitänskajüte immer kürzer. Noch war es warm im Raum, aber wenn der Abend sich erst einmal über das Land legen und die Sterne aufgehen würden, würde es stark abkühlen, weshalb im Kamin bereits Holz gestapelt worden war. Yinila hatte pausenlos geplappert, während sie an Raenas Haaren herumgezogen und die Strähnen zu einer kunstvollen Hochsteckfrisur gedreht hatte. Seltsam, die Fee so viel sprechen zu hören. Dabei war die Sonne immer mehr gesunken, bis sie schließlich hinter dem Horizont verschwunden war.

Kerzen erleuchteten die Kapitänskajüte.

„Seiren wird wunderschön aussehen", sagte Sezjal, der jenen Namen benutzte, der ihr von Jan gegeben worden war, „das wird ihn erfreuen."

Raena saß mit hoch erhobenem Kopf auf einem Stuhl. Schwer drückte die Haarpracht auf ihr Genick und zog ihren Kopf rückwärts, sodass sie sich fragte, ob sie Kopfschmerzen bekommen würde.

„Aber natürlich wird sie das." Neben ihr tanzte Yinila zwischen dem Ess- und Arbeitstisch hin und her, während Sezjal neben der Tür stand und sie beobachtete. Als er in den Raum geplatzt war, hatte er behauptet, der Kapitän habe ihm angeschafft, auf die Gefangene Acht zu geben, bis sie sicher von Bord gegangen waren. „Um etwaige Fluchtversuche zu verhindern", hatte er betont.

Raenas Blick war dabei zu seiner Hüfte geglitten, wo mehrere Dolche und ein langes Schwert herabhingen. Sie zweifelte keinen Augenblick daran, dass er die Hieb- und Stichwaffen nutzen konnte und gegen sie richten würde, sollte sie nicht nach seiner Pfeife tanzen. Aber auch nur, falls sie tatsächlich töricht genug sein sollte, an ihm vorbeilaufen zu wollen. Und doch war ihr genau solch ein Gedanke durch den Kopf gegangen. Würde er seine Hand gegen sie erheben? Würde er die ach so wertvolle Ware einfach töten, wo man so sorgsam auf ihre Gesundheit geachtet und ihr gutes Essen serviert hatte?

„Bitte schließe deine Augen, damit ich sie anmalen kann".

Raena gehorchte und spürte im nächsten Augenblick kleine Fingerspitzen sachte über ihre Lider streichen.

„Das ist doch viel zu dunkel", murrte Sezjal nun direkt vor ihr, „du glaubst, dass ihm das gefallen wird?"

„Wir müssen sie für die Herrin schön machen, nicht für den Kapitän und ich glaube, dass sie ebenso eine dunkle Farbe für solch ausdrucksstarke Augen gewählt hätte", entgegnete Yinila überzeugt.

„Sie sieht aus, als ob sie die Moorkrankheit hätte."

„Blödsinn!", verteidigte die Fee ihre Schminkkünste leidenschaftlich, „ich habe gesehen, wie sie die Frauen angemalt haben, bevor sie vor das Publikum geführt wurden. Ich weiß, was ich zu tun habe, schließlich erging es mir ähnlich."

Raena biss die Zähne zusammen und schluckte ihre Proteste hinunter. Es hätte ohnehin nichts gebracht zu erwidern, sich nicht wie eine Kuh verkaufen zu lassen.

„Wenn du Glück hast", nun galten Yinilas Worte ihr, „wird sie dich für eine Weile behalten und als Dienerin für sich arbeiten lassen. Mit deinen Augen wirst du sie garantiert für dich gewinnen können. So dunkle Augen sind selten in Weiß zu finden."

Sezjal lachte hart auf. „Du solltest ihr keine Hoffnungen machen. Soll ich dich an deinen eigenen Status am Schiff erinnern?"

„Fertig." Yinila ließ sich nicht aus der Ruhe bringen und Raena blinzelte. Dabei blickte sie direkt in das Gesicht der kleinen Fee hinein, die ihr ein strahlendes Lächeln schenkte. „Mir ist nie aufgefallen, wie schwarz deine Augen sind. Das wird der Hofherrin gefallen."

„Du redest wirres Zeug. Seiren hat braune Augen."

Sezjal stieß die Fee grob mit seiner Hüfte fort. Yinila keuchte und stolperte beiseite. Dann beugte er sich vor, seine Nase nur wenige Zentimeter vor Raenas Gesicht entfernt.

„Hm", sein fauliger Atem traf sie im Gesicht, „tatsächlich."

Raena bemühte sich, ihm nicht in die Augen zu sehen. Unangenehm genug, betrachtet zu werden, als wäre man eine Puppe aus Glas. Doch als er sie Sekunden später immer noch anstarrte und keine Anstalten machte, sich wiederaufzurichten, konnte sie nicht umhin, seinen intensiven Blick zu erwidern. Fast kam es ihr so vor, als ob er nur auf eine Reaktion gewartet hätte, denn seine rissigen Lippen verzogen sich daraufhin zu einem schiefen Grinsen und eine Reihe gelber Zähne blitzte ihr entgegen.

„Na, du Hübsche?"

Dabei musste ihn irgendetwas in ihrem Blick furchtbar erheitert haben, da er im nächsten Moment zu lachen begann und sich den Bauch hielt, als hätte sie einen Witz erzählt. Dann trat er endlich zurück.

Als er sah, dass Yinila stocksteif herumstand und sich nicht rührte, blaffte er sie an: „Was schaust du so? Mach weiter!"

„Ja, natürlich", stammelte sie und verschwand aus Raenas Blickfeld, nur um einen Augenblick später mit zwei kleinen Tiegeln und einem winzigen Zackenkamm wieder aufzutauchen, der aussah wie eine Mordwaffe.

„Nun färbe ich deine Wimpern. Dafür möchte ich, dass du das Auge möglichst weit aufmachst."

Raena erwiderte ihren Blick mit deutlichem Missfallen. Sie hatte sich noch nie im Gesicht angemalt, hatte aber als Kind von ihrer Mutter gehört, dass es manche Frauen gab, die Unmengen Geld für solchen Luxus ausgaben, um den Männern zu gefallen. Als sie ihre Mutter gefragt hatte, ob sie es auch manchmal für Vater tat, hatte die vor Wut geschäumt.

Wie kommst du auf solch lächerlichen Gedanken?! Nimm den Besen und mach dich nützlich!

Yinila tauchte den Kamm in den ersten Tiegel hinein, darin durchsichtige Flüssigkeit, tropfte ihn am Rand ab, ehe sie anschließend die Zacken an einer harten, schwarzen Masse im zweiten Tiegel hin und her rieb und Raena, die sich jäh über Bord springen sah, tot in den Wellen treibend mit einem Dolch in der Brust, während die Welt rundherum in Flammen aufging, atmete zittrig ein. Sie stellte sich vor, wie es wäre, zu sterben.

Lass das, hörte sie ihre eigene Stimme in ihrem Kopf. All die Unschuldigen, die sie mit in den Tod reißen würde – nein, *das kannst du nicht tun.* Sie hatte ohnehin nicht den Mut dazu, sich ein Messer ins Herz zu rammen. Dennoch flog ihr Blick zu Sezjals Waffen. Es wäre so einfach, beim Vorbeigehen danach zu greifen und ...

„Sieh nach oben." Yinila hielt den geschwärzten Kamm vor ihr Gesicht und Raena gehorchte, ohne zurückzuzucken, auch wenn sie sich zusammenreißen musste.

„Sehr schön. Nun das andere Auge."

Ihr Augenlid juckte. Ohne darüber nachzudenken, wollte sie sich kratzen, doch Yinila schlug rüde ihre Hand beiseite. „Nicht! Sonst verpatzt du es." Sie umfasste Raenas Kinn, drehte es von einer Seite zur anderen und begutachtete ihr Werk. „Wunderschön."

Und wenn schon.

„Sie werden dir aus den Händen fressen."

Mit einem Blick, der jeden Ozean zum Erfrieren gebracht hätte, starrte sie Yinila an. Die Fee seufzte bloß mitfühlend und Raena, wütend und gereizt, spannte ihre Schenkel an, bevor sie sich vom Boden wegdrückte, mit aller Kraft rückwärts rutschte und der Stuhl quietschte. Er quietschte sogar so laut, dass Sezjal aufschrie und: „Bei den Göttern, Frau!", brüllte.

Raena genoss es. Es gab ihr das Gefühl von Macht, was seltsam, aber irgendwie gut war. Sie tat so, als hätte sich das Kleid in den Stuhlbeinen verheddert, bückte sich und wiederholte es. Das Holz krachte und Yinilas Worte gingen in einem weiteren Quietschen unter. Vermutlich hätten sie eine Warnung sein sollen, denn jemand griff grob nach ihrer Schulter und stemmte sich gegen die Rückenlehne des Stuhls, sodass es ihr unmöglich war, ihre Ohrfolter fortzusetzen.

„Das ist kindisch. Hör auf damit." Jans Stimme an ihrem Ohr. Er hatte getrunken und stank. Für einen Moment stand ihr Herz still. Dann betrachtete sie die schmalgliedrigen Finger auf ihrer Schulter. Nein, sie hatte sich nicht verhört. Dicht stand er hinter ihr. Fasste sie an. Seine Hände hätte sie überall wiedererkannt. Ihre hingegen krallte sie in den Stoff des Kleids.

„Lass mich", verlangte sie, ihre Stimme nur ein Krächzen. Sie brachte nicht den Mut dazu auf, seine Finger wegzuschieben.

„Dann hör auf, dich wie ein bockiges Mädchen zu benehmen", entgegnete er kühl und ließ von ihr ab. Zurück blieben vier dunkelrote, pochende Abdrücke. „Übrigens", murmelte er, „das Kleid hat dir nichts getan." Er ging auf Abstand, umrundete sie wie ein verletztes Wild. „Gut siehst du aus. Yinila weiß, wie man bleiche Gesichter zum Ausdruck bringt."

Raena begann sich zu schämen. Die Fee hatte ihr ein Kleid gegeben, dessen Farbe an frisches Blut erinnerte. Der tiefe Ausschnitt verbarg nur das Nötigste und presste sie in eine unnatürliche Form. Wenigstens war das Korsett, Schnürung vorn, direkt in das Kleidungsstück eingenäht, sodass sie nicht zwei Teile anziehen musste. Raena wäre fast auf die Knie gefallen, nur um Yinila anzuflehen, dass sie sich sehr wohl allein ankleiden konnte und keine Hilfe benötigte, aber die Fee hatte nicht auf sie gehört.

„Hier, die habe ich vorhin gekauft. Für dich."

Was? Raena traute ihren Augen nicht. Ein schönes Paar ovaler Halbschuhe mit einem kleinen, durchsichtigen Absatz schwebte vor ihrer Nase. Auch wenn sie keine Schuhkennerin war, war anhand der fein geschliffenen und eingecremten Ränder gut erkennbar, dass sie teuer gewesen sein mussten.

„Ihr habt genau die genommen, die ich Euch empfohlen habe!", quietschte Yinila.

„Du hast einen guten Geschmack und den weiß ich zu schätzen."

„Der Ton passt nicht. Er ist zu dunkel", bedauerte die Fee.

„Ich glaube kaum, dass es der Hofherrin wichtig ist, ob die Schuhe zum Gesamtbild passen."

Raena hatte noch nie solch wunderbare Schuhe besessen, geschweige denn tragen dürfen. Sie war keine Dame und die gehörten definitiv zu einer. *Eigenartig.* Er hatte die für *sie* gekauft? Aber sie hasste ihn!

„Nimm endlich. Bevor ich es mir anders überlege", sagte er schroff.

Raena streckte ihre Hände danach aus, doch Jan ließ los, und kurz bevor sie am Boden aufschlugen, fing sie sie auf.

„Zieh sie an, dann gehen wir von Bord." Er lachte leise, während er sie ungerührt betrachtete und Raena wurde klar, dass er in ihren Ausschnitt hineingesehen hatte. Röte überzog ihre Wangen. Sie verfluchte ihn im Geiste, putzte den Staub von ihren Sohlen und schlüpfte hinein. Sie passten wie angegossen. Ob Jan ihre Füße wohl im Schlaf abgemessen hatte? Sie waren so schön, dass sie sich unweigerlich fragte, ob man sie gegen ein Pferd eintauschen konnte.

Flucht, schoss ihr daraufhin durch den Kopf.

Jetzt, wo sie endlich das Schiff verlassen würde, sollte sie es erneut versuchen. Doch wer würde ihr helfen, wenn sie so aussah? Raena war sich sicher, dass man sie anstarren und seltsam behandeln würde, sollte sie jemanden in dem Aufzug ansprechen. Dennoch, sie schöpfte neue Hoffnung und als sie an den menschlichen Drachen dachte, klammerte sie sich daran wie an einen Strohhalm. Es musste ihnen gelingen, gemeinsam zu entkommen.

„Ihr müsst mir versprechen, mich beim nächsten Mal wieder mitzunehmen! Der Herr ist ein wunderbarer Schuhmacher. Die Sandalen waren ein Traum!"

„Vielleicht gehen wir morgen gemeinsam hin. Was meinst du?"

„Das würde mich freuen, Herr!"

Wie konnte jemand, der sich ihr gegenüber so brutal gezeigt hatte, andererseits so furchtbar sanft mit jemandem umgehen, den er gernhatte?

Bitte ihn, dich zu retten!

Das kann ich nicht, hörte sie sich selbst sagen, *ich kann ihn nicht fragen. Er wird eine Gegenleistung verlangen.*

Raena wollte weder verkauft, noch als Sklavin gehalten werden. Sie musste mehr über ihre Vergangenheit herausfinden, selbst wenn sie dafür bettelnd quer durchs Land reisen und Lanthan suchen musste, den sie packen und schütteln würde, damit er ihr endlich die vollständige Wahrheit erzählte.

Und nicht nur deswegen, sie brauchte seine Hilfe, wenn sie in diesem Land bleiben sollte. Was hatte Sezjal erwähnt? Der große Mann sucht sie bestimmt überall? Sie musste versuchen, Lanthan zu finden. Den menschlichen Drachen, der ein weiterer Schlüssel zu ihrer Vergangenheit war, würde sie mitnehmen. Das schwor sie auf ihr Leben.

Als jemand – ein kahlköpfiger Seemann, in den Raum platzte, wurde sie aus ihren Gedanken gerissen. Sein Gesicht glühte, die Kleidung unordentlich. Er schien aufgeregt. Ihm dicht auf den Fersen war Bloopi. Raena erinnerte sich nur viel zu gut an ihn.

„Kapitän! Die Kutsche steht bereit!", teilte der Kahlköpfige ihnen mit einer Verbeugung mit, ehe er seine zerschlissene Weste mit den Handflächen plattdrückte. „Der Prinz hat sich an Deck eingefunden. Soll ich ihm etwas ausrichten?"

Der Prinz! Raenas Herz tat einen Satz.

„Sage ihm, dass wir bald zu ihm stoßen", entgegnete Jan in herrischem Tonfall.

„Jawohl, Kapitän." Der Seemann nickte und verschwand samt Bloopi rückwärtsgehend aus der Kajüte.

Als es endlich Nacht wurde, konnte Raena kaum erwarten, das Schiff endlich zu verlassen.

„Wann kommt Ihr wieder zurück?" Yinilas Flügel erzitterten im Sekundentakt, ihr Blick flehend auf Jans Gesicht gerichtet und ihre Hingabe beängstigend.

Er tätschelte ihre Schulter und schenkte ihr ein kleines Lächeln. „Ich weiß es nicht. Sorge dich nicht. Solltest du etwas benötigen, kannst du den Schiffsarzt jederzeit aufsuchen. Ansonsten schicke Sezjal zu mir, der wird mich in meiner Abwesenheit am Schiff vertreten."

„Ich verstehe", antwortete Yinila traurig und ihre Augen begegneten denen von Raena, die peinlich berührt wegsah.

Waren die beiden etwa ein Liebespaar? Widerwärtig.

„Nun? Worauf wartest du?", Jan wandte sich zum Gehen, „wir sind längst über der Zeit." Jegliche Wärme war aus seiner Stimme verschwunden. Er sprach mit ihr wie mit einem Hund, nein, nicht einmal wie mit einem Hund, wie mit seiner Dienerin, seiner *Sklavin*.

Raena zeigte ihm nicht, wie sehr sein Verhalten sie verletzte, ihr Gesichtsausdruck unergründlich. Als er ihr seinen Arm anbot, was sie überraschte, schüttelte sie abwehrend den Kopf. Sollte er sie doch zwingen, wenn er sie unbedingt berühren wollte – er tat es nicht.

„Nun gut", entgegnete er schlicht und ging voraus.

Raena blickte seinem schmalen Rücken nach und schluckte den Kloß in ihrer Kehle hinunter. Als sie die Peitsche an seinem Gürtel sah, bildete sich ein weiterer, der sich noch viel dicker anfühlte. Sie hob ein Bein, dann das zweite, bewegte sich vorwärts, obwohl sie sich am liebsten umgedreht und schreiend aus dem Fenster gesprungen wäre.

Yinilas Augen brannten sich in ihren Hinterkopf. Warum kam es ihr so vor, als würde die Fee darum betteln, angesehen zu werden? Das Mitleid, welches sich bestimmt auf ihrem Gesicht abzeichnete, konnte sie sich für jemand anderen aufsparen. *Zum Suneki damit!* Und so trat sie, ohne sich auch nur ein letztes Mal umzusehen, auf den Gang hinaus, während Sezjal die Tür der Kajüte für immer hinter ihr schloss.

Da sie stur auf den Boden gestarrt hatte, wäre sie fast mit Jan zusammengeprallt, der eine Säule berührte, damit die verborgene Tür in der Wand den Weg zur Treppe freilegte. Sie dachte an ihre erste Flucht und biss sich auf die Lippe. An diesem Tag war sie von Prinz Torren gerettet worden.

Was er wohl denken würde, wenn er sie sah? Würde sie *ihn* überhaupt sehen? Sie dachte an ihr Gespräch mit Yinila zurück und fühlte Zerrissenheit.

Soll ich Torren um Hilfe bitten?

Nein.

Wenn sie auch nur daran dachte, wurde sie wütend. Er wusste doch, was hier gespielt wurde. Er wusste, dass sie nicht freiwillig hier war, redete davon, dass sie sich selbst befreien könne. Sie dachte an die Dunkelheit, die er in ihr hervorgerufen hatte, an die Vision von ihm, blutbefleckt über den Leichen stehend.

Dann geschah etwas, das sie sich nicht erklären konnte; sie sah ein Bild vor ihrem geistigen Auge, seinen nackten Körper, sein Gesicht vor ihr. Warmer Atem kitzelte ihre Lippen, seine Stimme flüsterte ihren Namen – *Raena*. Heiß berührten seine Hände ihr Gesicht, ihre Wangenknochen, strichen über ihre Stirn. Sie roch das Blut an ihm, an ihnen, spürte seine Hände, seine Fingernägel über ihren Hals kratzen. Er packte sie, drückte zu und sie ertrank in der Schwärze seiner Augen, ertrank in der Flamme, die ihr Inneres zum Glühen brachte und ihren Körper wie eine Sehne vibrieren ließ.

Raena spürte, wie ihr das Blut aus dem Gesicht wich.

Bei Ara.

Warum dachte sie solche Dinge?!

„Bis ich dich der Hofherrin übergeben habe, bleibst du meine Frau, Seiren. Später kannst du dich nennen, wie du willst." Jans Stimme riss sie aus den Gedanken. Es hätte sie mehr berühren sollen, sein falsches Schauspiel. Stattdessen war sie irritiert und ärgerte sich über sich selbst, weil sie sich den Prinzen nackt vorgestellt hatte.

„Ja", sagte sie schlicht.

Nachdem die Tür in der Wand verschwunden war, betrat er die Treppe und war kurz darauf aus ihrem Blickfeld verschwunden.

Raena zögerte. Ihre Gedanken beherrschte der Prinz.

Es stand ihr nicht zu, solche Dinge zu denken, diese *Gefühle* zu spüren. Torren gehörte in eine andere Welt, war arrogant, eingebildet und sah weg, wenn Unschuldige geschlagen und verkauft wurden. Ja, er hatte sich eingemischt, aber sonst hatte er keinen einzigen Finger gerührt. Dieses Kribbeln, tief in ihrer Magengegend, dieses seltsame Ziehen, was bedeutete es?

Zähneknirschend ballte sie die Hände zu Fäusten und unterbrach ihren hitzigen Gedankengang. Lanthan war es, zu dem sie wollte. Nach ihm sehnte sie sich, nach seinen Umarmungen, seiner Nähe. Verwirrend und schwer zu sagen, ob die Gefühle einander ähnelten.

Hör auf zu grübeln. Sie musste überleben und hatte keine Zeit dafür, das Chaos in ihrem Kopf zu ordnen.

„Brauchst du Hilfe? Soll ich dich tragen?", fragte Sezjal und Raena zuckte zusammen. Blut schoss in ihre Wangen. Sie hatte nicht mitbekommen, dass er sich hinter ihr befand.

„N-nein!", presste sie hervor und gab sich einen Ruck. Viel zu hastig betrat sie die Stufen und wäre fast über ihre Röcke gestolpert, hätte er sie nicht am Arm gepackt. „Verzeihung", murmelte sie hastig, ehe sie realisierte, dass sie sich eigentlich nicht dafür entschuldigen musste und schimpfte sich selbst eine dumme Gans.

Warum war sie plötzlich so nervös? Ihr war übel bei dem Gedanken, nun an Deck gehen zu müssen. Erneut dachte sie daran, als Torren und sie „verbunden" gewesen waren, an die Gefühle, die er wachgerufen hatte ... vielleicht benötigte es einen Auslöser, der sie der Realität entriss.

Esined. Der Auslöser schlechthin. Doch wenn sie an ihr Gesicht dachte, befanden sich in ihrer Seele bloß grenzenlose Enttäuschung und tiefes Bedauern, keine schwarze Macht, die über sie hinwegschwappte.

Oben angekommen, fröstelte sie. Ihr Blick flog zur Seite, zur sperrangelweit offenen Tür, hinter der sie das mit Laternen beleuchtete Deck erkennen konnte.

Vor dem Fock- und Hauptmast erhellten unzählige Lichter den Horizont. Meeresluft umfing sie, sie hatte kühlere Temperaturen erwartet. Gleichzeitig roch sie Rauch und Fisch und die Gerüche schlugen ihr auf den Magen. Als Raena nach dem Türrahmen griff, zitterte ihre Hand.

Jemand lachte.

„Da bist du ja endlich, Seiren", Jans Stimme klang scharf, „lass uns gehen." Mit Sicherheit glaubte er, sie würde etwas Dummes anstellen.

Raena sah ihn wortlos an, doch als sie sein ausdrucksloses Gesicht musterte und mit pochendem Herzen an ihm vorbeiblickte, legte sich eine seltsame Bedrückung über sie. An Deck waren nur wenige Männer versammelt. Wo waren der Prinz und seine Begleiter? Der Seemann hatte doch behauptet, Torren wäre an Deck. Nicht einmal der menschliche Drache war hier und die Enttäuschung darüber wog so schwer, dass sie fast geweint hätte.

Nun hielt ihr Jan erneut seinen Arm hin und Raena wusste, dass er ihr dieses Mal keine Wahl lassen würde und nahm ihn an.

„Wo ist der Junge?", fragte sie ihn, in seinem Gesicht nach einer Antwort suchend. Er erwiderte nichts, den Blick starr nach vorn gerichtet, während er sie an sich zog, führte und ihren Arm quetschte. Die Wärme seines schlaksigen Körpers rief einen Fluchtreflex in ihr hervor und sie roch den Alkohol, der an ihm haftete.

An der Reling und in der Nähe der Planke die vom Schiff führte, blieben sie stehen und Raena hielt die Luft an.

„Willkommen in der Bucht von Mizerak", sagte Jan.

Mizerak war riesig, der Hafen gigantisch und die Schiffe, die vor der Küste ankerten, groß an der Zahl. Nur wenige von ihnen waren beleuchtet, ein paar Flaggen wehten im Wind. Manche von ihnen ähnelten der „Albatros", andere wiederum waren so klein, dass man in der Dunkelheit nur ihren Hauptmast erahnen konnte. Die paar Leute, die sich noch im Hafen aufhielten, waren überschaubar. In den Gassen dahinter war es laut, was sie irgendwie an Anah erinnerte und doch war es anders, dröhnender, geschäftiger.

„Beeindruckend, nicht wahr?"

Sie brachte nur ein Nicken zustande.

Raena hatte noch nie so eine große Stadt gesehen. Tausende gelbe Punkte flackerten unter dem Nachthimmel und tausende Rauchsäulen stiegen empor. Mizerak schien in einen Hügel gebaut – oder so ähnlich, sie konnte nicht einschätzen, wie hoch dieser war.

Jans Ankerplatz war mit einer Kette und einem hohen Zaun abgesperrt. Er war weitestgehend dunkel, die wenigen, ihr fremden Lampen – hängende Kugeln auf hohen Steinsäulen, beleuchteten nur einen bestimmten Teil. In dieses unnatürlich flackernde Licht hineinzusehen war merkwürdig, und sie hatte das Gefühl, dass es kurz davor war, auszugehen.

Neben dem abgeschotteten Hafen stand ein Bauwerk aus weißem Gestein, dessen Dach mit acht dicken Säulen aus Granit über dem Boden gehalten wurde. Am Gebäude stand eine Pegasusstatue auf den Hinterbeinen mit ausgebreiteten Flügeln, jeden Moment dazu bereit, sich in die Lüfte zu erheben. Sie wirkte fehl am Platz. Darunter lagerten zig Kisten und Fässer, die mehrere gleich große Bereiche eingrenzten. Holztische davor, bildeten eine Gasse.

Ein Markt? Er war direkt hinter dem Zaun.

„Das ist ein Fischmarkt", erklärte Jan, der sich ihr zuneigte, „jeden Morgen um sieben Uhr versammeln sich dort Fischer aus der Gegend. Die Pacht ist hoch, viel zu hoch, wenn du mich fragst, aber der Markt ist für seine Frische bekannt, weshalb jeder Fisch immer seinen Kunden findet."

Raena spürte seinen Atem an ihrem Hals, erinnerte sich an seine Bisse und versteifte. Seine Nähe brachte sie schier um.

„Der Prinz schaut dich an, als würde er dich zu Abend verspeisen wollen", murmelte Jan, legte einen Arm um ihre Hüfte und strich mit seiner Hand aufwärts, bis seine Finger auf ihrer Taille verweilten, „ich wusste, dass er dort stehen und warten würde. Er ist wie ein Geier, der über dir seine Kreise zieht. Hast du gewusst, dass er- ..."

Als hätten seine Worte einen Funken entzündet, beschleunigte sich ihr Puls. Ihr Blick verklärte sich, die Umgebung geriet in Vergessenheit.

Mit einer Kraft, die sie selbst überraschte, krallte sie ihre Fingernägel in seinen Handrücken hinein und zerrte seine Hand fort. Überrumpelt ließ er los, griff im selben Moment nach ihr, doch sie duckte sich und spürte bloß einen Luftzug.

„Wildgans!", hörte sie ihn keuchen. Raena achtete nicht auf ihn, Hals über Kopf hastete sie über die Planke, die unter ihren Schritten federte. Sie geriet ins Rutschen, strauchelte. Die Röcke wickelten sich um ihren Körper und sie sah sich bereits ins trübe Wasser fallen, doch sie fiel nicht.

Endlich stand sie an Land, ihre Knie weich wie Butter. Sie rannte weiter, ihren Körper schien es nach links zu drängen, ihre Beine wollten ihr nicht gehorchen und die Pflastersteine ließen sie stolpern. Fast wäre sie gestürzt.

Jan war schneller.

Er packte nach ihrem Arm, zerrte sie grob herum, verdrehte ihn ihr auf den Rücken. Sie hörte sich stöhnen, ihre Schulter krachte. Vor ihren Augen blitzte seine Hand auf und sein dunkler Ärmel verbarg sein Gesicht, als er zum Schlag ausholte.

„Komm schon, schlag mich, mach eine Szene", zischte sie. Ihre Wangen glühten.

Jan erstarrte mitten in der Bewegung. Einen Moment lang erdolchte er sie mit seinen nahezu schwarzen Augen. Dann ließ er sie frei, ordnete seine und ihre Kleidung, als ob nie etwas geschehen wäre. „Wage es noch einmal und ich prügle dich zu Tode", drohte er, „lass die Spielchen."

Dann tue es endlich!

Raena wich zwei Schritte von ihm zurück und er ließ es zu.

„Die wissen doch alle, was ich bin", ihre Unterlippe zitterte, „ich bin nur deine Sklavin und du ein miserabler Lügner."

Ihre Schulter pochte, als er sie packte und zu sich zog, bis sich ihre Lippen fast berührten und der Geruch nach Alkohol in ihre Nase drang.

„Dann solltest du besser aufpassen, was du machst. Ich habe dich bereits einmal spüren lassen, wozu ich fähig bin. Du hast Glück, dass wir heute Abend mit der Hofherrin verabredet sind." Er stieß sie von sich und Raena hatte Mühe, nicht hinzufallen. Der Untergrund schien zu schwanken, obwohl er das unmöglich tun konnte.

„Und nun komm."

Als sie sich nicht rührte und ihn weiterhin ohne mit der Wimper zu zucken ansah, blickte er über ihren Kopf hinweg und verzog die Lippen zu einem hämischen Grinsen. „Dort steht dein Prinz. Vielleicht möchte er, dass du sein Bett wärmst. Ich biete ihm dafür einen Sonderpreis."

Raena wurde rot. „Was bist du nur für ein Mensch", hauchte sie fassungslos.

Du kannst mehr als das, fern glitten Worte durch ihren Geist.

„Ich bin ein Pirat und Schmuggler", erwiderte Jan ungerührt.

Sie folgte seiner Blickrichtung zu einer Laterne, wo sie zwei dunkelbraune Kutschen mit Doppelgespann stehen sah. Vielleicht hätte sie fasziniert sein sollen, da sie noch nie in einer Kutsche mitgefahren war, doch ihre Aufmerksamkeit galt dem Prinzen, der direkt danebenstand und an der Laterne lehnte. Er trug einen Mantel, der seine Statur vollständig verdeckte. Sein makelloses Gesicht war ausdruckslos, verriet nichts über seine Gefühle. Und doch fragte sie sich, ob er es gewesen war, den sie gerade in ihrem Kopf gehört hatte.

Wie machte er das? Sandte er seine Gedanken auf sie zu und sie war diejenige, die sie auffing? *Wie eine Schale, in die ein Wassertropfen fällt?*

Daneben standen seine Begleiter, Thich und noch vier weitere Seemänner, die Raena nicht kannte.

„Geh." Jan versetzte ihr einen Stoß.

Als sie gehorchte, wurde der Prinz von Bahira irgendetwas gefragt. Daraufhin löste er seine Haltung und wandte sich ab.

„Bahira Zollrist wird dir in der zweiten Kutsche Gesellschaft leisten. Thich wird dich ebenfalls begleiten, also begehe keine Dummheit. Meine Männer werden dich wieder einfangen, solltest du versuchen zu fliehen."

Natürlich werden sie das, dachte sie spöttisch.

„Guten Abend, Kapitän Jan", grüßten zwei Männer in dunklen, schwer erkennbaren Uniformen, ehe sie an ihnen vorbeigingen. Raena fuhr zusammen, hatte sie nicht kommen sehen. Jan neigte den Kopf vor ihnen und grüßte zurück. Von ihr nahmen sie keine Notiz, fast, als würden sie sie ignorieren. Raena fragte sich, ob sie wussten, wer Jan war und ob sie dafür bezahlt wurden, den Mund zu halten.

„Warum sperrst du mich nicht in eine Kiste", raunte sie, „dann müsstest du dich nicht mit mir herumschlagen. Werden die Meerjungfrauen hier versteigert? Und der Junge, was geschieht mit ihm? Du hast mir nicht geantwortet", erinnerte sie ihn. Raena hatte neuen Mut gefunden; Worte und leere Drohungen konnten ihr nichts anhaben.

„Halt endlich den Mund, Frau. Alles zu seiner Zeit." Anschließend erzählte er ihr, dass der Anlegeplatz ihn viel Geld koste, Sperrstunde ab dem Zeitpunkt war, wo es dunkel wurde und dass die Häuser hinter der Absperrung der Hofherrin gehörten. Sie war dem Verwalter von Mizerak, ein gewisser Graf Arrento von Felde, verpflichtet.

Raena hörte nur mit halbem Ohr zu, weil sie sich um den Drachen sorgte. Wie sollten sie sich gemeinsam retten, wenn er nicht mitkam? Sie schämte sich ob ihrer Reaktion zuvor, denn sie war losgerannt, ohne an ihn zu denken.

„Guten Abend die Dame, Eure Hoheit, ehrenwerter königlicher Berater Mando, Thich, die Herren." Jan klang höflich, als kündige er ein zeitiges Abendessen an.

Seine Männer verbeugten sich respektvoll, Bahira vollbrachte einen Knicks, Mando lächelte und der Prinz rührte keine Miene.

„Guten Abend, Kapitän Jan", der Berater klang fröhlich, „nachdem wir nun vollzählig sind, können wir ja endlich einsteigen." Anschließend schlug er die Hände zusammen und sein Blick zuckte an Raena vorbei, fast so, als ob er sie übersehen hätte. Er sah aus wie immer. Ein Hüne, der alle Anwesenden überragte, während seine grauen Haare ungeordnet in alle Richtungen abstanden.

Raena ahmte Bahiras Knicks nach. Niemand sagte ein Wort, obwohl sie vermutlich schrecklich lächerlich dabei ausgesehen hatte.

Der Prinz beachtete sie nicht. Er sah sich das Gespann an, strich über die Lederriemen und berührte die Ösen an den Hälsen der Pferde. Irgendwie verletzte sie das, wobei sie sich den Grund nicht erklären konnte. Er war ein Adeliger, er musste sie nicht beachten oder sich vor jemandem rechtfertigen, warum ihn etwas nicht interessierte.

Der Kutscher der ersten Kutsche war ein alter Mann, der eine Pfeife rauchte. Er nieste geräuschvoll, während der zweite nur seine Haube tief ins Gesicht zog.

„Die Damen reisen gemeinsam in der zweiten Kutsche", erklärte Jan in die Runde, „Thich wird sie mit seiner Gesellschaft bereichern und mit seinem Leben schützen." Er verzog den Mund zu einem schmalen Strich, dann lächelte er Bahira an, die es zögernd erwiderte. „Wobei Ihr wohl keinen Schutz nötig habt."

„Ich kann ihn gern opfern, wenn es gefährlich werden sollte", scherzte sie und strich sich ein paar ihrer langen Strähnen aus dem Gesicht. An diesem Tag war ihr glänzendes Haar offen und fiel ihr in sanften Wellen auf den Rücken. Sie war sehr schön.

„Sehr witzig", meinte Thich und blickte seinen Kapitän finster an, „können wir nun?"

Thich war neben dem bedächtigen Sezjal Jans wichtigster Mann, im Gegensatz zu Sezjal barsch und hart im Umgang. Er lachte selten, wenn überhaupt. Raena war froh, dass sie nicht viel mit ihm zu tun gehabt hatte.

„Natürlich. Wir sollten die Hofherrin nicht länger warten lassen", pflichtete Jan ihm sofort bei. Er lächelte erneut und Raena fragte sich, wie weit sein Verhalten wohl aufgesetzt war.

„Nun denn", Mando trat zur ersten Kutsche und öffnete die Tür, „auf zur Hofherrin."

Raena atmete zittrig durch die Nase ein. Sie beobachtete, wie der Prinz über eine kleine Treppe einstieg, wie Jan ihm folgte und Mando sich schließlich als Letzter durch die Öffnung zwängte, sich im Inneren umdrehte und mit einem umständlichen Handgriff die Tür schloss.

Die Seemänner teilten sich auf, setzten sich links und rechts von den Kutschern auf den Bock, wobei der rauchende Alte wenig begeistert reagierte. „Das war so aber nicht ausgemacht", brummte er eingequetscht zwischen den Piraten, bevor er eine dicke Rauchwolke ausstieß. Nur schwer verflüchtigte sich der Qualm, der seinen Kopf in einen dichten Nebel hüllte.

„Hör auf zu reden, dafür wirst du nicht bezahlt."

Raena rang mit sich. Wenn sie einen Fuß auf die kleinen Stufen stellte und in den engen Raum kletterte, gab es kein Zurück mehr.

„Seiren! Wollt Ihr dort Wurzeln schlagen?", rief Bahira.

Raena gab sich einen Ruck, stolperte auf die Kutsche zu und lächelte Thich nervös an. Warum sie das tat, wusste sie selbst nicht. Vermutlich, weil er ihnen grimmigen Gesichtsausdrucks die Tür aufhielt und aussah, als ob er gleich sein Schwert ziehen und sie aufspießen würde.

Unbeholfen hielt sie sich am Türrahmen fest und spürte, wie das Gefährt unter ihrem Gewicht nachgab. Dann duckte sie sich, setzte sich gegenüber von Bahira, die einen Platz links am Fenster wählte, und ordnete ihre Röcke.

Es roch feucht im Innenraum und Kälte kroch ihre Glieder hoch.

Thich drosch die Tür hinter ihr zu, fluchte und setzte sich neben sie.

Kurz darauf knallte die Peitsche und die Kutsche fuhr los.

11. KAPITEL

Die Kabine ruckelte und wackelte, ehe sie ein angenehmes Tempo annahm. Raena lauschte den gleichmäßigen Schritten der Pferde, den rollenden Holzrädern und drückte sich fest in die weichen Polster hinein. Sie hätte gebetet, doch ihr wollte kein Gebet einfallen.

„Gefällt Euch das Dach genauso gut wie mir? Schade eigentlich, dass dort Sklaven verkauft werden."

Raena drehte sich zu Bahira um, die genauso wie sie die Arme verschränkt hatte.

„Sklaven?", hörte sie sich fragen. *Er hat gelogen.* Sie war nicht einmal verwundert.

„Habt Ihr das nicht gewusst? Das ist ein billiger Sklavenmarkt", klärte Bahira sie überrascht auf, ehe sie sich vorbeugte, aus dem Fenster sah und murmelte: „Warum halten wir an?"

„Ich weiß es nicht", antwortete Raena. Die Glasfenster waren zu trüb, um Details erkennen zu können.

„Sie öffnen uns ein Tor." Thich hob die Beine an und streckte sie über den schmalen Gang auf der gegenüberliegenden Bank aus.

„Ziemlich viel Heimlichtuerei", kommentierte Bahira.

„Piraten, Schmuggel, Sklavenhandel. Was habt Ihr erwartet? Eine Begrüßung eines Königs würdig? Mal abgesehen davon, dass seine Prinzenhoheit vermutlich von einer Horde wildgewordener Reiter begrüßt worden wäre, wüsste man, dass er an Land ist." Seine Worte unterstrich ein langes, quietschendes Geräusch.

„In Ordnung!", hörte man von draußen hereinhallen, ehe die Peitsche erneut knallte. Sie wurden durchgeschüttelt und die Kutsche rollte weiter.

Bahira schwieg und Thich verschränkte die Hände vor seinem Bauch. *Sklavenmarkt.* Natürlich. Raena schüttelte schwach den Kopf, ehe sie die Fäuste ballte. Ihr Herz schlug schnell, wenn sie sich vorstellte, wie man sie hier verkaufte. Sie fühlte sich in die Ecke gedrängt und wusste nicht einmal, ob sie es gewagt hätte, aus der fahrenden Kabine zu springen, wenn Thich sich nicht in derselben aufgehalten hätte.

Was soll ich nur tun? Sie wusste es nicht.

Was, wenn man sie wegsperrte, sie nie mehr wieder die Gelegenheit dazu bekam, zum Schiff zurückzukehren? Sicher, der Drache hatte sie gefunden, doch das bedeutete nicht, dass es ihr gelingen würde, ihn zu finden. Hinzu kam, dass der Drache ausgesehen hatte, als hätte er nicht mehr lange zu leben.

Raena blickte aus dem Fenster.

Hoffnungslosigkeit war ein grausames Gefühl.

„Ich war noch nie in Weiß." Bahira lachte nervös. Ihre Stimme klang oft warm, doch sie wirkte vor allem schüchtern, weshalb Raena umso verwunderter war, dass sie erneut ein Gespräch begann. „Wart Ihr schon einmal in diesem Land?"

Raena wollte ihr antworten, doch Thich unterbrach sie mit gekünstelt hoher Stimme: „Mehrmals. Alles langweilig. Die gleichen Berge, die gleichen Bäume, die gleichen Menschen." Er zog Rotz durch die Nase ein. „War nur ein Scherz."

Verdatterter hätte Bahiras Gesichtsausdruck nicht sein können.

Thich vergrub sich in den weichen Polsterungen, lehnte seinen Kopf gegen die Rückwand und schloss zufrieden die Augen.

Bahira schien nicht zu den schlagfertigsten Frauen zu gehören. Zwar konnte sie den Prinzen mit ihrem Leben beschützen, war aber gegen ungehobelte Worte machtlos und besaß kaum Mut, sich jemandem in einer mündlichen Konfrontation entgegenzustellen. Auch bei den Diskussionen, die Jan mit dem Berater und dem Prinzen geführt hatte, hatte sie meist geschwiegen. Raena hingegen konnte nicht den Mund halten. Sie hatte das Gefühl, der anderen Frau helfen zu müssen. „Freut Euch auf die weiten Wiesen und Äcker, die Wälder sind dicht und voller Leben. Wenn Ihr Euch vom Meer entfernt, werdet Ihr von einer wunderschönen Landschaft begrüßt." Im Augenwinkel bemerkte sie, wie Thich ein Auge öffnete und sie betrachtete. „Ich war einmal in einem Tal, in welchem Schafe weiden. Wir ... übernachteten dort. Stellt Euch einen gigantischen Trog vor, der sich bis zum Meer erstreckt. Vielleicht, wenn Ihr Zeit findet, solltet Ihr hinreiten."

Warum grub sie ausgerechnet den Ort aus, an dem sie von Jan entführt worden war? Den Tag, an dem man sie verschleppt hatte, hatte sie bereits zum großen Teil verdrängt und umso schmerzlicher fühlte es sich an, die Erinnerung daran wieder auszugraben, noch dazu, wenn einer der Entführer direkt neben ihr saß.

Bahiras Gesicht erstrahlte. „Meint Ihr einen Schweinetrog? Ich kann mir nicht viel darunter vorstellen. Wie heißt das Tal?"

Raena betrachtete ihre bleichen Hände, die einst von Schmutz und harter Arbeit gezeichnet gewesen waren und deutete schwach ein Lächeln an. „Ich erinnere mich nicht mehr, aber stellt Euch eine Wiese vor, mit hohem, saftig grünem Gras. Dazwischen stehen verstreut Steine. Manche so groß wie diese Kutsche hier, andere viel kleiner. Der Horizont, der Euch viel zu nah erscheint, kommt plötzlich noch näher, bis Ihr an einer Kante steht, die flach nach unten verläuft. Rechts von Euch fällt ein Fluss in die Tiefe und windet sich durch das Tal, während sich in ihm die Sonne spiegelt und Eure Augen blendet." Sie hatte langsam gesprochen, hatte die Erinnerung an ihrem Geist vorbeigleiten lassen und der Schmerz, der sich in ihrer Brust auftat, ließ sie schwer schlucken.

„Das-", begann Bahira mit einem Zögern, ehe sie aus dem Fenster sah, „hört sich wahrlich nach einem wunderschönen Stück Land an", erwiderte sie schließlich, ehe sie sich durchs Haar fuhr. „Ich habe noch nie einen Pegasus gesehen. Wenn ich ehrlich bin sind mir Drachen lieber. Sie kontrollieren einen, wenn es notwendig ist, haben spitze Reißzähne und Klauen, die so groß wie ein Haus werden können. Wenn ich da an die Beschreibung des Drachens denke, der unserem König dient, überkommt mich oft Gänsehaut. Der soll

Klauen haben, dicker als ich. Könnt Ihr Euch das vorstellen?"

Raena, die gerade gegen eine Gänsehaut ankämpfte, schüttelte schwach den Kopf.

„Ja", Bahiras Augen glänzten vor Ehrfurcht, „man sieht ihn aber nie. Er ist immer in der Nähe seines Reiters, ganz nah an seinem Thron, schläft in einer Höhle und hält Wache. Seit tausenden Jahren befindet er sich dort. Wenn ich mir vorstelle, nur ein Bruchstück davon gelebt zu haben, überkommt es mich eiskalt."

„Ach, noch keine zweihundert Jahre alt? Wie jammerschade für Euch. Ist es Euer innigster Wunsch, die Lederschühchen des Prinzen auf ewig zu polieren, sie zu bürsten, bis sie glänzen wie sein bleicher Adelsarsch?"

Raena schnappte nach Luft.

„Ihr vergreift Euch im Ton." Zwar saß Bahira noch auf ihrem Platz, doch ihrer starren Haltung nach zu urteilen, war sie kurz davor aufzuspringen. Sie war rot im Gesicht. „Ihr vergesst, wer er ist. Er ist der schwarze Prinz. Der, der über uns alle, einschließlich Euch, richten wird."

„Das kann er nicht", entgegnete Thich, der gelangweilt aus dem Türfenster blickte, „ich bin nicht sein verdammter Bürger. Soll er doch über meinen Hund richten, wenn es ihm beliebt." Dann gähnte er. „Ich vergaß. Ich habe keinen Hund. Und nun haltet endlich den Rand. Diese Frau ist nicht zu Eurer Unterhaltung hier."

„Ihr werdet mir keine Befehle erteilen", konterte Bahira angriffslustig, die Farbe auf ihrem Gesicht ähnelte inzwischen einem tiefen Scharlachrot, „nur zu, bringt mich zum Schweigen. Versucht es. Wir werden sehen, wer von uns gewinnt."

Thich betrachtete seine Fingernägel, setzte sie an seine Zähne an und kratzte den Schmutz unter ihnen hervor. Dann spuckte er in seine Handfläche und rieb sie an seiner Kleidung trocken. „Ihr seid ein impulsives, kleines Weibsstück. Ich gedenke nicht mit Euch zu kämpfen. Frauen sind weich. Nicht dazu geeignet, ein Schwert zu führen. Sie sollten Kinder gebären, ihre Tage ruhig in der Stube und im Bett des Mannes verbringen. Was tragt Ihr da überhaupt? Diese Haut, die wie ein Umhang aussieht, was ist das?"

„Es ist mir gleich, was Ihr über mich denkt", erklärte Bahira frostig. „Und die Haut gehörte einst einer Sirene. Ich habe sie gejagt, gehäutet und ihre Schuppen an mich genommen, wie es bei meiner Familie Tradition ist. Ich trage sie mit Ehre."

Raena versuchte nicht zu starren und doch konnte sie es nicht verhindern.

Sie betrachtete die glänzend durchsichtige Haut und vermochte sich nicht einmal vorzustellen, welches Blutbad dies gewesen sein musste. Andererseits hatte sie nicht das Recht zu urteilen, weil sie selbst bereits getötet hatte.

Die Kutsche legte sich in die Kurve und Thich rutschte ein wenig in die Mitte, während Bahira und sie in die Ecken gedrückt wurden.

„Eine Sirene, sagt Ihr?" Seine Tonlage hatte sich verändert.

„Eine Sirene", bestätigte Bahira und ihre Gesichtsröte ging zurück.

„Sieh an", murmelte Thich gedehnt. „Ich hatte noch nie das Glück und Ihr bringt sie einfach um." Er lächelte. „Wenn ich sterbe, möchte ich es in den Armen einer schönen Frau tun."

Ich wünsche dir alles, nur das nicht, schoss Raena durch den Kopf.

„Heutzutage gibt es keine ordentlichen Weibsbilder mehr, dürfte schwierig werden, ein treues zu finden. Aber eine Sirene, ja, dafür lohnt es sich zu sterben. Die Herrin soll ein paar von ihnen besitzen."

Raena schluckte ihre Bemerkung hinunter und fragte sich, ob die Nixen ihn genauso wie den Fürsten verspeist hätten. Ansehnlich war er jedenfalls nicht. Seine krumme Nase und sein grobes Verhalten waren alles andere als anziehend. Esined hätte ihn wohl kaum verspeist.

„Unterscheiden sich Nixen von Sirenen?", wollte sie wissen und sah Bahira fragend an.

„Meerjungfrauen, Nixen, Sirenen. Alles das gleiche", behauptete Thich, „sie sind Frauen mit Schwanzflossen."

Bahira schüttelte den Kopf. „Nein, denn es gibt auch Meermänner. Nixen lieben Süßwasser und Sirenen findet man nur im Salzmeer, also im Ozean. Man sagt, Nixen kamen durch das süße Eiswasser im Norden an Land und suchten sich ruhige Gewässer, wo sie sich niederließen."

„Und Meerjungfrauen?"

„Im Salzmeer", erwiderte Bahira und lächelte nachsichtig, „Meerjungfrauen ist eine allgemeine und veraltete Bezeichnung für das Meeresvolk und Sirenen gehören einem Volk an, das Menschenfleisch frisst. Woher kommt Ihr nochmal? Aus dem Streifen?"

Raena fragte sich, ob es ein Fehler gewesen war, ein Gespräch mit ihr zu beginnen. Durfte Bahira wissen, dass sie aus dem Streifen kam? „Ist das so?", hakte sie vorsichtig nach und wich somit ihrer Frage aus.

„Ist das so", Thich rollte mit den Augen.

„Ihr seid fürchterlich, wisst Ihr das?", blaffte Bahira in seine Richtung und er grinste, als ob sie ihm ein Kompliment gemacht hätte. Dann zuckte er nur gleichgültig mit den Schultern.

„Seid Ihr bereits einer Sirene begegnet?"

Raena, die Thich verstohlen angestarrt und sein Profil beobachtet hatte, blinzelte und begegnete Bahiras Blick mit leichtem Zögern. „Nein", log sie, weil sie nicht wusste, was sie sagen durfte. Jan würde es nicht gefallen, wenn sie zu viel redete, also drehte sie den Kopf zum Fenster und tat so, als würde sie die Dunkelheit dahinter brennend interessieren.

Die Kutsche rollte eine schräge Straße hoch. Raena sah den Beginn eines Waldes im Schein einer Laterne und ihr Licht schwand, weil sie abdrehten. Daraufhin wurde es wieder dunkel, die Schatten der Bäume verschluckten das Gefährt und einen Augenblick später hielten sie an. Ein fremdes Gesicht tauchte hinter der Scheibe auf, erhellt von einer Fackel, deren Licht ihr in die Augen stach.

Eine Stimme rief: „Alles in Ordnung!", und die Kutsche setzte sich wieder in Bewegung.

Ruhe, dachte sie. Sie musste gelassen erscheinen. Wer auch immer die Hofherrin war, sie wollte sie nicht kennenlernen und hätte das Treffen am liebsten bis zur Unendlichkeit hinausgezögert.

„Was macht Ihr nur für ein Gesicht. Lächelt, sonst sperrt sie Euch in den Keller und setzt Euch einen Eimer auf." Thichs Worte klangen wie ein Scherz, doch sie trafen Raena mitten ins Herz. Sie hatte das Gefühl, dass die Luft im Innenraum dünner geworden war.

Atme, redete sie sich ein. *Alles wird gut.*

„Lasst sie doch in Ruhe", fuhr Hira genervt dazwischen. Sie wollte noch etwas sagen, doch die Kutsche unterbrach sie, als sie ruckartig stehenblieb.

„Wir sind da", Thich sah aus dem Türfenster. Dahinter erstreckte sich eine großzügig beleuchtete Parkanlage. „Wartet hier", sagte er im Befehlston an Raena gewandt, ehe er Bahira mit dem Kinn deutete. „Ihr dürft aussteigen."

„Als ob Ihr mir Anweisungen erteilen dürft", entgegnete sie erregt, ehe sie aufstand.

Thich öffnete die Tür.

Kalte Luft, gepaart mit einer schwachen Rauchnote, strömte ins Innere. Raena widerstand dem Impuls, sich zu umarmen. Sie fror und hasste die Kleidung, in die man sie gezwängt hatte.

Als Thich von der obersten Stufe sprang, schaukelte die Kabine hin und her.

„Ihr seht nicht gut aus", Bahira, die ihm nachging, tätschelte ihr Knie,

„bald bekommt Ihr ein warmes Bett und etwas zu essen, ganz bestimmt."
Raena entzog sich ihrer Berührung. Die Zuversicht und der Trost in ihren
Worten hinterließen ein bitteres Gefühl. „Bitte macht Euch keine Sorgen um
mich", murmelte sie und sah aus dem Fenster. Das Mitleid, welches sie in ihren Augen gelesen hätte, hätte sie nur noch mehr an ihre ausweglose Situation
erinnert.

Nachdem Hira ausgestiegen war, blinzelte sie die Tränen fort, die ihr in
die Augen traten. Sie lauschte den knirschenden, sich entfernenden Schritten
und das Fenster verschwamm bis zur Unkenntlichkeit.

Keine Tränen, schwor sie sich und holte zittrig Luft.

Wortfetzen erklangen aus dem Hintergrund und untermauert von frem-
dem Vogelgesang und dem Schnauben der Pferde, war es ihr unmöglich, ihren Sinn zu verstehen. Sie schnappte nur ein paar harmlose Worte auf, die
nach einer ausschweifenden Begrüßung klangen.

Zitternd verharrte sie. Wartete. Zählte die Sekunden. Ihr Mut schien ver-
braucht, ihre Entschlossenheit begraben. Sie saß da, als erwarte sie ihre Hinrichtung.

Hör auf, in Selbstmitleid zu versinken.

Jan erschien neben der Kutsche. Er hatte einen Arm erhoben, während er
sich mit dem zweiten an der Seitenwand abstützte. Sein Blick suchte den ihren, doch Raena betrachtete seinen Mantel.

„Es wird Zeit", teilte er ihr mit.

Nachdem seine Worte verklungen waren, loderte Hass in ihr hoch. „Bist
du nun zufrieden?", flüsterte sie, ehe sie sich zurückhalten konnte. Sie blickte
an ihm vorbei, erdolchte die Parkanlage mit ihren Blicken und stellte sich vor,
wie sie sich in eine Wüstenlandschaft verwandelte. Dabei realisierte sie, dass
niemand mehr da war.

„Ob ich zufrieden bin, spielt keine Rolle", entgegnete er kalt, „komm da
raus. Ich möchte dich nur ungern über die Kieselsteine zum Hof schleifen."

Raena zwang sich, in seine Augen zu sehen.

„Würdest du ... b-bitte", sie verfluchte sich für ihr Stottern und schluckte
geräuschvoll, „zur Seite treten?" Es widerstrebte ihr, sich an ihm vorbei zu
zwängen. Er füllte den Ausgang fast komplett aus und wenn sie hinausgehen
wollte, würde sie ihn berühren müssen.

Doch er tat nichts dergleichen. Natürlich nicht. Stattdessen stellte er herausfordernd ein Bein auf den kleinen Stufen ab und winkelte das Knie an.
Seine Augen glänzten. Er genoss es, sie zu bedrängen.

Raenas Kehle wurde eng.

Sie straffte die Schultern, biss die Zähne zusammen und erhob sich. Sie ging auf ihn zu und je näher sie ihm kam, desto unangenehmer wurde es, bis sie glaubte, ihre Knie würden nachgeben. Sie wollte unter seinem Arm hindurchschlüpfen, als sie spürte, wie sein anderer Arm ihre Taille umfasste und sie fest gegen seinen Körper drückte. Er war nun überall, seine Arme auf ihrem Rücken, seine Brust an ihrer, sein Gesicht direkt vor ihr.

„Bitte mich, dich zu retten", er klang heiser, „flehe mich um dein Leben an!"

Raena gefror in seinen Armen zu Eis, war unfähig, ihm zu antworten. Sein nach Alkohol riechender Atem vertrieb die Kälte auf ihren Wangen und im nächsten Moment stand sie bereits im Freien.

„Ich kann dich freikaufen", hörte sie ihn raunen, ehe er auf Abstand ging.

„Wieso sagst du mir das?", gelang es ihr zu erwidern.

Wieso hast du mich dann nicht am Hafen freigelassen?, hätte sie ihn am liebsten gefragt, doch etwas in seinem Gesicht ergab keinen Sinn. Verwirrt, empört und verärgert, suchte sie die Wahrheit in seinem Blick.

Du willst mich doch nur erniedrigen. Du willst mich betteln hören!

Im nächsten Moment frage sie sich bereits, ob sie sich seine Worte nur eingebildet hatte. Der Ausdruck in seinen Augen änderte sich, wurde emotionslos, gefühlskalt und als er sprach, war es keine Antwort auf ihre Frage. „Herrin. Diese junge Frau ist ein kleines Geschenk an dich." Dann blickte er hinter sie und ein sanftes Lächeln umspielte seine Lippen.

„Tatsächlich? Ich wusste nicht, dass unsere geschäftliche Beziehung bereits tiefere Ebenen erreicht hat", sagte eine angenehme Frauenstimme amüsiert.

Er verschenkt mich? Aber ... hat er nicht vorgehabt, mich zu verkaufen?

Raena drehte sich um und blickte direkt in das Gesicht einer bildschönen Elfe. Das sollte die Hofherrin sein?

„Wie ist dein Name?"

Raena war sprachlos.

Die Elfe trug ihr weißes Haar, glänzend und so fein wie Seide, zu einem Zopf am Rücken zusammengebunden. Mehrere Diamantspangen, vielleicht waren es auch nur Kristalle, funkelten um ihren Kopf herum wie eine Krone. Ihre Haut war weißer als frisch gefallener Schnee – milchig, unwirklich. Blaue Adern zeichneten sich auf ihren Armen ab. Sie war schön, zu schön, sodass es einem den Atem raubte.

Die Herrin lächelte. Sie schien sich über Raenas Schweigen zu belustigen. „Du weißt, dass ich Menschen für gewöhnlich nicht verkaufe? Meine Waren sind exquisiter."

„Deshalb schenke ich sie dir ja."

Die Elfe lachte hell. „Ist sie eine deiner Launen?"

Jan blickte Raena von der Seite an. „Vielleicht. Meine Begleiter denken, sie wäre meine Frau, aber ich bin ihrer überdrüssig geworden. Jedenfalls habe ich noch einen Jungen, den ich dir zusätzlich schenken möchte. Er ist aber noch an Bord, mit all den anderen Waren."

„Oh? Ihr Liebhaber vielleicht?" Sie hob interessiert die Brauen.

„Er ist nicht mein Liebhaber!", fauchte Raena aufgebracht, die es satthatte, dass man über ihren Kopf hinwegsprach. Beide taten, als ob sie ihren Ausruf nicht gehört hätten.

„Nein. Ein Schiffbrüchiger. Aber er scheint sie sehr zu mögen. Du könntest sie in ein Freudenhaus stecken. Er ist zwar mager, aber mit etwas Essen nimmt er sicherlich wieder zu. Dann könnten sie ein Schauspiel einstudieren."

Die Herrin lachte und tat seinen Vorschlag mit einer Handbewegung ab. *Freudenhaus?* Sie kannte dieses Wort, das sie vor langer Zeit gehört hatte. Wenn Männer ihren „Frust" loswerden mussten, gingen sie ins Freudenhaus, so zumindest eine Nachbarin, die Mutter mehrmals die Woche besucht hatte. Wenn sie darüber gesprochen hatten, dann möglichst abwertend und kindergerecht, sodass man eine vage Ahnung hatte und doch von nichts wusste.

Sie hatte lange nicht verstanden, was zwischen Mann und Frau geschah, wenn sie in einer Kammer verschwanden. Doch irgendwann war ihr klargeworden, dass sie taten, was Tiere taten, um Nachwuchs zu zeugen. Und scheinbar geschah dies auch in einem Freudenhaus, auch wenn da angeblich keine Kinder entstanden.

Bara hatte ihr versichert, es wäre ganz bestimmt genau das und Arik, dem sie davon erzählt hatten, hatte nur gelacht und irgendetwas von: *Warum machen Frauen immer solches Drama darum?*, gesagt. Männern mache es offenbar mehr Spaß als Frauen.

Jedenfalls musste sie sich verhört haben.

„Was hältst du von ihr?"

Die Augen der Herrin, die die Farbe von frisch gepflückten Pfirsichen besaßen, bedachten Raena mit einem Blick, der ihr überhaupt nicht gefiel.

„Sie ist, nun – *akzeptabel.* Deine Yinila hat sie zurechtgemacht?" Sie stieß ihm sanft mit der Hand gegen die Schulter. „Wenn ich damals gewusst hätte, dass du sie haben möchtest, hätte ich nicht auf die Auktion gewartet, sondern dir einen Preisnachlass gewährt."

Ihre Ohren waren genauso spitz wie die von Fenriel. Sie trug Ohrringe mit giftgrünen Federn, passend zu dem engen, ebenso grünen Kleid, welches ihre Figur wie ein Vorhang umspielte. Man musste nicht genau hinsehen, um zu erkennen, dass sich darunter ein kurviger Körper verbarg, denn das Material war an den Seiten durchsichtig. Als verspräche die Herrin des Hauses allein mit ihrem Auftreten, ihrer Kleidung und ihrem viel zu freundlichen Lächeln, vollkommene Zufriedenheit und einen guten Vorgeschmack auf die Ware, welche sie anbot.

„Yinila hat viel gelernt, als sie hier gelebt hat", entgegnete Jan distanziert.

„Du bist dir sicher, dass du die hier nicht zurückhaben willst?" Die Elfe lächelte, als sie Raenas Blick einfing. Die starrte zurück.

Jan ließ sich Zeit mit seiner Antwort. Seine Augen streiften ihr Gesicht, ihre Schultern, ihr Dekolleté und ihre Statur mit solch einer ungehobelten Unverschämtheit, dass ihr die Galle bis zum Hals stieg und sie ihm am liebsten ins Gesicht gespuckt hätte. Er sah sie genauso an wie damals, als er sie gezwungen hatte, sich vor ihm auszuziehen.

„Nein", sagte er schlicht und Raena spürte einen Stich in der Brust.

„Sie hat eine eigenartige Augenfarbe. Sehr dunkel", die Elfe runzelte die Stirn, „fast schwarz." Mit einem leisen Lachen schüttelte sie den Kopf. „Eine sehr öde Farbe – hierzulande selten, aber dennoch öde. Wo hast du sie her? Aus dem Land der schwarzen Reiter?" Ihr Zopf bewegte sich wie ein Wasserfall.

„Aus dem Streifen", erwiderte Jan prompt.

„So sieht sie auch aus", meinte die Herrin abwertend. „Wie ein Mischling."

Mischling. Das Wort. Sie begann es zu hassen.

„Du hast sie gut behandelt."

„Sie ist zäh. Du wirst sie mögen."

Ein penetrant süßlicher Duft umgab die Herrin wie eine Wolke, als sie ein paar Schritte näher kam und Raena umrundete. Sie berührte sie an der Schulter und Raena duckte sich.

„Sie ist dünn, hat eine knubbelige Nase und viel zu kleine Lippen. Wie lang ist ihr Haar?"

„Rückenlang. Yinila hat es gebürstet und gut in Form gebracht, meinst du nicht?"

„Das muss ich mir später ansehen, damit ich es selbst beurteilen kann. Sie ist noch Jungfrau?"

„Natürlich."

„Auch das muss ich überprüfen. Ich hoffe, ich beleidige dich nicht."

Wie man das überprüfen sollte, war Raena schleierhaft.

„Niemals", Jan verbeugte sich und die Herrin lachte.

Obwohl sie ängstlich war und sich am liebsten versteckt hätte, presste sie zwischen zusammengebissenen Zähnen hervor: „Wenn Ihr mich nicht wollt, dann lasst mich doch einfach gehen. Ich hege kein Bedürfnis, mich hier aufzuhalten und begaffen zu lassen. Ich gehöre niemandem. Nicht ihm und auch nicht Euch."

„Aber, aber!", hob die Elfe ihre Stimme an, „kräusle deine Stirn doch nicht so. Männer mögen keine Falten." Tadelnd tippte ein langgliedriger und viel zu dürrer Finger, Raena fand, dass er eine viel zu große Ähnlichkeit mit einem Knochen aufwies, gegen ihre Stirn. „Lächle ein wenig. Meine Kunden mögen fröhliche Mädchen. Das macht dich hübscher und attraktiver und lässt die Kasse klingeln."

„Fasst mich nicht an."

Sie sah den Schlag nicht kommen und japste nach Luft, als sie sich der Länge nach am Boden wiederfand. Erschrocken sah Raena zur Herrin hoch und traf auf einen Blick, der ihr das Blut in den Adern gefrieren ließ.

„Wenn du dich nicht benimmst, sperre ich dich in eine Zelle mit einem Eimer, hast du verstanden?" Sie schüttelte ihre Hand aus. „Meine Güte, Jan, was hast du mir da bloß angeschleppt. Ich habe keine Zeit für ein bockiges Menschenweib. Wie viel werde ich für die wohl kriegen? Die ist nicht einmal zwei Goldstücke wert! Was kann sie? Fegen? Hat sie Erfahrung mit Hausarbeit?"

Raena schmeckte Blut, fühlte, wie sich ein brennender Schmerz von ihrer Wange bis hin zu ihren Lippen ausbreitete. Sie zog ihre Beine an, Kieselsteine bohrten sich in ihre Haut. Ein paar Strähnen hatten sich aus ihrer Frisur gelöst und hingen ihr in die Augen.

Zwei Goldstücke.

Kostete eine Kuh im Streifen nicht genauso viel?

Raena versuchte sich vom Boden hochzustemmen, doch es gelang ihr nicht, als hätte der Schlag sie all ihrer Energie beraubt.

„Sie- ...", begann Jan, doch die Herrin unterbrach ihn: „Hast du gedacht, ich fände nicht heraus, dass du ihn hergebracht hast?"

„Wen meinst du?", er klang gelassen.

„Du hast mir gesagt, du würdest ein Quartier für ein paar Reisende benötigen. Da du des Öfteren schwarze Reiter über die Grenze schmuggelst, dachte ich mir nichts dabei. Aber du hast noch nie einen *verdammten Prinzen* mitgebracht", zischte sie und senkte ihre Stimme herab, „bist du wahnsinnig geworden?!"

Jan lachte. „Sollte ich eines Tages am Schafott landen, erstatte ich dir Bericht."

„Was will er überhaupt hier? Die Hauptstadt besichtigen? Sollte er nicht um eine Audienz beim Herrscher bitten, wie es in höheren Kreisen üblich ist?", spottete die Elfe. „Das hier wird deine letzte Lieferung für eine sehr lange Zeit sein. Ich rate dir zu verschwinden, denn das Land befindet sich im Krieg. Sie werden alles absuchen, in jeder Ecke herumwühlen. Ich muss aufpassen. Was glaubst du geschieht, wenn sie herausfinden, dass ich mit Meerjungfrauen und Südelfen handele? Stelle dir den Aufstand der blauen Reiter vor, wenn sie von den Ren erfahren, die ich an noble Damen und Herren verkaufe!"

Krieg?

„Für die Südelfen interessiert sich niemand."

„Nein, aber für die Ren sehr wohl."

„Hm, dann sollte ich wohl rasch verschwinden", Jan verstummte kurz, dann meinte er, „das wird dem Berater gar nicht gefallen."

„Wo sind ihre Drachen? Ich hoffe, du warst nicht so dumm, sie mitzunehmen."

„Habe ich das jemals? Jetzt beruhige dich doch. Sie sind draußen, am Meer. Auf einer meiner Inseln."

„Ara sei Dank. Also, was wollen sie hier? Etwa zusehen, wie Weiß in Flammen aufgeht?"

„Ich weiß es nicht", knurrte Jan, „frag sie doch selbst."

„Dein Ernst? Der Prinz hat mich angesehen, als wäre ich ein Insekt. Ein Nichts. Seine boshafte Aura zieht den Tod magisch an. Welcher ist es? Vielleicht einer aus Velenímar?"

„Torren."

„Torren", keuchte sie, „*Ara hilf!*"

Der Vogelgesang, den Raena zuvor gehört hatte, verstummte jäh.

„Er hatte plötzlich dieses schwarze Loch in den Augen, ich konnte regelrecht spüren, wie es mich einsaugt! Kennst du die Geschichten über die

Magier, die durch den Raum springen können? Ich könnte meine Hand ins Feuer legen, dass er das kann."

„Isslyríín", setzte Jan an, wurde jedoch von ihr unterbrochen.

„Vergiss es", erwiderte sie abweisend.

„Isslyríín", wiederholte Jan ungeduldig, „ich kann- ..."

„Das ist das letzte Mal, dass ich schwarze Reiter bei mir nächtigen lasse. Hast du verstanden? Sie können nicht lange bleiben. Er muss weiterziehen. Entweder du schiffst ihn wieder zurück oder er verschwindet von meinem Grundstück!"

Herrin Isslyríín ließ ihn ihren Zorn deutlich spüren, doch Raena war zu sehr abgelenkt, um sich an Jans zerknirschtem Gesichtsausdruck zu erfreuen. Sie war beim Krieg hängengeblieben. *Aber, wieso?* Nervös betrachtete sie die Herrin, ihr bleiches Gesicht war leicht gerötet und ihre Augen glänzten vor Wut. Sie sah aus, als wäre sie kurz davor, Jan den Hals umzudrehen. Eine seltsame Vorstellung, da sie, im Gegensatz zu ihm, zierlich wie ein Vogel war.

„Warum?", Raena musste fragen, „warum gibt es Krieg?" Sie dachte an ihre Geschwister, ihre Eltern im Streifen. „Nur in Weiß oder auch im Streifen?"

Im selben Moment, als beide Gesichter, das eine erhitzt, das andere grimmig, sich in ihre Richtung drehten, tauchte neben Raena eine junge Frau in praktischer, grauer Dienstkleidung und mit einem Haartuch auf dem Kopf auf. Mit einer Verbeugung und einer Entschuldigung auf den Lippen, kam sie hastig zur Sache: „Herrin, wo sollen wir die Herrschaften unterbringen? Ihr habt die oberen Stockwerke umbauen lassen und viele der Zimmer sind noch nicht bewohnbar. Ich bräuchte Hilfe, um- ..."

„Ja, ja, ich weiß! Du musst mich nicht daran erinnern, dass ich die Stockwerke umbauen ließ", fauchte Isslyríín, die sich trotz des kühlen Wetters Luft zufächelte, um ihr Gesicht abzukühlen. Die Röte ließ ihre Haut fleckig erscheinen. „Im unteren Stockwerk", befahl sie schneidend, „die alten Gästezimmer müssen reichen. Werft die staubigen Decken hinaus und beschafft neue. Wir müssen eine feine Dame und hohe Herren bewirten."

„Aber", stammelte das Dienstmädchen überfordert und ihre Wangen wurden bleich, „es ist bereits spät. Die meisten sind nachhause gegangen. Ich bin allein und die Köchin kann mir nicht helfen, da sie mit dem Abendessen beschäftigt ist. Der Stallbursche hilft ihr bereits aus und der Gärtner- ..."

„Dann ...", der herablassende Blick der bildschönen und aufreizend gekleideten Elfe fiel auf Raena, die noch immer am Boden hockte und mit geweiteten Pupillen zu den Anwesenden aufsah, „soll sie dir helfen." Isslyríín fasste sich an die Stirn, strich mit dem Zeigefinger über ihre Haut und betrachtete den Tropfen, der vom Himmel gefallen war. „Hast du die Herrschaften in den Erker gebracht?"

„Ja, Herrin, sie warten dort auf Euer Erscheinen."

„Sehr gut. Nimm sie mit und geht endlich." Dann legte sie den Kopf in den Nacken und murmelte: „Regen – erneut."

Raena, die ebenfalls einen Tropfen gespürt hatte, begrüßte ihre neue Aufgabe mit Freuden. Es gelang ihr, sich hochzurappeln und einen Gruß zu murmeln, während die Bedienstete sie anstarrte, als wäre sie ein exotisches Tier. Vielleicht war sie das auch mit ihrer zerzausten Hochsteckfrisur, dem angemalten Gesicht sowie dem Kleid, in dem sie sich unwohl und seltsam fühlte.

„Folge mir", sagte die junge Frau daraufhin knapp, ehe sie sich vor den Herrschaften verneigte und zum Haus zurückeilte. Sie achtete nicht darauf, ob Raena ihr folgte.

„Du hast ihr aber auch gar nichts beigebracht", hörte sie die Herrin noch sagen, doch auf Jans Antwort achtete sie nicht mehr.

Das Anwesen war beeindruckend, stand am Ende der Parkanlage und bestand aus drei unterschiedlichen, zusammenhängenden Gebäuden, die von einer Steinmauer umgeben waren, die von zwei Holztoren durchbrochen war – eines auf der linken, das andere auf der rechten Seite. Das Haupthaus in der Mitte hatte drei Stockwerke, wo im obersten die Fenster zugenagelt oder mit Stoffen verhangen waren, links davon stand ein kleineres Holzhaus mit drei Schornsteinen und rechts ein Haus mit Walmdach, in dessen vergitterten Fenstern winzige Lichter flackerten. *Fünf Stockwerke*, dachte sie.

„Ich bin Nianna", stellte sich das Dienstmädchen vor, das ihr einen Blick über die Schulter zuwarf, „und wie heißt du?"

Raena wich ihren Augen aus. „Ich bin Seiren", erwiderte sie nach kurzem Zögern.

„Gut, Seiren. Ich bin froh, dass du mir helfen darfst. Wie du schon gehört hast, sind die meisten bereits fort. Ich bin die Zofe der Herrin und wohne hier, genauso wie die Köchin Melinda und unser Stallbursche Isidier. Der Gärtner ist nur manchmal da, während die anderen Bediensteten abends zu ihren Familien in die Stadt heimkehren."

Raena holte zu ihr auf, damit sie ihre Worte besser verstehen konnte. Einem Dienstmädchen zu helfen war hundertmal besser, als zwei Personen dabei zuzuhören, wie sie über ihr Schicksal entschieden. Vielleicht würde ihr die

Arbeit einen Vorteil verschaffen? Vielleicht konnte sie eine Möglichkeit finden, wie sie unbemerkt entkommen konnte.

Nianna, die zu einem der Tore in der Steinmauer gegangen war, drückte die goldene Klinke hinunter und lehnte sich mit ihrer Schulter dagegen. „Das muss unbedingt geölt werden", meinte sie mit einem Keuchen, als es sich nur langsam öffnete. Danach betraten sie gemeinsam einen Innenhof und brennende Fackeln zogen Raenas Blick auf den Brunnen in der Mitte, auf dem eine Statue auf einem Stein saß.

„Das ist unser teuerstes Kunstwerk. Ist sie nicht wunderschön?"

„Ist das eine Meerjungfrau aus ... Kristall?" Das Feuer spiegelte sich im Schliff wider, zauberte kleine Funken unter ihre polierte Haut.

„Falls Sterne am Himmel tanzen könnten, sähe es so aus, sage ich immer."

Raena nahm an, dass an einem wolkenlosen Tag die Statue stärker als die Sonne selbst leuchtete, sodass einem die Sehkraft geraubt wurde, wenn man zu lange hinsah.

„Sie ist wirklich sehr schön", hörte sie sich sagen, „eine wahre Göttin des Meeres."

Ihr geschwungener Mund geöffnet, ihre Augen geschlossen – sie sang tonlos und ihre nackten Rundungen, sogar die steifen Knospen ihrer Brüste, waren im Fackelschein deutlich erkennbar. Das Haar, fein ausgearbeitet und in dicken Strähnen gehalten, flatterte hinter ihrem Rücken her, als würde eine Brise wehen. Von ihrer Schönheit zu sehr in den Bann gezogen, nahm Raena Jans Männer, die hinter dem Brunnen standen und sich unterhielten, kaum wahr.

„Sie ist unbezahlbar wertvoll", erklärte Nianna und lächelte Raena an. „Man sagt, sie wäre am Grund des Meeres geborgen worden, von dem Kapitän, der dich hierhergebracht hat. Und nun komm. Wir müssen uns beeilen, bevor mich die Herrin auspeitschen lässt."

Auspeitschen? Raena erbleichte. *Wie unmenschlich.* Konnte man vielleicht eine Beschwerde beim Verwalter von Mizerak einreichen? Dann dachte sie an den Sklavenmarkt am Hafen und verwarf den Gedanken.

Nianna lächelte mitfühlend, wobei das Lächeln ihre Augen nicht erreichte. „Du wirst dich daran gewöhnen. Jetzt lass uns aber in die Küche gehen. Dann kann ich sehen, wie sich Isidier macht. Ach, und das Tor lassen wir offen, die Herrin mag es nicht, wenn sie sich selbst öffnen muss."

12. KAPITEL

Raena, die längere Zeit nicht ordentlich gegessen hatte, knurrte der Magen. Nianna war ihr bereits einige Schritte voraus und hörte das Knurren nicht.

Nicht nur die oberen Stockwerke befanden sich im Umbau, auch der Innenhof war eine einzige Baustelle. Neben dem Tor befand sich ein riesiger Haufen Pflastersteine und nur ein Teil des Weges, welchen sie nun verließen, war damit ausgelegt. Der halbe Hof war umgegraben worden und unzählige Erdhaufen reihten sich nebeneinander auf.

Ein eisiger Wind fuhr durch die Sträucher, der Regen nahm zu und Raena blinzelte die Tropfen beiseite, die sich in ihren Wimpern verfingen. Unter dem Dachvorsprung des kleinen Hauses blieben sie stehen. Es folgte ein leiser, weit entfernter Donner, der im Innenhof dumpf widerhallte. Raena verspürte so etwas wie Erleichterung. Bei Unwetter festen Boden unter den Füßen zu haben, war besser als ein schwankendes Schiff auf offener See.

Ihr Blick flog über den spärlich erleuchteten Hof, am Brunnen vorbei und blieb am größten der Gebäude hängen. Ihr mulmiges Gefühl sagte ihr, dass sich ihr neues Bett womöglich hinter einem der vergitterten Fenster befand. Vielleicht, wenn sie dort auch den menschlichen Drachen unterbrachten, dann konnte sie versuchen mit ihm eine Lösung für ihr gemeinsames Schicksal zu finden.

Nianna berührte sie sachte am Oberarm. „Lass uns hineingehen."

Raena nickte schwach. Als sie sich umdrehte und Nianna ins Innere folgen wollte, sah sie im Augenwinkel, wie die Herrin mit Jan im Schlepptau durch das Tor gerannt kam. In Hast liefen sie quer über den unebenen Hof am Brunnen vorbei, flohen vor den schweren Regentropfen zum Haupthaus. Jan schrie seinen Männern etwas zu und einer von ihnen begab sich zum Tor, um es zu schließen. Raena riss sich von dem Anblick der Elfe los, die genauso gut nackt sein hätte können, so durchsichtig war ihr Gewand im Windzug.

Das Holzhaus entpuppte sich als Küche.

Eine wilde Geruchsmischung aus Thymian, Lavendel, Majoran und einem Gewürz, das sie nicht zuordnen konnte, umwehte ihre Nase. Raena hatte noch nie so eine große Küche gesehen. Über vier kleine Stufen gelangte man auf einen unebenen, mit Steinen ausgelegten Boden. Ein riesiger Tisch, der zu diesem Zeitpunkt mehr leer als voll war, stand ungefähr in der Mitte des Raums.

Sie konnte sich gut das wilde Treiben am helllichten Tag vorstellen, wie die Bediensteten in Eile umherhuschten und Frühstück, Mittag- und Abendessen für die Herrin zubereiteten. Nun stand dort nur eine Frau, die Köchin, deren massiver Vorbau gegen die Tischkante drückte. Sie war gerade dabei, einen Fisch auszunehmen und warf im selben Moment, als sie eintraten, die Innereien einer kleinwüchsigen Forelle scheppernd in eine Kupferschale. Daneben brannte eine weiße Kerze und ihr Licht hüllte die Köchin in eine beängstigende Aura, die ihrer Erscheinung etwas Unheilvolles verlieh.

„Und was hat sie g'sagt?", fragte Melinda, ohne von ihrer Arbeit aufzusehen. In eine weitere Schale warf sie den Fisch hinein und holte aus einem Eimer zu ihren Füßen einen lebendigen hervor, der wild um sich zappelte, bis sie ihn mit einem Hackbeil köpfte.

„Sie sollen im Erdgeschoss schlafen und ich muss die Decken wechseln", entgegnete Nianna auf ihre erste Frage hin, ehe sie zügig auf sie zuging. „Wie macht sich Isidier? Braucht ihr später Hilfe?"

Raena folgte ihr mit etwas Abstand, sah sich dabei fasziniert um und richtete ihre Augen auf die bunte Vielfalt von Kupfertöpfen, welche sich rechts neben der Tür befanden. Und nicht nur Töpfe, allerlei Gerätschaften, riesige Löffel, Kellen, Spießgarnituren, Dinge die sie nicht einmal betiteln konnte, hingen gereiht bis zur Decke an der Mauer. Ganz weit oben, wo vermutlich niemand hinaufgreifen konnte, war ein Weidenkorb voller Spinnenweben.

„Der ist im Lagerraum und holt ein paar Zwiebeln. Ist bereits seit einer halben Ewigkeit da drin, bin g'spannt, ob er sich dort verirrt hat", brummte Melinda und blickte von ihrer Arbeit kurz auf, „geh nur, Kind. Mach die Betten, so wie dir aufgetragen wurde, bevor ihr der Kragen platzt."

Im Hintergrund hörte man laut eine Männerstimme: „Ich habe mich nicht verirrt", rufen.

Die Köchin beachtete den Ruf nicht. Ihre alten Augen fielen auf Raena, die regelrecht fühlen konnte, wie sie unter ihrem strengen Blick schrumpfte. „Wer is'n das?" Die Alte musterte sie ungeniert, kein Wunder, bei der Aufmachung.

„Das ist Seiren", erklärte Nianna, bevor sie Raena ein kleines, aber freundliches Lächeln zuwarf, „sie soll mir zur Hand gehen." Während sie sprach, ging sie an einem Holzstapel vorbei und schlüpfte durch eine offene Tür in einen anderen Raum. „Isidier? Die Zwiebeln sind nicht bei den Rüben. Siehst du sie denn nicht an der Mauer hängen? Genau vor deinen Augen!"

„Verzeihung, die Dame, dass ich mich hier nicht auskenne."

„Seiren, soso. Und was machst du so, Seiren?"

Das klang nicht gerade freundlich.

Draußen heulte der Wind los.

„Ich wurde hierhergebracht", sagte Raena und betrachtete das silberne, viel zu lange Messer, mit welchem die Alte ruckartig Gräten aus dem hellen Fleisch entfernte. Ihr linker Zeigefinger sah blutig aus.

„Also bist du geschäftlich hier? G'hörst du zum Bordell?"

„Nein", stotterte sie perplex, zögerte und fragte schließlich, „Bordell? Was ist das?" Sie dachte an den Ausdruck, den Jan draußen erwähnt hatte. *Freudenhaus*. War das ein anderes Wort dafür? Schauer liefen ihren Rücken hinunter.

„Soso", sagte Melinda nur in einem Ton, mit dem Raena nichts anfangen konnte.

Kling. Sie hatte den zweiten Fisch in die Kupferschale geworfen.

„Hätte ich gewusst, wo ich die Zwiebeln finden soll, dann hätte ich nicht eine halbe Ewigkeit- ...", der Mann polterte aus der Kammer, hielt inne und hob überrascht die Brauen hoch. „Oh, wer bist denn du?"

Raena riss sich vom Anblick der Schale los und drehte sich um. Ein großer junger Mann, er überragte sie um mindestens zwei Köpfe, kam mit langen Schritten auf sie zu. Seine Stiefelabsätze klackerten über den Boden. In einer Hand hielt er ein Bündel roter Zwiebeln, in der anderen trug er einen dunklen Leinensack. Das war wohl Isidier, der sie nun unbeschwert anlächelte. Er wirkte sympathisch und hatte leicht schief stehende, aber sauber gepflegte Zähne. Zerzaust und gelockt war das kurze Haar auf seinem Kopf. Sein breites Gesicht und seine blauen Augen waren nichts Ungewöhnliches und doch hatte seine Erscheinung etwas Anziehendes. Da die Einschüchterung ihm gegenüber überwog, gelang es ihr nicht, sein Lächeln zu erwidern.

„Schöne Mädchen kannst du dir für später aufheben, Isidier. Entfach' die Glut und hol dir n' Messer. Sonst bekommen die Herrschaften ihr Mahl erst in den Morgenstunden. Willst du dafür dein' Kopf hinhalt'n?"

Als er in ihre Nähe kam und sie Pferd an ihm roch, wich Raena vor ihm zurück und stieß mit ihrem Rücken gegen etwas Spitzes. Mit einem schnellen Blick über die Schulter vergewisserte sie sich, dass das namenlose Ding mit zwei stumpfen Spitzen noch dort hing, wo es hingehörte.

„Nein, allerliebste Großmutter", entgegnete Isidier gedehnt, als höre er diesen Satz jeden Tag. Mit einem „*Hepp*" donnerte er den schwer aussehenden Leinensack auf die Arbeitsfläche. Im Inneren kullerte der Inhalt herum, ehe er auch schon die Zwiebeln daneben hinwarf.

„Ungeschickter Lümmel!" Schon flog das Fischmesser an Raena vorbei. „Mach Feuer, sonst mach ich's dir unterm Arsch!"

Isidier war lachend ausgewichen und hatte die Köchin neckend in die Seiten gepikt, was ihm einen heftigen Schlag auf den Hinterkopf eingebracht hatte. Angesichts des Größenunterschieds zwischen den beiden hatte sich die Großmutter sehr weit nach oben strecken müssen, wobei ihr mächtiger Busen fast aus der engen Arbeitskleidung geplatzt wäre.

Schließlich, mit einer Hand auf der schmerzenden Stelle, flüchtete Isidier auf die andere Seite des Tischs. Dort ging er an einer mit Eisen verkleideten Kochplatte vorbei und hielt erst neben der Tür an, wo er sich mehrere Holzscheite auf den Arm lud. Als er Raenas Blick einfing, zwinkerte er ihr fröhlich zu. Der war die gesamte Situation viel zu unangenehm. „Hast dir wohl Ärger eingehandelt, wie?", fragte er und deutete auf ihr Gesicht.

Raena starrte ihn an, doch ehe sie etwas erwidern konnte, unterbrach Nianna sie. „Du kennst die Herrin. Seiren, wir sollten uns beeilen, bevor sie wieder wütend wird." Die Bedienstete hatte das Messer vom Boden aufgehoben und wieder hingelegt.

„Anstatt nur blöde herumzustehen", knurrte die Alte, wobei man sie wegen des starken Regenfalls, der vor einem Atemzug eingesetzt hatte, kaum verstehen konnte, „hast du den Herrschaften etwas zu trinken angeboten?"

Nianna errötete bis zu den Haarspitzen und rückte ihr Haartuch zurecht. „Nein, das habe ich vergessen", gab sie zögernd zu.

„Dann solltest du dich beeilen."

„Ich habe gedacht, dass das die Herrin selbst übernimmt, sobald sie den Kapitän der Albatros ins Haus führt."

„Schlechte Ausrede", meinte Isidier belustigt.

„Denken ist nicht Wissen, Mädel. Geht jetzt."

„Komm", flüsterte Nianna. Sie wartete, bis Raena ihr gefolgt war, ehe sie eine Tür am Ende der Küche öffnete, die in einen schmalen Gang führte. Nachdem sie sie hinter ihnen geschlossen hatte, wanderte ihr Blick prüfend über Raenas Kleidung. „Im nächsten Raum ist der Erker, von dem die Herrin gesprochen hat. Ich wollte dich nur daran erinnern, weil dort unsere Besucher sind." Sie holte tief Luft, glättete ihre Arbeitskleidung und zupfte an ihrem Ausschnitt herum, der kaum eine Wölbung aufwies. „Hast du dich selbst so angezogen oder hat man dich eingekleidet?"

Raena, die innerlich mit Unruhe kämpfte, presste ihre Handflächen gegen ihre Hüften und fühlte sich überhaupt nicht wohl dabei, erneut an ihre freizügige Kleidung erinnert zu werden. „Man hat mich eingekleidet." Der Gedanke an Prinz Torren brachte sie völlig durcheinander. Er hatte sie zwar schon so gesehen, dennoch – sie schämte sich.

„Aha", machte Nianna und verzog das Gesicht zu einer mitleidigen Grimasse, „das tut mir leid."

Raena mied ihren Blick und schluckte trocken.

„Bist du bereit?"

Sie war alles, nur nicht bereit.

„Gehen wir."

Das Erste, was Raena sah, waren runde und teuer aussehende Tische mit angezündeten Kerzenständern und dann ... sie musste ihn nicht suchen, um ihn zu finden. Der Prinz war die dunkelste Gestalt im Raum. Doch ihr Herz bekam keine Zeit dazu, bei seinem Anblick auszusetzen. Völlig unerwartet zuckten mehrere Blitze grell über den Himmel und das, was sie über ihnen erblickte, ließ sie alles um sich herum vergessen. Mit leicht geöffnetem Mund bestaunte sie einen Raum, dessen Decke einer riesigen Kuppel glich. *Ist das ein Erker aus Glas?* Bei den Göttern. Es sah atemberaubend schön aus und musste ungeheure Mengen an Gold gekostet haben.

Dröhnend peitschte der Regen gegen die gleichmäßigen Wölbungen und beleuchtet durch Blitze, erschienen verwaschene Striche ohne Form auf dem geschliffenen Granit unter ihren Füßen.

Der Donner kam aus allen Richtungen auf sie zu und schwoll zu einem gänsehautbringenden Echo an.

Raena war fasziniert. Sie konnte ihren Blick kaum von den geschwungenen Bögen nehmen. Ihre Augen folgten den breiten und geraden Linien aus glänzendem Metall, bis hin zu einem spitzen Punkt in der Mitte, wo sie alle zusammenführten. Dort glitzerte schwach etwas Goldenes, hing von der Decke herab und sah aus wie ein Vogelhaus mit einer kleinen Schaukel.

Nianna tippte Raena auf die nackte Schulter. Ihre Finger waren eiskalt.

„Dort oben wohnt eine Fee. Man erblickt sie nur selten." Da der Regen viel zu laut war und Nianna leise sprach, verstand Raena nur die Hälfte ihrer Worte, aber die Vorstellung, die Fee auf der Stange wie einen Vogel schaukeln zu sehen, ließ sie Mitleid fühlen.

„Prächtig, nicht?", eine Pause folgte, dann schwebte die Herrin hinter einer stacheligen Pflanze hervor, „dieser Erker hat mich ein kleines Vermögen gekostet. Aber er macht ordentlich Eindruck." Das grüne Kleid umspielte ihren halbnackten Körper. Ihre Schuhe verursachten keinen Ton auf den

Granitplatten. Sie lächelte sanft und im Kerzenschein funkelten ihre Augen in einem schönen, warmen Ton. „Ich möchte hier einen botanischen Garten einrichten. Ein paar Pflanzen, wie zum Beispiel diese Palme hier", sie blieb kurz stehen und deutete auf das stachelige Ungetüm, „habe ich bereits aus dem Zoo herbringen lassen. Sie ist zwar noch klein, aber sie wird wachsen. Sie mögen warmes Klima und ich will sie in jedem Raum meines Heims haben." Die Herrin unterhielt ihre Gäste, zog auch Raena in ihren Bann, doch als sie sich zu ihnen drehte, erinnerte sich Raena daran, wo sie war.

„Nianna. Sei doch bitte so freundlich und biete der Dame und den Herren etwas guten Wein an. Nimm den vom Südhang bitte. Ach, und bringe mir nur ein ganz kleines Glas, du weißt, dass ich abends kaum noch trinke."

„Jawohl, Herrin", Nianna knickste und ließ Raena stehen.

An der Außenwand des Erkers befanden sich mehrere Möbel, darunter eine eigenartig geformte Truhe auf vier Beinen mit einem niedrigen Hocker davor. In der Nähe stand ein Schrank mit mehreren Fächern. Nianna betätigte seitlich einen Mechanismus, der zwei mittelgroße Türchen aufspringen ließ. Auf einer Seite reihen sich polierte Gläser, auf der anderen Flaschen verschiedenster Weine. Aus einem weiteren Fach nahm sie ein Silbertablett und stellte vier Gläser, drei große und ein kleines, darauf ab.

„Ihr habt Euch mit Euren Einnahmen wahrlich ein schönes Gebäude geschaffen. Wie schade, dass Euch der Krieg nun forttreibt. Hattet Ihr vor kurzem nicht vor, Euren Zoo zu erweitern?", ergriff der Berater das Wort.

„Ich habe ein neues Becken geplant, ja. Da ich aber davor untertauchen werde, wird die Fertigstellung noch eine Zeit lang warten müssen."

„Ein Glück für uns, Eure Hoheit. Wären wir später angekommen, hätten wir vermutlich in einem der Gästehäuser Mizeraks übernachten müssen", lachte Mando laut auf, fehlte nur noch, dass er dem Prinzen einen freundschaftlichen Schlag auf den Arm verpasste, was er jedoch nicht tat.

Torren umkreiste einen der Tische. Seine Hand wanderte sachte den runden Rand entlang, als berühre er etwas von Wert. Er hob den Kopf nicht, zeigte keine Reaktion. Viel mehr schien er auf die Linien vor seinen Augen konzentriert. Raena beobachtete ihn und wunderte sich über die Aufregung, die ihr dabei durch die Adern schoss. Tief in ihr hoffte sie, dass er sie bemerkte.

„Manche Gasthäuser sind nicht übel. Aber in vielen herrscht mehr Unrat als Komfort", erklärte Isslyríín. Mittlerweile war sie vor dem Berater stehengeblieben und verneigte sich vor ihm. „Es ist mir eine Freude, Euch wiederzusehen. In Eurem Land herrscht Friede?"

„Die Freude ist ganz auf meiner Seite, Herrin", er verneigte sich höflich. „Wir haben Frieden, den wir der strengen Ordnung verdanken. Hin und wieder gibt es Unruhestifter, die die Welt unbedingt brennen sehen wollen, aber die halten wir sehr gut in Schach. Sind die nicht überall?"

Beide lachten.

Torren blickte auf und Raena hielt den Atem an. Aber er sah nicht sie an. Viel mehr galt seine Aufmerksamkeit Nianna, die vor ihm knickste und das Tablett links von ihm am Tisch abstellte. Ihre Lippen bewegten sich, sie schien etwas zu sagen, dann öffnete sie eine Flasche und goss Wein ein.

„Bei meinen letzten Informationen wurde nichts über einen bevorstehen Krieg erwähnt. Wer gegen wen?"

„Im Schloss gab es einen Vorfall. Braun hat Weiß den Krieg erklärt. Ihr wisst schon, die Zwerge. Daraufhin haben sich Parteien gebildet", Isslyríín zuckte mit den Schultern, es schien sie nicht zu kümmern, wer wem den Schädel einschlug, „natürlich gibt es auch jene, die sich enthalten wollen. Noch ist nichts passiert. Aber in den Dörfern wird befürchtet, dass sie das Wasser abstellen."

„Das ist ja furchtbar!"

„Finarst will das Land schwächen und sie haben gute Karten, denn ohne Wasser wird der Herrscher kaum Soldaten haben, die er in den Kampf schicken kann."

„Wie grausam!" Bahira war schockiert. „Warum kontrollieren die Zwerge überhaupt das Wasser? Ist das nicht unklug?"

„Das Quellwasser aus Finarst ist das beste im ganzen Land", antwortete die Herrin ihr, „und die Leute sind unruhig. In Mizerak habe ich vorgestern einen Redner am Marktplatz rufen hören, man möge sich versammeln und nach Narthinn pilgern, da das Gleichgewicht die einzige Hoffnung auf Frieden darstellt." Isslyríín schnaubte angewidert und nahm das Glas entgegen, als Nianna es ihr in demütiger Haltung reichte. „Absurd. Welcher Narr setzt seine Hoffnung in ein einziges Wesen, von welchem bis vor kurzem keiner wusste? Das Mädel ist doch nur eine Legende." Sie nahm einen Schluck. „Aber dürfte anscheinend ziemlich zäh sein, hat den Anschlag am Hof überlebt."

„Anschlag?", Mando hätte beinahe sein Weinglas fallen gelassen, das ihm eine Sekunde zuvor angeboten worden war. „Erklärt Euch", seine Stirn kräuselte sich besorgt.

Raena schwankte. Sie war doch hier ... wie – *zum Suneki*, sollte ein Anschlag verübt worden sein, wenn sie noch nicht einmal am Ziel angekommen war?

„Ein Mann hat sie vergiftet. Vermutlich wird er als Hochverräter angeklagt." Dann, als ob Isslyríín begriffen hätte, weiteten sich ihre Augen. „Wolltet Ihr etwa das Gleichgewicht bestaunen? Ah, nur leider war es keine öffentliche Feierlichkeit, also hättet Ihr keine Möglichkeit gehabt, sie zu sehen." Ihr Augenmerk fiel auf den Prinzen und sie lächelte, als wisse sie nun etwas äußerst Wichtiges. „Ich wäre gern dort gewesen, jedoch erhielt ich keine Einladung. Sehr bedauerlich."

Raenas Blick verlor sich im Nichts, als Lanthans Gesicht, im Schatten verborgen, vor ihrem inneren Auge erschien. Was, wenn man jemand anderen auserwählt hatte, um der breiten Masse eine Lüge vorzuspielen? Immerhin wusste niemand, wie sie in Wirklichkeit aussah. Vielleicht hatte man jemanden gefunden, der ein würdiges Gleichgewicht darstellen konnte. Jemand ... *besseren*. Und was wäre geschehen, wenn sie nach Narthinn gekommen wäre? Wäre sie vergiftet worden? Offenbar schien niemand sie zu suchen, sonst hätte die Herrin dies bestimmt erwähnt. Sezjals Worte erschienen ihr nun wie Staub im Wind, bloß eine Vermutung, die er aufgestellt hatte.

Ihre Unterlippe zitterte und sie bemerkte, dass sie angestarrt wurde.

Torren, eine Hand auf dem kostbaren Tisch, die andere am Weinglas, sah sie so durchdringend an, dass sie am liebsten zurückgewichen wäre. Seine schwarzen Augen glühten intensiv, sein Mund war ein gerader Strich, während seine Brauen kaum merklich zuckten.

Ihr habt mich gehört, dachte sie sofort, ihr Herzschlag beschleunigte sich, weil sie über das Gleichgewicht nachgedacht hatte, aber Torren reagierte nicht – sie schien sich getäuscht zu haben. Ohne die Augen von ihr abzuwenden, trank er mit energischer Bewegung sein Glas leer und stellte es betont langsam auf dem Tisch ab. Der flackernde Kerzenleuchter unterstrich seine dunkle Ausstrahlung und verlieh ihm die Aura eines unbarmherzigen Ungeheuers. Etwas Gefährliches blitzte in seinen Augen auf. Er schickte ihr ein bewegtes Bild, eine Vorstellung aus seinen Gedanken. Sie erzitterte.

„Leider wird er bei deiner Auktion nicht anwesend sein. Wie traurig", hauchte Jan ihr ins Ohr hinein.

Erschrocken fuhr sie herum und starrte in sein erheitertes Antlitz hoch.

„Gefällt dir dein vorläufiges Zuhause?" Sein Atem kitzelte sie, seine Lippen umspielte ein schmales Lächeln.

Raena war unfähig zu antworten.

„Wenn Ihr erlaubt, wir müssen noch die Betten machen." Unbewusst kam Nianna ihr zur Hilfe.

„Natürlich", verständnisvoll neigte Jan den Kopf und trat zur Seite, „lasst euch nicht von mir aufhalten."

„Verzeiht, dass ich Euch nicht eher bedient habe, Kapitän. Ich habe Euch nicht sofort bemerkt, soll ich- ..."

„Nein, liebe Nianna. Ich mache es selbst", murmelte er mit einer aufgesetzten, viel zu warmen Stimme, bei der Raena ganz anders zumute wurde. Sein Mund ähnelte einem klebrigen Honigtopf, doch sie konnte er nicht mehr täuschen. Auf sein falsches Mienenspiel fiel sie nicht mehr herein.

Nianna strahlte, als sie den Kapitän anlächelte, bewunderte ihn, als wäre er nicht das, was er war. Mit einem halben Knicks bedankte sie sich höflich. Natürlich. Er war attraktiv. Raena verstand die Zuneigung des Dienstmädchens aber nur bis zu einem gewissen Grad und konnte sich nicht mehr erklären, was sie bei ihrer ersten Begegnung in ihm gesehen hatte.

Als sie sich von ihm entfernten, spürte sie, wie sich sein Blick in ihren Rücken bohrte; sie wagte erst zittrig ein- und auszuatmen, nachdem sie den Erker verlassen hatten. Danach war sie kurz davor zusammenzubrechen. Ihr war übel und mit jedem Schritt, den sie tat, mit jedem Atemzug und jeder Bewegung, fühlte sie sich immer schwerer. Ihr Kopf dröhnte und irgendwo zwischen Bewusstsein und innerem Auge schwebte das, was Torren ihr gezeigt hatte.

Raenas Augen füllten sich mit Tränen, ihre Kehle eng. Verkrampft versuchte sie den Brechreiz zurückzuhalten, zwang sich zur Ruhe und brachte nur ein jämmerliches Wimmern zustande. Sie wusste nicht, was das für ein Zustand war, den sie nun ertrug, doch es schmerzte auf eine Art, die schwer zu beschreiben war.

Nianna, die bereits die Tür zum nächsten Raum geöffnet hatte, verharrte mitten in der Bewegung. „Seiren? Was ist los? Was ist mit dir?"

„Ich ...", keuchte Raena, die keine Luft mehr bekam und mit der Schulter gegen die Wand prallte. Ihr Magen krampfte.

Nianna streckte die Hände nach ihr aus, Ratlosigkeit auf ihren Zügen. „Soll ich Hilfe holen? Ich hole Hilfe."

Auf halbem Weg hielt Raena sie auf, von der Heftigkeit ihrer Reaktion überrascht: „Nein!"

Das Dienstmädchen ließ die Schultern hängen, gehorchte aber.

„Nein", wiederholte sie leise und schloss die Augen. *Langsam ein- und aus-atmen. Ein und aus.* Aber ihre Atmung wurde immer schneller, sie glaubte, sich den Magen aus dem Körper reißen zu müssen. „Ach", stöhnte sie, „ich brauche frische Luft", vor ihren Augen tanzten helle Punkte.

„Hier entlang", mit einer Kraft, die sie Nianna nicht zugetraut hätte, zerrte sie Raena den Gang entlang, stützte sie und hielt sie fest, damit sie nicht strauchelte.

Nur am Rande nahm Raena eine riesige Halle wahr. Blank polierte, weiße Platten belegten den Boden, in denen sich ein Kronleuchter mit mehreren Stockwerken spiegelte. Alle Kerzen brannten. Für den Rest hatte sie keine Augen mehr.

Im Nu befanden sie sich vor einer Doppelflügeltür aus geschnitztem Holz.

„Warte kurz", murmelte Nianna überfordert, ließ sie los und Raena hatte zu kämpfen, um nicht wie ein Sack in sich zusammenzufallen.

Bei den Göttern ... was soll ich bloß tun?

Als der Wind sich in die Angeln drückte, flog eine Türhälfte zur Seite. Bevor sie jedoch gegen die Wand krachen konnte, hielt Nianna sie auf. „Hier", stieß sie angestrengt hervor, „atme tief ein!" Das Haartuch wurde ihr vom Kopf gerissen und haselnussbraunes Haar peitschte ihr ums Gesicht.

Raena holte tief Luft. Eiskalte Tropfen berührten ihr Gesicht und in der Ferne zuckten Blitze über den Himmel.

Vielleicht, wenn sie eine Hand ausstreckte, könnte sie dann ... ihre Gedanken brachen ab und alles um sie herum wurde schwarz.

13. KAPITEL

Der Boden war mit Blut bedeckt. Rot schimmerte auf ihren Händen, ihren Schenkeln, ihrem ganzen Körper. Kerzen beleuchteten den Raum, spiegelten sich in den gläsernen, abgerundeten Wänden des Erkers wider. Ein bleicher Mann mit weißer Haut und wild zerzausten Haaren stand vor ihr. Er war nackt, in seinen Augen glänzte der Wahnsinn und um sie herum lagen mehrere, bis zur Unkenntlichkeit verstümmelte Leichen ohne Gesicht. Der starke, eisenhaltige Geruch war unverwechselbar.

Er streckte eine Hand aus, griff nach ihr und zog sie an sich, wog sie wie ein Kind in seinen Armen, bevor seine Lippen auf den ihren schmecken konnte.

Raena schrak hoch. Sie saß in einem weichen Polstersessel in einer Schlaf-kammer, ihren Kopf hatte man gegen die Mauer gelehnt. Eiskalte Luft be-rührte ihre Wange und sie drehte den Kopf. Das Fenster zu ihrer Rechten war einen Spalt breit geöffnet. *Bin ich ohnmächtig geworden?* Falls dem so war, war sie nicht lange weg gewesen. Draußen tobte noch immer ein Unwetter.

„Endlich kommst du zu dir! Ich dachte schon, du wachst nicht mehr auf. Mag mir gar nicht vorstellen, wie sie mich geschimpft hätten, wenn dir etwas passiert wäre. Auch wenn du eine- ...", Nianna erschien in ihrem Blickfeld und brach abrupt ab. Sie errötete, strich ihre Schürze glatt und wirkte zer-streut. „Geht es dir besser? Weißt du eigentlich, wie schwer du bist?" Sie eilte zum Bett hinüber.

Grelles, flackerndes Licht erhellte den Raum. Daraufhin erklang ein ohren-betäubender Donner, der den Boden unter ihren Füßen erzittern und beide zusammenzucken ließ. In Raenas Gedanken erschien ein längst vergangenes Bild eines zersplitterten Baums, der nach einem Blitzschlag in mehrere Teile zerbrochen war.

Sie setzte sich auf. Ihr Kopf schmerzte, doch sie log: „Ja, es geht mir bes-ser."

Nianna betrachtete sie nachdenklich, während ihre Hände mit einer wi-derspenstigen Matratzenecke kämpften. „Das ist gut. Nun pack mit an."

Raena quälte sich auf die Füße.

Zu zweit war es zwar nicht unbedingt leichter, da sie keine Kraft in ihren Händen verspürte, aber Nianna schien durch ihre Hilfe angespornt und schaffte es schließlich allein, das Bett zu beziehen. Danach schob sie ein paar getrocknete Lavendelblüten unter das Kissen.

Während sie noch drei weitere Zimmer bezogen, die Decken ausschüttel-ten und wechselten, kämpfte Raena mit sich selbst. Es war nicht einfach, nicht an das zu denken, was Torren ihr gezeigt hatte. Ihr Körper reagierte mit Hitze. Hatte sie die gleiche Wärme gefühlt, als Lanthan neben ihr geschlafen hatte? Sie war sich nicht sicher und kühlte ab, wenn sie an die gesichtslosen Leichen dachte, die sie umgeben hatten. In ihrem Kopf erschien ein Gedanke: Hatten sie beide sie getötet?

Raenas Hände begannen zu zittern und sie bekam Angst, erneut vor dem Dienstmädchen zusammenzubrechen. Zum Glück geschah es nicht. Sie durfte nicht ohnmächtig werden. Wenn sie nicht bei Bewusstsein blieb, konnten sie alles mit ihr anstellen.

Sie hätte Nianna hunderte Fragen stellen können, über das Gleichgewicht und den versuchten Mord, darüber, wo sie wohl später hingebracht werden würde, doch sie tat es nicht. Es interessierte sie auch nicht, denn erneut dachte sie daran, zu fliehen.

Nachdem sie fertig waren, meinte Nianna: „Geh in die Küche und frag nach etwas zu essen, um deinen Magen zu beruhigen. Sieh zu, dass du zu Kräften kommst."

Raena nickte dankbar.

Zurück im Erker eilte sie sofort auf die Tür zu, die sie in die Küche führen würde. Die Anwesenden hatten sich kaum von der Stelle gerührt. Sie unterhielten sich und Raena mied ihre Blicke, ehe ihr auch schon Jan den Weg verstellte.

„Wohin willst du?", fragte er streng, nahm wohl an, dass sie in den Regen hinaus flüchten wollte.

Sie betrachtete das leere Glas in seiner rechten Hand, konnte einen schwachen Rotfilm und einen Mundabdruck am Rand erkennen. „In die Küche", entgegnete sie. Das Gespräch, welches die anderen geführt hatten, verstummte.

„Wieso? Hat das Mädchen dich in die Küche geschickt?"

„Sie hat gesagt, dass ich um Essen bitten darf."

Er hob eine Augenbraue. „Hast du das Abendessen vergessen?"

„Kapitän", Raena erstarrte zu einer Salzsäule, als sie Torrens kratzige Stimme hinter sich vernahm, „habt Ihr etwa Angst, dass sich Eure Frau verirren könnte?" Als sein Atem einige Strähnen auf ihrem Hinterkopf durcheinanderbrachte und diese federleicht um ihr Gesicht wehten, rieselten mehrere Schauer ihren Rücken hinunter. Ihre Knie wurden weich. *Flucht.* Sie wollte nur noch weg. Von seiner Nähe überfordert, fehlten ihr die Worte. Und so nahm sie all ihren Mut zusammen und schrie ihm den erstbesten Satz in ihrem Kopf entgegen, der ihr einfiel.

Hört auf damit, mich nervös zu machen!

„Meine Frau", wiederholte Jan mit einer seltsamen Betonung, „hat einen sehr guten Orientierungssinn."

„Dann lasst Ihr doch ein wenig Luft", schlug Torren vor, doch aus seinem Mund klang es wie ein Befehl, „man könnte meinen, Ihr wollt sie mit Eurer Liebe erdrosseln."

Du wolltest meine Hilfe. Nun bekommst du sie. Mehr kann ich nicht für dich tun. Wie ein spitzer Dolch stachen seine Gedanken in ihr Bewusstsein hinein. Doch er gab ihr nicht nur seine Worte, sondern auch die Dunkelheit in ihm, ließ sie seine Aggression und seine Mordlust spüren, sodass sie Blut auf ihrer Zunge schmeckte. Diese Gier, diese schiere Macht, diese Lust, die dunkelsten Wünsche und Begierden ... von all den finsteren Dingen, die in jedem Menschen verborgen waren, holte er genau jene hervor, vor denen Raena sich am meisten fürchtete.

Sie spürte, wie sich ein längst vergessenes Gefühl in ihr entfaltete, ihr ganzes Sein einnahm, sie verschlang und sie, die sich zu ihrem Schreck danach gesehnt hatte, sprang kopfüber in diesen Strudel hinein.

Überheblichkeit.

Sie fühlte sich federleicht, als könnte sie die Welt in jede Richtung lenken. Sie konnte *alles.*

Boshaftigkeit.

„Meine Frau", begann Jan zähneknirschend.

Raena sah zu ihm hoch. Mit geweiteten Augen wartete sie darauf, dass er die Wahrheit aussprach. Sekunden verstrichen, wurden zu Minuten, zu einer halben Ewigkeit. Doch er tat es nicht. Stattdessen baute sich zwischen den Männern eine Spannung auf, die förmlich in der Luft knisterte.

Geh nach Hause, Grenzmagierin.

Was war das nur für ein Mann, der da hinter ihr stand? Und warum nur hörte es sich so an, als hätte er große Schmerzen?

Als Jan zur Seite trat, starr den Blick vor sich ins Nichts gerichtet, vollführte ihr Herz einen aufgeregten Sprung. Sie wusste, jetzt musste sie gehen. Sie würde keine andere Gelegenheit mehr bekommen.

Lauf. Geh endlich! Torren schrie, brüllte aus vollem Halse. Kurz dachte sie, ihre Ohren würden bersten, doch es geschah nicht, seine Stimme war in ihrem Kopf.

Raena huschte an Jan vorbei und in den Gang davon. Bevor sie die Tür hinter sich schloss, blickte sie sich ein letztes Mal um und da wurde ihr jäh klar, welche Macht Torren eingesetzt haben musste, um ihr zu helfen.

Überall war Schwärze. Dunkel schwebte sie wie eine Wolke durch den Erker, ein Gebilde, welches dem Leib des Prinzen entströmte. Die Personen standen still, ihre Augen aufgerissen, die Münder geöffnet, die Hände grotesk vom Körper weggestreckt, als hätten sie mitten in einer Bewegung innegehalten.

Als – als wäre ... aber das konnte nicht sein, doch Raena sah es deutlich vor sich. Die Zeit war stehengeblieben. Nichts rührte sich. Sie hörte nicht einmal den Regen, nur ihr schnell schlagendes Herz, welches in ihrer Brust galoppierte.

Und Torren, mit einem halbvollen Glas Rotwein in der Hand, sah sie an, als würde er sie am liebsten auf der Stelle umbringen.

14. KAPITEL

„Terkil. Halt ihn fest. Wir müssen ihn ordentlich betäuben, bevor wir ihn losmachen. Merro, öffne seinen Mund. Kirste, nimm die Fackeln."

„Sicher, dass er uns nicht wegstirbt?"

„Ja. Nachher geben wir ihm das Gegengift. Dann wird er sich wünschen, nie geboren worden zu sein. Aber erst haben wir unseren Spaß mit ihm."

Der Gestank war es, der seine Sinne klärte und ihn aus einem Halbschlaf voller Albträume hochschrecken ließ. Exkremente, gepaart mit süßlicher Verwesung, drangen tief in seine Lungen ein. Der Geruch seiner Zelle war ähnlich gewesen, nur bei weitem nicht so konzentriert wie nun. Als lägen um ihn herum hunderte Leichen, die zum Verrotten am selben Ort zurückgelassen worden waren.

Er unterdrückte ein Würgen.

Im Hintergrund vernahm er leise und rhythmische Tropfgeräusche, mal leiser, mal lauter, mal näher, mal ferner. Gron wusste nicht, wo er war. Aber er verfiel nicht sofort in Panik. Den beißenden Geruch vorerst ignorierend, lauschte er angestrengt den Geräuschen und bemühte sich, sich an die Einzelheiten zu erinnern, die zu dieser Situation geführt hatten.

Neben seinem Ohr schlug langsam und regelmäßig ein fremdes Herz, während Arme so hart wie Stahl ihn gegen einen breiten und warmen Brustkorb drückten, als wäre er eine Frau oder ein kleines, hilfloses Kind. Herrenlos baumelten seine Füße in der Luft. Mit jedem Schritt, den der Mann tat, schwenkten sie von einer zur anderen Seite. Seine misshandelte Hand lag auf seinem Bauch, unter einem warmen, gefütterten Mantel.

Ihn durchströmte eine solch starke Hilflosigkeit, dass er am liebsten geschrien hätte. Doch Gron schrie nicht. Seine Kehle war ausgedorrt, seine Lippen rissig. Er wusste, dass wenn er einen Ton von sich gab, es in einem atemlosen Hustenanfall enden würde. Nur mühsam überwand er den Reiz, der ihn plötzlich ganz tief in der Lunge kitzelte.

Durch die fremde Wärme, der Mann strahlte wie ein einziger Kachelofen, war ihm genügend Gefühl in die Glieder zurückgegeben worden. Seine verletzte Hand pochte und mit jedem Schlag seines Herzens wurde das Pochen stärker. Doch es war zum Aushalten.

Gron öffnete die Augen.

Er kam sich vor wie ein Sack Mehl. Die Position war unangenehm, dehnte Sehnen und Muskeln an Stellen, die wie Feuer brannten. Es war fast zu viel, als hätten sie ihn erneut in Ketten gelegt, aber es war nicht der Schmerz, sondern die enge Umarmung, die ihn innerlich wie ein Kind zurückschrecken und leise: „... runter", raunen ließ. Als der Mann nicht reagierte, wie zum Henker war nochmal sein Name gewesen, zischte er es lauter, aggressiver und begann mit den Füßen zu strampeln. „Lass mich runter!"

„Verdammt, hör auf dich zu winden, sonst lasse ich dich in den Dreck fallen und glaube mir, da drin willst du nicht landen."

Gron hustete sich die Seele aus dem Leib, hörte jedoch nicht auf, sich zu wehren. Wie von Sinnen presste er seine Handflächen gegen die Brust des Fremden und drückte ihn von sich. Schmerz stach in sein Hirn.

Fluchend hielt der Mann ihn fest, sein Griff glich einer Klammerzange. „Lass das! Oder willst du mit deinen nackten Zehen zwischen all den Toten herumspazieren?"

„Hör auf zu übertreiben und sei leiser! Oder willst du wirklich alle auf uns aufmerksam machen?"

„Intelligente Frau, könntest du mir doch ein klein wenig Gesellschaft leisten mit deinen glorreichen Ideen, hm? Sag, was unternimmt man am besten dagegen, wenn dir jemand in den Armen strampelt?"

„Gron- ...", begann sie sanft, doch ihre Stimme brach ab, nur um stattdessen bedrohlich anzuschwellen, „was machst du da?"

„Ihn runterlassen", entgegnete Azurit knapp.

Als Gron festen Boden unter seinen Füßen spürte, wich er wankend zurück. Enorme Erleichterung durchflutete ihn und das trotz der Feuchtigkeit und Kälte, die seine Zehen in starre Eisklumpen verwandelten. Den Mantel, den man um ihn gelegt hatte, war auf den Boden gefallen. Zuerst wollte Gron ihn aufheben, einfach nur der Höflichkeit wegen, doch dann ließ er es, weil er es aus einem ihm fremden Gefühl nicht über sich brachte.

„Wo sind wir?", röchelte er schwer, da er sich kaum an die Zeit erinnern konnte, bevor er das Bewusstsein verloren hatte. Seine Sicht wurde klarer, was an der Fackel lag, die in seine Richtung schwenkte. Ahnikki erschien neben ihm, ihr Gesicht bleich wie Kreide, ihre Augen glänzend und riesig. Er verspürte eine weitere Welle der Erleichterung.

„In einem Abwassersystem, das uns hinausbringen sollte", entgegnete Azurit trocken, ehe er selbst seinen Mantel vom Boden aufhob und ausschüttelte. Bei den Göttern, der Mann war riesig. Im Fackelschein wirkte seine Statur noch größer.

„Abwassersystem?" Ahnikkis Idee war ihnen also gelungen. Gron keuchte und beim Sprechen nahm er wahr, wie der Schleim seinen Hals verlegte. Vorsichtig luftholend, klärte er mehrmals seine Kehle, bevor er die zähe Flüssigkeit auf den Boden spuckte. Wenn das so weiterging, würde er tatsächlich noch an einer Erkältung sterben.

„Geht es dir gut?", fragte Ahnikki leise, „fühlst du dich besser?"

Gron drehte ihr seinen Kopf zu. „Ich habe mich schon besser ...", er unterdrückte ein weiteres Husten, „gefühlt." Dann atmete er zögernd ein und verzog die Lippen zu einem kleinen Lächeln, obwohl ihm nicht danach war. Sie erwiderte es nicht.

„Gehen wir weiter!", Azurit drückte ihm wortlos seinen Mantel gegen die Brust. Gron, der nicht überlegt und automatisch die Hand darauf gepresst hatte, zuckte zurück, als der Mann ihm nahekam. „Und da ich für deine Sicherheit bezahlt werde: Zieh das an, bevor du erfrierst!"

Bezahlung? Gron brauchte zwei Sekunden, bis es ihm wieder einfiel.

„Wo ist Rizor?", fragte er sogleich rau, während er das warme Futter des Mantels befühlte und langsam seine Hände in den langen Ärmeln verschwinden ließ. Dabei achtete er darauf, dass er sich nicht noch mehr wehtat.

Azurits Gesicht erschien im Fackelschein. Für einen Augenblick verdeckte seine imposante Statur Ahnikki und warf einen Schatten auf Grons Gesicht. Dabei funkelte etwas Kleines auf seiner Stirn auf. Doch da der große Mann an ihm vorbeiging, konnte er nicht erkennen, um was es sich handelte.

„Weiter vorn", entgegnete Azurit, ohne ihn noch einmal anzusehen.

„Soll ich dich stützen?", fragte Ahnikki fast liebevoll, „kannst du gehen?"

„Ich kann gehen."

„In Ordnung."

Daraufhin zog Gron den Mantel enger um seinen ausgemergelten Körper. Er schauderte, als er am Kragen einen schwachen Duft nach Erde und Feuer roch.

Und so setzten sie den Weg durch die Kälte fort. Ahnikki blieb dicht an seiner Seite. Wenige Schritte später wurde ihm klar, dass sie bergab gingen. An vielen Stellen war der Untergrund glatt wie polierter Stein, an anderen wiederum rau und spitz. Er musste aufpassen, sonst würde er hinfallen und von Kopf bis Fuß mit Prellungen und Kratzern übersät sein.

Er sah sich um und konnte trotz der überaus ekelhaften Gerüche keine Toten im schwachen Licht erkennen. Der Gang war nicht besonders breit, dafür ziemlich hoch. Stufen gab es keine. *Vielleicht ist der Luftzug an den Gerüchen schuld?* Bei dem Gedanken an eine Grube voller Leichen schüttelte es ihn. Vor vielen Jahren schon hatte er die Todesstrafe und die Folter in seinem Land abgeschafft. Doch dies war des Herrschers Land. Hier gab es andere Regeln.

Sein Magen knurrte. Fast war er darüber verwundert. Doch am schlimmsten waren die Müdigkeit und die Schmerzen. Eine grauenvolle Kombination. *Wenigstens lebe ich noch.*

Ihm fiel auf, dass Azurit verschwunden war.

„Wo ist er hin?"

„Vorn."

Erst nach einer schwachen Abbiegung konnte er zwei Silhouetten erkennen, wobei die deutlich kleinere Gestalt eine blaue Fackel bei sich trug und merklich hinkte. Es gab vieles, was er dem Zwerg erzählen musste. Fragen, die er stellen wollte. Vor allem interessierte ihn aber, wohin Rizor gehen würde, sobald sie die Freiheit erlangt und dem Gefängnis entflohen waren. Vermutlich würde ihn Azurit bis zum Zwergenkönig begleiten, da er für seine Unversehrtheit sorgen musste.

Dennoch, dieser Abwassergang bedeutete noch lange keine Freiheit. Wenn sie Pech hatten, wartete am Ende nur der Tod auf sie. Um nicht hinzufallen, stützte sich Gron seitlich am Gestein ab. Er atmete schwer.

In Weiß würde niemand einem Zwerg seine Sicherheit garantieren können, wenn bereits mehrere Schlachten ausgefochten waren. Hoffentlich war der Krieg noch nicht allzu weit fortgeschritten, hoffentlich ging es seinen Söhnen, seiner Frau noch gut, hoffentlich lebte Raena noch. In seinem Herzen fühlte er tiefe Schuld. Aber sie musste leben, denn die Welt existierte und er glaubte die Legende, die so unvorstellbar erschien. Hätte er damals nicht das Buch des Grenzmagiers gelesen, welches die Geburt Raenas belegen sollte und sogar einige ihrer Geschwister erwähnte, hätte er vielleicht niemals daran geglaubt.

Halte durch, dachte er, *ich werde dich finden.*

Ahnikkis Stolpern ließ ihn zusammenzucken. Er wollte nach ihr greifen, um sie zu stützen, doch seine Reflexe ließen zu wünschen übrig.

Zum Glück stürzte sie nicht. Ohne die Fackel fallen zu lassen, fing sie sich noch rechtzeitig an einer spitzen Steinkante ab. Ihr Gesicht war weiß wie eine Wand. Und während sie sich aufrichtete, fiel ihm der Fetzen auf, den sie sich um den Arm geschlungen hatte.

„Sieh mich nicht mit diesem Blick an", zischte sie und wechselte die Fackel in die andere Hand. „Geh weiter, bevor wir hier noch Wurzeln schlagen. Mein Pferd trägt eine Medizintasche bei sich, also freu dich drauf, weil ich bald deine Hand verarzten werde und es wehtun wird."

Gron unterdrückte einen Seufzer und schwieg. Er war der Meinung, sie sollte sich zuerst ihre eigene Verletzung ansehen, doch er wollte nicht mit ihr streiten. Früher hatten sie oft gestritten und er war derjenige gewesen, der klein beigegeben hatte, denn Ahnikki konnte lange wütend sein und er hatte ihre Stimmungen nie gut ertragen.

„Wo hast du es gelassen?", fragte er leise, während er ihr langsam folgte. Sein Magen knurrte erneut. Doch Hunger verspürte er keinen, obwohl sich sein Körper schwach und ausgelaugt anfühlte.

„Im Wald, ein gutes Stück vom Gebäude entfernt. Er sollte kommen, wenn ich ihn rufe."

Falls er dich dort hört, wo auch immer wir rauskommen.

Doch er sagte es nicht, stattdessen fragte er: „Kommt deine Schwester ohne dich klar?" Er bereute sofort, überhaupt etwas gesagt zu haben, da er im Fackelschein sah, dass er einen wunden Punkt getroffen hatte.

„Ja", entgegnete sie knapp, „sie wird schon das Richtige für die Kinder tun."

„Verdammt!", hörten sie Rizor fluchen.

Ahnikki blieb stehen und Gron tat es ihr nach.

„Da ist Schluss", keuchte sie fassungslos und eilte voraus. „Das darf nicht sein!"

Ein großer Haufen Steine blockierte den Weg, Brocken, die aus der Decke gestürzt waren und die scharfe Kanten hatten. Darunter floss eine dunkle Brühe in einen großen Riss im Boden.

Gron lehnte sich vorsichtig gegen den kalten Stein zu seiner Linken und beobachtete, wie sie zwischen Azurit und Rizor stehen blieb. Ihre Locken wippten. Dann leuchtete sie die Steine ab, als suche sie ein Schlupfloch. Azurit versuchte einen Stein aufzuheben und ächzte dabei. Es gelang ihm, doch ein weiterer rutschte nach und Rizor wich beiseite, um seine Zehen in Sicherheit zu bringen.

„Das ist zu gefährlich", murmelte Azurit, „die Decke könnte instabil sein."

Gron tastete sich an der Mauer vorwärts. Als er sich in einem Hustenanfall krümmte, blieb er stehen. Obwohl ihm klar war, dass sie gefangen waren, empfand er nur Gleichgültigkeit.

„Wir müssen zurück."

„Wir können nicht nach oben! Dort gelangen wir niemals ungesehen hinaus!"

„Wir haben keine Wahl."

„Und wenn wir es trotzdem weiter versuchen?"

„Willst du sterben, Frau?"

Während Gron mehrmals schluckte, um seinen gereizten Hals zu beruhigen, fiel ihm auf, dass Rizor ein viel zu großes Hemd trug. Wie ein Schlafgewand umspielte es seinen Körper und fiel bis zu seinen Knien herab. Gron erinnerte sich nicht, ihn bekleidet gesehen zu haben. Nun, der Zwerg schien sich nicht um seine Bekleidung zu kümmern, auch schien ihm nicht kalt zu sein. Auf seinem misshandelten Gesicht spiegelte sich purer Ernst wider. Gron wusste, dass eine sehr lange Zeit vergehen musste, bis er sich an seine haarlosen und eingefallenen Wangen gewöhnen würde.

In seinem Sichtfeld blitzte etwas auf. Im ersten Moment glaubte er, dass ihm seine Augen einen Streich gespielt hatten, doch bevor er wegsah, erkannte er eine große Ratte mit roten Augen. Ohne zu blinzeln starrte ihm das Tier Löcher in den Kopf, als könne es nicht erwarten, dass er endlich umfiel.

„Verschwinde", knurrte Gron mit rauer Stimme.

„Kommt es mir nur so vor, oder riecht es hier nach Rauch?" Ahnikki klang nervös.

„Ich rieche es auch."

„Suneki kocht bestimmt ein paar Kinder zum Abendessen", raunte Azurit.

Er erntete einen schrägen Blick von Rizor.

„Lichterloh werden wir brennen", flüsterte er in Ahnikkis Richtung und dann folgte ein sachlicher Satz, der seine Aussage der Ernsthaftigkeit beraubte, „wie die Fackel, die du hältst."

„Kannst du nicht die Klappe halten?", fauchte sie.

„Das kostet extra", Azurit zuckte die Achseln, „deinem Freund würde ein wenig Hitze guttun. Schubsen wir ihn doch ins Feuer, dann sehen wir, wie gut er tanzen kann."

Ahnikki starrte ihn offenen Mundes an.

„Sei still, verflucht!", keifte Rizor, „du wurdest bezahlt, um mich zu retten und nicht, um die da auf die Palme zu bringen. Wie geht es deiner Wunde?

Wie viel Blut hast du verloren?", wandte er sich im selben Atemzug an Ahnikki.

Gron beobachtete, wie die Ratte zur gegenüberliegenden Wand davonhuschte. Sie hatte wohl eingesehen, dass es nicht sinnvoll war, eine viel zu lebendige Beute fressen zu wollen. Dort kletterte sie zackig eine schiefe Treppe hoch und verschwand hinter rostigen Gittern, die in halb zerfallenen Angeln hingen.

„Es geht schon. Er hätte sich nicht gleich auf uns stürzen sollen."

„Moment mal, Kleine. Dass du nicht kämpfen kannst, ist deine eigene Schuld. Ihr Frauen schiebt eure eigenen Fehler gern uns Männern zu. Gesteht doch mal eure Unfähigkeit ein."

„Nicht dein Ernst. Fällt dir wirklich nichts Besseres zu deiner Verteidigung ein?!"

„Genug!", stieß Gron hervor, ehe er mit einem Hustenanfall kämpfte. Bevor er in die Knie sank, umfasste jemand seine Taille und stützte ihn. „H-hört auf zu streiten", keuchte er atemlos mit zusammengekniffenen Augen.

„Ich kann ihn nicht leiden", schnaubte Ahnikki, „und wenn du denkst, dass ich mich nun bei ihm entschuldige, dann liegst du falsch." Sie klang bockig.

„Sieh mal hinter dich", röchelte er, dann deutete er mit dem Kinn zum Gitter und noch während Ahnikki ihren Griff lockerte und sich umwandte, roch er es ebenfalls.

Verbranntes Fleisch. Es stank, als würde ein großer Haufen Toter brennen.

„Ein Gitter", hauchte sie überrascht und hob dann ihre Stimme an, „kommt her! Hier ist ein möglicher Ausgang!"

Bestimmend drückte Gron ihre Hände von sich. Sie merkte es nicht.

Die anderen beiden folgten ihrem Ruf.

„Soll ich deine Fackel wieder entzünden?", fragte Rizor Ahnikki, die in ihrer Hast nicht bemerkt hatte, dass ihre erloschen war. Um mit beiden Händen nach Gron greifen zu können, hatte sie sie weggeworfen. „Ja, bitte", entgegnete sie und suchte den rauen Boden nach dem verkohlten Holzstück ab. Als sie es fand, beugte sie sich schwerfällig und richtete sich langsam wieder auf. Sie prüfte, ob sie trocken war, und hielt Rizor die rußgeschwärzte Seite hin.

Mittlerweile war Azurit zum Gitter getreten. Sein breiter Körper passte nicht in den Durchgang und so musste er in die Knie gehen und den Kopf zur Seite neigen. Dabei verdeckten die langen Haare sein Gesicht.

„Benötigst du Hilfe?", fragte Rizor laut. Er hatte die Brauen zusammengezogen.

„Nein. Ich muss nur ...", murmelte Azurit, ehe er mit beiden Händen am Gitter zu rütteln begann. Es quietschte und Ratten quiekten irgendwo in der Dunkelheit auf. Ihre kleinen Füße huschten über das Gestein davon.

Rizor stand so nah, dass Gron ihn berühren hätte können. Innerlich fragte er sich, ob nun der richtige Zeitpunkt für ein Gespräch war. Vermutlich würde dieser niemals kommen. Vermutlich würde es immer unangenehm bleiben, wenn er Raena und den Umstand ansprach, dass sie von Esined hintergangen worden waren.

„Wenn du mir etwas mitteilen möchtest", richtete Rizor seine Stimme an ihn, „sprich dich aus."

Er klang dabei viel zu unbekümmert, sodass Gron erst einen Moment später registrierte, dass er gemeint war. Ihre Blicke kreuzten sich und in den dunklen Augen des Zwergs blitzte sein altes Ich auf. Er lächelte und Grons Herz wurde leichter. Er lächelte ebenfalls und ihn freute, dass Rizor noch nicht die Lust dazu verloren hatte. Doch als ihm der erste Gedanke durch den Kopf ging, nämlich, dass sich Fenriel für ihn geopfert und er ihn geköpft hatte, überkamen ihn tiefe Schuldgefühle. Er hatte nicht die Kraft dazu, sie vor dem Zwerg zu verstecken. „Fenriel, er ...", Gron stockte.

Rizor wandte den Blick von ihm ab und betrachtete stattdessen die brennende Fackel in seiner Hand. Er schien verstanden zu haben. Und doch war er nicht verärgert. Als sein Mund sich öffnete und er zu sprechen begann, verlor sich sein Blick im Nichts.

„Während ich in meiner Zelle gehockt und auf den Tod gewartet habe, habe ich mich nicht nach der Umarmung einer Frau gesehnt, oh nein", murmelte er geistesabwesend, „ich habe mir einen Eimer, einen Trog voll Schnaps vorgestellt. In meinen Gedanken habe ich darin gebadet und mich bis zur Ohnmacht volllaufen lassen."

Gron runzelte die Stirn, da er nicht wusste, wie er reagieren sollte.

„Ich weiß nicht, ob ich es wissen will", Rizors Augen wurden hart wie Stein, als er Gron wieder ansah, „Azurit hat mir von einem Krieg erzählt. Da mein König nach mir schicken ließ, muss ich wohl oder übel nach Finarst zurück. Du wirst also nicht mit mir rechnen können."

Gron verzog den Mund zu einem schwachen Lächeln. „Ich verstehe", murmelte er.

„Aber ich gebe dir mein Wort, dass ich meinem König berichten werde, welche Falschheit in diesem Land betrieben wurde. Du wirst schon sehen, er wird es ihnen austreiben."

In den letzten Worten schwang ein Versprechen mit, eine Drohung, die Gron eiskalte Schauer den Rücken hinunterlaufen ließ. „Daran zweifle ich nicht."

„Und was ist mit Grashalm?"

„Achtung, die Herren", unterbrach Azurit ihr Gespräch. Er ging mehrere Schritte rückwärts und zwängte sich zwischen sie. Gron ging zur Seite und Rizor tat es ihm nach, bevor sich der Söldner mit Anlauf gegen das Gitter warf. Knirschend flog es auf, knallte gegen die Wand und Azurit, der aufgrund des Aufpralls das Gleichgewicht verloren hatte, verschwand aus dem Fackelschein und landete irgendwo im Dunkeln.

„Alles in Ordnung?!", rief Rizor hinterher. Er war der Erste, der den Schrecken überwand und ihm durch den schmalen Durchgang folgte. Ahnikki schloss sich an und Gron folgte ihnen als Letzter.

Grashalm.

Wenn er doch nur wüsste, wo sie sich derzeit aufhielt.

Ob sie versuchte, Kontakt zu ihm aufzubauen? Hätte er sie gehört?

Und wo war er selbst?

Irgendwo tief unter der Erde, wo es verbrannt und verwest roch; sie hätten sich genauso gut mehrere Stockwerke über Sunekis Höhle befinden können und er hätte es geglaubt.

Azurit war gegen eine Steinmauer geprallt. Mit verzogenem Gesicht starrte er ihnen entgegen. „Das tat weh", sagte er, ehe er sich die massige Schulter rieb. Da er Gron seinen Mantel gegeben hatte, trug er nur mehr ein weißes Leinenhemd. Als er die Finger von seiner Schulter löste, klebte an ihm Blut, das dunkel war und wie Schlamm aussah. *Seltsam.*

„Verdammt", er wischte seine Hand an der Hose ab und winkte Rizor zu sich. „Gib mir die Fackel. Ich werde vorausgehen."

Zum ersten Mal konnte Gron sein Gesicht genauer betrachten. Azurit hatte große und funkelnde Augen. Ob sie braun oder blau waren, konnte er nicht erkennen. Sein breiter Kiefer war bartlos. Er hatte eingefallene Wangen und auf seinem Kopf lag ein filigraner, goldener Haarreif. Warum war ihm der nicht schon früher aufgefallen? In der Mitte seiner Stirn funkelte ein blassblauer Edelstein, der in seine Haut eingelassen, nahezu eingebrannt schien. Gron war sich nicht sicher, ob er wirklich das sah, was er sah, denn er traute seinen Augen nicht.

Er erinnerte sich an seine schmale Krone, die er in seiner Jugend am Kopf getragen hatte, als sein Vater noch König gewesen war. Als sie das falsche Gleichgewicht bei der vernichtenden Feier gepriesen hatten, hatte er das Zeichen seines gesellschaftlichen Ranges völlig vergessen. War dieser Mann etwa ein Prinz?

Azurit bemerkte sein Interesse und lächelte. Unnatürlich weiße Zähne blitzten, sein Zahnfleisch schien braun.

Dieser Mann konnte kein Prinz sein. Wäre er einer, würde er wohl kaum einen Söldner für den Zwergenkönig spielen. Welchem Volk gehörte er an? Gron glaubte, die meisten zu kennen und doch erkannte er Azurits Zugehörigkeit nicht. Obwohl er gut gekämpft hatte – wie ein Elf, waren seine Ohren rund wie die eines gewöhnlichen Mannes, und ein Elb konnte er nicht sein, sonst hätte er Gron sicherlich anders behandelt.

Azurit schien ihm zuzuzwinkern, was Gron über alle Maße irritierte, bevor er ihm den Rücken zukehrte und sich zu einer schmalen Treppe drehte, die in unbekannte Tiefen führte. „Mal sehen, was uns dort unten erwartet", sagte er viel zu fröhlich, bevor er den Weg antrat. Dabei musste er den Kopf einziehen, weil er sich ansonsten die Stirn gestoßen hätte.

Rizor folgte ihm.

Gron blickte zu Ahnikki, die energisch mit der Fackel deutete. „Ich gehe als Letzte. Da kann ich besser aufpassen, dass du nicht zurückfällst."

15. KAPITEL

Die Treppe war steil, die Stufen tückisch. Die Luft roch genauso schlecht wie im vorherigen Tunnel.

Gron nieste. Feiner Staub legte sich wie ein Film über seine Lungen, in seinem Hals kratzte es. Flach atmend stützte er sich seitlich am Gestein ab. Die Stufen forderten ihren Tribut. Er schwankte bei jedem Schritt, seine Knie zitterten. Die Zeit im Kerker hatte ihn aller Kraft beraubt.

„Gron, warte. Ich helfe dir."

Ahnikkis Stimme klang träge und er wollte sie fragen, ob alles in Ordnung sei, als er sie auch schon stolpern hörte. Sein Körper versteifte, auf den Aufprall gefasst. Er drehte sich um, wich der Fackel aus, die an ihm vorbeipolterte und bevor die Flamme erlosch, sah er ihre Silhouette aufleuchten. Sie hatte sich so gedreht, dass sie gegen die gegenüberliegende Mauer gesunken war.

„Verdammt!" Ein Stöhnen unterdrückend, zwang er sich zurück nach oben in die Dunkelheit hinein, den Blick auf die Stelle gerichtet, wo er sie zuletzt gesehen hatte. Er stieß sich die Zehen an, doch spürte es kaum, ehe er auch schon ihren Kopf fand, die Locken unter seinen Fingern spürte. Er ächzte, als er sie hochzog.

Berührung. Kontakt. Körper. *Nähe.* Es widerte ihn an. Doch vor allem schmerzte es, sodass er fast neben sie gesunken wäre. Gron biss die Zähne zusammen.

„Verdammt", flüsterte er, seine Gefühle ignorierend, während er ihren Kopf auf seine Schulter bettete. Er konnte kaum etwas erkennen, sie drohte ihm zu entgleiten, also zog er sie enger an sich, dichter an seinen Körper.

„Wach auf", presste er hervor und musste sich zurückhalten, um ihr nicht ins Gesicht zu husten, „wach auf. Komm schon, Ahnikki", flüsterte er ihren Namen und hörte, wie seine eigene Stimme brach.

Zischend entwich der Atem ihren Lippen. Gron betastete sie, hob ihre Arme hoch und legte sie auf ihren Bauch. Dann suchte er mit seinen misshandelten und pochenden Fingern den Lappen, den sie sich um den aufgeschlitzten Arm geschlungen hatte und unterdrückte mit stechendem Schmerz seine Müdigkeit. Der Lappen war blutdurchtränkt.

„Was ist dort oben los?", rief Azurit, der sich wohl wenig um mögliche Verfolger scherte, genauso wie Rizor, der an Grons Stelle laut erwiderte: „Sie ist ohnmächtig."

Azurit schwieg für einen Moment, dann meinte er bedauernd: „Ich kann sie nicht tragen, kann mich selbst kaum frei bewegen. Wir wollen ja nicht, dass ich mit ihrem Kopf an der Wand entlangrasple."

Gron verzichtete auf einen Kommentar. Er entschied, ihren Körper irgendwie auf den seinen zu laden, trotz seiner Schultern, die je nach Drehung fürchterlich schmerzten.

Was für eine dumme Idee.

Doch was blieb ihm auch anderes übrig?

Er ging in die Knie, schob sie hinter sich und verbiss sich ein Stöhnen, als er ihre Arme nach vorn zog. Beim nächsten Hustenanfall brach er fast zusammen, und nachdem er wieder atmen konnte, wappnete er sich gegen den Schmerz. Mit einem lauten Fluch auf den Lippen rückte er sie auf seinen Rücken hoch. Beim ersten Versuch misslang es und beim zweiten verlor er kurz das Bewusstsein.

Rizors Worte: „Das geht nicht gut aus", holten ihn zurück.

Dennoch gelang es ihm. Er wusste nicht wie, doch schließlich stand er in gebückter Haltung da, seine Hände lagen unter ihrem Hinterteil und er hielt sie fest, wankend, aber immerhin. Ihm war speiübel.

„Geh weiter", keuchte Gron.

„Siehst du überhaupt die Stufen?", entgegnete der Zwerg, ohne auf den Befehl zu achten.

„Ja, verdammt. Nun geh!" Und wieder schüttelte es ihn. Er musste sich samt Ahnikki gegen die Mauer lehnen, um das Gleichgewicht nicht zu verlieren.

Minuten verstrichen, ohne dass Gron hinfiel. Er tastete sich vorwärts, hoffend, nicht auszurutschen. Mehrmals hielt er an, um nach Atem zu ringen. Er versuchte sich abzulenken, dachte an etwas Schönes – an die üppigen Gärten in seiner Heimat, an die grünen Pflaumenbäume im Sommer, und irgendwie gelang es ihm dadurch, mit dem zusätzlichen Gewicht voranzukommen.

Ahnikki rührte sich nicht. Seine Sorge um sie wuchs.

Der verbrannte Geruch wurde schlimmer. Er glaubte sogar, im Licht von Azurits Fackel schwache Rauchschwaden zu erkennen, die über ihren Köpfen nach oben stiegen.

Sie hörten ein Dröhnen, das nur einen Atemzug lang andauerte.

Azurit blieb als Erster stehen. Er ging seitlich, wobei er sich an engen Stellen hindurchpressen musste.

Gron lehnte keuchend an der Wand. Genauso wie die anderen beiden lauschte er in die Dunkelheit hinein, doch es wiederholte sich nicht. Eiskalt überlief es ihn, er wünschte sich, sie wären endlich draußen.

„Wartet hier – ich gehe vor und sehe nach, was vor sich geht." Azurit nahm wohl an, dass sie ihm gehorchen würden. Doch da kannte er Gron zu wenig. *Den Scheiß werde ich tun.* Stufe für Stufe hinkte er nach unten, musste weitergehen, denn er fürchtete, selbst bald das Bewusstsein zu verlieren.

Rizor ging ebenfalls weiter, als ob er die Aussage seines Retters überhört hätte.

Die Lichtquelle wurde immer kleiner, Azurit murmelte etwas und dann war die Fackel verschwunden. Eine unheimliche Dunkelheit legte sich über sie.

„Wunderbar", hörte Gron Rizor mit trockener Stimme sagen und bildete sich ein, dass es unruhig klang. „Normalerweise habe ich nichts gegen Dunkelheit und Steine über meinem Kopf, aber im Kerker ist es doch etwas gänzlich anderes."

Ein weiteres Dröhnen ertönte. Dieses Mal hörte es sich näher und lauter an.

„Was, glaubst du, ist das?"

„Ich weiß es nicht", stöhnte Gron, der mit Ahnikki auf den Schultern ein anderes Problem zu bewältigen hatte. „Hoffentlich nur das Wetter." Dann schoss ihm, dass er womöglich nicht einmal Unrecht hatte. „Ein Donner?"

„Mach mir keine Hoffnungen. Ich glaube ohnehin kaum, dass wir die Sonne jemals wiedersehen."

Gron schwieg. Er konzentrierte sich, ob er Ahnikki atmen hören konnte. Ihr Kopf lag knapp neben seinem Ohr. Sie abzusetzen und nachzusehen kam nicht infrage. Er befürchtete, dass er dann nicht mehr hochkommen würde. Falls sie einen Weg hinausfanden, würde er im nächsten Gras zusammenbrechen und nie wieder aufstehen.

Gras, dachte er sehnsüchtig. *Grüne, weite Flächen, Teppiche aus Blumen und Kräutern.*

„Gehen wir weiter. Soll ich dir mit ihr helfen?"

„Und wie willst du das anstellen?"

Daraufhin sagte Rizor nichts mehr.

Vielleicht sollte ich nach Grashalm rufen?

Er tat es nicht, weil in seinen Kopf hineinzuschreien ihm sinnlos vorkam. War in ihm überhaupt noch Magie übrig? Ziemlich sicher, auch wenn er sie nicht spürte, denn wäre er nur ein gewöhnlicher Sterblicher, wäre er längst tot. Wie hieß es noch gleich? Der Einfluss der Magie auf den Körper? Was bedeutete, dass ein Körper, ehe er starb, alle magischen Reserven aufbrauchte, Magie war wie ein Muskel, der langsam abbaute, wenn man nichts zu sich nahm.

Dennoch, Fenriel hatte sie verbunden. Wenn dem so war, musste sie jeden Gedanken hören, sobald er auch nur dachte. Auch wenn es sich dabei nur um belanglose Dinge handelte, wie ein Echo mussten seine Worte in ihrem Geist erklingen.

Er blinzelte gegen die gelben Punkte vor seinen Augen an.

Schweiß lief ihm aus allen Poren.

„Gron?", Rizors Stimme klang dumpf, als spreche er hinter einem dicken Vorhang, „Gron? Was ist los?"

„Entschuldige, ich ...", begann er und leckte sich über die trockenen Lippen, die nach Blut schmeckten, „i-ich komme schon."

Die nächsten Schritte fühlten sich an wie eine halbe Ewigkeit.

Dann bemerkte er ein leichtes Flackern weiter unten und erkannte Azurit, der schnell näherkam. Als er den Ausdruck auf seinem Gesicht sah, flutete Hoffnung seinen Geist.

„Ich habe einen Spalt gefunden, der in eine Höhle führt. Dort gelangen wir hinaus."

Rizor stieß ein erleichtertes Seufzen aus.

Freiheit. Gron konnte es kaum glauben. Sie waren doch stetig nach unten gegangen, wo zum Henker brachte der Ausgang sie bloß hin?

„Noch etwas", fügte Azurit mit ernster Stimme hinzu, „zwei Männer verbrennen draußen Leichen. Deshalb der Gestank."

„Stellt das ein Problem dar?", wollte Rizor wissen.

Azurit verbeugte sich. „Natürlich nicht, mein Herr", spottete er, „für dein Leben gebe ich alles." Bevor er sich aufrichtete, wanderte sein Blick an dem Zwerg vorbei.

Gron sah zur Seite, da er keine Kraft dazu aufbrachte, ihm länger als nötig in die Augen zu blicken.

„Folgt mir", sagte Azurit überflüssigerweise.

Freiheit. Es klang wie ein Traum.

Aus dem unförmigen Spalt – einem Loch in der Wand, strömte ihnen unerträglicher Gestank entgegen. Er war breit genug, um die Höhle betreten zu können, nur um darauf an einer Holzwand anzustehen.

Gron schritt hindurch und erkannte, dass er seitlich an der Wand vorbeikonnte. Ein schwacher Lichtschein zog seinen Blick nach links, wo er an der Wand ein Feuer spiegeln sah.

Es war tiefste Nacht.

„Duck dich!", zischte Rizor, „Azurit kümmert sich zwar um die Männer, aber was, wenn noch mehr hier sind!?"

Gron gehorchte, ging in die Knie und verzog das Gesicht, als ihn Ahnikkis Gewicht nach unten drückte. Schwer atmend betrachtete er den staubigen Boden und hielt den Hustenreiz zurück. Die Welt vor seinen Augen verschwamm.

Verdammt. Seine Brust zog sich zusammen.

Er atmete durch die Nase ein, mit einer Hand stützte er sich ab und mit der verletzten hielt er Ahnikki auf seinem Rücken fest.

„Gron, komm schon", Rizors Stimme durchdrang das Pochen in seinen Ohren, „du kannst hier nicht verharren." Er zerrte ihn am Mantel, zog ihn vorwärts, zwang ihn, auf allen vieren zu kriechen. Ahnikkis Geweih kratzte über sein Ohr. „Sieh, dort hinten – Pferde!"

Mit der Ren am Rücken, er konnte sich nachher nicht mehr erinnern, wie er es überhaupt geschafft hatte, gelangte er in einen schmalen Durchgang zwischen Heu und einem Karren, wo er sich an Rizor in die Höhe zog und dabei unbeabsichtigt sein Hemd zerriss.

Vier Pferde hatte man im hinteren Teil der Höhle angebunden. Drei von ihnen wirkten nervös.

Der Zwerg schüttelte ihn, sodass ihm Ahnikki fast vom Rücken fiel.

„Bei den Göttern, Gron! Hörst du mir überhaupt zu? Hast du deine Aufgabe vergessen? Mach nicht schlapp, hörst du! Du warst mein Anführer, bei Aras behaartem Ziegenarsch, also reiß dich zusammen!" Der faule Atem des Zwergs traf ihn mitten im Gesicht und es roch besser als der Haufen, der dort draußen brannte.

„Du siehst furchtbar aus", bemerkte er nur, seine Stimmbänder gehorchten ihm nicht und ließen seine Worte einem Wispern gleich erklingen.

„Und du siehst aus wie eine Schönheitskönigin. Beweg dich, raus in den Regen! Du brauchst einen klaren Kopf!"

Gron schwankte zur Seite und drehte sich um.

Er ignorierte den Scheiterhaufen und konzentrierte sich stattdessen auf den Mann, der nur in Hemd und Hose zwei Männer bekämpfte und dabei wie ein Tänzer hin und her sprang. Für Azurit war es eine Leichtigkeit, die beiden Henker zu töten. Er schwang sein Schwert mit solch einer Grazie, dass Gron zweifelte, ob es überhaupt aus Metall geschmiedet war.

„Es regnet nicht."

„Aber bald. Sieh. Der Himmel leuchtet."

Gron konnte nicht viel erkennen. Er sah nur eine schäbige Lichtung umgeben von hohem Gestein, welches sich schwarz wie Vulkanglas in die Lüfte erhob. Wo es endete, sah er nicht. Die Wände waren glatt und poliert, als ob Wind und Wetter sie im Laufe der Zeit in Form geschliffen hätten. Vielleicht war nachgeholfen worden, damit keine Gefangenen fliehen konnten. Nur zu gut konnte er sich Frauen und Männer vorstellen, die ihre Hände weinend in die Höhe streckten, während sie immer wieder am Stein abrutschten.

„Das reinste Gruselkabinett." Rizor spuckte auf den Boden.

Gron verschloss die Augen vor den Dingen, die sich noch auf der Lichtung befanden. In Weiß waren Hinrichtungsmethoden äußerst kreativ. Er wollte es nicht sehen. Leider beleuchtete das Feuer die Lichtung zur Genüge.

Ahnikki rührte sich. „Gron?", hörte er sie flüstern.

„Ja?"

„Das ist gut", murmelte sie, ehe sie ihren Kopf an seinem rieb und nichts mehr sagte.

Er begann zu zittern und verfluchte diesen Ort.

Azurit, der inzwischen beide getötet hatte, warf die Körper auf den Scheiterhaufen, als handele es sich um bloße Strohsäcke. Dann eilte er zu ihnen zurück. „Wir nehmen ihre Pferde", erklärte er in einem Tonfall, der keine Widerrede zuließ. Gron betrachtete sein Gesicht und ihm fiel ein Tropfen Blut auf seiner Wange auf.

„Kannst du reiten?", fragte Azurit Rizor, dieser nickte und anschließend galt sein Blick Gron, der seine Augen nicht vom Blut nehmen konnte. „Kannst du reiten?", wiederholte er geduldig, bevor er sich mit seiner Handfläche übers Gesicht wischte.

Gron blinzelte, dann nickte er.

„Wir nehmen alle Tiere mit", entschied Azurit, ehe er am Karren vorbeiging und nach dem Zaumzeug zu suchen begann. „Der Rauch macht sie nervös", erklärte er unnötigerweise, als ein Tier nach ihm schnappte und er mit einem Ächzen auswich.

Ich glaube eher, wir machen sie nervös.

„Mir musst du die Schlaufen höher ziehen, sonst falle ich runter", Rizor war ihm gefolgt. „Ich hasse Pferde", brummte er noch.

Gron spürte, dass hinter dem Ärger des Zwergs Schmerz verborgen war. Und plötzlich wusste er es. Ciro musste tot sein. Dann kam ihm jäh in den Sinn, dass Grashalm vielleicht das gleiche Schicksal ereilt hatte.

Ein überraschend lauter Donner zerriss das Knistern des Feuers und ließ alle zusammenzucken. Daraufhin eröffnete der Himmel seine Pforten und es begann in Strömen zu regnen.

Wo war der Ausgang? Gron kniff die Augen zusammen. Es war zu dunkel, um irgendetwas erkennen zu können, doch im Schein ...

Dort. Ein Tor.

Er hatte es gefunden, auch wenn es unscheinbar aussah und mit der Umgebung zu einer Einheit verschmolz. Falls es weitere Türen gab, so sah er sie nicht.

„Gib mir die Frau. Ich nehme sie." Azurit wartete seine Zustimmung nicht ab und Gron stöhnte auf, als ihm das Gewicht abgenommen wurde. Plötzlich drohten die Knie unter ihm nachzugeben, als hätte ihm Ahnikkis Leib einen sicheren Stand verliehen.

Der Söldner packte nach seinem Arm, Gron blickte zu ihm hoch und für einen Moment verstanden sie sich ohne Worte. Einen Augenblick später ließ er ihn los und drückte ihm die Zügel in die Hand. „Hier, nimm sie. Das ist die Ruhige. Mit ihr dürftest du keine Schwierigkeiten haben."

Gron nickte knapp und sah in die dunklen Augen der braunen Stute hinein, die ihn freundlich beäugten. Fast hätte er Azurit gedankt, hätte der sich nicht bereits umgedreht.

„Ruhig", hörte Gron ihn sagen, als er einen aggressiven Hengst ansprach. Das Tier wieherte und trat aus.

„Ich breche mir eh lieber den Hals, als mich aufknüpfen zu lassen", sagte Rizor im Hintergrund, „weißt du was, du brauchst ihn nicht zu satteln – dann wird's wenigstens spannender."

„Nicht – hilfreich", keuchte Azurit, der doch tatsächlich den Kopf des Hengstes umklammerte, und ihn mit eiserner Kraft dazu zwang, die Trense ins Maul zu nehmen.

„Wie soll ich dich sonst unterstützen? Ihm vielleicht ein Möhrchen zur Beruhigung hinhalten?"

Der Hengst hatte keine Chance gegen Azurits Kraft. Der Mann hielt ihn fest umklammert und wartete eisern, bis er aufgehört hatte, auszutreten. Er verzog nicht einmal das Gesicht, als er mit dem Vorderbein am Unterschenkel erwischt wurde.

Grons Blick fiel auf Ahnikkis kauernde Gestalt. Azurit hatte sie auf den Boden gesetzt und ihren Rücken gegen ein Karrenrad gelehnt. Am liebsten hätte er nachgesehen, wie es ihrer Wunde ging oder wenn er Verbände gehabt hätte, den Lappen ausgewechselt, den sie sich um den Arm geschlungen hatte. Er sah, dass sich ihr Brustkorb hob und senkte.

„Soll ich dich in den Sattel setzen?"

„Wage es ja nicht, obwohl, hm."

Verunsichert stieß die Stute mit ihren Nüstern gegen Grons Schulter. Ihr Kopf schwenkte einmal an seinem Kopf vorbei und ihr Schnauben fuhr ihm durch das Haar. „Ruhig", murmelte er, wandte den Blick von Ahnikki ab und führte sie zum Ausgang der Höhle, wo er stehenblieb.

Obwohl er hinsah, sah er nicht hin. Die Realität wich einer ungewohnten Dumpfheit, als beobachte er von weit her das Geschehen. Die Flammen lechzten empor, trotzten dem Regen und züngelten über mehrere spitze Pfähle hinweg, die zwischen den Toten in den Himmel ragten. Es zischte und dampfte, doch das Feuer brannte weiter.

Unbewusst rückte er näher an die Stute heran, spürte die Wärme ihres Körpers. Er dachte an den Tag, wo Esined als Rea die Treppe herabgestiegen und den Besuchern entgegengetreten war. Da hatte es ebenfalls geregnet.

Gron wollte die Hand zur Faust ballen und zuckte zusammen, als ihm ein stechender Schmerz durch den Arm fuhr. Er wagte nicht hinzusehen, zwang sich kontrolliert zu atmen. Wenn er doch nicht so entsetzlich müde wäre ...

„Steig auf. Wir müssen los", übernahm Azurit das Kommando. Er hatte das größte und unruhigste Pferd ausgewählt und führte es nun an Gron vorbei. Mit einer Hand hielt er Ahnikki im Arm, ihr Kopf ruhte auf seiner Brust und sie wirkte, im Gegensatz zu seiner breiten Statur, wie ein kleines Kind. Eine Leichtigkeit für den Söldner, schien es.

Rizor, dicht hinter Azurit, saß bereits im Sattel. Sein Gesicht war genauso dunkel wie der Himmel. Dort, wo sein Hemd gerissen war, blitzte seine nackte Schulter.

„Ich bräuchte einen beschissenen Damensattel", knurrte er, als er Grons Blick einfing. Seine nackten Beine steckten in hoch festgemachten Steigbügeln, die Unterschenkel blau verfärbt. *Blutergüsse.* Sein Pferd, ein wildes junges Tier, schnaubte Gron an, als hielte es ihn für eine Bedrohung. Direkt hinter Rizor trottete das vierte Pferd her – an seinem Sattel festgebunden.

„Ich hasse diesen Gaul jetzt schon", zischte Rizor und dann befand er sich plötzlich im Regen. „Verdammt, ist das kalt!"

Gron, der den riesigen und warmen Mantel ihres Retters trug, hüllte sich in seine schützende Wärme. Er betrachtete den Sattel vor sich und zerbrach sich den Kopf, wie er am besten aufsteigen sollte, ohne sich unnötige Schmerzen zuzufügen. Er rieb seine Fußsohlen, die Steinchen ab, die sich in sein Fleisch gedrückt hatten und ignorierte den Dreck, der zwischen seinen Zehen klebte. Dann legte er die Zügel auf den Vorderzwiesel und umfasste ihn, während seine verletzte Hand den Hinterzwiesel packte. Den Schmerz zu ignorieren kostete ihn die meiste Energie. Seine Muskeln streikten, seine Schultern schrien, und doch gelang es ihm, seine Zehen in einen der Bügel zu schieben.

Keuchend verharrte er auf einem Bein, während er das Gefühl hatte, gleich das Bewusstsein zu verlieren. Im ersten Moment fragte er sich noch, wie er es schaffen sollte, sich vom Boden abzustoßen, als er im nächsten einen Ruck spürte und hochgehoben wurde.

„Gern geschehen", brummte Azurit, als er prüfte, ob Grons Bein im richtigen Winkel anlag.

„Danke", entgegnete er, seltsam beschämt.

Im Sattel zu sitzen fühlte sich ungewohnt an. Das Leder unter ihm war hart und ungebraucht, die Bügel saßen, obwohl sie angezogen waren, ziemlich locker. Der Rücken der Stute war schmal, aber er erinnerte sich, dass Grashalm um einiges kleiner und schmäler gewesen war.

Sein Herz blutete.

„Du reitest mir hinterher. Verstanden?", befahl Azurit, seine Augen durchbohrten ihn. Er war bereits vom Regen nass und eine Strähne klebte auf seiner Wange. „Wenn du Hilfe brauchst, schreist du. Und wenn nicht, Rizor wird sehen, ob du dich im Sattel halten kannst."

Gron erwiderte den durchdringenden Blick, nickte und als Azurit ebenfalls nickte, spiegelte sich das Feuer im Edelstein auf seiner Stirn wider.

„Gut." Er klopfte der Stute auf die Flanke, lief davon und warf sich in den Sattel. Dann legte er einen Arm um Ahnikki, die er zuvor bereits hochgehoben hatte und zog sie an sich.

Mit seiner gesunden Hand ergriff Gron die Zügel, wickelte sie um sein Handgelenk und trieb die Stute ebenfalls in den Regen hinaus. Sie gehorchte ihm, obwohl er seine Fersen kaum in ihre Seiten drückte. Der Regen war tatsächlich eiskalt. Dicke Tropfen perlten vom Mantel ab, liefen über sein Gesicht und über seinen Hals in den Kragen hinein. Gänsehaut rieselte seinen Rücken hinunter.

Rizor, der bereits bis auf die Haut durchnässt war, grinste ihn an. „Erfrischend, was?"

Gron genoss es, denn es war eine Kostprobe der Freiheit, die sie hinter dem Tor erwartete.

Sie ritten am lichterloh brennenden Haufen vorbei zur anderen Seite. Azurit stieg wieder ab, nahm sein Schwert zur Hand und schlug mehrmals auf das eiserne Schloss ein, bis es brach. Eine kräftige Windböe fegte beide Torhälften zur Seite und offenbarte ihnen einen steilen Weg, der zwischen hohen Felsmauern ins Ungewisse führte. Azurits Hengst stieg, Ahnikki rutschte, doch der Söldner hatte ihn schnell beruhigt.

Gron drehte sich im Sattel, blickte blinzelnd die Steinwand empor, immer weiter, bis der Stein von der nächtlichen Dunkelheit verschluckt wurde. Eine Sekunde später erhellte ein Blitz den Himmel und sein Licht offenbarte ihm ganz weit oben das Ende einer Klippe in den Wolken. Die kreisförmige Öffnung erinnerte ihn an ein Auge, in dem sich der wütende Himmel widerspiegelte. Er schauderte, der Anblick furchteinflößend.

„Obacht!"

Gron zuckte zusammen und bereute es sogleich, als sich seine verspannten Muskeln zu Wort meldeten. Azurit trieb sein Pferd an und ritt hinaus. Die Stute folgte ihm, Gron brauchte sie nicht anzutreiben.

Er erinnerte sich an eine Zeichnung im Schloss. In Gastgemächern hatte sie an der Wand gehangen. *Gottesfelsen.* Der Künstler hatte die Sonne mit weichen Tönen im Auge des Felsens gezeichnet und besonders ihren Schein hervorgehoben. Gron hatte ihn bereits auf mehreren Landkarten gesehen, doch niemals wäre ihm in den Sinn gekommen, dass sich in seinem Inneren ein Kerker verbarg.

Wenn dies tatsächlich der *Gottesfelsen* war – definitiv der falsche Name dafür, befanden sie sich höchstwahrscheinlich nördlich der Stadt und in der Nähe des Ozeans. Hier konnte man Leichen verbrennen und niemand würde es bemerken. Das steinige Gelände war karg und es gab kaum fruchtbare Erde, sodass sich nur Einsiedler in diese Region wagten. Oder täuschte er sich? Jedenfalls würden sie Ahnikkis Pferd nicht wiedersehen, da das Haus irgendwo weit über ihnen sein musste.

Unbarmherzig trieb Azurit die Gruppe voran, jagte den steinigen Weg hinauf und trotzte dem Regen, der ihnen entgegenpeitschte.

Der Wind pfiff um seine Ohren, drängte sich zwischen die Falten des Mantels. So gut es ging, hielt Gron ihn mit dem kleinen Finger zusammen und duckte sich, bis er mit seiner Nase die Mähne der Stute berührte. Der Regen prasselte auf seinen Kopf nieder, suchte sich seinen Weg und lief eiskalt seinen Rücken hinab. Er ließ die Stute laufen, verlor Azurits Statur bald aus den Augen. Da links und rechts weiterhin Gestein in die Höhe wuchs, konnte es nur einen Weg geben.

Der Ritt war fürchterlich. Augenblicke später konnte er seine Beine nicht mehr spüren, eisige Nässe machte sein Fleisch taub. Er wurde durchgeschüttelt und als die Stute über Steine stolperte, hustete er, in seinem Inneren froh, Ahnikki nicht bei sich zu haben, da er sie längst verloren hätte.

Irgendwo hinter ihnen schlug ein Blitz ein. Gron sah sich um und konnte nur Rizor erkennen, der in seinem hellen Hemd nicht zu übersehen war.

Der Anstieg wurde flacher, und auf einmal befanden sie sich mitten in einem Wald voller dicht stehender Bäume. Ihr Tempo wurde langsamer. Gron richtete sich auf und stöhnte, als er seine verkrampfte Haltung löste. Er sah, wie Azurit den Hengst anhielt, wie dieser sich unruhig mehrmals im Kreis drehte. Vermutlich prüfte er, ob sie sich noch in ihren Sätteln hielten. Einen

Augenblick später hetzte er das Tier bereits die schlammige Straße entlang. Da die Stute von selbst in schnellen Galopp verfiel, brauchte Gron nichts anderes zu tun, als sich im Sattel zu halten. Bald schon hörte er ihren Atem zischen, spürte ihre Flanken beben und ihren Körper zittern. Bäume und Sträucher glitten an ihnen vorbei, in ihrer Nähe entwurzelte ein Baum, sodass Erde spritzte. Die Stute erschrak, beschleunigte, schloss dicht zu Azurit auf und überholte ihn rechts. Schlagartig war Gron sich seiner eigenen Dummheit bewusst, sich den Zügelriemen um das Gelenk geschlungen zu haben. Sollte er fallen, so würde sie ihn bis in den Tod hinein hinter sich her schleifen.

Azurit schrie ihm ein paar Wortfetzen hinterher. Durch den scharfen Wind war es unmöglich, den gesamten Satz zu verstehen, aber scheinbar fand der Wald bald sein Ende, er solle sich nach links wenden und eine Brücke zum Überqueren suchen. Und tatsächlich schossen sie einen Augenblick später völlig unerwartet aus dem Unterholz hervor. Ehe er darüber nachdenken konnte, ließ er fluchend vom Mantel ab, benutzte beide Hände und schaffte es, die Stute mit einem Brüller herumzureißen, sodass sie entlang des Waldes einen rutschigen Hügel empor galoppierten. Er hatte keine Zeit, gegen das ekelhafte Gefühl von sich verschiebenden Knochen anzukämpfen, gegen den Schmerz, der sein Herz rasen ließ, denn als sie sich am Hügel befanden, war er sich sicher, dass das Ende gekommen war.

Mehrere hundert Meter verlief der Hügel mit schwacher Neigung nach unten. Lichter tanzten in den Wolken, abertausende Blitze, die ganz weit oben ihre Bahnen zogen und die Erde darunter in ein gespenstisch flackerndes Leuchten hüllten. Unten gab es eine steinige Brücke, erbaut über einem breiten Fluss, der nun einer einzigen, reißenden Flut glich. Doch es war nicht die Kraft, mit welcher der Fluss zwischen den zwei Pfeilern floss, die ihm Angst einjagte, viel mehr war es die Flussrichtung, die unnatürlich erschien. Links war das Wasser bereits über das Ufer getreten, türmte sich zu Wellen auf, während eine andere, viel größere Welle von der anderen Seite heranrollte. Sie war gigantisch, blubberte, spritzte und wälzte alles nieder.

Was zum Suneki war das? Woher kam all das Wasser? Kam es vom Meer? Gron wusste auch so, dass wenn die Brücke zwischen die Fronten geriet, sie zweifellos mitgerissen werden würde. Trotz des Regens konnte er das schäumende Wasser bis den Hügel hinauf hören.

„Was ist das?!", krächzte er, so laut es ihm möglich war.

Azurit steuerte neben ihn, Ahnikki hing in seinem Arm wie eine Stoffpuppe. Seine Augen wurden groß wie Teller, als er das Phänomen erblickte.

„Schnell!", schrie er, „wir müssen auf die andere Seite, bevor das Wasser die Brücke erreicht!"

War der Weltuntergang nun gekommen?

Azurit stürzte in einem halsbrecherischen Tempo den Hügel hinunter und achtete nicht auf das feuchte Terrain, bei welchem er sich leicht den Hals brechen konnte.

Gron spürte, wie seine eigene Verzweiflung wuchs. Sie würden es nicht rechtzeitig schaffen. *Sie konnten es nicht schaffen.* Und trotzdem schrie er der Stute heisere Befehle zu, trieb sie hinunter und spürte, je näher die aufgetürmte Welle kam, die Panik in seinem Inneren anwachsen.

Als er einen warnenden Schrei hörte, drehte er sich nicht um. Er sah nicht nach links, nicht nach rechts, es genügte, dass er im Augenwinkel den herannahenden Tod erblickte. Zu seinem Glück war die Stute ein gehorsames Tier. Dennoch schien sie zu spüren, wie nah ihr Ende war und wurde schneller. Dann verschwand der Untergrund, der Pferderücken unter ihm sank. Gron folgte mit seinem Körper, sah sich bereits mit gebrochenem Hals im Gras liegen. Doch sie fielen nicht. Wie geübt rutschte die Stute auf allen vieren hinunter, hielt sich tapfer aufrecht und galoppierte weiter, sobald sich ihre Hufe wieder in feste Erde gruben und sie Halt fand.

Auf einmal befanden sie sich auf der Brücke, flogen über die Pflastersteine hinweg und gelangten ohne Schwierigkeiten auf die andere Seite. Dort mussten sie sich durchs Wasser den Hügel hinaufkämpfen, während über ihnen der Himmel wütete und der Regen, gepaart mit dem Wind, eiskalt in jeden Knochen ihrer ausgekühlten Körper fuhr.

Weiter oben erst schaffte er es, der Stute an Tempo zu nehmen, sie zu zwingen, einmal herumzuschwenken. Er hatte es nicht gehört, aber das Beben gespürt, als das Gestein vom Ufer gerissen und in die Fluten gestürzt war. Die Welle kämpfte sich weiter vorwärts, nahm Schutt, Geröll, Bäume und alles mit, was sich ihr in den Weg stellte. *Wie eine verdammte Lawine.*

Falls das Gleichgewicht gestorben war, würde nun das Ende über sie alle kommen. Seltsam, er empfand kein bisschen Mitleid mit sich selbst, geschweige denn mit den anderen, die ihn begleiteten. Er schämte sich, fast fühlte er so etwas wie Erleichterung. War es falsch von ihm, nun an sich selbst und nicht an seine Frau und seine Söhne zu denken?

„Was machst du da! Reite weiter!"

Wem auch immer der warnende Schrei zuvor gegolten hatte, Rizor war nicht gefallen. Bleich wie Kreide saß er im Sattel. Mit nassem, platt gedrücktem Haar und dem Leinenhemd sah er aus wie ein ausgemergeltes, fleischgewordenes Gespenst. Man musste nicht zweimal hinsehen, um zu bemerken, wie sehr es ihn vor Kälte schüttelte. Gern hätte Gron ihm seine Kleidung angeboten, doch der Mantel war bis auf die Hose das einzige Kleidungsstück, welches ihn bedeckte. Rizor war zäh wie altes Leder und würde sich durch ein Unwetter nicht töten lassen, egal wie stark dieses auch sein mochte.

Das vierte Pferd fehlte.

Gron drehte die Stute herum. Es brauchte mehrere Versuche, bis sie wieder in Trab und anschließend in schnellen Galopp verfiel. Sein Rücken war steif wie ein Brett, doch am schlimmsten war der Schmerz in seinen Schultern, der sich entlang der Wirbelsäule bis zum Becken hinzog und sein Gleichgewicht gefährlich ins Wanken brachte.

Unweit von ihnen entfernt begann der nächste Wald. Es handelte sich um riesige und schlanke Fichtenbäume, die sich im Wind stark in alle Seiten bogen und sich dadurch gegenseitig stützten. Davor lagen mehrere Wipfel im Gras und er begann sich zu fragen, ob es eine gute Idee war, bei diesem Wetter hineinzureiten. Genügte nicht, dass ihnen der Tod durch den Blitz drohte?

Doch Gron ignorierte seine Ängste und konzentrierte sich stattdessen auf seine schnelle, rasselnde Atmung, die ihm starken Schwindel bescherte.

Azurit wartete am Waldrand. Als sie ihn erreichten, waren seine Worte kaum zu verstehen. „Wir müssten bald eine Schenke erreichen! Dort suchen wir Unterschlupf!" Im Hintergrund krachte und quietschte Holz.

Am Ende wusste Gron nicht mehr, wie es ihm gelungen war, sich die ganze Zeit über im Sattel zu halten. Er erinnerte sich nicht an die dunklen Bäume, nicht an das wackelige Holz um sie herum, nicht an die Finsternis, die nur durch helle Lichter am Himmel durchbrochen wurde. Er sah nur mehr den Stall vor sich, der nach Heu und Mist, nach Unruhe und Angst roch. Schüttelfrost überkam ihn, und schließlich sank er in einen Haufen frischen Strohs und verlor das Bewusstsein.

16. KAPITEL

Raena stürzte in die Küche hinein. Als würde eine Blase platzen, verschwand die Stille in ihrem Kopf und mit einem Rauschen kehrten die Geräusche zurück. Sie rang nach Atem. Es war so laut, dass sie einen Moment brauchte, bis sie sich daran gewöhnte.

Isidier hockte neben einem offenen Ofentürchen und war dabei nachzulegen, während die Köchin zwei Fische im Mehl wälzte und in rohes Ei hineinwarf. Der Blick aus ihren zusammengekniffenen Augen verriet Argwohn. Raena schätzte, dass es die Köchin vermutlich nicht mochte, von Fremden bei der Arbeit gestört zu werden.

Isidier wandte sich um, auf seinem Gesicht erschien ein warmes Lächeln.

„Das Essen dauert noch", brummte Melinda und Brotkrümel flogen zur Seite, als sie die Fische in eine weitere Schale warf, „das Feuer wollte nicht ordentlich brennen." Durch die schwache Beleuchtung im Raum wirkte ihr Gesicht faltig und zerfurcht. Sie ähnelte einer Hexe, jenen alten Frauen, die in Legenden in tiefen, mystischen Wäldern ihre Tränke und Gifte in einem Topf brauten.

Raena hatte keine Zeit für eine Antwort. Sie zwängte sich an der Alten vorbei und eilte auf die Tür zu. Genau in diesem Moment ertönte ein ohrenbetäubender Donner über dem Haus. Gleichzeitig nahm der Regen zu. Hätte sie jene wahnsinnige Überheblichkeit nicht gespürt, wäre ihr vermutlich das Mark in den Knochen gefroren.

Der Drang zur Flucht war übermächtig.

Sie konnte nicht dagegen ankämpfen und wäre auch hinausgegangen, wenn die Welt lichterloh in Flammen gestanden hätte. Genauso gut hätte Torren ihr sagen können, dass sie nun Bäume ausreißen konnte, denn er hatte ihr den Glauben gegeben, dass ihre Flucht tatsächlich gelingen konnte.

Ihr war nicht kalt, als sie die Tür aufriss und in den Hof lief. Regen machte sie halb blind und binnen weniger Sekunden war sie bis auf die Haut durchnässt. Die Tür wurde vom Wind zugeschlagen und der wütende Ausruf der Köchin erstickte.

Wohin sollte sie fliehen?

Sie rannte zu dem Tor, das ihr am nächsten war, kämpfte dabei gegen den Wind an, versank in aufgeweichter Erde und bald schon klebte der Rock an ihren Oberschenkeln fest. Der Himmel hatte sich in eine beängstigende

Finsternis verwandelt. Dicke und regenschwere Wolken hingen herab, zogen dahin wie ein wilder Fluss, eine einzige, wütende Wetterfront, die ihre Spannung nun auf das Land entlud.

Raena rüttelte an der goldenen Klinke, warf sich mit der Schulter gegen das nasse Holz. Noch fühlte sie sich übermächtig, noch verfiel sie nicht in Hoffnungslosigkeit.

Irgendwo muss doch ...!

Über ihr entluden sich mehrere Blitze auf einmal. Sie hatte keine Angst – tief in ihrem Inneren wusste sie, dass ihr das Wetter nichts anhaben konnte.

Als sie einen unhandlichen Schlüssel an einem Haken direkt auf Augenhöhe entdeckte, durchzuckte sie Freude. Mit nassen Fingern griff sie danach, schob ihn ins Schlüsselloch hinein und drehte ihn bis zum Anschlag. Dann drückte sie die Klinke hinunter, doch das Tor rührte sich nicht.

War der Wind etwa zu stark?

Heulend suchte er sich einen Weg durch die Ritzen in den Hof hinein. Sie wollte den Schlüssel abziehen, doch er schien zu klemmen. *Ich lasse mich nicht einschüchtern!* Sie warf sich dagegen. Es genügte nicht.

Hinter ihr rief jemand.

Raena biss die Zähne zusammen und nahm Anlauf. Sie würde nicht aufgeben, sie würde sich nicht von einem Tor aufhalten lassen, es würde weichen! Ihre Entschlossenheit wuchs und als ihre Schulter das Holz berührte, erwartete sie Schmerz, doch stattdessen hörte sie ein Bersten. Holz riss, splitterte und flog ihr um die Ohren. Der Wind presste ihr die Luft aus den Lungen.

Plötzlich stand sie auf der anderen Seite.

Energie schoss durch ihre Adern.

Wie es ihr gelungen war, war ihr schleierhaft. Sie hatte es geschafft. Sie war dem Hof entkommen! Fast hätte sie gelacht.

Einem Impuls folgend, blickte sie über ihre Schulter zurück. Sie war nicht im Mindesten überrascht, als sie Isidier erblickte, der mit einer Jacke über dem Kopf über den Hof auf sie zugeilt kam. Unter dem Stoff konnte sie erkennen, wie verzerrt sein Gesicht war.

Er fixierte sie unentwegt.

Mit Sicherheit würde er sie in die Küche zurückschleifen. In ihrem Kopf erschien Jans Gesicht, seine Hände legten sich um ihren Hals und drückten zu. Wenn er sie nicht auf der Stelle umbrachte, dann würde es die Herrin tun.

Und Torren? Was geschieht mit ihm?

Raena spürte einen leichten Anflug von Panik. Sie konnte sich nicht gleichzeitig um sich selbst und den Prinzen sorgen. Er hatte ihr geholfen, jetzt musste sie überleben und es bis zum Hafen schaffen, wo der menschliche Drache im Schiff eingesperrt war. Wenn sie doch nur nach ihm rufen könnte, ihm sagen könnte, dass sie auf dem Weg zu ihm war. Er hatte ihr nicht einmal seinen Namen verraten.

An die Männer, die auf dem Schiff ihre Arbeit verrichteten und die sich ihr in den Weg stellen würden, verlor sie keinen Gedanken. Genauso wie das Tor unter ihrer Kraft zerbrochen war, würden auch sie vor ihr weichen.

„Komm zurück! Lass den Unsinn!", rief Isidier, der wenige Meter hinter ihr stehen blieb, „du wirst noch vom Blitz erschlagen!"

Raena hasste sich für ihr Zögern. Sie hätte längst fliehen sollen. Doch dann, sie wusste nicht warum, lächelte sie.

Verdutzt sah er sie an, seine Augen geweitet. „Komm ins Haus zurück! Zwing mich nicht nach Kapitän Jans Männern zu rufen!" Grob zerrte er die Jacke von seinem Kopf.

Ihr Lächeln verflog. Sie sah ihn ein letztes Mal an, ehe sie sich umwandte und loslief.

Die Parkanlage war nach wie vor hell erleuchtet. Die Steinsäulen trotzten dem rauen Wetter und nur ihre Lichtquelle, die sich in einer durchsichtigen, hängenden Kugel weit über dem Boden befand, schwankte hin und her. Als sie an solch einer Säule vorbeilief, glaubte sie im Augenwinkel etwas gesehen zu haben, was nicht möglich war – ein glühendes Gesichtchen mit großen, verschreckten Augen. Sie tat es als Hirngespinst ab.

Bis zum Grundstückstor war es nicht weit.

Ihre Beine wurden schneller und obwohl der Untergrund nass war und die Kieselsteine unter ihr wegrutschten, fiel sie nicht hin. Der Wind trieb sie voran, drückte gegen ihren Rücken und blies ihr zwar die nassen Haare ums Gesicht, aber half ihr zu schweben, während Isidier kämpfte, als wäre er in einem Strudel gefangen.

Es ergab keinen Sinn und doch geschah es.

Raena riss die Hand hoch, hielt sich vor die Augen, denn der Regen wurde von Sekunde zu Sekunde stärker. Ein Schatten kam auf sie zugeflogen. Gerade noch rechtzeitig wich sie einem riesigen Ast aus, der schlimme Prellungen verursacht hätte, hätte er sie getroffen. Der Schock fuhr ihr durch die Knochen und als sie sich umdrehte, sah sie, wie Isidier zur Seite sprang und das Holz hinter ihm in mehrere Teile brach. Er verlor das Gleichgewicht und stürzte. Aufgeregt schoss ihr durch den Kopf, dass das Holz eigentlich aus einer anderen Richtung hätte fliegen müssen.

Das war nicht normal. Das war *magisch*.

Raena überlegte nicht länger. Natürlich konnte all dies nur Zufall sein, reines Wunschdenken, welches aufgrund ihres Gefühls der Überlegenheit die Realität anzweifelte. Zu glauben, dass der Wind auf ihrer Seite stand, kam ihr töricht und eingebildet vor. Vielleicht war es Torren, der ihr half. Der Klang seines Namens in ihrem Kopf rief Dinge hervor, die sie gar nicht fühlen wollte. Faszination, Schrecken und vielleicht auch ein wenig Bewunderung, wenn nicht sogar heimliche Schwärmerei, was sie zutiefst schockierte. Sie verstand sich selbst nicht, da er ihr grausame Bilder voller Gräueltaten gezeigt und dabei auch noch sadistischen Spaß verspürt hatte. Außerdem verlor sie nur kostbare Zeit, wenn sie herumstand und Isidier dabei zusah, wie er angestrengt aufzustehen versuchte.

Konzentrier dich!

Raena lief weiter, und als sie endlich beim Grundstückstor ankam, ihre Hände eiskalte Gitterstäbe umfassten, verzweifelte sie noch immer nicht. In der Mitte war eine Kette mit einem riesigen Schloss. Es hatte drei Öffnungen. Obwohl es nichts brachte, rüttelte sie daran, blickte hektisch die Stäbe hoch und runter. Außer, dass die Angeln quietschten und das Gitter sich bewegte, passierte nichts. Mit fest zusammengepressten Lippen zwängte sie sich zwischen die Stäbe. Mittlerweile dünn genug, schaffte sie es mühelos bis zum Rumpf und ihrem Kopf, doch dann blieb sie stecken.

Kalt rutschte das Metall über ihre Haut, kratzte über ihre Schulter. Völlig gleich wie stark sie dagegen drückte, es gab nicht nach. Da half auch jene Überlegenheit nicht weiter, die Torren ihr so großzügig überlassen hatte.

Raena stöhnte frustriert.

Sehnsüchtig blickte sie die Straße hinunter, malte sich in Gedanken aus, wie leicht es doch wäre, durch Dinge hindurchzugehen, wie ein Geist hindurchzuschweben. Sie wusste, dass das nicht passieren würde, und trat zurück. Dank der dichten Laubbäume entlang des Weges konnte man die Stadt zu den Füßen des Hügels nicht erkennen.

Eine Böe fegte sie fast von den Füßen.

„He!", schrie jemand.

Hastig drehte sie sich um. Ihre Frisur löste sich.

Isidier rannte ihr noch immer hinterher, sofern man sein langsames Vorankommen in gebückter Haltung überhaupt als solches bezeichnen konnte.

Sein Kopf war gesenkt. Hatte er geschrien?

„He! Weg da!", brüllte die gleiche Stimme erneut, diesmal lauter. Raena sah am Tor vorbei und erkannte erschrocken, dass sich daneben ein Turm aus Holz und Steinen befand.

Warum ist mir das nicht schon früher aufgefallen?!

Mehrere Meter über dem Boden hatte ein Mann mit dunklen Haaren und mürrischem Gesicht ein kleines Fenster geöffnet, aus welchem er sie nun anblaffte. Hinter ihm flackerte Feuer und der Schein erhellte einen Teil seines vernarbten Gesichts.

Raena musste an Lanthan denken.

Als hätte sie ein starkes Gefühl in sich begraben, weggesperrt und nun mit einem Schlüssel geöffnet, strömte es mit einer überwältigenden Intensität hervor. Ihr Herz tat einen Satz, schlug mehrmals fest gegen ihre Rippen, sodass ihr davon schlecht wurde. Gleichzeitig entflammte eine solch unbändige Nervosität in ihren Adern, dass sie stark zu zittern begann. Das Gefühl der Überlegenheit schwand.

„Bleib, wo du bist!" Der Mann schlug das Fenster zu.

Raena wusste, dass sie nicht mehr zögern durfte. Mit Sicherheit würde er ihr folgen. Gehörte er zu denen, die in die Kutsche geleuchtet hatten?

Sie musste sich verstecken, denn nur die Götter wussten, wo sich die anderen Wärter dieses verfluchten Grundstücks aufhielten. Hatte Nianna nicht gemeint, dass die meisten Angestellten bereits nachhause gegangen waren, oder hatte das nur für die Bediensteten gegolten? Dann gab es da noch Jans Männer, die sie begleitet hatten.

Mit einem ruhelosen Blick bedachte sie die verregnete Grünanlage und konnte keinen weiteren Turm erkennen. Doch sie ließ sich keine Zeit dabei, stattdessen nahm sie ihre Beine in die Hand und entschied sich, die Mauer entlangzulaufen, bis sie einen anderen Weg fand.

Die Galle stieg ihr bis zum Hals, als sie an die Herrin und ihren selbstgefälligen Gesichtsausdruck dachte. Rage durchströmte ihren Brustkorb. Doch egal wie hoch der Ärger gegen Jan und seine Handlungsweise war, schrak sie innerlich vor dem sauren Hass, der in ihr emporflammte, zurück. Angst überflutete sie, vertrieb des Prinzen Empfindungen, als wären sie nur winzige Sandkörner inmitten eines tosenden Sturms.

All diese negativen Gefühle. Sie waren wie Gift.

Auf einmal wurde Raena etwas klar und es lag so deutlich vor ihr, dass sie fast stehengeblieben wäre.

Sie fürchtete sich vor den Folgen, dass die Bilder in ihrem Kopf wahr werden könnten.

Als sie über einen Stein stolperte und fast hingefallen wäre, schoss ihr durch den Kopf, dass das vielleicht ihr Problem war. Wegen der Angst vor einem Kontrollverlust und der Gewalt, die die schwarze Seite mit sich brachte, ließ sie nichts zu und blockierte sich selbst.

War das möglich?

Torren hatte ihr einen kleinen Geschmack davon gegeben. Vielleicht, wenn sie es sich nur vorstellte, sich vorsichtig herantastete, dann kam es wie von selbst. Vielleicht sollte sie sich in seine tödliche Umarmung fallen lassen, ihr Geist gefangen im Strudel der Gefühle, die sie so sehr ängstigten.

Aber Raena wollte das nicht. Wenn sie es auch nur in Erwägung zog, an den Traum zu denken, an all das Blut, wurde ihr heiß und kalt.

Nachdem sie mehrere Meter gelaufen war, sah sie sich um.

Drei Personen folgten ihr.

Sie durfte nicht stehenbleiben.

Raenas Atem ging stoßweise. Ein Stück weiter war die Mauer durchbrochen von einem Kiesweg und sie griff nach einem Vorsprung, um nicht im Wasser auszurutschen, das sich hier sammelte. Dahinter wuchs dichtes Buschwerk und darüber war ein Hügel, auf dem ein ähnliches Tor war wie das, durch das sie nicht gepasst hatte. Falls es geschlossen war, wäre sie gezwungen umzudrehen und direkt in die Arme ihrer Verfolger zu rennen.

Sie strich sich die Strähnen aus dem Gesicht, blinzelte gegen den Regen an. Der nächste Blitz zuckte über den Himmel und zeigte ihr einen kleinen Wachturm, den sie glatt übersehen hätte. Der Donner machte sie halb taub und der Wind, der wie ein weiteres Echo folgte, fegte ihr ins Gesicht.

Sie musste weiter, auch wenn es schien, dass die Mauer entlang des Hügels weiterging und dort endete. Vielleicht war es ihr möglich, sich im Gebüsch zu verstecken, vielleicht fand sie eine Stelle, eine Mulde im Boden, in die sie sich kauern konnte.

Keuchend lief sie über den Kiesweg, an einem Zierstein vorbei, griff wie eine Ertrinkende nach dem ersten Ast und zog sich ins Gebüsch. Blätter berührten ihre Wangen, kleine Äste stachen in ihre Arme. Die Buschkrone wuchs dicht, selbst das Wetterleuchten erreichte den Boden nicht. Obwohl sie nichts sah, hetzte sie weiter. Mit ausgestreckten Händen suchte sie sich einen Weg, rutschte mehrmals aus, stieß sich die Zehen an, bekam eine Ohrfeige und hielt sich schließlich eine Hand über die Augen, aus Angst, eines zu verlieren. Wie sollte sie so ein Versteck finden?

Sie hörte ihre Verfolger ächzen, wagte nicht, sich umzudrehen, lief, bis sie keine Luft mehr bekam. Sie hörte Schritte, Stimmen, Geflüche und wusste, dass wenn ihr nicht bald etwas einfiel, man sie einfangen und zurückschleifen würde.

„Verdammt! Welcher Mistkerl hat dieses beschissene Grünzeug hier angepflanzt?!"

Sie fühlte sich wie auf dem Schiff. Kurz bevor sie über die Brüstung ins Wasser gesprungen war, hatte sie Ähnliches verspürt. Unerwartet war Torren neben ihr erschienen und hatte sie dem Tod entrissen. Nun hatte er ihr lediglich einen Vorsprung verschafft, der mit jeder Sekunde schwand. Sie musste eine Lösung finden, sonst, *sonst* ...

Vor ihr schälte sich ein Baum aus der Dunkelheit, so überraschend, dass sie fast mit ihm zusammengeprallt wäre. Raena keuchte, umfasste dicke Äste, dick genug, um darauf emporklettern zu können, und wollte sich vorbeischieben, als ihr jäh eine Idee kam.

Sie griff nach oben und zog sich hoch. Es war erstaunlich einfach. Die Rinde rutschte nicht, war trocken. Ihr Haar verfing sich in den Ästen, doch das störte sie nicht. Der kurze Schmerz war nur ein geringer Preis für ihre Freiheit.

Einen halben Meter von dem Baum entfernt war die Mauer. Wenn sie sprang, konnte sie zuerst auf das Gestein und dann auf die andere Seite gelangen. Direkt dahinter entdeckte sie mehrere, flache Metalldächer.

Als sie bemerkte, dass sie zu Käfigen gehörten, wurde ihr ganz anders. Trotzdem balancierte Raena von Ast zu Ast, sprang auf die Mauer und zog sich auf eines der Dächer. Der Wind fegte an ihr vorbei, zerrte an ihrem triefendnassen Rock, als sie aufstand. Ohne lange nachzudenken, machte sie zwei Schritte, testete vorsichtig den Untergrund – würde er nachgeben oder, schlimmer noch, unter ihr einbrechen? Als das Metall sich unter ihrem Gewicht bog und knackte, stockte ihr der Atem.

Ara, hilf!

Und so sank sie auf die Knie und kroch über die glatte Oberfläche vorwärts, während sie das Gefühl hatte, dass das Dach ihrem Gewicht folgte und die Einbuchtung sie bis zum Vorsprung begleitete. Als sie bei der scharfen Kante ankam, sah sie sich um. Sie war allein, und der Baum, den sie benutzt hatte, fort. Wie war das möglich? Das konnte doch nicht sein. Waren ihre Verfolger nun zum Tor gerannt?

Sie durfte keine Zeit verlieren.

Mit zusammengepressten Lippen blickte sie über den Vorsprung nach unten. *Drei Meter.* Genau wusste sie es nicht. Unter ihr befanden sich Pfützen, in denen sich die Blitze spiegelten, doch das machte es ihr nicht leichter, die Höhe abzuschätzen.

Sie blickte auf und nahm die Käfige in Augenschein, die sich über das Gelände erstreckten. Auf ihren Dächern spiegelte sich das Wetter und dazwischen standen vereinzelt Bäume, deren Kronen dem Wind folgten und die wie betrunkene Riesen von einer Seite zur nächsten wankten. Ganz weit rechts, mehrere hundert Meter, befand sich schwarzes Gestein, welches gerade und uneben in die Höhe schoss und eine Art Bergkante darstellte. In diesem Teil fehlte die Beleuchtung, sodass sie, wenn sie die Mauer entlang weiterlaufen wollte, der Finsternis trotzen würde müssen.

Raena ballte ihre Hände zu Fäusten.

Nur Mut!

Sie sprang. Noch während sie in der Luft war, kam ihr in den Sinn, dass sie die Höhe falsch eingeschätzt hatte. Durch Mark und Bein ging ihr die Landung, die die Luft aus ihrem Körper wie aus einem Blasebalg presste. Sie rutschte über den Boden, Wasser spritzte in ihr Gesicht, ließ sie nach Luft schnappen und husten, als sie Erde schmeckte.

Irgendwo in der Nähe schlug ein Blitz ein. Dröhnend drang der Knall an ihre Ohren.

Raena brauchte einen Moment, starrte den wütenden Himmel hoch und atmete schwer.

Steh auf. Steh auf!

Ihre Schultern zitterten, als sie sich vom Boden emporstemmte. Wasser lief an ihr herab, wusch den Dreck fort. Sie kämpfte sich auf die Beine, umklammerte sich selbst, als könne sie sich dadurch vor Gefahren schützen.

Elend kroch durch ihren Geist und machte sie schwach.

Im rechten Augenwinkel bemerkte sie ein Aufleuchten.

Langsam, um ihren pochenden Kopf nicht anzustrengen, sah sie sich um. Hinter den Gittern des Käfigs, über den sie gekrochen war, war es dunkel. Als ob die Kreatur nur auf ihre Aufmerksamkeit gewartet hätte, spürte sie, wie heiße Atemluft in ihre Richtung ausgestoßen wurde. Zwei Augen, verborgen hinter einer schützenden Schicht aus trüber Haut, blickten ihr entgegen.

Raena trat zurück.

Lauf weiter, kam ihr in den Sinn, doch sie tat es nicht. Gebannt waren ihre

Augen auf das Tier gerichtet, welches sie noch immer anstarrte, ihren Blick eisern festhielt.

Der nächste Blitz ließ nicht lange auf sich warten und in seinem Schein bestätigte sich der wortlose Gedanke, der ihr durch den Kopf ging.

Vor ihr lag eine Schlange.

Ihre Farbe war dunkel, schimmernd vor Feuchtigkeit. Ein Flaum bedeckte ihren Kopf, ließ ihn größer erscheinen, und die Schuppen – sie waren größer als ihre Hände.

Von Unruhe ergriffen, stolperte Raena mehrere Schritte rückwärts. *Lauf weiter!* Und sie lief.

Zischend fuhr der Wind durch die Käfige, erzeugte Klänge, die dem Zuhörer Gänsehaut über den Rücken rieseln und die Zähne vor Angst klappern ließen. Kein tierischer Laut durchbrach die Nacht. Die Geschöpfe, oder was auch immer hier gefangen gehalten wurde, schwiegen.

Raena stolperte den Weg entlang, blickte sich nicht um.

In der Nähe eines Baums, den man mit einem Holzzaun umzäunt hatte, blieb sie stehen. Die Blätter wogten sich im Wind, Holz knarrte und quietschte. Trotz der Gefahr erschlagen zu werden blieb sie stehen, um Luft zu holen und um sich zu sammeln. Auf den Baum zu klettern verwarf sie, der Stamm war viele Meter glatt und rau, es gab nichts, woran sie sich hätte festhalten können.

Raena schloss die Augen.

Versuch es. Ein Flüstern in ihrem Kopf, wie Worte im Wind. *Es wird dich retten.*

„Nein", murmelte sie und lehnte sich gegen den Baumstamm, den Kopf wie eine Irre schüttelnd.

Sie weigerte sich, an Torrens Umarmung und an die Möglichkeit zu denken, dass sie sich nur fallen lassen musste.

Du musst es nur versuchen. Ein einziges Mal. Nur ein bisschen. Lass es fließen.

„Nein."

Es bringt dich schon nicht um. Du wirst schon sehen. Es ist nicht schlimm.

„Und wie finde ich dann wieder zurück?!", schrie sie, einen Schluchzer unterdrückend, „was tue ich, wenn ich mich für immer verliere?"

Die Stimme blieb stumm.

Raena knirschte mit den Zähnen.

Solange sie konnte, würde sie es hinauszögern, würde sich nicht davon beherrschen lassen.

Was hätte Lanthan gesagt? Sie erinnerte sich an sein Gesicht, als er ihr an jenem Morgen entgegengetreten war, an seine Hand, die zum Schwertgriff gewandert war. Es hatte sie verletzt und sie spürte ihn erneut, den Stich im Herzen.

Sie wollte ihn nicht enttäuschen.

Raena straffte die Schultern, rieb sich die Augen. Dann sah sie sich um und blickte in Richtung der Steinwand, die im grellen Licht der Blitze gigantisch in die Höhe schoss. An den Felsen lief das Wasser herab und für einen Moment hatte sie das Gefühl, ein Funkeln gesehen zu haben.

Umkehren kam für sie nicht mehr infrage.

17. KAPITEL

Blätter und Tannenzweige flogen an ihr vorbei. Raena zitterte vor Kälte, ihre Arme erinnerten an Eiszapfen, ihre Finger konnte sie kaum noch rühren. Zuvor hatte sie ein starkes Beben vernommen, hatte gehört, wie mehrere Tiere erschrockene Laute ausgestoßen hatten. Dennoch hatte sie sich vorwärts gekämpft und stand nun, nach mehreren, mühevollen Schritten, genau vor der Ursache. Der Wind hatte einen Baum umgeworfen. Von dem Zaun davor war nicht mehr viel übrig. Wurzelwerk ragte kerzengerade in die Höhe, die Erde war aufgeklappt und das Loch tief. Die Krone war auf einem Käfig gelandet, hatte das Metall eingedrückt und verformt.

Raena rutschte das Herz in die Hose.

Blinzelnd suchte sie nach dem Tier und fand es, versteckt und zischend, unter hölzernen Brettern, unter welchen es ein Nest für mehrere Küken gebaut hatte, die nun panisch umherhüpften. Es handelte sich um einen riesigen Vogel, der so groß wie ein Mensch war – sein Kopf hellrosa und nackt, seine Augen schwarz wie Mantelknöpfe, sein Körper mit dichtem Gefieder übersät. Raena spürte einen unangenehmen Schauer. Einem solchen Tier wollte man nicht unbedingt in freier Wildbahn begegnen, vor allem, wenn man sich den spitzen, blutroten Schnabel ansah.

Ein anderes Exemplar hatte man gegenüber eingesperrt. Bedrohlich drängte es gegen das Gitter und seine Krallen blitzten im Licht des Unwetters. Als der Vogel mit seinem Schnabel nach ihr schnappte, beeilte sie sich auf die Knie zu sinken und auf allen vieren unter dem Baum hindurchzukriechen.

Auf der anderen Seite lagen Äste, manche in den Gittern hängen geblieben, wo sie hilflos zappelten.

Um den nächsten Baum machte sie einen großen Bogen. Ihr Blick huschte dabei seine dichte Krone hoch, die über den Käfigen aufragte und gefährlich schwankend den zerstörerischen Winden trotzte. Sie konnte das Knarren hören, glaubte zu spüren, welcher Kraft der Baum ausgesetzt war. Fliegende Baumstämme erschienen in ihren Gedanken und machten ihr Angst. Sie sich selbst darunter begraben, zerquetscht und vom Gewicht zermalmt.

Nach unzähligen Abbiegungen, die Orientierung längst verloren, blieb sie zwischen kleinen Käfigen stehen. Hier war sie vom reißenden Wind geschützt und hörte nur sein Pfeifen. Irgendwo schrie ein Vogel, während gleichzeitig ein anderes Geräusch an ihre Ohren drang. Es klang nach ... Wasser, sprudelndem Wasser und wie zur Bestätigung drang es eiskalt in ihren Schuh.

War dort vorn jene Mauer, über die sie geklettert war?

Sie ging weiter und erkannte bald darauf den Ursprung des sprudelnden Geräuschs, einen Bach, der schnell und von unbekannter Tiefe an der Mauer entlangfloss und allerlei Dreck und Steine mitriss, die Käfige in seiner Nähe längst überschwemmt. Stroh, Holzspäne und Rinde schwammen herum und auch andere Dinge, Raena wollte lieber nicht darüber nachdenken. Bevor sie den nächsten Schritt tat, legte sie zögernd ihre Finger auf das Käfiggitter in ihrer Nähe, mehrere Vögel saßen darin auf einem Strauch, während sie betete, dass sie ihre Hand in Ruhe ließen. Mit weichen Knien watete sie knöcheltief vorwärts. Vor Sorge wurde ihr übel, also konzentrierte sich verbissen auf ihre Beine, um nicht zu stolpern. Vor ihr toste das Wasser dahin und übertönte sogar den dröhnenden Regen auf den Metalldächern.

Am Ende des Käfigs stieß sie auf ein Hindernis – einen Holzzaun. Dahinter blubberten und schäumten Strudel, erinnerten an Bestien mit riesigen Mündern. Bedacht darauf, nicht das Gleichgewicht zu verlieren, beugte sie sich über den Zaun und blickte die Flussrichtung entlang. Die schwankenden Kronen, die sie schemenhaft weiter vorn sehen konnte, mussten gigantische Laubbäume sein. Drehte davor die Mauer ab? Das würde bedeuten, dass dort Schluss war.

Doch woher kam dann das Wasser?

Blinzelnd strengte sie ihre übermüdeten Augen an, doch ihre elende Nachtsicht versagte.

Sollte sie weiter?

Raena rieb sich die gefühllosen Arme. Wenn man sie einfing, würde sie mehr Leid erfahren, als wenn sie hier ihren letzten Atemzug tat.

Du solltest aber nicht sterben. Und das weißt du auch.

Sie stieg auf das unterste Rundholz, um über den Zaun zu klettern. Die Oberfläche war glatt wie Eis, und um nicht auszurutschen, tastete sie nach dem Pflock in ihrer Nähe und hielt sich daran fest. Auf der anderen Seite wurde das Wasser tiefer, und die Strömung stieg spürbar an. Sie stapfte an mehreren Käfigrückseiten vorbei und am Ende der Mauer – sie drehte tatsächlich ab, fand sie eine quadratische Öffnung, aus der eine einzige, riesige Welle schoss. Obwohl es Nacht war, sah sie deutlich, dass die Höhe des Wassers zunahm.

Und was jetzt?

Während das Wasser um ihre Knöchel sprudelte, stand sie zitternd da. Es gab hier nichts, wo sie sich verstecken könnte. Blanke Mauer würde sie kaum vor ihren Verfolgern schützen und die Käfige waren bis auf ihren hinteren Teil durchscheinend. Spätestens nachdem das Unwetter vorbei war, würde man sie hier kauernd vorfinden.

„Bei Suneki", stöhnte sie hilflos und dachte an Torren. *Was hättest du getan?*

Raena sank in die Knie, spürte Gleichgültigkeit. Wasser spritzte zur Seite, ihr leerer Blick in die Ferne gerichtet. Der Regen trat in den Hintergrund, wurde zu einem andauernden, gleichbleibenden Dröhnen und die Welle vor ihren Augen verschwamm bis zur Unkenntlichkeit. Wie lange sie dort saß und ins Nichts starrend auf ihr unheilvolles Schicksal wartete, vermochte sie nicht zu sagen. Ihr rechtes Bein wurde steif und kribbelte.

Sie versuchte sich an die stürmische Umarmung des Drachen zu erinnern, daran, wie zerschunden und mager er sich angefühlt hatte. Bestehend nur aus Haut und Knochen hatte er mehr an einen Toten als an einen Jungen erinnert.

Würde er nun sterben? Er hatte ihr gesagt, dass der Zauber nicht umkehrbar war. *Ist er vielleicht schon tot?* Haare klatschten in ihr Gesicht und das Brennen rüttelte sie auf. *Würde ich es fühlen?* Mit einer seltsamen, jähen Sicherheit erfüllt, zwang sie sich wieder auf die Beine zurück, zog sich am Zaun in die Höhe. Solange sie sich nicht selbst davon überzeugte, würde sie nicht glauben, dass er tot war.

Durch ihre wiedergefundene Entschlossenheit kam ihr die verrückte Idee, durch den Wasserfall auf die andere Seite zu gelangen. Dort war zwar irgendwann eine gerade und spitze Felswand, doch wie sie zuvor gesehen hatte, befanden sich dazwischen auch Bäume. Vielleicht konnte sie von da zurück in die Stadt laufen.

Raena biss die Zähne zusammen.

Konzentriert watete sie bis zur Mauer und griff danach, um sich daran festzuhalten, damit die Strömung sie nicht mitriss. Das Wasser ging ihr bald bis zur Taille, eiskalt, kälter als der Wind, der ihren Körper längst ausgekühlt hatte. Ihr dünnes Kleid schwamm um sie herum, zerrte wie ein Fischnetz an ihr und bei jedem Millimeter, der ihre Haut aufwärts wanderte, sog sie scharf die Luft ein.

Als etwas Fremdes ihren Oberschenkel streifte, durchfuhr sie blanke Panik. Entsetzt dachte sie an jene grausame Erinnerung zurück, als der Fürst von der rothaarigen Nixe in die Tiefe hinabgezogen worden war. Das Wasser hatte doch keine Tiere befreit, die nun an ihrem Fleisch lecken und sich an ihrem Blut laben würden?

Sie hatte Angst. Dennoch zwang sie sich vorwärts, zwang sich, ihre tauben Füße weiterzubewegen. Wild und trüb sprudelte das Wasser an ihrem Körper vorbei, nahm Blätter, Äste, abgerissene Grashalme mit, ihr bald bis zur Brust reichend.

Die Kälte war kaum auszuhalten.

Ihre Hände, mit denen sie sich an der Mauer festhielt, zitterten stark. Steine lösten sich, zerbröselten und versanken augenblicklich. Ihre Finger rutschten ab und mit einem Aufschrei auf den Lippen griff sie nach der quadratischen Öffnung, knapp am Durchfluss vorbei und verhinderte, dass sie zurückgedrängt wurde. Nun stand ihr das Wasser bis zum Hals und sie japste nach Luft. Obwohl die steinige Oberfläche glitschig und mit einem dünnen Film überzogen war, zuckte sie nicht zurück, zog sich näher und stieß sich die Zehen an.

Hinter der Öffnung, durch welche sie – zum Glück, mühelos passen würde, war ein Teich. Ganz in ihrer Nähe befand sich eine Seerose, doch so stark, wie diese sich bewegte, würde sie bald abgerissen werden.

Der Moment war gekommen. Raena verdrängte ihre lächerlichen Ängste, zog sich hoch und bewegte sich durch die Welle. Das Wasser drückte gegen ihren Brustkorb, zerrte an ihr, presste ihr die Luft aus den Lungen. Erneut berührte sie etwas am Bein und sie musste dagegen ankämpfen, um nicht schreiend zurückzuzucken. Dann befand sich ihr Oberkörper auf der anderen Seite, ihre Arme und schließlich auch ihre Beine. Das vollgesogene Kleid zog sie nach unten, sie konnte nicht mehr stehen und Wasser schloss sich über ihrem Kopf.

Panik.

Raena kämpfte sich an die Oberfläche zurück. Sie schwamm schnell, atemlos, durch Seerosen, grüne Pflanzen, bis sie glaubte ihre Gliedmaßen würden ihr vor Schmerz abfallen. Als rechts von ihr ein länglicher Schatten im Wasser erschien, erschrak sie so sehr, dass sie Wasser schluckte. Doch es war kein Tier, sondern ein Ast, nach dem sie packte und sich daran im Wasser entlang zog, bis vor ihren Augen ein mit Schachtelhalmen zugewachsenes Ufer auftauchte.

Schweratmend schleppte sie sich durch tiefen Schlamm und ruhte erst, als sie sich zur weichen Erde vorgekämpft hatte und ihre Finger überschwemmte Seggen und Wollgräser umfassten. Ihre Wange versank im Nass, ihr Atem ging scheppernd.

Nachdem sich ihr Herz einigermaßen beruhigt hatte, setzte sie sich auf und sah sich um. Über ihr erhoben sich schwankende Silhouetten in die Höhe. Der Wind zerrte an silbrigen Blättern, die im Schein des Unwetters geheimnisvoll glänzten. Sie saß unter der Krone einer riesigen Trauerweide und starker Schwindel ergriff sie, sodass sie ihrem müden Körper nachgab und sich wieder hinlegte. *Nur eine kurze Rast, mehr nicht.*

Der Regen prasselte auf sie nieder und wusch den Dreck fort, den sie mit sich ans Ufer geschleppt hatte. Irgendwann würgte sie. Als die Übelkeit nicht mehr auszuhalten war, stemmte sie sich schwer vom Boden hoch. Eine Weile verging, bis der Schwindel nachließ und sie wieder aufstehen und weitergehen konnte. Auf dem nassen Gras lagen abgeknickte und abgerissene Äste herum, Blätter segelten durch die Luft und tanzten über den Boden.

Raena stolperte durch die Finsternis und erreichte bald darauf eine überschwemmte Stelle. Etwa ein weiterer Bach? Sie hatte auf ein Versteck gehofft. Stattdessen fand sie Bänke und Tische vor, vom Wind verweht und wahllos verteilt. Sie ging daran vorbei, hielt bei einem dicken Baum an und sah ein dunkles Gebilde, das sie die Augen zusammenkneifen ließ.

War das etwa … war das ein Haus? Ja, ein kleines. Das erfüllte sie mit Hoffnung, vor allem, weil es mehrere davon gab. Vergitterte Läden erlaubten einen Blick ins Innere, wo man nichts erkennen konnte. Kein flackerndes Licht, kein Anzeichen von Leben. Das Dach war niedrig, beinahe flach. Auch hier hörte man das Holz krachen, als der Wind unter den Dachstuhl fuhr und ihn anhob.

Welchen Zweck sie wohl erfüllten?

Sie ging darauf zu, hielt bei der Tür an und rüttelte am feuchten Knauf. *Versperrt.*

Waren das etwa Schuppen? Nein, das glaubte sie nicht. Die riesigen Weiden, die Hütten, die Stühle und Bänke, das alles zusammen wirkte viel mehr wie ein Park. Sie hatte einmal einen in Anah besucht, als sie mit Vater am Markt gewesen war.

Wo war sie überhaupt?

Raena schritt geradeaus ins Ungewisse, ohne eine klare Richtung vor Augen. Irgendwo musste doch jene Felswand sein, die sie zuvor gesehen hatte. Das starke Glänzen des herablaufenden Wassers hatte sie sich unmöglich einbilden können.

Kurz darauf versank sie erneut knöcheltief im Nass und bemerkte, dass sie sich einem weiteren Bach näherte, der sich um eine kleine Brücke herumschlängelte, die mehr wie eine Zierde als wie ein solider Übergang wirkte. Trotz schlechten Gefühls entschied sie sich auf die andere Seite hinüberzugehen. Eine besonders große Weide hatte dort bereits mehrere ihrer Äste eingebüßt, die nun auf dem Boden herumlagen und das kurzgeschnittene Gras bedeckten.

Ich werde hier sterben. Völlig unbeteiligt huschte ihr der Satz durch den Kopf und zu ihrer Schande bedauerte sie ihn nicht. Kein einziges Wort davon, denn wenn sie nicht ein Ast erschlug, dann würde sie krank werden oder vielleicht sogar ertrinken. Es hätte sie schockieren sollen, doch stattdessen nahm sie es an, machte sich damit vertraut und begann ihr Schicksal zu akzeptieren.

Nach ein paar Metern blieb sie stehen.

Der Drache wartete im Schiff auf sie.

Torren hatte ihr geholfen.

Wie würde Jan reagieren?

Was würde die Herrin tun?

Was denke ich hier nur?

In einer Endlosschleife kreiste der letzte Gedanke in ihrem Kopf umher und führte ihr vor Augen, was für eine selbstsüchtige Egoistin sie nicht war. Lanthan hatte ihr versichert, dass sie das Gleichgewicht war – ihr Leben entschied, ob die Welt unterging. Anstatt sich zusammenzureißen und wie eine Kriegerin zu kämpfen, versank sie bloß in Selbstmitleid.

„Schäm dich", murmelte sie zu sich selbst.

Als sie die Baumallee hinter sich ließ, hatte der Regen nachgelassen. Sie fand sich auf einer Wiese wieder, über der die verregnete Felswand aufragte, die sie zuvor gesehen hatte. Verborgen im rauen Wetter blieb die obere Kante in den Wolken verschwunden, doch am meisten fesselten ihre Aufmerksamkeit die Lichter, die an drei Säulen eines runden und verzierten Höhleneingangs angebracht waren und mit ihrem geheimnisvollen Schein die Oberfläche eines kleinen Sees beleuchteten.

Als sie erkannte, dass die Wiese in Sand überging, musste sie an den Streifen denken. Der Regen hatte große Pfützen hineingegraben und ihn unregelmäßig verteilt, sodass gelbe Zungen weit in die Wiese hineinreichten.

Man hörte ein Dröhnen, welches lauter wurde, je näher sie der Höhle kam. *Was zum ...?*

Die Höhle war riesig, die Torbögen unglaublich hoch. Schwärme von Fischen zierten das polierte und geglättete Gestein, welches vom Wetter abgerieben war und die Zeichnungen unklar erscheinen ließ. Auf der mittleren Säule war eine Meerjungfrau eingemeißelt. Sie saß auf einem Hügel, ihr Fischschwanz bunt bemalt. Raena sah die Farben zwar nicht deutlich, aber sie waren da, schienen grün und blau zu sein. Manche Partien waren hervorragend hervorgehoben, während andere nur angedeutet waren, aber das Gesicht ... *jung und schön.* Raenas Brauen zuckten kurz. Es schien, als würde sie dem Betrachter mit ruhigem Blick begegnen.

Einem Impuls folgend drehte sie ihren Kopf nach rechts und spürte plötzlich, wie ihr noch kälter wurde. Dort, hoch oben. *Ein Fenster.*

Ihre mangelnde Vorsicht ließ sie zurücktaumeln.

War das etwa schon wieder ein Turm?!

Er war in der Finsternis nicht sofort erkennbar gewesen, und umso schockierter war sie, als sie seine tatsächliche Größe bemerkte. Schwindelerregend hoch war er, tiefschwarz, sodass er mit der Umgebung zu einer Einheit verschmolz. Nur eine Wölbung, die sich entlang der Felsmauer nach oben zog, deutete seine Existenz an.

„Wer bist du?"

Trotz des Dröhnens, das unaufhörlich aus der Höhle kam und merklich an Intensität gewonnen hatte, war in ihrer Nähe eine Frauenstimme zu hören. Ihr Klang war eigenartig verzerrt und von einem fremden Singsang erfüllt, das Echo hell, wie die Stimme einer Drossel und gleichzeitig tosend wie das Meer selbst. Und dennoch waren es einfache Worte, die ihre Seele auf beunruhigende Weise berührten.

Raena war nicht überrascht, als sie nur einen Meter von ihr entfernt eine lebendige Meerjungfrau im nassen Gras liegen sah. Ihr herzförmiges Gesicht, das Kinn auf der Hand abgestützt, war älter als das des Mädchens auf der

Steinsäule. Ihre Augen glänzten, ihr helles Haar leuchtete im magischen Licht und ihr Lächeln war aufrichtig neugierig.

„Wer bist du?", fragte sie erneut mit ihrem weichen Akzent und neigte den Kopf, die Lippen schwach geöffnet. Sie legte ihre Handflächen auf das Gras und stützte sich hoch, wobei ihre entblößten Brüste sich fließend mitbewegten und über den Boden streiften.

Raena brachte kein Wort über die Lippen, stumm wie ein Fisch.

„Wo kommst du her? Ist dir vielleicht kalt? Soll ich dich umarmen? Das Wasser ist warm, wärmer als der Regen." Ihr langer Schwanz bewegte sich, erzeugte ein Platschgeräusch.

Raena verspürte einen unbändigen Drang zur Flucht.

Auf dem Wasser erschienen weitere Köpfe. Lächelnde Frauen, die sie neugierig beäugten und in ihre Richtung blickten. Ihre Gesichter allesamt hübsch, ihr Aussehen unterschied sich nur geringfügig voneinander. Vielleicht war dies aber nur die Reflexion des magischen Lichts, die Raena einen falschen Eindruck vermittelte, denn ihre Erscheinung schien ihr unreal. Wie ein kleiner, ängstlicher Vogel begann ihre Seele zu flattern und am wenigsten behagte ihr, dass sie näherkamen.

„Komm mit uns mit."

„Bei uns kannst du dich umziehen."

„Hab keine Angst."

Kopfschüttelnd ging sie rückwärts, drehte sich um und lief davon. Das Wasser spritzte eiskalt an ihren Waden empor, während sie auf den dunklen Turm zulief. Suneki musste sie geritten haben, als sie an der Tür zu rütteln begann, die nicht verschlossen war, also stürzte sie hinein und Hitze schlug ihr entgegen. Ihr Herz schlug schnell. Wasser lief an ihr herab und versickerte in den Ritzen der Steinplatten unter ihr. Raena drückte sich mit dem Rücken gegen die Tür, spürte das raue Holz über ihre Haut kratzen und hielt die Klinke fest umklammert.

Jetzt beruhige dich. Sie fressen dich schon nicht.

Der Raum war nicht sonderlich groß, abgerundet und erinnerte an einen Kreis. Da sich hier mehrere Fackeln an den Wänden befanden, konnte sie anhand ihrer Schatten erkennen, wie schief er eigentlich war. Denn je weiter man in den Raum hineinsah, desto geringer wurde der Abstand zum Boden und die Tür auf der gegenüberliegenden Wand stand mit ihrem Rahmen an der Decke an. In der Mitte war ein Tisch, auf dem ein Kerzenhalter stand und verschiedenste Schlüsselbunde lagen. Im rechten Teil durchbrach Fels die

Decke und an einer langen Kette hing ein Käfig, darin eine runde Vogelstange.

Er war groß genug, dass ein Mensch hineingepasst hätte, wenn er sich zusammengekauert hätte.

Als sie sich von der Tür löste, zitterte sie wie Espenlaub und hatte Mühe, nicht auf der Stelle zusammenzubrechen. Ihr unterkühlter Körper war überfordert, die unerträgliche Hitze im Raum trieb ihr Schweiß auf die Stirn.

Etwas an diesem Turm war merkwürdig.

Raena rieb sich die Oberarme.

Sie beäugte die Schlüssel, von denen manche einfach nur Dietrichen, gewöhnlichen Ästen oder Kreisen mit unterschiedlich großen Erhebungen ähnelten. Zwei davon betrachtete sie genauer, verfolgte ihre Konturen mit den Augen und suchte in den eingravierten Symbolen entlang eines der Kreise nach einem Muster. Verschnörkelungen und feine Linien ergaben ein kunstvolles, jedoch unbekanntes Bild, welches nicht zu deuten war. Anhand der Oberfläche konnte man gut erkennen, welche am meisten und welche am seltensten verwendet wurden. Viele glänzten silbern, andere wiederum kupfern und manche sogar golden.

„Mädchen", ertönte eine raue Stimme neben ihrem Ohr seltsam bedauernd, „Mädchen, was machst du hier?"

Raena, die sich dabei ertappte, wie sie die Hand nach einem besonders glänzenden und wenig abgenutzten Schlüssel ausgestreckt hatte, zuckte zusammen und fuhr herum. Ihr Herzschlag, der sich für einen Augenblick lang beruhigt hatte, setzte aus.

Aber da war niemand.

„Hallo?", murmelte sie vorsichtig und war selbst überrascht, wie rau ihre Stimme klang und als sie keine Antwort bekam – ihr Herzschlag schwoll zu dröhnenden Hammerschlägen in ihrem Kopf an, übertönte sogar die knisternden Fackeln, wiederholte sie etwas lauter und um einiges nervöser: „Ist hier jemand?"

Mit aufgerissenen Augen blickte sie um sich, suchte in jedem Schatten, jedem schwachen Lichtfleck nach Leben und bückte sich sogar, um unter dem Tisch nachzusehen. *Nichts.* Sich aufzurichten erforderte immense Kraftanstrengung und ließ sie aufstöhnen. In ihrem rechten Schuh schmatzte Wasser.

„Mädchen", erklang die Stimme erneut, dieses Mal leiser und weiter, als würde sie sich von ihr entfernen, „du solltest nicht hier sein."

Ein Knirschen lenkte ihren Blick zum Käfig. Er bewegte sich, schrammte über den Boden und hörte auch nach wenigen Sekunden nicht damit auf. Es wirkte beinahe provokativ, als würde er nur schwingen, um sie zu ängstigen.

Erst als die Tür hinter ihr knarzte und ein dumpfer Schlag durch den Raum hallte, schnellte Energie durch ihren Körper. Sie lief an den Schlüsseln vorbei, riss ohne nachzudenken die schiefe Tür auf und befand sich in nächster Sekunde auf der anderen Seite. Ihr einziger Gedanke galt der Flucht, denn falls sie sie fanden, so würde sie sich wenig – bis gar nicht, zur Wehr setzen können. Jans Antlitz erschien vor ihrem inneren Auge, sie sah seine halbnackte Silhouette in der Kajüte stehen, die Arme in die Hüften gestützt und unterdrückte einen Schluchzer, der sich den Weg ihre Kehle hochbahnte.

Er wird mich bestrafen. Wie Gift breitete sich die Vorstellung in ihrem Kopf aus, trieb sie an, gab ihr Kraft.

Nur am Rande realisierte sie eine grobe Steintreppe, die sowohl nach oben, wie nach unten in die Tiefe führte. Fackeln spendeten spärliches Licht und erhellten Stufen, bei welchen man sich garantiert den Hals brechen konnte, wenn man eine Kante übersah.

Sich seitlich an der Mauer abstützend, eilte sie in die Tiefe. Flüchtig bemerkte sie das offene Gitter, welches an einen Eingang zu einem Verlies erinnerte, doch dann war sie daran vorbei und befand sich plötzlich in einem geraden Durchgang, der mit geheimnisvollen Laternen beleuchtet überhaupt nicht ins Bild des heruntergekommenen Turms passen wollte.

Unschlüssig blieb sie stehen, drehte sich um und blickte die Treppe hoch.

Sie lauschte, achtete auf jeden Laut.

Gespenstische Stille umgab sie.

Die Stimme, die sie weitergetrieben hatte und deren Ursprung sie sich nicht erklären konnte, geschweige denn, ob es sich um eine Frau oder einen Mann gehandelt hatte, blieb stumm.

Und der Schlag? War er nur Einbildung gewesen?

Müde wandte sie ihren Blick von den Stufen ab und gestattete sich durchzuatmen, indem sie sich an die steinige Mauer lehnte, die ein paar Zentimeter weiter in einen fließend weißen und sorgfältig angebrachten Putz überging. Ihre Augen wanderten den Boden, den Gang entlang und huschten ohne Anhaltspunkt bis an sein Ende, wo eine hochwertig geschnitzte Tür den Weg zum nächsten Raum markierte.

18. KAPITEL

Auf der linken Seite des Gangs schmückten mehrere Ölgemälde die Wand. Darüber hingen mit Kohle gezeichnete Porträts, die exotische, fremd wirkende Gesichter zeigten. Raena blieb zögernd vor dem ersten Gemälde stehen, das ein junges Mädchen am Strand zeigte. Mit steifer Haltung und dem Rücken zum Betrachter gewandt, blickte es aufs Meer hinaus. Daneben kroch ein junger Mann aus den Wellen. Mit ausgestreckter Hand hielt er ihr eine Muschel hin, als wolle er mit ihr Freundschaft schließen – oder ihr die Angst nehmen, die sie bei seinem Anblick sicher verspürte.

Raena betrachtete das nächste Gemälde. Mehrere nackte Frauen lagen nebeneinander auf einer Wiese vor einem Teich und genossen die warmen Strahlen der Sonne. Ihr rötlicher Teint war hübsch anzusehen.

Die Laterne in ihrer Nähe flackerte und Raena, davon abgelenkt, beobachtete das Licht darin, das aufgeregt hin und her huschte, immer wieder ruckartig seine trübe und gläserne Hülle berührte. Da die Decke des Gangs mit Blumen golden bemalt war – Raena schätzte, dass es sich um Malven handelte, tanzte die Reflexion in goldenen Blütenblättern.

Und als sich eine Tür öffnete – im ersten Moment dachte sie erschrocken, es sei die am Gangende, bemerkte sie, dass sich auch rechts Türen befanden, eine davon nun geöffnet.

Raena stieß sich von der Mauer ab und huschte zum offenen Gitter zurück. Dabei quietschten ihre Schuhe und in ihren Ohren klang es wie ein Knirschen. Sie verschwand hinter der Ecke, drückte sich flach an die Wand, während sie innerlich ihr aufgeweichtes Schuhwerk verfluchte. Wie bereitete man sich am besten darauf vor, entdeckt zu werden?

Raena drückte ihre Wange gegen das Gestein, hielt den Atem an und beobachtete den Schatten, der ihr schräg gegenüber langsam die Mauer hochkroch. Derjenige schien sie weder gehört noch gesehen zu haben. Gemächlich spazierte er durch den Gang, während seine Schuhe geräuschvoll auf dem Boden auftraten. Der Schatten trug etwas in den Armen und die eckige Form in der Nähe seiner Brust ließ auf eine Kiste schließen.

Bleib stehen. Bitte, bleib stehen, wiederholte sie in ihrem Kopf, bereit zu flüchten, sollte er sie sehen. Zum Glück ging eine Tür auf und der Schatten verschwand. Sie hörte sich selbst aufatmen, die Anspannung fiel zum großen Teil von ihr ab. Beunruhigt blickte sie die Treppe hoch und sah dann ihre

Schuhe an.

Ich muss sie ausziehen. Gedacht, getan. Zum Vorschein kam verschrumpelte und schmutzige Haut und als kühle Luft darüberfuhr, juckte es. Raena kratzte sich, knetete ihre Sohlen und nur langsam kehrte das Gefühl in ihre Füße zurück. Sie musste weiter, das Risiko entdeckt zu werden war viel zu groß.

Raena leerte das Wasser aus ihren Schuhen und der Boden färbte sich dunkel. Dann linste sie um die Ecke am Gitter vorbei. Im Gang war es still. Ohne darüber nachzudenken, ob sie den Ausgang zur Oberfläche überhaupt wieder finden würde, eilte sie an den Bildern und der ersten Tür vorbei, mit der Absicht, den Gang auf der anderen Seite zu verlassen.

Ihr Rock tropfte und Raena hob ihn an. Kurz schoss ihr durch den Kopf, dass man sie anhand der Tropfen würde verfolgen können, als ihr ein lautes Klacken verriet, dass die Tür hinter ihr geöffnet wurde.

Verflucht!

Raenas Verstand überschlug sich.

Wohin soll ich ...?

Ihr Blick fiel auf eine Tür weiter vorn. Sie ließ ihren Rock fallen, eilte zur Klinke, die ihr fast entglitten wäre und stürzte in einen Raum hinein, wo sie beinahe über einen Stapel Holzkisten gestolpert wäre, hätte sie den hellen, sich von der dunklen Farbe abhebenden Schriftzug nicht erkannt, der seitlich auf ihnen aufgemalt war. Sie schlängelte sich daran vorbei und zwängte sich rechts zwischen zwei niedrige Kistenstapel, die an der Wand standen. Als sie sich fallen ließ, berührte ihr Hinterteil eiskalten Boden, ihre Schulter streifte eine spitze Ecke – in dem Moment das Zusammenspiel beider Gefühle so grauenhaft, dass ihr mehrere Schauer den Rücken hinunterliefen.

Mit Schrecken kam ihr in den Sinn, dass sie vor lauter Hast die Tür offengelassen hatte.

Heiß stieg das Blut in ihren Kopf. In steigender Erregung hob sie die Hand und presste sie gegen ihre Lippen, um jeglichen Laut im Keim zu ersticken. Dabei stieg ihr ihr eigener Körpergeruch in die Nase, der vor allem ihren Achseln unangenehm entströmte und sich mit dem eigenartigen Aroma im Raum zu einer süßlich schweißigen Mischung vermischte, die ihr schwer auf den Magen drückte.

Vor ihr war ein Bücherregal und ihr Blick verschwamm, als sie still verharrte und lauschte. Wie eine Maus, getrieben in die hinterste Küchenecke, machte sie sich klein, zog die Füße an, bis ihre Knie gegen ihr Kinn stießen.

„Eigenartig", murmelte ein Mann leise, bevor eine Kiste auf den linken

Stapel abgestellt wurde. Der Stoß wackelte und Raena versteifte. Er hatte sie nicht gesehen ... oder? Aber der Fremde packte sie nicht, sondern schloss bloß die Tür hinter sich. Raena atmete zittrig durch die Nase ein. Wohin ging er? Seine Schritte waren leise, kaum hörbar. Offensichtlich entfernte er sich, aber sie sah ihn nicht, weil das Bücherregal, das bis zur Decke ragte und vollgestopft mit Büchern und Papierrollen war, ihr die Sicht blockierte.

Was stinkt hier so?

Der penetrante Umgebungsgeruch erinnerte sie an verdorbenes, in der Wärme stehengelassenes Fleisch. Faulig, süß – *Verwesung.* Ihr wurde übel.

Sie brauchte ein besseres Versteck und noch während sie das dachte, fiel ihr Blick auf den Spalt unter dem Regal. Der Abstand war groß genug, sodass sie sich ohne Mühe darunter verstecken könnte. Mit weit geöffneten Augen krabbelte sie zwischen den Kisten hervor und legte sich flach auf den Boden. Anhand der Holzfüße zählte sie drei weitere Regale. Ganz hinten rechts blitzte Licht. Dort waren auch zwei dunkle Stiefel, die bis zu den Knöcheln von einem schwarzen Mantel umspielt wurden.

Der Unbekannte schien keine Eile zu haben. Seine Schritte waren langsam, gemächlich. Eine Art durchsichtiger Schlauch hing hinab, ein ungleich großes, silbernes Instrument, *eine Schere?*, fiel auf den Boden und verursachte ein klirrendes Geräusch. Blanke Knochen blitzten auf, fünf krumme Finger, die viel zu lebendig nach der Schere griffen und sie aufhoben. Raena atmete flach und betrachtete mit weit aufgerissenen Augen die Hand, die zu ihrem Schock keine menschliche war.

Als die Stiefel aus ihrem Blickfeld verschwanden, rutschte sie unter das Regal. Blanker Horror ließ ihr Herz rasen. Gänsehaut bildete sich auf ihrem Körper, die nasse Kleidung klebte an ihr, ihr feuchtes Haar zog Spuren und blieb an allem haften. Sie zog es zu sich, erschauerte und verharrte. Ihr eigener Atem, auch wenn sie durch die Nase atmete, kam ihr unmenschlich laut vor. Staub kitzelte sie in der Nase, kratzte sie im Rachen, sodass sie zu ersticken glaubte. Nachdem sie mehrmals geschluckt hatte, drehte sie ihren Kopf und erblickte schwarze Stiefel – er stand direkt vor ihr.

Raena verkniff sich ein Keuchen.

Sie waren so nah, dass sie den Dreck auf ihnen erkennen konnte – *kleine Schlammspritzer und Matschflecken.* Im nächsten Moment machte sie sich auf das Schlimmste gefasst, hervorgezerrt, angeschrien und geschlagen zu werden, doch nichts dergleichen geschah. Ein Stapel bewegte sich, der Mann stellte mehrere Kisten um. Nun war ihr ein weiterer Anblick jener

Fingerglieder gewiss, blank und fleischlos, im Licht weiß – wie gebleicht. *Wie kann es sein, dass dieser Mensch noch lebt? Ist das überhaupt ein Mensch?* Raena beobachtete stumm, wie er den Deckel abzunehmen versuchte, daran rüttelte, bis er zur Seite klappte. Sie hörte ein Scharren, ehe ein großes Gefäß aus Glas hervorgeholt wurde, in das der Inhalt von mindestens fünf Weinflaschen gepasst hätte.

Er stellte es auf den Boden, sein Mantel raschelte, die Tür öffnete sich und dann ging er hinaus.

Raena war allein.

Hypnotisiert betrachtete sie die wippende Flüssigkeit. Bildete sie es sich nur ein oder bewegte sie sich schneller als gewöhnliches Wasser? Am Glasrand war ein eigenartiger Film, der sich nur langsam mit der Gesamtmenge vermischte.

Sie erlaubte sich ein leises Niesen.

Daraufhin kamen ihr gleich mehrere Fragen in den Sinn.

Wie lange er wohl benötigen würde, bis ihm klar wurde, dass sie sich im Raum aufhielt? Wie lange würde es dauern, bis er die Stelle fand, wo sie sich versteckte? Während ihr Blick vom Glas zur Tür und wieder zu den Kisten zurückwanderte, erbleichte sie.

Meine Schuhe!

Sie achtete nicht auf die Umgebungsgeräusche, krabbelte vor, streckte die Hand danach aus – da ging plötzlich die Tür auf.

Ihre Blicke kreuzten sich nur für eine Sekunde, in seinem bleichen, scharfgeschnittenen Gesicht zeichneten sich Überraschung und Schock zugleich ab, während sie aufschreiend die Hand zurückzog und wieder unter dem Regal verschwand. Hektisch kroch sie auf die andere Seite, zog sich im kleinen Zwischengang auf die Beine und stand im nächsten Moment einem kahlköpfigen Mann in einem schwarzen Mantel gegenüber.

Seine hellgrauen Augen überflogen ihre Kleidung, blieben an ihren Händen hängen, die sie in einer abwehrenden Haltung von sich streckte.

„Wie bist du hier reingekommen?", fragte er sie hart. Seine Augenbrauen zogen sich zusammen und entspannten sich wieder. Dabei fiel ihr auf, wie dünn seine Haut war. *Zum Zerreißen angespannt.* Raena überflog sein Gesicht und ihre Augen blieben kurz am blanken Knochen hängen, der oberhalb seiner Stirn zwischen zwei trockenen und teils verkrusteten Hautstellen hervorblitzte.

Da sie seinem stechenden Blick nicht länger standhalten konnte, wandte sie ihre Augen ab, ohne jedoch ihre abwehrende Haltung zu verändern. Ihr wurde klar, in welcher Zwickmühle sie sich befand. Wenn sie fliehen wollte, musste sie an ihm vorbei. Da er mit seinen Händen nach ihr greifen würde, verging ihr die Lust dazu.

Als ob er ihren Gedanken erraten hätte, verschränkte er sie langsam hinter seinem Rücken. Dabei umspannte der Mantel seinen Körper, betonte seine dürre Statur und knochigen Schultern. Raena konnte ihren Blick nicht von den spitzen Knochen nehmen, die sich klar darunter abzeichneten.

War er etwa zur Gänze ein Skelett?

„Ich schätze, du bist keine Meerjungfrau", stellte er sachlich fest.

Um nicht direkt in seine hellgrauen Augen blicken zu müssen, die das einzig Lebendige an ihm zu sein schienen, starrte sie knapp an ihm vorbei. Er strahlte etwas aus, doch es war nicht so dunkel wie Torrens oder Jans Macht, schien da und doch nicht da zu sein – wie merkwürdig.

„Du willst mir nicht sagen, warum du hier bist?"

Nein, will ich nicht.

Ihre Kehle war wie zugeschnürt. Im Augenwinkel, mit ihr auf gleicher Höhe, bemerkte sie die gleichen Gefäße, wie das, das er zuvor am Boden abgestellt hatte. Beim ersten war die Flüssigkeit viel zu trüb, doch beim zweiten erkannte sie einen eingelegten Tierkopf, dahinter Schlangen und Frösche, schrumpelige und bunte Mäuse, die in einer viel klareren Flüssigkeit schwammen. Warum erinnerte sie sich genau in diesem Moment an den säuerlichen Salat, den ihre Mutter immer vor dem Winter einlegte und in der Speisekammer verwahrte? Irgendwie erschien ihr die Vorstellung eines eingelegten Kopfs in Essig so unwahr, dass sie ihren eigenen Augen kaum traute.

Als ihr auffiel, dass einer riesigen, handgroßen Kröte beide Augen fehlten, schüttelte sie sich.

„Ich forsche und hebe gern Dinge auf", erklärte er ihr mit scharfer Stimme.

Seine Worte nahm sie nur am Rande wahr, während sie die Umgebung auf sich wirken ließ. Ihr Magen krampfte. Sogar Finger hatte er eingelagert.

„Ich studiere Lebewesen." Der Fremde blieb auf Abstand, kam nicht näher und seine Hände blieben nach wie vor, vor ihren Augen verborgen. Je länger sie die Gefäße mit ihren Inhalten ansah, desto mehr wollte sie aus diesem Raum fort.

Sein Gesicht blieb neutral, in seinen hellgrauen Augen las sie Vorsicht.

Alles in ihr schrie nach Flucht. Und sie wusste, dass man es ihr ansah.

Zu ihrer Überraschung lächelte er. Raena verwirrte das.

„Du bist nicht aus dem Zoo."

Sie reagierte nicht. Ihre Hände hielt sie weiterhin von sich gestreckt und spürte bereits, wie sie zu zittern begannen. Solange sie sich in Gefahr wusste, würde sie nicht vor Schwäche umfallen. Sie verbot es sich.

„Benötigst du etwas zum Abtrocknen?", fragte er sie, bemüht um ein Gespräch, als wäre sie ein verschrecktes, in die Ecke getriebenes Tier, während seine Augen wie zufällig ihren Körper überflogen.

Raena unterdrückte das Gefühl, sich mit ihren Händen vor seinem unheimlichen Blick bedecken zu wollen. Er erinnerte sie an die Kleidung, daran, dass sie darunter nur nackte Haut trug.

„Verstehst du meine Sprache? Verstehst du, was ich sage?" Er kam nicht näher, ging aber auch nicht auf Abstand.

Raena nickte, ohne zu blinzeln.

Er nickte ebenfalls, wobei seine Bewegung langsamer ausfiel. „Ich schlage vor, du wartest hier auf mich, während ich dir etwas zum Abtrocknen bringe." Als er sich von ihr abwandte und zur Tür ging, roch sie kurz einen säuerlichen Geruch, der seinem Mantel anhaftete.

Nachdem er aus dem Raum verschwunden war, fiel die Anspannung von ihr ab. Dann erst hörte sie, wie ein Schlüssel im Schloss gedreht wurde.

Er sperrt ab, dachte sie hysterisch und krächzte: „Wieso auch nicht?" Sie musste plötzlich kichern, weil sie ansonsten wie ein Haufen Elend in sich zusammengebrochen wäre.

Vielleicht sollte sie überprüfen, ob tatsächlich abgesperrt war. Mit zusammengekniffenen Augen blickte sie durchs Bücherregal und verwarf es. Sie hatte den Schlüssel gehört. Warum sollten ihre Ohren sie täuschen wollen?

Anstatt ruhig stehen zu bleiben und darauf zu warten, dass er mit seinem Versprechen zurückkam, entschied sie, sich im Raum umzusehen. Denn obwohl er freundlich mit ihr gesprochen hatte und überdies wie ein abgemagerter Elf aussah – seine Ohren hatten abgestanden und waren spitz gewesen, konnte sie ihm nicht ihr Vertrauen schenken. Vor allem dann nicht, wenn seine Hände aussahen wie Klauen und er, aus welchem Grund auch immer, hier unten hauste.

Arbeitet er vielleicht für die Herrin? Gehören ihm die Schlüssel auf dem Tisch beim Eingang?

Vorsichtig trat sie zwischen den Regalen hervor, blickte sich um und huschte den schmalen Gang nach vorn, wo sie den Fremden unter dem Regal beobachtet hatte.

Zwei weitere Regale waren bis zur Decke vollgestopft mit allerlei Dingen, unter anderem Behälter mit Bildern von Pflanzen darauf. Dahinter entdeckte sie eine von der Decke hängende Trage aus – wie sie beim näheren Hinsehen überrascht bemerkte, silbernem Metall. Darauf lag zu ihrem Schock eine nackte Meerjungfrau. Doch am meisten verstörte sie der Anblick des sich ringelnden, schlauchartigen Etwas, das sie nicht benennen konnte. An ihrer Armbeuge befestigt führte es bis zur höchsten Lade im Schrank, der rechts an der Wand zwischen Trage und Bücherregal stand, in den Hals eines Gefäßes mit klarer Flüssigkeit hinein.

Raena wandte ihren Blick von der unheimlichen Vorrichtung ab. Stattdessen betrachtete sie leicht angewidert und fasziniert zugleich die halb menschliche Frau auf der Trage. Ihr Körper war feucht, ihre grüngrauen Schuppen glänzten im Licht der an der Mauer befestigten Laterne.

Gebannt starrte sie auf das makellose, mädchenhaft wirkende Gesicht mit gräulichen Haaren, den atmenden, sich langsam hebenden Brustkorb und fühlte sich seltsam beim Anblick der kleinen Brüste mit ihren bläulichen Brustwarzen. Die Linie, wo die Haut in winzige Schuppen überging, begann knapp unter der Taille. Sie wurden zur Hüfte hin erst münzgroß und endeten im schmalen Schwung des Fischschwanzes, der vom Ende der Trage herunterhing. Lange Fäden wuchsen seitlich aus dem Fischschwanz, sahen aus wie die Barthaare eines Welses und klebten an ihr. Raena erinnerte sich an den Kasten mit der Meerjungfrau, als sie im Schiff eingesperrt gewesen war.

Hatte sie draußen vielleicht Sirenen gesehen?

Doch dass diese hier auf einer Trage lag, an irgendetwas befestigt war und tief schlief, kam ihr so pervers vor, dass sie errötete.

Er sagte, er forsche ... *was genau tat er hier?*

Sie schluckte und sah sich den Inhalt des offenen Schranks genauer an. Er hatte vier Fächer. Ganz oben stand die Flüssigkeit, im dritten Fach lagerten Leinentücher, kleine Verbände und winzige Tüchlein, im zweiten allerhand kleine Messer, Skalpelle, Pinzetten, Scheren und Feilen auf einem sauberen Tuch und im ersten Fach standen Fläschchen mit Kräuterzeichnungen, auch Öle und Pulver, fein säuberlich mit der gleichen Handschrift beschriftet.

Als wie aus dem Nichts mehrere Tropfen auf die Meerjungfrau fielen, beobachtete sie entsetzt, wie sie ihre Haut entlangliefen, in eine kleine Rille auf der Trage flossen, sich dort sammelten und langsam abwärts an einer Ecke in einen von zwei Behältern tropften. Sie konnte zusehen, wie sich die benetzten Stellen dunkelgrau verfärbten. Mit gemischten Gefühlen blickte sie zur Decke hoch, wo zu ihrer Überraschung ein flacher, hohler Balken mit winzigen Löchern dafür sorgte, dass die Meerjungfrau nicht austrocknete. Er führte durch ein Loch in der Mauer vermutlich aus dem Raum hinaus.

Faszination und Ekel beherrschten sie, während sie sich selbst bereits auf der Trage liegen sah. Nackt und entblößt, angehängt an diese Vorrichtung als lebendiges Forschungsobjekt dienend. Dann sah sie Jan vor sich, wie er sie festhielt und niederdrückte, sein Grinsen ein Vorgeschmack dessen, was er ihr antun würde. Raena wurde kurz schwarz vor Augen und sie taumelte zurück, klammerte sich hilfesuchend am nächsten Regal fest.

Du musst langsamer atmen. Sie bemerkte, dass sie wie ein Fisch am Trockenen nach Luft schnappte. Sie hatte längst die Kontrolle darüber verloren, kämpfte gegen eine nahe Ohnmacht an, gegen die Hoffnungslosigkeit, gegen aufkeimende Panik und war kurz davor verzweifelt aufzuschreien, als sie vernahm, wie ein Schlüssel in der Tür gedreht wurde. Sein Eintreten holte sie aus ihrer Manie zurück. Zuckend drehte sie sich in seine Richtung.

„Hier, damit kannst du dich abtrocknen." Seine Stimme war weich wie frisch gemachte Butter, er vergaß jedoch nicht die Tür abzusperren, bevor er auf sie zukam.

Trotz seiner Nettigkeit vertraute sie ihm nicht.

„Ich will es nicht", entkam ihr zischend, nachdem sich ihre Zunge endlich vom Gaumen gelöst hatte. Kalt war ihr nicht mehr und die Nässe machte ihr ebenso wenig aus, denn nachdem sie die Meerjungfrau gesehen hatte, war jede Empfindung ausgelöscht.

„Sieh an", rief er erstaunt, „du kannst also doch sprechen!" Er klang nun deutlich kühler, ihre Aussage hatte ihm wohl nicht gefallen. Doch das störte sie nicht. In ihr brodelte es. Sie überlegte nicht lange und fragte ihn geradeheraus: „Was ist das hier?" Ihre Augen glitten über seine knochige Hand, die das Handtuch auf seinem Unterarm ablegte.

Ein schwaches Lächeln huschte über sein Gesicht, als er die Lippen verzog. „Spielen wir ein kleines Spiel", bot er ihr an, „du stellst mir eine Frage, ich antworte. Im Gegenzug stelle ich eine Frage, die du mir beantwortest." Sein Kopf zuckte kurz, als würde er ihn schieflegen.

Raena musste sich beherrschen, um nicht auf die kahle Stelle über seiner Stirn zu starren. Aus seinen Worten entnahm sie Ehrlichkeit. Dennoch hatte sie nicht vor, ihm zu verraten, wer sie war und warum sie in diesen Raum geflohen war. *Zeige keine Schwäche.*

„Schade", er deutete eine Verbeugung an, „dass du mir nicht antworten möchtest." Der Spott in seiner Stimme verhöhnte sie. „Du ähnelst keiner meiner Gefangenen. Keiner Meerjungfrau und auch keiner Sklavin", schloss er seine eigenen Schlüsse, „da ich die Bücher der Herrin verwalte, weiß ich, dass sie klare Vorlieben hat, was ihre Ware betrifft." Obwohl seine Stimme mit jedem Wort kälter klang und Raena glaubte, dass er sich jeden Moment auf sie stürzen würde, behielt er Abstand.

Als es in ihrem Augenwinkel von der Decke tropfte, zuckte sie zusammen. „Das ist nichts Gefährliches", erklärte er ihr. Sein Blick wandte sich von ihr ab und wanderte über den Körper der schlafenden Meerjungfrau. In seinen Augen war keine Lust, keine Begierde. Er betrachtete sie bloß, als fühle er nichts dabei.

„Ich studiere sie, möchte mehr über sie erfahren, es für die Welt festhalten. Verstehst du?"

Raena glaubte ihm nicht und sie hätte ihm auch dann nicht geglaubt, wenn er eine sprechende Ziege gewesen wäre. Sie dachte an die gläsernen Särge voller Wasser, daran, wie hilflos das gefangene Mädchen ausgesehen hatte, und spürte Zorn in sich aufkeimen.

Er zuckte kaum merklich mit den Schultern. „Meine Absichten sind meine Sache. Ich verlange und brauche von keinem Verständnis."

„Dieser Ort", murmelte Raena erbost, „man kann mir nicht erzählen, dass all dies geduldet wird." Von ihren eigenen, energischen Worten mitgerissen, warf sie entrüstet beide Hände in die Luft. „Was ist das hier?", wiederholte sie und deutete auf die Trage.

Der Fremde betrachtete sie seltsam. In seinen Augen blitzte es kurz auf und Raena bekam Angst, dass sie den Bogen überspannt hatte. Wortlos nahm er das Tuch von seinem Arm und hielt es ihr hin. „Weißt du, dass manche von ihnen an Land kommen können?"

Raena kam sich nicht ernstgenommen vor. Mit aufgerissenen Augen starrte sie die Geste wie eine lebendige Schlange an, als hielte er tödliches Gift in seinen Händen.

Er atmete geräuschvoll aus und rollte genervt mit den Augen.

Raena blinzelte irritiert. So viel Reaktion auf einmal hatte sie nicht erwartet. Er erschien ihr viel menschlicher als noch wenige Sekunden zuvor.

„Ich habe nicht vor, dir wehzutun oder dich im nächsten Kerker einzusperren. Ich werde dich auch nicht auf der Trage anbinden und gegen deinen Willen entkleiden", teilte er ihr trocken mit.

Raena wurde rot im Gesicht. Wie hatte er ihre Gedanken erraten? War es so offensichtlich, was ihr durch den Kopf ging? Sie presste die Zähne aufeinander und umarmte sich.

Er lächelte.

„Eigentlich sollte ich dich für deinen Mut loben, denn es ist mir ein Rätsel, wie du es bis hierher geschafft hast. Ehrlich gesagt will ich es auch gar nicht wissen. Aber würdest du dich abtrocknen? Deine Haare machen alles nass", dann fügte er noch hinzu, „bitte."

Widerwillig streckte sie die Hand aus, ließ ihn nicht aus den Augen.

Doch zur Übergabe kam es nicht.

Sein Kopf zuckte und kurz darauf hörte auch sie, wie sich jemand der Tür näherte und schließlich wild daran rüttelte. Seine Züge versteiften, wurden eisern und ließen es unglaubwürdig erscheinen, dass dieses Gesicht jemals gelächelt hatte.

„Herr!"

Kräftige Schläge vermittelten Dringlichkeit.

„Seid Ihr hier? Wir müssen dringend mit Euch sprechen!"

Raenas Kopf begann sich zu drehen.

Jetzt haben sie mich gefunden. Jetzt ist es vorbei.

Sie wollte ihn bitten, nicht zu antworten, ja nicht die Tür zu öffnen, doch sie brachte keinen Ton hervor. In ihrer Kehle saß ein dicker Kloß.

„Du bleibst da stehen", befahl er ihr leise.

Sie nickte steif.

Während er sich umdrehte, ließ er das Tuch fallen und bevor es auf dem Boden landete, fing sie es auf. Als sie den Blick hob, stand er bereits bei der Tür und drehte den Schlüssel. Raenas Atmung wurde schneller und der süßliche Geruch schlug ihr erneut auf den Magen. Sie wankte, stieß mit dem Rücken gegen den Schrank. Fläschchen klirrten.

Hoffentlich sehen sie mich nicht.

Raena presste sich das Tuch auf die Lippen, ihre Atmung ging flach und viel zu schnell. Es war ein Segen, als der Duft nach Lavendel die grausige Süße überdeckte.

„Es gab einen Vorfall", hörte sie wie von weitem an ihre Ohren dringen, sie waren seltsam belegt, „die Herrin lässt Euch rufen, bitte beeilt Euch."

„Was ist passiert?", die Stimme des Elfen blieb sachlich.

Raena löste ihren Mund von dem Tuch und bewegte ihr Kiefer, bis ihre Ohren knackten. Langsam gewann sie ihr Gehör zurück. Sie war noch immer auf der Hut, vor allem aber dachte sie an Torren. Was war geschehen, nachdem er ihr geholfen hatte? *Nein, denke an etwas anderes,* schalt sie sich selbst. Gleichzeitig durchströmte sie eine eigenartige Sicherheit. Torren war vielleicht noch am Grundstück. Vermutlich war sie paranoid, aber vielleicht half er ihr bewusst, hatte den Mann hierhergeschickt, damit sie erneut fliehen konnte. Ein wohliges Gefühl verwandelte Angst und Aufregung in Wärme.

„Ein Unfall. Mehr wissen wir nicht. Die Bedienstete, die uns geschickt hat, war völlig aufgelöst."

Sie stürzte sich in das Gefühl hinein, das in ihrem Bauch ein Kribbeln hervorrief, welches sie an Schmetterlinge erinnerte. Es vertrieb die Kälte in ihrem Herzen, machte Platz für ... *mehr.* Obwohl es entgegen jeder Vernunft war, völlig unmöglich ihrer Meinung nach, erlaubte sie sich die Vorstellung, dass sie ihm wichtig war, dass er alles Mögliche unternahm, um ihr zu helfen. Er war unerreichbar, doch in diesem Moment ein Strohhalm, an den sie sich verzweifelt klammerte, der sie beruhigte und ihr das Gefühl gab, nicht allein zu sein.

„Der Herrin ist eine junge Frau entlaufen. Ungefähr so groß, aschblondes Haar und eine schlanke Statur. Ist in den Zoo geflüchtet. Wir sollen sie suchen, bevor sie sich in einem Käfig versteckt und gefressen wird."

Raena verlor beinahe ihren Strohhalm, mit dem sie sich über Wasser hielt.

„Ist diese Person gefährlich? Muss ich etwas über sie wissen?", fragte der Elf nicht besonders interessiert nach.

„Die Herrin hat uns nur aufgetragen, Euch zu holen und zu berichten", nun war sein Gegenüber der Gleichgültige. Raena konnte sich lebhaft vorstellen, wie er nebenbei mit den Schultern zuckte, „und bitte vergesst den Regenmantel nicht. Es stürmt."

„In Ordnung. Ich werde mit euch kommen. Gebt mir nur einen Moment, damit ich Leden Bescheid geben kann."

Er verriet sie nicht, kam auch nicht zu ihr zurück. Sie hörte nur, wie er den Raum verließ und absperrte.

Zischend entwich Luft aus ihren Lungen.

Auch wenn er sie im Moment nicht verraten hatte, keiner konnte ihr die Gewissheit geben, dass er sie nicht letztendlich doch verriet. Er war ihr nichts schuldig. Wieso sollte er ihre Anwesenheit auch für sich behalten? Aus Güte und Freundlichkeit? Mitleid, weil sie als Sklavin festgehalten wurde? *Von wegen.*

Abgestoßen betrachtete sie die schlafende Meerjungfrau, ihr Brustkorb hob und senkte sich nach wie vor rhythmisch. Wenn er diese Frau für seine

Zwecke missbrauchte, so würde er dies mit Sicherheit auch mit ihr tun. Vermutlich war genau das der Grund, warum er sie nicht preisgab.

Raena verlor jegliches Gefühl in ihren Beinen. Ihre Knie gaben nach, sie konnte ihr eigenes Gewicht nicht mehr tragen, und rutschte entlang des Schranks zu Boden. Die Beine ausgestreckt, lehnte sie ihren Kopf gegen eine waagrechte Holzplatte.

Verlorenen Blickes folgte sie den Tropfen, die die Bewässerungsanlage auf die Meerjungfrau neben ihr sprenkelte. Nicht einmal durch die Stimmen war sie erwacht.

Ihr Blick irrte müde im Raum umher.

Nach geraumer Zeit fokussierten sich ihre Augen wieder und sie bemerkte, dass sie seit längerem auf ein Buch starrte, welches mit blauen und aufgenähten Buchstaben „*Tiefseeatlas*" hieß. Daneben, schräg angelehnt, stand ein Buch über Fischarten. Es gab mehrere Bände über Pflanzen und ihre heilende Wirkung, über Insekten und sie fand auch eines, welches die Aufschrift „*Drachen, Schuppen aus Metall*" in roten, aufgenähten Buchstaben trug.

Sie sah Bücher über den Aufbau des Körpers, über die Verdauung, Gehirn, Nieren. Bis hin zu den Geschlechtsorganen gab es mindestens zehn solcher Bücher, die so klein waren, dass sie in eine Hand gepasst hätten, wenn man sie aus dem Regal genommen hätte.

Raena wollte sie lesen, rutschte näher, aber zierte sich, danach zu greifen.

Der Elf besaß auch welche in einer fremden Sprache, die sie leider nicht kannte.

Sie fröstelte, als ihre Zehen von eiskalter Luft berührt wurden. Starker, süßlicher Geruch umwehte ihre Nase. Angewidert verzog sie das Gesicht und nachdenklich wickelte sie ihre Füße in das Tuch hinein. Als sie es mehrmals rollte, roch sie wiederholt Lavendel, aber viel zu schwach, um den Gestank zu überdecken.

Ihre Nasenflügel blähten sich, sie wandte ihre Augen vom Regal ab und blickte unter die Trage – kein Zugspalt. Die Mauer dahinter und der Boden darunter waren aus festem Stein, da war keine sichtbare Öffnung, die darauf hingedeutet hätte. Fest davon überzeugt, dass irgendwo in diesem Raum die Quelle sein musste, wanderten ihre Augen den Boden entlang, bis sie links eine kaum wahrnehmbare Bewegung ausmachte. Dort war ein Vorhang, ein schwarzer Wandteppich und ihr war, als ob er sich langsam bewegt hätte.

Nein, verbesserte sie sich, *er ist nicht schwarz*.

Gräuliche Türme aus quadratischen Steinen waren darauf abgebildet und man musste genauer hinsehen, um zu erkennen, dass sich ihre Form wellenartig veränderte, mal schwächer, mal stärker.

Raena packte Neugierde, als sie einen schmalen, aber sichtbaren Spalt erkannte. Gleichzeitig beschlich sie ein ungutes Gefühl. Dahinter lagen doch keine Toten? Sie wusste, wie tote Tiere rochen, weshalb sie sich sicher war, dass ...

Unerwartet zuckte der Arm der Meerjungfrau, rutschte schwer von der Trage, berührte den Schlauch und der Behälter fiel.

Raena erschrak und beobachtete mit weit aufgerissenen Augen, wie das Glas neben ihr zersprang. Feuchte Tropfen benetzten ihre Arme, ihr Gesicht, sie spürte eisige Kälte auf ihrer Haut brennen und sprang entsetzt auf die Beine. Sie schüttelte das Tuch ab, in welches sie ihre Zehen gewickelt hatte. Ein paar Glassplitter hatten sie ebenfalls getroffen, waren jedoch zu ihrem Glück nur harmlos an ihr abgeprallt.

Mit angehaltenem Atem starrte sie die Flüssigkeit an, die nun langsam nach allen Seiten hin verlief. Sie hob den Blick und rechnete damit, dass die Meerjungfrau jeden Moment aufwachte.

Plötzlich drehte sich der Schlüssel im Schloss.

Flucht.

Raena lief an der Meerjungfrau und am Regal vorbei, wo sie von ganz oben ein ausgestopftes, hellbraunes Wiesel aus hellen Augen anstarrte, bis hin zum Wandteppich, den sie mit Leichtigkeit beiseiteschob.

Verwesung traf sie mit voller Wucht.

Ihre Kehle zog sich zusammen, sie musste würgen und der Vorhang fiel hinter ihr zu. *Halt die Luft an*, schoss ihr durch den Kopf. Das Herz schlug ihr bis zum Hals, als sie schleifende Schritte hörte. Es musste sich um jemand anderes handeln, denn der Gang des Elfen war geschmeidiger und leiser gewesen.

Raena trat einen Schritt vom Wandteppich zurück, stellte sich schräg zur Wand hin und verharrte. Am liebsten wäre sie weiter zurückgewichen, doch ihre Angst hinderte sie daran, denn hinter ihr herrschte tiefste Dunkelheit und sie ahnte, dass dort auch der Tod lauerte. Sie wollte nicht über Leichen stürzen.

Die Fasern erlaubten nur geringe Durchsicht, doch bald darauf trat eine spärlich bekleidete Person ins Licht, ein junges Mädchen mit runden Gesichtszügen und suchendem Blick. Als ihre Augen auf das zersprungene Glas fielen, bewegte sie sich vorsichtiger. Scheinbar wusste sie nichts vom versteckten

Raum, denn sie blickte kein einziges Mal in ihre Richtung.

Gänsehaut rieselte Raenas Rücken hinunter, als sie hinter sich ein tropfendes Geräusch vernahm. Aus dem Nichts ertönte es, rhythmisch, langsam und gleichmäßig, immer durchdringender und lauter, bis sie glaubte, es befände sich direkt hinter ihr.

Raena begann zu zittern. Der Geruch, die Umgebung, die Atmosphäre. *Reiß dich zusammen!*

Das Mädchen gab ein überraschtes Geräusch von sich, sie hatte das Tuch entdeckt, welches Raena fallen gelassen hatte und bückte sich, um es aufzuheben. Dann sah sie sich um und als sie niemanden entdeckte, strich sie sich das hellblonde, kurzgeschnittene Haar aus dem Gesicht und murmelte fragend: „Hallo?"

Die Meerjungfrau, die schlafend auf der Trage lag, erhielt dabei keine Beachtung.

19. KAPITEL

Raena starrte das Mädchen an, ohne wirklich dabei zu denken. Am auffälligsten war das Band um ihren Hals. Blaue Klunker, die geheimnisvoll im Licht der Wandlaterne funkelten. Den Oberkörper verhüllte feinste, durchsichtige Seide, die Brust und die Taille wurden von einem schmalen Korsett eng eingeschnürt. Die restliche Wäsche bestand aus einer dünnen Hose, die nur das Nötigste bedeckte. Besonders die schrägen und tiefblauen Augen fielen Raena auf, die sogar durch den Wandteppich hindurch beeindruckend strahlten.

Sollte sie das Mädchen überwältigen und nach draußen fliehen? Sie war zart gebaut. Warum war kein Mann geschickt worden? Wollte er ihr auf diese Weise vermitteln, dass sie ihm vertrauen konnte und er ihr nichts Böses wollte? Warum sperrte er sie dann ein? *Weil ich nicht zögern und fliehen würde.*

„Der Herr schickt mich. Ich soll auf dich aufpassen, bis er zurückkommt. Er meint, du seist scheu wie ein Pferd. Ich kann gut mit Pferden. Die meisten von ihnen sind zu Beginn auch sehr scheu. Wenn man sie streichelt und ihnen Aufmerksamkeit schenkt, werden sie bald zutraulich. Vielleicht möchtest du meine Freundin werden?"

Raena runzelte die Stirn. *Scheu wie ein Pferd.* Vermutlich spielte das

Mädchen ihr nur etwas vor, damit sie aus ihrem Versteck kroch. Ihre Hände verkrampften. Das Tropfen hinter ihr trieb sie bis an den Rand des Wahnsinns.

„Ich habe hier viele Freunde. Die Tiere mögen mich sehr", fuhr sie fort, während ihre Augen unablässig über die Regale wanderten. Man sah ihr an, dass sie leicht verwirrt war, sie bückte sich und sah auch darunter nach, doch fand niemanden. „In meinem Raum habe ich etwas für dich aufgehoben – frischen Kirschmarmeladenkuchen aus der Stadt. Ich teile ihn gern mit dir, aber dafür musst du erst herauskommen."

Schließlich hielt Raena es nicht mehr aus. Sie beobachtete, wie das Mädchen sich umdrehte, zurück zur Tür ging, vorn die Kisten betrachtete und trat endlich hinter dem Vorhang hervor. In ihrem Nacken ein Kribbeln, sie räusperte sich.

Das Mädchen zuckte zusammen, drehte sich auf den Fersen um und eilte lächelnd auf sie zu. „Hier bist du", die Freundlichkeit schien echt, „ich bin Leden und arbeite hier. Heute schiebe ich allerdings Überstunden, da mich das Wetter leider nicht früher gehen lässt." Ihr mädchenhafter, unsicherer Ton war plötzlich verschwunden. Sie sprach klar und deutlich.

Raena bot sich ein verwirrendes Bild eines viel zu jungen Körpers, dem eine erwachsene Frau innewohnte.

„Ich bin mit dem Herrn gut befreundet und gelegentlich darf ich auch im Zoo mitanpacken."

Ein Bild von Esined schob sich in Raenas Blickfeld. Die Art, wie sie den Mund bewegte, wie sie ihre schrägen Augen aufschlug und die Farbe ihrer beider Iris ... sie ähnelten einander wie ein Ei dem anderen. *Bei den Göttern.* Jetzt, da ihr die Ähnlichkeit aufgefallen war, kam es ihr so vor, als stünde eine jüngere Kopie der Halbsirene vor ihr. Der einzige Unterschied war das Haar, welches bei Leden glatt und glänzend aussah, als ob es gewachst worden wäre, während Esined ihres gelockt getragen hatte.

„Du bist ziemlich blass. Ist alles in Ordnung? Möchtest du dich hinsetzen?" Leden lächelte matt. „Hast du noch nie ein leichtes Mädchen gesehen?" *Leichtes Mädchen?*

Raena wunderte, dass sie nicht errötete und sich auch sonst nicht für ihr Aussehen schämte. Betont strich sie über ihre Taille, die durchsichtige Seide glatt und zupfte an ihrer Hose herum. „Heute hatte ich Besuch von einem sehr guten Freund. Ein wichtiger Mann. Er beschenkt mich immer mit teuren Geschenken. Dieses Mal brachte er mir neue Kleider und ich muss sagen, dass er einen guten Geschmack hat. Das, was ich jetzt trage, ist der Kleidung des Harems der roten Reiter nachempfunden. Dort tragen sie scheinbar nur Seide und ansonsten nichts, doch er wollte, dass ich das Korsett anbehalte."

Was zum Henker ist ein Harem?

Raena fröstelte und Leden lächelte verträumt.

„Hast du das Gefäß zerbrochen?"

„Was?"

„Die Splitter." Leden deutete auf das Scherbenmeer zu ihren Füßen.

„Nein."

„Der Herr hat wohl vergessen, das Wasser auszutauschen, passiert öfters." Sie zuckte die Achseln. „Irgendwie hält sie das am Leben. Er arbeitet oft mit ihnen. Was genau er macht, kann ich dir leider nicht erklären. Ich weiß nur, dass sie immer an dieser ... Leitung hängen."

Raena spürte ihre Nasenflügel beben. Diese Gleichgültigkeit, mit der Leden sprach – sie spürte Wut und hätte ihr Gegenüber am liebsten bis zur Besinnungslosigkeit geschüttelt.

„Ich weiß nicht", überlegte Leden schließlich laut, ohne von den Scherben aufzusehen, „vielleicht sollte ich es austauschen?"

„Genügt nicht, wenn man sie von oben besprenkelt?", fragte Raena mit einem missfallenden Unterton.

„Nein", Leden hob den Blick und starrte sie durchdringend an. „Wie dem auch sei, ich darf hier eigentlich nichts anfassen." Sie atmete geräuschvoll aus und deutete zur Tür. „Gehen wir. Versprichst du, mir nicht davonzulaufen? Der Herr möchte nicht, dass du ins Wetter hinausläufst. Draußen ist es ziemlich gefährlich. Du könntest von einem Baum erschlagen oder von einem entflohenen Tier gerissen werden. Was, nebenbei bemerkt, auch ein Grund dafür ist, weshalb ich nun länger arbeiten muss."

Raena starrte sie an, sah sich in Gedanken bereits selbst in Ledens Kleidern stecken. „Was passiert mit mir, wenn ich dir folge?" Sie wusste genau, wo sie die Messer gesehen hatte, und ihr kam der wahnsinnige Gedanke, Leden einfach zu erstechen.

Könnte ich das wirklich tun?

Sie war sich nicht sicher. Die Vorstellung überforderte sie. Blut an ihren Händen war zwar nichts Neues mehr, doch sie wusste, dass es sie ihr ganzes Leben lang verfolgen würde.

Ich brauche eine Waffe, um mich notfalls verteidigen zu können. Doch sie hatte keine Tasche, nichts, wo sie sie unbemerkt hätte verstecken können, ohne sich selbst dabei zu verletzen.

„Du wirst zu nichts gezwungen", beruhigte Leden sie, die inzwischen weitergegangen war und ihr den Rücken zugekehrt hatte, „ich glaube nicht, dass er das macht. Schau mich an. Ich arbeite hier freiwillig. Entweder du kommst mit oder bleibst hier, wo dich spätestens nach ein paar Stunden die Männer der Herrin finden werden. Dann könnte auch der Herr seine Probleme mit ihr bekommen." Sie stemmte beide Hände in die Hüften und lehnte sich gegen die Tür. Abwartend. Dabei lächelte sie säuerlich. „Dir sollte bewusst sein, dass er für dich gelogen hat."

Gelogen? Raenas Gewissen meldete sich. Natürlich. Er war mit ihnen gegangen, ohne sie erwähnt zu haben.

„Wir gehen nicht ins Bordell", Leden hob beide Augenbrauen hoch, um ihrer Aussage genügend Ausdruck zu verleihen, „da würdest du sofort auffallen."

Raena fühlte sich in die Ecke gedrängt.

„Meine Güte, dein Gesicht! Du wirst nicht dazu gezwungen, dort zu arbeiten. Bei den Göttern, Mädel. Du bist viel zu verschreckt. Das gefällt den Männern nicht. Kein bisschen, das versichere ich dir. Ich bringe dich in sein Gemach, den Turm hoch. Dort sollst du auf ihn warten. Tut mir leid, dass ich gelogen habe, um dich herauszulocken, aber dieses Mal spreche ich die Wahrheit, versprochen."

Raena wusste nicht, was sie tun sollte. Ihr war klar, dass sie Leden genauso wenig vertrauen durfte, und doch war sie kurz davor, mitzugehen. Ihr Bein zuckte.

Leden wirkte amüsiert. „Ich habe nicht vor, dich zu töten. Ich will dich lediglich ein wenig aufmuntern. Der Herr ist sehr großzügig. Hab keine Angst."

Raena zweifelte immer noch. „Ich komme mit, aber nur, weil ich keine Wahl habe."

„Man hat immer eine Wahl. Wie gesagt, du kannst auch hierbleiben und auf die Männer der Herrin warten."

„Ich komme mit", wiederholte Raena etwas fester und trat vor.

Leden nickte. „In Ordnung. Dann lass uns gehen."

Während sie sich hinter das Mädchen stellte und ihren Schwanenhals betrachtete, fragte sie sich, ob Esined und Leden wohl verwandt sein könnten. Einfach danach zu fragen erschien ihr unhöflich. Wie hoch mochte die Wahrscheinlichkeit schon sein?

„Versteh mich nicht falsch", erklärte Leden entschuldigend, während sie die Tür zum Gang öffnete, „im Turm muss ich dich einsperren, nur zu deiner Sicherheit natürlich."

Raena presste die Zähne aufeinander.

Am Weg zum Gitter versuchte sie Ruhe zu bewahren und rieb sich die Oberarme. Bildete sie es sich nur ein, oder war es kälter geworden? Erschöpft schleppte sie sich vorwärts, die unregelmäßigen Stufen an den Fackeln vorbei. Die Beine zu heben und die Knie anzuwinkeln erforderte Kraft, die sie kaum noch hatte, sodass sie sich bemühen musste, nicht zu stolpern.

Im nächsten Stockwerk flackerte Licht an der Wand und Leden verschwand aus Raenas Blickfeld, die auf der vorletzten Stufe kurz innehielt, um tief Luft zu holen. Es roch nach Stein, Staub und Feuchtigkeit.

Nachdem sie genug Energie gesammelt hatte, folgte sie Leden in einen offenen Raum hinein, die Tür war an der Wand angelehnt und spürte sogleich die weiche Wolle eines Teppichs unter ihren Zehen. In der Mitte stand ein tischartiger Bau, darin eine große Kugel, die man mit einer Kurbel drehen konnte. Fasziniert blickte Raena auf verschnörkelte Zeichnungen und stellte überrascht fest, dass es sich um eine riesige Landkarte handelte. Darüber hing ein Kronleuchter mit brennenden Kerzen, während an den runden Wänden angeordnet hohe Regale voll mit Büchern standen. Drei im Raum stehende Leitern ermöglichten einem, bis ganz nach oben zu gelangen. Es gab keine Fenster. Das Wissen, welches hier versammelt war, raubte ihr schlicht den Atem. Dabei war sie von den Büchern zuvor bereits angetan gewesen.

Leden schloss die Tür hinter ihnen und lächelte sie an. Raena wich zurück und als Leden an ihr vorbeiging, nahm sie einen süßen Duft wahr, der von ihren Haaren aufstieg. Das Mädchen blieb vor einem beliebigen Regal stehen, wo im oberen Drittel ein Buch mit bestimmt tausend Seiten, quer und mit dem Deckel gen Boden gerichtet dalag. *Einhörner,* las sie. Dort legte Leden eine Hand ab und zwei Sekunden später begann sich ein guter Teil des Regals zu bewegen, rutschte ein Stück zurück und verschwand holprig in der Wand. Raena erinnerte sich an den Mechanismus, den sie auf der *„Albatros"* betätigt hatte, und blickte mit gerecktem Hals in den Spalt hinein.

Offenbart wurde ihnen eine Leiter, die senkrecht nach oben hinauf ins Ungewisse führte.

„Du kannst vorgehen. Ich folge dir später, nachdem ich mich nach einem Kuchen für dich umgesehen habe – eigentlich hasse ich es, zu lügen."

Skeptisch betrachtete Raena die Sprossen. „Der Schacht ist zu eng und oben ..." Da berührte Leden sie mit ihren eiskalten Fingern am Rücken und Raena vergaß ihre Worte und zuckte weg.

Das Mädchen kicherte. „Du bist niedlich und verschreckt wie ein kleines Reh. Nun klettere schon."

Eine erneute Berührung ließ Raena zur Seite weichen.

„Ich sperre dich nicht in ein dunkles Loch. Versprochen. Die Leiter ist nicht besonders lang und das Gitter lässt sich einfach öffnen. Sein Gemach ist warm, es brennt ein Feuer. Setz dich davor, während du wartest. Und glaube mir, es ist dort sicherer für dich."

Raena wurde nur noch misstrauischer. Ihr kam es so vor, als wollte Leden unbedingt, dass sie da hinaufkletterte. Wieso konnte sie nicht bei den ganzen Büchern bleiben? In diesem Raum war es doch auch ganz angenehm. Es gab einen Teppich, Bücher und keine Fenster. Hier konnte ihr doch auch nichts geschehen.

„Hab ein wenig Vertrauen", bat Leden sie ernst.

Ihr Gesicht wurde schwach beleuchtet. Sie sah aus, als ob sie binnen kürzester Zeit um mindestens zehn Jahre gealtert wäre.

Raena fragte sich, ob der Fremde und Leden sich ein Bett teilten. Sie wollte es nicht wissen und doch drängte sich ihr jene Vorstellung auf. Ihr wurde unwohl bei dem Gedanken, sie wollte nicht daran denken und doch tat sie es. Woher sollte Leden sonst wissen, wie sie in sein Gemach hinaufkam? Seine Gehilfin war sie jedenfalls nicht.

„Ich verspreche dir, dass dir nichts geschehen wird", drängte Leden und Raena, die ihr ganzes Leben lang Befehle und Anweisungen entgegengenommen hatte, tat es auch dieses Mal.

Mit einem harten Kloß im Hals tat sie zwei Schritte auf den Schacht zu, griff nach den Sprossen und blickte nach oben, wo sie tatsächlich ein Gitter und helles Licht flackern sehen konnte.

Hinter sich hörte sie ein knarzendes Geräusch. Langsam verschwand das schwache Licht, Ledens Gesicht blitzte ein letztes Mal auf und Raena versank in Dunkelheit, als das Regal sich schloss.

Sie holte tief Luft und machte sich daran, die Leiter hinaufzuklettern. Sprosse für Sprosse zog sie sich hoch, blinzelte und schätzte ab, wo sich die nächste Stange befand. Ein paar Mal griff sie ins Leere und berührte blanken Stein, auf welchem ihre Finger haltlos abrutschten.

Nicht mehr weit, redete sie sich ein und schöpfte ihre letzten Reserven aus.

Als sie beim Gitter ankam, mit dem Ellbogen dagegen drückte und es locker anhob, zog sie sich schnaufend in einen runden Raum. Das Erste, was sie spürte, bevor sie sich überhaupt umsah, war die angenehme Wärme, die wie ein sanfter Windhauch über ihre Haut strich. Mit verschwommenem Blick entdeckte sie sogleich einen Kachelofen, in welchem das Feuer niedrig und mit gleichbleibender Flamme schwach rötlich brannte.

Keuchend zog sie ihre Beine hoch, schloss das Gitter und kroch vom Schacht weg.

Ein lauter, krachender Donner erinnerte sie an das Wetter vor dem Turm. Sie hörte seinen Groll im Schacht verhallen und zuckte obgleich des dumpfen Echos zusammen. Kühl fegte Wind durch den Raum. In seinem Gemach gab es nur ein Fenster und dieses war groß genug, um sich auf das Fensterbrett stellen zu können. Es war nicht verglast und hatte nur seltsame Vorhänge, die im Licht der grellen Blitze aufleuchteten und sich zart wie Feenflügel in sanfter Brise wellten.

Trotzdem blieb es warm im Raum.

Raenas Arme zitterten, als sie versuchte aufzustehen und so gab sie auf und zog sich in die Mitte des Raums hinein, wo sie sitzen blieb. Unter ihr war weicher Teppich, wie bereits im Stockwerk davor. Sie genoss es, trotz ihres Misstrauens, ihre eiskalten Zehen in der weichen Wolle zu vergraben, stellenweise sogar zu weich, um es fühlen zu können.

Der Knochenelf hatte sein Gemach bescheiden eingerichtet. Ein einfacher Tisch mit einem einzigen, hölzernen Sessel ohne Bezug und mit eindeutigen Gebrauchsspuren versehen, stand knapp neben dem riesigen Fenster. Darauf lag ein dickes, mitgenommenes Buch, ähnlich dem, welches Leden berührt hatte. Rußflecken verunstalteten die Seiten. Daneben entdeckte sie drei halb abgebrannte Kerzen, ein Tintenfass samt Feder und ein kleines Messer.

Ihr fielen die Augen zu und da der Teppich sie regelrecht dazu einlud, sich hinzulegen und nach ein wenig Schlaf zu suchen, kämpfte sie sich auf die Beine hoch.

Ich darf nicht einschlafen.

Sein Bett stand seltsam abgerundet, an die Wände angepasst rechts von ihr und bildete einen halben Kreis. Zwei Balken auf zwei Pfosten, die man ebenso an der Mauer befestigt hatte, gaben dem Ganzen das Aussehen eines Himmelbetts aus grobem Stoff und Schafsfellen. Die zur Seite gespannten Vorhänge mussten aus dem gleichen Material gefertigt sein wie die Vorhänge am Fenster, denn sie bewegten sich im gleichen Rhythmus und glänzten ebenso geheimnisvoll.

An den Wänden hingen mehrere Teppiche, die zwar dem im Keller ähnelten, jedoch andere Zeichnungen aufwiesen. Am meisten faszinierte sie eine Herde schwarz gehörnter Pferde, die ihr entgegengaloppiert kam. Ihre Augen stachen weiß gewebt hervor, ließen sie wie Geister aussehen. Sie waren nicht mit Einhörnern vergleichbar, dafür wirkten sie zu kuhartig, zu breit und zu muskulös. Ob sich dahinter ebenfalls eine verborgene Kammer befand? Sie senkte den Kopf und betrachtete den Saum.

Er bewegte sich.

Soll ich?

Da sie ohnehin nichts Besseres zu tun hatte, entschied sie, nachzusehen. Es war zwar unhöflich, aber niemand war hier, um sie davon abzuhalten. Also blickte sie zum Schacht und lauschte. Um keinen Preis wollte sie von Leden dabei erwischt werden, wie sie herumschnüffelte.

Bis auf das Unwetter war es still.

Raena verspürte ein seltsames Kribbeln im Nacken, fühlte sich beobachtet. Gab es überhaupt Verhaltensregeln, wenn man irgendwo gefangen gehalten wurde? Musste man sich an die Regeln der Gastfreundschaft halten? Sie schalt sich dumm. Man hatte ihr zwar Sicherheit versprochen, hielt sie aber dennoch hier fest und sie machte sich Sorgen, was sich gehörte und was nicht.

Vielleicht konnte sie ja aus dem Fenster springen.

Und dabei sterben.

Statt endlich nachzusehen, blieb sie unschlüssig im Raum stehen und wusste nicht, wohin mit sich selbst. Sie kaute ihre Lippe wund und spielte weiterhin mit dem Gedanken, zum Fenster zu gehen und sich einfach fallen zu lassen. Aber sie würde sich nicht in den Tod werfen, außer, es gäbe kein Morgen mehr. Nachdem sie den Gedanken zu Ende gedacht hatte, begann sie sich schlecht zu fühlen. Es stand ihr nicht zu, ganz allein über den Tod vieler zu entscheiden.

Und wenn sie einfach die Katze aus dem Sack ließ?

Spätestens nachdem sie sich selbst vorgestellt hatte, wie sie Leden ihre Leidensgeschichte schilderte und dabei wild mit den Armen gestikulierte, wäre sie fast in Gelächter ausgebrochen. Man würde sie nicht ernst nehmen. Man würde sie nur eine Lügnerin schimpfen und irgendwo wegsperren, irgendwo, wo es nicht angenehm warm war und es keinen Teppich gab.

Raena seufzte. „Wenn ich nicht so entsetzlich müde wäre", ihre Stimme nur ein kratziger Hauch. Sie blickte zum Feuer, stellte sich vor, wie angenehm es wäre, sich einfach hinzusetzen, die Beine auszustrecken und die Augen zu schließen.

Du kannst nicht schlafen.

Sie schüttelte den Kopf, blickte zum Wandteppich zurück und haderte mit sich, bis sie sich endlich einen Ruck gab, jegliches Benehmen über Bord warf und mit entschlossenem Gesichtsausdruck durch den Raum marschierte.

Energisch streckte sie die Hand nach dem Stoff aus und zerrte ihn zur Seite. Nicht verwundert, dass sie tatsächlich einen dunklen Raum vorfand, stemmte sie ihre zweite Hand in die Hüfte und blickte zur Verankerung hoch. Dieses Mal würde sie nicht von Dunkelheit umgeben sein. Die Erfahrung im Keller hatte ihr genügt. Der Teppich war aber zu schwer, man konnte ihn nicht einfach beiseiteschieben. Zudem waren oben dicke Nägel in den Stein getrieben, damit er an Ort und Stelle hielt.

Raena überlegte und ging dann zum Tisch zurück, um den einzigen Stuhl im Raum zu holen, mit welchem sie den Stoff an die Wand zu klemmen versuchte. Es funktionierte nicht, weshalb sie beschloss, auch das dicke Buch zur Hilfe zu holen. Keuchend donnerte sie es auf den Stuhl, zerrte den Vorhang zur Seite und klemmte ihn ein. Zwar gab ihre Konstruktion ein wenig nach, doch vorerst hielt es.

Schwach beleuchtete das warme Kaminfeuer die kleine Kammer. Erst nachdem Raena sich erneut vergewissert hatte, dass auch wirklich niemand den Schacht hochkam, wagte sie den nächsten Schritt. Vorsichtig stieg sie über die Kante und spürte blanken, eiskalten Stein unter ihren Füßen. Sie schauderte ob der Kälte, während sie sich interessiert umsah.

Der Raum war rechteckig, ungefähr drei Meter lang, einen Meter breit und bot genügend Stauraum für vielerlei Dinge. Regale voller Behälter, Phiolen, geschlossener Kästen und Truhen, kleine Schränke mit Verglasungen, Löffel, Messer, Becher, sie fand sogar ein gebogenes, silbernes Horn, einen schwarzen, glänzenden Dolch, Schmuckstücke aus poliertem Glas, getrocknete Kräuter und teuer aussehende, winzige Statuetten. Es roch nicht süßlich, nicht nach Moder oder Feuchtigkeit, sondern nach den unzähligen Kräutern, die in Gläsern mit Korken verschlossen herumstanden.

Da der Raum nicht besonders groß war, befand sie sich bereits nach wenigen Schritten an seinem Ende. Auch hier lauschte sie und zuckte nur einmal kurz zusammen, als ein weiterer Donner durch den Raum hallte.

Raena streckte die Hand nach einem Kelch aus, wagte es, ihn von der Ablage zu nehmen, in ihrer Hand zu drehen und sich die matten Flecken anzusehen, welche sich am Metall gebildet hatten. Die Verarbeitung sah edel und alt aus. Der Schmuck, vermutlich Edelsteine, waren abgeschliffen und abgenutzt. Ob jemand einst Wein aus ihm getrunken hatte? Ein paar Zahlen waren auf dem Boden eingraviert, *die Jahreszahl vielleicht?* Raena stellte ihn zurück und fühlte sich kein bisschen schlecht dabei, dass sie die Habseligkeiten eines Fremden durchstöberte.

Ungefähr auf ihrer Augenhöhe erblickte sie eine Schatulle. Dahinter lag ein Säckchen aus Leinen, auf dem ein Einhorn abgebildet war. Sie streckte die Hand aus, nahm den Beutel, öffnete den Verschluss aus zwei aneinander vorbeilaufenden Fäden und roch am Inhalt. Ein salziges Aroma strömte ihr entgegen. Sie dachte sofort an Speck und ihr Magen grummelte vor Hunger.

Beunruhigt betrachtete sie das Bild und hoffte, dass es nicht das war, was sie vermutete. Sie dachte an Grashalm und ihr wurde übel.

Schnell lenkte sie ihre Aufmerksamkeit auf etwas anderes, holte mehrmals tief Luft und konzentrierte sich auf den schwachen Lavendelduft, der, wie sie verwirrt feststellte, sie überallhin zu begleiten schien. Dabei fiel ihr Augenmerk auf eine offene Kiste mit quadratischen Schächtelchen. Ihr Deckel war auf den Innenseiten verstaubt und mit Spinnenweben übersät. Hatte der Elf sie vor Jahren aufgemacht und so stehen lassen?

Im Inneren lag ein zusammengefaltetes, dünnes und fleckiges Schriftstück. Die Schrift war vergilbt und teilweise auf der Rückseite durchscheinend. In der Mitte befand sich ein großer Knick, der aussah, als ob er das Papier nurmehr notdürftig zusammenhielt. Und obwohl die Möglichkeit groß war, dass es auseinanderfiel, sobald sie es in die Hand nahm, tat sie es trotzdem. Neugierig strich sie mit den Fingern darüber und bekam prompt Gänsehaut, denn es war so trocken, dass ein leises Reibungsgeräusch entstand.

Auf der Innenseite fand sie einen klein geschriebenen Text in fremder Sprache vor: *Drahokamy a jejich magické odhalení.* Da sie die Worte ohnehin nicht verstand, legte sie das Papier zur Seite und betrachtete den Inhalt. Sie dachte an Jans Schachtel, die er mit ihr als Zugabe bekommen hatte, und fragte sich, ob er sie nun ins Meer werfen würde. Sie hob die Hand, wollte ins Kästchen greifen und zuckte ertappt zusammen, als ein weiterer grässlicher Donner durch den Raum hallte. Ihre Hand fuhr zurück, sie lauschte in die Stille und bemerkte nur, dass der Regen wieder zugenommen hatte. Ein letztes Mal ging sie zum Schacht zurück, lief über den Teppich und blickte nervös hinunter.

Sie sah und hörte nichts.

Zurück in der Abstellkammer nahm sie ein Schächtelchen zur Hand. Da es in ihrer Umgebung viel zu dunkel und die Bezeichnung am Deckel kaum lesbar war, drehte sie sich in Richtung des Feuers.

AZURIT, las sie.

20. KAPITEL

Raena nahm den Deckel ab. Zum Vorschein kamen zusammenhängende Kristalle von solch einer wunderschönen und tiefblauen Farbe, dass ihr kurz die Luft zum Atmen wegblieb. Schwach glänzend und je nach Drehung durchscheinend leuchtete ihr Inneres. Sie erinnerte sich an etwas aus ihrer Kindheit, sah sich selbst als kleines Mädchen vor einem Geschäft stehen, vor welchem ein Schild mit der Aufschrift *Perlenladen* hing.

Sie bezweifelte, dass sie in dem Alter überhaupt lesen gekonnt hatte. Woher kam dann die Erinnerung? Vielleicht ein fantasievolles Bild aus einem Buch, das sie fälschlicherweise für ihre eigene Erinnerung hielt? Raena runzelte die Stirn, schloss das Schächtelchen und stellte es wieder in die Kiste zurück.

Sie bestaunte verschiedenste Quarze, wobei ihr ein schwach rosa schimmernder am meisten gefiel. Auf den Zehenspitzen blickte sie nach hinten, wo zwei größere Schachteln beieinanderlagen, ihre Deckel eine unterschiedliche Farbe aufwiesen und sich deutlich von dem restlichen Inhalt unterschieden. Auf beiden standen Abkürzungen: rechts – *B. Drahokam* und links – *Č. Drahokam.*

Mit zusammengezogenen Augenbrauen griff sie nach der Schachtel mit dem staubigen Deckel rechts. Ihr Inhalt war ein weißer, achteckiger Kristall, der mit seiner milchigen Farbe kaum Licht durchließ. Raena hielt ihn nur wenige Zentimeter vor ihrem Gesicht hoch. Trotz seiner Lichtundurchlässigkeit gab er einen merkwürdigen Schimmer auf ihre Handfläche ab.

Sobald sie ihn hin und her drehte, flimmerte schwach, aber mit deutlichen Farben, ein Regenbogen auf ihrer Haut.

In der anderen Schachtel war ein schwarzer Kristall, dessen Farbe alles Licht zu verschlucken schien, seine achteckige Form nur schwer erkennbar.

Als sie beide in jeweils eine Hand nahm, weil sie ihr Gewicht untereinander vergleichen wollte, geschah etwas Unerwartetes. Der weiße Kristall, der zuvor noch einen wunderschönen Regenbogen auf ihre Haut gezeichnet hatte, wurde grau, als zögen in seinem Inneren Regenwolken auf. Bevor sie sich nach dem Grund des Wechsels fragen konnte, hörte sie ein Geräusch, das nicht zur Unwetterkulisse passen wollte. Viel mehr hörte es sich nach einem Bücherregal an, welches zur Seite geschoben wurde.

In Hektik warf sie die Steine auf die Ablage, eilte aus der Kammer und hob den Stuhl an. Sie trug ihn zurück, der Wandteppich rutschte in seine ursprüngliche Position, flatterte hin und her und hing dann still. Sie legte gerade das Buch auf den Tisch, als auch schon das Gitter zur Seite klappte und Ledens hellhaariger Schopf erschien.

Zerstreut strich Raena ihr Kleid glatt. Ihr Gesicht glühte.

Hatte Leden es gesehen?

Sie trat zum Feuer, damit sie behaupten konnte, die Hitze sei ihr zu Kopf gestiegen. Von dort aus beobachtete sie angespannt, wie sich Leden in den Raum hineinzog. Die hatte sich umgezogen und trug nun ein schlichtes, rotes Kleid aus gewöhnlicher Baumwolle und sie hatte einen Beutel bei sich.

„Das Wetter wird schlechter. Wenn es so weitergeht, verwandelt sich der Zoo bald in einen See." Außer Atem drehte sie sich auf der linken Ferse um und trat das Gitter zu.

Erneut kam Raena in den Sinn, wie sehr sie Esined ähnelte.

„Du bist herzlich dazu eingeladen, vorläufig in den Räumlichkeiten meines Herrn zu bleiben. Du kannst in seinem Bett schlafen. Er kommt heute nicht mehr hoch, also habe ich dir Wein gebracht, zur Entspannung." Leden ließ den Beutel ihre Schulter herabgleiten und trat zum Tisch, wo sie das Buch beiseiteschob. „Oh, er hat es nicht weggeräumt", bemerkte sie am Rande, „das vergisst er sonst nie." Dann holte sie eine dunkelgrüne Weinflasche und ein Tuchbündel aus ihrem Beutel.

„Darin sind Brot, Käse, Weintrauben und etwas Kuchen. Da du vermutlich länger hier oben bleiben wirst, habe ich vorgesorgt. Morgen bekommst du ein warmes Frühstück, du siehst viel zu dürr aus, wie ein Ziegengeist."

Beim Anblick des Essens bekam Raena nur noch mehr Hunger. Ihr Magen knurrte verräterisch, doch da in dem Moment ein Blitz über den Himmel krachte, ging es im tosenden Donner unter.

Auch ein dünnes Messer hatte Leden mitgenommen. Geübt begann sie das Brot und den weichen Käse in Scheiben zu schneiden. Nachdem sie fertig war, nahm sie ein paar Weintrauben in die Hand. „Was ist? Greif endlich zu."

Raena hatte ein seltsames Gefühl. Ihr Verstand riet ihr, nichts davon zu essen, doch ihr Hunger war kaum auszuhalten. Zuletzt gegessen hatte sie am Schiff. Und Weintrauben? Die hatte sie letztes Jahr direkt von der Rebe genascht. Sie liebte Weintrauben – eine Qual, nicht an ihren süßen Geschmack zu denken.

Vor Verzweiflung stiegen ihr die Tränen in die Augen.

„Soll ich vorkosten?", bot Leden mit sanfter Stimme an.

Raena wusste nicht, wie sie in dem Moment dreingesehen hatte, aber der mitleidige Blick verriet ihr, dass es nicht besonders glücklich gewesen sein konnte. Sie reagierte gereizt. „Ich bin hier eingesperrt. Misstrauen hält mich am Leben. Ich habe nicht vor, erneut mein Vertrauen missbrauchen zu lassen." Ihre eigene Schärfe überraschte sie. „Verzeih, ich- ...", dabei dachte sie an den durchwühlten Raum ganz in der Nähe und fühlte sich schlecht, „i- ich ..."

„Das ist schon in Ordnung", versicherte ihr Leden beschwichtigend, „wir haben nicht oft Besuch. Vor allem nicht von schwarzen Reiterinnen." Sie warf sich eine Traube in den Mund. „Du musst die Herrin entschuldigen. Sie sammelt fürchterlich gern, ähnlich wie der Herr. Manchmal macht sie einen Fehler und fängt etwas ein, das sie lieber in Freiheit hätte lassen sollen. Wie kamst du her?"

Raena musste sich beherrschen, um sich ihre Verwirrung nicht anmerken zu lassen. *Schwarze Reiterin? Torren hatte angenommen, ich wäre eine schwarze Grenzmagierin. Alle nehmen einfach irgendwelche Dinge an, bevor sie überhaupt nach der Wahrheit fragen.*

Leden lächelte zufrieden. „Die sind gut", bemerkte sie beiläufig und brach sich daraufhin ein Stück Brot ab. Nachdem sie es demonstrativ gekaut und geschluckt hatte, sagte sie lächelnd: „Siehst du? Nicht vergiftet." Mit dem mütterlich klingenden Ton ihrerseits fühlte sich Raena wie ein kleines Kind.

Wie alt Leden wohl war?

„Wie kamt ihr darauf, dass ich eine schwarze Reiterin bin?", fragte sie, froh darüber, dass ihre Stimme wieder fest klang.

„Die Farbe deiner Augen", Leden deutete mit dem Zeigefinger auf ihr Gesicht, „du hast keine Iris. Zumindest sieht man sie nicht. Ist es nicht so, dass wenn sie dunkler werden, es für die Menschen in Schwarz immer schwieriger wird, sich im Zaum zu halten?" Da Raena noch immer keine Anstalten machte, beim Essen zuzugreifen, drückte Leden ihr etwas Käse in die Handfläche hinein. „Iss", wiederholte sie und meinte daraufhin, „du weißt, dass du in Weiß nichts zu suchen hast? Sie sperren dich ein, wenn sie dich hier finden."

Welch Ironie. Sie war jetzt schon eingesperrt. Und ja, sie wusste, dass man sie einsperren würde, weil sie eigentlich aus dem Streifen kam und keine Dokumente hatte. Vielleicht würde man sie auch gleich töten, wenn man sie irgendwo aufgriff. Sie dachte an das Feuer zurück, an die Alte, die ihr ihre gefälschten Dokumente angefertigt hatte und fragte sich, wie viel Lanthan wohl dafür bezahlt hatte.

Mechanisch hob sie ihre Hand zum Mund, betrachtete abwesend das gelbliche Käsestück, welches säuerlich milchig roch und hörte ihren Magen grummeln, als sie es in den Mund schob und zu kauen begann. Der Geschmack war kaum zu beschreiben, aber hätte sie einen Schuh gegessen, wäre sie wohl ähnlich begeistert gewesen, denn ihr Hunger fraß sie von innen auf. Das Brot, welches sie in die andere Hand gedrückt bekam, roch nach Anis, Fenchel und Koriander, roch nach heimeligem Zuhause, nach Mamas Ofen und Sonntagsbrot.

Leden lächelte, ihre Augen leuchteten kurz auf. „Iss so viel du magst."

Sich nicht darauf zu stürzen, kam Raena furchtbar schwierig vor. In ihrem gesamten Leben hatte sie noch nie so gut gegessen. Frisches Brot mit knuspriger, nussiger Kruste und der Käse mit seinem gut gereiften Aroma ließen viel Platz zum Träumen übrig. Und die Trauben erst. Süß, kernlos und ihre Schale knackte frisch. Im Streifen wurden sie hauptsächlich in der wärmsten Region angebaut. In Fallen herrschte über das ganze Jahr Sonne und es gab dort riesige Wasserfälle, von welchen sich Reisende oft sagenhafte Geschichten erzählten, zum Beispiel, dass man in ein riesiges Loch in den Erdboden springen und durch Magie an andere Orte getragen werden konnte.

Zu ihrem Bedauern schaffte sie nicht einmal die Hälfte von den Leckereien, die Leden ihr mitgebracht hatte. Der Kuchen zerlief ihr auf der Zunge und ihr Magen schmerzte, denn er war bereits so voll, dass er sich über den Inhalt zu beschweren begann.

„Ich bin keine schwarze Reiterin", platzte es plötzlich aus ihr hervor.

Wieso zum Henker hatte sie nicht den Mund gehalten?

„Vielleicht bist du das nicht", entgegnete Leden langsam, „aber du kommst von der Grenze. Solche Augen wirst du hier nicht finden."

Sie hatte das Gefühl, dass Leden ihr nicht glaubte. Vielleicht dachte sie, dass sie log, um sich zu schützen, doch Raena schwieg, sie hatte bereits zu viel gesagt. In Gedanken versunken starrte sie das restliche Brot an. Konnte man an den Augen tatsächlich erkennen, woher jemand stammte? Ihre Schwester

Bara war mit dunkelbraunen Augen geboren worden und Rizors Augen hatten ähnlich dunkel geschimmert. Oder trog sie ihre Erinnerung?

„Ist das so?", murmelte sie.

„Ist dir das noch nicht aufgefallen?"

Raena schüttelte den Kopf. Ihr Blick blieb auf der vollen Weinflasche hängen. Der Verschluss war aus rotem Wachs, eingewickelt in ein dünnes, fast durchsichtiges Tüchlein mit Schleife.

Würde man eine schwarze Reiterin bewirten, einfach nur, um „nett" zu sein? Sie war sich nahezu sicher, dass der Herr etwas von ihr wollte. Wie oft es wohl vorkam, dass sich ein schwarzer Reiter über die Grenze verirrte? *Verirrte.* Man verirrte sich nicht einfach zufällig in ein Land, das von Grenzmagiern bewacht wurde.

„Hier", Leden hielt ihr einen Becher hin und als Raena keine Anstalten machte, ihr diesen abzunehmen, stellte sie ihn auf den Tisch ab. „Genieße den Wein. Ich habe noch einige Flaschen auf Lager, solltest du damit nicht zufrieden sein."

Wollte man, dass sie sich betrank? Warum gab man ihr kein Wasser?

„Niemand wird dich stören. Du bist sicher."

Raena glaubte ihr nicht. Wenn Leden weg war, würde sie den Becher in den Regen hinaushalten. Sie hatte Durst und durch das Essen war er nur verstärkt worden.

„Ich öffne ihn dir", bot Leden großzügig an, als sie auch schon die Schleife löste und die Wachsschicht aufbrach. Ein paar Brösel rieselten zu Boden. Anschließend mühte sie sich mit dem Korken ab, indem sie die Flasche zwischen ihre Knie klemmte und mit zitternden Schultern am Verschluss herumzerrte. Mit einem leisen „*Plopp*" entfaltete sich ein süßsaures Aroma im Raum.

„Hier, bitte", murmelte sie, nachdem sie die Flasche abgestellt hatte. Dann fuhr sie penibel mit ihrer Handfläche über den Tisch, sammelte das Wachs ein und ging damit zum Kamin. „Das Holz ist in einer Flüssigkeit eingelegt worden und brennt dadurch besonders lang. Es sollte dich bis morgen früh warmhalten."

Obwohl Raena keine Anstalten machte, trinken zu wollen, wurde sie damit übergangen, indem Leden einfach den Becher an sich nahm und mehrere Schlucke hineingoss. Blutrot schwappte die Flüssigkeit über den Rand und benetzte ihre Finger. Sie leckte ihren Nagel ab. „Ich würde ja mit dir anstoßen, aber ich habe keinen eigenen Becher mitgebracht. Stört es dich, wenn ich ...?"

Raena schüttelte energisch den Kopf und dachte dabei an den Kelch, den sie in der Kammer gefunden hatte.

„Danke." Leden nahm einen tiefen Schluck und als wäre sie selbst vom guten Geschmack überrascht, riss sie beide Augen kurz auf und nickte bestätigend. Dann nahm sie sich wiederholt ein paar Trauben. „Du brauchst unbedingt einen Kamm. Dein Haar ist völlig verknotet. Du wärst eine begehrenswerte Frau, wenn du es ordnen und deine Kleidung wechseln würdest."

„Ich bin keine solche Frau", entgegnete Raena mit belegter Stimme.

„Solche Frau?", Leden klang erheitert und beleidigt zugleich, „was meinst du damit?" Sie stellte den Becher ab.

„Ich habe nicht vor ... in einem ... Bordell zu arbeiten."

„Aber das musst du doch auch nicht." Leden rollte die Augen. „Bist du nicht neugierig, warum ich hier bin? Wie alt ich bin? Woher ich komme? Früher, da habe ich das Gleiche gesagt. Aber es ist immer noch besser, als sich als Fischweib am Markt abzumühen oder als Sklavin irgendwelche Häuser zu kehren und sich vom Hausherren begrabschen zu lassen. Hier wird man wenigstens dafür bezahlt." Sie atmete tief durch, als hätte sie das Thema fürchterlich aufgeregt. „Du solltest es in Erwägung ziehen. Auf dein Haupt würde es Gold regnen. Als Tochter einer Prostituierten hat man es in diesem Land nicht leicht. Man wächst am Ende der Nahrungskette auf, lebt von Almosen, bettelt, um zu überleben. Man wird von der Gemeinschaft dazu gedrängt, seinen Körper zu verkaufen. Er ist das einzige Kapital, was einem noch übrigbleibt, wenn gar nichts mehr da und alles verloren ist." Ledens Worte waren zwar traurig, doch ansonsten war sie gefasst, als ob sie ihr Schicksal ohne große Aufregung schnell akzeptiert hätte. „Deine mitleidigen Blicke sind zum Schreien. Ich verdiene gut. Das Unangenehmste an meiner Arbeit ist, gelegentlich einen fetten Alten zwischen meine Beine zu lassen. Manche von ihnen stinken nach allem Möglichem, du willst gar nicht wissen, wonach", sie lachte dumpf, „meinen Geruchssinn habe ich mir längst abgewöhnt. Aber es gibt auch andere Mittel. Wir benutzen gern ein weißes Pulver, um unsere Sinne abzustumpfen, funktioniert gut." Nach einer kurzen Pause meinte sie: „Denk an das Gold."

„Ich bin an keinem Gold interessiert", stellte Raena klar, die sich mehr und mehr dazu gedrängt fühlte, aufs Neue betonen zu müssen, dass sie nichts damit zu tun haben wollte.

„Wenn du zurück in deine Heimat reisen willst, wäre dies die beste Möglichkeit, um an etwas Kleingeld zu kommen. Du läufst nur in diesem Fetzen herum. Neue Kleider täten dir gut."

Raena kam sich vor wie in einem Kreis, der Anfang führte immer zum gleichen Ende. „Ich werde mich nicht verkaufen", unterstrich sie mit fester Stimme, „vorhin hast du mir versichert, dass ich in dem Turm sicher wäre und nun drängst du mir dein Gewerbe auf?"

Leden lachte schallend. „Du solltest etwas schlafen", stellte sie fest, als würde Raena Bedenkzeit benötigen, „trink doch ein bisschen Wein, der hilft dir dabei."

Und jetzt sagst du mir, dass das Mahl nichts mit Gastfreundschaft zu tun hat und genauso wenig umsonst ist, wollte sie ihr entgegenschleudern, behielt ihre bissige Bemerkung aber bei sich, aus Angst, dass es stimmen könnte.

„Schau nicht so böse", Leden wollte ihr auf die Schulter klopfen, doch Raena zuckte zurück. *Man nimmt mich nicht ernst,* schoss ihr wütend durch den Kopf.

Leden warf sich den Beutel über die Schulter. „Wir sehen uns", sagte sie, bevor sie zum Gitter ging und eine Gute Nacht wünschend im Schacht verschwand.

Raena blickte ihrer schmalen Silhouette nach und rührte sich erst, als sie hörte, wie sich das Bücherregal zurück auf seinen Platz bewegte.

Wieder gefangen, schoss ihr durch den Kopf.

„Das ist nicht neu für dich", murmelte sie zu sich selbst, „du schaffst das. Du findest einen Weg."

Würde sie das tatsächlich? Und wann musste sie damit rechnen, dem Knochenelfen erneut gegenüberzutreten?

Raena kämpfte um Ruhe, atmete tief aus und ein, lachte dann hysterisch auf und merkte, dass ihr Körper wie Espenlaub zitterte. Vor Schwindel wurde ihr schlecht, das Herz schlug ihr bis zum Hals und die Sicht vor ihren Augen verschwamm bis ins Unkenntliche.

Sie drehte sich zum Fenster, torkelte durch den Raum und suchte nach Ablenkung. Trotz des rauen Wetters gelangte kein einziger Tropfen herein. Sie streckte die Hand aus und fühlte Gänsehaut ihre Arme entlanglaufen. Ein Kribbeln glitt über ihre Haut, als hätte sie durch ein unsichtbares Netz, eine Grenze gegriffen, die irgendwo zwischen dem steinigen Fensterrahmen und dem Raum lag. Dann fühlte sie die Tropfen auf ihrer Haut und die Kälte, die der Regen mit sich brachte.

Sehnsüchtig streckte sie ihren Oberkörper hinaus ins Freie, umklammerte mit beiden Händen den Stein neben ihr und holte tief Luft. Regen prasselte auf ihren Kopf, ergoss sich wie ein Wasserfall über ihr Haar. Es glich einem

Schlag ins Gesicht. Mit weit geöffneten Augen starrte sie den Turm hinunter, wobei ihr nun auffiel, dass über dem Eingang ein steinerner Kopf befestigt war. Beim nächsten Blitz erkannte sie die Konturen eines Pferdekopfs, die Mähne und die Ohren waren sichtbar in den Stein gehauen worden, während der Hals eine merkliche Wölbung aufwies. Sie blinzelte das Wasser aus ihren Augen, schmeckte es in ihrem Mund. Anstatt auszuspucken, schluckte sie und es war bei weitem nicht genug, um ihren Durst zu stillen. Als ihre Hände kurz darauf Halt verloren, setzte ihr Herz vor Schreck aus. *Dreißig Meter*, tippte sie. Sollte sie fallen, würde sie sich sämtliche Knochen im Leib brechen.

Raena zog sich in den Raum zurück und rieb sich die Unterarme.

Ihre Atmung hatte sich beruhigt, ihr Schwindel war wie weggeblasen. Obwohl sich ihre Situation nicht geändert hatte, fühlte sie sich besser. Entschlossen griff sie nach dem mit Wein gefüllten Becher, leerte ihn in den Regen hinaus und rieb ihn sauber. Dann wartete sie mit ausgestreckter Hand, bis sich ein Schluck darin gesammelt hatte und benetzte ihre Lippen damit. Dies wiederholte Raena einige Male, bis sie beide Arme schmerzten und sie sie kaum noch heben konnte. Gab es hier überhaupt einen Nachttopf, falls sie musste?

Das Wetter tobte weiter. Besorgt wanderte ihr Blick über den düsteren Himmel. Das einzig Gute an ihrer Situation war der sichere und warme Ort, der sie vor dem Wetter dort draußen schützte. Mittlerweile fühlte sie ihre Zehen wieder und hatte nicht mehr das Gefühl, sich in einen Eiszapfen zu verwandeln.

Raena drehte sich vom Fenster weg und ihr Blick blieb am Gitter hängen. Sie wollte nicht mit dem Knochenelfen reden.

Und wenn ich den Eingang verstelle?

Sie müsste nur etwas Schweres finden, doch weder der Stuhl noch das Buch würden ausreichen, um ihn davon abzuhalten, hochzukommen.

Mit einem Schlag kehrte die Müdigkeit zurück. Die Frische, die der Regen zurückgelassen hatte, verflog. Raena gähnte. Ihre Lippen waren ausgetrocknet, stellenweise aufgerissen. Sie leckte über die schmerzenden Stellen, was ihr nur kurzzeitig Linderung verschaffte und rieb sich ihre brennenden Augen. Wärme hüllte sie ein.

Um sich abzulenken, fuhr sie mit den Fingern durch ihr Haar und begann es zu entwirren. Nach einer Weile gab sie auf, die Knoten ließen sie frustriert aufseufzen. Genervt griff sie zur Weinflasche und leerte den halben Inhalt schwungvoll in den Regen hinaus. Flüssigkeit schwappte über die Öffnung und benetzte ihr Handgelenk. Sie fluchte und unterdrückte den Wunsch, die

Flasche aus dem Fenster zu werfen.

Mit leeren Gedanken beobachtete sie, wie sich der Regen mit dem Wein vermischte und blassrot über ihre Haut bis hin zum Ellbogen lief. Raena musste plötzlich an Blut denken und sie wusste nicht warum, aber sie hatte das jähe Gefühl, dass etwas Schlimmes bevorstand. Schaudernd stellte sie die Flasche zurück auf den Tisch und starrte danach den Regen hinaus, gefangen in Gedanken. Sie fragte sich, wie ihr Leben verlaufen wäre, hätte Fenriel sie nicht befreit und hätte sie den Fürsten geheiratet. Säße sie nun in einer edlen Kammer, umringt von jungen Mägden, gesteckt in hübsche Kleider? Hätte sie jeden Tag Kuchen zu essen und würde Tee trinken, bis ihre Blase platzte?

Raena hatte keine Ahnung vom gesellschaftlichen Leben im Adel.

Je länger sie da stand, desto schlechter fühlte sie sich.

Unverständnis, Bedauern und tiefe Wut keimten in ihr, ließen sie mit den Zähnen knirschen. Sie hatte Heimweh, wollte ihre Geschwister sehen, hatte Sehnsucht nach einfacher Arbeit. Sich um Tiere zu kümmern, am Feld zu arbeiten, im Garten zu jäten – all das erschien ihr erfüllend.

Wie es Vater wohl ging?

Lanthans Gesicht erschien vor ihrem inneren Auge und die Erinnerung vertrieb für einen Moment alles. Er fehlte ihr – fehlte ihr so sehr, dass sich ihre Brust schmerzvoll zusammenzog. Sie wünschte sich seine Nähe zurück, seine tröstende Umarmung, die ihr Geborgenheit und Schutz vermittelt hatte.

„Lanthan", murmelte sie und sein Name rührte sie zu Tränen. Am liebsten hätte sie geweint.

Stattdessen sah sie sich im Raum um, entsetzlich ausgelaugt.

Sie brauchte etwas Ruhe.

Raena betrachtete das gemachte Bett und die Vorstellung, dass der Knochenelf dort jeden Tag schlief, jagte Schauer ihren Rücken hinunter. Trotzdem ging sie hin und zog ein weißes Schafsfell an sich. Danach setzte sie sich zum Kamin, wo sie ein lautes Seufzen ausstieß. Alle Anspannung fiel von ihr ab, ihr eigenes Gewicht drohte sie zu erdrücken. Sie wusste, dass sie Schlaf brauchte. Ihr Körper schrie danach, jeder Muskel zog und sie war sich sicher, lang würde sie nicht mehr gegen ihre Müdigkeit ankämpfen können.

Sie begann zu zählen, starrte in die Flammen hinein und bei hundert fragte sie sich, ob sie dazwischen eingenickt war, weil sie sich nicht an fünfzig erinnern konnte. Doch noch saß sie, hielt das weiche Fell in ihren Händen und blinzelte wie wild, während sie das Gefühl hatte, jemand versuche sie niederzudrücken und zum Liegen zu bringen.

Ihre Gedanken zerstreuten sich.

Sie musste schlafen. Sie *musste*.

Direkt vor dem Turm schlug ein Blitz ein. Sie zuckte nicht einmal zusammen und der darauffolgende Donner ließ sie kalt.

Raena wollte an nichts denken, sich nicht mehr fürchten müssen.

Würde die schwarze Seite endlich erwachen, sobald sie die Augen schloss? Sie war zu müde, um sich an der Vorstellung eines Blutbads zu stören. Vielleicht hätte sie aufstehen, zum Fenster gehen und nach Torren schreien sollen. Ob er sie wohl gehört hätte?

Ihr fielen die Augen zu.

Vielleicht beschützt mich ja meine dunkle Seite?

Dieses Mal wusste Raena, dass sie träumte. Ihr Körper lag vor dem Kamin, zusammengerollt, den Kopf auf die Armbeuge gebettet. Ihr Haar, verknotet und noch feucht vom Regen, lag wie ein Seestern hinter ihrem Rücken am Teppich ausgebreitet.

Sich selbst beim Schlafen zu beobachten, kam ihr in dem Moment nicht ungewöhnlich vor, auch wenn es in der Realität vermutlich sehr wohl genau das war, nämlich ungewöhnlich. Viel mehr empfand sie eine längst vergessene, innere Ruhe. Ihr Herzschlag pulsierte klar und deutlich, kräftig im gleichmäßigen Takt. Raena spürte die Wärme auf ihrer Haut, denn das Feuer brannte noch immer. Sie bemerkte, dass sie auf Knien hockte und drehte den Kopf, um einen Blick aus dem Fenster zu werfen. Das Wetter hatte sich beruhigt.

Wann hatte der Traum begonnen? Seit wann saß sie hier und beobachtete sich selbst? Sie erinnerte sich an eine gelbe Gestalt, doch vielleicht war es auch nur der Feuerschein gewesen, in den sie gestarrt hatte, bevor sie eingeschlafen war. Es war blendend, strahlend und warm gewesen, anders, irgendwie vertraut.

Jedenfalls hatte sie das Gefühl, dass sie seit Ewigkeiten dasaß.

Sie wusste nicht wie, aber auf einmal stand sie vor dem Fenster. Als ob sie die Augen geschlossen und woanders aufgemacht hätte.

Graue Wolken bedeckten den Nachthimmel. Darunter erstreckte sich ein großer Park mit riesigen Trauerweiden, die durch das Unwetter stark in Mitleidenschaft gezogen worden waren, zwischen ihnen Bänke und Stühle verstreut. Sie zählte vier Hütten.

Bei vielen Bäumen waren Äste abgebrochen, ein Baum ähnelte nur mehr einem gigantischen Zahnstocher. Der Rasen war überschwemmt, das Wasser schien durchscheinend und reflektierte das Mondlicht. Sie konnte sogar die Mauer überblicken, hinter welcher der Zoo lag. Die Dächer glänzten vor Nässe.

War das wirklich ein Traum?

Sie sah über ihre Schulter, betrachtete sich selbst und blickte wieder zurück nach draußen. Der Ausblick wirkte friedlich, hätte die Stille nicht geherrscht, die fast unnatürlich erschien, als ob die Erde die Luft angehalten hätte. Sie gab Raena das Gefühl von Tod. Vielleicht war dies nur Einbildung und in Wahrheit tobte das Gewitter immer noch?

Sie schloss die Augen und lauschte in sich hinein, denn es war für sie unbegreiflich, nichts zu hören. Zuerst war da nur eine Finsternis voll weißer Flecken, wie man sie oft sah, wenn man die Augen schloss und schließlich kamen die Geräusche, langsam, aber geballt, drangen beidseitig und doch gleichmäßig an ihre Ohren, ein Rauschen, das immer lauter wurde und sich zu Schreien verwandelte.

Vor ihren Augen sah sie Bilder aufblitzen, wie kleine Explosionen mehrmals in helles Licht gehüllt. Brennende Hütten, der Rauch schwarz und unheilvoll, schaukelnde Boote im Wasser, Wellen, die sich aufbäumten und schäumend gegen Holz schlugen. Frauen, Männer und Kinder waren auf der Flucht vor den Flammen, die sich durch das Holz fraßen wie durch Papier. Hunde jaulten, Katzen mauzten, Ratten flüchteten.

Raena stöhnte auf. Sie spürte ihre Hoffnungslosigkeit, ihre Verzweiflung und ihre Todesangst. Sie wollte das nicht sehen, nicht hören und presste die Hände auf ihre Ohren, um den Lauten zu entkommen, sie riss die Augen weit auf und schrie, bis ihre Lungen versagten.

Von einem zum nächsten Atemzug war es vorbei. Sie stand erneut im Turm am Fenster. Der Zauber war gebrochen, das Geschrei verschwunden, das Chaos ausgelöscht und das Leid weit fort. Ihr Herz flatterte und sie weinte, als sie durch den Raum stolperte und vor ihrem Körper auf die Knie fiel.

Was – zum Henker, hatte sie gerade gesehen?

Da wurde ihr auf einmal bewusst, dass sie ... nicht träumte?

Tränen fielen auf ihre Hände und verschwanden, als hätte es sie nie gegeben. Ein paar von ihnen berührten den Teppich und verschwanden ebenso, hinterließen keinen feuchten Fleck.

Was zum ...?

Sie blickte zu ihrem noch schlafenden Gesicht hinunter und sah die feuchten Spuren auf ihren Wangen glänzen.

Die Person, die da vor ihr lag, kam ihr vertraut und fremd zugleich vor. Die Angst und die Aufregung hatten ihre Spuren hinterlassen. Spitz stach die Schulter unter der Decke hervor, über ihren Schlüsselbeinen spannte die Haut. Sie hatte Falten in den Augenwinkeln, ihr Gesicht wirkte selbst im Schlaf müde, ihre Haut ausgetrocknet und fahl, als hätte sie zu wenig Sonne abbekommen. Ihre Mundwinkel waren nach unten gezogen, ihre Lippen bleich und ihre Wangen eingefallen.

Sie erkannte sich kaum wieder.

Raena wollte sich nicht so sehen.

Ohne groß darüber nachzudenken, packte sie nach dem Fell und zog es ein wenig höher, sodass ihr Körper bis zum Hals damit bedeckt war.

Wache ich jetzt auf?

Nichts dergleichen geschah. Sie beobachtete sich selbst, wie sich das Gesicht entspannte und Ruhe auf ihren Zügen einkehrte, die selbst die Fältchen glättete und kurz Frieden einkehren ließ. Erstaunt spürte sie die Wärme des Fells und eine Entspannung, die nicht die ihre und doch die ihre war.

Plötzlich stieg ihr auch der Duft nach Lavendel in die Nase.

Für einen Moment vergaß sie das zuvor gehörte Leid und fragte sich, was wohl geschehen würde, wenn sie sich selbst berührte. Mit angehaltenem Atem starrte sie ihr Gesicht an und zögerte. Zaghaft hob sie die Hand, streckte sie aus und dann, als die Fingerkuppe vorsichtig ihre Wange berührte und sie zischend nach Luft schnappte, spürte sie es. Es war ein sanfter Druck.

21. KAPITEL

Für eine Weile sah sie sich selbst an und konnte sich nicht erklären, wie es ihr gelungen war, ihren Körper zu verlassen.

„Wie ist das möglich?", flüsterte sie leise, ihre Stimme klang klar und unverzerrt in ihren Ohren, viel zu real. Sie war sich sicher, allein würde sie die Lösung niemals erraten und vermisste jemanden, dem sie die Frage hätte stellen können.

Und was war mit den Hütten?

Ihr Verstand bildete sich ein, dass es sich um Mizerak gehandelt hatte, doch warum sollte die Stadt in Flammen stehen? Eine Vision vielleicht? Raena wollte es nicht noch einmal durchleben.

Verunsichert kaute sie auf der Innenseite ihrer Wange herum und hörte erst damit auf, als ihr klar wurde, dass sie damit ihre Seele verletzte. *Was für ein absurder Gedanke.* Konnte sie das überhaupt tun, wenn die Tränen vorhin durch ihre Hand hindurchgefallen waren? Raena schüttelte den Kopf und erhob sich. Mit starrem Blick betrachtete sie sich selbst.

„Wie ist das möglich?", wiederholte sie. Niemand antwortete ihr.

Sie griff sich an den Brustkorb, tastete zu ihrer Halsschlagader und spürte – nichts. Ihre durchsichtige Hand hatte die Farbe von Nebel, gräulich und unwirklich, als wäre sie nur ein Schemen. Vom Rest ihres Körpers ganz zu schweigen. Sie sah nur Umrisse, der Schwung ihrer Hüfte und der Ansatz ihrer Zehen waren die deutlichsten Linien.

Gab es in diesem Raum einen Spiegel? Wenn sie sich darin sah, dann würde sie vielleicht ein wenig Klarheit schaffen können, doch es gab nichts Derartiges. Die Wände schmückten nur Wandteppiche und im Schrank des Elfen wollte sie nicht herumwühlen, genügte, dass sie sich bereits in seiner verborgenen Kammer umgesehen hatte. Vermutlich war der Knochenelf nicht gerade jemand, der sich gern im Spiegel ansah.

Wie ein Tier lief sie im Raum auf und ab. Nach drei Runden, in denen sie sich den Kopf darüber zermarterte, wie zum Suneki sie in diese Situation geraten war, realisierte sie die Unruhe ihres schlafenden Selbst. Der Körper bewegte sich, Füße und Arme zuckten, das Fell rutschte und Raena sah Schweiß auf ihrem verzerrten Gesicht glänzten.

Ich muss mich beruhigen.

Sie war also tatsächlich nur ein Geist – eine Seele, die ihren Körper fühlen konnte. Nachdem sie sich dessen bewusst geworden war, konnte sie beobachten, wie sich ihr Körper ihrem Rhythmus anpasste und mit ihr im Takt atmete.

Und wie komme ich wieder zurück?

Ihr kam der ernüchternde Gedanke, dass sie vermutlich sterben würde, wenn sie nicht mehr zurückkehrte.

Und wie, zum Suneki, soll ich das Leden erklären?

War etwas im Essen gewesen, das ihren Geist dazu getrieben hatte, seinen Körper zu verlassen? Aber Leden hatte es vorgekostet.

Vielleicht irrt sie nun auch im Turm umher.

Raena betrachtete die Stelle, wo ihre Handfläche durchsichtig war, sie den Boden hindurchschimmern sah und bewegte die Finger, die sich mehr tot als lebendig anfühlten und musste jäh an den Traum denken, der ihr starke Kopfschmerzen beschert hatte, an den Kerker in der Tiefe, die gefangenen Schemen hinter Gittern gesichtslos. Sie hatte ihn durchwandert, auf der Suche nach einem Mann und die Gefühle, als sie ihn geküsst hatte, waren wie reißendes Wasser auf sie eingeströmt.

Raena blinzelte.

Wenn sie ihn mit ihrer Situation verglich, bemerkte sie Details, die übereinstimmten. Da hatte ihr Körper zu Beginn noch Masse besessen, sie war nackt gewesen, ehe ... Raena lachte auf. Zuerst dachte sie, ihre Augen würden ihr einen Streich spielen, weil sie sich ein wenig mehr Sichtbarkeit wünschte, bis ihr klar wurde, dass ihre Hand sehr wohl Farbe annahm. Ihre geisterhafte Erscheinung gewann an Substanz!

War der Traum vielleicht doch Wirklichkeit gewesen?

„Ich bin nackt", murmelte sie überfordert. Sie war hager, die runde Form ihrer Hüften verschwunden. Sie sah aus wie jemand, der tagelang nichts zu sich genommen hatte. Ihr Busen klein, ihr Brustkorb eingefallen, die Beckenknochen spitz hervortretend.

Und was jetzt?

Ihr Körper lag nach wie vor vor dem Kamin.

Raenas Blick huschte zum Schrank und obwohl sie sich vorerst geziert hatte, ertappte sie sich dabei, wie sie ihn aufmachte und trotz schlechten Gewissens den Blick auf fremde Kleidungsstücke warf. Sie konnte doch nicht nackt herumwandern! Um so wenig wie möglich durcheinanderzubringen, nahm sie die ersten Kleidungsstücke, die ihr ins Auge fielen – eine einfache Leinenhose und ein langes Hemd und zog sie an. Natürlich hätte sie ihren Körper ausziehen können, aber für den Fall, dass ihr Geist wieder zurückkehrte, sollte ihr Leib das Kleid wohl anbehalten.

Dann hatte sie das plötzliche Bedürfnis, die Steine holen zu wollen. Sie wusste nicht wieso oder weshalb, aber sie wollte sie unbedingt berühren und als hätte sie einen Sprung durch den Raum gemacht, stand sie unerwartet vor der verhängten Kammer. Unheimlich, denn sie hatte keinen Windhauch, keinen Ruck gefühlt.

Bin ich gegangen? Raena erinnerte sich nicht und erstaunlicherweise erschien es ihr nicht einmal ungewöhnlich. Sie empfand dabei eine gewisse alltägliche Gewohnheit, die sie selbst wunderte. Sie griff nach dem Teppich, doch ihre Hand glitt hindurch. Selbst die Kleidung passte sich ihrer geisterhaften Form an. Raena kräuselte die Stirn und beim zweiten Mal gelang es ihr, auch wenn sie den groben Stoff nicht fühlte.

Sie ging hinein, wusste genau, wo sie sie hingeworfen hatte und obwohl es um sie herum dunkel war, brauchte sie kein Licht. Vor dem Regal starrte sie die Steine an, als könne sie sie durch bloße Gedankenkraft dazu bringen, sich zu bewegen und auf sie zuzuschweben. Natürlich geschah nichts dergleichen. Konzentriert griff sie danach und scheiterte. Dort, wo ihre Haut den Stein teilte, schimmerte eine goldene Linie auf.

„Warum ...?"

Sie versuchte es erneut und der weiße Stein rollte schließlich träge in ihre Handfläche, der Regenbogen darin schimmerte.

„Unfassbar", hauchte sie und beobachtete das Farbenspiel.

Sie griff auch nach dem schwarzen, achtlos wenige Zentimeter weiter hingeworfen und sobald er ihre Haut berührte, wich die Dunkelheit. Als er in ihre Handmitte rollte, wurde er heller und heller, begann wie ein Stern zu strahlen und sich zu verwandeln. Leuchtend tanzten die Farben in seinem Inneren und Gänsehaut rieselte ihren Rücken hinunter. Sie starrte die Steine an, während sie die Stirn runzelte.

In ihrem Kopf formte sich ein irrer Gedanke.

War sie nun ... erwacht? Ergab das überhaupt einen Sinn?

Aber nichts ergab hier Sinn. Sie war nicht einmal in ihrem Körper. Aber ... was, wenn – sie starrte den Stein an, der zuvor noch schwarz gewesen war, ihre dunkle Seite nun vor dem Kamin lag? Schlafend und doch irgendwie mit ihr verbunden? War das möglich?

„Bei Ara, dass ...", murmelte sie völlig entgeistert den Namen der Göttin, die ihr das Leben geschenkt und die ihre Mutter angebetet hatte, „was mache ich jetzt?"

Raena entschied, beide Steine mitzunehmen. Wenn sie Lanthan fand, so würde sie ihm erzählen, dass sie sich in zwei Teile gespalten hatte – sie würde ihm alles sagen. Doch dafür musste sie erst in ihren Körper zurück.

Als ihre Augen beiläufig über das Ende der Kammer huschten, sah sie eine Armbrust an der Mauer hängen. Es fröstelte sie, denn sie war sich ziemlich sicher, dass dort keine gewesen war, als sie den Raum zum ersten Mal betreten hatte. Tief in ihrem Inneren hörte sie eine leise Stimme zweifelnd flüstern, dass sie vielleicht viel zu müde gewesen war, sie sie deswegen nicht gesehen hatte. Andererseits war Raena sich sicher, dass es unmöglich war, so eine Waffe zu übersehen. Sie schien zu schimmern, ähnlich wie ihre Hand, als sie durch den Stein gegriffen hatte.

Ihre Größe war eindrucksvoll und so auch die Bolzen, die direkt daneben auf drei Köcher aufgeteilt waren, die schwarzen Spitzen poliert und bereit, Fleisch zu durchdringen und Knochen durchzuschlagen. Ihr war, als ob sie so etwas schon einmal gesehen hätte und verspürte den Drang, aus der Kammer zu verschwinden, was sie dann auch tat.

Anschließend blickte sie ihren schlafenden Körper an, ballte beide Hände zu Fäusten und spürte keinen Schmerz, nicht einmal den Druck der polierten Kanten. Sie wusste nur, dass die Steine da waren. Den Gedanken an die

Armbrust erst einmal verwerfend, begann sie sich den Kopf ernsthaft darüber zu zerbrechen, wie sie zurück in ihren Körper gelangen könnte. Ihr kam die Idee, ihren Körper so lange zu schütteln, bis sie endlich aufwachte, doch wegen der schauderhaften Vorstellung, sich dann vielleicht selbst in die Augen zu blicken, unterließ sie den Versuch.

Und wenn sie die ganze Zeit über in dem Körper einer anderen gelebt hatte?

Zweifel nagten an ihr, nährten sie mit weiteren Gedanken, die ihr Angst vor sich selbst einjagten.

Was, wenn ich nie wieder zurückkann?

„Kann ich überhaupt durch Wände gehen?", versuchte sie sich abzulenken. Die Fähigkeit könnte sich als nützlich erweisen. Da der Knochenelf diese Nacht nicht mehr heraufkommen würde, hatte sie theoretisch noch genügend Zeit, um sich im Turm umzusehen.

Da kam Raena eine Idee.

Entschlossen ging sie zum Leiterschacht. Die Steine nahm sie mit. Sie würde sich nach einem Fluchtweg umsehen und sollte sie eine Berührung fühlen, so hoffte sie, *kehre ich umgehend zurück.*

Das Gitter zu greifen war nicht einfach, doch schließlich gelang es ihr und so stieg sie auf die erste Sprosse, erleichtert, dass sie nicht hindurchglitt. Merkwürdig, den Druck nicht auf ihren Sohlen zu fühlen.

Raena winkelte ihre Hand an, in der anderen hielt sie die Steine fest umklammert und blickte zwischen Leiter und sich selbst hinunter, um ihre Beine zu beobachten, denn sie hatte das Gefühl, ständig ins Leere zu treten.

Wieso sprang sie nicht einfach durch den Raum, genauso wie zuvor?

Ich scheine es nicht kontrollieren zu können.

Bei der vorletzten Sprosse glitt sie mit einem überraschten Quieken hindurch. Sie hatte mit Schmerz gerechnet und war deswegen auch zusammengezuckt, doch sie spürte nichts und atmete erleichtert auf.

Was würde passieren, wenn sie fiel?

Würde sie durch den Boden fallen?

Von Dunkelheit umgeben stand sie am Grund des Schachts, blickte das Bücherregal an und bereitete sich innerlich darauf vor, durch das Holz hindurchzugehen. Mit einem nervösen Lachen schloss sie beide Augen.

Ein Atemzug, ein Schritt und dann ... völlige Stille.

Als ob sie vorher unterbewusst das Knistern des Kamins, vielleicht auch den Atem ihres Körpers wahrgenommen hätte und im nächsten Moment gar

nichts mehr. Es fühlte sich nicht fest an, war wie Nebel, den man hindurch-
schritt. Es fühlte sich so an, als ob es nicht existieren würde.

Ein zweiter Atemzug, ein zweiter Schritt und die Stille wich.

Sie wusste, dass sie sich auf der anderen Seite befand und beide Augen
öffnen konnte, ohne befürchten zu müssen, von flüssigem Holz umgeben zu
sein.

Im Raum war niemand und die Tür stand offen. Sie verharrte, lauschte
und als sich nichts rührte, lief sie in Eile hinaus, hastete die Stufen hinunter
und blieb nur einen kurzen Moment lang vor der Tür zum Schlüsselraum stehen, um das Symbol zu betrachten, welches auf ihr leuchtete. Es war klein,
verschnörkelt, kaum eine Hand groß. Ihr Instinkt riet ihr weiterzugehen, doch
sie berührte die Klinke, spürte einen brennenden Schlag und begriff – hier
würde sie nicht rauskommen.

Raena rannte in den Keller hinunter, durch den Gang weiter. Goldene Blü-
tenmalereien glänzten im Licht der magischen Laternen. Sie lief bis zur letzten
Tür und war so sehr auf den Gedanken der Flucht fixiert, dass sie nicht einmal
versuchte, nach der Klinke zu greifen. Sie schloss die Augen und nach kurzer
Stille fand sich in einem Raum voller Türen wieder, wo sie erstaunt stehenblieb.

Die Decke erinnerte an eine steinerne Kuppel. Weit oben in der Mitte war
ein Stern, von dessen acht Spitzen steinerne Rippen ausgingen, die sich zu
Säulen hinabzogen und dem Raum seine runde Form gaben. Die Wände waren blau gestrichen, den Boden schmückte ein dicker, hochwertig aussehen-
der Teppich. Noch wusste sie, durch welche Tür sie hereingekommen war,
doch sobald sie weiterging, würde es schwierig werden, wieder hinauszuge-
langen. Der Raum sah aus, als wäre er dazu gemacht worden, seine Besucher
zu verwirren.

Sie spitzte die Ohren und vernahm nur ein leises Brummen weit ober ihr,
als befände sich die Kuppel unter einer gigantischen, schnurrenden Katze.
Der Stein schien davon durchdrungen und woher genau es kam, vermochte
sie nicht einzuschätzen.

Um sich der Richtung sicher zu sein, ging sie geradeaus weiter.

Goldener Schimmer hüllte sie ein.

Durch Dinge zu gehen erschien so einfach, als hätte sie ihr gesamtes Leben
lang nichts anderes getan. Die Freiheit, die sie durch diese Gabe empfand, war
etwas Besonderes. In diesem Augenblick war das Wissen, nicht mehr eingesperrt zu sein, das größte Geschenk, das man ihr machen konnte.

Raena fand sich in einem kurzen Gang wieder, dessen Wände und Decke mit dunklen, zum Glanz polierten Holz verkleidet waren. Als hätte sie einen anderen Ort betreten, herrschte hier eine warme Atmosphäre, die sie zwar nicht fühlen, aber sehen konnte.

Neben der nächsten Tür brannte auf Augenhöhe eine Kerze in der Ecke und daneben stand ein kleiner Kelch, in welchem frische Kerzen bereitstanden. Die Decke war mit Bildern verziert, mit Nackten, die sich räkelten und an Stellen berührten, die Mutter als schamlos bezeichnet hätte. Obwohl ihr Körper weit über ihr im Turm lag, konnte sie ihren schnellen Herzschlag durch die Wände hindurch und die Hitze auf ihren Wangen fühlen.

Vor der Tür blieb sie stehen und hörte leises Gemurmel. Sie musste an Ledens Angebot denken und fragte sich, ob dahinter das war, was sie vermutete: *Ein Freudenhaus.*

Raena war sich nicht sicher, ob sie weitergehen sollte. Wer wusste schon, was sie zu sehen bekam? Sie spürte Aufregung und fremdes Kribbeln im Bauch, eine Wärme, die heiße Schauer ihren Rücken hinunterlaufen ließ.

Und sie spürte auch ein wenig Neugierde.

Als ihr Bruder geheiratet hatte, waren Witz und Gelächter über die Tische geflogen, aber auch erst dann, nachdem die jüngeren Geschwister zu Bett gegangen waren. Raena hatte damals mit Bara bei der Treppe gelauscht und manche Dinge hatten ihnen die Röte in die Wangen getrieben, vor allem, als von prallen Brüsten und wohlgeformten Hinterteilen die Rede gewesen war. Doch so genau konnte sie sich nicht mehr daran erinnern und wusste nur, dass sie später lange gekichert hatten.

Wenn sie sich vorstellte, dass ein Stier über ihr wütete, vor Anstrengung grunzte, die Ohren angelegt und die Nüstern geweitet – der Stier war in ihrem Fall ein Mann, erschauerte sie wie bei einem eisigen Winter vor der Tür.

Sollte sie zurückgehen?

Nein.

Sie musste einen Fluchtweg finden.

Doch was würde geschehen, wenn man sie sah?

Raena schüttelte den Kopf. Man würde sie schon nicht sehen, hoffte sie zumindest.

Mit einer großen Portion Selbstvertrauen glitt sie vorerst nur mit dem Kopf durch die Tür. Die Steine in der Hand quetschte sie. Direkt vor ihren Augen hing in sanften, dunkelroten Wellen halbdurchsichtige Seide herab. Frei von Flecken und von glänzenden Fäden durchwoben, musste der Stoff eine

Menge Gold gekostet haben.

Ihr Blick fiel auf einen runden Tisch, nur wenige Schritte entfernt, wo männliche Gäste saßen und zusammen Wein tranken. Sie wusste nicht, ob man sie sah oder ob die seidenen Vorhänge sie vor Blicken schützten, doch sie fühlte sich ihrer Sache sicher.

Man wird mich nicht sehen, schoss ihr durch den Kopf, *ich brauche keine Angst zu haben.* Das hatte sie tatsächlich nicht. Aber sie war aufgeregt, denn ihr öffnete sich eine Welt, von der sie kaum eine Ahnung hatte.

„Vielen Dank, Liebes. Sehr freundlich von dir", sagte ein Herr zu einer kaum sichtbaren Gestalt im Dunkel.

Raena kniff die Augen zusammen, drehte den Kopf, doch die Umrisse wurden von der Seide verzerrt. Wenn sie etwas sehen wollte, musste sie näher und ehe sie sich versah, war sie vollständig durch die Tür geschlüpft. Das Herz schlug ihr bis zum Hals, sie fühlte sich wie eine Diebin und doch brachte sie es nicht über sich, wieder zu gehen.

„Du solltest trinken, solange du noch kannst. Die Zwerge machen uns bald Feuer unterm Arsch", betonte die gleiche Stimme gereizt, „dann saufen sie uns unseren Wein weg und stehlen uns die Weiber. Sobald sie Narthinn überrollt und sich das Gleichgewicht geholt haben, ist es für uns vorbei."

Vorsichtig trat Raena näher an die Seide heran.

„Sie werden Narthinn schon nicht überrollen. Dafür sorgt der Herrscher."

Im Hintergrund sollten sanfte, melodische Klänge für Entspannung sorgen. Doch es schien nicht ganz zu passen, die Worte machten die schöne Musik zunichte.

„Ach, wirklich? Der kann seinen fetten Arsch doch kaum von seinem Thron wegbewegen. Kann der überhaupt fliegen? Hab den noch nie auf einem Pegasus gesehen." Zwei von ihnen lachten.

Raena ließ ihre Augen über die teure Einrichtung schweifen. Im schwachen Schein erkannte sie Rundtische mit dunklen Schnitzereien verziert, dazu passende Stühle und fremde Pflanzen mit schmetterlingsartigen Blüten, die dazwischen wahllos herumstanden. Der Boden selbst bestand aus poliertem Parkett und war so dunkel, dass er jegliches Licht verschluckte. Nur wenn man den Kopf bewegte, spiegelte sich starker Glanz darin wider. Die Männer schienen die einzigen Gäste zu sein; vor ihnen brannte eine Laterne auf dem Tisch und beleuchtete ihre Gesichter.

Raena war erleichtert und enttäuscht zugleich. Sie hatte mehr erwartet und drückte daraufhin ihr Gesicht gegen die Seide, um besser nach oben schielen und die Balustrade bestaunen zu können, die in schwindelerregende Höhen erstreckende Stockwerke umrahmte. Es gab viele Türen und eine Treppe, die alles verband – doch die momentane Beleuchtung reichte nicht aus, um alles gut zu erkennen.

„Komm her, Liebes. Lass dich umarmen."

Sie hörte leises Gekicher. „Ich bin gleich bei dir."

„Wie kommt es, dass du wärmer bist als meine Frau?"

„Und das, obwohl sie so dick wie ein Schwein ist."

Gelächter und raues Gehuste amüsierte sich über die geschmacklose Beschreibung und Raena, die ihre Gesichter im viel zu schwachen Licht kaum erkennen konnte, verzog angewidert den Mund.

„Wenn die Braunen plündernd durchs Land ziehen, können sie deine Sau doch gleich mitnehmen, oder? Dann bist du sie endlich los und kannst dir eine feine Dame von hier als Frau mitnehmen."

Plündernd durchs Land ziehen? Meinten sie etwa die Zwerge?

Raena schauderte ob der Vorstellung einer Armee von kleinen, behaarten Männern, die Leute abschlachteten und Frauen stahlen. Sie wünschte sich jäh, lieber nicht weitergegangen zu sein. Ihre Aufregung wandelte sich langsam in Abscheu um und sie wandte ihren Blick von der kleinen Versammlung ab. Nachdem sie sich vergewissert hatte, dass sie von keinem beobachtet wurde und auch sonst keiner in ihrer Nähe stand, betrachtete sie den entlang der Mauer verlaufenden Seidenstreifen genauer, hinter welchem sie sich versteckte. Er verdeckte nicht nur ihre Tür und zog sich den Raum entlang weiter, doch wo er endete, das sah sie nicht.

Die Harfe verstummte und stimmte ein neues Lied an. Raena fand das Instrument sehr schön und im Nachhinein fragte sie sich, woher sie überhaupt wusste, dass es eine Harfe war. Hatte sie je eine spielen gehört?

Seltsam.

Es klang, als würden mehrere Personen gleichzeitig an den Saiten zupfen und in ihrem Kopf erschien ein Bild, dessen Ursprung sie nicht zuordnen konnte.

Dort.

Eine junge Frau saß auf einem kleinen Hocker, zwischen ihren Beinen klemmte das schwere Holzinstrument. Als ihre Finger federleicht über die Saiten tanzten, glänzten diese silbern.

„Mir graut es davor, in die Stadt zurückzureiten", murmelte jemand mit tiefer Stimme. „Wann war Mizerak zuletzt von solch einem Sturm heimgesucht worden? Vor zwanzig Jahren vielleicht, aber da hatte ich noch kein Geschäft am Hafen eröffnet. Ich kann nur darauf hoffen, dass Margrete die teuren Möbelstücke wegschaffen hat lassen, bevor er eintraf. Gestern erst hat ein Spinner am Marktplatz lautstark davon gesprochen, dass die Vögel landwärts ziehen würden und wir uns alle auf ein Unwetter gefasst machen sollen."

Raena sah eine junge Frau im schwachen Licht aufblitzen. Sie hielt ein Tablett in ihrer Hand und es gelang ihr gerade noch, dieses rechtzeitig am Tisch abzustellen, ehe sie auch schon auf den Schoß des Mannes gezerrt wurde, der ihr am nächsten saß. „Du kannst dein Geschäft vergessen", sagte er, ehe er seine Arme grob um ihre Taille legte, „wenn auf den dünnen Holzpfosten noch etwas steht, dann muss es mindestens zwanzig Mal bepisst und anschließend noch mit Magie besprenkelt worden sein."

„Wir hätten nicht herkommen sollen", bemerkte ein anderer schuldbewusst.

„Jetzt mach dir nicht gleich in die Hose. Deine Marle möchte einen Kerl in ihrem Bett haben, der's draufhat. Wie willst du's ihr besorgen, wenn du keine Ahnung hast von Nichts?!"

„Er hat keinen hochgekriegt. Bist viel zu sehr mit den Gedanken an deine Verlobte beschäftigt, was? Der schwere Alkohol tut dir nicht gut, wir brauchen etwas Leichteres. Einen Tee vielleicht?"

Allgemeines Gelächter folgte und ein kurzes Aufstöhnen mit: „Ach, lasst mich doch einfach in Ruhe", ließ den Raum regelrecht erbeben.

„Wie gern ich doch eine Sirene gehabt hätte", hörte man seine Worte schwach zwischen Gehuste und Gekeuche hervorklingen, „ich wusste nur nicht, dass sie so zickig sind."

„Hab ein wenig Respekt vor den Frauen des Meeres, Junge. Wenn du's vermasselst, bist du selbst schuld. Dein Schwanz hat sich aus Angst vor ihren feuchten Schuppen in seinem kleinen Häuschen verkrochen. Ist ihm wohl zu kalt geworden draußen, wie?"

„Das ist nicht wahr!"

„Doch ist es. Du hattest deine Chance, Junge."

„Hört auf, ihn zu ärgern", mischte sich der Mann genervt ins Gespräch ein, auf dessen Schoß die Frau saß. Dank der grauen Haare und der rau klingenden Stimme, die Raenas Meinung nach ein wenig angeschlagen klang, ahnte sie, dass er der Älteste im Raum sein musste. „Wir haben genug für diesen Abend bezahlt und es wäre eine Schande, wenn wir ihn nicht genießen würden. Sei so gut, Liebes und hole uns noch etwas süßen Wein. Besaufen wir uns, solange wir noch können."

Die junge Frau, die kaum Stoff am Leib trug, erhob sich elegant und eilte zum Nebentisch, wo drei Glaskaraffen und frische Gläser herumstanden. Von dort nahm sie eine im Dunklen verborgene Flasche, tänzelte zurück und schenkte dem augenscheinlich Jüngsten von ihnen schwungvoll ins Glas ein.

Der Links von ihm, ein kräftiger Mann mit eindrucksvollem Bauch, klopfte ihm auf den Rücken. „Sie wird tief und fest schlafen, deine Ma. Sorge dich nicht. Stein kann man wohl kaum verwehen. Außerdem haben wir gesagt, dass wir dich nur zu den *Quellen* mitnehmen", die Runde brüllte vor Lachen.

„Sie wird sich aber schon fragen, wo- ..."

„Sei nicht dumm. Wir warten bis morgen früh, bis das Wetter sich beruhigt hat. Die Pferde werden durchgehen, wenn wir in den Wind hinausreiten. Willst du von einem Baum erschlagen werden? Also ich nicht."

„Wo ist der Elf überhaupt? Er ist schon seit Stunden dort oben."

„Sein Fass hat wohl ein Loch."

„Er genießt die Zeit. Sollte er auch. Hätte er zahlen müssen, dann wäre er nun seinen gesamten Besitz los."

„Bestimmt geht bald die Sonne auf."

„Oho, die Sonne geht auf!" Einer von ihnen bekam einen Hustenanfall, während er lachte.

Raena, die ihre Augen nicht von der runzeligen Hand des älteren Mannes abwenden konnte – sie war während des Gespräches beiläufig über den Busen der jungen Frau gewandert, die wieder auf seinen Schoß geglitten war, fuhr beim erwähnten Sonnenaufgang leicht zusammen.

Fast Morgen, dachte sie entsetzt und erinnerte sich dabei an Ledens Worte, *und ich habe noch immer keinen anderen Ausgang gefunden.*

Sie sollte gehen. Trotzdem konnte sie sich nicht von der Stelle bewegen. Irgendetwas hielt sie zurück.

Pferde. Sie hatten Pferde erwähnt.

Das bedeutete, dass es in der Nähe einen Ausgang geben *musste.* Nur wohin gehen, um diesen zu finden? Und wie, zum Suneki, wie sollte sie es schaffen, mit ihrem Leib aus Fleisch und Blut ungesehen bis hierher zu gelangen? Ihr Blick huschte zur Seite. Entlang des Vorhangs wäre sie geschützt, sollte sie ...?

Bevor sie sich jedoch weiter vorwagen konnte, wurde ihre Aufmerksamkeit von einem lauten Plätschern abgelenkt. Hektisch blickte sie zurück zur

Männergruppe und war genauso wie sie darüber überrascht, plötzlich eine Meerjungfrau auf dem Parkett sitzen zu sehen.

Sirene, verbesserte sie sich, als sie sich an die Worte des Mannes zuvor erinnerte. Ihr war nicht aufgefallen, dass im Raum verteilt mit Wasser gefüllte Löcher waren. In solch einem saß die Sirene nun, die Hände lässig hinter dem Rücken abgestützt, die Haare über die Schultern geworfen.

„Guten Abend, die Herren", sprach sie laut und deutlich mit einer schönen Stimme. Sie war nackt und die Verkörperung einer jungen Schönheit, ihre zarten Glieder ein Kontrast zu den wohlgerundeten Brüsten und den breiten Hüften, die schwungvoll in einen mattgrünen Fischschwanz übergingen.

„Sieh, eine andere. Vielleicht kommst du doch noch zu deinem Wunsch."

Jemand kicherte überfordert.

Der Blick des jungen Mannes veränderte sich schlagartig. Raena konnte das Glänzen in seinen Augen bis zum Vorhang hin gut erkennen, er war von der Sirene wie gebannt. Sie sah die Rötung auf seinen Wangen, er schien um mehrere Zentimeter gewachsen, sein Brustkorb hob und senkte sich schnell.

Irgendetwas daran fühlte sich schrecklich falsch an und Raena begann sich seltsam zu fühlen. Sie sollte nicht da sein, das nicht sehen. Ihr war, als sähe sie ein Abbild von Jan, der sich kaum zurückhalten konnte, sie zu packen.

Sie wich zurück, drehte sich um, presste die Hände gegen die Tür, die kaum von der Wand zu unterscheiden war.

„Ich glaube, er benötigt etwas Hilfe. Livjia, würdest du freundlicherweise seine Hose ein Stück weit öffnen? Sein Schwanz braucht Freiraum."

Raena hätte sich am liebsten in Luft aufgelöst. Das hier war kein Ort für sie. Doch aus irgendeinem Grund war es ihr nicht möglich, zurückzugehen. Ihre Hände glitten nicht durch die Wand.

Konzentriere dich.

Innerlich flehte sie aufgelöst, äußerlich verzweifelte sie. Raena wusste, dass es ihr gelingen konnte; immerhin hatte sie es den gesamten Weg bis hierher geschafft. Also, was auch immer sie daran hinderte zurückzukehren – es hatte zu weichen!

„Du musst sie anders berühren, bei Ara."

„Am besten drehst du uns nicht den Rücken zu, wir wollen zusehen."

Ihr wurde heiß und kalt.

Ich will nichts hören! Ich will nichts sehen!

„Wenn du mich mit deinem Hemd abtrocknest, wachsen meine Beine schneller." Die Stimme war so schön – Raena lief eine Gänsehaut den Rücken hinunter.

„Mach weiter so! Junge, die ist ganz scharf auf dich!"

Im Hintergrund spielte die Harfe weiter. Völlig vom Schauspiel unberührt, übertönten ihre Klänge Gestöhne und Gekeuche.

Raena ballte die Hände zu Fäusten, schlug gegen die Tür – man hörte es nicht.

„So helft ihm doch, er ist ganz tollpatschig."

Sie lief verzweifelt den Raum entlang, hinter der Seide weg von dem Wissen, das ihre Neugier geweckt hatte. Sie war nun nicht mehr neugierig.

Die Harfenklänge wurden lauter.

Wasser plätscherte.

Ein Quietschen, ein Ächzen, ein Kichern.

Trotz des dämmrigen Lichts konnte sie sehen, wohin sie lief. Ihr Atem ging stoßweise. Die Zeit drängte, der Morgen graute und das Freudenhaus hielt sie gefangen.

Die Harfe verstummte mitten im Refrain und Raena wurde langsamer.

Ich bin doch das Gleichgewicht.

Eine Stimme. War es die ihre? Das, was um sie herum geschah, rückte weit in den Hintergrund.

Ich bin das Gleichgewicht.

Nachdem sie den Gedanken zu Ende gedacht hatte, wurde ihr die Macht dieser Worte bewusst. Als ob sie damit vergessenes Wissen heraufbeschworen hätte, glitt ihre Hand, mit welcher sie sich zittrig an der Mauer abgestützt hatte, golden schimmernd durch die Wand.

22. KAPITEL

Noch bevor er den Raum betrat, spürte sie ihn. Vielleicht tat er es bewusst, vielleicht aber auch nicht, doch es war, als dränge seine Gegenwart sich ihr auf wie beißende Kälte eines eisigen Wintermorgens. Er lockte die dunkelsten Seiten hervor, schob ihren guten Willen wie eine lästige Eintagsfliege beiseite. Seine nahe Anwesenheit schärfte ihre Sinne, machte sie empfänglich für seine Boshaftigkeit und die Finsternis in seinem Herzen.

Ihre Mundhöhle trocknete aus.

Der Kuss.

Wie ein Blitz schoss er durch ihren Kopf und machte sie schwach.

Ihre Nähe. Seine Berührung. Sein Mund auf ihrem.

„Nein", stöhnte sie. Doch anders als beim letzten Mal verfiel sie seiner Verlockung nicht und widerstand. Innerlich war sie zerrissen zwischen Güte und Gnadenlosigkeit, Rache und Vergebung.

Auf der anderen Seite des Raums flog die Tür auf, krachte gegen die Wand. Schwarze Aura durchflutete den Raum, seine Anwesenheit legte die Zeit lahm, versetzte sie in Alarmbereitschaft.

Dann sah sie, dass er nicht allein war und Grauen keimte in ihrer Brust, als sie erkannte, wen er bei sich hatte.

Blutend und zerschlagen zog er Jan hinter sich her. Beide waren schmutzig, die Kleidung dreckverschmiert. Blätter hingen in ihren Kleidern.

„Guten Abend, die Herren", grüßte er und wie zufällig erklang dieselbe Begrüßung, die auch die Sirene zuvor gewählt hatte, „ich hoffe, ich störe Euch nicht." Seine Stimme durchdrang den Raum wie ein Kanonenschlag, vibrierte bis in ihre Knochen hinein und hinterließ ein dumpfes Gefühl von Leere. Der fröhliche Plauderton passte nicht zu ihm.

Die Versammlung reagierte überraschend ruhig. Vielleicht war ihnen nicht klar, dass ein verprügelter Mann in den Raum geschliffen wurde, vielleicht spürten sie die Bedrohung nicht, die von Torrens Anwesenheit ausging.

Raena wagte nicht, zu atmen. Würde er sie bemerken? Sie hatte geglaubt, ihn nie mehr wiederzusehen, ihn und Jan, letzteren hatte sie gar nicht mehr sehen wollen. Bei Torrens Anblick spielten ihre Gefühle verrückt, sie spürte eine tiefe Bewunderung in sich aufsteigen, wiederholt Wärme aufflackern. Doch es war eine andere, viel intensivere Wärme, lodernd und beißend, verzerrend und erfüllend.

Sie schluckte hart.

Jans Kleidung nach zu urteilen, war er bis hierher über den Boden gezerrt worden. An seiner schlanken Silhouette klebte der Stoff, das weiße Hemd war nur mehr an den Schultern als solches erkennbar. Viel mehr erkannte Raena nicht, denn Torren zog ihn weiter in den Raum hinein, als hielte er einen einfachen Strohsack in seiner Rechten, als wöge Jan nicht mehr als ein paar lausige Kilo.

Eigenartigerweise wurde Raena an eine Puppe aus ihrer Kindheit erinnert, die sie einst als junges Mädchen besessen hatte und die ihre Geschwister kaputt gemacht hatten. Sie hatten sie im Dreck gebadet, an ihren Nähten gezerrt, bis sie geplatzt waren, und sie anschließend achtlos im Hof liegen gelassen.

Raena hatte danach stundenlang geweint.

Sie schauderte und fragte sich, ob Torren wohl das gleiche mit Jan vorhatte. Trotz ihrer Abneigung ihm gegenüber empfand sie Ablehnung.

„Mein Herr, wir müssen Euch bitten zu gehen. Hier ist keine Gewalt erwünscht! Dies ist eine Erholungseinrichtung!", rief ihm einer der Männer vom Tisch aus zu. Es war derjenige, der die junge Frau auf seinem Schoß wiegte. Diese wiederum starrte entsetzt auf den schwarzhaarigen Mann, dessen Haut im Schein der spärlichen Beleuchtung merkwürdig glänzte. Er sah aus wie eine Statue im Mondlicht.

Er ist kein Herr. Er ist ein Prinz.

Torren sah nicht im Mindesten gewöhnlich aus. Sie sah, wie sich seine Lippen zu einem Lächeln verzogen, sie glaubte, ihn leise lachen zu hören. Seine Ausstrahlung war brutal, gefährlich und seine unpassende Erheiterung machte ihn unberechenbar. Obwohl in ihrer Brust jenes warme Gefühl keimte, bekam sie es mit der Angst zu tun.

„Erholungseinrichtung?", wiederholte Torren in einem Ton, der in Raena einen Fluchtreflex auslöste. Doch es war ihr nicht möglich, sich zu bewegen, tief in ihr, wollte sie nicht gehen. Er zog sie an wie eine Motte das Licht, er war wie ein loderndes Kaminfeuer, welches sie wie ein Blatt Papier verschlingen würde, sobald sie ihm viel zu nahekam.

„Erholungseinrichtung?", wiederholte er erneut und Jans Körper krachte zu Boden. Mit den Augen eines Raubtiers taxierte er jeden Anwesenden. Zuletzt betrachtete er den jungen Mann, der sich mit der Sirene vergnügt hatte und nun wie zu einer Salzsäule erstarrt, in Richtung des Prinzen starrte. Sein Hosenstall stand offen und sein Geschlecht hing schlaff heraus. Die Sirene, ihre Beine waren nur bis zur Hälfte menschlich geworden, lag ruhig da, ins

Nichts starrend und abwesend.

„Wer zum Henker seid Ihr?!" Der ältere Herr stieß die junge Frau von seinem Schoß. „Das Bordell hat um diese Zeit längst geschlossen, verschwindet!"

„Ihr solltet gehen", flüsterte die Sirene leise, ihre Stimme verklärt.

Raena, die genauso wie der Rest im Raum völlig von Torrens Anwesenheit eingenommen war, bemerkte erst jetzt, dass sie ihre Hand aus der Wand gezogen hatte. Gleichzeitig spürte sie ihren Körper, hoch oben im Turm sich hin- und her wälzen. Er wollte erwachen – sie spürte es am Kribbeln, das einem Vibrieren in ihr glich. Doch sie verbot es sich, auch wenn es vielleicht ihre einzige Möglichkeit war, zurückzukehren. Sie wollte sehen, was geschehen würde.

„Wir sollten gehen", wiederholte der junge Mann kleinlaut, sein Gesicht kreidebleich.

„Das kommt gar nicht infrage", grunzte einer von ihnen genervt. „Wir haben noch nicht ausgetrunken!" Er knallte die Faust auf den Tisch, sodass die Gläser klirrten.

Torren antwortete nicht. Sein Schweigen schüchterte sie ein. Dann glitten seine Augen in Richtung des Hosenstalls. Der junge Mann wurde rot und schob sein Geschlecht zurück, ehe er mit den Knöpfen kämpfte.

Jan stöhnte. Er lebte also noch. Raena wusste nicht, was sie fühlen sollte, aber Erleichterung gehörte nicht dazu.

Weiter oben ging eine Tür auf.

„Norfeli – der Elf, e-er kommt", stotterte jemand leise, eine Stimme, die sie noch nicht gehört hatte. Doch trotz der Aussage realisierte sie dessen Bedeutung nicht. Was würde geschehen, wenn Torren sie entdeckte? Ihr Herzschlag überschlug sich, sie blinzelte – und fühlte Sehnsucht.

Jan rührte sich. Die Hand, die in einem eigenartigen Winkel neben seinem Körper lag, zuckte.

Bei seinem Anblick atmete Raena langsam aus, denn sie wurde von einem Gefühl überwältigt, welches man entfernt als Mitleid bezeichnen konnte, aber keines in dem Sinne war. Viel mehr empfand sie den Wunsch danach, ihm zu ... helfen. Die Einsicht erleichterte ihr das Herz, machte sie frei von dem negativen Drang, Schmerzen zuzufügen, welchen ihr anderer Teil mehr als nur begrüßt hätte. Ihn zu retten und vor der Pein zu bewahren, erschien ihr unglaublich wichtig, erschien ihr gütig. Sie empfand sogar so etwas wie Vergebung für ihn.

Ich bin nicht mehr bei klarem Verstand.

Er hatte ihr wehgetan, hatte sie verschleppt, eingesperrt, verschenkt. Er hatte sie besitzen wollen, hatte sie abfällig behandelt, wie ein Ding benutzt. Wie war es ihr dann möglich, keinen Hass mehr zu empfinden?

Ihre Brust durchflutete Barmherzigkeit.

Was tue ich da?

Als sie sich von der Mauer löste und zur Seide schwebte, hatte sie das Gefühl, es würde ihr entgleiten. Sie hatte keine Ahnung, warum sie das tat. Gleichzeitig sah sie Bilder – Erinnerungen, die nicht die ihren waren. Ein dunkler Raum, *ein Keller?* – abgesägte Wurzeln, ein bitterer Geschmack auf ihren Lippen. Hoffnungslosigkeit, Verzweiflung und verzerrendes Licht.

Sie schüttelte verwirrt den Kopf.

Der benannte Norfeli war auf dem Weg nach unten, während er sich mit zwei Frauen unterhielt. Eine von ihnen war Leden und ihren Körper zierte ein freizügiges, blaues Kleid.

Raena glitt durch die Seide.

Jan stemmte sich mit dem Arm hoch, quälte seinen Kopf in eine aufrechte Position. Aus einer Platzwunde am Kopf quoll Blut, seine Lippe war gerissen und blutig, die Zähne rot. „Ich bin nicht der Einzige", keuchte er kaum verständlich, „der ... an Händler verkauft." Blut lief ihm aus den Mundwinkeln und Raenas Herz schmerzte bei seinem Anblick und sie wusste nicht, was genau sie eigentlich wollte. Bestrafung oder Milde?

„Es gibt viele, die so sind, wie ich."

Als hätten seine Worte etwas in ihr ausgelöst, schlug ihr Mitleid in tiefe Trauer um und sie blieb stehen, als ob ihr erneut bewusst geworden wäre, wozu der Mann eigentlich fähig war und sein würde, sollte sie versuchen, ihm zu helfen.

Der Elf blieb mit seiner Begleitung verdattert am Treppenabsatz stehen. „Was ist hier los?"

Jans wunderschöne, blaugraue Augen, die ihm ein anziehendes Äußeres verliehen hatten, waren dunkel wie Teer. Sie konnte die Feuchtigkeit auf seiner Haut sehen. Er schien zu schwitzen.

„Er braucht einen Arzt", murmelte jemand.

Torren reagierte nicht. Sein Blick war weit, weit weg. Den Kopf hatte er zurückgelegt, starrte die Dunkelheit über ihren Köpfen hoch, als bestaune er die Decke, die er ohne Licht unmöglich sehen konnte.

„Was ist hier los?", wiederholte Norfeli, der Elf, sofern er überhaupt einer war, denn sein Haar war braun und nicht weiß wie das von Fenriel. Er legte die Arme fester um die Schultern der Frauen und schob sie vorwärts. Leden stolperte, die andere Frau wankte. Sie schien benommen, als hätte sie zu viel getrunken.

„Hör mir gut zu", keuchte Jan. Stöhnend stemmte er sich noch ein weiteres Stück höher, kroch vorwärts, zog eine schmutzige Spur hinter sich her und wiederholte immer wieder die gleichen Worte: *„Hör mir gut zu."*

Jemand keuchte entsetzt, als er Blut spuckte.

Ein Stuhl wurde verschoben und ein Glas kippte um.

„Es gibt mehr wie mich", sagte er mit halb verdrehten Augen und einem irren Grinsen im Gesicht.

Raena konnte seine Entschlossenheit spüren; er hatte keine Angst davor, durch Torrens Hand zu sterben.

Jan schnappte nach Luft, ehe er kreischte: „Warum bin ich hier?! Was wolltest du mir zeigen?!"

Raena zuckte ob seiner schrillen Stimme zusammen, war nicht die Einzige, die zu Tode erschrak.

Ein Brummen, gar ein Brüllen, dröhnte durch den Raum und Bewegung kam in die Versammlung. Die Männer am Tisch riefen wild durcheinander, die Sirene verschwand im Wasser.

Jan kicherte, ehe seine Züge hart wie Stein wurden. „Ihr werdet alle sterben", flüsterte er.

Hatte er das wirklich gesagt?

Raena sah Torren an. Sein Kopf zuckte, sein Gesicht blieb regungslos, ohne jegliches Gefühl. Doch dann blickte er verloren durch sie hindurch, als ob er ihren Blick gespürt hätte.

Einsamkeit. Blutgier. Lust und Angst.

Sie fühlte alles davon und es schmerzte so sehr, dass sie keine Luft mehr bekam.

Das Geräusch ertönte erneut, dieses Mal lauter, tiefer, *beißender.*

Der Elf ließ die Frauen los. „Was soll das?!", stieß er hervor. Die eine sank in sich zusammen und Leden, der es nicht gelang, sie aufzufangen, keuchte auf. Sie bückte sich zu ihr hinunter, rüttelte an ihr, blickte sich um, als würde sie etwas suchen und eilte schließlich quer durch den Raum davon. Sie verschwand hinter der Seide, der Stoff bewegte sich und wenige Sekunden später hörte man sie gellend schreien.

„Was war das?"

„Was ist hier los?"

„Warum schreit sie?"

Die Laterne flackerte, als die Männer wie von einer Biene gestochen vom Tisch aufsprangen. Weiter oben in den Stockwerken hörte man wild durcheinanderredende Stimmen. Das gesamte Bordell erwachte. Halbnackte und verängstigte Frauen kamen die Stufen herabgelaufen, die Gesichter vor Angst verzerrt. Eine Frau hob sich besonders vom Rest ab, weil ihre herrische Stimme vergebens versuchte, den Grund für diese Misere herauszufinden.

Und inmitten all des Chaos' Jans Geschrei und sein dröhnendes Lachen danach: „Mein Drache kommt über euch. Ihr werdet alle sterben!"

Weiteres Dröhnen erschütterte den Raum, ließ den Boden stärker beben und die Tische zitternd wanken. Ein paar von den Frauen verloren ihr Gleichgewicht.

Raena, nach wie vor unsichtbar, durch sie hindurch lief niemand, war sich sicher, im Nachklang ein anderes Geräusch gehört zu haben.

Natürlich, kam einen Augenblick später die plötzliche Erkenntnis – ihre Ohren im Turm hörten andere Dinge, als sie hier unten. *Ich muss zurück.* Nachdem sie den Gedanken beendet hatte, verschmolz sie mit der Seide, verschmolz mit der Dunkelheit.

Sie stellte sich vor, wie sie zurück in ihren Körper wanderte, wünschte sich aus ganzem Herzen, dass es funktionierte. Sie verbot sich Zweifel, klammerte sich an ihrem Wunsch fest, ignorierte die Stimme in ihrem Inneren, die ihr einredete, dass sie es nicht schaffen konnte. Raena verschloss die Augen vor dem Tumult, versuchte das Geschrei, die Rufe zu verdrängen.

Bitte. Lass mich zurück in meinen Körper, bettelte sie eine Macht an, die sie nicht kontrollieren konnte und die Macht erhörte sie. Raena spürte einen Zug, als würde sie jemand an der Schulter herumreißen, kurz war da Dunkelheit, gelbes Licht und dann ... riss sie die Augen auf.

Ein Drache! Draußen ist ein Drache!, hallte in ihrem Kopf nach.

Raena schrak hoch. Ihre Umgebung erschien ihr verschwommen, sie blinzelte, bemüht darum, sich zu fokussieren.

Es hat mich in meinen Körper zurückgebracht.

Sie saß vor dem Kamin, das Fell war von ihren Schultern geglitten.

Vor dem Fenster ertönte ein Brüllen, krachte durch den Raum. Raena schrie auf, fuhr mit den Händen hoch und presste sie auf ihre Ohren. Es schwoll an, wurde lauter, stach in ihr Hirn und machte sie halb blind und taub. Mit zusammengekniffenen Augen beobachtete sie, wie die Steine, die sie die ganze Zeit über in der Hand gehalten hatte, davonrollten.

Nachdem es vorbei war, verhallte ein hoher Ton in ihrem Kopf. Ihre Wangen waren nass, Tränen, die es ihr vor Schmerz aus den Augen gedrückt hatte. *Ein Drache.* Hastig warf sie die Decke zurück, stand auf und fühlte sich erstaunlich erfrischt. Die Schmerzen waren fort, als ob sie mehrere Tage lang geschlafen hätte. Woher auch immer ihre wundersame Selbstheilung kam, umso geheimnisvoller war der Grund, wieso sie ihren Körper verlassen hatte. Sie machte sich keine Gedanken darüber. Später blieb genug Zeit dafür.

Ihre Augen flogen über den Boden. Sie musste die Steine finden, denn sie hatte das Gefühl, dass sie wichtig waren, und als sie den ersten Schritt tat, fühlte sie sich wie neu geboren. Sie spürte ihr Gewicht, spürte die Balance. Ihr Leib, von ihrem Herzen angetrieben, strotzte nur so von Leben. Sie fühlte jeden Atemzug, hörte ihn sogar durch ihre Lunge zischen, spürte jeden Herzschlag viel intensiver.

Zum ersten Mal war sie sich bewusst, was es bedeutete, am Leben zu sein.

Raena fand die Steine unter dem Stuhl und nahm sie in die Hand. Sie sah ihnen nicht dabei zu, wie sie sich färbten, stattdessen stürzte sie zum Fenster.

Und sah keinen Drachen.

Über dem Zoo graute der Morgen, ein paar schwache Sonnenstrahlen blitzten durch die grauen Wolken hindurch. Unverändert ragten die Trauerweiden über dem überfluteten Park auf und zwischen ihnen wanderten aufsteigende Nebelschwaden – das Wasser würde nur langsam abfließen. Im Augenwinkel, einen halben Meter neben dem riesigen Fenster, gab es einen Vorsprung. Dort entdeckte sie einen schwarzen Vogel, der mit leicht geöffnetem Schnabel auf dem Rücken lag. Seine Flügel waren ausgebreitet, auf einer Seite leicht abgeknickt. Auf zarten Füßen, die beide im gleichen Winkel vom Körper abstanden, entdeckte sie winzige, aber spitze Krallen. Er war tot.

Rechts unter dem Turm hörte sie Stimmen.

Hastig sprachen sie miteinander, doch ihr Klang war viel zu leise, um ihre Bedeutung verstehen zu können. Sie legte ihre Hände am Fensterbrett ab, beugte sich vor und dabei rutschten ihr beide Steine aus der Hand. Keuchend griff sie nach ihnen, doch vergebens. Mit aufgerissenen Augen beobachtete sie, wie sie, funkelnd um sich selbst drehend, schwarz und weiß, immer weiter nach unten fielen, am Kopf des Pferdes abprallten und schließlich ins Gras rollten.

„Nein", keuchte sie entsetzt. In ihrem Kopf spielte sich bereits ein Szenario ab, in dem sie den Knochenelfen anlog, dass sie keine Ahnung habe, was damit geschehen sei, und auch nicht wisse, was es mit dem Chaos in der Kammer auf sich habe.

Bald darauf war das Schicksal der Steine nicht mehr wichtig, denn ein starker Windstoß fuhr ihr durch das Haar und wickelte es um ihren Hals. Der Zug war so stark, dass er sie fast aus dem Fenster gerissen hätte. Und während Raena wieder um ihre Sicht kämpfte, fiel ein Schatten über sie und sie roch das Meer. Eiskalter Niesel benetzte ihr Gesicht, dann sah sie die Ketten voller Seetang und erstarrte.

Der Drache war gigantisch, seine Länge grauenhaft einschüchternd. Er flog über den Himmel und alles an ihm war langgliedrig. Seine Schwanzspitze war eine riesige Flosse, die im schwachen Morgenlicht wie poliertes Glas glänzte und mindestens so groß wie ein Pferd sein musste. Sein Hals und sein Schwanz maßen ungefähr die gleiche Länge und zwischen seinen spitzen Krallen konnte sie dicke Schwimmhäute erkennen, die sich im Flug mitbewegten.

Raena bekam Gänsehaut.

Von seltsamer Anspannung erfüllt, begann die Umgebungsluft zu vibrieren. Wenn sich davor schon kein Tier im Park gerührt hatte, so rührte sich spätestens jetzt keines mehr.

Er verblieb nicht lange am Himmel. Nachdem er mehrere Kreise gedreht hatte, stürzte er herab, wobei die Ketten hinter ihm her flatterten und rasselten, als würde ein einziger, angeketteter Marsch am Turm vorbeispazieren. Raena glaubte, sie um seinen Hals angelegt gesehen zu haben, doch sie war sich nicht sicher.

Ruckartig wich sie vom Fenster zurück und versteckte sich rechts davon, drückte sich gegen die Wand, als hinge ihr Leben davon ab. Schnell hatte sie begriffen, dass dieses Tier anders war als der Drache, den sie auf dem Schiff aus dem Wasser ragen gesehen hatte.

Sein nächstes Brüllen ließ nicht lange auf sich warten.

Raena riss die Hände in die Höhe, schrie auf und kniff die Augen zusammen, denn sie glaubte, ihre Ohren würden bersten, und während ihr die Luft zum Schreien längst ausgegangen war, brüllte der Drache weiter. Sein Laut änderte sich, wurde hoch, zerreißend. Er endete in einem starken Crescendo und das Echo hallte noch eine halbe Ewigkeit in ihren Ohren nach, sodass sie glaubte, einen Teil ihres Gehörs nun endgültig eingebüßt zu haben.

Ein starker Windstoß fegte durch das Fenster, zerrte an den Vorhängen und das Fell vor dem Kamin flog wie durch Geisterhand durch den Raum.

Der Boden unter ihren Füßen – der Turm begann zu beben.

Angst lähmte sie.

Raena griff mit beiden Händen zur Seite, wollte sich an der Wand festhalten, doch es war unmöglich, denn der Stein war glatt und poliert. Es gab keine Nischen, keine Vorsprünge, nichts. Scharfe Reißzähne schossen durch ihren Kopf, die Vorstellung zerrissen und gefressen zu werden. Keine gute Idee, daran zu denken, und doch konnte sie nicht damit aufhören.

Ihr Herz stolperte dahin und ihr Blick fiel auf das Schafsfell, flog dann zum Bett, während ihr vor Schmerz die Tränen über die Wangen liefen. *Das Bett*, dachte sie und fragte sich, ob sie sich in die Felle wickeln und dem Brüllen dadurch irgendwie entkommen konnte, doch das Fenster war viel zu groß und die Felle zu weit weg.

Der Drache kreischte erneut.

Verzweifelt presste Raena die Hände auf ihre Ohrmuscheln.

Das Kreischen verkümmerte zu einem heiseren Röcheln und sie keuchte.

Ihr war speiübel.

Ich muss hier raus.

Vorsichtig rutschte sie die Wand bis zum Fensterrahmen entlang. Direkt hinauszusehen wagte sie nicht, und das Risiko, den Kopf einzubüßen, wollte sie nicht eingehen. Indem sie schräg nach draußen blickte, sah sie ein Stück vom Zoo. In den nassen Dächern spiegelte sich Licht und weiter hinten war ein winziger Teil des Herrenhauses sichtbar.

Ihr linker Fuß zuckte nervös.

War er fortgeflogen? Raena glaubte nicht daran.

Jans Drache war sicherlich genauso blutrünstig wie er selbst.

Sie entschied, von der Mauer zurückzutreten, damit sie besser hinaussehen konnte. Angespannt wie eine Bogensehne blickte sie den Park hinunter.

Dann hörte sie ihn wieder. Er brüllte nicht, der Laut klang gedämpft, als würde er aus geschlossenem Maul ein Knurren ausstoßen. Es war bei weitem nicht so laut wie sein Brüllen, doch es klang, als wäre er ganz in der Nähe.

„Wo bist du?", murmelte sie leise.

Vor Schreck blieb ihr Herz kurz stehen, als sie im Schacht hörte, wie jemand schnaufend heraufgeklettert kam.

Mit Schwung flog das Gitter auf.

Raena fiel ein Stein vom Herzen. „Leden!", raunte sie, froh darüber, dass es nicht der Knochenelf war.

Dieses Mal hatte das Mädchen keine Zeit gehabt, ihre Kleidung zu wechseln. „Wir werden angegriffen", keuchte Leden atemlos, „ich bin hier, um dich wegzubringen. Du musst fort, es ist hier nicht mehr sicher." Sie war noch nicht einmal ordentlich aus dem Schacht geklettert, zitterte und holte kaum Luft zwischen den Worten. „Jemand muss in die Stadt und Hilfe holen. Du musst das machen. Der Drache – man muss ihn töten!" Sie sah aus, als ob sie ihm direkt gegenübergestanden hätte. Ihre Augen waren groß und Furcht umgab sie.

Raena starrte sie an. Sie sollte hinausgehen? Trotz der Gefahr, die ihr drohte? Ihr schoss Einiges durch den Kopf, unter anderem auch die Vorstellung ihres eigenen Todes, während sich alle anderen im Stein versteckten und sie zerfetzt wurde. Aber bei Ledens Anblick wurde ihr Herz schwer und sie fühlte einen Teil des Mitgefühls, welches sie für Jan empfunden hatte. Das Mädchen sah aus wie jemand, der dringend Hilfe benötigte. Dann kam ihr ein Gedanke und plötzlich sah sie es klar vor sich.

Möglich, dass dies meine einzige Chance zur Flucht ist.

„Er frisst dich schon nicht." Leden klang überzeugt. „Außerdem wärst du frei. Du kannst fortgehen, niemand wird es bemerken. Nur bitte, hole Hilfe!"

Frei. Von diesem Wort ging eine unglaublich magische Anziehung aus. *Fortgehen.* Raena bezweifelte, dass es unbemerkt bleiben würde. Schließlich hatte Jan sie höchstpersönlich hergebracht.

„Zu Fuß?", hörte sie sich fragen, hatte sich längst dazu entschieden, trotz der Gefahr, die ihr drohte.

Leden öffnete den Mund, doch ehe sie etwas sagen konnte, brüllte der Drache.

Schmerz explodierte in ihren Ohren und Raena kniff die Augen zusammen, während sie tief in sich den Drang unterdrücken musste, nicht sofort zur Mauer zu rennen, damit sie etwas hatte, wogegen sie sich lehnen konnte.

Leden krümmte sich und brach zusammen.

Nachdem es vorbei war, lief Raena auf sie zu und fiel vor ihr auf die Knie. Der Anblick des Mädchens ließ sie jegliche Vorsicht über Bord werfen.

„Zu Fuß?", wiederholte sie laut, während sie einen nervösen Blick zum Fenster warf.

Leden hörte sie nicht, fern der Realität in Gedanken gefangen. Sie weinte.

„Leden", und als sie noch immer nicht reagierte, rief Raena scharf: „*Leden!*" Das Mädchen sah sie unverständlich an und dann, als die Bedeutung der Worte zu ihr durchdrang, schüttelte sie energisch den Kopf und wischte sich die Tränen aus dem Gesicht. „Bei den Göttern, nein. Du würdest keine halbe

Stunde überleben." Sie schluckte. „Du reitest das Einhorn im Stall." Ihre Pupillen waren so riesig, dass sie beinahe das Bläuliche der Iris verschluckten.

Einhorn?

Raena hatte vieles erwartet, und ein fliegender Hund hätte sie weniger verwundert, aber ein Einhorn ... wie kam ein Einhorn hierher?

Mit einer hastigen Bewegung, die Raena nicht erwartet hätte, schnappte Leden nach ihren Schultern. „Du schaffst es!"

Beide wurden aufgerüttelt, als eine noch viel stärkere Windböe in den Raum fegte und die Weinflasche vom Tisch riss.

Erschüttert sahen sie dabei zu, wie sie in unzählige Scherben zerbrach.

„Komm", Leben kam in das noch wenige Sekunden zuvor aufgelöste Mädchen, „wir müssen fort von hier."

Raena wusste nicht, wie ihr geschah. Fast gleichzeitig wurde sie in die Höhe gerissen und zum Gitter gezerrt, während eine kleine Hand fest auf ihrer Schulter lag. Gezwungen zu folgen, stolperte sie hinterher. Als Leden in den Schacht kletterte, löste sich ihr Griff, und ein pochender Schmerz durchzog Raenas Schulter.

Plötzlich kippte der Tisch neben dem Fenster um.

Leden stieß einen panischen Schrei aus, während Raena instinktiv in die Hocke ging und sich duckte.

Der Boden zitterte. Staub rieselte herab. Steinchen kullerten zum Kamin, wo das Feuer emporloderte. Funken flogen.

„Bei Aras Güte, bei ihrem Leib und ihrer Seele", keuchte Leden, „wir müssen hier weg!"

Raena, unfähig sich zu bewegen, starrte den Riss über ihren Köpfen an. Er bewegte sich schnell, in einem Zickzackmuster über die Decke zum Fenster fort. Größere Steine fielen herab, er wurde breiter, tiefer.

Begleitet von schaurigen Geräuschen zuckte der Boden ein weiteres Mal. Etwas im Stein erzeugte einen Hall, der ihr sämtliche Nackenhaare zu Berge stehen ließ. Sie sah dabei zu, wie der Riss das Fenster erreichte, der Rahmen knirschend brach, spürte den Schmerz nicht, als sie von einem Stein am Kopf getroffen wurde.

„Bist du des Wahnsinns? Komm jetzt!" Ledens Geschrei drang von weiter Ferne zu ihr durch und doch war es, als hätte sie nichts gesagt.

Raenas aufgerissener Blick galt dem Fenster.

Ein Schnauben wirbelte den Staub vom Boden auf. Ihre Augen tränten. Eine Hand griff nach ihrem Knie, zerrte sie in den Schacht hinunter, doch sie blieb erstarrt sitzen. Am Fenster wanderte eine blutgetränkte Schnauze mit zwei Reißzähnen vorbei, an denen Fleischfetzen hingen. Dann befand sich jäh ein riesiges und schuppiges Nasenloch davor, welches aus- und einatmete.

Leden grub ihre Finger in Raenas Fleisch. „Komm!", zischte sie, *„bitte."*

Doch Raena konnte noch nicht gehen. Sie spürte einen Widerwillen in sich, spürte, dass sie noch ein letztes Mal zum Fenster blicken musste. Und als sie dies tat, sah sie geradeswegs in ein riesiges Auge hinein, eines, wie sie es noch nie zuvor in ihrem Leben gesehen hatte. Die Pupille war wie ein Spiegel, makellos und so weiß wie frisch gefallener Schnee, der ganze Raum spiegelte sich darin wider. Sie weitete und verengte sich und die tiefblaue Iris, die innen hellblau und außen ins dunkelblaue, gar schwarze überging, besaß einen dicken, leicht hervorstehenden Rand, der von unzähligen gelben Punkten übersät war. Zwei von ihnen waren so groß wie ihre Hände, gelb und hatten Strahlen wie die Sonne.

Der Drache blinzelte, einmal, zweimal und wie bei einer Echse, bewegte sich eine dünne, durchsichtige Haut auf und ab.

„Nur keine hastigen Bewegungen", flüsterte Leden.

Ein Knurren drang an ihre Ohren und das Auge verschwand mit einer Schnelligkeit, die sie dem riesigen Tier nicht zugetraut hätte.

Der Turm reagierte umgehend. Er bebte.

Raena, endlich von ihrer Starre befreit, schalt sich dumm und verantwortungslos, ehe sie beide Hände in die Höhe riss und sich vor den herabfallenden Steinen schützte, die zum großen Teil schmerzlos an ihren Armen abprallten.

Sie hörte ein Plätschern, spürte Feuchtigkeit.

Wasser. Woher kam es? Sie hatte keine Ahnung.

Raena kroch in den Schacht hinein, verließ sich auf ihren Instinkt, da sie kaum etwas sehen konnte.

Leden schrie: *„Mach das Gitter zu! Mach das Gitter zu!"*

Raena wusste nicht, wie sie es geschafft hatte, aber sie stand auf der Leiter, spürte die kalte und nasse Sprosse unter ihren Füßen. Verzweifelt griff sie nach dem Gitter, während über ihrem Kopf die Decke herabzustürzen drohte.

„Beeil dich! Mach schneller!"

Unter dem mächtigen Brüller des Drachen knackte ihr Trommelfell.

Ihr Kopf dröhnte vor Schmerz, sein Echo glich einem eintönigen Surren.

Raena zerrte das Gitter hoch, blickte zum Fenster und sah einen offenen Schlund, aus dessen Kehle eine nebelartige Wolke aufstieg.

„Feuer", hauchte sie. *Ein Wasserdrache spuckt Feuer?*
Dann passierten mehrere Dinge gleichzeitig.

Raena schloss das Gitter und die Decke brach. Mit einem Knirschen stürzten riesige Brocken und Unmengen an Wasser herab. Das Feuer kam nicht dazu, sie zu erreichen. Sie nahm es wie einen roten Blitz wahr, der binnen Sekunden ausgelöscht wurde.

Völlig überfordert mit den Wassermengen, die den Schacht herabflossen, suchte sie verzweifelt nach den Sprossen, die durch die schwierigen Lichtverhältnisse kaum mehr zu sehen waren. Die Kraft des Stroms drückte sie nach unten. Eisige Kälte fraß sich durch ihr Kleid, bescherte ihr einen Kälteschock, der sie scharf nach Luft schnappen ließ. Im Schacht dröhnte es, die Leiter in ihren Händen vibrierte und ihre Ohren verlegten sich mit Wasser. Ihre Augen brannten, sie spürte den feinen Staub unter ihren Lidern kratzen.

Ich könnte hier sterben.

Raena kletterte um ihr Leben, hoffte, dass Leden bereits das Bücherregal erreicht hatte. Heftig erzitterte der Turm unter ihren Händen, dann wurde es schlagartig stockdunkel und der Wasserstrahl verkümmerte zu einem Plätschern. Raena klammerte sich an der Leiter fest und blickte atemlos nach oben. Sie sah es zwar nicht, aber vermutete, dass das Gitter von einem riesigen Felsbrocken bedeckt war, der verhinderte, dass der Schacht volllief und beide auf der Stelle ertranken.

„Und ich dachte, wir würden hier sterben", hörte sie Leden keuchen. „Ara sei Dank, hat der Stein die Öffnung verschlossen. Hoffentlich fliegt er- …", ihre Stimme wurde immer schwächer, bis sie verhallte.

Wasser spritzte zur Seite, als Raena mit ihren Füßen festen Boden berührte. Die Bibliothek war überflutet, der weiche Teppich vollgesogen. Kurz galt ihr Blick den Büchern, die den heutigen Tag vermutlich nicht überstehen würden und Bedauern erfüllte sie. Doch sie hatte keine Zeit dazu, die vielen Geschichten und Sammlungen zu bemitleiden. Es galt schnellstmöglich aus dem Turm zu verschwinden.

Leden stand bei der offenen Tür und war genauso nass wie Raena. Sie hatte sich seitlich an der Wand abgestützt, um nicht umzufallen, denn sie zitterte. Die an ihrem Körper klebende Kleidung zeigte, wie zerbrechlich und dünn sie in Wirklichkeit war.

„Die Decke s-stürzt bestimmt bald e-ein", stotterte sie, „wir müssen uns b-beeilen." Dann, bevor sie auf den unregelmäßigen Stufen verschwand, deutete sie mit einem Finger auf Raenas Gesicht. „Deine Ohren b-bluten."

Was?

Sie tastete nach ihrem Ohr, strich daran entlang und sah schließlich einen schwachen Rotfilm auf ihrem Zeigefinger. „Das ist nichts", erwiderte sie, ehe sie sich den Dreck aus den Augen rieb.

Im Hintergrund dröhnte es. Es kam von oben.

„Ich hoffe, wir schaffen es, ehe der Turm zusammenbricht."

Doch Leden befand sich längst auf der Treppe und gab ihr keine Antwort.

Raena folgte ihr.

Woher kommt das viele Wasser?

Auf den Stufen kam das nächste Beben. Auch hier regnete es Steinchen von der Decke, Staub erfüllte die Luft. Wenige Schritte weiter unten sah sie Leden, die sich kaum noch auf den Beinen halten konnte. Sie lehnte an der Wand und murmelte vor sich her, als würde sie ein Gebet zu ihrem Schutz zitieren.

Obwohl sie Esined von Beginn an sehr ähnlichgesehen hatte, war von dieser Ähnlichkeit nun nichts mehr übrig.

Der Anblick des verängstigten Mädchens hielt Raena davon ab, selbst in Hysterie und Panik zu fallen. Sie begann sich wie eine leere Hülle zu fühlen, wie jemand, der durch ihren Körper zwar wahrnahm, aber nicht wirklich etwas empfand, als ob sie sich wie eine Schnecke zu ihrem Schutz ins Haus zurückgezogen hätte.

Trotz der dicken Mauern hörten sie den Drachen verärgert brüllen, doch es war zu abgeschwächt, um körperlichen Schmerz zu verursachen. Raena sah vor ihren Augen, wie er oben hockte und vor Wut schäumend Steine aus dem Felsen riss. Bei jeder Erschütterung grub er seine Pranke noch tiefer hinein.

Es ist nicht sicher, ob wir es rausschaffen. Vor ihren Augen fielen Fackeln zu Boden und erloschen im Wasser, welches aus der Bibliothek strömte. Ein überfordertes Lachen entkam ihrem Mund. *Wir sterben hier tatsächlich.*

23. KAPITEL

Dann sah sie den Riss, der direkt über Leden in der Wand entstand.

„Leden!", keuchte sie, lief auf sie zu und ignorierte die Steinchen, die sich in ihre Füße bohrten. Sie packte das Mädchen an den Schultern und zog sie an sich. Raena hatte noch nie das Geräusch von Gestein gehört, das gewaltsam auseinandergezogen wurde. Nun kannte sie es – und es war grauenhaft.

Gemeinsam liefen sie weiter, nur um einen Atemzug später festzustellen, dass der Keller versperrt war. Felsbrocken lagen davor und weiter oben sah sie abgerissene Gitterstäbe hervorblitzen.

Wir sind gefangen. Nüchtern glitt der Gedanke durch ihren Kopf.

Als das Beben nachließ, rollten unzählige Steinchen die Stufen abwärts. Im Hintergrund rauschte Wasser, welches ihre Füße alsbald bis zu den Knöcheln umspülte. Sie blickte zur Decke hoch und fragte sich, wie lange sie halten würde.

„Vielleicht ist er weggeflogen", hauchte Leden zwischen zwei flatterhaften Atemzügen. Ihr Unterkiefer bebte. Ihr Gesicht war tränenüberströmt und ihre Lippe blutete.

Raena bezweifelte dies. Ihr fiel auf, dass Leden in ihren Armen hing und sich an sie klammerte. Die Nähe war ungewohnt. Zögernd blickte sie auf ihr schmutziges Gesicht hinunter.

„Wir sollten in den S-schlüsselraum g-gehen", Leden rückte von ihr ab. „Du musst hier raus." Ihre Zähne waren mit rotem Speichel bedeckt.

Ich? Sollten sie nicht beide hier raus?

Das Symbol, welches Raena in ihrer anderen Gestalt auf der Schlüsseltür gesehen hatte, war nicht mehr darauf zu sehen. Sie folgte Leden, die mit ihrer Schulter den Türrahmen rammte.

Fackeln flackerten immer noch an den Wänden und feiner Staub hatte sich auf den Schlüsseln abgesetzt. Neben dem Wasser hörte man ein rhythmisches Quietschen, das vom Käfig kam, der langsam von einer Seite zur anderen schaukelte. Bei ihrem ersten Betreten war er leer gewesen – nun saß dort ein schwarzer Vogel mit langen Schwanzfedern und spitz zulaufenden Flügeln, beide doppelt so lang wie sein Körper. Vor Überraschung blieb ihr die Luft weg und für kurze Zeit vergaß sie sogar die drohende Gefahr über ihrem Kopf, weil ihr die Stimme in den Sinn kam, die sie gehört hatte.

Als der Vogel ihren Blick bemerkte, blinzelte er.

Seine Augen schimmerten. Er besaß einen gebogenen Schnabel mit bläulicher Spitze und auf seinem kleinen Kopf thronten mehrere, nach hinten gebogene Federn, die sich wie eine Schere bewegten, wenn er den Kopf drehte.

Leden stützte sich mit beiden Händen am Tisch ab. Ihre Körperhaltung verriet Erschöpfung. „Schlüssel", murmelte sie geistesabwesend, während ihre Hände hektisch über den Tisch huschten.

Der Vogel erwiderte Raenas Blick, er schien völlig unberührt von den Ereignissen, die sich um ihn herum abspielten. „Leden, kannst du den V-..."

„Kannst du Magie wirken? Einen Zauber, der uns hier rausholen würde?", unterbrach Leden sie.

„Zauber?", entgegnete Raena zerstreut. Mit der Frage hatte sie nicht gerechnet.

„Ja", ein Schlüssel fiel auf den Boden und hüpfte im Wasser davon, „irgendetwas."

Raena fuhr sich mit den Händen übers Gesicht. *Einen Zauber?* Sie hatte doch keine Ahnung von Magie. Und selbst wenn sie es schaffen würde, ihren geisterhaften Körper anzunehmen, wie sollte sie ihren Leib davor retten, zu ertrinken und erdrückt zu werden? Fleisch und Geist waren verbunden, also würde sie dennoch hier sterben.

„Ich kann keine Zauber." Es klang deprimierend und irgendwie ernüchternd.

„Sie werden uns schon helfen", sprach Leden plötzlich überzeugt und klang dabei, als ob sie einen Teil ihres Verstands verloren hätte.

Der Vogel stieß ein klapperndes Geräusch aus. Raena fuhr zusammen, da sie mit einem weiteren Beben gerechnet hatte. Doch noch hielt der Turm still. Das Einzige, was ihr genauso viele Sorgen bereitete, war das Wasser. Es stieg schnell.

Leden hielt triumphierend einen goldenen Schlüssel in die Höhe. „Ich habe ihn gefunden!" Ihre Hand zitterte und das riesige, gebogene Metall mit einem Bart am Ende klimperte.

„Hiermit gelangst du zum Stall. Du wendest dich nach links, dann findest du an der Mauer eine Tür. Anschließend musst du zum Tor laufen. Dort ist das Einhorn. Reite es. Hole Hilfe."

Leden hielt ihn ihr hin, doch Raena reagierte nicht. Sie hatte geglaubt, dass der Schlüssel sie beide aus dem Turm führen würde.

„Jetzt nimm ihn endlich!"

Doch Raena ergriff ihn nicht.

„Dann bin ich frei?", fragte sie, denn innerlich konnte sie nicht glauben, tatsächlich dadurch ihre Freiheit zurückzuerlangen.

„Dann bist du frei."

„Man lässt mich zum Hafen reiten?"

Leden sah verwirrt aus, ihre Hand sank ein kleines Stück.

„Hafen? Was meinst du?"

„Ich muss zum Schiff Albatros. Dort ist jemand, den ich- ..."

Leden unterbrach sie schneidend: „Du bist frei, sobald du Hilfe geholt hast, verstehst du mich?! Wir werden hier alle sterben, wenn uns die weißen Reiter nicht zur Hilfe eilen!"

Der Vogel gab ein Kreischen von sich.

Leden lief um den Tisch herum, riss Raenas Hand an sich und drückte ihr den Schlüssel in die Handfläche hinein.

„Und was ist mit dir?"

„Ich warte hier", sagte Leden hastig.

„Aber, der Turm- ..."

„Geh!" Ihre Finger waren eisig.

Raena blickte die hölzerne Tür an und spürte Widerwillen in sich aufsteigen.

Will ich lieber unter Geröll begraben oder gefressen werden? Welcher Tod ist wohl angenehmer?

Da sie das Gleichgewicht war, würden alle sterben.

„Der Vogel", murmelte sie abwesend, den Blick weiterhin auf die Tür gerichtet, „wir müssen ihn befreien."

„Der Vogel?", fragte Leden verdutzt. „Welcher Vogel? Der Käfig ist leer!"

„Nein", widersprach Raena, „ist er nicht." Sie betrachtete sein schwarzes Gefieder, seinen kleinen Kopf, den er durchs Gitter stecken konnte und fasste einen Entschluss. „Wo ist der Schlüssel?"

Leden schrie auf.

Raena erfuhr nicht mehr, ob es ihretwegen oder des Bebens wegen war. Der Boden unter ihren Füßen bewegte sich. Steine knirschten, Wände brachen. Die Stufen herab kam ein regelrechter Wasserfall. Sie sah Bücher und lose Seiten mit verwaschener Tinte im Strom, hörte, wie es zischte, als die ersten Fackeln an den Wänden erloschen. Im letzten Licht sah sie, wie der Käfig aus der Ankerung fiel und mitsamt dem Vogel unter einem Felsen begraben wurde, sah, wie Leden schreiend in den Fluten versank. In einem Moment hatte sie noch neben ihr gestanden und im nächsten war sie fort.

Dunkelheit hüllte sie ein.

„Leden!" Panisch griff Raena immer wieder ins Wasser, stieß mit ihren Zehen gegen Steinbrocken, die von der Decke gefallen waren. Es rauschte, gluckerte um sie herum. *„Leden!"*

Sie fand sie nicht.

Das Wasser stieg höher und höher, ging ihr bald bis zur Taille, drückte sie zurück, drohte sie zu Boden zu reißen. Obwohl sie nichts sehen konnte, starrte sie mit aufgerissenen Augen um sich.

„Leden!", schrie sie immer wieder, bis sie sich am Wasser verschluckte. Es brannte in ihrer Nase, in ihren Augen, ließ sie husten.

Kälte fraß sich durch ihre Knochen.

Leden war fort.

Und wenn sie nicht zur Tür eilte, würde sie auch bald tot sein.

Raena schluchzte auf, drehte sich um. Sie weinte, irrte wie eine Blinde durch die Dunkelheit, trat auf etwas Spitzes und stöhnte vor Schmerz auf. Sie fand die Tür nicht, spürte bloß Gestein unter ihren Händen.

Das Wasser hob sie hoch – *ich werde sterben.*

Bald darauf ging es ihr bis zum Hals. Sie ruderte mit den Armen und als sich das Wasser kurz über ihrem Kopf schloss, hielt sie die Luft an. Raena fühlte sich wie ein Spielball, wusste nicht, wo oben oder unten war. Sie bekam keine Luft. Den Mund hielt sie krampfhaft geschlossen, wollte das Wasser nicht schlucken, welches sie ertränken würde. Bilder begannen sich vor ihrem inneren Auge abzuspielen, viel zu schnell, zeitgerafft. Sie sah sich selbst im Kreis der Familie, sah das Gesicht ihrer Mutter, das ihres Vaters, ihrer Geschwister, stand im Wald, am See, am Hof, auf der Weide, hörte Baras Lachen in ihren Ohren. Sie sah die Wüste, das Drachenskelett, Lanthans Lächeln, Jans wütendes Gesicht, Torrens Gestalt an der Reling stehen.

... der Tod der ganzen Welt ...

Werde ich dafür büßen?

Sie stieß sich den Kopf an der Decke an, spürte kostbare Luft und atmete tief ein. Verzweiflung gab ihrem Verstand einen Ruck.

„Hilfe!", schrie sie, *„Hilfe!"*

Sie rief Torrens Namen.

Eiskaltes Wasser sprudelte um ihre Ohren, nahm ihr jegliches Gehör. Die Strömung riss sie mit sich fort, tauchte sie wieder unter die Oberfläche, drückte sie gegen die Wand, presste ihr die Luft aus den Lungen. Ihre Nase brannte wie Feuer. Ihre Lungen schmerzten, zogen sich zusammen, immer wieder, bis sie glaubte, sie würden bersten.

Ich sterbe.

... der Tod der ganzen Welt ...

Werde ich dafür büßen?

Völlige Stille kehrte ein. Sie sah nichts, hörte nichts. Raena war in Dunkelheit gefangen. Innerlich spürte sie Angst, aber auch Frieden. Keinen Schmerz mehr zu fühlen glich einer Erlösung.

Bin ich tot?

Sie trieb schwerelos durch die Nacht, war der Adler am Himmel, die Ameise am Boden, war der Wind in den Kronen. Dann war da gelbes Licht. Es kam in der Form einer Gestalt, einer Frau, strahlend wie die Sonne selbst zu ihr herab.

Auf einmal konnte sie wieder atmen. Zischend sog sie Luft in ihre Lungen ein. Schlagartig kehrte ihr Herzschlag zurück. Sie hörte ihn laut und deutlich pochen, spürte das Blut durch ihren Körper pulsieren, spürte, wie das Leben in ihrem Körper blühte.

Ich bin nicht tot ... oder?

Raena fasste sich an den Hals, ertastete den Puls. Klar und deutlich spürte sie ihn unter ihren Fingern hämmern. Und je ruhiger er wurde, desto klarer wurde ihr Atem, desto ruhiger wurde auch sie. Plötzlich hatte sie keine Angst mehr.

Das gelbe Licht verschwand, die Gestalt löste sich auf.

Wo bin ich? Was mache ich hier?

Sie hob ihre Hände hoch, betrachtete das sanfte Leuchten, welches von ihrer Haut ausging, rhythmisch, Herzschlag für Herzschlag. Sie bewegte ihre Fingerspitzen, bestaunte die kleinen Funken, die darüber tanzten. Wie kleine Sterne erleuchteten sie die Dunkelheit, flatterten wie Schmetterlinge um sie herum.

Sie wusste nicht, wo sie war oder wer sie war, sie wusste nur, dass hier ewiger Friede und Stille herrschten und niemand sie drängte – niemand, der ihr Befehle erteilte. Sie brauchte nicht mehr hinauszugehen und sich dem Drachen zu stellen. Sie musste ihr Leben nicht opfern.

Ach, der Wasserdrache.

Sie erinnerte sich nun an ihren Namen, erinnerte sich an den Turm, in welchem sie eingesperrt gewesen war.

Raena trieb mehrere Funken über ihre offene Handfläche. Während andere von ihr wegflogen, trennten sich neue von ihrer Haut. Wie die Samen einer Pusteblume, ließen sie sich von einem schwachen Windzug ihrer Hand leiten. Eigenartig war, dass sie keinen einzigen Hauch fühlen konnte. Um sie herum war es völlig windstill.

Dann erinnerte sie sich an das eiskalte Wasser, welches zuerst ihre Füße, anschließend ihre Knie umspült und schließlich bis zu ihrer Taille gestiegen war. Doch in diesem Raum, in dieser Zeit, hatte das Vergangene keine Bedeutung. Die Erinnerung fühlte sich an wie ein Nebelschleier, der sich am späten Abend über das Moor legt.

Abgelenkt von den Funken, fragte sie sich verwundert, wieso Licht überhaupt im Nichts möglich war.

Wieso kann ich mich sehen? Und woher weiß ich, dass dies das Nichts ist? Das Nichts …

Sie hatte bereits davon gehört. Es handelte sich um einen Ort, aus dem die Götter gekommen waren. In ihrem rechten Augenwinkel erschien eine fremde Hand. Durchsichtig, mit kaum wahrnehmbaren Umrissen, berührten lange Finger die Innenseite ihres Unterarms. Sie fühlte ein leichtes Kribbeln, ein sanftes Streichen einer Feder gleich.

Etwas kitzelte sie am Ohr.

„Endlich bist du erwacht."

Die Stimme kam ihr bekannt vor.

„Ehrlich gesagt hatte ich Zweifel, ob dies jemals geschehen würde."

Sie erkannte ihn und schauderte.

Fenriel. *Er musste es sein. Sie wagte sich nicht zu rühren, aus Angst, er könnte verschwinden. Warum war er hier? Und wie kam er hierher? Er hörte nicht auf, ihren Unterarm zu berühren. Seine Sanftheit wärmte ihre Seele.*

„Verbundenheit", murmelte er leise und als ob sie instinktiv seinen Gedanken erraten hätte, öffnete sie ihre Handfläche, um zwei Kristalle einzufangen, die er hineinfallen ließ. Sie fühlten sich schwer an und die Dunkelheit begann zu pulsieren.

„Ich wurde dir zur Hilfe geschickt."

Sie betrachtete den Regenbogen im weißen Stein und die Schwärze im dunklen Stein, dessen Umrisse nicht klar zu erkennen waren, da er jegliches Licht aus seiner Umgebung absorbierte.

Sein Zeigefinger rollte die Steine über ihre Handfläche. Es schien, als achtete er darauf, dass sie sich untereinander nicht berührten.

„Rette Aleron. Er wird sterben."

Aleron?

Und dann schickte er ihr ein Bild, vor welchem sie zurückschreckte.

Knapp vor ihr schwebte ein dürrer, schwarzhaariger Junge in der Luft, seine Gestalt kaum sichtbar. Doch auch von seiner Haut lösten sich kleine Funken, die genauso wie bei ihr, mehrere Sekunden lang durch die Luft segelten und anschließend verschwanden.

„Hole ihn. Heile ihn", flüsterte Fenriel in ihr Ohr, „hör auf, dich zu verstecken.

Du bist groß, gütig, leidenschaftlich. Du hast ein großes Herz. Du bist das Gleichge-
wicht. Zeige ihnen deine Herrlichkeit."

Raena wollte ihn ansehen. Sie wollte sehen, dass er wirklich da war und kein Hirn-
gespinst, keine Einbildung. Und er erhörte sie. Sein geisterhafter Körper nahm Form
an, doch seine Beine blieben im Schatten. Als sein Gesicht mit einem Lächeln erschien,
konnte Raena ihre Freude kaum beschreiben, die sein Anblick in ihr auslöste. Völlig
übermannt vom Glücksgefühl brachte sie kein Wort hervor. Sie spürte, wie sie sein
Lächeln strahlend erwiderte.

Obwohl es keinen Wind gab, flatterte sein schneeweißes Haar. Es berührte ihn an
den Wangen, an der Stirn, an den Schultern, als befände er sich in Wirklichkeit im
Wasser und nicht direkt vor ihr.

„Wie ...", ist das möglich, wollte sie ihn fragen und brachte keinen Ton mehr
über die Lippen, als er die Hand hob und eine weite Geste vollführte.

„Dies ist das Nichts. Hier ist alles möglich."

„Wie kann dies das Nichts sein?"

„Wir alle kehren zum Nichts zurück", erwiderte er.

„Die Götter kamen doch aus dem Nichts, nicht wahr? Wie kam ich hierher?"

Er lächelte, ehe er sich langsam auflöste. „Baue deine Kathedrale", flüsterte er.

„Kathedrale? Warum? Aber ... nein", hauchte sie schockiert, nicht willens, ihn
weiterziehen zu lassen. Nachdem er erst vor kurzem aufgetaucht war, konnte er doch
nicht einfach wieder gehen!

„Nein, bitte!", flehte sie, „bitte, geh noch nicht!"

Verzweifelt griff sie nach ihm, doch ihre Hände glitten ins Leere.

Die Steine rutschten ihr aus der Hand.

„Nein ...!"

Mit aufgerissenen Augen beobachtete sie, wie die Kristalle auf dem unsichtbaren
Boden landeten, einen kleinen Bogen rollten und zusammenstießen. Ein greller Licht-
blitz entstand. Doch Raena war nicht geblendet. Weiß und Schwarz wurde zu einer
strahlenden Masse, die zu einer flüssigen, tropfenden Murmel zusammenschmolz. Sie
schwoll an, wurde zu einer Kugel von der Größe eines Apfels, eines Tellers, eines
reifen Kürbisses. Schließlich schwebte sie direkt vor ihrem Gesicht.

Raena fühlte sich von ihr magisch angezogen.

Ihr weißes Inneres pulsierte wie der Schlag eines kräftigen Herzens, rotierte um
sich selbst in verschiedensten Farben, die kleinen Garnfäden ähnelten und wahllose
Bahnen ohne Form drehten. Als tief in ihr der Wunsch, nach der Kugel zu greifen,
erwachte, kribbelten ihre Hände. Sie wollte mit ihr verschmelzen. Es war eine Sehn-
sucht, die in ihrem Inneren aufloderte, die nicht mit Worten zu beschreiben war. Ob
es eine gute Idee war, wusste sie nicht, doch in diesem Moment erschien es ihr richtig.

Sie hatte das Gefühl, ihr Verstand könne alles vollbringen, alles erschaffen, was sie sich wünschte. Ein besonders großer, schwarzer Faden offenbarte sich ihr, er war um einiges dicker. Doch als sie an ihn dachte und daran, ihn anzufassen, verschwand er in der bunten Vielfalt.

Die Kugel hörte auf zu wachsen, glühte jedoch stärker und ihr Licht ließ ihre Haut golden schimmern. Und auch wie bei ihren Händen zuvor, tanzten nun Funken um sie herum und flatterten wie winzige Motten davon, rieselten leise wie Schneeflocken zu Boden.

Dann, als jene Funken den Boden berührten, verglühten sie und eine mächtige Welle brachte das Nichts zum Wanken, erschütterte es wie bei einem Erdbeben. Raena stürzte beinahe, hielt sich nur mit großer Mühe aufrecht. Unbekannter Wind von unsichtbaren Bäumen pfiff um ihre Ohren.

„Baue deine Kathedrale", flüsterte Fenriels Stimme wiederholt in ihr Ohr.

Mit einem krachenden Donner begann sich ein Boden aus Schieferplatten unter ihren Beinen zusammenzubauen. Stein an Stein gereiht, schoss die Kathedrale in die Länge. Aus Staub erbaut wuchsen Säulen aus weißem, regenbogenfarben schimmerndem Kristall empor. Erst unzählige Meter weiter, in schwindelerregender Höhe, bildete sich eine gewölbte Decke. Von hunderten unsichtbaren Händen gezeichnet, erschienen Bilder in silberner und goldener Farbe, Bilder von Tieren, Menschen, von Orten, die sie kannte.

Bevor die schwebende Kugel mit ihr zu einer Einheit verschmolz und die Kathedrale über ihr zum Stillstand kam, erblickte sie Fenriel in ihrem Augenwinkel.

Er lächelte.

„Wir glauben an dich", seine Lippen bewegten sich, aber sie hörte keinen Ton zwischen ihnen entweichen.

„Wir?"

Sie erhielt keine Antwort.

Umgeben von magischer Energie, in Licht getaucht, kam ihr aufgeregt schlagendes Herz zur Ruhe. Ihre Gedanken ordneten sich. Sie fühlte sich wie in einem Traum, dessen Bedeutung sie nicht kannte. Ihr gesamter Körper erstrahlte in wohliger Wärme, ihre Hände kribbelten angenehm, sie fühlte sich gut, fühlte sich unbesiegbar. Für einen Moment war sie das Meer, das die Inseln umspülte, war der Wind, der über die Erde strich, war die Lava, die im Untergrund brodelte. Jeder Atemzug, der geatmet worden war, gehörte ihr. Ihr Bewusstsein nahm eine andere Form an, wurde größer, saugte die Umgebung gierig und doch unbemerkt in sich auf. Sie roch alle Düfte gleichzeitig, kannte ihre Namen nicht und konnte sie dennoch zuordnen. Sie fühlte den Tod, spürte den Krampf, das Leben, wie es sich schmerzlich an den fleischlichen Körper klammerte. Sie fühlte das Kind aus dem Leib der Mutter herausgepresst, spürte seinen ersten, kräftigen Atemzug und hörte sein erstes Geschrei.

Dann geschah etwas Unerwartetes, etwas, das nicht zu den Eindrücken passen wollte.

Sie roch und schmeckte Salz auf ihrer Zunge.

Ein Schnauben, ein Hufschlag in ihrer Nähe.

Das Licht nahm ab. Langsam wurden die Umrisse der Kathedrale wieder sichtbar. In ihrer Nähe, ihr zugewandt, stand auf einmal ein Einhorn von großer Statur mit strahlend weißem Fell.

Raena fragte sich nicht, wie es hierhergekommen war. Es spielte keine Rolle. Es war das tiefe Blau seiner Augen, was ihrer Erinnerung verhalf, das Bild, welches sie darin zu sehen bekam.

„Ozean", hauchte sie überrascht und hörte, wie es von den Wänden der Kathedrale zurückgeworfen wurde. Ihre eigene Stimme klang fremd und zwiegespalten.

„Ozean", wiederholte sie.

Sein Kopf zuckte, sie sah, wie sich seine Ohren bewegten. Gleichzeitig spürte sie sein Unverständnis, seine Vorsicht, er schien nicht zu verstehen, warum er hier war.

War er etwa das Einhorn, das Leden erwähnt hatte?

Das konnte doch nicht sein.

Und doch war es so. Es war des Schicksals Plan, dass sie dazu verdammt waren, sich noch einmal zu begegnen. Welch eine Ironie, nun auf seine Hilfe angewiesen zu sein, wenn sie doch vor seinem Herrn geflüchtet war.

Sie haderte mit sich selbst. Ihn zu zwingen, sie zu tragen, erschien ihr ungerecht. Er war ein Einhorn und wenn sie ihn ansah, erinnerte sie sich an Grashalms Güte und ihre warme Stimme. Sie konnte ihn nicht einfach reiten. Es verlangte nach einer Erlaubnis.

Raena bemerkte, dass sein Gesichtsausdruck sich veränderte. Aus Vorsicht wurde Neugierde. Hörte er ihre Gedanken, so wie sie einen Teil seiner Gefühle intuitiv spürte?

„Würdest du mich tragen wollen? Würdest du mir helfen, nach Aleron zu suchen?"

Da war Misstrauen in seinen Augen. Seine Nüstern blähten sich und als er ihren Geist auf eine Reise schickte, kräuselte sie nachdenklich die Stirn.

Raena stand auf einem Felsen im offenen Meer.

Es war helllichter Tag, der Himmel war wolkenlos. Von allen Seiten schlugen Wellen auf sie ein und obwohl das Wasser sie nass hätte machen sollen, prallte es um sie herum ab, als stünde sie inmitten einer unsichtbaren Barriere.

Ein Tor, welches eins mit dem Ozean zu sein schien, ragte aus den Wellen.

Sie wollte sich rühren, näher herangehen, doch die Wellen wurden höher und höher und stahlen ihr die Sicht.

Ich habe eine Bedingung.

Wind blies das Meer auseinander, formte hohe, schäumende Wasserwände, die einen steinigen und nassen Weg und seine gleichmäßig gehauenen Stufen freilegten, die bis zum Grund des Ozeans reichten und anschließend wieder in einem Bogen anstiegen.

Meinen Schmerz, gegen meine Hilfe.

Raena schauderte, tief beeindruckt von dem Schauspiel und spürte die Aufforderung, weiterzugehen. Es war seltsam, denn sie wusste, dass nichts davon wirklich war, aber es fühlte sich dennoch real an. Sie fürchtete nicht, vom Ozean verschlungen zu werden, falls die Wände nachgeben sollten, aber sie hatte Angst vor dem, was sie auf der anderen Seite des Tores erwartete. Tief atmend stieg sie die Felsen hinab, jeder Schritt war rutschig, sie musste sich konzentrieren, um nicht zu stürzen, da sie barfuß war.

Je tiefer sie ging, desto kälter wurde es.

Die Sonne verschwand hinter den Wassermassen. Schatten krochen über ihr Gesicht, denn das Meer ragte bedrohlich über ihr auf. Doch es kam nicht näher und blieb auf Abstand.

Sie erreichte den Meeresgrund, wo sie nach oben klettern musste, wo die Stufen höher und breiter wurden. Sie rutschte mehrmals ab, knickte um und stemmte sich hoch. Ihr Atem zischte.

Das Tor wurde immer größer, nahm unwirkliche Maße an, wurde zu einer unüberwindbaren Mauer. Raena sah nicht mehr, wo es anfing, geschweige denn, wo es endete.

Schließlich erreichte sie einen Felsen, wo sie sich nirgends festhalten konnte. Dahinter ging es steil bergab und sie hatte Angst davor zu stürzen. Trotzdem versuchte sie es, suchte mit den Händen nach Mulden, nach hervorstehenden Steinen und fand nur feuchte Glätte.

„Ozean?! Was soll ich tun?“

Sie bekam keine Antwort. Stattdessen zitterte und bebte es unter ihr, Gestein bröckelte, brach und zerbröselte. Bald darauf war sie von grauem Nebel umgeben, während die Landschaft neben ihr zerfiel und das Wasser abfloss. Feine Kiesel rieselten auf sie nieder. Sie hörte ein leises Knirschen, als würde man eine einfache Tür öffnen, kein riesiges Tor, welches die Maße eines Berges besaß.

War dies das Ende?

Mit voller Wucht traf sie die Weite seiner Gedanken und Gefühle.

Raena ließ zu, dass sich seine Erinnerungen in ihren Kopf drängten, beängstigend und überfordernd zugleich. Dadurch erinnerte sie sich auch an ihre eigene Panik, die sie verspürt hatte, als die Nixen unter ihr in der Tiefe geschwommen waren. Ihr war, als geschehe all das erneut.

Doch darum ging es nicht. Ozean zeigte ihr, wie groß der Schmerz war, den der Verlust in sein Herz gerissen hatte. Und er zeigte ihr nicht nur diesen, sondern auch den Tod und seine Grausamkeit selbst, denn als Reittier war auch er nicht davon verschont geblieben.

Sie sah Duran, wie er schwamm, vor den Nixen zu fliehen versuchte. Sie spürte seine Angst. Sie wusste, man würde ihn verschlingen, ihn in die Tiefe ziehen. Sie würden ihn fressen, würden sich an ihm nähren und laben. Ihre Gedanken schrien nach ihm, schrien, er solle schwimmen, solle sich nicht umsehen und als er unter die Oberfläche gezogen wurde, war es, als stünde das Leben still.

Der Schmerz traf sie mitten ins Herz.

Auf einmal konnte sie nicht mehr atmen, spürte einen Mund auf ihrem. Sie wurde des Atems beraubt, schluckte Unmengen an Wasser, ihr Magen füllte sich, wurde schwerer und schwerer. Man zerrte sie abwärts, tiefer und tiefer. Nadeln aus Kälte stachen in ihre Haut, bohrten sich bis in ihre Knochen hinein. Sie spürte eine Berührung am Bein, dann an der Hüfte, an den Schenkeln. Abgelenkt durch den plötzlichen Schmerz in ihrer Schulter wollte sie schreien, doch konnte nicht. Sie erstickte langsam und qualvoll, während ihr das Fleisch von den Knochen gerissen wurde.

Ozean zeigte Gnade und brach die Gedanken ab und obwohl es vielleicht nur ein Atemzug gewesen war, kam es ihr so vor, als wäre sie eine halbe Ewigkeit in seinen Erinnerungen gefangen gewesen. Wann war sie in die Knie gesunken? Raena wusste es nicht und doch saß sie zusammengekrümmt auf den Schieferplatten der Kathedrale und wimmerte.

„Ich habe den Tod mit dir geteilt, Gleichgewicht", hörte sie ihn leise murmeln und seine sanfte Stimme vibrierte in ihrer Seele, „nun werde ich dir helfen."

Raena, viel zu erschüttert, ihre Angst war mit der Heftigkeit eines Orkans zurückgekehrt, hatte Mühe, sich zu beruhigen und konnte ihm nicht antworten. Sie wusste nicht, was sie fühlen oder was sie denken sollte. Sie konnte Duran nicht verzeihen. Dieser Mann hatte sie zu einer Heirat zwingen wollen, hatte ihren Vater und Bruder misshandelt, hatte beide fast getötet.

„Ich kann ihm nicht verzeihen", raunte sie.

Ozean, der auf geheimnisvolle Weise ihre Gefühle spürte, verstand sie. Sein Verständnis half ihr Ruhe zu finden, doch auch wenn er ihr gezeigt hatte, wie sehr er unter dem Verlust seines Herrn litt, Raena konnte kaum Gefühl für ihn aufbringen.

„Durch den Verlust meines Reiters und meiner Bereitschaft, den Tod mit dir zu

teilen, bin ich dir nun zum Dienst verpflichtet."

Plötzlich sah sie einen Schatten neben sich. Raena blinzelte, blickte nach oben und blinzelte ein weiteres Mal, als seine Nüstern ihr ins Gesicht bliesen. Imposant ragte er über ihr auf, sein gigantischer Körper strotzte nur vor Muskelkraft. Er war riesig und in ihrer Nähe, während sie auf dem Boden saß, wirkte er nur noch größer.

„Hat Fenriel dich geholt?" Sie bedauerte, dass der Elf bereits wieder gegangen war und hoffte, ihn bald wiedersehen zu können.

„Strahlendes Licht hat mich geführt. Zuerst dachte ich, ein Verstorbener hätte mich in meinen Träumen besucht. Aber dann stand ich hier, in deiner Kathedrale."

Raena blickte in seine blauen, mit langen Wimpern umrandeten Augen hinein. „Fenriel war es, der mich befreit hat. Ihm gehörte das Einhorn, auf dem ich damals ritt."

Ozean neigte den Kopf und signalisierte ihr, dass er verstand. „Nun aber, Herrin Gleichgewicht, sollten wir uns auf den Weg machen. Du musst noch jemanden retten."

„Hast du Fenriel auch gehört?"

„Ich bin nicht sicher, aber, während das Licht mich leitete, sah ich ein Schiff und einen feuchten, dunklen Raum, darin eine kauernde, hagere Gestalt und in meinem Kopf erschien die Stadt Mizerak, während ich tiefe Verzweiflung und Traurigkeit spürte. Stimmt es, dass wir uns in der Nähe von Mizerak aufhalten? Ich habe die Stadt nie gesehen, aber ich habe davon gehört."

Raena nickte, zog beide Augenbrauen zusammen, sah sich um und betrachtete nachdenklich die mit Zeichnungen verzierte Decke. „Er muss noch dort sein. Wir waren auf dem gleichen Schiff. Aber wie komme ich hier raus? Ich weiß nicht einmal, wie ich hierherkam. Ich war jäh von Schwärze umgeben und ... und dann war Fenriel da."

„Steh auf."

Raena gehorchte.

Ozean neigte den Kopf. „Ich helfe dir. Du musst dich nur mit dem Rücken zu mir drehen."

Auch das tat sie.

Dann spürte sie einen Stoß und eine ungeheure Kraft packte sie. Als sie glaubte, in mehrere Teile zerrissen zu werden, fand sie sich schwer atmend auf einer nassen Wiese wieder.

In ihren Ohren klingelte es. Ihr Kopf drehte sich. Keuchend stemmte sie sich vom Boden hoch, ihre Arme zitterten. Zwei, drei Atemzüge vergingen, ehe der Schwindel nachließ.

Der Turm, erinnerte sie sich. Anschließend begriff sie, dass sie noch lebte und im eiskalten Wasser saß. Ihr Gehör kehrte nur langsam zurück und damit drang auch ein Tosen an ihre Ohren, welches immer lauter wurde und schließlich derartig anschwoll, dass sie sich umsehen musste.

Was zum Henker!

Der Schock saß tief, als sie den zusammengestürzten Turm sah.

Sie war in sicherer Entfernung aufgewacht, als hätte sie irgendjemand bis hierhergetragen. Doch sie konnte sich nicht erinnern, schließlich war sie fast gestorben – *nein*, es hatte sich wie sterben angefühlt. Der Turm hatte sie unter sich begraben, sie war sich ganz sicher. Entweder das oder sie war ertrunken.

Es ergab keinen Sinn und doch lebte sie noch.

Raena kämpfte sich hoch, wankte wie eine Schiffbrüchige. Die Erlebnisse strömten auf sie ein, sie sah es erneut vor sich. Eine Kathedrale, Ozean, Fenriel, die Macht, die sie gespürt hatte. Und wofür? Nur um sich erneut klein und schwach zu fühlen. Sie brauchte Zeit. Zeit, die sie nicht hatte. Sie wusste auch so, dass sie fortmusste.

Raenas Knie schlotterten, sie wankte rückwärts, ihre Bewegungen ungelenk, ihre Beine die Beine einer anderen. Sie hielt erst an, als ihr Rücken gegen die Rinde einer Trauerweide stieß. Unfähig sich von dem Anblick der Zerstörung abzuwenden, starrte sie den Wasserfall an, der von ganz weit oben über die Trümmer der Felswand stürzte, zu der auch der Turm gehört hatte. Mächtige Wellen tanzten über das Geröll, fluteten den Park, bildeten einen reißenden Fluss.

Es hat mich begraben, schoss ihr aufs Neue durch den Kopf, denn es gab keine verständliche Erklärung, wie sie es bis hierher geschafft haben sollte.

Sie konnte die Umrisse der Räume erkennen, bildete sich ein, durch das Wasser einen großen Teil der Bücherregale zu sehen, offenbar war nur die halbe Decke und die gesamte Außenfassade eingestürzt.

Und wo war der Drache?

Raena schwirrte der Kopf, als wäre darin ein Bienenstock gefangen.

Ihr Blick wanderte zur Höhle. Eine Säule im Sirenenbecken war abgebrochen und unter Wasser verschwunden. Der abgebrochene Stumpf ragte von der Decke und der Sandstrand war in alle Richtungen zerlaufen. Sie sah mehrere Körper im Gras liegen und das Blut floss zwischen den Seggen fort.

Sirenen.

Warum auch immer, der Drache hatte sie nicht gefressen.

Der Anblick schlug ihr auf den Magen. Schnell wandte sie ihre Augen ab und blickte zum Himmel. Sie hörte nichts außer den Wasserfall, sah keinen tödlichen Drachen, der sich binnen Sekunden auf sie stürzen würde.

Was würde nun geschehen? *Erwacht.* War dies das Ergebnis, von dem niemand gewusst hatte?

Sie sah zu Boden und ein Rotfilm floss durch ihr Sichtfeld.

Ob noch jemand am Leben ist?

Und dann geschah etwas, was sie sich später nicht erklären konnte.

Als hätte sie nie etwas anderes getan, spürte sie, wie sich ein Bruchteil ihres Selbst vom fleischlichen Körper löste. Sie spürte einen leichten Zug um den Nabel herum und ihr war, als wäre sie plötzlich leichter, als schwebe sie in Richtung Höhle, obwohl sie sich nicht bewegte, ihr Körper starr, nach wie vor am Baum angelehnt. Es war, als wäre ein Teil von ihr ihrem Wunsch nachgegangen, ganz ohne, dass sie es kontrolliert hätte, magisch, unbegreiflich und doch seltsam vertraut.

Ihre geisterhaften Fühler tasteten sich vorwärts. Sie spürte kein einziges Lebenszeichen, kein schlagendes Herz und keinen Atem, und doch fand sie etwas oder jemanden, der noch lebte. Eine schwache Gegenwart, die ihr Herz schneller schlagen ließ.

Dann traf sie auf Dunkelheit, Schwärze, die nach ihr packte.

Raena zuckte zurück, spürte beißende Angst.

Alles in ihr schrie nach Flucht, nach einem Ort, der ihr genügend Schutz vor dem Unheil bot, das tief in der Höhle noch Luft zum Atmen gefunden hatte.

Dann realisierte sie entsetzt, dass sie sich auf offenem Gelände befand.

Lauf. Lauf so schnell du kannst, hörte sie Ozeans Stimme in ihrem Kopf.

Und Raena lief. Sie mied das Blut und Wasser spritzte zur Seite, als sie sich durch einen tieferen Teil kämpfte, stolperte und beinahe hingefallen wäre, hätte sie nicht nach einem Ast gegriffen, an dem sie sich hochzog.

Es muss Torren sein, schoss ihr durch den Kopf.

Torren?, Ozean klang verwundert, doch nicht allzu überrascht, *der Prinz von Schwarz? Seine Macht soll beängstigend sein. Ich habe zwar nicht gerade an ihn gedacht, aber du solltest dich trotzdem beeilen.*

Gehetzt betrachtete sie den reißenden Fluss, der nur wenige Meter vor ihr in Richtung des Zoos floss und blickte zur Felswand hoch. Wie viel Wasser sich dort oben wohl befand? Wie lange würde es dauern, bis es versiegte?

Wie soll ich da rüber?

Siehst du links vorn die Tür in der Mauer? Dort musst du hin. Vielleicht nimmt der Strom ab, wenn du noch ein Stück weiter nach rechts läufst.

Doch er nahm nicht ab und es gab keine bessere Stelle. Obwohl sie Angst hatte, begab sie sich ins eiskalte Wasser, das schäumend ihre Beine umspülte. Konzentriert und bedacht darauf, das Gleichgewicht zu behalten, suchte sie sich einen Weg, und bald reichte es ihr bis zu den Hüften. Der Untergrund veränderte sich, das Wasser wurde dunkler – vor ihr eine Art Rinne, die eine Ableitung bildete.

Hatte vielleicht der Drache mit einem Schlag ein Loch gerissen? Weiter vorn war eine Hütte nurmehr ein Haufen Kleinholz.

Raena strauchelte, als sie tiefer stieg und stemmte sich gegen die Strömung. Ihr war, als würde jemand mit voller Kraft gegen ihre Seite drücken.

„Es ist nur Wasser", murmelte sie zu sich selbst, doch ihre Angst wurde schlimmer. „Bei den Göttern ... reiß dich zusammen."

Es ist nur Wasser. Du hast es selbst gesagt.

Als Raena, halb springend, halb schwimmend, auf die andere Seite gelangte und halb vom Strom mitgerissen wurde, rutschte sie ab. Sie schlug der Länge nach hin und packte nach den Grasbüscheln, um sich daran festzuhalten. Die Kälte raubte ihr schier den Atem, doch schließlich kroch sie zitternd an Land und kämpfte sich auf die Beine hoch.

Du hast es fast geschafft.

Das Kleid schlug ihr um die Waden, als sie durch das niedrige Wasser lief.

Dann spürte sie etwas und ihr Atem stockte. Sanft, liebkosend, berührte sie eine fremde und doch bekannte Gegenwart. Als würde ihr jemand eine Hand auf die Schulter legen und doch nicht da sein.

Torren.

Sie fühlte seine Anwesenheit und war sich sicher, dass er ihr folgte und dass sie ihn zu sich gelockt hatte. Ihr wurde heiß und kalt, sie errötete, doch lief weiter, trotz der Verlockung, seine Nähe ein Abgrund voll düsterer Versprechen. Ein Teil von ihr hätte sich nur zu breitwillig in seine Arme geworfen, doch der andere widerstand.

Ozean spürte ihren inneren Konflikt. Sie merkte es. Doch er verurteilte sie nicht, wofür sie ihm zutiefst dankbar war.

Raena gelangte bis zur Tür. Ihr Atem ging schwer.

Sie griff nach der Klinke und dankte dem Schicksal dafür, dass sie nicht versperrt war. Den Schlüssel, den Leden ihr gegeben hatte, hätte sie wohl nicht mehr in den Trümmern gefunden. Bevor sie weiterging, hielt sie inne. Ihr Nacken kribbelte. Etwas in ihr wollte, dass sie sich umsah. Sie gab dem Gefühl nach und warf einen kurzen Blick über ihre Schulter zurück.

Am Wasser stand ein Mann. Nass und mit einem seltsamen, wilden Blick, den man bei Fluchttieren oft beobachten konnte. Eine unheilvolle Aura umgab ihn. Torren sah sie an und sie spürte seinen Blick auf ihrem Gesicht brennen. Er wirkte abwesend, als wäre er bloß seinem Instinkt gefolgt.

„Du solltest weitergehen", hörte sie sich selbst murmeln, ehe sie den Kopf einzog und durch die Tür auf die andere Seite ging.

24. KAPITEL

Im Raum roch es nach starken Kräutern. Trotz des dicken Schleims in seiner Lunge, seiner verlegten Nase und dem Brennen im Hals schmeckte er eine bittere Note auf der Zunge, die er im ersten Moment keiner Speise zuordnen konnte.

Medizin.

Das Ticken einer Uhr erinnerte ihn daran, dass die Zeit noch nicht stehengeblieben war und dass er noch lebte. Sein Kopf fühlte sich schwer an, schwer aber klar und er wusste, dass er nicht träumte.

Gron rührte sich. Da war ein schmerzhaftes Ziehen in seiner Hand. Finstere Bilder schossen durch seinen Kopf. Er sah ein Frauengesicht vor sich schweben und eine Welle der Erleichterung durchflutete ihn, als er an seine Rettung dachte. Das Gefühl war so intensiv, dass es selbst den Schmerz seiner gebrochenen Finger erträglicher machte. Zum Glück konnte er sich nicht mehr an viel erinnern.

Er öffnete die Augen und blickte auf die verschwommene Decke eines mit Brokatmuster überzogenen Himmelbetts hoch. Bis er die Tulpen und Nelken im hellen Stoff auseinanderhalten konnte, dauerte es.

Gron drehte den Kopf und fühlte etwas Feuchtes an seiner Wange, ein in Kräutersud getunkter, warmer Stofffetzen. Er konnte ein paar Blütenblätter darauf kleben sehen.

Ich hatte wohl Fieber.

Seine verletzte Hand, unter einer dicken Federdecke begraben, ließ sich kaum bis gar nicht bewegen. Auch wenn sein Geist wach und ausgeruht war, fühlte sich sein Körper schwer wie ein Stein an.

Wo war er überhaupt?

Im Raum war es dunkel, kühl und bis auf den starken Kräutergeruch roch er nichts, weder Kohle oder Holz, wie man es in einem Gasthof für gewöhnlich erwartet hätte. Mit einem rauen Seufzen auf den Lippen, sein Hals kratzte und ließ ihn leise hüsteln, stemmte er sich auf dem Ellbogen in die Höhe. Seine Gelenke gaben ein bemitleidenswertes Krachen von sich und versetzten ihm einen gewaltigen Stich zwischen die Schulterblätter, sodass er keuchte. Seine Bewegungsfreiheit war eingeschränkt, seine Schultern waren, genauso wie einige Teile seines Körpers, in dicke Leinentücher gewickelt. Er konnte sich nicht erinnern, am Bauch oder an den Beinen verletzt worden zu sein, und runzelte die Stirn, ehe er dem Schmerz nachgab und schwer in die Matratze sank.

Wie zum Henker war er in diesen Raum gelangt? Hatte man ihn etwa am Sattel festgebunden?

Er erinnerte sich, dass es geregnet hatte, ein Gewitter hatte gewütet. Er erinnerte sich an einen Fluss, an die Unmengen an Wasser, an die Weltuntergangsstimmung, die ihn für kurze Zeit glauben hat lassen, dass das Ende der Welt nahte. Er hatte befürchtet, Raena wäre tot und das Schicksal käme nun über sie alle. Plötzlich musste er an ihre Schwester denken, daran, dass sie gebettelt hatte, mit ihr sprechen zu dürfen. Er hatte es nicht zugelassen und nun bereute er es, so wie vieles andere auch.

Obwohl ihm jeder einzelne Muskel im Rücken wehtat, zwang er sich in eine sitzende Position hoch. Er entdeckte einen hellen Spalt auf dem Boden und anschließend ein Fenster, zugezogen mit einem dicken Stoffvorhang. Neben dem Bett sah er einen Tisch mit einer Wasserschale und mehreren, fein säuberlich zusammengelegten Tüchern. Alle waren seitlich mit einem Wappen bestickt, welches ihm vage bekannt vorkam.

Ich lebe noch. Der Gedanke verlieh ihm genügend Kraft, sodass er trotz Schwindel sitzen blieb. Noch war es nicht zu spät. Er musste sie finden, selbst wenn sie sich am Ende der Welt aufhielt.

Ihn überkam der dringende Wunsch, aufzustehen und den Vorhang beiseitezuschieben, denn seine Unwissenheit ließ ihm keine Ruhe.

Mit zusammengebissenen Zähnen schob er die Decke zurück, warf die Beine zitternd über die Bettkante und sah lange Kratzer unter den Tüchern rötlich hervorschimmern, die Verbände auf seinen Schenkeln waren verrutscht und drohten sich zu lösen. Eiskalte Luft strich über seine Haut und er musste warten, bis sich der Schwindel beruhigte, damit er aufstehen konnte. Sich mit der gesunden Hand abstützend, die Füße angewinkelt, kämpfte er sich auf die Beine. Das Holzparkett war eiskalt und nachdem er endlich stand, zwar schwach, aber dennoch stand, wagte er erste Schritte. Ein Bein halb hinter sich herziehend, quälte er sich bis zu den Vorhängen. Als er mit seiner gesunden Hand den Stoff beiseiteschob, wirbelte er Staub auf und unterdrückte ein Niesen.

Gron blickte aus dem, wie er schätzte, dritten Stock auf eine weite Wiese hinunter. Mehrere Kinder spielten mit einem Hund und einer jungen Frau, wahrscheinlich einem Dienstmädchen, fangen.

Der Himmel war grau, vor kurzem schien es geregnet zu haben. Er betrachtete die beachtliche Dicke der Mauern links und rechts von ihm, betrachtete den vergoldeten, alt aussehenden Knauf des Fensters und schloss daraus, dass er sich nicht in einem Gasthof befand.

Sein Blick wanderte zurück zu den Kindern.

Er dachte an seine Söhne und empfand Verlust. Auch Yalla schoss ihm durch den Kopf und sein Herz sank. Er versuchte, sich wieder auf das Wesentliche zu konzentrieren, seine Gedanken auf sich und seine Umgebung zu lenken, als ihm Rizor einfiel. Wie ein Pfeil schoss der Name des Zwergs durch seinen Kopf.

Ich muss mit ihm reden.

Sich vom Fenster abwendend, begann er schlurfend den Raum nach Kleidung abzusuchen. Wenn er hinausgehen wollte, musste er wohl oder übel seine Körpermitte bedecken, immerhin wollte er niemanden schockieren. Zudem musste er sich unbedingt bei seinem Gastgeber bedanken. Leider hatte er kein Gold bei sich, um ihn angemessen zu entlohnen und konnte nur ein Versprechen geben, nämlich, die Schuld irgendwann zu begleichen.

Heftiger Kopfschmerz ließ ihn straucheln. Kurz verschwamm die Sicht vor seinen Augen und er wäre gefallen, hätte er nicht nach dem Bettpfosten gegriffen. Schwer atmend, gebückt stand er da und wartete, bis die Welle des Schmerzes abebbte.

„Zum Suneki", missbrauchte er den Namen der schwarzen Streifengottheit, ehe ihn ein Hustenanfall schüttelte und er zähen Schleim hervorwürgte. Gron gab der Schwäche nach, kippte vorwärts, mit dem Gesicht voran in die weichen Decken hinein, erstickte halb an den Daunen, bemüht darum, gleichmäßig zu atmen.

Er wartete ... und wartete ... hinter seiner Stirn pochte es.

Grüne Wälder. Dicht bewachsenes Unterholz. Riesige Äste. Gefächerte Laubbäume. Ein Stich in seinem Kopf.

Gron hörte sich stöhnen. Dann spürte er am Rücken einen kühlen Luftzug, drehte sich zur Seite und blickte mit halb geschlossenen Augen um sich.

Er sah keine Tür.

Da, wieder ein Luftzug.

Halb wahnsinnig vor Kopfschmerz, wälzte er sich auf den Rücken.

Waldrand. Weite Wiese. Lachende Kinder. Nasser Hund. Magd. Hauch von schwachem Parfüm.

Als der Kopfschmerz übermächtig wurde, schrie er. Er fühlte jede Ader auf der Stirn, jeder Herzschlag glich einer unbegreiflichen Pein, als würde jemand mit einem Hammer rhythmisch gegen seinen Kopf dreschen, – einmal, zweimal, dreimal und nochmal, ein weiteres Mal, sodass er glaubte, dass sein Schädel bald brechen und sein Inhalt sich auf den Daunendecken verteilen würde.

Gron begriff am Rande, dass jemand versuchte, in seinen Geist einzudringen. Er hatte nicht die Kraft dazu, ihn abzuwehren, war noch nicht stark genug, um seine Abwehr hochzuziehen, die – so musste er zugeben, ohnehin nie sonderlich gut gewesen war.

„Bei den Göttern!", keuchte er.

Umso überraschter war er, als der Schmerz plötzlich nachließ. Immense Erleichterung durchflutete ihn, machte sein Herz leichter, seine Atmung freier.

Eine altbekannte Seele berührte ihn.

Habe ich dich endlich gefunden. Grashalms helle Stimme erklang in seinen Kopf.

Für einen Moment war er von solch starker Freude erfüllt, dass ihm die Luft wegblieb. Sie war noch am Leben! Sie lebte noch. *Sie lebt noch ...*

Sein Herz zersprang fast in tausend Teile, ihre Stimme war wie Balsam für seine Seele. *Wie hast du mich gefunden?*, entgegnete er umgehend und blinzelte, seine Augen feucht. Ob sich Fenriel jedes Mal so gefühlt hatte, wenn Grashalm zu ihm zurückgekommen war?

Ich hatte Glück und war zufällig in der Nähe, als ich auf einmal deinen Geist spürte. Also bin ich dir gefolgt.

Nun konnte er sich auch erklären, warum er einen Waldrand und eine Wiese in seinen Gedanken gesehen hatte. Das waren Versuche gewesen, ihn zu erreichen. Er spürte nun, dass sie beim Wald stehengeblieben war und nicht näherkam. Sie wollte kein Aufsehen erregen und das verstand er.

Er musste sie sehen. Er musste zu ihr gehen, ihr nahe sein. Seine Gedanken konnten leicht mit den Gedanken an eine Geliebte verwechselt werden, doch er fühlte, dass es ein anderes Band war, das sie verband.

Nachdem sie dich eingesperrt haben und ich jegliche Verbindung zu dir verlor, habe ich auf eigene Faust nach dem Gleichgewicht gesucht.

Gron legte sich eine Hand über die Augen, unter seinen Fingern Tränen.

Es gibt einen unumkehrbaren Zauber, der mich zu einem Menschen gemacht hätte. Es wäre mir leichter gefallen, in Städten umherzuziehen und nach ihr zu fragen, doch ich wusste auch, dass mir das unmöglich gemacht hätte, dich zu tragen, sollte ich dich jemals wiedersehen.

Er schluckte langsam, um den Kloß in seinem Hals loszuwerden.

Ich habe gesucht, indem ich mich getarnt habe. Vorerst ...

Meine Frau, unterbrach er sie, *meine Söhne ...*

Deine Frau wird demnächst eine Armee gegen die Zwerge anführen. Deinen Sohn hat sie weggeschickt. Dein anderer Sohn ...

Ich weiß. Er ist krank. Sein Kiefer lockerte sich, er hatte unbemerkt die Zähne zusammengebissen. *Ahnikki, eine alte Freundin, hat mich gerettet,* erklärte er ihr, *ihr habe ich zu verdanken, dass ich noch lebe.* Dann unterbrach er kurz seinen Gedankengang. *Es ist gut, dass du versucht hast, sie zu finden. Wie du weißt, war ich dazu nicht in der Lage.* Er spürte, wie sie ihn streichelte. Anders konnte er das Gefühl nicht beschreiben, das er fühlte.

Hast du dir überlegt, was du nun machen wirst?

Zwischen leicht gespreizten Fingern blickte er den blumigen Stoff über seinem Kopf an.

Ich muss zu den blauen Reitern. Mein Entschluss hat sich nicht geändert. Ich muss das abschließen, was ich vor Jahren begonnen und nicht beendet habe. Raena verschwand in Mizerak und ich brauche ...

Unterstützung? Du hast mich. Ich bin dein Einhorn. Du brauchst keine Drachenseele, mit der du einen Kampf austragen musst, die du erst bezwingen musst, damit sie dein ist.

Aber ich bin kein Elf. Wir werden uns nie so ergänzen wie Fenriel und du es getan habt.

Du bist aber auch kein Mensch. Du bist der Elbenkönig. Ein Verräter an der Krone, aber immerhin ein Elbenkönig. Meinst du nicht, die Zeit wäre gekommen, um der Ungerechtigkeit endlich den Kampf anzusagen?

Aber wie? Wie soll ich mich Zimor gegenüberstellen? Er hat Esined dazu gebracht, dass sie ... ich konnte nicht einmal herausfinden, was sie mir zeigen wollte!

Grashalm ging nicht darauf ein.

Die Zwerge haben in Finarst das Wasser abgedreht, der Fluss Laa' ist versiegt. Der See wird nicht reichen. Früher oder später wird es knapp und die Felder trocknen aus. Es gibt jetzt schon viele Flüchtlinge.

Vor Grons Augen liefen Bilder ab. Trockene Flussbeete, totes Vieh. Lange, fahle Gesichter, brennende Häuser. Schreiende, halbnackte Kinder. Straßen voller Blut. Abgeschnittene Gliedmaßen, aufgeknüpfte Bauern, angezündete Scheunen und niedergebrannte Felder. Flehend und um Hilfe bettelnd wurden Hände nach ihm ausgestreckt – Hände voller Dreck, die Frauen, Kindern und Alten gehörten, die weinend vor ihm zu Boden fielen.

Ihm drehte sich der Magen um und sein eigenes Leid rückte in weite Ferne.

Warum zeigst du mir das?

Damit du siehst, wie schlimm es ist. Davon zu reden ist eine Sache, aber es mit den eigenen Augen zu sehen eine völlig andere. Ich war im Norden, weil ich am dortigen Hafen gehofft habe, etwas mehr über Raena herauszufinden, doch ich habe es nicht einmal bis nach Finarst geschafft. Die Zwerge haben sich dort eingeschlossen – man kann die Berge nicht mehr erreichen. Sie haben Barrikaden mit Feuer und Fallen aufgestellt und bewegen riesige Geschütze durch die Landschaft. Wenn sie damit Narthinn erreichen, wird von der Stadt nichts mehr übrigbleiben. In den Gebieten, in die sie einfallen, bleibt bloß Asche zurück.

Er sah eine Armee mit Tigerreitern über einen Hügel wandern und für einen Moment fühlte er die Panik, die Grashalm erfasst, als sie das gesehen hatte.

Zimor lässt sich viel zu lange Zeit mit einem Rückschlag. Ich glaube, er will sie mit den uralten Geschützen vor Narthinn angreifen. Die, die früher gegen Drachen eingesetzt wurden.

Keuchend setzte Gron sich auf. *Die, die er instand setzt? Als ob sich seine Bevölkerung eine weitere Steuereintreibung leisten könnte.*

Nun, man müsste nur bei den Richtigen anklopfen, die hätten genug Geld, um eine eigene Armee zu befehligen. Statt sich selbst und seine Reiter zu schicken, schickt er deine Frau mit ihrer Armee, um die Zwerge auszudünnen. Aber bevor du mich fragst: Ich habe sie nicht vorrücken sehen. Leider weiß ich nicht, wo sie sich derzeit aufhält.

Gron war nicht verwundert, dass sich Zimor hinter den Mauern verschanzte. Aber Grashalms Geschichte wühlte ihn auf. *Es ist meine Schuld.* Plötzlich schien es ihm glasklar und er schmeckte bittere Galle. *Er schickt sie wegen mir. Er schickt sie voraus, weil sie die Frau eines Verräters ist.*

Grashalms Bedauern vermochte sein Leid nicht zu lindern.

Ich muss fort von hier. Ich muss etwas unternehmen.

Im Augenwinkel bemerkte er eine flüchtige Bewegung.

Die Tür stand offen – eine Tür, die zuvor nicht dagewesen war.

Was zum ..., irritiert blickte er in einen dunklen Gang. *Mein Geschrei,* schoss ihm daraufhin durch den Kopf. Nun bemerkte er auch, warum er vorhin keine entdeckt hatte. Das Loch, welches sich in der Mauer aufgetan hatte, konnte man wohl kaum als Tür bezeichnen. Viel mehr handelte es sich um einen schmalen Durchgang, der mit der Tapete verschmolz. Mit der Präzision eines Könners waren abstrakte und blumige Verzierungen so angebracht worden, dass eine einzige, undurchschaubare Einheit entstanden war.

Wer war das?

Gron vermochte ihr nicht zu antworten, da er bloß eine schemenhafte Gestalt gesehen hatte. *Ich weiß es nicht.* Aufs Neue sah er sich nach Kleidung um und als er keine entdeckte, begnügte er sich mit einem feuchten und übelriechenden Bettlaken, welches jemand über das Bettende geworfen und vermutlich dort vergessen hatte.

Eine Dienstmagd?

Mag sein. Unbeholfen wickelte er es sich um die Hüften, sorgsam darauf bedacht, seine verletzte Hand möglichst wenig zu bewegen. Wenn er den Kopf drehte und seine Achseln betrachtete, was dank der Verbände kaum möglich war, wurde ihm ganz anders, denn seine Haut schillerte in allen Farben.

Sie ist noch am Leben, hielt Grashalm den Gedanken auf, bevor er ihn selbst wahrnehmen konnte. *Das Unwetter hat zwar gewütet, doch die Welt ging nicht unter. Der Legende nach lebt sie noch. Mach dir keine Sorgen. Wenn es darauf ankommt, ist Raena bestimmt zäh. Und auch Yalla wird es überstehen.*

Gron seufzte, während er sich fragte, ob die Wärter Informationen durchsickern hätten lassen, wäre Raena unerwartet in Narthinn aufgetaucht.

Er hörte Schritte.

Vielleicht ist sie in Schwarz, ihr Vater muss noch am Leben sein, wenn ich mich richtig erinnere ... sofern die Geschichten stimmen.

Man kann nicht einfach über die Grenze spazieren, ohne dabei entdeckt zu werden, belehrte er sie.

Wir sind doch genauso über die Grenze gegangen, entgegnete Grashalm belustigt. *Der schwarze König ist unglaublich mächtig.*

Ouboros sagt man nach, er sei genauso mächtig. Er ist Zimors Verbündeter, vergiss das nicht. Man hätte es gehört, wäre sie dort.

Im Gang erschienen Lichter. Ihn fröstelte.

Raena ist bestimmt noch nicht an Land, immerhin handelte es sich um einen Kapitän. Sie hat keine Flügel und kann niemals von allein zurückkehren. Ich muss zu den blauen Reitern, es ist die einzige Lösung. Er spürte ihren Widerwillen, aber auch beginnendes Verständnis. Dabei war er sich sicher gewesen, dass sie seiner Entscheidung bereits zugestimmt hatte, bevor er im Kerker gelandet war.

„Eure Majestät!" Ein alter Mann in ungeordneter Tageskleidung platzte in den Raum. „Geht es Euch gut? Man hat Euch schreien gehört."

Sein „Gastgeber", so glaubte er zumindest, hatte sich offenbar rasch und ohne Hilfe in seine Kleidung gezwängt. Vermutlich hatte ihm anschließend sein Bauch im Weg gestanden, was die losen Hosenbänder am linken Knie erklären würde. Des Weiteren war sein Gegenüber von oben bis unten zerknittert und während seine Weste eher unscheinbar war, so waren seine beigen Samthosen abgenutzt, sein rechter Strumpf unförmig und auf einem Schuh fehlte eine Brosche – an ihrer Stelle hing ein loser Faden.

Vom hastigen Erscheinen des Mannes irritiert, brachte Gron lediglich ein Nicken zustande.

„Endlich seid Ihr wieder bei uns", seufzte sein Gastgeber, „ich habe mir fürchterliche Sorgen um Euch gemacht!" Seine Perücke saß schief, darunter perlte ihm Schweiß von der Stirn ab. Seine Augenlider hingen tief und rötliche Augäpfel mit hellblauer Iris blinzelten, als würden sie geblendet werden, doch da in dem Raum kaum Licht herrschte, musste dies einen anderen Grund haben.

Irgendetwas an ihm kam Gron fürchterlich bekannt vor.

Sind das Katzenhaare?, ging ihm Grashalms Überlegung durch den Kopf.

„Nun", der Mann kratzte sich nervös die Stirn, „nicht nur ich, habe mich gesorgt – denke ich. Euer zwergischer Begleiter schien ebenfalls sehr besorgt um Eure Gesundheit. Wir haben Euch vor wenigen Tagen im Stall einer Schenke gefunden, ein sehr erfreulicher Zufall übrigens und es ist uns gelungen, Euch in mein bescheidenes Zuhause an der Stadt vorbei zu ... schmuggeln. Zum Glück hat uns niemand aufgehalten." Er lachte verlegen, rote Flecken im Gesicht. „Ihr hattet hohes Fieber."

Das ist Baron Zypress Niederau. Du hast seine Tochter vor einem bösen Sturz bewahrt.

Dunkel erschien ein Stoffwappen mit zwei überkreuzten Schwertern vor seinem inneren Auge. Er erinnerte sich an ein blassgelbes oder blassoranges Kleid und an langes, aschblondes Haar. Jäh breitete sich in seiner Brust ein Gefühl von Dumpfheit und Leere aus, er erinnerte sich daran, wie sehr er gehofft hatte, Raenas Gesicht zu sehen, wie sehr er sich gewünscht hatte, dass sie entkommen war und den Weg nach Narthinn gefunden hatte.

Und nun bin ich ein angeklagter Mörder und Verräter, schoss ihm durch den

Kopf. Es würde nichts Gutes für den Baron bedeuten, sollte jemand auf seine Anwesenheit aufmerksam werden. Verständlich, dass Zypress nervös war.

Gron schämte sich, auch wenn er das ihm vorgeworfene Verbrechen nicht begangen hatte. Ein Verräter war er keiner, aber ein Mörder. Er versuchte nicht an Fenriel zu denken, denn es galt herauszufinden, ob sie Gefangene waren. Wenn Zypress schlau war, würde er ihn um eine Menge Gold an den Herrscher ausliefern.

„Baron Zypress Niederau", begann er langsam, sorgsam darauf bedacht, die richtigen Worte zu wählen, „verzeiht, dass wir Eure Gastfreundschaft in Anspruch nehmen. Wir werden nicht lange bleiben und Euch eine Szene ersparen, die Euch und Eure Familie in Gefahr bringen könnte." Gegen Ende hin wurde sein Mund trocken wie Papier und er widerstand dem Impuls, sich über die ebenso trockenen Lippen zu lecken, um sie zu befeuchten.

Baron Zypress blinzelte, dann lachte er verlegen.

Gron hob fragend eine Augenbraue.

„Da müsst Ihr Euch keine Sorgen machen, Eure Majestät. Ich glaube an Eure Unschuld. Ich meine, Ihr habt den Hengst meiner Tochter angehalten. Sie hätte sich alle Knochen brechen können." Er hüstelte in seine Handfläche. „Euch und Eure Begleiter zu bewirten bereitet mir unheimliche Freude, aber ehrlich gesagt habe ich nicht mit einem hohen Besuch gerechnet, weshalb ich einen Reiter ins Dorf geschickt habe. Er soll neue Kleidung für Euch besorgen, da, nun, wie soll ich sagen, Eure unbrauchbar war. Er soll etwas Schickes kaufen, das Eurem Stand etwas mehr entspricht, Eure Majestät. Aber – bedauerlicherweise – ist er noch nicht zurück."

Gron wusste zuerst nicht, was er ihm antworten sollte. Er war zwar dankbar, dass sein Gastgeber sich so viel sorgte, fragte sich aber, ob es bei seinem Status eine gute Idee war, aufgetakelt wie ein Gockel durchs Land zu ziehen. Zudem trug der Baron selbst keine passende Kleidung, konnte sie sich vermutlich auch gar nicht leisten. Es wäre falsch gewesen, seine Freundlichkeit anzunehmen.

„Ich benötige kein teures Gewand", beruhigte Gron den peinlich berührten Baron mit rauer, angeschlagener Stimme, „ich bin Euch unendlich dankbar, dass Ihr mich hergeholt habt. Dafür stehe ich tief in Eurer Schuld."

Zypress lachte auf. „Erlaubt mir einen kleinen Kommentar. Ich bin verwundert, dass Ihr Euch an mich erinnern könnt. Der Herrscher wusste auch bei unserem zehnten Treffen nicht, wer ich bin und das, obwohl ich ihm einige meiner Töchter vorgestellt habe. Nicht einmal an das schöne Gesicht meiner

Email konnte er sich erinnern. Aber, bezüglich Eures Aufenthaltes – Majestät, es ist wirklich das Mindeste, was ich für Euch tun kann. Fühlt Euch wie Zuhause. Mein bescheidenes Heim ist zwar kein Schloss, aber ein Ort der Ruhe und Entspannung – wenn nicht gerade meine Töchter durchs Haus rennen, wie wilde Hühner gackern und sich wie Kleinkinder benehmen. Aber so sind Mädchen nun mal", lächelte er mit breitem Mund, sichtlich stolz auf seine Familie.

„Auch für die Pflege möchte ich mich bei Euch bedanken", Gron unterdrückte einen Hustenreiz.

Der Baron winkte ab. „Wir haben eine Hebamme im Haus. Zufälligerweise ist ihr Mann Arzt und konnte aushelfen."

Das Schicksal meinte es gut mit uns.

Hoffentlich muss er nicht irgendwann dafür bezahlen.

Deswegen müssen wir ehestmöglich weiterziehen. „Wie geht es Eurer Tochter?"

Zypress Niederau verschränkte die Hände und legte sie auf seinem Bauch ab, der größer als beim letzten Mal zu sein schien. Vielleicht lag dies aber auch daran, weil er kein Korsett trug.

„Email, verzeiht, ihr Spitzname wisst Ihr, ehm, Emila geht es den Umständen entsprechend", sagte er, ehe sich ein herablassender Unterton in seine Stimme schlich, „sie ist einem jungen Mann versprochen, der in der Nähe ein kleines Anwesen geerbt hat. Sein Vater ist ein weißer Reiter im Dienst unseres Herrschers." Er hustete in seine Handfläche, um den Ton abzuschwächen, der sich bei Zimors Erwähnung in seine Stimme geschlichen hatte.

„Meinetwegen müsst Ihr Euch nicht zurückhalten", murmelte Gron, „Ihr sprecht mit einem Gefangenen, der eine kurze Zeit in seinem Verlies verbracht hat. Zwar nicht lange genug, um den Verstand zu verlieren", als das Kratzen in seinem Hals anschwoll, hustete er sich die halbe Seele aus dem Leib, „aber ich war dort", endete er keuchend. Der dadurch entstandene Krampf zwischen seinen Schulterblättern verursachte ihm üble Schmerzen.

Der Baron warf ihm einen mitfühlenden Blick zu. „Man weiß nie, woran man ist", meinte er.

Gron verzog das Gesicht, während er mit vorsichtigen Bewegungen seine Glieder lockerte. Allerdings schränkte ihn der Verband stark ein. Es brannte wie Feuer und er fragte sich, ob seine Muskeln gerissen waren. Würde man ihm nun ein Schwert in die Hand drücken und einen Kampf von ihm erwarten, würde er die Waffe nicht ordentlich halten können. Lächerlicherweise erschien vor seinen Augen eine Version seines jüngeren Ichs. Er sah ein Bild aus seiner Kindheit: sich selbst, wie er in der Küche stand und an einer Nachspeise naschte, die den Namen „*gelber Fleck*" trug. Er hatte seinen Zeigefinger oft in die Glasur gesteckt, die schwach nach Orangen gerochen und nach so viel mehr geschmeckt hatte. Nun waren seine Beine genauso weich wie dieser verfluchte Kuchen.

Gron schwanden die Sinne.

„Eure Majestät!", der Baron hob beide Hände, um halbherzig nach ihm zu greifen, denn er wagte es nicht, ihn zu berühren. „Eure Majestät!", wiederholte er und in Grons Ohren rauschte es. Nur schwer löste er sich von der Kindheitserinnerung, die sein Bewusstsein fesselte.

„Verzeiht", hauchte er und setzte sich, da er ansonsten umgefallen wäre.

„Ihr seid schrecklich bleich", hörte er Zypress murmeln und dann laut rufen, „Ihr braucht Wasser. Wasser und etwas zu essen. Lehrroni! Komm her! Bei Ara, jetzt beeil dich doch!"

Gron hatte das Dienstmädchen nicht bemerkt. Er schätzte, dass es sich im Gang aufgehalten und auf Befehle gewartet hatte. Er blinzelte, um seinen getrübten Blick loszuwerden, und konnte schwache Umrisse erkennen. Sie trug einen Kerzenhalter in der Hand, zwei brennende Dochte beschienen ihr Gesicht.

„Ja, mein Herr?", fragte sie, den Rücken gerade wie ein Brett.

„Du hast mich gehört. Also husch, husch!"

„Ja, mein Herr!"

Bevor sie jedoch hinauslaufen konnte, stieß Gron hervor: „Und etwas zum Anziehen, bitte. Völlig gleich, das Gewand eines Stallburschen genügt."

Der Baron warf ihm einen entsetzten Blick zu.

„Bitte", wiederholte er und Zypress nickte schließlich, wenn auch widerwillig.

25. KAPITEL

Ich werde erst wieder ruhen, wenn wir unterwegs sind.

Nachdem die Dienstmagd gegangen war, hatte er seinen Kopf an den Bettpfosten gelehnt und die Augen geschlossen. Das kühle und harte Holz tat gut.

Ich trage sogar noch mein Geschirr.

Das überraschte ihn. *Tatsächlich?*

Ja, entgegnete sie belustigt, *wie, denkst du, hätte ich mich davon befreien können, so ganz ohne Hilfe?*

Hm, entgegnete er nur, da er nicht wusste, was er ihr dazu sagen sollte.

Du solltest fragen, wie es deinen Gefährten geht.

Ahnikkis verletzte Gestalt spukte durch seinen Kopf. Ihren eingewickelten Arm hielt sie sich gegen die Brust gedrückt.

Vorsichtig öffnete er ein Augenlid. Der Baron starrte ihn an, sein Gesicht ganz bleich.

Gron zwang sich ein schwaches Lächeln auf. „Ihr braucht Euch nicht zu ängstigen", murmelte er heiser, „ich werde Euch schon nicht vor den Augen wegsterben."

Zypress Miene wirkte nur noch besorgter.

„W- ...", begann Gron, als sich seine Stimme in einem Krächzen verlor. *Verdammt,* dieser Husten trieb ihn noch in den Wahnsinn! „Wie geht es meinen Begleitern?", wiederholte er, nachdem er sich geräuspert hatte.

Noch bevor er seine Frage formuliert hatte, hatte der Baron sich aufgemacht, die Vorhänge zu teilen, um Licht in den verdunkelten Raum einzulassen. Mit dem Blick nach draußen gerichtet, blieb er direkt vor dem Fenster stehen. „Ihr hattet Glück. Das Unwetter ist wie ein Fluch über das Land gezogen und hat eine Spur der Verwüstung angerichtet. Ein Gefährte von Euch hat von einer Welle berichtet, die aufwärts gewandert ist. Es ist kein gutes Zeichen, wenn Wasser gegen die Strömung fließt. Ach, und bezüglich Eurer Begleiterin", Gron spürte ein Zögern, als wisse der Baron nicht, wie er sie nennen sollte, „Ihre Schnittwunde wurde ausgewaschen, desinfiziert und genäht. Man gab ihr Medizin, um auch ihr Fieber zu senken. Wenn ihr Genaueres wissen wollt, lasse ich meine Hebamme zu Euch kommen. Meine Kenntnisse bezüglich der Heilkunst beschränken sich nur auf einen Tee gegen Kopfschmerzen."

Irgendwie bekam Gron das Gefühl, ihm Ahnikki vorstellen zu müssen.

„Sie gehört dem Geschlecht der Ren an", er zwang sich, noch ein Auge zu öffnen, „darum das Geweih auf ihrem Kopf."

Der Baron drehte sich um. Auf seinem Gesicht erschien ein nachdenklicher Ausdruck. Seine Lippen und sein Kinn zuckten, als lägen ihm mehrere Fragen auf der Zunge, die er nicht zu stellen wagte.

Ich kann sie für dich heilen, bot Grashalm ihm an.

„Wie geht es Rizor? Ist er wohlauf?"

„Der Zwerg war beim Frühstück sehr ... *grob.* Sein Benehmen lässt zu wünschen übrig. Er ist", Zypress presste die Zähne zusammen und ließ zischend die Luft zwischen ihnen entweichen, „mehr als nur wohlauf und ein Großmaul noch dazu. Sein Anblick hat heute früh eine Dienerin zum Schreien gebracht."

Als Gron daraufhin nur eine Braue in die Höhe zog, hob der Baron abwehrend beide Hände hoch. „Die Frauen lassen sich viel zu leicht erschrecken, dieses räuberische und haarige Aussehen sind sie einfach nicht gewohnt. In der Oberschicht gibt es selten solch kleine Geschöpfe mit solchen Muskeln", versuchte er zu retten, was er mündlich verpatzt hatte.

Als ob Rizor selbst für seine Verstümmelungen verantwortlich wäre.

„Es gab keinen Grund, ihn einzukerkern", meinte Gron, der Grashalms Mitgefühl spürte, als ein Bild von Rizor durch seine Gedanken geisterte.

„Ist er Euer Freund, Majestät?", fragte der Baron eindringlich, „ich nehme an Ihr wisst, dass Krieg herrscht? Und kennt Ihr auch den Grund?" Doch Zypress wartete eine Antwort nicht ab. „Der Zwergenkönig marschiert durch das Land, er will das Gleichgewicht und er wird es sich holen, koste es, was es wolle. Vertraut Ihr ihm? Ich weiß, es steht mir nicht zu, Eure Handlungen zu hinterfragen und wem ihr Euer Vertrauen schenkt, bleibt Euch überlassen", bestimmt verschränkte er beide Arme vor der Brust, „bitte verzeiht, aber ich bin wegen meiner Kinder sehr besorgt, wenn er sich als Gast in meinem Haus aufhält."

Ob er Rizor vertraute? Bevor man sie beide weggesperrt hatte, hatte er das. Rizor hatte nichts mit dem Krieg zu tun. Auch wenn die Zwerge ein misstrauisches Volk waren und Rizor deswegen zu einem Mitglied der Gruppe geworden war – auch aufgrund seiner Position als Berater des Königs, Gron glaubte nicht, dass er etwas im Schilde geführt hatte. Dafür war Rizor viel zu ehrlich gewesen, er hatte Raena sogar mehr erzählen wollen als er selbst. Rizor hatte im Endeffekt eine ähnliche Funktion wie Esined ausgeführt – Esined, die sie hintergangen und das falsche Gleichgewicht gespielt hatte.

Gron versuchte sich seine Gedanken nicht anmerken zu lassen. *Rizor würde so etwas nicht tun. Er war stets ehrlich und aufrichtig.*

„Ich verstehe Eure Sorge, Baron", warf Gron vorsichtig ein, „ich vertraue ihm. Auch wenn sein Volk derzeit gegen die weißen Reiter und gegen den höchsten Herrscher, seine Hoheit Zimor, in den Krieg zieht, so ist er nicht dafür verantwortlich. Er ist dank meines Verschuldens im Kerker gelandet und hat dort Qualen ertragen müssen, die er sich erspart hätte. Wenn wir", er musste husten und verbesserte sich schroff, „*ich* nicht versagt hätte, dann wäre alles anders ausgegangen."

Das stimmt nicht und das weißt du. Du warst nicht allein. Es war nicht nur dein Fehler.

Gron ignorierte ihren Einwand und meinte stattdessen: *Azurit wurde von seinem König geschickt. Das sollte ich ihm vielleicht nicht sagen.*

Vom König?

Er ist ein Söldner.

„Sie sind eingesperrt", teilte Zypress ihm entschlossen mit, seine Stimme hatte etwas Unnachgiebiges, „bitte versteht, dass ich kein Risiko eingehen kann. Ihr wart nicht ansprechbar, Euch konnte ich also nicht fragen."

Gron nickte langsam. Es freute ihn zwar nicht, aber er konnte wohl kaum seinem Gastgeber widersprechen. „Ihr habt das Richtige getan, Baron." Gleichzeitig hatte er das Gefühl, Rizors Ärger durch die Wände zu spüren. *Er wird wütend sein.*

Grashalm gab sich unbeeindruckt. *Er muss damit rechnen, die Leute haben Angst. Wenn er sich auf den Weg macht, wird er aufpassen müssen, damit man ihn nicht tötet.*

„Würdet Ihr ihm bitte- ...", begann er und unterbrach sich, als der Baron plötzlich zur Tür blickte. Gron tat es ihm nach und bedauerte, seinen Kopf viel zu schnell bewegt zu haben.

Zwei Dienstmädchen – eines trug ein Tablett mit Essen, gefolgt von einem Stallburschen mit einem Stoffbeutel, kamen herein. Die Neuankömmlinge machten Anstalten, sich vor dem Baron zu verbeugen, doch dieser tat nur eine verwerfende Handbewegung und gab ein empörtes Schnauben von sich. „Ich bin zu alt, um euch die korrekte Etikette beizubringen", brummte er und verursachte damit peinliche Blicke, die verstohlen in Grons Richtung geworfen wurden, „bevor man sich vor dem eigenen Herrn verneigt, tut man dies vor dem- ...""

Gron war der Meinung, dass es nicht klug war, seine wahre Identität zu verraten, und fiel ihm steif ins Wort: „Schon gut." Vermutlich war es aber längst zu spät dafür.

Als die Angestellten vor ihm auf die Knie fielen und sich erst erhoben, nachdem sie dazu aufgefordert wurden, fühlte er sich unwohl. Ein Dienstmädchen nahm erst die Schüssel mit den Kräutern und dann die Tücher vom Tisch, ehe das andere Mädchen ein Tablett mit Essen darauf abstellte. Neben dampfenden Eiern, gekochtem Schinken und frischem Brot, türmte sich würziger Speck in kleinen Röllchen auf. Fein geschnittene Äpfel und Birnen, auf winzigen Spießchen aufgesteckt, bildeten die Sonnenstrahlen einer Buttersonne. Daneben lud eine Karaffe Rotwein mit dazugehörigem Kristallglas zum Trinken ein.

Grons Magen gab ein klägliches Geräusch von sich.

„Verzeiht, Eure Majestät. Wie bereits erwähnt, waren wir nicht auf Euren Besuch vorbereitet", entschuldigte Zypress sein „unwürdiges" Essen, wobei Gron ihm dabei ganz und gar nicht zustimmen konnte.

„Marek", winkte er den Stallburschen zu sich, „komm näher."

Unschlüssig hatte der junge Mann sich abseits hingestellt. Er wirkte nervös.

„Komm schon. Seine Majestät beißt nicht. Und ihr beiden könnt gehen."

Mit einer tiefen Verbeugung huschten die Mädchen zur Tür hinaus.

Je öfter man seinen Titel erwähnte, desto unwohler fühlte Gron sich. Aber es stand ihm nicht zu, die hier angestellten Personen zu hinterfragen, der Baron musste sich selbst der Diskretion seiner Bediensteten sicher sein. Trotzdem fragte er leise nach: „Seid Ihr Euch sicher, was Ihr da tut, Baron?"

„In den Jahren, wo ich Baron auf diesem Anwesen bin, habe ich meinen Leuten nie einen Grund gegeben, mir in irgendeiner Weise zu grollen. Sie werden mich nicht verraten. Ihre Treue gilt mir und nicht Zimors unnötigen Einfällen und seinen Floskeln." Er sprach überzeugt, sodass Gron nicht anders konnte, als ihm seinen Glauben zu schenken. Zimor hätte Zypress für diese Aussage in den Kerker werfen können und ihn schauderte, als er an das dunkle Verlies dachte.

Ich darf ihnen nicht mehr in die Hände fallen. Er wusste, sollten sie ihn einfangen, würden sie ihn nicht mehr quälen, sondern gleich töten.

Du wirst ihnen nicht mehr in die Hände fallen, versicherte ihm Grashalm, *du wirst dich zur Wehr setzen.*

Hätten wir uns widersetzt, dann ...

Ich weiß nicht, ob wir gegen den Elfenkönig bestanden hätten. Er ist alt und *mächtig und sehr stark.*

Du musst mir nicht erzählen, wie stark Elfen sind. Das weiß ich selbst. Gron unterdrückte ein frustriertes Knurren. *Der Elfenkönig ist älter als ich. Seine Erfahrung übersteigt meine im Übermaß.*

Mach dir keine Sorgen. Du wirst ihnen nicht in die Hände fallen, wiederholte Grashalm mit Nachdruck und ihre Stimme verlieh ihm Mut.

Gron blinzelte. Seine Augen fokussierten sich.

Der junge Mann kniete vor ihm und blickte bewundernd zu ihm auf. Seine aufgerissenen Augen funkelten und er zitterte so sehr, dass das oberste Hemd verrutschte. „Majestät", flüsterte er erstickt, „ich fühle mich geehrt, Euch meine Kleidung anbieten zu dürfen." Einer Opfergabe gleich hob der junge Mann seine Arme hoch und hielt ihm die Sachen entgegen.

Gron wollte danach greifen und zuckte ob des stechenden Schmerzes in seiner Hand zusammen. „Vielen Dank", presste er mühsam hervor und nickte ihm zu.

„Soll ich ... soll ich es Euch, ich meine ... benötigt Ihr vielleicht Hilfe ...", stammelte er.

Gron schoss durch den Kopf, dass es überaus mühsam werden würde, sich mit nur einer Hand anzuziehen. Aber war es ihm im Kerker nicht auch gelungen? Außerdem war es nicht zum ersten Mal, dass er nur eine Hand nutzen konnte.

„Beweg dich schneller! Du bist viel zu langsam!" Ahnikki wirbelte um ihn herum, ihr Stock zischte nur knapp an seiner Schulter vorbei. Er spürte, wie sie ihn mit ihren Haaren streifte und dann war sie plötzlich hinter ihm. Sein Atem ging schnell. Er fühlte die Sonne auf seiner Haut brennen, es war viel zu heiß. Am liebsten hätte er sich zur Quelle verkrochen und seine Glieder faul in der Wiese ausgebreitet.

Er mühte sich ab, ihren Bewegungen zu folgen, zu parieren, bevor sie ihm einen Hieb in den Rücken verpassen konnte. „Bestimmt nicht! Du bist nur übermütig!", brüllte er, bevor er strauchelte. Sein Fußgelenk gab nach. Er rutschte an einem Stein ab, stolperte und fiel. Mit einem Aufschrei ließ er seinen Stock fallen, versuchte sich mit einer Hand abzufangen, hörte ein Krachen und seinen überraschten Ausruf, als er sich dabei das Handgelenk brach.

„Nein", wies Gron die Hilfe des Stallburschen etwas schärfer als beabsichtigt zurück und meinte dann versöhnlich, „leg sie bitte auf dem Bett ab."

Der Stallbursche gehorchte und warf Zypress einen kurzen Blick zu, der ihn nickend entließ. „Danke, Marek." Nachdem er verschwunden war, ging der Baron quer durch den Raum und schloss die Tür. „Ich habe ihnen nicht gesagt, welcher König Ihr seid. Auch wenn die Neugierde in meinem Haus groß war und nach wie vor auch ist, habe ich sensible Informationen für mich behalten." Er kratzte sich am Kinn. „Ich nehme an, Ihr würdet gern mit Euren Begleitern sprechen wollen. Ich kann sie herschicken lassen."

Gron schüttelte schwach den Kopf. „Später vielleicht."

„Gut, dann sollte ich wohl nach draußen gehen, damit Ihr ... und Ihr braucht wirklich keine Hilfe?"

„Nein, aber sagt mir bitte, wie weit der Krieg fortgeschritten ist. Wie weit sind sie vorgerückt?" Er klärte seinen Hals, als seine Stimme sich in einem rauen Tonfall verlor.

Zypress zupfte seine Weste zurecht, ehe er die Stirn in Falten legte.

„Eure Majestät, nun, wenn man den Geschichten im Dorf glauben kann, haben sie den Fluss trockengelegt. Ihr wisst ja, dass das Trinkwasser der Stadt zum Großteil aus den Bergen stammt, aus den Wassermühlen in Finarst. Und die werden erst wieder mahlen, sobald die Zwerge das Gleichgewicht ausgehändigt bekommen. Als ob ihnen niemals aufgefallen wäre, dass sich der Herrscher kaum um seine Stadtbewohner schert. Dem ist es doch gleich, ob sie Wasser haben. Familien dursten zu lassen ist barbarisch. Und wenn der Herrscher kein Wasser bekommt, dann kauft er es. Gold hat er genug, sonst würde er wohl kaum die Geschütztürme reparieren lassen. Rechnet er mit schwarzen Reitern? Man weiß es nicht und kann sagen, was man will, aber, er ist ein schlauer Mann und hat mächtige Verbündete. Die grauen Reiter sind mit Abstand seine stärkste Armee. Vielleicht kam es deshalb noch zu keinem großen Kampf, wer weiß."

Zypress verschränkte beide Hände vor seinem Bauch. „Jedenfalls flüchten die Leute nach Narthinn, wahlweise sogar in den Streifen. Dort soll es scheinbar sicherer sein als hier, was ich kaum glauben kann. Ach, und die Zwerge nehmen scheinbar auch Sklaven. Jemand von meiner Dienerschaft hat mir darüber berichtet. Im Dorf wird immer viel geredet, man möchte meinen, Ihnen sei langweilig. Nun, und um zum ursprünglichen Thema zurückzukehren – mir scheint es, sie reizen ihn. Sie wollen ihn hervorlocken. Aber er verkriecht sich mit seinen Anhängern und allem, was dazu gehört. Der Herrscher Zimor wartet und worauf, das weiß nur Göttin Ara."

Gron musste sich konzentrieren, um dem Baron folgen zu können.

Grashalm gab Zypress Recht. *In seinen Worten spiegelt sich viel Wahrheit wider. Wenn sich alle um sie streiten, muss er fast damit rechnen, dass Schwarz versuchen könnte, sie zurückzuholen. Die Zwerge werden sie bestimmt wegsperren wollen, genauso wie der Rest des Rats. Diesmal wird es wohl kein Turm sein, sondern ein Loch tief unter der Erde, wo die Welt vor ihrem Tod sicher ist. Kennst du Sunekis Geschichte? Vielleicht machen sie genau das mit ihr, nur eben in Finarst.*

Der folgende Gedanke schmerzte ihn. *Sie hätte nie ihre Freiheit bekommen sollen.*

Grashalm ließ ihn ihren Unmut spüren. *Der Friede mit den schwarzen Reitern hat lange gehalten, nicht zuletzt wegen dem schwarzen Prinzen. Aber jetzt? Seinetwegen werden sie sich nicht zurückhalten, nicht, wenn es um das Gleichgewicht geht. Für Raena werden sie Raum und Zeit in Bewegung setzen. Dennoch, es wäre grausam, sie zurück in den Schlaf zu zwingen.*

Es wäre grausam, ja.

Raena war aus dem Turm gestohlen und in den Streifen verschleppt worden, obwohl sie eigentlich immer noch hoch oben in den Wolken verborgen, ihren ewigen Schlaf halten sollte.

Sie war in einer netten Familie aufgewachsen, hatte eine behütete Kindheit gehabt. Man konnte sie nicht wie einen entflohenen Vogel in einen Käfig einsperren, nicht, nachdem sie die Freiheit bereits gekostet hatte.

Ich frage mich ohnehin, woher sie die Magie nehmen wollen, um all das zu wiederholen. Wir leben in einer anderen Zeit.

Zypress riss Gron aus seinen Gedanken. „Raus aus den Beeten! *Sofort!*", brüllte er hinaus. „Und ruft den verfluchten Hund zurück!" Er hatte das Fenster derartig schnell aufgerissen, dass ihm beinahe die Perücke vom Kopf geflogen wäre, und er rückte sie daraufhin verärgert zurecht.

Ich muss meine Ausbildung beenden. Es gibt viele Orte, die ich ohne Flügel nicht erreichen kann. Glaube mir, so wird es besser sein. In meiner derzeitigen Verfassung kann ich ohnehin nicht viel ausrichten. Aber als Drache, da hätte ich mehr Macht.

Und Grashalm verstand.

Obwohl das Essen ihn angelächelt hatte, war ihm der Appetit vergangen und ihm war leicht übel.

„Es ist falsch", murmelte Gron. Er musste es aussprechen, die Wahrheit, um seiner selbst willen, damit er sich ein wenig besser fühlen konnte. Es war ihm gleich, ob der Baron es für sich behalten oder in der Welt herumerzählen würde. Schließlich war es die Realität. Als er aufblickte und ihre Blicke sich kreuzten, fühlte er sich wie ein Junge, der etwas Schlimmes getan hatte und nun seinen Fehler reumütig gestehen wollte.

Zypress antwortete nicht. Er wirkte nur etwas verdattert. „Eure Majestät?

Falsch? Wie meint Ihr das?"

Bist du dir ganz sicher? Wirst du es nicht bereuen?

Nein.

Ich hoffe, er behält es dennoch für sich, die Wahrheit könnte ihn das Leben kosten.

Gron knirschte mit den Zähnen. Sekunden später begann sein Kopf zu pochen. „Das Gleichgewicht in Narthinn", erklärte er, „ist falsch. Eine Scharade." Seine kratzige Stimme verließ ihn ein weiteres Mal.

Der Baron sah ihn ausdruckslos an. In seinem Gesicht war keine Spur von Entsetzen oder Argwohn zu finden. Gron fragte sich, ob er ihn überhaupt gehört hatte und fühlte sich kein bisschen leichter. Viel mehr verspürte er den Drang, sehr laut schreien zu wollen.

Zypress' Lachen überraschte ihn. Er lachte so laut, dass es in Grons Ohren wehtat. „Majestät!", keuchte er, „Majestät!" Dann, nachdem er sich halbwegs beruhigt hatte, lehnte er sich gegen den Fenstersims. „Verzeiht!", entschuldigte er sich atemlos.

Gron fühlte sich wie in eiskaltes Wasser geworfen. *Er glaubt mir nicht?*

Vermutlich.

„Du meine Güte", keuchte der Baron, während er weiterhin um Atem rang, „Ihr habt meine Vermutung bestätigt!"

Gron fiel darauf keine Erwiderung ein.

Nachdem Zypress sich wieder gefasst hatte, sah er sich um. „Ich brauche einen Stuhl, sonst habe ich wieder Rückenschmerzen", murmelte er, während seine Augen auf einem Hocker hängenblieben, der als Abstellplatz für einen Blumentopf diente. Er ging hin, hob ihn hoch und setzte sich schwerfällig. Sein Kopf glühte und sein Bauch quoll unter der Weste hervor. „Bitte bedient Euch", erinnerte er Gron an die Speisen, „die Eier sollten noch warm sein. Oder soll ich Euch etwas anderes bringen lassen, Majestät?"

„Das wird nicht nötig sein", entgegnete Gron rau und schob sich zum Tisch hinüber.

„Ich konnte mir einfach nicht vorstellen, wie man so etwas Mächtiges einfach mit Gift in die Knie zwingen kann. Einer großartigen Legende kann Gift doch nichts anhaben!"

Wenn Gron an Raena und ihre Fähigkeiten dachte, war er sich da nicht ganz so sicher, aber er widersprach ihm nicht, sagte auch nicht, wie schön ihr Lächeln oder wie schüchtern sie war. Er sagte überhaupt nichts.

Vielleicht ist es besser, wenn er von ihrer Macht überzeugt ist.

Vielleicht.

Ich hoffe, du weißt, was du tust.
Er hörte Grashalms Schnauben und glaubte, den Geruch von Wald in seiner Nase zu riechen. Harz und Moos, Erdhügel und Laub. Die Empfindungen weckten in ihm den Drang, aufzustehen und nach draußen zu gehen. *Ich habe ein gutes Gefühl, ich denke, dass wir dem Baron vertrauen können.* Ob der Grund für Grons Vertrauen seine haarige Weste oder einfach nur seine Offenheit war, vermochte er nicht einzuschätzen.

26. KAPITEL

Als Gron abbiss, explodierten die Geschmäcker in seinem Mund. Er war kein guter Brotkenner und konnte erst recht nicht backen, dennoch erkannte er einen guten Laib, wenn er welchen aß. Dass er trotz der Erkältung überhaupt noch irgendetwas schmecken und riechen konnte, glich einem Wunder.
Iss langsam. Dein Körper muss sich erst wieder ans Essen gewöhnen.
Gron rieb sich den Magen, der noch nicht krampfte. *Vielleicht haben sie mich ja mit Suppe gefüttert.* Nun fiel ihm auch der Druck auf seiner Blase auf. Er würde sich bald erleichtern müssen.
„Der Wein ist hervorragend. Mögt Ihr Wein? Ich öffne ihn Euch." Zypress kratzte am Wachs. „Und – wie schmeckt es?"
Gron hielt inne, um zu schlucken und um ein leises *„Ausgezeichnet"* zu murmeln.
„Unsere Bäckerin Fileda steht jeden Tag mindestens drei Stunden vor Sonnenaufgang auf. Ihr ganzer Lebensinhalt beschränkt sich auf die Küche, nun, ein paar Stunden am Tag verbringt sie auch mit ihren Nichten und Neffen, doch die meiste Zeit ist sie im Haus und macht meine Familie glücklich. Am Ende des Tages", er verzog das Gesicht, als Wachsteile von seiner Wange abprallten, „ist sie meist gereizt. Natürlich nicht mir gegenüber, aber die Dienstmädchen, die ihr zur Hand gehen, beschweren sich oft bei den Zofen und die erzählen das wiederum meinen Töchtern. Aber Fileda versteht ihr Handwerk und ihre Kuchen erst", er klopfte sich auf den imposanten Bauch, „die sind ausgezeichnet."
Gron, der seinen Worten lauschte, stellte fest, dass er seine Gesellschaft als sehr angenehm empfand. Es lenkte ihn ab.
„Die Gemächer gehörten einst meiner dritten Frau."

„Eurer dritten Frau?", fragte er mit halb vollem Mund nach und pfiff auf die Etikette, die zu schlucken verlangte, bevor man sprach.

„Ich war dreimal verheiratet. Meine dritte Frau war aus niedrigen gesellschaftlichen Verhältnissen." Zypress schenkte ihm ein Glas ein. „Als Tochter eines Mannes mit einem Kleidergeschäft war sie eine Bürgerliche. Während ich meinen Töchtern neue Kleider gekauft habe, hat mich ihre Schönheit geblendet. Sie mochte Bescheidenheit und war sehr verspielt. Kein Protz, keine unnötigen Dekorationen oder goldenen Verzierungen. Sie wünschte sich ein kleines und hübsches Zimmer – für eine einfache Frau, wie sie zu sagen pflegte. Und sie mochte Geheimgänge." Er stellte die Weinflasche ab, bevor er mit hörbarer Trauer in der Stimme fortfuhr: „Sie starb im Kindbett."

Gron traten die Augen aus dem Kopf, weil er während dem Schlucken eingeatmet hatte.

Zypress entging nichts. „Stimmt etwas nicht, Majestät?"

„Alles in bester Ordnung", hustete Gron keuchend, „Ihr habt Euch nicht nach einer Hebamme aus Schloss Elyador umgesehen?" Er dachte noch, während er es aussprach, wie dumm es war, eine solche Frage zu stellen.

Zypress sah aus, als ob er in eine säuerliche Frucht gebissen hätte. „Ich bin arm, und nur der angesehene Adel in des Herrschers Gunst darf eine seiner Hebammen bezahlen. Ein Skandal, wenn solch eine Hebamme eine einfache Frau bedienen würde." Man merkte ihm an, dass ihn dieses Thema zutiefst ärgerte. „Es war nie leicht für mich, eine neue Frau zu finden. Meistens, weil sie nicht am Land leben wollten."

„Ich erinnere mich nicht, von Euch und Eurer Familie je am Hof gehört zu haben. Kennt Ihr meine Frau Yalla? Sie hielt sich mehr am Hof auf als ich."

„Ja, ich habe die Königin gesehen. Erlaubt mir zu sagen, dass sie wunderschön ist."

Gron dachte an ihr erstes Zusammentreffen, welches von ihren Eltern arrangiert worden war. Sie war die schönste Frau gewesen, die er je zu Gesicht bekommen hatte. Bei den Elben war es ein Schönheitsmerkmal, wenn man seinen Vorfahren am ähnlichsten sah, sprich, wenn man spitze Ohren, helle Haut und weißes Haar hatte. Man hatte „schöne" und „möglichst reine" Erben angestrebt. Umso erfreuter war Yalla gewesen, als ihr Sohn mit spitzen Ohren zur Welt gekommen war. Gron hatte dieses Rassenzeug nie verstanden. Er hingegen sah aus wie ein gewöhnlicher Mann und kam nach den sterblichen Reitern, die sich mit den Elfen vor Jahrzehnten verbunden und ein neues Volk gegründet hatten.

Yallas Familie hätte sich nie mit ihm eingelassen, wäre er nicht ein Prinz gewesen.

„Ihr seht sehr nachdenklich aus, Eure Majestät."

Gron, dessen Blick sich im Weinglas verloren hatte, sah auf und lenkte ab: „Solltet Ihr in Zukunft Hilfe benötigen, sollten Eure Töchter krank werden", er räusperte sich, „wendet Euch an meine Haushälterin im Rubinviertel. Wisst Ihr, wo mein Haus steht? Man wird es Euch zeigen, wenn Ihr danach fragt. Sobald Ihr ihr sagt, dass Ihr in meiner Gunst steht, wird sie Euch helfen, sodass Eure Töchter eine erstklassige Untersuchung erhalten."

Dem Baron schien es die Sprache verschlagen zu haben. Er blinzelte nur, konnte das Angebot kaum fassen, welches Gron ihm offenherzig und mit solcher Leichtigkeit, als verteile er Bonbons, darbot. Es waren nur einfache Worte eines Hochverräters, für den Baron bedeuteten sie aber die halbe Welt. Und darin lag auch das Problem, fiel Gron plötzlich auf. „Ihr müsst nach Königin Yalla fragen", verbesserte er sich sofort, „sprecht mit Ihr. Sollte sie nicht im Haus sein, bittet um eine diskrete Audienz, sagt, Ihr kommt von mir", er unterbrach sich, um zu husten, zu sprechen fiel ihm schwer, „erzählt Ihr, was Ihr für mich getan habt und dass ich Euch mein Leben schulde. Sie hat ein großes Herz und wird Euch anhören."

„Ich- …", dem Baron fehlten die Worte. Er rutschte vom Hocker, fiel auf die Knie. Mit glasigen und unterlaufenen Augen blieb er sitzen und überraschte Gron, der sich wie ein falscher Heiliger vorkam, weil er nicht mit Sicherheit wusste, ob Yalla dem Baron dankbar sein würde. Glaubte sie an seine Unschuld? Sie hatte Ahnikki zwar geschickt, aber … er erinnerte sich nicht mehr, ob Ahnikki im Kerker etwas dazu gesagt hatte. „Steht auf", murmelte Gron, der spürte, wie Röte seine Wangen überschattete. „Ihr habt mir Zuflucht gewährt. Für mich ist solch ein Angebot selbstverständlich. Kein Grund, Euch vor mir wie vor einem …", *König zu verbeugen,* hatte er sagen wollen, bemerkte aber schnell die Wahrheit in seinen Worten. Er ließ den Satz unausgesprochen und täuschte einen weiteren Hustenanfall vor.

Grashalm lachte leise und Gron fand es faszinierend, ein Einhorn in seinem Kopf lachen zu hören. *Du hast zu lange deine königlichen Pflichten vernachlässigt. Darum bist du es nicht mehr gewohnt, wenn jemand aus Dankbarkeit vor dir auf die Knie fällt.*

Ich wollte nie ein König sein. Ich habe es nur getan, weil es von mir verlangt wurde.

„Ihr werdet in meinem bescheidenen Haus immer willkommen sein,

Majestät", versprach Zypress mit gesenktem Kopf. „Ich bedaure, dass wir Euch nur mit den Kräutern unseres Gartens helfen konnten."

Komm so bald wie möglich zu mir. Ich helfe dir.

„Ach", winkte Gron mit heiserer Stimme ab, während ein kleines Lächeln auf seinen Lippen tanzte, „es ist eine nette Abwechslung, wenn der Körper sich anstrengen muss, um wieder gesund zu werden. Gewöhnliche Leute haben auch nicht das Privileg eines magischen Heilers. Euer Bemühen ehrt mich sehr, Baron. Ich werde mein Reittier bitten, mir Hilfe bezüglich meiner körperlichen Verfassung zu gewähren. Aber vorher", er hatte in der Zwischenzeit zum Weinglas gegriffen und gekostet, „bitte ich Euch, den Raum zu verlassen. Ich bräuchte ein wenig Privatsphäre."

„Natürlich, Majestät", Zypress erhob sich mit gerunzelter Stirn.

„Würdet Ihr bitte vor der Tür auf mich warten, Baron? Ich möchte, dass Ihr mich zu meinem Reittier begleitet."

Zypress nickte und verbeugte sich vor ihm. „Sehr gern, Majestät." Bevor er jedoch den Raum verließ, fragte er noch höflicherweise nach, ob er vielleicht doch Hilfe benötige. Gron lehnte ab.

Nachdem Zypress gegangen war, erlaubte er sich einen langen Seufzer, der ihn stark husten ließ. Danach trank er den Wein leer und spürte, wie sich seine Wärme in seinem Magen ausbreitete.

Gron legte das Laken beiseite, suchte den Nachttopf im Eck auf und betrachtete anschließend die Kleidung, die ihm gebracht worden war. Die Leinen waren bei weitem nicht so grob, wie er es sich vorgestellt hatte und er konnte die Pferde riechen, mit denen der Bursche jeden Tag zu tun hatte, doch das war ihm gleich. Die knielange Unterhose war sauber und fleckenfrei, hatte keine Löcher und wies durch das weiche Gewebe darauf hin, dass sie oft gewaschen worden war. Das Hemd war viel zu weit, während die Hose an manchen Stellen ausgeblichen war.

Sicher, dass du keine Hilfe brauchst?

Während er die lange Unterhose mit nur einer Hand auseinanderfaltete, sie war groß genug für zwei Männer seiner Sorte und musste am Bund mit einer Schnur zusammengezogen werden, schickte er ihr eine ferne Kerkererinnerung von der Kleidung, die er sich notdürftig übergestreift hatte und dem, so dachte er zumindest, totem Wärter gestohlen hatte. Genau konnte er sich nicht mehr erinnern, aber er wusste mit Sicherheit, dass er nicht nackt hinausspaziert war. Nachdem er sich von den Verbänden befreit, Unterhose und Hose angezogen hatte – es war überraschend einfach gewesen, obwohl er nur eine Hand richtig nutzen konnte, nickte er, zufrieden mit sich selbst, doch als er in das Hemd hineinschlüpfen wollte und dabei eine schmerzhaft gebückte Haltung annahm, fühlte er sich an die Qualen der Ketten erinnert, die ihn an der Mauer festgehalten hatten.

Er hielt inne, atmete bedacht und kämpfte mit seinem Gleichgewicht. Der Schwindel kam zurück, seine Knie gaben nach, sodass er vorwärts kippte, und mit dem Hemd halb angezogen auf der Matratze liegen blieb. Schweratmend trotzte er dem Schmerz und bis er es geschafft hatte, sich in den Stoff zu quälen, verging eine halbe Ewigkeit. Schlussendlich lag er keuchend auf dem Rücken und starrte zur Decke hoch.

Erinnere mich daran, mich beim nächsten Mal lieber umbringen zu lassen.

Gron hörte Grashalms Schnauben in seinem Kopf. *Du wirst wieder gesund.*

Mit unterdrücktem Atem drehte er sich zur Seite und setzte sich auf. Ihre sanfte Stimme wirkte Wunder, sie gab ihm die Kraft und den Willen, sich wieder hochzukämpfen.

Auf dem Weg zur Tür wankte er, der Schwindel nahm nur langsam ab und vor der Wand zögerte er, ehe er klopfte. Hohl hallte das Geräusch durch den Gang dahinter und er konnte hören, wie sich jemand bewegte.

Eine Sekunde später flog die Tür auf.

Zypress, der nun eine Kerze in der Hand hatte, betrachtete ihn eingehend. Da der Baron um mindestens zwei Köpfe kleiner war, blinzelte er ihm mit leicht zurückgelegtem Kopf entgegen und Gron entdeckte doch tatsächlich eine kleine weiße Feder zwischen den Locken seiner Perücke.

„Ihr habt keine Schuhe an, Majestät!", rief Zypress überrascht und gleichzeitig beschämt darüber aus, etwas so Wichtiges vergessen zu haben. „Ich gebe Euch einfach meine", beschloss er kurzerhand und bückte sich energisch, wollte bereits die Kerze auf dem Boden abstellen, doch Gron schüttelte den Kopf.

„Nein, Baron", unterbrach er ihn, seine Stimme kaum verständlich. „Ich schaffe das schon. Wenn es Euch nichts ausmacht, könnt Ihr mir später welche borgen." Er senkte den Kopf, denn der Türrahmen war für kleine Menschen gemacht worden.

Zypress' Gesicht, welches nur zur Hälfte von der Kerze beleuchtet wurde, zuckte. Obwohl schlechte Lichtverhältnisse herrschten, konnte Gron den rötlichen Schimmer und den Schweißfilm auf seiner Wange erkennen. „Seid Ihr Euch sicher? Ich bin kein guter Gastgeber, wenn ich Euch ohne Schuhe in meinem Haus herumlaufen lasse."

„Eure Schuhe würden mir wohl kaum passen. Seht Euch den Größenunterschied an."

„Nun, wenn Ihr das sagt, Majestät. Euer Wohl ist mein höchstes Anliegen."

„Macht Euch keine Sorgen", brummte Gron, der um jeden Preis zu Grashalm gehen wollte, „Ihr könnt sie mir später geben. Ich muss zu meinem Reittier", verdeutlichte er die Dringlichkeit, indem er absichtlich das Wort *muss* betonte, „ich schere mich nicht um gesellschaftliche Verpflichtungen und es ist mir gleich, was andere von mir denken. Und wie Ihr schon sagtet, man weiß nicht, welcher König ich bin." *Ich hoffe nur, dass sie es nicht erraten.*

Zypress verzog unglücklich das Gesicht. „Und ein Rasiermesser? Soll ich Euch meinen Kammerdiener zur Verfügung stellen?"

Du machst ihn nervös. Dein Handeln ist sonderbar ... für einen König.

Ich habe das Amt ewig nicht mehr ausgeführt. Auf einem Thron saß ich vor Jahren und erinnere mich lediglich daran, dass er ziemlich unbequem war und mein Rücken geschmerzt hat.

Beiläufig ließ Gron seine gesunde Hand über sein Kinn wandern. „Vielleicht später."

Zypress wirkte zufriedener und die kleinen Fältchen auf seiner Stirn glätteten sich. „Sehr schön. Dann folgt mir bitte."

Gron ging ihm durch einen dunklen und schmalen Gang nach und spürte die Kälte des Steins unter seinen Sohlen. An den Seiten befanden sich verstaubte Nischen mit abgebrannten Kerzen.

Nach ein paar Metern führte Zypress ihn in einen größeren Raum. Auf der linken Seite befanden sich viele Fenster, die trübes Tageslicht hereinließen. Dicke, gelblichweiße und zur Seite gezogene Vorhänge hielten bei Nacht die Wärme im Raum und bei Tag wurden sie von einer samtigen Kordel zusammengehalten. Auf der anderen Seite befand sich ein riesiger Kamin aus Marmor und darunter hing das Wappen der Familie mit Jahreszahlen eingemeißelt. Am breiten Kaminsims standen mehrere Blumentöpfe mit fremdartigen Pflanzen und am Kopf des Raums, dort, wo auch die Tür war, zwischen zwei körpergroßen Bildern von Adeligen an der Wand, stand ein zugezogenes Himmelbett.

Der Raum wirkte kalt und unbenutzt.

Gron betrachtete die Porträts und konnte beim linken eine gewisse Ähnlichkeit mit dem Baron feststellen. Der Mann war lediglich jünger, vielleicht zwanzig oder dreißig Jahre alt. Der Maler hatte ihn auf einer Wiese dargestellt, in stilvoller Kleidung mit roten Schuhen und einem polierten Schwert, welches er stolz in der rechten Hand hielt. Sein kurzes, braunes Haar flatterte im Wind und im Hintergrund stand ein schnaubender Hengst in schwerer Rüstung.

„Wirklich herausragend", murmelte Gron. Er erkannte sogar ein Veilchen in all dem Grün.

„Meine erste Frau", deutete Zypress mit dem Kinn auf das andere Bild, „sie war sehr jung, als ich sie geheiratet habe. Das war das Bildnis, welches ihre Eltern meinen Eltern vor unserer Heirat zukommen ließen. Ich fand sie sehr schön."

Seine erste Frau schien am Bild kaum fünfzehn Jahre alt zu sein. Sie hatten sie in ein enges Kleid aus Seide gesteckt und vor eine Wand gesetzt. Ihre weichen, kindlich runden Gesichtszüge ließen sie unschuldig wirken. Das Mädchen war noch weit davon entfernt, eine junge Frau zu werden, doch er meinte zu verstehen, warum Zypress gefallen an ihrem Bild gefunden hatte. Ihre Augen hatten eine schöne Form und die Art, wie sie lächelte, zauberte dem Betrachter selbst ein schwaches Lächeln ins Gesicht, ein einfaches Porträt, das den Charme einer zarten Schönheit ausstrahlte.

„Gab es von Eurer Frau auch ein Bildnis?"

„Nein", antwortete Gron.

„Am Ball schien Eure Königin viele Bewunderer zu haben. Ihr wart euch vermutlich lange versprochen. Ich meine, i-ich möchte nicht zu forsch sein, Majestät, es ist nur – es interessiert mich", er hielt kurz inne, um peinlich berührt zu flüstern, „verzeiht mir meine dreiste Neugier."

Gron dachte an den schicksalshaften Abend zurück, an Yallas verständnislosen Gesichtsausdruck, daran, wie Rea neben ihm zu Boden gesunken war und schauderte. „Wir wurden uns versprochen, als wir noch jünger waren", erwiderte er steif. Auf einmal konnte er die Bilder nicht mehr ansehen. Er verspürte tiefe Bestürzung. Wut. *Zorn.* Gron ballte seine gesunde Hand zur Faust, während in der anderen sein Herzschlag schmerzhaft pochte. Vor seinem geistigen Auge erschien Zimors Gesicht. Im Schatten glotzte es ihn an, lächelte versprechend und brutal; der Herrscher wusste, dass er sich nicht widersetzen würde. Dann spürte Gron den Griff eines Schwerts in seiner Hand, sah sich auf einer Lichtung stehen. Auf Befehl hob er die Waffe hoch und holte zum Schlag aus. Die Schneide bewegte sich, ihr metallisches Glänzen zog seinen Blick magisch an. Bald würde sein Kopf abgetrennt sein, bald würde ...

„Husch!"

Gron erschrak und wankte zur Seite, als eine graue Katze, so groß wie ein

Luchs, an seinen Beinen und knapp am Baron vorbeilief. „Wie bist *du* denn hier reingekommen?!" Zypress folgte dem Tier mit den Augen.

Gron hätte fast sein Gleichgewicht verloren, als er auf etwas stieg, das sich spitz anfühlte. *Ein kleiner Stein*, erkannte er, als er sich die Sohle rieb.

„Das Biest versteckt sich."

Tatsächlich. Direkt unter den Fenstern buckelte und fauchte es im Schatten einer Sitzgarnitur.

Gron bekam das ungute Gefühl, die Katze bald in seine Richtung starten zu sehen und konnte bereits spüren, wie sie ihn in die Wade biss.

„Sie fürchtet Euch. Vielleicht, weil Ihr sehr groß seid. Mögt Ihr Katzen, Majestät?"

„Keine Ahnung", die Frage hatte er sich nie gestellt.

Als sie weitergingen, knarzte das Parkett unter ihren Schritten und an vielen Stellen bemerkte man den schlechten Boden durch eine fühlbare Neigung.

Bei der Tür zögerte Zypress mit einer Hand auf der Messingklinke.

„Falls Ihr Euch wundert, warum wir Euch im hintersten Raum untergebracht haben, *ehm*, ich hatte meine Bedenken. Er ist so gebaut, dass er unbemerkt bleibt, auch wenn das Gebäude durchsucht werden sollte. Wegen Eurer Begleitung hätte ich mir eine Ausrede einfallen lassen müssen, aber Ara sei Dank kam niemand."

Er ist ein guter Mann, meinte Grashalm.

Wir können froh sein, erwiderte Gron.

„Bitte?", fragte Zypress und öffnete die Tür einen Spalt.

„Wie alt war Eure erste Frau, als sie herkam?", warf er schnell eine Frage ein, denn ihm war nicht aufgefallen, laut gesprochen zu haben.

Zypress schenkte ihm ein schwaches Lächeln. „Sie war vierzehn Jahre alt."

Grons Überraschung, er konnte nicht umhin, seine Augenbrauen in die Höhe schnellen zu lassen, ließ Zypress schmunzeln. „Bei den Elben scheinen andere Traditionen zu gelten."

„Meine Frau war der Meinung, mit ihren dreißig Jahren viel zu jung für eine Heirat zu sein. Obwohl wir uns versprochen waren, haben wir uns von Beginn an geliebt."

„Aus Liebe", murmelte der Baron und blickte in Gedanken versunken die Fenster hinaus, ehe er mit bedrückter Stimme erzählte, „meine erste Frau ist an einer unbekannten Krankheit gestorben. Meine zweite gebar mir eine Tochter und starb bei einem Reitunfall. Meine dritte, nun, das wisst Ihr schon." Ein trauriger Ton schlich sich in seine Stimme. „Leider bin ich nur mit

Töchtern gesegnet. Die ersten drei zu verheiraten hat mich ein Vermögen gekostet. Meine nächstälteste, Emila, verweigert. Selbst die Reichen will sie nicht haben", er grinste säuerlich, „die alten Säcke – wie sie sie nennt, können ihr gestohlen bleiben. Sie meint, ihre Finger wären schlüpfriger als die Knödel, die die Köchin immer macht. Sie weigert sich, obwohl ich sie nach Narthinn mitgenommen habe, wo es reichlich Auswahl an Junggesellen und verwitweten Männern gibt, die nur darauf warten, eine neue Braut in ihre Arme schließen zu dürfen, die, stellt Euch vor, sogar dafür zahlen würden!"

Es geht mich zwar nichts an, aber von solchen Heiratsspielereien halte ich nichts, schnaubte Grashalm missbilligend und lenkte Gron ab, sodass er die Hälfte des nächsten Satzes nicht mitbekam.

„... beeindruckt sie nicht."

Vielleicht bittet er dich ja, sie mitzunehmen, meinte sie angewidert, *ich habe diese eigenartigen, menschlichen Bräuche noch nie verstanden.*

Gron unterdrückte ein Auflachen. *War Fenriel verheiratet? Ich habe ihn das nie gefragt.*

Nein, entgegnete sie ablehnend, *er hatte kein Bedürfnis nach Nähe zu weiblichen Elfen. Seine Liebe gehörte jemand anderem.*

Und Esined?

Was soll mit ihr sein? Sie mochten sich. Aber gestorben wären sie nicht füreinander.

Gron sagte nichts mehr dazu. Er wusste nicht, wen sie meinte und vielleicht wäre es besser, wenn er sie nicht danach fragte.

„Sie wird als alte Jungfer enden." Zypress wischte sich den Schweiß von seiner Oberlippe in den Ärmel hinein.

„Ich kann Eure Sorgen nachvollziehen", entgegnete Gron mechanisch.

„Verzeiht, Majestät. Ich bin nur am jammern", entschuldigte er sich mit einem bedauernden Lächeln. Dann riss er die Tür auf und ein wunderbar süßer Geruch strömte ihnen entgegen. „Heute gibt es Apfelkuchen", sagte er noch, ehe er in den Gang hinaustrat.

27. KAPITEL

Gron folgte ihm bis zum Ende des Korridors, wo eine alte Wendeltreppe hinabführte. Kleine Holzwürmer hatten sich durch die matte Farbe ins Holz gefressen und das Geländer war glatt und abgegriffen, als er seine Hand darauflegte und darüber wandern ließ.

„Fräulein Ara! Stehengeblieben!"

Beinahe von einem kleinen Mädchen umgerissen, welches die Treppe in einem matten, gräulichen Kleid heraufgepoltert kam, drückte er sich flach gegen die weiß gestrichene Wand. Angerempelt wurde er von einer älteren Dame, die, ebenso in Hast, dem Kind hinterherjagte.

„Verzeiht, Baron!", keuchte sie.

„Meine Ziehtochter", murmelte Zypress mit verzogenem Gesicht, „benannt nach Göttin Ara. Eine Ehre, würde man meinen, aber sie hat ihn nicht verdient. Ara ist ein ungehorsames und stures Kind. Ein Stock ist folgsamer." Genauso wie Gron hatte er sich gegen die Wand gedrückt, wobei die Wendeltreppe breit genug war, um einer Horde Kinder freien Weg ins nächste Stockwerk zu ermöglichen.

„Ara! Warte!", ein weiteres Mädchen – *ein Zwilling?*, lief mit fliegenden Röcken an ihnen vorbei.

Tiefer hörte man Gelächter und Stimmengewirr, Frauen, die sich lautstark unterhielten.

„Manchmal ertappe ich mich dabei, wie ich mit dem Gedanken spiele mich ertränken zu wollen", zischte Zypress.

Gron schenkte dem Baron einen überraschten Seitenblick. „Nicht jeder ist mit einer großen Familie gesegnet. Ihr habt großes Glück, Baron."

Zypress schnaubte nur. „Wenn alle im Haus versammelt sind, regieren hier Geschrei und Durcheinander. An Nachmittagsschlaf nicht zu denken. Nun, jedenfalls feiern wir den Geburtstag meiner reizenden Schwester Cirellia Niederau. Sie ist vor kurzem verwitwet und hat ihren alten Namen wieder angenommen." Zypress beugte sich zu ihm hin. „Sie weiß nicht viel über Euch – eigentlich weiß sie nichts, ich wollte nicht, dass ..."

„Ihr macht Euch viel zu viele Sorgen", fiel ihm Gron ernst ins Wort, „Ihr habt richtig gehandelt." Und um seinem Anliegen mehr Nachdruck zu verleihen, legte er seine gesunde Hand auf die massige Schulter des Barons und drückte sie sachte. „Aber nun, führt mich bitte nach draußen."

„Natürlich!", warf Zypress gehetzt ein, „aber Ihr seid barfuß, vielleicht ..."
„Nein", entgegnete Gron.
„Nun – gut", erwiderte sein Gastgeber hölzern, „folgt mir, Majestät."
Ein schuhloser König in der Kleidung eines Stallburschen. Ein Skandal schlechthin, scherzte Grashalm.
Als ob mich das stören würde.

Gron beeilte sich, dem Baron zu folgen, wurde aber bald darauf von einem so heftigen Hustenanfall geschüttelt, dass er sich am Geländer festhalten musste. Um dennoch Schritt mit Zypress halten zu können, zwang er sich vorwärts, Stufe für Stufe. Am Treppenabsatz hielt er kurz inne, um sich zu sammeln. Tiefer unten umringte den Baron eine Mädchengruppe. Wie Schmetterlinge eine Blüte umschwirrten sie ihn zuerst, ehe sie an ihm zerrten. Sie sahen einander ziemlich ähnlich.

„Kommt doch mit uns in den Speisesaal, Vater. Es gibt Kuchen, Tee und sogar Kaffee!"

„Bitte kommt mit!"

„Es gibt drei verschiedene Kuchen, sogar eine Schokoladentorte haben sie gemacht. Nur für Tante Cirellia. Ihr müsst mitkommen. Die ganze Familie ist dort. Ohne Euch sind wir nicht vollständig!"

Zypress, der kleiner als seine Töchter war, wirkte unglücklich.

„Seid nicht so nervös, Vater! Entspannt Euch ein wenig. Ihr solltet zur Ruhe kommen und mit uns in den Speisesaal gehen."

Dich vor all diesen Mädchen zu verstecken, erscheint mir unmöglich.

Sehen sie dich erst, so werden sie ganz bestimmt Fragen stellen.

Du kannst ein einfacher Reiter sein, schlug sie vor.

Ein Mensch und ein Einhorn? Seine Stimme triefte vor Unglauben. *Das wird uns niemand abkaufen und um mein Aussehen zu verändern, dafür ist es längst zu spät.*

Ihr helles Lachen übermalte seine düsteren Gedanken. *Du bist nicht der Einzige, der der Kunst der Täuschung mächtig ist.*

Damit hatte sie nicht unrecht. Er rief sich ins Gedächtnis, wie gut Einhörner ihr Äußeres verändern konnten. Anders als Pegasi waren Einhörner die wahren Tarnungskünstler, denn ihnen war es oft nicht möglich, der Bedrohung in sichere Distanz davonzufliegen, also hatten sie über die Jahrhunderte eine Lösung dafür entwickelt.

„Geht", scheuchte Zypress seine Töchter weiter. Ihre enttäuschten Gesichter beeindruckten ihn nicht im Geringsten. „Lasst mich in Ruhe jetzt! Hände weg!", schlug er eine kleine Frauenhand beiseite, die an seiner Weste zupfte. „Wenn ihr hier noch länger rumsteht, wird für euch nichts mehr übrigbleiben!"

„Nun habt Euch nicht so, Vater. Es ist doch nur heute!"

„Bitte, bitte!"

„Ich habe jetzt keine Zeit!"

Gron, der weiterhin auf einem Fleck verharrte, spürte den Blick eines Mädchens auf sich ruhen, das die Stirn runzelte und daraufhin eine Schwester, so schätzte er, grob mit dem Ellbogen in die Rippen stieß. Nachdem sie sich ein paar Worte zugeraunt hatten, betrachteten sie ihn neugierig und spätestens, als die zuvor nach oben hastende Ara, schreiend wie eine Kämpferin und mit fliegenden Röcken, ins Stockwerk sprang, wurden alle auf ihn aufmerksam.

Zypress' Gesicht blähte sich auf und seine Weste spannte gefährlich, als er scharf Atem holte und seine kleine Tochter anschrie: *„Tausendmal habe ich dir gesagt, dass du draußen herumrennen sollst!"*

Gron, an der Wand lehnend, überkam Schwindel. Am liebsten hätte er sich kriechend fortbewegt oder sich wenigstens hingesetzt.

„Geh sofort ins Freie!" Spucke flog ihm vom Mund.

Ara saß am Boden und blickte nur wenig schuldbewusst zu ihrem Vater auf. In ihren Augen tanzten kleine Funken.

„Hast du nicht gehört? Steh auf und hör auf, dich auf dem Boden herumzuwälzen!"

„Vater, bitte, sie ist …" Ihre Zwillingsschwester war schließlich diejenige, die ihr auf die Füße half und sie trotz Widerworte hochzerrte. „Komm, Ara", murmelte sie, während sie ihr Kleid in Ordnung brachte. Beide glichen wie ein Ei dem anderen. Nur ihre Haare waren unterschiedlich frisiert.

„Gehen wir in …"

„Nein!", lehnte die Angesprochene sich dagegen auf, „ich will nicht nach draußen!"

„Ihr!" Die Erzieherin, bleich und außer Atem, kam langsam die Stufen herab. Eine Hand drückte sie in ihre Seite, mit der anderen hielt sie sich krampfhaft am Geländer fest. „Ihr", wiederholte sie und sah dabei aus, als würde sie sich gleich verschlucken.

Eine von den anderen Schwestern löste sich aus dem Kreis und schnappte Ara bestimmend am Arm. „Genug jetzt. Frau Marpi hat schon viel zu viele graue Haare."

Eine Locke fiel aus Aras Frisur, als sie wie ein Fisch zu zappeln begann.

„Nein!", stöhnte sie, „ich will keinen Flötenunterricht!"

Kein Wunder, dass der Baron aussah, als hätte er mehrere Tage nicht geschlafen. Ara war ein Kindsbraten mit eigenem Kopf und wenn sie schreiend durchs Haus laufen wollte, dann würde sie das eben auch tun.

Lass es bleiben, warnte ihn Grashalm, die erriet, was er vorhatte, bevor er es selbst überhaupt wusste.

„Du gehst da jetzt mit", knurrte Zypress.

„Aber Vater, du sagtest ..."

„Sei ein braves Mädchen. Die Flöte wird dir einen guten Ehemann ermöglichen und eine angesehene Stelle in der Gesellschaft sichern", versuchte Frau Marpi sie zu überreden, während sie dazwischen immer wieder nach Luft schnappte.

„Das interessiert mich nicht!"

„Ich schwöre, dass ich dir das Reiten verbiete, solltest du nicht folgen!", keifte Zypress nun.

„Aber – *Vater!*"

Schwerfällig löste Gron sich von der Wand. Ähnlich langsam wie die Erzieherin kam er wankend die Stufen herab.

„Ich werde reiten und zwar wann ich will und wo ich will!"

„Fräulein", raunte er. Seine Stimme, dank der Erkältung rau wie ein Reibeisen, sicherte sich die Aufmerksamkeit aller in der Nähe stehenden Beteiligten. Sein Näherkommen erzeugte eine beängstigende Stille, eine Atmosphäre der Neugierde und gleichzeitiger Einschüchterung.

Bei den Göttern, es waren wirklich viele Töchter.

Gron hatte noch nie so viele Nachkommen auf einem Haufen gesehen. „Ihr solltet Respekt vor Eurem Vater haben. In dem Land, aus dem ich komme, hängen sie kleine Mädchen über die Burgmauern und bewerfen sie mit Obst, bis ihre Kleidung mit Fruchtsaft durchtränkt ist."

Zwei Stufen fehlten noch, bis er das Stockwerk erreichte. Ara, stumm wie ein Fisch, starrte ihn aus riesigen Augen an. Sie sah aus wie ein Reh, bereit davonzulaufen, sollte er sich viel zu schnell nähern.

„Hör doch auf. Du machst ihr Angst!", sagte ihre Schwester wütend.

Frau Marpi erholte sich am schnellsten. Mit der Art, wie sie ihre Hand bewegte – sie rückte die Kopfhaube zurecht, erinnerte sie ihn an Zypress. „Also wirklich." Bevor die Mädchen überhaupt realisierten, was mit ihnen geschah, wurde jede am dürren Arm geschnappt und schnaubend den Gang entlanggezerrt.

„Wer ist das, Vater?", fragte eine der anderen Töchter interessiert, während die restlichen nicht ganz zu wissen schienen, wohin sie Gron einordnen sollten.

„Der hier?", murmelte der Baron kleinlaut. Seine Augen zuckten durch den Raum, ratlos, wie es schien. Er leckte sich nervös über die Unterlippe. „Nun, das ist ..."

Gron entschied sich, ihm die Last abzunehmen.

„Ich bin Lanthan", benutzte er seinen Decknamen, „verzeiht Baron, dass ich Euch zuvor-", er räusperte sich, „zuvorgekommen bin." Er vollführte eine mehr oder weniger elegante Verbeugung ohne hinzufallen, aber auch nur dank des Geländers, an dem er sich mit seiner gesunden Hand festhielt. Obwohl er sich so gut es ging abstützte, konnte er den Ausdruck des Schmerzes nicht verhindern, der über sein Gesicht huschte.

Ihm entging nicht, wie Zypress sich entspannte.

„Ihr seht ... Eure Wange ... Ihr seid völlig blau." Entsetzt keuchend warf sich die junge Frau eine Hand vor den Mund. Gron entging nicht, dass sie ihn, trotz seiner Kleidung, vornehm ihrzte.

„Ich bin kein Höfling, Fräulein Niederau. Ich verdiene diesen Umgang nicht", stellte er leise klar und verbeugte sich erneut ein klein wenig, wenn auch unter Schmerzen.

Sie schnappte seine Worte wie eine Beleidigung auf und keuchte ein weiteres Mal. Ihre Schwestern wirkten ebenso irritiert.

Sie sind zu zwölft. Mit den kleinen Mädchen sogar zu vierzehnt.

„Habt Ihr keinen Nachnamen?", fragte eine andere interessiert, „Ihr heißt nur Lanthan?"

„Bruderherz, was ist denn hier los?" Eine dicke, geschminkte Frau in einem weiten Korsettkleid aus matter Seide und breiten, mit blauen Schleifen versehenen Röcken, kam den Gang entlang auf die Gruppe zu. In ihren Armen trug sie ein kleines Bündel, ein winziges Kind, eingewickelt in eine weiche Decke. Begleitet wurde sie von einem hellhaarigen, viel zu schlanken Mädchen, welches deutlich älter als ihre Schwestern war.

Emila, schoss Gron durch den Kopf. Bei dem Gedanken an ihre erste Begegnung, daran, wie ihr Pferd wegen des Drachenreiters durchgegangen war, versteifte er. Dabei verkrampften seine Finger so sehr, dass er sich zwingen musste, seine auf dem Geländer liegende Hand zu lockern.

Wird sie mich verraten? Gron war sich sicher, dass sie ihn wiedererkennen würde. Ihm blieb nur zu hoffen, dass der Baron mit ihr geredet und ihr geraten hatte, über seine wahre Herkunft Schweigen zu bewahren.

„Was soll der Lärm? Wieso seid ihr nicht alle im Speisesaal? Und wo sind die Zwillinge?", wollte die Schwester des Barons wissen. Wie Zypress trug sie eine Perücke auf dem Kopf, wobei die ihre um vieles gepflegter und geordneter wirkte.

„Frau Marpi hat beide mitgenommen." Zypress wirkte, als wäre er nicht damit einverstanden, sie nun auch in diesem Trubel willkommen heißen zu müssen.

Tante Cirellia überhörte gekonnt den unfreundlichen Ton in seiner Stimme. „Nach dem Unwetter vor Tagen hat deine teure Erzieherin zuhause bestimmt genügend Arbeit. Warum ist sie noch hier?"

Zypress' Augenbrauen schnellten in die Höhe, nur um sich verärgert zu einem Strich zusammenzuziehen. Er schwieg.

„Wieso hast du sie nicht von ihren Pflichten erlöst? Du hättest sie bereits nach dem Sturm fortschicken sollen."

Gron musterte Emila. Sie nahm ihn nicht wahr und blickte ihren Vater an – konzentriert, wie es schien. Warum er sie für Raena gehalten hatte, war ihm schleierhaft. Im Nachhinein betrachtet konnten sie unterschiedlicher nicht sein. Emila war viel zu dürr, ihr Gesicht hatte eine hagere Form, ihr Körper war viel kleiner, zierlicher. Raena war die wohlgenährte Tochter, die jeden Tag aufs Neue dazu erzogen worden war, mit anzupacken. Für ihr Essen zu arbeiten war ihr tägliches Los gewesen.

Erstaunlich, wie ähnlich ihre Haarfarben sind, meinte Grashalm.

„Und wer ist dieser junge Mann hier?"

Junger Mann? Cirellia trat in sein Blickfeld und Gron blinzelte.

„Behalte deine Augen bei dir", wies sie ihn zurecht und klopfte dem windenden Kind in ihren Armen sanft auf den Rücken. Gron war viel zu perplex, um in irgendeiner Weise auf ihre Aussage zu reagieren. Doch Cirellia wartete seine Antwort nicht ab. „Gehört er zu den in Not geratenen Reisenden? Hattest du sie nicht oben untergebracht?"

„Ja, das habe ich. Die Frau war ernsthaft verletzt und schläft noch. Und nun entschuldigt uns." Steif wie ein Brett blickte er Gron an und deutete ihm energisch. Dieser ließ sich nicht zweimal bitten und hinkte dem Baron hinterher, allerdings nicht, ohne sich zum letzten Mal höflich vor Zypress' Töchtern verneigt zu haben. Auch Cirellia erhielt eine kleine Verbeugung. Kurz begegnete er den Augen Emilas, ihre Pupillen waren geweitet und ab da war er sich ziemlich sicher, dass sie ihn erkannt hatte.

„Wie auch immer", schnaubte Cirellia abfällig, „gehen wir, Kinder."

„Soll ich Euch stützen?", murmelte Zypress kurze Zeit später. Er hatte seine Schritte verlangsamt und ging neben ihm her.

„Nein, das braucht Ihr nicht", entgegnete Gron, der bei der nächsten Treppe einer dreifarbigen Katze auswich, die wie zufällig ihren Schwanz nach ihm ausstreckte.

„Ihr braucht nur zu fragen."

„Ich weiß, vielen Dank, Baron", murmelte Gron, bevor Zypress ein weiteres Mal fragen konnte. Er ahnte, dass er schrecklich aussah. Seine Augen brannten und obwohl er sich kurz vorher noch halbwegs ausgeruht gefühlt hatte, drückte ihm der Schlaf nun gegen die Lider. Ewigkeiten her, wo er sich so gefühlt hatte: *Elendig schwach.* Zuletzt als Kind, als ihn ein starkes Fieber nahezu dahingerafft hatte. Bei jeder Bewegung hatte ihn stechender Kopfschmerz geplagt, bei jedem Schluck Wasser hatte er sich übergeben.

Bei Ara, ist das lange her.

Dann, völlig unerwartet, verschluckte er sich. Brennender Husten schüttelte ihn, ließ ihn vor Schmerz geräuschlos aufstöhnen, da seine Rückenmuskulatur verkrampfte. Er wand sich, fiel fast hin und helfende Hände griffen nach ihm, hielten ihn fest, bis er sich wieder unter Kontrolle hatte.

Er roch Schweiß und Parfüm.

Zypress war viel zu nah.

„I-ihr könnt mich l-loslassen", stotterte er schweratmend, halb in den Armen des Barons hängend, der stärker war, als er aussah.

Er spürte den mächtigen Bauch an seinem Rücken, spürte das stramme Fleisch, spürte die Spannung der Bauchdecke, als gäbe es zwischen ihnen kein Stück Stoff mehr. Die Finger des Barons krallten sich um seine Arme, taten ihm weh. Doch es war nicht der körperliche Schmerz, der ihm zusetzte. Es war die Nähe, die ihn fast umbrachte.

Ekel schnürte ihm die Kehle zu.

Obwohl er dem Baron gegenüber von Beginn an nichts Schlechtes empfunden hatte, ihm zu Dank verpflichtet war, er froh war, hier aufgewacht zu sein, konnte er nun den Drang nicht unterdrücken, ihn fest von sich stoßen zu wollen. „Lasst mich los."

„Sicher? Ihr zittert ja!" Zypress' besorgte Stimme kitzelte ihn am Ohr. Er roch den abgestandenen Atem und seine Kehle zog sich zusammen.

Gron erwiderte nur mühsam ein *Ja*, während er sich von ihm wegdrückte. *Was ist los?*

Nichts. Doch er konnte in dem Moment nicht verhindern, dass ihm speiübel wurde und er am liebsten eine Wand zwischen sich und den Baron gebracht hätte.

Zypress ließ von ihm ab.

Gron hörte seinen Magen rumoren, packte nach dem Geländer und zog sich daran hoch. Das Gesicht abgewandt, starrte er ins Nichts. Er dachte an den Kerker, daran, wie er nackt an die Mauer gekettet gewesen war und spürte seine Knie weich werden. Ihm war, als müsse er zurück in dieses Loch, zurück an diese Wand, zurück in diesen Raum mit den Eisen, den Männern, der Streckbank, als müsste er ... diese Bilder ... diese Erinnerungen, diese verschwommenen Gefühle ... erneut durchleben. Es machte ihm Angst.

Er konnte dem Baron nicht länger in die Augen sehen, weil er sich schämte. Grashalms Schmerz, ihr Bedauern und ihr Mitgefühl, machten es nicht besser.

„Majestät? Alles in Ordnung?"

Gron konnte sich nicht umdrehen, *konnte sich nicht umdrehen.*

„Einen Moment", bat er ihn zerstreut. Sein Herz schlug Purzelbäume. Er musste seine Gefühle ordnen, musste die Berührungen, die Hände vergessen. Seine Lippen öffneten sich einen kleinen Spalt. Ihm war, als spüre er die Finger noch immer, die sich in sein Fleisch gekrallt und ihn berührt hatten.

Warum fühle ich das, schoss ihm durch den Kopf, als ihm ein weiteres Mal die Sinne schwanden und sein Körper, schwach wie er war, drohte wie ein Sack in sich zusammenzufallen – *und wenn ich mich nicht zusammenreiße, fasst er mich wieder an.*

Seine Seele hatte Schaden davongetragen. Er verstand es zwar, irgendwo in seinem Hinterkopf, doch fühlte dennoch Panik und realisierte es erst, als er Grashalm weinen hörte. Er spürte ihren Schmerz in seinem Herzen, spürte ihre Tränen, als wären es seine eigenen. Es brachte ihn so durcheinander, dass er wieder Herr über seine Sinne wurde. *Warum weinst du?*

Sie antwortete ihm nicht, aber er wusste auch so, dass es seinetwegen war. *Es tut mir leid.*

Bitte entschuldige dich nicht, erwiderte sie schockiert.

„Gron!", hallte von weiter oben eine Stimme zu ihnen herab, „*verdammt,* wo, bei Aras Arsch, sind wir?!"

„Aber, Fräulein! Ihr könnt doch nicht einfach so im Haus herumlaufen!", rief Zypress erbost.

Ahnikki stand im Stockwerk über ihnen.

„Ich kann und ich werde", kam nur knurrend zurück. „Gron", wiederholte sie drängender, ihre Stimme eine Oktave höher.

„Ahnikki", entgegnete er mit einem leisen Seufzen, „du solltest Baron Zypress Niederau", stellte er ihn sogleich mit vollem Namen vor, „mit mehr Respekt behandeln. Er hat uns seine Gastfreundschaft angeboten und uns vor dem Unwetter verschont." *Und anderen Gefahren,* dachte er zu Ende.

Der Baron plusterte sich bei der Erwähnung seines Namens auf, sodass sein imposanter Bauch ein Stück mehr hervorquoll. „Fräulein", betonte er streng, als spräche er mit einer seiner Töchter, „Euer Verhalten ist unangebracht. Ihr gehört ins Bett. Ihr seid verletzt."

Ahnikki blieb mehrere Stufen über ihnen verdattert stehen. Das Haar stand ihr vom Kopf ab, wickelte sich um ihr Geweih und verdeckte es zum großen Teil. Ihr Arm steckte in einer Schlaufe. Sie trug ein weites Hemd und eine braune Hose, die ihr wie angegossen passte.

Im Augenwinkel bemerkte Gron, wie Zypress interessiert ihre Erscheinung musterte. Bestimmt hatte er noch nie einen Menschen mit Geweih auf dem Kopf gesehen. Auch ihr Nasenring trug dazu bei, dass sie nicht wie eine gewöhnliche Frau wirkte. Ihre wachsamen, schräggestellten Augen, die in ihrem Gesicht gelb leuchteten, glitten zwischen ihnen hin und her.

„Verzeihung, Herr", presste sie aus sich hervor, während ihr Augenmerk zu den Köpfen schnellte, den Tieren, die ausgestopft im Gang an den Wänden hingen und Gron bis jetzt nicht aufgefallen waren. Kleintiere wie Marder oder Hasen, aber auch Köpfe von Reh und Hirsch gab es. Ahnikki schien nicht begeistert von dem Anblick. Man merkte ihr an, dass sich ihre ohnehin nicht besonders gute Laune noch deutlich verschlechterte.

„Vielen Dank, dass Ihr Euch um uns gekümmert habt", gelang es ihr ein paar Dankesworte zu murmeln. „Ich habe mir Anziehsachen geborgt, da ich nur meine Hose gefunden habe. Im Schrank hing ein Hemd, also nahm ich es."

„Eure Kleidung war blutdurchtränkt", erklärte Zypress ohne Umschweife, „ich habe angeordnet, dass sie gewaschen werden soll."

Ahnikki betrachtete den Baron zurückhaltend, ihre Körperhaltung wirkte ablehnend. Ihr gesunder Arm verblieb nah am Körper und sie machte keine Anstalten, näher zu kommen. Dennoch überraschte sie mit einer Verbeugung.

„Ahnikki ist mein Name. Ich gehöre zu den blauen Reitern", stellte sie sich vor, während sie Gron einen Seitenblick zuwarf und dessen Kehle mit einem Mal eng wurde. Fast gleichzeitig unterbrachen beide ihren Augenkontakt.

„Ist ... mein Pferd nachgekommen?", fragte sie zögernd.

Der Baron kniff kurz ein Auge zusammen und nach ein paar Sekunden entgegnete er: „Das kann ich Euch nicht beantworten, aber wenn Ihr wollt, kann ich in den Ställen für Euch nachfragen lassen."

Ahnikkis Gesicht überflog ein Schatten. „Wo sind die Sachen, die bei mir waren? Meine Waffen?"

Zypress wirkte verwundert. „Sind diese nicht im Zimmer für Euch aufbewahrt worden?"

Ahnikki runzelte die Stirn. „Denke nicht." Ihre Augen blickten kurz zu Gron, dann wieder zum Baron zurück.

„Eure Sachen können nicht weit sein. Bestimmt werden wir sie wiederfinden."

„Ich sollte wohl selbst noch einmal nachsehen."

Nickend pflichtete Zypress ihr bei. „Solltet Ihr. Ich habe ausdrücklich angeordnet, sie bei Euch zu lassen."

Ahnikki nickte schwach, wollte sich bereits wieder umdrehen, blieb jedoch nach einer halben Drehung steif stehen. „Ich glaube, ich finde das Zimmer nicht mehr."

Gron unterdrückte ein Seufzen und wandte sich an den Baron: „Hinaus schaffe ich es allein. Ihr könnt unbesorgt sein."

„Ihr seht aber nicht gut aus", bemerkte Zypress mit besorgt hochgezogener Augenbraue.

„Ich schaffe es", versicherte ihm Gron rau und schenkte dem Baron ein schwaches Lächeln.

„Hm", machte Zypress nur und verzog den Mund zu einem dünnen Strich. „Nun gut", er wandte sich an Ahnikki, „kommt mit. Ich helfe Euch." Mit einer leichten Verbeugung drehte er sich von Gron weg und ging die Stufen nach oben.

Gron blickte ihnen nach, lauschte ihren sich langsam entfernenden Schritten, ihrem Schweigen untereinander. Augenblicke später hörte er, wie irgendwo eine Tür geöffnet wurde.

Bist du dir sicher, dass du den Weg nach draußen findest?

Ich hoffe es.

Am Ende der Treppe realisierte er, dass er in einer Art eckigen Galerie stand. Um ihn herum befanden sich unzählige Bilder an den Wänden und über ihm beleuchtete ein üppiger Kronleuchter den Raum und die bemalte Decke.

Den dicken Holzkopf am Ende des Geländers fest umklammernd, blickte er sich nach einem Ausgang um.

Er spürte einen kühlen Luftzug.

Personen in hübschen Kleidern und edlen Gewandungen lächelten ihm von den Wänden herab aus zu. In mehreren erkannte er Emila wieder, ihre zarte Statur hob sich auch in sitzender Position von ihren Geschwistern ab. In einem besonders großen Bild entdeckte er Schloss Elyador und glaubte direkt davor zu stehen, so genau waren die Linien der Türme, die strikt nach oben zeigten. Beim Betrachten empfand er ein mulmiges Gefühl, denn seine Erinnerungen an die letzten Vorkommnisse trübten die Schönheit des Schlosses erheblich. Kurz darauf entdeckte er rechts im Raum, neben einer hohen Topfpflanze, eine angelehnte Tür. Wenn die Luft durch den Spalt fuhr, erklang ein dumpfer Schlag, denn die Kante stieß gegen einen Keil.

Er ging hindurch und gelangte in einen kurzen Korridor, der zu einer Eingangshalle führte und als er sie betrat, sah er den offenen Ausgang, davor ein heller Streifen von Licht, in dem Staub flimmerte.

Freude packte ihn.

Obwohl sie noch nicht lange Tier und Reiter waren, musste er Grashalm sofort sehen. Vielleicht war dies das Los aller Reiter, vielleicht vermissten sie ihr Tier verzweifelter, als er es sich je hatte vorstellen können.

Entschlossen wankte er auf den Ausgang zu. Dabei entdeckte er einen dürren Mann mit Bürste und Waschlappen, wie er in einer Ecke der Eingangshalle kniend den Sockel einer Reiterstatue polierte. Der Mann bemerkte ihn nicht. Vertieft in seine Arbeit, schrubbte und rieb er das Metall, bis es glänzte.

Gron verhielt sich unscheinbar, wollte ihn nicht erschrecken.

Bevor er endlich ins Freie trat, stützte er sich am Türrahmen ab. Frischer Wind fuhr durch sein Haar, kitzelte ihn im Nacken. Er fühlte sich wie ein Kind, welchem nach einer langen Krankheit wieder erlaubt war, ins Freie zu gehen, er fühlte sich beflügelt und glücklich und wäre am liebsten losgerannt.

Freiheit.

Freiheit war ein großartiges Gefühl.

Vor ihm erstreckte sich eine breite Terrasse aus dicken Steinplatten. Zwei Treppen, kaum einen halben Mann hoch, führten links und rechts ins Grüne und obwohl er keine Schuhe trug, machte ihm die Kälte nichts aus. Zwar fror er, doch er tat dies nicht in Gefangenschaft. Und ab da hielt er es nicht mehr aus, musste das Gras unter seinen Zehen spüren, musste sich von der Tür, der Terrasse lösen, völlig seinen körperlichen Zustand vergessend. Er hinkte über die Platten, stolperte über die Stufen, und bereits nach wenigen Schritten fiel er auf die Knie, mit dem Oberkörper voran, und drückte sein Gesicht in die Erde hinein.

Er atmete ein, spürte die Feuchtigkeit durchs Hemd bis auf seine Haut dringen und drehte sich auf den Rücken. Mit geöffneten Augen starrte er den Himmel hoch und sah den Wolken dabei zu, wie sie über ihm vorbeizogen und die Sonne verbargen.

Schleichend kehrten die Schmerzen zurück.

Gron stöhnte auf wie jemand, der kurz davor war, seinen letzten Atemzug zu tätigen. Er drehte den Kopf, sein Blick wanderte zur Treppe und sah, dass dort der Mann stand, der den Sockel poliert hatte. Er schüttelte den Lappen aus.

„Ich bin der Hausmeister! Braucht Ihr Hilfe? Da unten liegen zu bleiben ist keine gute Idee. Ihr holt Euch noch den Tod."

Bevor Gron ihm überhaupt antworten konnte, kam er zu ihm herab.

„Wieso habt Ihr keine Schuhe an? Ihr erkältet Euch doch!"

Gron warf ihm ein gequältes Grinsen zu. „Das habe ich bereits."

Sein Gegenüber schüttelte den Kopf. Unverständnis zeichnete sich auf seinem Gesicht ab. „Warum liegt Ihr dann am Boden?" Sich den Lappen über die Schulter werfend, machte er Anstalten, ihn an den Schultern hochziehen zu wollen, was Gron jedoch mit einem lauten „Wartet" und einem erstickten Keuchen vereitelte.

„Wolltet Ihr nach Pilzen suchen? Lasst Euch doch aufhelfen."

„Wartet", stöhnte Gron, der auf einmal merkte, dass es keine gute Idee gewesen war, in seinem Zustand auf den Boden zu fallen. „Ich sollte selbst aufstehen. Ich muss nur versuchen- ..." Doch er gab bereits beim ersten Versuch auf.

Ich komme zu dir, ertönte Grashalms warme Stimme in seinem Kopf.

Einen Augenblick später fühlte er, wie sie sich ihnen näherte. Seine Haut begann zu prickeln. Der Gedanke, Grashalm endlich wiederzusehen, erfüllte ihn mit Nervosität. Noch immer am feuchten Boden liegend, drehte er den Kopf ein gutes Stück zur Seite, bis sein Nacken vor Schmerz schrie und Schwindel ihm die Sehkraft raubte.

„Ein Pferd", hörte er den Hausmeister verdutzt murmeln.

Gron kniff die Augen zusammen. Sein Herzschlag beschleunigte sich. Obwohl er den Mann neben sich reden hörte, kam es ihm so vor, als ob die Zeit stehengeblieben wäre.

„Ich sollte dem Stallmeister Bescheid geben. Ein neues Tier kann er bestimmt gut gebrauchen."

Er hörte ihren Atem, noch bevor sie neben ihm stand. Ihre Lungen füllten sich und sie schnaubte. Unter ihren Schritten sank die Erde ein. Obwohl sie in gewisser Entfernung stehen geblieben war, fühlte er ihren Blick auf sich ruhen und sah das helle Grasgrün ihrer Iris, das bis auf den tiefsten Grund seiner Seele leuchtete.

Du siehst ... lebendig aus, sie schickte ihm ein Bild aus ihren Gedanken und er konnte sich selbst durch ihre Augen betrachten.

Im Gesicht war er hager und schmal, sein Körper mager.

Sie stattdessen war ein hohes, mit langen Beinen bestücktes Ross, welches man auf den ersten Blick höchstens als Arbeitspferd am Acker erwarten würde. Mitten auf ihrer Stirn war ein weißer Fleck, ein kleiner Hinweis darauf, dass man ein Einhorn in Verkleidung vor sich stehen hatte.

„Ein ungewöhnliches Tier", hörte er den Mann neben sich murmeln, „ich bin gleich ..."

Doch er verstummte, als Grashalm ihre Verkleidung auflöste und sich zu offenbaren begann. Sie hatte nicht vor, die Täuschung aufrechtzuerhalten.

Ihr Fell bröckelte zu Staub und bevor es den Boden berührte, löste es sich in einem rauchigen Nebel auf. Kopfschüttelnd verschwand die Farbe aus ihrem Fell, bis Schneeweiß ihren Körper umhüllte, ihre Mähne lang ihren Hals herabhing und vom Wind durcheinandergewirbelt wurde. Sie wurde kleiner, ihre Statur schrumpfte. Ihr Horn erschien und sein Licht tauchte die Umgebung in helles Weiß, viel zu hell, um direkt hineinsehen zu können. Er hörte das Geräusch von klingelndem Zaumzeug. Sie trug tatsächlich noch ihre Ausrüstung samt Sattel und Geschirr und sah aus wie bei ihrem letzten Zusammentreffen.

Gron kam es so vor, als sähe er sie zum ersten Mal. Ihre Schönheit strahlte von solch einer Reinheit, solch einer Unschuld, dass das feuchte Gras unter ihren cremefarbenen Hufen eine viel saftigere Farbe annahm.

Ihre Nüstern blähten sich. Sie hob den Kopf.

Als sich ihre Blicke kreuzten, schien er ihre Nähe intensiver zu fühlen, spürte ihre Energie durch ihn hindurchpulsieren. Wärme durchdrang seinen Körper, stärkte ihn, linderte seine Schmerzen, sein Leid. Auch seine Hand erwärmte sich, und seine Kraft kehrte zu ihm zurück.

Plötzlich konnte er wieder aufstehen.

Der Mann neben ihm war verschwunden. Hatte ihn die Panik ergriffen?

Gron war es einerlei. Er fühlte sich wie neu geboren, als ob er in der Quelle der ewigen Jugend gebadet hätte. Und wie hätte es auch anders sein sollen, denn Einhornmagie war die stärkste Heilmagie, die es unter Reittieren gab.

Einem Impuls folgend, lockerte er den Verband von seiner Hand. Während er seine Finger bewegte, glitt der Baumwollstoff wie von selbst ab. Darunter kam glatte, heile Haut zum Vorschein.

Alles kann ich nicht heilen, teilte sie ihm mit, als er eine dunkle Stelle bemerkte, die sich quer über den Handrücken zog. Ein Fleck, der an die grausamen Taten des Verlieses erinnerte.

Was ist das?

Vielleicht verschwindet es, vielleicht auch nicht. Selbst Fenriels Hände blieben vernarbt, als ich ihn geheilt habe.

„Danke", flüsterte er und hob den Blick.

Grashalm neigte den Kopf vor ihm und kam wenige Schritte näher.

Was war das nur, das er fühlte?

Es war wie Liebe, die zwischen ihnen knisterte und doch war es so viel mehr. Ein blutiges Opfer verband sie, kettete ihre Seelen aneinander, zwang sie, für eine gute Sache zu kämpfen. Sie mussten sich nicht berühren, um sich vollkommen zu fühlen. Zwar war das Band nur von kurzer Dauer, durch Kummer und Leid geschmiedet, doch es war mächtig.

„Du solltest endlich mit Rizor sprechen", sagte sie zu ihm, ihre Worte drangen an seine Ohren und hallten ebenso in seinem Kopf nach. „Mit ihm und der Frau, die dich aus dem Kerker befreit hat."

Und du weißt, was ich danach machen muss. Wir müssen bald zu den blauen Reitern aufbrechen.

Grashalm blickte ihn ernst an.

„Ist es überhaupt möglich?"

„Was?"

„Bleibt unsere Bindung bestehen, wenn du mit einem Drachen und Ahnikki auch eine Bindung eingehst? Es wird eng in deinem Kopf, Gron."

„Wieso sollte sie nicht?"

„Ich weiß es nicht. Ich will dich nicht verlieren. Ich habe Fenriel verloren, das genügt."

„Du verlierst mich nicht", versicherte er ihr, streckte die Hände nach ihr aus und sie kam ihm entgegen.

28. KAPITEL

Nachdem die Tür hinter ihr zugefallen war, atmete sie geräuschvoll aus. Vor ihr war ein schmaler Weg, der zwischen zwei Steinmauern hindurchführte und ihr schräg gegenüber befand sich ein riesiges Tor in einem Felsen, versehen mit einem schweren Schloss. Dahinter spürte sie Ozeans Gegenwart, konnte sein kräftiges Herz schlagen hören.

Eine andere Stimme in ihrem Kopf flüsterte ihr zu, dass Torren ihr folgte, weshalb sie, von Hast und Unruhe ergriffen, eiligst den Weg überquerte und erst vor dem Tor stehen blieb, wo sie das eiserne Schloss in die Hand nahm und daran rüttelte. *Verschlossen.* Frustriert sah sie sich ihre Hände an, zwischen ihren Fingern Rost, den sie daraufhin wütend in ihre Kleidung wischte.

Du musst durchatmen, hörte sie Ozean in ihrem Kopf murmeln, *du hast zwar keinen Schlüssel mehr, aber du wirst es schaffen.* Ihren Geist fluteten Ruhe und Ausgeglichenheit. Er sandte ihr ein Gefühl von Unbesiegbarkeit, einen Tropfen Macht, der kraftvoll durch ihre Adern fuhr. *Du kannst es öffnen.*

Plötzlich stand sie geistig in der Kathedrale und vor ihren Augen, aber dennoch mehrere Meter über ihr, schwebte eine pulsierende und bunte Kugel. Sie hatte keine Ahnung, warum die Kugel nun über ihr war, im Nichts schien alles einer Ordnung unterworfen, die sie nicht verstand. Ozean war es, der sie führte, der ihr zeigte, wie sie nach der Kraft greifen konnte, die ihr so nah und doch so fern erschien.

Der Wille muss dich leiten. Du musst es wirklich wollen.

„Wollen", flüsterte sie und legte ihre Finger ums kalte Schloss, atmete tief ein und murmelte: „Wollen", ein weiteres Mal. Angenehme Wärme durchflutete ihre Brust, wanderte über ihre Schultern, ihre Arme, die Finger entlang. Als die Hitze übermächtig, beinahe unerträglich wurde, sprang ein Funke über und das Schloss öffnete sich.

Ein freudiger Aufschrei entwich ihr und sie schickte Ozean eine Welle von Glücksgefühlen. *Allein hätte ich das niemals geschafft,* rief sie ihm in der Kathedrale zu, löste mit zitternden Händen das Schloss aus seiner Verankerung und zog anschließend das Tor auf. Finsternis erstreckte sich vor ihr. Ein Schnauben war zu hören, ein Rasseln. Stallgeruch strömte ihr entgegen, stechend und abgestanden.

„Ozean?", flüsterte sie, strich sich das zerzauste Haar aus dem Gesicht und blinzelte.

„Hier", antwortete er mit leiser Stimme und ihren Rücken überzog Gänsehaut.

Bereits nach wenigen Schritten ging neben ihr unerwartet eine helle Kugel an. Wirr flatternd stieß die Lichtquelle immer wieder gegen den Glasrand, prallte dumpf von ihm ab, nur um gegen die andere Seite zu stoßen und dabei hell aufzuleuchten. Der Stall war nicht besonders groß, besaß eine niedrige Decke, schmuddeliges Stroh und feucht miefendes Heu. Mehrere Pferde standen in schmalen Boxen und blickten verschreckt in ihre Richtung. Sie hörte, wie ein Huf gegen eine Tür trat.

Doch Raena hatte nur Augen für das Ende des Stalls, wo, kniend und mit gesenktem Kopf, ein großes weißes Einhorn in schwere Ketten gelegt darauf wartete, von ihr befreit zu werden. Zuletzt hatte sie Ozean gesehen, als er eine strahlende Rüstung getragen hatte. Seine Größe war einschüchternd gewesen, seine Schnelligkeit und Wendigkeit atemberaubend. Nun war nur dank der Ketten seine körperliche Kraft gebändigt worden. Festgehalten von dicken Stahlgliedern war es Ozean kaum möglich, sich zu bewegen.

Raena spürte seine Augen auf sich ruhen. Bevor sie ihn allerdings erreichte, blieb sie wie erstarrt stehen. „Was ...?"

Sein Horn fehlte. Dort, wo es sein hätte sollen, war eine gerade Schnittfläche, eine offene Wunde, welcher man beim Bluten zusehen konnte. Winzige Tropfen quollen hervor, die über kleine Bäche, die sich ins Fell gegraben hatten, an seinen Augen vorbei abliefen.

Raena konnte nicht wegsehen. Sie konnte auch nichts gegen den Schmerz ausrichten, der ihre Brust flutete. *Warum ...* hätte sie das nicht fühlen sollen?

Schockiert betrachtete sie die dunkle Flüssigkeit, die unter ihm bereits eine Lache gebildet hatte. Blut. *So viel Blut.* In den langen Fellhaaren unter seinem Kinn hatten sich Zapfen gebildet und bevor das Blut abtropfte, glänzten sie auf und das Spiel begann von neuem.

Ihre Nasenflügel weiteten sich.

Sie roch es nicht.

Für gewöhnlich stank Blut nach Eisen.

„Es tut nicht weh", hauchte er und riss sie aus ihrer Starre.

„Warum?", hörte sie sich flüstern, und ihr fiel erst jetzt auf, dass sie erneut auf ihn zugegangen war und nun vor ihm stand. Die Wunde hatte dieselbe Größe wie ihre Handfläche. „Wer macht so etwas?" Ihre Hände zitterten. Sie wollte ihn berühren, konnte sich aber nicht überwinden, die Distanz zwischen ihnen zu überbrücken.

Obwohl er am Boden lag, reichte sein Widerrist fast bis zu ihren Schultern. Seine Hufe waren breiter als ihr Kopf. Wie war er überhaupt in den Stall gebracht worden? Die Decke war viel zu niedrig für ihn!

Ozean zeigte ihr ein Bild von einem kahlen Kopf mit spitzen Ohren.

„Der Knochenelf", stieß sie hervor.

Wie die Wunde zustande gekommen war, zeigte er ihr nicht.

Raena blutete das Herz. Es spielte keine Rolle, dass er sie mit seinem früheren Reiter verfolgt und durch den Wald getrieben hatte. Mitgefühl schnürte ihr die Brust zu, sie litt mit ihm und hätte am liebsten mit ihm getauscht. Ungewohnte Gefühle, die sich so natürlich anfühlten, dass es sie erschreckte.

„Wie lange bist du bereits gefangen?", murmelte sie leise. Mittlerweile zitterten ihre Hände so sehr, dass sie beide zu Fäusten ballte und gegen ihre Seiten drückte.

„Ich weiß nicht genau", entgegnete er rau, seine Stimme vibrierte durch den Raum.

In seinen Augen sah sie keinen Funken Angst oder Hass aufblitzen. Trotz seiner blutigen Verletzung schien er die Ruhe selbst zu sein. Das beeindruckte sie und gab ihr die Kraft, einen klaren Kopf zu behalten.

„Ein paar Tage, vielleicht aber auch eine Woche."

Raena betrachtete die Lache unter ihm. Seine Knie waren blutgetränkt, sein Fell fleckig, schmutzig. Sie schätzte, dass er bereits seit Tagen in dieser Position verharrte. „Hört das irgendwann auf? Es hört auf, oder?"

„In mir ist viel mehr als das, was du siehst", hauchte er.

Raena löste ihre verkrampfte Haltung und öffnete ihre zu Fäusten geballten Hände. „Wenn du das sagst", entgegnete sie unsicher, während ihre Augen zu den Ringen huschten, die in die Mauer eingeschlagen waren. Sie sah Haken, mit den Kettengliedern verbunden, die sie lösen musste. Als sie daran rüttelte und zog, rutschten ihre Hände am kalten Metall ab und schlugen gegen die Wand. Schmerz zuckte durch ihre Fingerknöchel, und als sie hinsah, bemerkte sie, dass sie sich die Haut abgeschürft hatte.

„Ist das Magie?", hörte sie sich sagen, weil sich kaum etwas rührte. Die Ketten waren zum Zerreißen angespannt und sie glaubte nicht daran, dass irgendjemand mit menschlicher Kraft anziehen und die Haken in den Ringen an der Wand einhängen konnte – dafür gab es kaum Spielraum. Und der Knochenelf hatte alles andere als kräftig ausgesehen.

„Ich weiß es nicht", schnaubte er und presste sein gesamtes Körpergewicht gegen die Fesseln. Die Glieder spannten und lockerten sich, es schepperte und rasselte.

Während sie ihm zusah, fragte sie sich, warum Leden ihr geraten hatte, das Einhorn zu nehmen. Wie sollte sie ihm helfen? Sie hatte keine Ahnung. Er war riesig, die Ketten schwer und ihre Hände zu klein, um ein Glied einzeln umfassen zu können. Sie benötigte beide, um erneut an den Haken zu zerren, doch egal wie sehr sie sich anstrengte, sich abmühte und die Zähne zusammenpresste, nichts geschah.

„Aber ein Schloss gibt es nicht, oder?", keuchte sie.

Ihre Hände bebten, schmerzten, pochten. Sie spürte ihre Finger kaum, das Fleisch war weiß und rot umrandet, in den Kratzern feiner Steinstaub.

„Nein", entgegnete er leise und presste sich gegen die Wand. Seine Vorderbeine stemmte er hoch und rutschte im eigenen Blut aus.

Raena umarmte sich.

„Der Wille ist der Schlüssel. Du musst es wollen. Die Kugel über deinem Kopf. Benutze sie. Ich habe sie wieder hervorgeholt, damit du deine Energie nicht wie eine Blinde nutzen musst."

„Ozean, i-ich- ...", stotterte sie überfordert und stockte, als sie einen steigenden Druck in ihrem Kopf wahrnahm. Sie fuhr herum, betrachtete den Eingang. Noch konnte sie ihn nicht sehen, doch wusste, dass er dort war, dass er näherkam und dass sie sein Ziel war.

„Er kann dich im Geist nicht erreichen. Nicht mehr. Du bist sicher vor ihm."

„Warum?"

„Die Kathedrale", keuchte Ozean, „sie wurde erschaffen, um deinen Geist zu schützen."

Was?

Sie hörte ein Hämmern, das nur in ihrem Kopf zu sein schien, es wurde lauter, dröhnender und dann, dann war da nur Stille. Dennoch, sie spürte, wie ihr Herz flatterte. Alles in ihr schrie nach Flucht. Sie wollte weglaufen, sie wollte ihn nicht ansehen.

„Er kommt zu mir", flüsterte sie, „ich spüre es." Überfordert blickte sie Ozean an, betrachtete die Kettenglieder und schluckte, den Tränen nahe. Sie konnte nicht gehen, konnte ihn nicht zurücklassen.

„Hab keine Angst."

Raena sah sich selbst in seinen Armen liegen, ihr Gesicht an seiner Schulter vergraben. *Torren.* Sein Name wärmte und erschütterte sie gleichzeitig. Er war ein gefährlicher und anziehender Mann. Schön und schrecklich zugleich.

Hitze schoss in ihre Wangen. Ihr Körper wurde schwach.

„Du musst dich beruhigen", redete Ozean auf sie ein, „du musst durchatmen."

Doch dieses Mal hatten seine Worte keine Wirkung auf sie. Raena wich zurück, drückte sich gegen die eiskalte Steinmauer, spürte ihre Rauheit über ihre Haut streichen und wurde ganz still.

„Du kannst es. Der Wille muss dich leiten", sagte Ozean, doch sie hörte nicht hin.

Als sie ihn im Eingang stehen sah, eine dunkle Erscheinung mit bleichem Gesicht, den leeren Blick auf sie gerichtet, war ihre magische Kugel weit aus ihrer Erreichbarkeit geflogen. Blut klebte auf seiner Kleidung und eine schwarze Wolke aus Energie umgab ihn.

„Wieso bist du noch hier?", hörte sie ihn sagen, „warum bist du nicht längst fort?"

Sie vermochte den Klang seiner Stimme nicht einzuschätzen.

Torren sah unberechenbar aus. Und doch zogen seine Makellosigkeit, seine schrägen Augen und sein Mund sie an wie eine Motte das Licht. Er sah anders aus, anders als jeder, den sie bis jetzt gekannt hatte. Warum fiel ihr das erst jetzt auf?

Ihr Atem wurde schneller.

Sie fühlte sich überrumpelt, in die Ecke getrieben. Obwohl sie in ihrem Inneren einen panischen Fluchtreflex verspürte, ihr Gesicht am liebsten in ihren Händen versteckt hätte, verharrte sie, unfähig auch nur eine einzige Gliedmaße zu rühren. In ihr erwachte eine tiefe Sehnsucht, die mit ihrer Angst vor ihm einen bitteren Kampf ausfocht. Einerseits wollte sie zu ihm, ihn schütteln, ihn von dieser Leere befreien, ihn umarmen, ihn berühren. Andererseits riet ihr ihr klarer Verstand auf Abstand zu bleiben, ja nicht in seine Nähe zu gehen, ihn nicht anzufassen, nicht zu beachten, so zu tun, als gäbe es ihn nicht.

Raena war im Zwiespalt.

Beruhige dich, hörte sie Ozean in ihrem Kopf. Eines seiner Hinterbeine zuckte unkontrolliert, und der Huf stieß immer wieder gegen den Stein. *Tock. Tock. Tock.*

Er tut uns nichts, war sie sich sicher, nicht wissend, woher sie die Sicherheit nahm.

Torren bewegte sich nicht. Er schien auf irgendetwas zu warten, *eine Antwort von mir vielleicht?*

Raena schluckte schwer. Sie versuchte seinem Blick standzuhalten und kratzte all ihren Mut zusammen. „Ich habe mich verlaufen", sagte sie. Es stimmte nur zum Teil und war irgendwie doch die Wahrheit. Sie war in einem fremden Land, hatte niemanden, der ihr helfen konnte. Sie war eine Fremde und ihr Zuhause weit, weit weg.

Torren reagierte nicht. Sein Gesicht blieb starr. Fiel es ihm denn nicht auf, dass neben ihr ein misshandeltes Einhorn in Ketten lag? Nahm er Ozean überhaupt wahr? Sollte sie ihn um Hilfe bitten?

„Du solltest nachhause reiten", hörte sie ihn sagen, „er wird sterben."

„Was?" Sie begriff nicht, spürte einen Luftzug, eine beängstigende Macht um sie herum und hörte, sah, wie die Ketten verschwanden, als ob es sie nie gegeben hätte. Schnörkelige Symbole leuchteten nur kurz auf.

Das war er nicht, hörte sie Ozean murmeln, ehe er sich zu winden begann. *Wir müssen verschwinden.* Sein Gewicht ließ den Boden unter ihren Füßen beben, er schnaubte angestrengt, bewegte den Kopf, drückte seine Nase gegen den Stein. Muskeln wölbten sich auf seinem Hals, seinen Beinen und seinem Rücken. Er kroch auf den Ausgang zu.

Plötzlich stand Torren nur wenige Schritte von ihr entfernt.

Raena blinzelte ihm entgegen, konnte nicht anders, als sich von seinen dunklen Augen fesseln zu lassen. Ihr Gesicht glühte. Kurz dachte sie, dass er nach ihr greifen würde, wünschte es sich. Sie verlor sich in der Finsternis in seinen Augen, wo die Dunkelheit ihren Anfang und kein Ende nahm. Sie wollte darin versinken. Sie wollte, dass er sie dorthin mitnahm. Sie wollte, dass ...

Er wandte sich ab.

„..."

Sein blasser Mund bewegte sich, doch sie hörte nicht, was er sagte.

Raenas Sehnsucht hatte gewonnen. Sie hatte das drängende Gefühl, ihn aufhalten zu müssen. „Torren!", rief sie. Ihr Körper bewegte sich wie von selbst. Verzweifelt griff sie nach ihm, doch er war nicht mehr da. Von einem Moment zum nächsten war er einfach verschwunden. Dort, wo er zuvor gestanden hatte, lagen nur noch Stroh und nasses Heu herum. Er hatte nichts zurückgelassen, nur die Leere, die nun auch sie erfüllte.

„Wäre er nicht gegangen, hätten sie ihn getötet", hörte sie Ozean keuchen. Es war ihm gelungen, in die Mitte des Stalls zu kriechen.

Wie konnte er so schnell verschwinden? Und wohin?

„Das weiß ich nicht."

Raena, die die Leere in ihrer Brust ignorierte, sah Ozean dabei zu, wie er sich weiter abmühte. Sie spürte seine Beine über den Boden rutschen, als wären es ihre eigenen. Er zog eine blutige Spur hinter sich her.

„Was hat er mit Sterben gemeint?", fragte sie, während sie die Lache niederstarrte.

„Sorge dich nicht", keuchte er mühsam.

„Was hat er gemeint?", wiederholte sie.

„Unwichtig." Ozean blieb kurz liegen, um zu Kräften zu kommen. „Wir müssen uns beeilen. Ich glaube, dass der, der die Ketten gelöst hat, nicht mehr weit ist."

„Wer?"

„Der Knochenelf."

Raena starrte ihn an.

„Los, du wirst einen Sattel brauchen. Links von dir ist eine Tür. Geh schon."

Raena zögerte einen Moment, ehe sie gehorchte. Ihr war klar, dass er ihr auswich, trotz der nahenden Gefahr, die er befürchtete.

Als sie endlich draußen ankam, in ihren Armen trug sie einen schweren Sattel, stand Ozean bereits auf den Beinen. Während sie zu seinem Kopf hochblickte, konnte sie nicht anders, als Ehrfurcht und Respekt zu empfinden.

Ozean sah sich besorgt um. In seiner filzigen Mähne war Stroh.

„Es gibt nur einen Weg", sagte er. Das stimmte. Sie mussten den Weg zwischen den Mauern nehmen. „Sattle mich." Dunkles Blut lief an seinem Auge vorbei.

Raena schluckte, unfähig wegzusehen. „Wieso hört es nicht auf?"

Er kam auf sie zu, benötigte nur zwei Schritte und schnaubte ihr ins Gesicht. „Das Horn ist sehr empfindlich."

„Kann ich ...", *etwas dagegen tun?*, hatte sie ihn fragen wollen, als er abrupt den Kopf herumriss und den Körper wendete. Raena ließ den Sattel fallen, sprang zurück und brachte sich vor seinen Beinen in Sicherheit, die sich auf einmal dort befanden, wo sie gerade eben noch gestanden hatte.

Ein tiefes Brummen erklang. Die Erde unter ihren Sohlen vibrierte. Sie hörte ein Knirschen, ein Rumoren, einen Aufprall und hatte das Gefühl, sich wieder im Turm zu befinden.

Panik.

Das Gefühl war so übermächtig, dass sie kaum dagegen ankam. Kopflos flüchtete sie sich in den Stall, nur um sich kurz darauf wieder hervorzuwagen.

„W-was war d-das?", stotterte sie und hörte daraufhin ein Tosen – *Wasser,* begriff sie erschüttert.

Als sie Ozean ansah, bemerkte sie, dass auch er gegen Panik kämpfte. Er bebte am ganzen Körper und für einen Moment dachte sie, dass er davonlaufen und sie zurücklassen würde. Er blinzelte, seine Augen riesig und als ihm der Abstand zwischen ihnen auffiel, als er ihre Sorge spürte, fühlte sie eine Welle des Bedauerns.

Sein Blick wurde ruhiger. „Lass den Sattel liegen und steig auf."

„Aber", Raena war zerstreut, „w-was ist eben geschehen?"

Ozean ließ sich schweratmend nieder. „Teile der Felswand sind eingebrochen. Wir müssen uns beeilen, das Wasser wird bald über die Mauer treten."

Raena sah ihn und dann den Sattel an, der im Dreck lag, während sie sich vorstellte, wie eine riesige Welle sie mitriss und unter Wasser tauchte. Dann dachte sie an die Pferde im Stall. „Ich muss sie freilassen", stieß sie hervor.

Ozean sagte nichts.

Raena rannte zurück und befreite die verängstigten Tiere, wobei sie zu tun hatte, ihren unruhigen Körpern auszuweichen. Danach schwang sie sich auf Ozeans Rücken. Ihre nackte Haut berührte schmutziges und doch glattes Fell. Sie wusste, dass es nicht leicht werden würde, sich festzuhalten.

„Greif nach meiner Mähne."

Raena grub ihre Finger in die rauen Strähnen hinein und spannte ihren gesamten Körper an, als er sich in die Höhe hob – es rutschte. Er war riesig und sie fürchtete zu fallen.

„Versteife dich nicht und lass die Beine locker."

Wenn es doch nur so einfach wäre!

Nun aber sah sie, was Ozean gemeint hatte. Auf seinem Rücken war es ihr möglich, über die Mauer auf die andere Seite zu blicken. Der Turm lag in Trümmern. Den kleinen See, in dem die Sirenen geschwommen waren, die Säulen der Höhle, all das gab es nicht mehr. Mehr Wasser kam nach, löste Geröll und Steinbrocken, die herabrollten und spritzend im Nass verschwanden. Ihr war, als tröge der Wind feine Tropfen in ihre Richtung.

War oberhalb der Felswand etwa ein See?

„Die Tiere", hörte sie sich sagen, „viele werden ertrinken."

Ozean suchte ihren Blick. „Und wir vielleicht auch, wenn wir uns nicht beeilen. Du musst ihn retten, schon vergessen?"

Dann lief er los.

Gebückt und eng an seinen Hals gedrückt, versuchte sie seinen Bewegungen zu folgen.

Er lief nicht schnell und sie wusste aus Erfahrung, dass Einhörner sehr wohl schneller laufen konnten, immerhin hatte sie es selbst erlebt. Er nahm auf sie Rücksicht und sie war ihm dankbar.

Wasser schwappte über die Mauer. Dieses Mal spürte sie es wirklich, die feinen Tropfen, die an ihr vorbeiwehten. Der Weg wurde schlammig, weich, sodass Ozean zu rutschen begann, und sie spürte seine Anspannung, als er langsamer wurde, um nicht hinzufallen. Eine Brise fuhr durch ihr Haar, sie schauderte. Weitere Tropfen trafen sie im Gesicht. Sie rieb ihre Wange an der Schulter ab und bemerkte, dass es Blut war. Zähes, blaues Blut, welches unablässig aus der offenen Wunde an seinem Kopf hervorquoll.

Und Raena wusste plötzlich mit einer beängstigenden Sicherheit, dass diese Wunde ernster war, als er zugeben wollte.

Dort. Ein Tor!

Sie riss den Kopf hoch. „Es ist geschlossen!"

Die Pferde, die sie freigelassen hatte, liefen wie Hunde vor einem Zaun hin und her. Eine Welle schwappte über die Mauer, umspülte Ozeans Beine. Es stieg, tropfte, plätscherte und überschwemmte alles.

„Wir sind in der Falle", hauchte sie und beobachtete schockiert, wie es sich am Tor sammelte, schäumte und blubberte, wie die Pferde ihre Köpfe in die Höhe warfen und bis zu den Knien darin versanken.

„Sind wir nicht!", hörte sie ihn rufen und als er schneller wurde, seine Bewegungen aggressiver wurden, bekam sie es mit der Angst zu tun.

„Halt dich fest!"

Er würde doch nicht ... *er wird doch nicht ...!*

Raena hielt den Atem an, schloss die Augen und presste ihre Beine fest zusammen. Sie duckte sich. Er sprang nicht, doch der Aufprall, als er das Tor mit seinem Kopf rammte, riss sie fast von seinem Rücken.

Das Schloss brach, die Torhälften flogen auseinander.

Raena stieß einen spitzen Schrei aus und nur die Mähne, in die sie sich festgekrallt hatte, verhinderte, dass sie fiel. Das Wasser sprudelte an ihnen vorbei, Ozean beschleunigte und wurde erst beim nächsten Tor wieder langsamer, das von dichtem Gebüsch umgeben war und offenstand. Die Pferde, die ihnen gefolgt waren, überholten sie im Galopp.

Der Weg führte unter dichten Ästen hindurch bis hin zu einem gepflegten Rasen. Dann folgten mehrere Tannen, die niedrig wuchsen und dichte Kronen hatten. Raena hätte den Eingang niemals gefunden, wenn sie die Nacht zuvor weiterhin durch den Garten geirrt wäre.

Sie duckte sich vor den Ästen, die Tropfen auf den Nadeln eiskalt. Dabei fiel ihr Blick auf ihre Hände, sie waren bläulich verfärbt, genauso wie Ozeans Mähne.

Hinter ihnen rauschte das Wasser.

Kann ich wirklich nichts tun?

Ich erzähle dir, wie du mir helfen kannst, sobald wir Aleron gefunden haben. Raena spürte, dass etwas nicht in Ordnung war. Etwas Schlimmes würde geschehen. Dennoch entgegnete sie: *Gut,* und konnte nicht verhindern, dass sich ein verzweifelter Unterton in ihre Stimme schlich, *und was geschieht, wenn wir ihn nicht finden? Wirst du bei mir bleiben?*

Ozean drehte seinen Kopf zur Seite. Er war unter den dichten Ästen stehengeblieben und blickte sie nun aus unglaublich weichen Augen an. *Wir bringen dich zum Schiff und er wird dort sein. Du würdest es spüren, sollte er es nicht sein.*

Aber, ich spüre ihn nicht ... er ist nicht hier. Sie meinte die Kathedrale in ihrem Kopf, die, bis auf sie beide, gänzlich leer war. Nacktes Gestein, ein Gefängnis und ein Zufluchtsort zugleich.

Geduld. Du wirst ihn spüren. Und Raena glaubte ihm. Aber auch nur, weil ihr nichts anderes übrigblieb.

Plötzlich war da ein Brüllen, ein Quieken, ein Kreischen. Die Geräusche, woher kamen sie? Mal lauter, mal leiser, ein sich stetig veränderndes Echo am Grundstück.

„Der Zoo", hauchte Raena.

Ozean scharrte mit den Hufen. Das Wasser hatte sie eingeholt, schäumte an seinen Fesseln vorbei. „Wir sollten uns beeilen", murmelte er, ehe er sich in Bewegung setzte.

Raena klatschte ein nasser Ast mitten ins Gesicht. Sie schüttelte sich vor Kälte. Dann duckte sie sich.

Keine der magischen Kugeln leuchtete. Das Gras war feucht, stellenweise hatten sich große Pfützen gebildet. Still lag das Herrenhaus da, die Fenster dunkel und schwarz. Ozean hielt sich nahe am Gebüsch, trabte daran vorbei, doch es wurde immer kleiner, bald würde man sie sehen.

„Dort, sieh nur."

Raena kniff die Augen zusammen. Sie entdeckte eine Herde Hirsche, aus fünf oder sechs Stück bestehend, die in schwachem Galopp über einen breiten Kiesweg in den Garten liefen. Gestreifte Pferde folgten ihnen.

Das Tor in den Zoo war geöffnet.

„Jemand hat sie freigelassen."

Vor Raenas innerem Auge erschien die Schlange, die sie in einem Käfig gesehen hatte. Würde man sie auch freilassen?

„Ich laufe zum Grundstückstor", teilte er ihr entschlossen mit und noch während er es sagte, sah sie es in Gedanken vor sich.

„Gibt es keinen anderen Weg?", fragte sie, als sie Männer beobachtete, die die Tiere vor sich hertrieben. Sie würden hindurchlaufen müssen. „Sollten wir ihnen nicht ausweichen? Man wird uns bemerken."

„Ich tue mein Bestes."

Sie sah Pferde mit zwei Hörnern, eine bunte Schafherde, ein graues und großes Tier mit einem Horn auf der Stirn und einer riesigen Schnauze, ein noch größeres Tier mit braunem Fell und langem Rüssel, zottelige Kühe, bunte, riesige Vögel auf hohen Beinen mit langen Hälsen und kurzen Flügeln.

„Noch haben sie uns nicht entdeckt. Aber das werden sie, sobald du- ..."

„Es gibt keinen anderen Weg", unterbrach er sie angespannt, „wir haben nur einen Versuch. Sei bereit."

Raena hatte keine Zeit, erneut zu widersprechen. Sie dachte an Grashalm, daran, wie sie sich getarnt hatte, doch sie vergaß es, sobald sich seine Flanken anspannten, er einen Satz tat und lospreschte. Sie biss die Zähne zusammen, krallte sich an der Mähne fest und presste ihren Körper gegen seinen.

Sie schossen unter dem Gebüsch hervor, jagten quer übers Grundstück. Raena blinzelte gegen den kühlen Wind an, spürte, wie ihre Finger aufs Neue von dunkelblauer Flüssigkeit benetzt wurden, klebrig warm und sie biss sich auf die Lippe.

Spüre meine Bewegungen.

Raena versuchte es, während sie sich gleichzeitig bemühte, nicht an das Blut zu denken, das langsam über ihren Handrücken lief. Der Wind trug die blauen Tropfen fort – einige landeten auf ihrem Kleid und ihren Beinen.

Sie spürte seine Körperwärme unter ihrem Gesäß, die raue Mähne in ihren Händen. Eine Bewegung rechts, eine links, sein Atem, sein Herz. Sie lauschte seinem schweren Hufschlag, spürte, fühlte und war in einem Moment in der Kathedrale und im nächsten in der Realität. Sie hatte plötzlich das Gefühl, dass ...

Er rutschte aus.

Raena riss die Augen auf.

Sein Hinterteil sackte unter ihr weg, sie hatte zu tun, um sich festzuhalten und verlor dieses Gefühl, welches zu benennen ihr nicht möglich war.

Sobald du Aleron gefunden hast, muss er dich lehren, wie du mit deinen Fähigkeiten umgehen kannst.

Wieso erzählst du mir das gerade jetzt?!

Sie konnte ihm kaum folgen, ihre Augen auf die Tiere gerichtet, die ihnen auswichen, die panisch auseinanderstoben. Sie sah die Männer, die stehengeblieben waren und in ihre Richtung blickten wie erstarrt, als könnten sie nicht begreifen, was sie sahen.

Vielleicht sollten wir später darüber reden, wenn wir ...

Ich bin kein Drache. Ich kann dir nicht helfen, deine schwarze Seite zu kontrollieren. Er schon.

„Was?!", schrie sie verwirrt und laut und duckte sich, als etwas an ihrem Ohr vorbeizischte. Sie sah bloß einen Schatten, eine schnelle Bewegung, blickte über ihre Schulter zurück und erbleichte. Ein Hirsch ging zu Boden, Hals und Kopf zu einem letzten, verzweifelten Schrei in die Höhe gereckt.

Achtung!

Ozean wich einem großen Vogel aus, Raena wurde durchgeschüttelt, spürte, wie sie das Tier streiften, es zur Seite stießen. Sie biss sich auf die Zunge, sah wieder einen Schatten, einen Pfeil an ihnen vorbeifliegen und im Augenwinkel das Tier fallen.

Entsetzt blickte sie an Ozeans Mähne vorbei.

Zwischen all den Lebewesen, die herumliefen, zwischen den Strähnen, die ihr ums Gesicht peitschten, entdeckte sie direkt vor ihnen eine schlanke Person mit schwarzem Mantel breitbeinig am Kiesweg stehen und ihre Nackenhaare stellten sich auf, als sie die Waffe erkannte, die hochgehalten wurde.

Eine Armbrust!

Die Person lud nach.

Ozean gab ein tiefes Geräusch von sich. Sein Körper erzitterte vor Anstrengung. Raena spürte, wie sein Tempo zunahm, seine Beine schneller wurden. Plötzlich war eine Kuhherde im Weg, das Leittier blind vor Angst, aufgerissene Augen und Schaum vor dem Maul.

Sie kamen näher, näher und noch näher.

Raena hielt die Luft an.

Zwischen zwei massigen Kuhleibern blitzte ein Gesicht auf.

Es war der Knochenelf, sein Blick berechnend auf sie gerichtet.

Und er schoss erneut.

29. KAPITEL

Sie sah den Bolzen kommen, sah, wie sie mit den riesigen Tieren zusammenprallten. Raena schrie, Ozean hob ab und die Spitze schrammte ihren Arm. Sie flogen über die Kuh hinweg und rissen sie um. Als seine Hufe wieder festen Boden berührten, erzitterten ihre Glieder bis ins Knochenmark hinein. Wie durch ein Wunder fiel sie nicht, aber ihre Beine brannten. Und wie das Schicksal es so wollte, blickte sie zufällig in Richtung des Herrenhauses und erkannte eine Frau, die ihr bekannt vorkam, umringt von Männern.

Ozean! Da ist Bahira!

Er verlangsamte sein Tempo nicht, doch sie spürte, wie er seine Aufmerksamkeit auf sie richtete. Und er verstand auch, was sie von ihm wollte.

Bist du dir sicher? Wir werden beschossen.

Wir müssen ihr helfen!

Bahira war nett zu ihr gewesen und hatte sie verteidigt. Das allein genügte, dass Raena einen Funken freundschaftlicher Zuneigung verspürte. Inmitten von all dem Schlechten war ihre Nettigkeit und Offenheit wie eine Umarmung gewesen.

Warum hat Torren sie zurückgelassen?

Ozean bremste ab. Raena riss es fast von seinem Rücken. Schnaubend und mit einem lauten, unmenschlichen Stöhnen bog er ab und raste wie ein Pfeil auf die Gruppe zu, die eine wild um sich tretende Frau festhielt. Bahira wand sich, schrie – ihr offenes Haar peitschte um ihren Kopf.

Das Tor zum Hof stand offen.

Einer von ihnen, ein großer, bulliger Mann in leichter Rüstung, zog sein Schwert.

Du musst dich beeilen!

Ozean wieherte. Das rhythmische Donnern seiner Hufe wurde aggressiver, schneller, so schnell, dass Raenas Augen feucht wurden. Schemenhaft sah sie, wie das Schwert gehoben wurde. Der Glanz des polierten Metalls im trüben Licht – er würde ihr doch nicht den Kopf abschlagen?

Raena konnte kaum atmen. Das Herz schlug ihr bis zum Hals, drohte ihr aus der Brust zu springen.

Ozean senkte den Kopf.

Und die Männer sahen ihn.

Brüllend ließen sie ihr Opfer los. Bahira fiel zu Boden. Ihr Anführer drehte sich fluchend um, das Schwert von sich gestreckt, das Gesicht zu einer Fratze verzerrt.

Raena wusste, was Ozean vorhatte und wollte es nicht sehen. Sie presste ihr Gesicht gegen seine Mähne, spürte Feuchtigkeit, schmeckte ihren eigenen Schweiß auf den Lippen. Dann schrie sie. Schrie so laut wie sie konnte, bis sie den Aufprall spürte und im Augenwinkel sah, wie die Waffe davonflog.

Ozean bremste ab.

Raenas Beine verkrampften, als ein Ruck durch ihren Körper ging. Energisch strich sie sich das Haar zurück, blickte sich um und entdeckte Bahira ein paar Meter von ihnen entfernt im Gras sitzen. Ihre Augen waren geweitet, ihr Gesicht bleich wie Kreide. Sie sah entrückt aus, von Ozeans Erscheinung geblendet.

„Bahira", keuchte Raena atemlos.

„Du?", murmelte sie verwirrt, ihr Blick blieb nur kurz auf dem Einhorn hängen. „Aber, wie- ..."

„Schnell. Steig auf!"

Die Männer reagierten augenblicklich. Sie zogen ihre Waffen, kamen im Laufschritt auf sie zu, bereit zu töten. Ozean hob sich auf die Hinterbeine. Er trat aus, schlug mit den Hufen nach ihnen. Einer schrie, als er zu Boden gestoßen wurde und sein Schwert verlor. Raenas Hände waren zu feucht, sie konnte sich nicht mehr festhalten. Das Blut schmierte.

„Nein", stieß sie hervor. „*Nein!*"

Ihre Haut glitt über sein Fell. Ihre Hände hinterließen eine dunkle Spur. Ozeans Kopf fuhr zu ihr herum, sie sah seinen ängstlichen Blick, doch es war längst zu spät. Sie fiel auf den Kiesweg und stöhnte, als Schmerz durch ihre Wirbelsäule schoss und in ihrem Kopf explodierte. Keuchend rang sie um Atem. Vor ihren Augen zwei muskulöse, mit Schmutz bedeckte Pferdebeine. Rechts von ihr eine Bewegung – der Mann, den Ozean zu Boden gestoßen hatte, er lag ganz nah.

Raena versuchte sich zu fassen. Sie musste aufstehen!

Mühsam wälzte sich der Mann auf den Bauch. Das Gesicht schmerzverzerrt, stützte er sich auf dem Ellbogen ab. Ihre Blicke kreuzten sich und in seinen Augen las sie Hass.

Raena kroch von ihm weg und kämpfte sich auf die Beine hoch. Sie stöhnte vor Schmerz. Neben sich sah sie eine weitere Bewegung, ein anderer Mann, der mit seiner Hand nach ihr griff. Dann war Ozean zur Stelle, stieß ihn beiseite, sodass er mehrere Meter weit flog. An ihrem Ohr zischte ein Bolzen vorbei und bohrte sich in die Erde. Sie duckte sich.

„Ergebt euch!", brüllte ein weiterer aus vollem Halse, das Schwert gezogen und auf sie gerichtet.

Raena taumelte zu Ozean, die Hände nach ihm ausgestreckt. Ihre Bewegungen kamen ihr langsam und unbeholfen vor. Dann stand Bahira auf einmal neben ihr, in ihrer Hand hielt sie eine kurze Waffe mit drei Spitzen, nahm sie am Arm und führte sie.

„Steig wieder auf", rief sie gepresst und schützte sie mit ihrem eigenen Körper.

Ozean wieherte und sank in die Knie.

Dann war da plötzlich eine Warnung in ihrem Kopf.

Raena fuhr herum. Von links kam ein Tier auf sie zugerast – riesig und geschuppt, einer Kuh und doch keiner Kuh ähnelnd, ein Tier mit Klauen und Hörnern, die wie Pfähle aus der breiten Stirn ragten. Ein riesiger Berg aus Muskeln, der nicht vorhatte anzuhalten.

Raena kroch auf Ozeans Rücken, das Kleid rutschte ihre Hüften hoch.

„Nimm meine Hand!", rief sie Bahira zu, wollte sie auf keinen Fall zurücklassen. Doch Bahira war damit beschäftigt, sich die Männer vom Leib zu halten.

Und das Tier war schnell. Merkten sie die unmittelbare Gefahr nicht?

„Lauft!", schrie Raena ihnen zu, ihre Stimme verzerrt und um etliche Oktaven höher, „lauft, oder ihr werdet niedergetrampelt!"

„Helft mir", stöhnte der Mann am Rasen, „das ist ein Befehl! Bringt mich hier weg!"

Sie bemerkten es, sahen sich nach dem Tier um, dann zu ihrem Anführer, der die Hände zitternd nach ihnen ausstreckte. Bahira nutzte die Ablenkung, schob ihre Waffe in den Gürtel zurück und warf sich hinter Raena auf Ozeans Rücken, der sich daraufhin erhob. Sie schlang die Hände um Raenas Taille und drückte ihren Oberkörper gegen ihren Rücken. Raena spürte einen Stich. Der Sturz hatte Spuren hinterlassen.

„Lass uns verschwinden", zischte Bahira in ihr Ohr hinein.

Ozean drehte ab und mit scharfem Galopp näherten sie sich kurze Zeit später dem geschlossenen Grundstückstor. Ein einzelner Wachmann stand davor, während ein zweiter gehetzt eine Leiter vom Wachturm herunterkletterte.

„Was machen wir nun!?", schrie Bahira gegen den Wind an.

Sie trugen, genauso wie der Knochenelf, Armbrüste bei sich. Für einen

Moment lang glaubte Raena, sie wären in der Falle. Jegliche Hoffnung platzte wie eine Seifenblase, der Sinn zu kämpfen schien verloren. Doch dann überraschte Ozean, indem er vom Hauptweg abließ und direkt auf die Mauer zusteuerte, die das Grundstück von allen Seiten umgab.

„Oh", Bahiras Ausruf klang überfordert, „wir springen?!"

Raena nickte schwach.

Hoffentlich befindet sich dahinter kein Abhang.

Je näher sie der Mauer kamen, desto eindrucksvoller baute sich der Stein vor ihnen auf. Wenige Augenblicke vor dem Sprung begann sie zu zweifeln, ob er es schaffen konnte, aber Ozean plagten keine Zweifel und sie hörte ihn in ihrem Kopf flüstern: *Der Wille ist der Schlüssel.*

„Bei den Göttern, das überleben wir nie!", kreischte Bahira.

Ozean sprang und mit einem kraftvollen Ruck wurden beide in die Höhe gehoben. Raena presste ihre Füße zusammen, spürte, wie Bahira ihre Taille fester umarmte und sich an sie drückte, als gäbe es kein Morgen mehr.

Sie flogen über die Mauer hinweg, sanken abrupt, und Raena hatte mit Händen und Füßen zu kämpfen, um Bahira und sich auf Ozeans Rücken zu halten. Instinktiv presste sie ihre geballten Fäuste gegen den angespannten Hals des Einhorns, um nicht vorwärts zu rutschen.

Sie hatten Glück, Ozeans Hufe berührten weichen Waldboden.

Endlich. Sie waren frei. Vorerst zumindest.

Ozean raste durchs Gebüsch und hinein ins Dickicht. Sträucher hielten sie zurück, Äste knackten, der Untergrund sank ein. Doch bereits nach wenigen Metern war Ozean dazu gezwungen, das Tempo zurückzunehmen und in Trab zu fallen, bis er schließlich in schnellen Schritt überging. Sein Atem raste und Raena hatte das Gefühl, seine Müdigkeit zu spüren.

Das täuscht.

„Vorsicht", sagte Bahira und Raena, die bereits die Äste gesehen hatte, duckte sich. Dennoch verfingen sich Buchenblätter in ihrem Haar und spitze Astenden kratzten über ihre Haut, ließen schwach rote Streifen auf ihren Armen zurück.

Raena blickte sich um und lauschte. Das Unterholz bestand hauptsächlich aus Sträuchern, Brombeeren und wuchernden Farngewächsen. Sie waren in einen Mischwald gesprungen, in dem die Laubbäume die Nadelbäume überragten.

„Danke, du kamst genau rechtzeitig. Sie hätten mich ansonsten getötet." Bahira lockerte ihren Griff und Raena spürte ein schwaches Pochen unterhalb ihres Rückens. Sie hoffte, dass sie sich nicht schlimm verletzt hatte.

„Du warst freundlich zu mir", erwiderte sie daraufhin, „und noch sind wir nicht in Sicherheit."

„Das stimmt zwar, aber wir haben es hinter die Mauer geschafft." Bahira lachte leise. „Und bevor die ihre Pferde aus dem Stall holen, sind wir bereits in Mizerak und können untertauchen. Hast du", sie räusperte sich, „hast du vielleicht Prinz Torren gesehen?"

Bei Torrens Erwähnung überlief es Raena eiskalt. *Ja, habe ich.* Doch sie sprach es nicht aus. Ihr war durchaus aufgefallen, wie schüchtern Bahira sich am Schiff verhalten hatte, wenn der Prinz in ihrer Nähe gestanden oder mit ihr gesprochen hatte. Ohne dass Raena es gewollt hätte, blitzte sein makelloses Gesicht vor ihrem inneren Auge auf, seine bleichen Lippen und sie sah, wie sie sich bewegten. Was hatte er gesagt, bevor er verschwunden war? Es ärgerte sie, weil sie es nicht gehört hatte. „Ich ... ich habe ihn nicht gesehen", log sie und spürte einen Stich in der Brust.

„Er hat Mando getötet", sagte Bahira und Raena schauderte ob der Gleichgültigkeit in ihrer Stimme. „Ich weiß noch, dass ich mich benebelt gefühlt habe, als wäre ich in einem Traum gefangen. Ich konnte keinen einzigen Finger rühren und die Welt schien zu verschwimmen. Dann sah ich ihn bei Mando, direkt hinter ihm. Ein schneller und sauberer Genickbruch, das glaube ich zumindest", sie machte eine kurze Pause, „dann hat er die Herrin durch den Raum geworfen und deinen Mann mitgenommen. Aber ... er ist gar nicht dein Mann, oder?"

Raena schüttelte den Kopf. Ein Gemisch aus Gefühlen kam in ihr hoch. Sie wollte nicht an die Gewalt denken, die sie in Jans Nähe erfahren hatte und schluckte schwer.

„Nein, war er nicht", gab sie mit fester Stimme zu.

Ich war seine Gefangene.

Daraufhin sagte Bahira erst einmal nichts mehr, da Ozean wieder beschleunigte. Sie rutschte näher, legte ihre verschränkten Hände auf Raenas Bauch ab, die durchzuatmen versuchte, doch selbst die neu gewonnene Freiheit vermochte sie nicht abzulenken.

Einen Augenblick später wurde der Wald lichter.

In ihrer Nähe war der Weg erschienen, den sie mit der Kutsche hochgefahren waren und überall lagen abgeknickte und abgebrochene Äste herum, ausgewurzelte und schief hängende Bäume, die sich in den Kronen anderer verfangen hatten. Raena sah über ihre Schulter zurück, konnte jedoch keine

Verfolger sehen. Sie war sich ziemlich sicher, dass der Knochenelf nicht zulassen würde, dass sie entkamen.

Wir müssen auf den Weg zurück.

Tatsächlich begann wenige Meter weiter das Gelände steil abzusteigen. Sie waren gezwungen auszuweichen und sich entlang des Hangs bis zum Weg durchzukämpfen. Dort blieb Ozean kurz stehen. Zwischen groben Steinen und rutschiger, vom Regen aufgeweichter Erde, lagen Blätter und kleine Zweige verstreut. Er bewegte mit den Ohren und lauschte.

„Deine Hände ... was ist das?", flüsterte Bahira gegen ihren Hals, „woher kommt das? Die Mähne ... was hat er?"

Raena schluckte hart. Sie betrachtete ihre Finger und rieb die dunkelblaue Flüssigkeit an ihrem Kleid ab. „Ihm fehlt das Horn."

„Das Horn?", zischte Bahira, die daraufhin den Kopf reckte und einen schockierten Laut ausstieß, als sie sah, was Raena meinte. „Zum Henker, ich habe seine Stirn zwar gesehen, aber begreife erst jetzt, er – er ist ein Einhorn. Ich dachte schon, er sei so groß für ein Pferd, aber- ..."

Raena spannte sich an, als Ozean lostrabte. „Man hat es ihm abgeschnitten."

„Das hört doch auf? Er blutet die ganze Zeit."

„Haltet euch gut fest!", unterbrach Ozean ihr Gespräch und beide verstummten. Er galoppierte los, nahm Anlauf – weiter vorn mussten sie über einen gefallenen Baum springen, der den Weg blockierte und bei welchem die Äste spitz wie Speere in alle Richtungen abstanden. Während Raena den Kopf einzog, wich sie den Nadeln aus, doch einige streiften ihr Gesicht, welches prompt zu jucken begann. Danach bremste er wieder ab, um Kräfte zu sparen und keuchte schwer.

„Hast du das auch gehört?", fragte Bahira mehrere Atemzüge später.

Wiederholt warf Raena einen Blick über ihre Schulter zurück und betrachtete stirnrunzelnd die Kurve, die weiter oben sanft nach links einbog. Aus einem ihr unbegreiflichen Grund war sie davon überzeugt, dass jede Sekunde Reiter im scharfen Galopp um die Kurve jagen würden.

„Vielleicht ein Tier?" Raena klang unsicher.

Einige Zeit später bildeten sich rechts und links von ihnen steile Hänge, wobei der rechte streng bergauf führte. Weiter vorn schien der Wald sein Ende zu nehmen.

Konzentriere dich auf den Drachen, den du finden musst. Seid ihr verbunden?

Im nächsten Moment stand sie in der Kathedrale. Ozean, der direkt vor ihr war, blickte sie an und seine meeresblauen Augen glänzten voller Kraft und Leben. Zwischen ihnen, hoch in der Luft, schwebte die bunte Lichtkugel aus Energie.

Ich bin mir nicht ganz sicher. Er hat mir etwas von meiner Mutter erzählt, von Ara, er sei durch ihr Blut nur schwach mit mir verbunden. Jedenfalls, sollte er dann nicht neben uns stehen?

Ich bin zwar alt, aber nicht allwissend. Wie kamst du hierher?

Raena konzentrierte sich auf ihre Erinnerungen und sah, wie vor ihr ein Bild entstand, geschaffen aus ihrem Gedächtnis.

Jan hat das Schiff Albatros befehligt, als ... auf einmal stutzte sie. Schlagartig wurde ihr klar, dass der Meeresdrache bestimmt mit Jan nach Mizerak geflogen war, falls der Kapitän denn noch lebte. Und dann waren er und seine Mannschaft womöglich bereits ausgelaufen und irgendwo am Meer verschwunden.

Nein, die Kugel über ihren Köpfen flackerte kurz auf, *das darf nicht sein.*

Raena verlor den Fokus.

„Sollten wir seine Wunde nicht verbinden? Wir könnten versuchen sie zu stillen", schlug Bahira vor, die sie aus ihren Gedanken riss, „ich kann mein Hemd dafür verwenden."

„Was ... j-ja." Raena konnte sich nicht konzentrieren. Wie ein Blitz traf sie das Gefühl, viel zu spät zu sein. Was, wenn ihre Vermutung stimmte und das Schiff längst fort war?

„Seiren?"

„Das müsst ihr nicht", Ozean klang ungehalten, „wir haben keine Zeit dazu. Es wird schon aufhören. Und du, Mädchen, kannst ruhig direkt mit mir sprechen. Ich habe Ohren."

Bahira zuckte zusammen und nickte erst, ehe sie ein leises *Ja* sagte. „Und wie geht es deinem Arm?", wandte sie sich an Raena.

„Was?"

„Da, eine Schramme."

„G-geht schon. Was hast du nun vor?", lenkte Raena ab, Ozeans Verstimmung war ihr unangenehm. „Wirst du Prinz Torren folgen?"

Die Arme, die Bahira um Raena geschlungen hatte, versteiften.

„Ich muss ihn suchen. Ich weiß zwar nicht, wie ich ihn finden soll, aber ich muss es versuchen. Er wird nach Narthinn gehen, ich bin mir sicher."

Raena kaute auf ihrer Unterlippe herum.

Warum hatte sie gelogen? Warum verspürte sie diese Abneigung, wenn sie sich vorstellte, Bahira zu erzählen, wo sie ihn zuletzt gesehen hatte? Im Gegensatz zu ihnen war sie ein Nichts, ein Niemand und doch war er ihr gefolgt und hatte ihr geholfen.

Ihre Brust flutete Wärme.

Und dann war er gegangen.

Warum hatte er ihr dann diese Dinge gezeigt? Warum hatte er sie angesehen, als ... *als* ...

Hätte er mich gemocht?

Aber er war gegangen. Ihr Vater war nicht gegangen, als er ihre Mutter geheiratet hatte. Und diese Dinge ... die sie gesehen hatte, war das nur Spaß für ihn? Nur Zeitvertreib? Konnte man so einen Menschen in sein Herz schließen? Er war nicht einmal ein richtiger Mensch. Er war ein schwarzer Prinz.

Und sie hatte keinen Anspruch auf seine Nähe.

Doch für einen Moment dachte sie tatsächlich darüber nach, Bahira zu folgen, während ihr Gewissen sie daran erinnerte, dass sie einen Plan verfolgte. Sobald es ihr gelang, Aleron zu retten, musste sie Lanthan finden.

„Seiren ... sieh nur", murmelte Bahira in ihr Ohr hinein.

Zwischen den Bäumen, den steilen Hang hinunterblickend, entdeckte sie eine Küste. Und nicht nur irgendeine. Vor Staunen ergriff sie ein Frösteln und das, obwohl sie von ihrer erhöhten Position aus nur einen kleinen Teil Mizeraks erblickte.

Träge wanderte die aufsteigende Rauchwolke die Häuser entlang, immer weiter nach hinten, wo sie sich in einem faden Grau verflüchtigte. Es gab mehrere Häfen. Wie kleine Holzbauten ankerten Schiffe einem beispiellosen Muster folgend zwischen langen Stegen, die weit ins Meer hinausreichten. Es gab hunderte, wenn nicht sogar tausende Hütten, manche größer, andere kleiner, durchzogen von Sand und angelegten Wegen. Je weiter man ins Landesinnere blickte, desto höher und fester wurden die Häuser. Es gab sogar riesige Gebäude mit mehreren Türmen, glänzenden Kuppeln und sauber gedeckten Dächern.

Links, den Abhang hinunter, konnte sie einen Teil eines breiten Stegs erkennen, der zu einer steinigen Plattform führte. Raena runzelte die Stirn. Das kam ihr bekannt vor. Dann sah sie Teile des Sklavenmarkts zwischen den Bäumen hervorblitzen, sah den Pegasus auf dem Dach und wusste nun mit Sicherheit, dass es sich um Jans Anlegeplatz handelte.

Hoffentlich ist er noch da.

„Hast du ihn gesehen?", stieß Bahira hervor.

„Was?"

„Den Drachen", sie klang aufgeregt, „zwischen den Baumkronen."

„Einen Drachen?" Raena fühlte, wie ihre Wangen vor Aufregung warm wurden. Angestrengt blickte sie durch die dichten Kronen und konnte dahinter nur das blaue Meer am Horizont erkennen. „Ich sehe nichts."

„Nun, mittlerweile bin ich mir nicht mehr sicher", gab Bahira zu, „aber ich würde meinen Arm dafür verwetten, dass ich seine Flügel gesehen habe."

Vielleicht der Drache, der im Zoo gewütet hat?

Das wäre durchaus möglich.

„Sicher, dass es kein Vogel war?", fragte Ozean.

„Ich weiß es nicht. Möglich."

Raena begann auf der Innenseite ihrer Wange herumzukauen. „Wir sollten uns beeilen."

Wenige Augenblicke später ließen sie den Wald zurück.

Bei ihrer Ankunft war es bereits finster gewesen, doch nun, bei Tag, konnten sie alles mühelos überblicken. Die Bucht war von solch einem unvorstellbar großen Ausmaß, dass man Erzählungen nie glauben würde, wenn man es nicht selbst gesehen hätte. Die steile Steinklippe, phasenweise mit ganzen Wäldern überwuchert, schoss rechts von ihnen empor. Wie ein einziger Berg ragte sie über der ganzen Stadt auf. Bedrohlich und ... „Beeindruckend", stieß Bahira hervor.

Raena dachte erst, dass die Bäume schräg in die Höhe wuchsen, ihre Wurzeln sich in den Ritzen Halt erkämpft hatten, doch es handelte sich um riesige Platten, auf denen sie zuhauf standen. Im Schatten der Klippe entdeckte sie Wege, die die Platten miteinander verbanden. Man hatte sie in den Stein hineingearbeitet und von Säulen gestützt, damit sie nicht einstürzten und Geröll diejenigen unter sich begrub, die sie beschritten. Der Stadt war der Platz ausgegangen, also war sie ins Innere gewichen.

Wie ein Ameisenhaufen, kam Raena in den Sinn.

Weiter vorn, sie hatte dies zuvor nicht gesehen, waren seltsame, braune Punkte im Wasser, fast willkürlich und es waren so viele, dass man sie nicht zählen konnte. Den Strand entlang zog sich eine eigenartige Linie aus aufgetürmtem Holz, fast wie Fracht, die angeschwemmt worden war. Sie sah kleine dunkle Gestalten wie Insekten ohne Ziel herumirren.

Das sind Einwohner, wurde ihr schockiert bewusst.

„Bei den Göttern", hauchte Bahira, die die Zerstörung ebenfalls bemerkte. Der obere Teil war völlig weggeschwemmt. Da waren Boote, hunderte

Leute wateten durchs Wasser.

„Die Pfahlhäuser ... das ist alles weg. Das ist – *unfassbar!*"

Der Rauch, von dem sie zuerst geglaubt hatte, er käme aus Schornsteinen, kam von kleinen Feuern, von einzelnen, im Wasser treibenden Strohdächern, von Schiffen, die außerhalb im Meer lagen.

Bahira klammerte sich an Raena fest. Diese konnte in ihrer Berührung dieselbe Sorge fühlen, die auch sie verspürte.

Ozean trabte schweratmend den Weg hinunter und Raena, die jäh an den seltsamen Traun denken musste, war es, als könne sie die Leute dort unten schreien hören. Sie spürte ihre Verzweiflung, ihre Angst und roch den Rauch der Feuer, obwohl sie noch so weit weg waren. Unmöglich hatte sie von Mizerak geträumt ... Raena schüttelte den Kopf, und als sie einen Blick zu den Steinhäusern hinunterwarf, hielt sie die Luft an.

Sie starrte auf den Sklavenmarkt hinunter, blickte die Pflastersteine an, die sich wie eine Decke ausbreiteten, bis sie endlich den Anlegeplatz sah, doch die „*Albatros*" war fort.

Enttäuschung brach über sie herein und ihr gesamter Körper erschlaffte. Sie bekam nicht mit, wie sie zu rutschen drohte, wie Bahira sie fragte, ob es ihr gut ginge, sie festhielt, damit sie nicht fiel. Das Einzige, was sie in jenem Moment wahrnahm, war die schemenhafte Erscheinung in ihrem Kopf, der menschliche Drache, der nur wenige Meter vor ihr auf den steinigen Platten stehend, leblos in ihre Richtung starrte. Seine Augen ähnelten riesigen, anklagenden Höhlen.

Das ist nicht die Wahrheit. Du siehst nur, was du selbst erwartest, versuchte Ozean zu ihr durchzudringen, ihr klar zu machen, dass sie sich nur von Gefühlen leiten ließ. *Er ist nicht tot.*

Der Strudel des bodenlosen, hoffnungslosen Abgrunds war nicht weit entfernt. Sie konnte fühlen, wie er nach ihrer Seele griff und daran zerrte, bereit sie mit sich in die Tiefe zu nehmen. *Wie kannst du das wissen? Wie – frage ich dich, kannst du das wissen?* Obwohl sie den Drachen nicht oft gesehen hatte, war ihr, als würde dort, wo ihr Herz war, ein riesiges Loch klaffen.

Ozean berührte sie. Es war keine körperliche Berührung, er stand in der Kathedrale, nach wie vor ihr gegenüber und trotzdem fühlte sie einen sanften Druck auf ihrer Schulter. Er wollte ihr Trost spenden, doch es trieb ihr bloß die Tränen in die Augen.

Es gibt einen Zauber, wie du ihn finden kannst.

Und welchen?

Erinnere dich genau daran, wie er ausgesehen, wie er gerochen hat. Erinnere dich,
wie es sich angefühlt hat, in seiner Nähe zu sein.

Raena blinzelte und offenbarte Ozean eine Erinnerung. Ein vergangenes
Szenario, welches sich vor ihnen abzuspielen begann. Sie zeigte Ozean, wie
der hagere, bis auf die Knochen abgemagerte Junge, den Stuhl über Jans Körper brach. Wie er sich vor sie stellte und vor einem Übergriff des Kapitäns
schützte. Sie zeigte ihm jenes seltsame Gefühl von Geborgenheit, ließ ihn jene
seltsame Zuneigung fühlen. Fremd und geheim, intim und gleichzeitig völlig
rein, durchflutete sie Liebe, die nur von Anbeginn der Zeit eines Reiters und
seines Tieres in ihr keimen konnte, ähnlich und doch anders als die Verbindung, die Ozean und sie teilten.

Und nun sage mir. Wo ist er?

Als ob Ozeans Worte etwas in ihr ausgelöst hätten, spürte sie plötzlich den
Ursprung jenes Gefühls in ihrer Brust pulsieren. Mit einem Mal wusste sie,
wo der Drache war. Sie spürte seine Gegenwart, schwach, aber noch lebendig,
in Mizerak weilen.

Hoffnung ergriff sie. *Ich habe ihn!*

„Ich habe ihn!", schrie sie, löste sich ruckartig aus Bahiras Umklamme-
rung, drehte sich zu ihr um und wiederholte: „Ich habe ihn!"

Bahira war verwirrt. „Seiren, was- ..."

Ihr Körper zuckte und sie brach mitten im Satz ab.

30. KAPITEL

Zuerst sah sie ihr Gesicht, ihre aufgerissenen Augen und leicht geöffneten
Lippen, und erst dann den Pfeil, der mitten in ihrer Brust steckte. Die Spitze
war schwarz und gekerbt, hellrotes Blut tropfte von ihr. Raena hätte geschrien, doch ihre Stimme war ihr im Hals steckengeblieben.

Die nächsten Sekunden schienen nicht vergehen zu wollen.

Völlig überfordert griff sie nach Bahiras Arm, hielt ihn fest, drückte ihn
und rüttelte an ihr. „Bahira! *Bahira!*", wiederholte sie immer wieder, ihre
Stimme ein kratziges Echo, ein elender, verzweifelter Ruf, darum bemüht, sie
aus dem Schmerz, der unbeschreiblich grausamen Pein, zurückzuholen.

Erschüttert und mit weit aufgerissenen Augen war sie gezwungen zuzusehen, wie das Leben aus Bahiras Körper wich, wie ihr geschockter Blick

dumpf und ihre Pupillen glasig wurden. Dickflüssiges Blut quoll zwischen ihren Lippen hervor, Blasen, die ihr Kinn hinabtropften.

Im Hintergrund erblickte Raena vier Reiter. Ihr Anführer ließ die Armbrust im selben Moment sinken, als ihre Blicke sich trafen.

Der Knochenelf.

Da war ein Lächeln, ein kurzer, grausamer Zug um die Lippen.

Bahiras Arme wurden schlaff, ihr Körper rutschte. Sie war schwer und Raena hatte keine Kraft, sich selbst und Bahira mit einer Hand festzuhalten. Aber sie wollte nicht loslassen.

Lass los! Ozeans Stimme hallte in ihrem Kopf, hallte in der Kathedrale wider.

Ich kann sie doch nicht einfach zurücklassen! Raenas Arme spannten, ihr Körper verkrampfte und ihre Fingerknöchel, in Ozeans Mähne gekrallt, traten weiß hervor. Bahiras Kopf fiel zurück, ihr Mund geöffnet, die Augen geschlossen. Blut lief über ihren Hals, der Pfeil glänzte im matten Licht.

„Lass los!"

„*Nein!*" Die Mähne schnitt in Raenas Fleisch, während sie dabei zusah, wie Bahira immer weiter rutschte. *Ich bin zu schwach,* hallte durch ihren Kopf.

Kleidung riss, und auf einmal hielt sie nur noch den Sirenenumhang in ihrer Hand. Schwer fiel Bahira auf den Weg, wo ihr Körper regungslos liegen blieb.

Halt dich fest, sonst fällst du auch! Ozeans Stimme erklang wie aus weiter Ferne und nur am Rande nahm Raena wahr, wie gefährlich nah dran sie war, ebenfalls zu stürzen. Ihre Augen, von Tränen verschleiert, starrten aufgerissen zurück, als könne sie Bahiras Schicksal ändern. Ihre Verfolger scherten sich nicht um den Leib, der ihnen im Weg lag. Sie galoppierten über ihn hinweg, trampelten über Stoff und Fleisch, Haut und Haare.

Raena verspürte Übelkeit.

Hörst du mich?! Halt dich fest!

Wie betäubt sah sie wieder nach vorn. Sie weinte, ein Schluchzen ließ sie nach Luft schnappen. Ihr Rücken, die Stelle, die Bahira gewärmt hatte, war nun eisig kalt. Ozean beschleunigte. Er war schnell, sein Tempo halsbrecherisch. Steinchen flogen von seinen Hufen, er rutschte um die Kurve und jagte weiter.

Wir müssen zurück. Ein irrer Gedanke, wenn man bedachte, dass sie verfolgt wurden und doch ... *Bahira.* Verzweifelt schluchzend presste sie ihren Umhang an ihre Brust.

Du weißt, dass wir das nicht können. Er wird dich erschießen. In deinem Fall solltest du froh sein, dass sie dir den Rücken freigehalten hat. Ozeans Worte klangen vernichtend.

Raena schloss kurz die Augen und dachte daran abzuspringen, sich dem Mann selbst zu stellen, ihn anzuschreien, ihn zu schlagen. Wenn doch nur ihre dunkle Seite hervorkäme, *wenn ...* doch egal, wie sehr sie daran dachte, Rache üben zu wollen, in ihrem Inneren spürte sie keine unbändige Macht. Auch wenn sie an die Ungerechtigkeit dachte und die Wut in sich spürte, war da keine Überlegenheit und keine dunklen Rachegefühle suchten sie heim.

Hör auf damit!

Raena, plötzlich in der Kathedrale stehend, riss den Kopf hoch. Als ihre Blicke sich kreuzten, konnte sie das Tosen in seinen Augen sehen.

„Genug", sagte er etwas ruhiger, seine Nüstern weiteten sich, „du musst weiter, rette dich selbst – dich und deinen Drachen. Es steht so viel mehr auf dem Spiel, als ein bloßes Leben einer unbedeutenden Frau."

„Torren hätte sie mitnehmen sollen", murmelte sie erschüttert, „er hätte sie nicht zurücklassen dürfen." Sie war so verflucht wütend, und die Wut überlagerte nun den Schock.

„Vergiss ihn. Du musst dich auf dich selbst konzentrieren. Du musst überleben. Du bist das Gleichgewicht. Du bist unser Anfang und unser Ende."

„Anfang?" Raena wurde hellhörig. „Wie meinst du das?" Sie spürte sein Zögern, las es in seinen Augen. „Sprich! Warum sagst du das?"

„Du bist Göttin Aras Tochter."

„Ja, und was hat- ..."

„Anfang und Ende", sagte er und die Worte erinnerten sie an ein Lied und an ihre Mutter aus dem Streifen, die vor dem Altar kniend betete und sang: „Anfang und Ende sind mein Weg – ich schreite meinem Schicksal entgegen und du wirst es sein, die ihre schützende Hand über mich hält. Dein Licht wird mich zurückbringen, auf dass ich meine Liebsten ein letztes Mal wiedersehen kann."

„Das Totenlied", Raena sah ihn schockiert an. Ara hatte einst einen Toten zurückgeholt. Durch göttliche Segnung hatte sie einen Verstorbenen wiederauferstehen lassen und die Segnung war ein festes Ritual bei Begräbnissen, auch wenn Ara nie herabkam und der Tote tot blieb. Es fiel ihr wie Schuppen von den Augen.

„Ich kann sie zurückholen", hauchte sie. „Willst du das damit sagen? Ist das möglich?"

Als er daraufhin entrüstet schnaubte, merkte sie, dass sie auf einen Funken Wahrheit gestoßen war.

„Ich kann, oder? Ich kann sie zurückholen?"

„Du bist einzigartig. Ob du es kannst, musst du für dich selbst herausfinden."
„Kehren wir um."
„Nein."
Fast genauso wie beim Turm, als sie wieder in ihren Körper zurückgekehrt war,
wurde sie in die Wirklichkeit geschleudert. Schwärze tanzte vor ihren Augen, als
er sie mittels eines Stoßes zurück in die Realität beförderte und zwang, die
Kathedrale zu verlassen. Ozean signalisierte ihr, dass er nicht mehr mit ihr
reden wollte und Raena presste ihre Zähne so fest zusammen, dass sie sich in
die Innenseite der Wangen biss.

Als sie über eine Brücke galoppierten, kamen sie endlich in Mizerak an.
Sie ritten durch die Gassen an schlanken Steinhäusern vorbei, wichen den
Leuten aus, die auf den Straßen unterwegs waren und die gelegentlich mit
den Fingern auf sie zeigten. Ihr Gemurmel verfolgte sie bis in eine schmale
Seitenstraße.

Wo ist der Drache?

Raena versuchte sich an das Gefühl zu erinnern, an den Ort, an welchem
sie ihn gespürt hatte. *Ich ... weiß es nicht.* Sie hatte ihn verloren, als Bahira getroffen worden war.

Dann streng dich an!

Raena knirschte mit den Zähnen. *Du sagtest, ich muss mich daran erinnern,*
wie er ausgesehen hat, wie er gerochen und wie sich seine Berührung angefühlt hat,
wiederholte sie, doch ihr Kopf versagte. Sie war innerlich zerstreut, aufgewühlt und unkonzentriert, konnte den feinen Faden nicht fassen, den ihr Kopf
gesponnen hatte. Bahiras Schicksal, das Totenlied, der Knochenelf – Raena
war unfähig zu denken. Ihre Kehle zog sich zusammen, ihr war schlecht, und
sie war kurz davor, sich zu übergeben.

Konzentriere dich. Du kannst es schaffen.

Sie kämpfte darum, den Gedankenfaden wieder zu fassen.

Ozean schlängelte sich durch die Gassen. Er stolperte und sie ahnte, dass
er nicht mehr lange durchhalten würde. Er verbarg seine Müdigkeit vor ihr,
sie war sich sicher. Ehe sie fragen konnte, warum er das tat, verlangsamte er
und warf einen Blick zurück. *Niemand verfolgt uns.* Von ihren Verfolgern fehlte
tatsächlich jede Spur.

Als ihr Blick auf seinen Kopf fiel, wurde ihr schockiert bewusst, wie viel
Blut er bereits verloren hatte. Sein weißes Fell war durchtränkt davon und
sein Hals mit zahlreichen Spritzern bedeckt. Doch seine Augen glühten lebendig, als er sie ansah. *Verstecken wir uns.*

Er trabte an einer Menschenmenge vorbei und verschwand nach einer Abbiegung hinter einem voll beladenen Wagen mit Stroh. Dort blieb er kurz stehen, schöpfte Atem und ließ den Kopf hängen. Raena spürte, wie stark sein Körper bebte.

Ein blutendes Einhorn und eine Frau werden wohl kaum unbemerkt bleiben. Soll ich absteigen? Sie war besorgt um ihn. Sein Zustand gefiel ihr nicht.

Nein. Ich brauche nur eine kurze Pause.

Raena löste ihre Hand aus seiner Mähne und bemerkte, wie sehr ihr das Gesäß wehtat. Der Schmerz zog sich über ihren Rücken bis zu ihrem Hals hoch. Nicht nur, dass ihr letzter Ritt eine halbe Ewigkeit her war, der Sturz zuvor hatte sicherlich nicht geholfen. Bahiras Umhang war ihr im Weg. Sie brauchte beide Hände, wenn sie halbwegs sicher auf ihm sitzen bleiben wollte, also beschloss sie, ihn anzuziehen, obwohl es sich seltsam anfühlte. Wegwerfen wollte sie ihn nicht.

Nachdem Ozean durchgeatmet hatte, schritt er weiter und in ihre Nasen stach der Geruch nach frischer Pisse. Unrat sammelte sich auf der Straße, aufgetürmt zu dampfenden Haufen, die Wände der Häuser fleckig. Da es an diesem Tag überraschend kühl war, war es einigermaßen erträglich, doch sie glaubte zu wissen, wie es roch, sobald die Sonne im Zenit stand.

Versuche es ein weiteres Mal.

Raena nickte und schloss die Augen. Alles auszublenden war nicht einfach, die Geräusche, die Stimmen. Sie mühte sich ab, doch kam immer wieder zurück zu dem Pfeil in Bahiras Brust, zu dem Blut, das aus ihrem Körper gequollen war, zu dem kalten Lächeln auf seinem Gesicht und dann ... dann tauchte sie in die Kajüte ein.

Sie erinnerte sich an einen schwarzhaarigen Jungen mit vor Weißglut lodernden Augen. Sie erinnerte sich, dass er sich vor sie gestellt und sie sich hinter ihm versteckt hatte, sie erinnerte sich an den ungewaschenen Geruch, an die Wunden, die seinen Körper bedeckt hatten. Obwohl er abgemagert gewesen war, hatte sie eine ungewöhnlich vertraute Sicherheit empfunden.

Und plötzlich wusste sie es.

Triumphierend öffnete sie ihre Augen.

Ozean entspannte sich. *Sehr gut*, lobte er sie.

Nachdem Raena ihr Wissen mit ihm geteilt hatte, schlug er eine andere Richtung ein. Dabei handelte es sich um keine Landkarte, einen Weg oder ein Bild, welches in ihrem Kopf aufleuchtete. Viel mehr war es Intuition, ein leitendes Gefühl, welches ihr die Sicherheit vermittelte, im Recht zu sein, das

Wissen, wohin man sich bewegen musste, um sein Ziel zu erreichen.

Ozean entfernte sich immer weiter von den Steinhäusern, vermied es, durch Märkte zu traben, um so wenig Aufmerksamkeit wie möglich auf sich zu lenken.

Raena blickte sich mehrmals nervös um, doch ihre Angreifer schienen immer noch wie vom Erdboden verschluckt.

Bewegt er sich?

Raena blinzelte, ob seiner Frage verwirrt und überlegte. Ihr Gefühl schwankte nicht, ihr war, als käme ihr der Ort, wo er sich aufhielt, bekannt vor. *Nein*, entgegnete sie bestimmt.

Hm, machte er nur, ehe er langsamer wurde und hinter einer Hausecke stehen blieb. Ehe sie ihn fragen konnte, warum er angehalten hatte, sah sie, weshalb. Die Straße endete hier. Sie waren kurz davor, das Stadtviertel zu verlassen und ein neues zu betreten; nur wenige Schritte weiter standen niedrige, auf dem Sand aufgestellte Häuser. Die Leute, die sich dort bewegten, waren unscheinbarer und schlichter gekleidet. Die Frauen trugen Kleider mit ausgewaschenen Farben, bedeckten ihr Haar mit dicken Stoffhauben und die Männer trugen Hosen und Hemden, während ihre Oberkörper braune Westen vor Kälte schützten. Fast ein jeder trug hohe und schmutzige Stiefel.

Noch fielen sie nicht auf. Doch spätestens, wenn sie hineinritten, würde man sie vermutlich aufhalten und befragen. Ein Wunder, dass man ihnen noch niemanden hinterhergeschickt hatte.

Was jetzt?, fragte sie, während sie wiederholt um sich blickte.

Für gewöhnlich macht sich ein Einhorn unscheinbar, wenn es unerkannt bleiben möchte. Durch den Verlust meines Horns ist mir diese Fähigkeit allerdings genommen worden.

Ist das Horn wie eine Kugel für dich?

Er nickte schwach. *Deshalb würde ich dich gern um ein wenig deiner Magie bitten, um mein Äußeres verändern zu können.*

Raena betrachtete seinen blutbesudelten Kopf. *Sollte ich nicht lieber versuchen, deine Wunde ...?*

Nein, antwortete er ein wenig zu energisch, *es genügt, wenn wir mein Aussehen verändern.*

Und wie stelle ich das an?, fragte sie, von seiner raschen Abweisung bedrückt. Sie wollte ihn nicht zwingen, doch zu sehen, wie das Blut langsam an seinem Auge vorbeilief, schmerzte in ihrer Brust.

Wieder in der Kathedrale flog ihr Blick aufwärts zu der Kugel, die hoch über ihnen schwebte.

Ozean nickte ihr kurz zu. „Der Wille ist der Schlüssel. Du musst es nur wollen. Wenn du mit dem ganzen Herzen und deiner vollsten Überzeugung dabei bist, steht dir nichts mehr im Weg."

Raena spürte, dass ihnen die Zeit davonlief. Mit dem Gedanken, dass sie sich beeilen musste, hob sie die Hand, um die Kugel zu sich herabzuholen.

„Wollen", murmelte sie einer Litanei gleich und spürte, wie ihre Hand warm wurde. Obwohl sich die Quelle kein Stück bewegte und seelenruhig vor sich hin rotierte – sie konnte die Farben in ihrem Inneren tanzen sehen, sprang ein kleiner Faden auf ihre Hand über.

„Wie schön", flüsterte sie, überwältigt von dem warmen Licht, welches von dem hellen Streifen ausging, der sich in ihrer Hand zu einem flüssig wirkenden Tropfen zu formen begann. Federleicht bewegte sich die Energie über ihre Handfläche, fast wie ein eigenes Lebewesen sprang sie von einer Fingerkuppe zur nächsten über.

„Gut gemacht", entgegnete er und sie konnte das Lächeln in seinen Augen sehen.

„Hier", sie schenkte ihm den Tropfen, der, durch ihren Willen geleitet, langsam zu ihm schwebte und vor seinen Nüstern anhielt.

„Danke", murmelte er.

Raena wurde klar, dass sie immer noch auf seinem Rücken saß. Gänsehaut überzog ihre nackten Beine, als kühle Luft über ihre Haut strich. Sie betrachtete seine Mähne, die sich unter ihren Fingern zu wandeln begann. Aus Weiß wurde Braun, aus Braun wurde ein Sattel, eine Illusion, auf welcher sie saß. Anstatt der Mähne hielt sie plötzlich einen abgenutzten Zügel in der Hand und dort, wo das Blut sein Fell benetzt hatte, überzog eine noch dunklere Farbe seinen Körper.

So müsste es gehen.

Es sah unglaublich echt aus.

Danach versteckte Raena ihre blutigen Hände in seiner Mähne, als sie sich wie gewöhnliche Reisende dem Strom anschlossen. Sie wurden zwar angesehen, doch niemand sprach sie an. Die Stimmung war düster, hie und da nahm sie ein paar Wortfetzen wahr, hörte die Bewohner von einem Feuer, einem Drachen und von dem Wetter, das letzte Nacht gewütet hatte, erzählen. Jemand klagte über sein verlorenes Zuhause, ein anderer wieder über die Toten und Vermissten, die ihnen das Meer genommen hatte und ein Mädchen weinte um ihren toten Hund. Raena bemühte sich wegzuhören, denn ihr Leid erinnerte sie an Bahiras und Ledens Tod und an das Schicksal der Sirenen.

Kann es sein, dass Jan bloß den Ankerplatz wechselte?

Könnte sein.

Raena wickelte die Zügel um ihre Finger. Kurz staunte sie ob des fühlbar echten Materials und betrachtete die eingestanzten Löcher. *Wie ist das möglich?* Unter ihrem Gesäß knirschte Leder und sie spürte, wie es über ihre Haut rieb. *Das ist doch alles nicht echt.*

Wie gut ein Einhorn eine Täuschung erschaffen kann, hängt von seinem Alter ab. Ich kann nicht nur mein Aussehen verändern, sondern auch das Gefühl hervorrufen, du säßest tatsächlich in einem richtigen Sattel. Doch die Energie, die du mir dafür geben hast, reicht höchstens für eine halbe Stunde aus.

Faszinierend, murmelte sie und schob ihre Beine in die Steigbügel hinein. So fühlte sie sich sicherer. *Du könntest also sogar etwas erschaffen, das mich auf deinen Rücken binden würde?* Dann stockte sie und ihre Stimmung verschlechterte sich augenblicklich. *Hätten wir das getan, dann hätte ich Bahira nicht fallen lassen müssen.*

Ich hätte nicht gedacht, dass es so einfach für dich sein würde, mir deine Magie zu geben. Du solltest stolz auf dich sein.

Seufzend betrachtete Raena die Häuser, an welchen sie vorbeiritten. Es waren auch andere Reiter unterwegs und die Pferde unterschieden sich deutlich von Ozeans Erscheinung. Sie waren viel kleiner und wendiger, weniger muskulös. Bei jedem Schritt konnte sie fühlen, wie schwerfällig Ozeans Gang war, wie stark sein Rücken nachgab, wenn seine Hufe im Sand versanken.

Konzentriere dich auf den Ort, den du gefunden hast.

Raena schlang Bahiras Umhang enger um ihre Schultern. Sie erinnerte sich an das Gefühl zurück und gab ein weiteres Mal die Richtung vor. *Es kann nicht mehr weit sein. Mich wundert nur, dass wir von hier aus nicht das Meer sehen können.*

Vielleicht sind wir nicht so nah, wie wir glauben.

Sie passierten ein riesiges, aus Holz gebautes Gebäude mit stabilen Wänden, die durch gigantisch hohe Steinblöcke verstärkt waren. Ein einzelner Turm ragte in die Höhe, auf seiner Spitze war eine Glocke unter einem Zinndach aufgehängt. Musik drang durch die offene Tür nach draußen, jemand spielte am Klavier. Raena, die dieses Instrument zuletzt auf einem Markt gehört hatte, lauschte den schwachen Klängen und hörte daraufhin Stimmen von Frauen, die einen Kanon in einer fremden und weichklingenden Sprache sangen.

Eine Kirche, bemerkte Ozean. Es gab keinen Friedhof, nicht einmal einen Zaun, der die Kirche abgrenzte. Vor dem Eingang war eine Ansammlung von Menschen. Ein paar von ihnen knieten betend und mit gesenktem Kopf, während andere hoffnungsvoll gen Himmel blickten, als erwarteten sie die Ankunft Aras. Raena konnte ihren Blick nicht von einem alten Mann nehmen, der mit nur einer Hand und einem Bein in einem Stuhl saß und starr ins Nichts blickte, während ein kleiner Junge mit seinem Hosenbein spielte. Erst als sie hinter dem nächsten Haus verschwanden, wandte sie ihren Blick ab.

Das Lied, welches sie gesungen haben, huldigte dem Gleichgewicht.

Raena spürte Unbehagen.

Die alte Sprache der Reiter, erklärte er, *alte und mächtige Worte; oft werden sie benutzt, um Zauber zu wirken.*

Das ist doch lächerlich. Ich bin aus Fleisch und Blut, genauso wie sie. Wie sollte ich ihnen Gold vom Himmel regnen lassen oder andere Wünsche erfüllen, auf die ich keinen Einfluss habe?

Weniger Meter weiter sank der Strand rapide ab, die Wege wurden enger und die Häuser kleiner – ähnelten mehr Hütten, und Raena konnte von hier aus endlich das Meer sehen. Tiefblau glänzten die Wellen im dunstigen Tageslicht. Sie roch den schwachen Duft nach Fisch.

Sie waren nah.

Raena versuchte ruhig zu bleiben. Die zerstörten Pfahlhäuser im Wasser ... waren sie weiter oben? Sie sah nur große Hallen, die nah am Meer gebaut waren und etwas sagte ihr, dass sie dort weitersuchen mussten.

Über ihren Köpfen kreischten Möwen.

Viele Gläubige vertrauen auf ihre Götter und ihren Glauben und wenn ihnen etwas Gutes widerfährt, dann schreiben sie ihnen die Tat zu, egal ob es sich dabei um das Gleichgewicht oder den schwarzen König handelt. Du bist ein Symbol für Wünsche und Sehnsüchte.

Das ist absurd. Ozean, du warst selbst das Reittier eines Mannes, der mich gegen meinen Willen zur Frau nehmen wollte. Ich- ... Sie verlor den Faden. Was, verflucht nochmal, hatte sie ihm sagen wollen?

Sein Vorhaben war falsch. Ich weiß. Er hätte dich schützen sollen, anstatt dich zu einer Heirat zwingen zu wollen. Ich – ich kann mich nur entschuldigen. Als Einhorn liebt man seinen Reiter und würde alles, wirklich alles für ihn tun. Man verschenkt sich selbst, mit Körper und Seele. Menschen, Elfen, Elben, ... ganz gleich, sie können neu heiraten, sich neu verlieben, aber für ein Einhorn ist ein Reiter ... du hast gespürt, was ich fühlte.

Raena spürte kurz den Verlust, der ihn plagte, ehe er das Gefühl vor ihr wegsperrte, als würde eine Falltür zugeschlagen.

Du solltest versuchen, dich mit ihm zu verbinden. Sag ihm, dass wir kommen, um ihn zu holen.

Und wie stelle ich das an? Sie lehnte sich zurück, als Ozean einen kleinen Hang abwärts rutschte. Sand wurde aufgewirbelt und rieselte um ihre Beine.

Nun, entgegnete Ozean, als er im Trab den Weg zwischen den Hütten fortsetzte, *das ist mir selbst nicht ganz klar. Ich frage mich, ob er gespürt hat, dass du ihn suchst.*

Raena legte sich eine Hand auf die Brust und fragte sich, was für ein beängstigendes Gefühl diese Enge hervorrief. Sie sah zurück. Niemand beobachtete sie und doch schien etwas schrecklich falsch zu laufen. Nur – was war es?

Eigentlich hätte er dein Gesuche in irgendeiner Weise erwidern sollen. Eine seelische Berührung, ein schwaches Lebenszeichen, etwas, um dir zu sagen: Hier bin ich.

Raena, auf die die Umgebung plötzlich düsterer wirkte, der Sand war in diesem Teil kaum als solcher erkennbar, so braun war er, wurde unwohl, wenn sie daran dachte, mit bloßen Füßen absteigen zu müssen. Sie sah dreckige Gesichter, unzählige kleine Kinder, die halbnackt in schmalen Gässchen spielten und eine junge, abgemagerte Frau mit einem Baby am Arm. Ihr Blick wirkte dumpf. Ein Stück weiter warf ihnen eine Frauengruppe verstohlene Blicke zu.

Wir kommen näher.

Und von Aleron kam keine Reaktion.

Sollten sie umkehren? Etwas riet ihr dazu. Doch sie konnte nicht gehen, nicht jetzt, so kurz vor dem Ende. Raena lockerte die Zügel und bemerkte, dass sie zitterte. Immer mehr abgerissene und arm wirkende Menschen begegneten ihnen. Von allen Seiten schlugen ihnen nun Misstrauen und Verachtung entgegen. Raena war sich sicher, bald von Ozeans Rücken gerissen zu werden. Die Fenster hier waren viel kleiner, aus den Schornsteinen quoll dicker Rauch; die ärmlichen Behausungen boten kaum Platz für eine ganze Familie. Es roch schlecht, wie ein Raum, den man dringend lüften müsste. Angst und Sorge beherrschten sie.

Ozean hielt vor einem hohen Zaun an, dahinter jene Lagerhallen, die sie zuvor bereits gesehen hatte. In manchen von ihnen flackerte Licht, welches man durch die Bretter schimmern sehen konnte. Hämmern drang an ihre Ohren, laute Rufe, Geschrei. Sie sah Karren mit vorgespannten Maultieren, Fässer, Bretter, Balken und Bündel darauf geladen. Männer und Frauen arbeiteten, als wäre letzte Nacht kein Unglück geschehen.

Direkt am Meer ankerte nur ein Schiff. Sie sah die Masten über den Hallen emporragen und die eingezogenen Segel im Wind flattern – vielleicht die „Albatros"? *Da kommen wir nicht durch.*

Springen ist auch keine Möglichkeit. Der Sand ist zu instabil, ich würde stürzen.

Und wenn wir es rundherum versuchen? Der Zaun muss doch irgendwo enden.
„Ein schönes Pferd hast du da", sagte eine Stimme rechts von ihr. Raena zuckte zusammen und blickte auf einen kleinen Jungen hinunter, der genau in dem Moment ihre Zehen berührte. Er hatte ungesunde Flecken im Gesicht und starrte sie aus zusammengekniffenen, unfreundlichen Augen an. Raena musste sich zusammenreißen, um ihm ihr Bein nicht zu entziehen.

„Ein s-schönes Pferd?", stotterte sie darauf los, „findest du?"

„Warum hast du keine Schuhe an?", fragte der zweite Junge neben ihm, „alle haben Schuhe an. Sogar wir." Dabei kräuselte sich seine Stirn.

„Hast du das Pferd gestohlen?", wollte ein anderer wissen.

Raena betrachtete die dürren Beinchen der Kinder.

Sie trugen zwar Schuhe, doch der Dreck ging ihnen bis zu den Knien.

Ozean riss seinen Kopf zu ihnen herum. Erschrocken ließ der Junge ihren Fuß los, stolperte zurück und seine Freunde fingen ihn auf.

„He!", brüllte jemand und Raenas Herz tat einen Satz. Im Augenwinkel sah sie einen jungen Mann, der zum Zaun lief. „Lasst das Mädchen in Ruhe, sag ich euch!"

Die Kinder liefen davon und zurück blieb nur der kalte Schauer, der Raena bei der Berührung über den Rücken gekrochen war.

„He, du", brummte er, als er direkt vor dem Zaun stand, „du solltest nicht hier sein. Ein Mädchen und zu Pferd, seltener Anblick, kommt nicht gut an." Seine dunklen Augen betrachteten ihre Kleidung, ihr Gesicht, musterten Ozean mit gerunzelter Stirn und schließlich suchte er ihren Blick. „Du siehst aus, als bräuchtest du ein Glas Met."

Raena konnte eine Narbe in seinem Gesicht sehen, erkannte einen schwachen Bartflaum auf seinem Kinn. „I-ich- ...", sagte sie, ihre Kehle war wie zugeschnürt, „i-ich suche nach jemandem."

Er stemmte eine Hand in die Hüfte und blickte fragend zu ihr auf. „Nach wem?"

Raena stutzte. Ratlos betrachtete sie sein Gesicht und anschließend ihre Hände. *Aleron.* Als menschlichen Drachen konnte sie ihn wohl kaum bezeichnen. „Nach einem schwarzhaarigen Jungen. Er ist groß und hat helle Haut. Sehr dürr ist er auch. Hast du ihn vielleicht gesehen? Er muss hinter dem Zaun sein."

Ihr Gegenüber kratzte sich die Augenbrauen, blickte nachdenklich den Himmel hoch und verschränkte dann die Arme vor der Brust. „Das ist eine Beschreibung, die auf viele zutreffen könnte. Weißt du irgendetwas anderes, ein Merkmal vielleicht?"

Merkmal ...

Das Einzige, was ihr in den Sinn kam, waren die vielen Verletzungen, die sie an ihm gesehen hatte. „Du würdest ihn sofort erkennen, wenn du ihn siehst. Er war verletzt und hatte am Rücken dicke Striemen von ... einer Krankheit."

Der junge Mann zog die Stirn kraus. „Für mich klingt das nach einem halbtoten Typen, der sich mit irgendeiner verdammten Besatzung hier am Hafen angelegt und die Peitsche zu spüren bekommen hat. Nein, junge Frau. Damit will ich nichts zu tun haben", er ging auf Abstand, „du kannst selbst nach ihm suchen. Wenn du dem Zaun in diese Richtung folgst, kommst du zu einem Tor. Dort zahlst du eine kleine Gebühr. Dann wirst du zum Hafen durchgelassen. Aber, wie schon gesagt, das hier ist kein Ort für dich. Also sieh dich vor." Er drehte ihr den Rücken zu und stapfte zu seiner Schubkarre davon, die er für sie stehengelassen hatte.

„Aber, ich- ...", *habe kein Geld,* hatte sie ihm zurufen wollen, doch verkniff es sich.

Gehen wir erst mal zu dem Tor, das er erwähnt hat. Dann sehen wir weiter.

Raena fühlte sich, als hätte man sie in eiskaltes Wasser gestoßen. „Und was ..." *Und was, wenn wir nicht auf die andere Seite gelangen? Was, wenn wir ihn nicht finden?*

Wir werden ihn finden, versicherte Ozean ihr mit kräftiger Stimme.

Raena wollte ihm glauben, doch tief in ihrem Inneren spürte sie, dass es jeden Moment zu spät sein konnte.

Ozean galoppierte am Zaun vorbei, fiel aber mehrmals wieder in schnellen Trab zurück. Der Untergrund war viel zu weich und bald bebten seine Flanken.

Raena spürte, dass sie sich entfernten und blickte zum Schiff hinüber.

Das wird schon, redete sie sich selbst ein, während sie schützend den Faden festhielt, damit sie ihn ja nicht noch einmal verlor. Es machte ihr Angst. Nach wie vor konnte sie keinen Kontakt herstellen, nicht so, wie Ozean vorgeschlagen hatte.

Dort.

Raena richtete sich im Sattel auf und blickte zwischen seinen aufgestellten Ohren nach vorn. Zwei in den Boden gerammte Pfähle, mit zur Seite geklappten Flügeln aus Metall, waren wohl das erwähnte Tor. Mehrere Fackeln brannten dort, einfach in den Sand gesteckt und an jeder Seite stand ein Mann in halber Rüstung, in Kettenhemd und Brustharnisch. Die Beine waren praktisch ungeschützt, waren gehüllt in weite Leinenhosen und steckten in hohen Stiefeln. An ihren Gürteln hingen mehrere Waffen und der Beutel, in denen sie die Gebühr sammelten, baumelte um ihren Hals.

Ozean wurde langsamer.

Ihre grimmigen Gesichter sehen nicht gerade freundlich aus. Raena war sich sicher, dass man sie abweisen würde, wenn sie nach einem Durchgang ohne Gebühr fragte. Sie war sich auch sicher, dass sie kein Mitleid von ihnen zu erwarten hatte.

Frage, wie viel du zahlen musst. Ozean blieb ruhig und gefasst – Eigenschaften, die sie nur zu gern von ihm übernommen hätte.

Sie selbst machte sich innerlich auf einen groben Umgang gefasst und je näher sie kamen, desto stärker wurden ihre Bedenken.

Am Weg steigst du ab. Das weckt Vertrauen.

Bevor er direkt zu ihnen ging, baute er etwas Abstand auf. Vermutlich würde es ihr Misstrauen wecken, wenn sie seitlich am Zaun hervorkämen, als hätten sie dort herumgelungert. Er schritt an ein paar Hütten vorbei bis zum Weg, der direkt zum Tor führte und der mit Holzbrettern gelegt worden war. Dann hielt er an, drehte den Kopf zur Seite und ihre Blicke kreuzten sich. Raena sah, wie er ihr zunickte, und mit weichen Knien rutschte sie seitlich an ihm herab, die Bretter unter ihren Zehen kalt und feucht. Als sie den Sattel losließ, flackerte der vor ihren Augen kurz auf, als würde er sich gleich in Luft auflösen. Doch der Zauber hielt.

Sie nahm ihren ganzen Mut zusammen, wunderte sich, dass sie überhaupt noch einen hatte, ehe sie Bahiras Umhang zurechtrückte. *Bitte, lass Bahiras Opfer nicht umsonst gewesen sein,* flehte sie Suneki an, während sie losging. Ozean folgte ihr, passte sich ihrem Schritt an und sein Kopf, welcher nah an ihrer Schulter hin und her schaukelte, zeigte ihr, wie klein sie im Vergleich zu ihm war.

Ich beschütze dich, seine Stimme hallte durch die Kathedrale in ihrem Kopf.

Als sie ein klackerndes Geräusch hörte, versteifte und erstarrte sie. Ozean, der es ebenfalls gehört hatte, tat es ihr nach. Hinter ihnen ging ein alter Mann mit einem Karren, gezogen von einem Maulesel, ein hoher Bau, der wie ein Kasten aufgebaut und seitlich mit Türen versehen war. Der Mann hatte einen weißen Bart und kaum Haare auf dem Kopf. Längst hatte er sie entdeckt, seine Augen wirkten wachsam, aber nicht unfreundlich. Hinter ihm war ein bewaffneter Mann zu Pferd und nach vorn gebeugt sah er ebenfalls zu ihnen.

Sein Gesicht konnte man nur zum Teil sehen, denn er trug einen polierten Helm mit löchrigem Visier.

Sie fasste sich ein Herz. „Verzeiht", sprudelte aus ihr hervor, „bitte, bleibt kurz stehen!", und lief dem Mann mit dem Karren entgegen. Ozean, dicht hinter ihr, berührte mit der Nase ihren Rücken. Seine Anwesenheit verlieh ihr Kraft. Mit ihm fühlte sie sich stark.

„Verzeiht", wiederholte sie und strich sich das Haar hinter die Ohren, um sich zu sammeln. „Bitte, ich habe nur eine Frage", ihr Blick huschte zwischen dem alten Mann und seinem Beschützer hin und her, „ich suche nach meinem Bruder. Er müsste sich auf der anderen Seite des Zauns befinden. Heute Morgen meinte er, er würde vor Mittag zurück sein, doch leider ist er immer noch nicht aufgetaucht. Ich mache mir Sorgen und unsere Mutter ebenso." Die Lüge ging viel zu leicht über ihre Lippen, wie sie erschrocken feststellte.

„Bleibt zurück von dem Karren, ihr Rotzlöffel!", brüllte der gepanzerte Mann auf seinem Pferd daraufhin und vertrieb eine kleine Bande, die viel zu nah gekommen war. Raena war zusammengezuckt und betrachtete mit geweiteten Augen das gezackte Messer, das er dabei gezogen hatte.

„Mädchen", bei der kratzigen Stimme des Alten fuhr sie erneut zusammen, „bist du dir sicher, dass dein Bruder hinter dem Zaun ist? Du solltest nicht an so einem Ort sein." Er sah ihr direkt ins Gesicht, betrachtete ihre zerzauste Erscheinung und ihr Haar, welches ihr unordentlich und verfilzt auf den Rücken fiel. Dann sah er kurz ihre Hände an, ohne etwas zu den Flecken zu sagen. „Du hast ein sehr schönes Pferd", bemerkte er mit einem Nicken zu Ozean. Dieser hob schnaubend den Kopf. „Und sehr groß ist es auch. Was ist das für eine Rasse?"

„Wir sollten weiter", brummte sein Begleiter übellaunig, „ehe sie dir die Haare vom Kopf fressen, alter Mann. Die Gören hier haben kein Benehmen." Doch auch er betrachtete Raena genauer, als ihr lieb war.

„Achso?", meinte der weißhaarige Mann nur verblüfft, ehe er dem Maulesel mit der flachen Hand einen Klaps auf den Hals versetzte, „dann gehen wir, alte Freundin, wie? Bevor sie uns tatsächlich noch die Haare vom Kopf fressen."

Raena riss die Augen auf. Sie wollte auf keinen Fall die Möglichkeit auf Hilfe verstreichen lassen und öffnete den Mund, um sie aufzuhalten, um zu flehen, um ...

„Du kommst mit, Mädchen. Allein ist es hier viel zu gefährlich. Du hast zwar ein sehr schönes Pferd bei dir", der Alte ließ einen Blick über Ozeans lange und muskulöse Beine wandern, „aber Pferde sind dumme Tiere. Wenn es darauf ankommt, laufen sie davon und lassen ihre Herren zurück."

Hm, machte Ozean nur und Raena fühlte seinen Unmut.

„Vielen Dank", murmelte sie und war dem Mann ehrlich dankbar; seine Freundlichkeit rührte sie zu Tränen. Fast tat es ihr leid, dass sie ihn angelogen hatte. Hätte er ihr geholfen, wenn sie anders gefragt hätte?

„Komm her, Mädchen", winkte der alte Mann sie zu sich und sie gehorchte, „du kannst mir auf dem Weg zum Hafen erzählen, wie es sein kann, dass du allein aufgebrochen bist und deinen Vater nicht mitgenommen hast. Ein schönes Kleidungsstück hast du da. Das sieht mir nach einer schuppigen Haut aus. Ist es doch, oder? Ich bin zu alt und meine Augen sehen nicht mehr so gut. Aber den Riss da, den kann man sicher reparieren."

Raena errötete bei seinen Worten, denn sie dachte an Bahira und ihre Erzählung, was den Sirenenumhang anbetraf. Sie dachte auch an die roten Spritzer und fragte sich, wie lange der Händler wohl brauchen würde, um zu erkennen, dass es Blut war.

„Ach, das ist nur von einer Freundin geliehen", murmelte sie und gab vor, sorgsam darauf zu achten, wohin sie stieg.

„Warst du so in Eile, dass du vergaßt, dir Schuhe anzuziehen?"

„Ich habe sie eingetauscht. Ich war am Zaun unterwegs und habe einen jungen Mann gefragt, ob er meinen Bruder gesehen hat. Er sagte, er würde mir ein paar Informationen geben, wenn ich ihm meine Schuhe aushändige. Das tat ich. Doch er hat gelogen und ich bekam keine." Raena fühlte sich immer schlechter. Die Freundlichkeit des alten Mannes auszunutzen kam ihr furchtbar schmutzig vor. Doch sie musste irgendwie auf die andere Seite gelangen.

Es grenzt an ein Wunder, dass sie dir glauben.

„Na, wenn das so ist." Der alte Mann hielt den Karren an. Zu ihrer Überraschung begann er in einer Satteltasche des Maulesels herumzuwühlen. „Hier", sagte er nach einer Weile und hielt ihr Stiefel entgegen, „die Schuhe, gegen deinen Umhang."

Raena starrte ihn an.

Er ist doch nicht so freundlich, wie du gedacht hast, meinte Ozean bissig.

„Das kann ich nicht", entgegnete sie laut, „der Umhang gehört meiner Freundin", und hielt ihn fest, als hätte sie Angst, dass er ihr von den Schultern gerissen werden könnte.

„Wir sollten echt weiter, alter Mann", brummte es von hinten mürrisch.

„Jaja. Wozu habe ich dich sonst dabei? Zum Mitreiten?", entgegnete der Angesprochene fast genauso schlecht gelaunt, doch er lächelte, als er Raena wieder ansah. Seine Augen funkelten gräulich. „Das war nur ein Test. Hier, nimm", sagte er, „ich will deinen Umhang nicht haben."

Raena wusste nicht, was sie tun sollte.

„Nun? Was ist. Nimm schon, bevor ich es mir anders überlege."

Sie gehorchte. Das Material fühlte sich rau an, doch als sie hineinfasste, begrüßte sie warmes und weiches Futter, bei welchem ihr eine wohlige Gänsehaut über den Rücken hinunterlief. Es waren sehr teure und vor allem qualitative Schuhe. „Warum tut Ihr das?", fragte sie misstrauisch und erfreut zugleich.

„Warum?", der alte Mann nahm die Zügel seines Tieres und zog es weiter. Klackernd setzte sich der Karren in Bewegung. „Ich bin ein netter Händler, würde ich meinen. Außerdem kann ich eine solch bezaubernde junge Frau doch nicht im Stich lassen."

Jetzt fühlte sie sich nur noch schlechter. Doch ihn abzuweisen wagte sie auch nicht. Sein Angebot war viel zu großzügig und die Vorstellung, ihre Füße endlich wieder im Warmen zu wissen, zauberte ihr Gänsehaut auf die Oberarme.

„Hier, zum Abwischen."

Raena, die dem Karren nachgesehen hatte, blickte zu seinem Begleiter auf und griff daraufhin überrascht nach einem Tuch, das ihr aus einer in einem eisernen Handschuh steckenden Hand entgegengehalten wurde. „Wisch deine Füße und vielleicht auch deine Hände ab. Was ist das? Ist das Öl?"

„Ich – das ...", überlegte sie fieberhaft. Ihr wollte nichts einfallen.

„Egal. Beeil dich. Damit du wieder zu uns aufschließen kannst", sagte er und trieb sein Pferd dem Händler hinterher.

Raena rieb schnell ihre Beine und Füße ab, ehe sie sie in die Stiefel steckte.

31. KAPITEL

„Wunderschönen guten Tag, die Herren", grüßte der alte Mann die Wachmänner freundlich, „beträgt die Gebühr wie üblich zehn Kupfermünzen?"

„Zwanzig und pro Kopf", erwiderte der rechte Wachmann, ohne die Begrüßung zu erwidern, „du merkst es dir einfach nicht, hä? Jedes Mal das gleiche Spiel, Alter. Und der Karren kostet dich diesmal extra, sagen wir, fünfzig
Kupfermünzen."

„Seit wann bezieht sich die Gebühr auf meinen Karren?", entgegnete der
Händler mit hochgezogener Augenbraue, „die Gebühren haben ein Silber
nicht zu überschreiten. Außer, ich würde eine andere Hafenzone besuchen,
aber wir sind hier in der untersten Zone, was dreißig Kupfer für drei Personen
insgesamt bedeutet."

„Nun sind aber wir hier, alter Mann. Sei froh, wenn wir das Mädel überhaupt passieren lassen. Leicht bekleidete Frauen haben dort drin", er deutete
mit dem Zeigefinger in Richtung des Hafens, „rein gar nichts zu suchen."

Raena stieß mit dem Rücken gegen Ozean, der dicht hinter ihr stand.

Sie war zurückgewichen, ohne es zu wollen.

„Kein Grund, grob zu werden", knurrte der Begleiter des Alten schlecht
gelaunt. Raena bemerkte, wie er sich neben sie stellte. In seiner rechten Hand
baumelte ein schwerer Geldbeutel. In seiner anderen hielt er ein Messer ge-
zückt.

„Dreißig Kupfer oder ich reiche eine Beschwerde beim obersten Magistrat
ein", drohte er, die Augen hinter seinem Visier blitzten herausfordernd, „dreißig Kupfer und ihr dürft eure Arbeit behalten."

„Und wer bist du? Sein Schoßhündchen?", sagte der linke Wachmann genervt, „bist du da, um die bösen Jungs fernzuhalten? Du weißt schon, dass
hinter dem Zaun die bösen Jungs nur so aus dem Boden schießen, oder?"

„Alter Mann", wandte „das Schoßhündchen" sich von den Wachmännern
ab, „wir sollten einen anderen Eingang versuchen. Und auf dem Weg bereite
ich ein Schreiben für den Magistrat vor."

„Schon gut, wir haben verstanden", meinte der Rechte genervt, „ihr könnt
für dreißig Kupfer passieren."

Raena traute ihren Augen nicht, als dreißig Kupfer abgezählt und über-
reicht wurden. Sie konnte ihr Glück kaum fassen und wäre am liebsten sofort
losgerannt, doch stattdessen wartete sie, wissend, dass sie sich in Geduld

üben musste.

„Verschwindet schon", winkten die Wachmänner sie durch. Raena beeilte sich, dem Karren zu folgen und wich mit gesenkten Lidern ihren Blicken aus. Auf der anderen Seite bogen sie hinter eine Lagerhalle ab.

Ruhig, redete sie sich ein, *bleib ruhig*.

Einen Atemzug später wandte sich der alte Mann zu ihr um. „Wolltest du nicht nach deinem Bruder suchen? Wo glaubst du, findest du ihn? Sollen wir dich begleiten?"

Raena schüttelte den Kopf. „Nein, vielen Dank. Ich finde ihn selbst." Sie betrachtete ihre Füße, ehe sie zögernd aufsah. „Habt Dank für die Schuhe und dafür, dass Ihr für mich gezahlt habt."

„Sicher, dass wir dich nicht begleiten sollen?" Sein Beschützer ging inzwischen neben seinem Pferd her. „Denkst du nicht, dass du mit uns sicherer wärst?"

Ihr schlechtes Gewissen stach zu. Sollte sie die Wahrheit erzählen? Würde man ihr glauben? Die Versuchung war groß. Doch sie tat es nicht.

„Nein, vielen Dank", wiederholte sie und schenkte dem gepanzerten Mann ein breites Lächeln, welches ihn von ihrer Sicherheit zu überzeugen versuchte, „ich schaffe das schon." Obwohl die grauen Augen hinter dem löchrigen Visier alles andere als zuversichtlich dreinblickten, lächelte sie tapfer weiter. „Wirklich. Ich finde ihn allein."

„Wie du meinst", sagte er nur und wandte sich ab.

Raena drehte sich zu dem Händler um. „Wenn Ihr mir sagt, wo ich Euch finde, dann würde ich Euch gern irgendwann eine Gegenleistung für die Schuhe zukommen lassen."

Der Angesprochene lächelte. „Meister Ziloks Lederwaren. Ihr findet mich in Narthinn."

„Danke", entgegnete sie und betrachtete Ozean, der ihr einen fragenden Blick zuwarf. Als sie sich an ihm hochzog, um in den Sattel zu steigen, spürte sie, wie verspannt ihr Rücken und wie schwach ihre Beine waren. „Auf Wiedersehen." Ohne eine Antwort abzuwarten, verschwanden sie zwischen den Hallen.

Je näher sie dem Meer kamen, desto feuchter wurde der Untergrund. Ozean sank tief ein, sein Gang langsam und sein Atem schwerfällig. Während sie sich abseits der Wege fortbewegten, nutzten die Arbeiter genau jene, um Waren zu transportieren, doch die meisten konzentrierten sich darauf, einige der Lagerhallen zu reparieren, die durch den starken Sturm beschädigt worden waren. Die Wellen hatten zudem auch einen Teil der Wege mitgerissen und viel Schlamm war angespült worden.

In einer besonders großen Halle lagerten Wollballen zwei Stockwerke hoch, die mittels in den Sand gerammter Holzpfähle vor Feuchtigkeit und Flut geschützt waren. Während der Sturm dort keinen Schaden hinterlassen hatte, war daneben ein Gebäude eingestürzt. Im Trümmerhaufen aus Schutt, Steinen und zerbrochenen Fässern, war der Sand dunkelrot. Diesen Teil umging Ozean großräumig, denn man war dort mit den Aufräumarbeiten beschäftigt. Ein laut brüllender Mann gab Anweisungen und ein Knappe, der ein Pferd am Zügel hielt, wirkte genervt, als ihre Blicke sich kreuzten.

Bald darauf erreichten sie den Strand. Raena rieb sich die Augen.

Nachdem sich das Meer vom Festland zurückgezogen hatte, hatte es allerhand Materialien mit sich getragen. Bretter, Ziegel, Eimer, Pfähle, Kleidungsstücke, Beutel, Gefäße – Herrenloses lag überall herum. Tote Fische wurden von einer Frauengruppe gesammelt und ausgenommen. Anschließend wuschen sie sie in den grauen Fluten aus und legten sie in Körbe. Ein paar Kinder begleiteten sie spielend mit ihren Steckenpferden. Es hielten sich auch noch andere Menschen am Strand auf, jene, die große Haufen aus allem formten, was kaputt war. Doch am schlimmsten war der Gestank. Raena musste den Drang unterdrücken, sich die Nase zuzuhalten. Ihr Blick glitt auf das Meer hinaus, wo Leute in Booten nicht nur Dinge aus dem Meer zogen.

Ertrunkene, sagte Ozean und Raena sah daraufhin ein totes Pferd in den Wellen treiben.

„*Mama* – sieh, was ich gefunden habe!"

Nicht weit von ihnen entfernt lief ein kleines Mädchen auf eine ältere Frau zu, die gerade eine zerbrochene Glasscherbe aus dem Sand hob und grob mit den Händen abputzte. Ihr Blick war fragend und sie sah müde aus.

„Eine Perlmuschel! Mama, vielleicht ist ..."

Man bemerkte nun den Schrecken in den Augen der Frau, als sie auch schon die Hand hob und ihrer Tochter zu signalisieren versuchte, stumm zu sein. Doch es drehten sich bereits mehrere Köpfe der Frauen sowie der Kinder um. Für einen Moment war es still und dann ging alles ganz schnell.

„Lass sie fallen", kreischte die Frau, die Scherbe achtlos zur Seite werfend, „*lass sie fallen!*"

Das Mädchen versuchte zu fliehen, wurde jedoch unter Kinder und Frauenfüßen begraben, die ihr die Muschel entreißen wollten.

Das Geschrei ließ Raena das Blut in den Adern gefrieren. Sie wollte gerade abspringen, als sie sich plötzlich *in der Kathedrale wiederfand. Verwirrt starrte sie Ozean an, konnte nicht begreifen, wie er es geschafft hatte, sie der Realität zu entrei-ßen.*

„Wieso tust du das?", *stieß sie hervor.*

„Du musst den menschlichen Drachen retten", *betonte er, „das ist deine wichtigste Aufgabe."*

„Ich kann doch nicht einfach zusehen!", *herrschte sie ihn wütend an.*

„Wenn ich dich nicht aufgehalten hätte, hättest du dich nur in Gefahr gebracht."

„Wie kannst du bloß so ..."

„Ich habe nicht mehr lange zu leben."

Das saß. Wie eine saftige Ohrfeige holte er sie in die Realität zurück.

„Was?"

„Ich werde sterben, Raena."

Raena blinzelte. „Du hast gelogen."

„So würde ich das nicht nennen."

Wo waren die Kinder und die Frauen? Sie schienen allesamt verschwunden, und Ozeans Blick ruhte auf einem Schiff weiter vorn. Es war das Schiff, das sie zuvor bereits gesehen hatte und sie wusste plötzlich, dass der Faden dort sein Ende fand.

„Ich sterbe und möchte, dass du – ihr beide, meinen Körper als Gefäß nutzt."

„Als Gefäß?"

Ozean schnaubte. *Es ist meine Entscheidung.*

Warum hast du mich angelogen?

Als du nach meiner Hilfe gefragt hast, hatte ich längst mit meinem Leben abgeschlossen. Es war nicht schlimm, dass er mir mein Horn nahm. Ich sah es als Buße. Ich habe lange Zeit überlegt, mir mein Leben selbst zu nehmen. Doch ich war zu feige, um es zu beenden.

Ihre Augen wurden feucht. Seine Stimme, die voll Traurigkeit und Kummer sein hätte sollen, klang viel zu gefasst; er konnte doch nicht ernst meinen, was er da sagte?

Ich war voller Schmerz und Angst, ich wollte nicht allein sein. Mein Reiter war mein Ein und Alles. Es war sein Leben, welches auch mich viele Jahre lang am Leben hielt. Auch wenn ich nicht all seinen Absichten zugestimmt habe, gehörten wir dennoch zusammen. Der kleine Junge, mit dem ich über viele Hürden galoppiert bin, der sich um mich gekümmert hat und an meiner Seite gewesen war, war mein Herz. Er war so ein goldiges Kind. Wenn er lachte, lachte auch ich. Als ich mich entschied, über die Grenze zu laufen und jenseits des Landes nach dem Tod zu suchen, fand der Knochenelf mich und verschleppte mich an den Platz, wo du mich gefunden hast.

Weißt du, ich ..., begann sie langsam, *ich habe nicht viel Ahnung von dieser Welt, nicht von den weißen und auch nicht von den schwarzen Reitern. Ich bin aus meinem Leben gerissen und hierhergebracht worden, ich kann mich an keinen Tag erinnern, wo ich nichts Übles erlebt habe. Ich wusste nicht einmal, dass ich für ihn einen Körper brauche. Wieso sagst du das? Wieso brauche ich deinen Körper?*

Ihr werdet kein Reiter und Drache mehr sein können, denn er kann nicht zurück.

Raena ignorierte es. *Außerdem denke ich, dass ich dich sehr wohl retten könnte. Du willst es nur nicht,* warf sie ihm vor.

Ich habe lange genug gelebt. Jahre von Verrat und Heimtücke haben mich innerlich modern lassen. Ich habe mich mit dir verbunden, damit ich dir besser helfen kann. Starke Gefühle, vor allem negativer Natur, binden mich an dich. Er holte tief Luft. *Ich möchte mit diesem Opfer für meine Fehler und die meines Reiters büßen und biete mich freiwillig an. Es ist das Letzte, was ich für dich tun kann, was von Nutzen sein kann, für dich, für euch, als Drache und Gleichgewicht.*

Was soll ich machen, wenn du nicht mehr da bist? Wie soll ich deinen Körper nutzen? Ich kenne keinen Zauber dafür. Kann ich nicht ein Horn erschaffen und dich auch retten? Es muss doch möglich sein, beides zu tun! Und woher weiß ich, dass er nicht auch verblutet, da du kein Horn mehr hast?

Obwohl Ozeans Entscheidung längst feststand, weigerte Raena sich, ihn aufzugeben. In ihr wuchs ein mächtiger Widerwille, gepaart mit Ungläubigkeit heran; ihr kam es so vor, als würde ihre Kehle bis zur Atemlosigkeit zugeschnürt. *Warum muss es so enden?*

Gräme dich nicht, sagte er mit einer solchen Gelassenheit, dass es sie reizte, *für meine Taten hätte ich mehr als nur eine einzige Todesstrafe verdient.*

Nein, hörst du?! „Nein", knurrte Raena. Die Hände fest in seine Mähne krallend, die Lippen protestierend zusammengekniffen, begann sie innerlich in eine ungewisse, dunkle Zukunft ohne Anhaltspunkt zu fallen. „Du lässt mich zurück? Empfindest du keine Scham? Hast du kein Gewissen?" Ihre Stimme zitterte. Ihr war zum Weinen zumute. Doch je mehr Fragen sie ihm stellte, je mehr Antworten sie von ihm forderte, desto schlechter fühlte sie sich. Er hatte ihre Hilfe verweigert und doch war es seine Entscheidung. Sollte sie nicht respektieren, was er sich wünschte? Sie kannte sein Gefühl – den Wunsch nach dem Tod.

„Glaube mir", hörte sie seine tiefe Stimme vibrieren, „wenn du alles wüsstest, würdest du mir nicht vertrauen."

„Aber ich weiß von nichts, richtig?", entgegnete sie leise.

Ozean verlangsamte sein Tempo, ehe er schließlich stehen blieb. „Wir sind da", sagte er und Stimmen von Männern, an Bord des vor ihnen ankernden Schiffs, drangen an ihr Ohr. Sie hörte das Quietschen der Segel, die Schritte, die über Bord stolzierten und spürte, wie eine altbekannte Angst wieder hochkam. Vor ihrem geistigen Auge erblickte sie Jan und die Kajüte, in welcher sie tagelang gefangen gewesen war.

Ich war dabei.

Raena riss ihre Augen vom Schiff los. *Was hast du gesagt?*

Ich habe dich damals durch den Streifen getragen. Ich weiß zwar nicht, wer es war, der dich stahl, aber es steht dir zu, zu erfahren, was damals geschah.

Sie haben mir erzählt, Fürst Duran hätte mich in den Streifen gebracht.

Ganz so einfach ist es nicht.

Erfuhr sie nun ein Stück der Wahrheit?

Hoch oben in den Wolken gibt es einen Turm, unerreichbar für Menschen. Sein Standort ist streng geheim, und selbst ich weiß nicht, wo man ihn findet. Dort war dein Zuhause für mehrere tausend Jahre, dort stand die Zeit bis zu dem Tag still, an dem du geweckt wurdest. Ich habe dich durch das Land und den Streifen getragen. Die Person, die dich geweckt hat, kenne ich nicht. Ich weiß nur, dass mein Reiter vor fünfundzwanzig Jahren einen Auftrag von einem Mann bekam, der an Herrscher Zimors Hof weilt. Im Voraus erhielt er den Titel des Verwalters von Anah, bekam eine große Burg und jede Menge Gold, welches er im Streifen gut anlegen konnte. Irgendjemand in Fallen musste darüber Bescheid gewusst haben. Mein Reiter aber wurde gierig, wollte das Gleichgewicht für sich selbst. Er glaubte, das Land damit zu retten, redete sich ein, dass es nötig wäre, schnell zu handeln und er wollte der Mann sein, der Kinder mit dem Gleichgewicht zeugt. Die Macht muss aufgeteilt werden, hatte er oft betont. Selbst er wusste nicht, warum man dich in den Streifen brachte, ob man dich jemals holen würde und ich, ich war ... ich sah dich nicht als das, was du bist. Wie konnte gewöhnlichem Fleisch solch eine Macht in die Wiege gelegt werden? Ich habe nicht geglaubt, dass du tatsächlich das Gleichgewicht bist. Er drehte den Kopf, blickte ihr direkt in die Augen hinein. *Bis zu dem Tag, an dem du gerettet wurdest. Da wurde mir klar, dass du mehr als nur ein Mensch sein musstest.*

Fenriel, antwortete sie, ehe sie sich eine Hand auf den Mund presste. Mit der anderen wischte sie sich übers Gesicht und betrachtete ungläubig die dicken Tropfen auf ihrem Handrücken. Sie weinte. Den Blick zum Himmel gerichtet, wartete sie vergeblich darauf, dass der Gefühlsausbruch versiegte.

Kennst du den Namen dieses Mannes?

Nein.

In ihr tobte reinstes Chaos. Ihr Körper fühlte sich leicht und gleichzeitig so unglaublich schwer an, ihr war, als säße ein langer Seufzer tief in ihrer Brust fest, der einfach nicht entweichen wollte. Doch vor allem empfand sie Erleichterung darüber, dass sich endlich jemand erbarmt und ihr einen Teil der Wahrheit offenbart hatte.

Nun, nachdem du weißt, dass ich dich verleugnet und verschleppt habe, würdest du mir trotzdem noch vertrauen wollen?

Da war etwas in seinen Worten, das sie berührte. Es fühlte sich an, wie sanft am Kopf gestreichelt zu werden, wie eine freundschaftliche, zögernde Umarmung. Vielleicht lag es an seiner Stimme oder auch an dem Gefühl, welches er ihr vermittelte, doch das war ihr auch nicht wichtig. *Ja. Ich vertraue dir.*

Zuerst spürte sie seine Verwunderung und nachdem er sich davon erholt hatte, wandelten sich seine Gefühle in tiefe Dankbarkeit um. Raena lächelte und als sie die wohlige Wärme fühlte, die über ihren Rücken, ihr Gesäß und ihre Beine kroch und tief in ihre Glieder vordrang, konnte sie nicht mehr damit aufhören.

Du weißt nicht, wie viel mir das bedeutet, gab er zu und seine nächsten Worte rüttelten sie auf. *Aber du solltest gehen, die Zeit wird knapp.*

Und wenn ..., doch sie sprach es nicht aus und verwarf den Gedanken sofort, nachdem er in ihrem Kopf erschienen war, *wie komme ich aufs Schiff?*

Ozean überflog die Umgebung mit schnellem Blick. *Wir können dich tarnen.*

Raena schüttelte den Kopf. *Es ist zu spät, um die Gestalt zu verändern.* Mit Herzklopfen stieg sie ab. *Wartest du hier auf mich?*

Natürlich.

Als ihre Füße den Sand berührten, wären ihre Knie fast unter ihr weggesackt. Raena sprach sich selbst Mut zu. Dies war nicht leicht, wenn man von unzähligen Augenpaaren gemustert wurde. „Ich schaffe das", sie klammerte sich an den Faden, der sie zum Schiff geführt hatte.

Nur Mut.

Raena sah Ozean an. Sein Kopfnicken forderte sie auf zu gehen.

Das Schiff war nicht die *„Albatros"* und sah alt aus, die Balken und Bretter spröde und ausgeblichen, teilweise blätterte die Farbe an ihnen ab. Am Schiffsrumpf prangte der Name: *„Lowis, die Makabere"*. Die Galionsfigur, von einem dicken Netz bedeckt, war eine Frau mit einem sich windenden Fischschwanz aus Holz. Auch ihre Farbe wirkte verblichen und alt.

Wenn sie an Jans *„Albatros"* zurückdachte, so war *„Lowis"* im Gegensatz dazu nur ein einfaches Boot. Es gab nur wenige Kanonenluken, fünf an dieser Seite und drei Masten, wobei sich die eingezogenen Segel am Hauptmast dauernd im Wind bewegten.

Am Steg liefen mehrere Gestalten umher.

Als sie näher kam, bemerkte sie, dass ihre Kleidung einander ähnelte, sie dieselben Hosen und Hemden trugen. *Wohl die Schiffsmannschaft.* Von zwei Ochsenkarren luden sie in weiße Laken gewickelte – *Rollen?* ab. Teilweise zu zweit, teilweise über die Schulter geworfen, wankten sie damit über den Steg die Planke hoch. Ein paar von ihnen stolperten aufwärts und übergaben die Rollen – oder waren es vielleicht *Teppiche?*, den wartenden Männern an Bord. Der Schweiß, der auf ihren Gesichtern glänzte, zeugte von schwerer, mühevoller Arbeit.

Hier sollte er sein?

Das ergab nicht wirklich Sinn.

„Ich will einen ganzen Beutel Silbermünzen, die Arbeit ist dreckig genug. Auch wenn wir nur die Lieferanten sind. Er soll mal seinen dicken Arsch heben, sich von seinem Stuhl runterbegeben und den Strand begutachten", brummte ein alter Mann einem anderen zu, beide standen neben einem der Karren, der rechte von ihnen eine Peitsche in der Hand.

„Die Frauen sammeln doch auch nur, weil sie das Zeug behalten dürfen", entgegnete der andere, „sonst würde hier keiner einen Finger rühren."

Die beiden bemerkten sie, als jemand: „Mädel, du solltest da nicht hin!", rief. Doch Raena ließ sich nicht stoppen.

„Habt ihr noch nie n'Mädl g'sehn oder was? Bewegt's euch!", rief jemand vom Schiffsdeck aus, denn die Männer an Bord rempelten sich gegenseitig an, um einen besseren Blick auf sie zu erhaschen. Raena hörte noch ein paar Wortfetzen, doch sie verstand sie nicht. Bald würden sie alles aufgeladen haben. Sie musste sich beeilen.

Was soll ich ihnen sagen, damit sie mich an Bord lassen?

Die Besatzungsmitglieder trugen nur Hosen und Hemden, keine Waffengürtel. Doch mit ihren starken Händen konnten sie sie bestimmt festhalten, sollte sie versuchen, ohne Erlaubnis an Bord zu kommen. Sie schauderte.

Wie soll ich mich nur mit ihm verbinden?, fragte sie Ozean, während sie auf die alten Herren zusteuerte, ihnen ein Lächeln schenkte und fieberhaft überlegte, wie sie ihren ersten Satz formulieren sollte.

Ich habe ein seltsames Gefühl. Ich kann seine Gegenwart nicht einmal greifen. Ich weiß nur, dass er dort ist, irgendwo hinter den Brettern des Schiffsrumpfs.

Etwas stimmte nicht, das enge Gefühl von zuvor holte sie ein.

Hm, machte Ozean nur, doch auch er schien ratlos und das machte sie nervöser, als sie sich einzugestehen wagte. *Du schaffst das. Du hast dich schon öfter widersetzt, du bist nicht hilflos.*

Sie fühlte sich schlecht, weil ihr Ozean ständig Mut machen musste, weil sie Bahira nicht geholfen hatte, sie sich nicht mit dem menschlichen Drachen verbinden konnte und Angst hatte. Sie fühlte sich schlecht, weil sie ein zitterndes Nervenbündel war, sich beobachtet fühlte, das Gefühl hatte, verfolgt zu werden. *Immer noch.* War das der Grund, warum sich alles so falsch anfühlte?

Sie verschränkte ihre Arme, grub ihre Fingernägel in ihre Ellbogen hinein und holte sich mit dem Schmerz auf den Boden der Tatsachen zurück. Auch wenn ihr Herz donnernd gegen ihre Rippen schlug und sie in eiskalten Schweiß ausbrach, sprach sie die beiden Männer bei den Karren freundlich lächelnd an: „Hallo."

Auch den zotteligen Ochsen, mit ihren hornlosen Köpfen und kurzen, muskulösen Hälsen, schenkte sie ein Lächeln. Es handelte sich um starke Tiere, die es gewohnt waren, Karren mit großem Gewicht zu ziehen. Ihre Nasen glänzten feucht, das Geschirr hatte sich in ihr Fell gegraben, denn es war viel zu eng um ihre Köpfe gedreht worden. Teilweise traten ihre Augen hervor, doch sie schienen ruhig und ihr schwerer Atem schuf gräuliche Wölkchen, die von ihren dunklen Nüstern aufstiegen.

Merkwürdig, denn Raena kam es nicht so kalt vor.

„Hallo", entgegneten die beiden leicht irritiert und musterten sie von oben bis unten. Während der eine ihre Schuhe betrachtete, verweilte der andere viel zu lange an der Öffnung ihres Ausschnitts. Raena lockerte aufgewühlt ihre Arme, denn ihr war nicht bewusst gewesen, dass sie ihre Brust mit ihrer verkrampften Haltung hervorgehoben hatte.

„Ich suche nach meinem Bruder. Er ist groß und hager, schwarzhaarig. Er sollte hier irgendwo sein, habt ihr ihn gesehen?"

„Ein Seemann?", fragte der eine, der auf ihre Brust gestarrt hatte, „wie heißt er denn?"

„Ja", ignorierte sie die letzte Frage, weil sie keinen Namen nennen wollte, während ihr die Lüge federleicht über die Lippen kam, „er müsste auf diesem Schiff arbeiten. Zuletzt habe ich ihn mittags gesehen", fügte sie noch hinzu, „äh, ich meine, gestern natürlich. Gestern Mittag", verbesserte sie sich und spürte, wie die Röte in ihr Gesicht stieg.

„Hm", der zweite Kutscher griff sich ans bärtige Kinn, „du solltest den Kapitän befragen. Er weiß sicher mehr als wir."

Raena fühlte einen kleinen Hoffnungsschimmer in sich aufsteigen.

„Wo finde ich ihn?"

„He! Das Mädel hier würde gern mit dem Kapitän sprechen", rief er einem der Männer beim Karren zu, „wärst du so nett, sie zum Kapitän zu bringen?"

„Ja, sicher", schnaufte der Angesprochene angestrengt – ein Mann mittleren Alters mit braunem Haar und verschwitztem Gesicht, ein Bündel hochhebend. Als dieses auf seinem Kreuz aufschlug, hörte Raena ein eigenartiges Geräusch, doch sie konnte es nicht zuordnen.

Sie sind nett zu mir.

Raena verlor einen Teil ihrer Angst und folgte dem Seemann. Sie wichen beide den Männern aus, die zu den Karren zurückgingen, um weitere Fracht zu holen.

„Dir nach", meinte er, als sie zur Planke kamen, und überließ ihr den Vortritt. Das feuchte Holz knirschte, gab stellenweise nach, doch hielt ihrem Gewicht stand. Raena, die auf keinen Fall ausrutschen wollte, blickte zwischen den kleinen Spalten hindurch. Das Wasser war trüb.

Als sie wieder aufblickte, bemerkte sie, dass sie von ihrem Begleiter angesehen wurde. „Pass auf, dass du nicht runterfällst. Das Wetter könnte Haie angespült haben."

„Haie?", fragte sie besorgt.

„Ja", nickte er, „riesige, fleischfressende Fische." Als er sich wieder von ihr wegdrehte und die Fracht auf seinem Rücken herumschwenkte, fiel ihr auf, dass die untere Seite feucht war.

Aus der Nähe wirkte das Schiff noch mitleiderregender als aus der Ferne. Der Kapitän schien wenig Wert auf Pflege zu legen – das Holz war an vielen Stellen dunkel und zeigte Spuren der Verwitterung, als würde es bereits modern.

„Vorsicht, Fräulein", murmelte ein Mann, der mit einem zweiten im Schlepptau gleich zwei zusammengerollte Laken an Bord trug.

Sie wich aus, um ihnen Platz zu machen. Da drehte sich plötzlich der Wind und ihr wurde übel. Es roch nach allem, nur nicht nach erfrischender Gischt.

Raena, ich glaube ..., doch Ozean sprach nicht zu Ende.

Was?, fragte sie abgelenkt.

Nur wenige Schritte trennten sie von einem Gespräch mit dem Kapitän und wenn sie Glück hatte, würde ihr dieser sagen können, wo sie ihren „Bruder" fand. Doch als sie endlich an Deck stand, blieb sie bereits nach wenigen Schritten irritiert stehen.

Was ...?

Das Deck war völlig leer. Keine Eimer, keine Fässer, keine Seile oder Haken, die herumlagen. Ihr Blick flog zum Steuerrad hoch. Auch dort war niemand. Kein Kapitän, kein Leutnant. Raena erinnerte sich, dass Jans Schiff nur so vor Leben gestrotzt hatte.

Ich habe aber Männer an Deck gesehen ...

Rechts zwischen zwei Treppen, die zum Steuerrad nach oben führten, war die Tür ins Schiffsinnere geöffnet. Sie war angelehnt und wurde mit einem kleinen und tiefschwarzen Stein offengehalten. Seine Ecken und Kanten glänzten im trüben Tageslicht.

„Wollen wir?", fragte der Mann hinter ihr laut, sodass sie zusammenzuckte.

„Ja", entgegnete sie unsicher.

„Gut. Geh ruhig vor. Der Kapitän befindet sich im Inneren. Er wird dir jede deiner Fragen beantworten. Dein Bruder könnte ein Besatzungsmitglied sein. Wir kennen uns leider nicht alle beim Namen. Jeder hilft mit, wenn Not am Mann ist."

Dann spürte sie eine Berührung auf ihrem Rücken. Wie ein edler Herr geleitete er sie vorwärts.

Irgendetwas stimmt nicht. Ich sehe Männer von der Planke kommen.

Aber hier ist keiner. Gänsehaut rieselte ihren Rücken hinunter. Die Angst kehrte mit solch einer Intensität zurück, dass ihre Knie weich wurden. *Aber er muss hier sein,* hörte sie sich sagen. *Ich spüre ihn doch.*

Über ihren Köpfen flog ein Schwarm Möwen hinweg, sie hörte ihr Gekrächze übers Deck hallen und weiter unten am Strand konnte sie die beiden alten Männer über ein Thema debattieren hören, welches mit Pferdehufen zu tun hatte.

Sie verhalten sich zu unscheinbar. Ozean klang beunruhigt. *Raena, komm zurück.* Er klang alarmiert. *Sofort.*

„Was ist?", fragte sie der Mann, die zusammengerollten Laken auf seinem Rücken zurechtrückend, „willst du nicht mit dem Kapitän sprechen?" Sie sah in sein zerfurchtes Gesicht, bemerkte eine feine Narbe in der Nähe seines Mundes, betrachtete die buschigen Augenbrauen und die tief liegenden, grauen Augen, die sie wachsam anblickten. Er sah nicht aus wie jemand, der ihr Böses wollte.

Er wird mir nichts tun, war sie sich sicher, während sie einen kurzen Blick auf seinen Gürtel warf. Er trug keine Waffe. Und als andere Seemänner schwer bepackt an ihr vorbeigingen und in der offenen Tür verschwanden, fühlte sie Erleichterung.

Raena, da geht es nicht mit rechten Dingen zu. Komm zurück!

Nicht, dass sie ihn nicht gehört hätte – da war etwas, das ihr das Gefühl gab, weiterzugehen zu müssen. Ein merkwürdiger Drang.

„Und du weißt nicht zufällig, wo mein Bruder ist?", blickte sie hoffnungsvoll zu ihm hoch, „er ist schwarzhaarig, groß und hager."

Der Mann legte die Stirn in Falten. „Jetzt wo du mich fragst ... ich denke, da gab es jemanden. Aber du solltest trotzdem mit dem Kapitän sprechen. Wie heißt dein Bruder?"

„Aleron", entgegnete sie sofort.

„Aleron? Der Name sagt mir leider nichts. Komm, lass uns weitergehen." Er wartete nicht auf sie und ging auf die offene Tür zu.

Raenas Blick fiel auf den feuchten, größer gewordenen Fleck. Mittlerweile tropfte er, hinterließ dunkle Stellen auf den Brettern an Deck. Irgendetwas daran kam ihr seltsam vor. Die Konsistenz – sie war zäh. Und warum sollten zusammengerollte Laken tropfen?

„Beeil dich, sonst wirst du deinen Bruder nie finden."

Raena? Hörst du mich? Raena!

Doch sie hörte nicht auf ihn.

Ich schaffe das. Ich hole ihn da raus. Entschlossen und mit zusammengebissenen Zähnen folgte sie dem Matrosen in den finsteren Raum hinein.

32. KAPITEL

Die Vorhänge im Raum waren zugezogen, kaum Licht drang zwischen ihnen hindurch. Im Kamin prasselte Feuer, der Baron hatte Holz holen und einheizen lassen. An den Wänden hingen Bilder von Vorfahren, Schwerter und Schilder mit dem Wappen der Familie Niederau.

Gron saß allein im Raum, die Hand lässig am dunklen Holz des langen, geschnitzten Tisches abgelegt. Gedankenverloren starrte er auf den Fleck, der nach der Heilung zurückgeblieben war und bewegte einzelne Finger mechanisch, als würde er ihre Bewegungsfreiheit prüfen. Als ihm von einem Mädchen Wein ins polierte Kristallglas gefüllt wurde, blickte er nicht auf. Er roch die fruchtigen Noten und erinnerte sich an die Tage zurück, wo er seine

Sorgen in Alkohol ertränkt hatte. Es erinnerte ihn auch an seine erste Begegnung mit Raena. Ob sie ihn so in Erinnerung behalten hatte? Als Säufer?

Seine Füße bewegten sich unruhig, er konnte nicht stillhalten.

Gron saß in einem weichen Stuhl mit weicher Rückenpolsterung, hatte die Beine gespreizt und wartete.

Mach dir nicht so viele Sorgen.

Ich weiß. Gron hob den Blick und betrachtete die tellergroße Uhr neben dem Kamin. Mittag war vorüber. Er hoffte, dass sie bis zum Abend aus dem Anwesen des Barons verschwinden konnten.

Endlich ging die Tür auf, und in Begleitung einer Dienerin kam Ahnikki herein.

„Hier rein, Fräulein Reiterin."

„Ja, danke", murmelte Ahnikki und als sich ihre Blicke kreuzten, spürte er Unbehagen in seiner Brust aufsteigen. Schämte er sich?

Gron wusste nicht, was er sagen sollte und sah sich selbst ohnmächtig in ihren Armen liegen, während sie ihm mehrere Ohrfeigen hintereinander verpasste. Die Vorstellung kam ihm irgendwie unglaublich lächerlich vor.

„Sieh mich nicht so an", murmelte sie kaum verständlich, ehe sie ihre hellen Augen von ihm abwandte und die Dienerin anblickte, die erwartungsvoll abgewartet hatte, bis ihr Aufmerksamkeit geschenkt wurde.

„Wollt Ihr Wein? Ich habe Weiß- und Rotwein. Oder bevorzugt Ihr Wasser?"

„Weißwein."

Die Dienerin verbeugte sich und deutete mit einer eleganten Handbewegung zu einem freien Sitzplatz.

Ahnikki griff nach dem Stuhl, der neben Gron stand und schob ihn mit unerträglichem Quietschen zurück. Dann setzte sie sich schwerfällig, ließ sich bedienen und trank sogleich einen tiefen Schluck, ehe sie das Glas mit einem Klirren abstellte.

Gron, der in ihrer Nähe plötzlich nervös war, sah sie nicht an. Dass sie so nah bei ihm saß, war ihm unangenehm. Lange Zeit war vergangen, seit sie sich gesehen hatten und er brauchte einen Moment, vielleicht auch zwei, um sich zu sammeln. Er sollte ihr danken, dass sie ihn aus dem Kerker befreit hatte, doch bekam den Mund nicht auf. Es gab vieles, was er ihr sagen wollte. Er wollte ihr von seinen Kindern, seiner Frau und seinem Heim erzählen, von Raena und dem Streifen. Im Augenwinkel sah er ihr Haar, welches sich weich um ihren Kopf kringelte und ihr auf den Rücken fiel. Er warf ihr einen kleinen

Seitenblick zu. Sie hatte nicht mehr zwei Geweihsprossen wie früher, sondern vier, wobei die unteren klein und unförmig aussahen.

„Zehn Jahre, eine Sprosse", raunte sie, den Blick starr nach vorn gerichtet, „und bald werde ich fünfzig."

Die Zeit hatte sie kaum verändert und ihm war, als hätte er Ahnikki erst vor einem Jahr gesehen. Schnell griff er nach dem Weinglas. Er trank, um seine Gedanken zu ordnen.

„Wann gedenkst du weiterzuziehen?", fragte sie ihn. Ihre Haltung war strenger geworden, ihr Rücken sah gerader aus und ihre Statur wirkte dünner als früher. In der Kleidung, die sie nun trug, verlor sie sich fast zur Gänze und ihr Arm steckte noch immer in einer Schlaufe.

Ich kann sie heilen, erinnerte ihn Grashalm in Gedanken.

Auf einmal erschien ihm diese Information unglaublich wichtig.

„Ich habe ein Einhorn als Reittier", platzte er hervor, nachdem er geschluckt hatte. Obwohl ihn Grashalm geheilt hatte und die Erkältung wie weggewischt war, hörte sich seine Stimme nach wie vor rau an.

„Wie bitte?" Ahnikki sah ihn an, als ob er ihr erzählt hätte, dass Hunde fliegen konnten.

„Sie würde dich gern behandeln." Jäh bereute er sein Angebot, denn er wusste anhand ihres Blickes sofort, was sie sagen würde.

„*Sie*?", ihre Augen wurden hart, ihre Lippen presste sie zu einem schmalen Strich zusammen, ehe sie ein wenig von ihm abrückte. „Seit wann bist du ein Elf? Und ich dachte, du hast keine Zeit für dieses Tier-Reiter-Zeug." Ahnikki warf der Dienerin, die sich neben die Tür gestellt hatte, einen kurzen Blick zu. „Du wolltest Kinder zeugen und Vater sein, König der Elben. Und nun hast du ein *Reittier*?!" Die Schärfe in ihrer Stimme war spitzer als ein Messer. „Die blauen Reiter waren dir wohl nicht gut genug."

Das stimmte nicht ganz und sie wusste das. Dennoch, für einen Augenblick spürte er, wie sehr er sie damals verletzt hatte und es rüttelte an ihm wie eine Böe an einem Zauntor. Gron empfand tiefe Schuldgefühle, doch er würde sich nicht dafür entschuldigen. Er hatte es sich nicht ausgesucht.

„Wir waren ohnehin nicht bereit", murmelte er. „Und du weißt, ich hätte dich niemals heiraten können."

Ahnikki verbarg ihn sehr gut, den seelischen Schmerz, indem sie ihre Lippen zu einem spöttischen Lächeln verzog und ihn von oben herab aus hart funkelnden Augen ansah. „Dieses Thema hatten wir schon. *Verzeih*. Es ist deine Entscheidung, was du mit deinem Leben machst, Prinz von

Richterberg." In ihren letzten Worten war so wenig Gefühl und so viel Gleichgültigkeit, dass er sich sicher war, dass sie es bis heute nicht verkraftet hatte. *Bei den Göttern ...*

Sie waren jung gewesen. Nur wenig hatte gefehlt und sie wäre ihm bis ans Ende der Welt gefolgt. Viele Gründe hatten ihn damals dazu bewogen, seine Ausbildung abzubrechen. Wenn sie mit ihm gekommen und in seinen Dienst getreten wäre, hätte sie es nicht ertragen, wenn er eine andere Frau geheiratet und sein Leben mit einer anderen verbracht hätte. Ahnikki wäre innerlich zerrissen und wäre daran zugrunde gegangen. Mal abgesehen davon, hätte er als König ohnehin nicht unter den blauen Reitern dienen können.

Auch wenn er sie „verlassen" und Yalla geheiratet hatte, mochte er sie immer noch. *Und nun?* Gron fand, dass sie alle erwachsen genug waren, um die Sache anders anzugehen, aber indem er sie verlassen hatte, hatte er ihren Stolz verletzt und sie enttäuscht. Außerdem hatte sein Meister mehrmals gesagt, beide wären nicht bereit, sich der Wandlung zu unterziehen. Es war die richtige Entscheidung gewesen, seiner Meinung nach. Er wusste noch, dass Yalla und er vorgehabt hatten, Rehor zur blauen Akademie zu entsenden, damit er das geflügelte Erbe der Familie weitertrug. Doch Rehor hatte sich geweigert.

Und jetzt – nun, jetzt war alles anders.

Sie mussten es erneut versuchen.

Sie mussten bereit sein.

Grashalm nahm Ahnikki ihre Reaktion nicht übel. Sie verspürte höchstens Mitgefühl für sie, denn sie hatte keinen Grund, ihr zu grollen.

Gron presste die Zähne zusammen. Er starrte das Weinglas an, als wäre es ein erbitterter Gegner im Kampf. „Ich möchte mit dir kommen", sagte er klar und deutlich, selbst von seiner fest klingenden Stimme überrascht, „ich bin bereit, die Bürde als dein Reittier zu tragen und auf mich zu nehmen. Aber du musst akzeptieren, dass wir nicht im Reich der blauen Reiter leben können." Es war unnötig gewesen, das zu sagen, denn das hatte sie damals bereits gewusst.

Ahnikki starrte ihn fassungslos an, doch ehe sie etwas sagen konnte, flog die Tür auf.

Du hast Angst davor, abgelehnt zu werden. Nachdem Grashalm es ausgesprochen hatte, wurde ihm klar, dass es stimmte. Und seine Angst wuchs. *So wie du es bei ihr getan hast. Und sie hätte das Recht dazu. Über die blauen Reiter weiß ich leider viel zu wenig, und auch ihre Bräuche sind mir nicht vertraut, aber ...*

Jeder bekommt stets nur eine Person zugewiesen. Verschiedene Völker werden

*zusammengeführt, um den Frieden zu fördern – ein Kernziel der Ausbildung. Theo-
retisch könnte sogar ein Streifenbewohner dort studieren, sofern er es sich leisten kann
und über eine gewisse magische Begabung verfügt.*

„Es wurde aber auch Zeit! Ich dachte, ich verschimmle noch bei lebendi-
gem Leib in dieser verfluchten Abstellkammer", zeterte Rizors Stimme durch
den Raum. Er stand im Türrahmen, breitbeinig und bartlos, in viel zu großen
Kleidern. „Hunger habe ich auch. Speck wäre wunderbar, bringt man mir
welchen?!"

Gron sah ihn an und musste schlucken.

Man sieht ihm an, dass es Ciro nicht mehr gibt, hörte er Grashalms Stimme in
seinem Kopf.

Da kam Gron eine Idee. *Du solltest mit ihm gehen.*

Schwer spürte er ihr Schweigen auf seinen Schultern lasten. *Bis es ihm wieder besser geht. Ich denke, ihr würdet euch guttun.*

*Ich will Fenriels Tod nicht mit ihm teilen. Fenriel hat mich nicht umsonst mit dir
verbunden.*

Gron sah ein, dass es ein dummer Vorschlag gewesen war. Wenn er sich
vorstellte, sie gehen zu lassen, schmerzte es ihn mehr, als er bereit war zu
ertragen. *Bitte verzeih mir. Ich weiß nicht, wie ich darauf kam. Vielleicht kann sie –
Raena, unsere Verbindung lösen, dann bist du frei und ungebunden.*

Warum denkst du so etwas? Ihr Ärger bestätigte ihm, dass er sie tief verletzt
hatte und sie zog sich zurück, sperrte ihn aus; er wusste nicht, wie sie es an-
stellte und fühlte nur kurz ihren seelischen Schmerz. *Rizor ist ein guter Zwerg
und seine Ciro war eine gute Tigerin. Er hat Mitgefühl verdient, aber du wirst sie
ihm durch mich nicht wiedergeben können.*

Gron schämte sich. *Ich weiß. Verzeih mir.*

Die Dienerin, die Ahnikki in den Raum geführt hatte, führte nun auch
Rizor und Azurit zu den Sitzplätzen, verbeugte sich und bot ihnen ebenfalls
Wein an, wobei der Zwerg sich ein wenig im Raum umsah und mit zusammengekniffenen Augen die Bilder und die Waffen an der Wand studierte. Als
er nach einem Schwert greifen wollte, hielt ihn Azurit kopfschüttelnd auf und
der Zwerg knurrte ungehalten.

Zuletzt platzte der Baron selbst in den Raum, sein Gesicht war rot und
schweißbedeckt. Sein Kragen war offen, um den geschwollenen Hals aufzu-
nehmen, der durch die Aufregung viel zu viel Masse angenommen hatte.

„Liebes Fräulein, würdet Ihr mir wohl eine ganze Flasche reichen? Freundlicherweise." Rizors Stimme klang beißend und überhaupt nicht zu Scherzen

aufgelegt. „Ich muss mir heute noch eine hübsche Geschichte anhören." Er lachte bitter. „Unser Wirt hat uns weggesperrt. Sah er denn nicht, dass wir Gefangene des Reichs sind? Als ob *ich* dem Haus mit den ganzen feinen Damen hier etwas zuleide tun könnte. Als ob mich eine *dumme* Tür aufhalten könnte." Rizor blickte in die Runde und grinste, sein verunstaltetes Gesicht sah dabei grotesk verzerrt aus. Er trug wirklich lächerlich große Kleidung, die sowohl an den Füßen als auch an den Armen hochgekrempelt war.

Wenigstens ist er nicht nackt.

Gron hätte ihm durchaus zugetraut, dass er ohne ein einziges Stück Stoff am Leib zur berufenen Versammlung erschienen wäre.

Sein Begleiter blickte in die Runde, trug enganliegende Kleidung und im Gegensatz zu Rizor, der wie ein explosives Fass wirkte, war er die Ruhe selbst. Auf seiner Stirn strahlte der Edelstein.

Gron hatte sich nicht getäuscht. Der Stein war tatsächlich in seine Haut gebrannt. Außerdem erschien ihm Azurit im Tageslicht irgendwie blassbraun, als würde unter seiner Haut kein Tropfen Blut zirkulieren. Und sein Zahnfleisch war braun. Das wusste er noch. *Bestimmt Zwergenmagie.* Er hatte keine Ahnung davon.

War Azurit vielleicht ein Golem? Gron hatte von ihnen gehört, aber hatte sie sich viel ... steiniger vorgestellt.

„Warum jetzt? Warum auf einmal?", zischte Ahnikki in sein Ohr. „Du denkst, ich stimme zu?!" Ihre Worte und der warme Atem, der um sein Gesicht wehte, ließen ihn erstarren.

„Gleich", murmelte er leise und erntete einen fragenden Blick seitens Azurit.

„Wird der bei uns sitzen?", fragte Rizor und deutete mit dem Kinn in Zypress' Richtung.

„Schon gut", meinte der Baron, „ich werde Euch verlassen. Aber ich muss Euch leider einsperren, denn ich kann nicht riskieren, dass meine Töchter in den Raum platzen. Ihr habt eine Stunde." Dann sah er zu seiner Angestellten. „Du wirst hierbleiben und dich kümmern. Gib den Herren und der Dame was sie begehren."

Nachdem Rizor seine Flasche erhalten, der Baron den Raum verlassen und zugesperrt hatte, saßen endlich alle am Tisch, bereit sich Grons Erzählung anzuhören. Der verspürte kein besonders großes Bedürfnis danach, sich ins Vergangene zu versetzen, doch er war Rizor und Ahnikki eine Erklärung schuldig.

Als er beginnen wollte, unterbrach der Zwerg ihn mehr ungewollt als gewollt. Er kämpfte mit dem Wachs, schlug den Flaschenhals mehrmals gegen die Tischplatte. „Ich hab's gleich", ächzte er, als auch schon die Dienerin an seine Seite trat, die Lippen zu einem dünnen Strich zusammengepresst und ihm half. Rizor entschuldigte sich nicht für die Dellen, die er verursacht hatte. Gron übte sich in Geduld.

Nachdem der Zwerg einen tiefen Schluck genommen, die Beschreibung des Weins am Etikett betrachtet und einen weiteren Schluck getrunken hatte, nickte er. „Jetzt darfst du anfangen."

Azurit hob fragend eine Braue hoch und lächelte Gron an. Sein braunes Zahnfleisch blitzte und der Elbenkönig bekam Gänsehaut.

Rizor fiel ihr Augenkontakt auf. „Sollen wir lieber unter vier Augen sprechen, um etwaige Ablenkungen zu vermeiden? Da müssen unsere Retter leider weg. Und diese wunderschöne Dame hier auch."

Die Angestellte errötete peinlich berührt und huschte zur Tür zurück, wo sie eine gerade Haltung annahm.

„Ach – ich vergaß, wir sind ja eingesperrt. Es ist wohl zu spät für eine Änderung."

„Was für ein Pech", antwortete Ahnikki mit einem bösartigen Unterton und die Spannung knisterte in der Luft.

Nun, wo es darauf ankam, endlich zu sprechen, wollte ihm nichts einfallen, und Gron wurde klar, dass er nicht darüber sprechen wollte. Er wollte vor allem eins – und zwar: vergessen.

„Ich ...", begann er, doch Rizor ließ ihn nicht ausreden.

„Soll ich dir auf die Sprünge helfen? Fenriel hat mich mit Esined weitergeschickt. Wir sollten vor dem Schloss auf euch warten. Bevor ihr aber gekommen seid, hat man mich gefangen genommen. Hast du dich niemals gefragt, warum ich nicht nach Esined gefragt habe, Gron?" Er beugte sich leicht über den Tisch, lauernd, wie eine Katze vorm Sprung.

„Sie hat dabei zugesehen, wie sie Ciro umgebracht haben", zischte er, „sie hat nicht einmal mit der Wimper gezuckt! Diese verdammte Schlange. Ich verfluche sie, soll sie an ihrem eigenen Blut ersticken, die Schlampe! Fehlt nur noch, dass sie sich aus ihrem Fell einen Teppich fertigen lässt! Gnaden ihr die Götter, ich werde eigenhändig zum Streifengott beten, damit er sie von ihrem elendigen Dasein erlöst!" Die Flasche zitterte, als er sie an die Lippen hob und einen tiefen Schluck nahm. Er blickte zur Decke, als sähe er dort etwas, was nur er sehen konnte. „Sie hat uns beobachtet – die ganze Zeit. Hat Zimors

Befehle befolgt, das Miststück."

Gron dachte an den Schmerz, den Grashalm bei ihrem Verlust empfunden hatte, während sein Mund sagte: „Wir doch auch, oder?" Er hörte sich nicht gerade an wie jemand, der Mitgefühl hatte.

„Wenn ich sie sehe", fauchte Rizor, „ziehe ich ihr ihr verdammtes Fell über die Ohren." Sprühnebel löste sich von seinen Lippen. „Wenn ich sie in die Finger kriege, ist sie dran. *Darauf kannst du Gift nehmen.*" Er betrachtete die Tischplatte vor ihnen, seine Augen wurden dumpf und schmal. „Wir sprachen darüber, dass man ihr nicht trauen kann. Ich habe sie nie gemocht. Man wusste, dass sie die Freundin von Zimors Tochter ist. Geboren in Mizerak, zu Hof geholt und fein aufgezogen, ein Traum eines jeden Mädchens, wie? Sie kannte diese Männer, die mit uns gegessen haben, dafür würde ich meine Hand ins Feuer legen und glaube mir, in ein Feuer, das genauso heiß brennt wie Sunekis Lavaströme." Er fuhr sich mit der flachen Hand über sein verunstaltetes Gesicht, das bleich wie Kreide war. „Sie haben sich dort getroffen. Vorher meine ich. Alles war gestellt. Und ich war so dumm." Er zögerte, während sich unzählige Emotionen auf seinem Gesicht abspielten. „Ich habe geschworen, das Gleichgewicht bis zum Schloss zu eskortieren und mit meinem Leben zu beschützen. Volllaufen lassen habe ich mich. *Und dann war sie weg.*"

Gron betrachtete die Weinflasche in seiner rechten Hand. „Dann lass es."

Rizor zeigte ihnen, was er von dem Ratschlag hielt, indem er die Weinflasche binnen Sekunden bis auf den letzten Tropfen in sich hineinstürzte, das Gesicht verzog und rülpste. „Jetzt ist es zu spät dafür", brummte er, stellte die Flasche auf dem Tisch ab und wischte sich mit dem Handrücken über den Mund. „Ciro ist tot. Ich bin auf mich allein gestellt. Du musst verstehen, nachdem ich mich bereits damit abgefunden hatte, nie wieder die Sonne, eine Frau oder Alkohol zu sehen, taucht dieser Söldner hier auf und will mich zu meinem König zurückbringen. Und kaum haben wir Unterschlupf gefunden, werde ich erneut weggesperrt." Er lachte auf – irre, freudlos.

Gron betrachtete seine Hände und versuchte, so gelassen wie möglich zu wirken, ehe er den Kopf hob und Rizors aufgerissenen Augen begegnete.

„Kannst du es dem Baron verübeln? Das Land wird angegriffen. Die Zwerge fallen über die Bevölkerung her. Er hat Angst um seine Töchter und du siehst … gefährlich aus und dein Begleiter wirkt nicht besonders … vertrauenswürdig." Gron ließ seinen Blick über Azurits Gesicht wandern und suchte die passenden Worte, was ihm ein weiteres, unheimliches Lächeln einbrachte.

„Wie auch immer", winkte Rizor ab, „erzähl mir deine Version der

Geschichte."

„Das mit Ciro tut mir leid", sagte Gron.

„Ja, mir auch", Rizor zuckte mit den Achseln und verschränkte abwartend die Arme vor der Brust.

Gron betrachtete das Weinglas, den rötlichen Abdruck und musterte die schwachen Linien, wo seine Lippen das Glas berührt hatten.

„Ich erinnere mich, dass ich ... wir", verbesserte er sich und klärte seinen Hals, „Fenriel und ich gebeten wurden, in die Gärten zu kommen. Der Herrscher und der Elfenkönig sprachen mit uns, ich habe überreagiert, habe sie gefragt, warum sie ein Fest für ein Gleichgewicht veranstalten, das nicht hier ist." Hinter seiner Stirn begann es zu pochen. „Er wollte mir nicht antworten, er meinte, er ... seine Rechenschaft, ich meine ..." Er rieb sich die Schläfen. „Verdammt", murmelte er, da er den Faden verloren hatte. Er wollte sich einfach nicht erinnern.

„Er wäre dir keine Rechenschaft schuldig, meinst du?", fragte Rizor, der sich überraschenderweise nicht darüber ärgerte, dass Gron mit seinen Gedanken zu kämpfen hatte.

„Ja, genau", murmelte er kraftlos und ließ seine Hände wieder sinken. „Meine Frau habe ich auch gesehen. Sie kam auf mich zugelaufen und sagte mir-", im Augenwinkel sah er, wie Ahnikki sich merklich versteifte, „dass mein Sohn Nazr krank sei. Zimor hat versucht, mich zu verunsichern. Ich meine mich zu erinnern, dass er gesagt hatte, ich würde ihn nicht mehr sehen."

Rizor ließ eine Hand auf den Tisch knallen. „Dieses Arschloch!"

„Ich war später am Fest anwesend, als sie das falsche Gleichgewicht vorstellten." Innerlich bereitete er sich auf einen Ausbruch vor. „Es war Esined. Sie trug eine Täuschung und ähnelte Raena fast in allen Punkten." Im Geiste erschien eine ferne Erinnerung, er sah sich selbst in Begleitung von Rea, sie hatte ihm irgendetwas verraten wollen, doch dann war sie vergiftet in Ohnmacht gefallen und ihm war die Schuld untergeschoben worden.

„*Was?*", explodierte Rizor. Sein Geschrei ließ alle Beteiligten zusammenzucken. Er sprang auf. „Das ist doch wohl ... das ist doch ...", er begann hin und her zu laufen, während er vor Wut kochte und seine Augen Funken sprühten. „Und mein Volk ... sie ... *sie glauben das auch noch*?!", rief er wütend und gab sich mehrere Ohrfeigen, die Ahnikki verstörten. Sie sah ihn an, als ob er den Verstand verloren hätte. Doch auch ihr merkte man den Schock an.

„Das wusste ich nicht." Azurit war das Lächeln vergangen. „Der König hat mich geschickt, um Rizor zu befreien. Er hat mir erzählt, dass er mit einer Gruppe das Gleichgewicht bis ins weiße Reich eskortiert hat. Er hatte Angst, dass Zimor Lösegeld für Rizor verlangen könnte und mein König mag sein Gold – nichts für ungut, Rizor." Azurit kratzte sich am Hinterkopf. „Bevor ich in den Kerker eingebrochen bin, habe ich einen Brief mit einer Harpyie geschickt. Dem König ist bekannt, dass ich alle Aufträge gewissenhaft erledige, also wird er bereits wissen, dass wir entkommen sind. Vielleicht wird er nun schneller voranschreiten? Ja, ich denke, dass ihn der Vogel längst erreicht hat."

Gron wusste nach wie vor nicht, was er von Azurit halten sollte und bedachte ihn mit einem nachdenklichen Blick.

„Wie?", warf Ahnikki überrascht ein, „wollt ihr also sagen, dass es gar kein Gleichgewicht gibt?"

„Doch, doch. Das gibt es sehr wohl", antwortete ihr Rizor energisch und unterbrach Gron, der ihr dieselbe Antwort hat geben wollen. „Wir haben es nur verloren", knurrte er und murmelte eine Sekunde später, „irgendwo vor Mizerak, im Schäfertal."

„Und wisst ihr, wo es jetzt ist?", fragte Ahnikki weiter.

Rizor glotzte sie an, dann lachte er auf. „Wir waren beide im Kerker. Findest du nicht, dass das eine dumme Frage ist?"

„Kein Grund zu streiten", fiel Gron dazwischen, bevor Ahnikki kontern konnte.

Rizor schnaubte. „Unsere Eskorte war geheim, zumindest glaubten wir das. Aber Esined, diese *Hure*, hat ein falsches Spiel gespielt. Ich schwöre, dass ich ihr den Hals umdrehe, wenn ich sie das nächste Mal sehe. Und dann weide ich sie aus wie eine Gans."

„Deine Frau hat mir erzählt, dass du das Gleichgewicht bis nach Narthinn eskortiert hast. Ich war überrascht, zwar wusste ich, dass du dank deiner Position als König der Elben einen Platz im Rat hast, aber dass ausgerechnet *du* sie bis nach Narthinn bringst ..." Ahnikki sah ihn bewundernd von der Seite an und es ehrte ihn kein bisschen, weil er versagt hatte.

„Wir waren zu viert", grollte Rizor, der sich wieder setzte.

„Ich wusste nicht einmal, dass es das Gleichgewicht überhaupt gibt. Also? Was ist der Plan?" Sie verschränkte die Arme vor der Brust.

„Und ich wusste nicht, dass unsere Pläne etwas mit einer Ren zu tun haben?" Ruhig trank Azurit mehrere Schlucke aus seinem Glas. Gron hatte das Gefühl, dass er provozieren wollte und Ahnikki war die perfekte Partnerin dafür. Ihre Augen wurden schmal und sie zischte: „Ich bin genauso wie du ein Retter hier, geschickt von einer Königin. Respektiere mich."

Gron ahnte, was Yalla zu Ahnikki wohl gesagt hatte.

Wenn du ihn noch liebst, klang in seinem Kopf nach, *dann hilf ihm, bitte.*

Es verwirrte und berührte ihn gleichzeitig.

Er konnte ihr trauriges Gesicht direkt vor seinen Augen schweben sehen und wusste instinktiv, wie überfordert sich Ahnikki dabei gefühlt haben musste.

Woher sie wohl wusste, dass sich die Ren in der Stadt aufhält?, fragte Grashalm.

Sie musste gewusst haben, dass sie Botschafterin geworden war. Wir haben nur ein einziges Mal über Ahnikki gesprochen und danach nie wieder. Das war vor langer Zeit. Wie sie wohl auf die Idee kam, sie aufzusuchen?

Vielleicht hat sie Ahnikki doch mehr beschäftigt, als du dachtest. Vielleicht wollte sie, dass du gehst und nicht mehr nach Narthinn zurückkehrst, damit sie dich nicht als Hochverräter hinrichten. Was sie vermutlich getan hätten, hätte sie dich nicht rausgeholt.

Hm, machte Gron nur zerstreut.

„Wie sieht diese Raena aus? Sie heißt doch so? Ich frage, nur für den Fall, falls sie uns begegnen sollte, damit wir sie auch erkennen", wollte Azurit wissen und legte dabei seine Handfläche offen auf den Tisch. Obwohl er Gron dabei ansah und dieser auch für einen kurzen Moment seinen Blick erwiderte, antwortete ihm Rizor: „Sie sieht älter aus, müsste zu Beginn des Sommers einundzwanzig geworden sein. Ihr Haar ist aschblond, manchmal glänzt es in der Sonne wie Kupfer, nein, wie Gold – sie ist keine rothaarige Frau. Raena ist muskulöser als die meisten Frauen, eine Bauerntochter eben, mit starken Schenkeln und Armen. Ihre Augen sind sehr dunkel, sie hat eine hellbraune Hautfarbe und ihr Gesicht, nun, sie hat ein sehr markantes Gesicht."

„Du hast im Kerker andauernd ihren Namen gefaselt", flüsterte Ahnikki zu Gron und der spürte einen Stich im Herzen. Das musste aufhören. Sie kam nicht zurück, auch wenn er sich jeden Tag seine Fehler vorwarf.

„Hat Zimor einen Suchtrupp losgeschickt? Sucht er sie?", fragte Ahnikki, „das sollte er auch tun, meint ihr nicht? Immerhin ist sie des Lebens Wiege oder wie war die Legende noch gleich? Schwarz und Weiß ist sich gleichgestellt oder so ähnlich? Eine Waage und so weiter?"

„Wieso sollte er?", entgegnete Rizor schnippisch, „wenn Esined dafür verantwortlich war, sie entführen zu lassen, dann steckt bestimmt der Herrscher hinter der ganzen Verschwörung. Er wollte, dass sie verschwand. Er hätte sie genauso gut wieder zurück in den Turm sperren können, sofern er genug Magie für ein Ritual hätte." Er kratzte sich am Kopf. „Aber eines lässt mich grübeln. Als sie in den Streifen gebracht wurde, hatte er da auch seine Finger im Spiel? Er bräuchte nur ein Flugreittier, um den Turm zu erreichen. Einmal in vier Wochen hat er doch Pegasi hingeschickt. Der Rat nahm stets an, es wäre ein schwarzer Reiter gewesen – was für ein Beschiss, wir waren alle so verdammt loyal gegenüber dem Herrscher, sein Wort *Gesetz*. Kaum jemand hat ihm damals widersprochen. Gron, du hast Briefe erwähnt, erinnerst du dich? Von einer Frau, die mit Fürst Duran über eine Bewilligung zur Heirat schrieb ... wie hieß sie noch gleich ... nein, das macht keinen Sinn. Der Herrscher hätte Raena gleich verschwinden lassen können, anstatt sie in den Streifen zu bringen – vergiss, was ich sagte, aber irgendetwas daran stinkt gewaltig." Er spuckte aus und Ahnikki verzog das Gesicht.

Gron wusste, was er meinte, doch ihr Name wollte ihm nicht einfallen, also nickte er bloß. Er fragte sich, ob sie jemals erfahren würden, wer Raena geweckt hatte und warum – jedenfalls jemand, der gewusst hatte, was er tun musste, um den Zauber zu brechen, doch woher?

Und du weißt es auch, Grashalm reagierte überrascht.

Nein, widersprach er, *aber ich weiß, wo ich Antworten finde. Als sie aus dem Turm verschwand, hat man mich zu einem Verhör gebracht, und der Grenzmagier hat in meine Erinnerungen geblickt und nichts gesehen.*

Warum ausgerechnet die Onohr-Familie?

Altes Familienerbe. Das Warum ist längst in der Zeit verloren gegangen.

„Wir sollten zum Herrscher gehen", schlug Ahnikki vor.

„Ich habe Mühe zu folgen", murmelte Azurit.

„Bist du völlig übergeschnappt?", Rizor sah Ahnikki an, als hätte sie den Verstand verloren. „Zum Herrscher gehen? Man kann nicht einfach zum Herrscher gehen. Die hacken dir den Kopf ab, bevor du überhaupt in seine Nähe kommst. Mädchen, du bist mir eine! In den Kerker bist du reingekommen, aber zum Herrscher schaffst du es niemals. Der Mann hat seine Verbündeten und seine verfluchte Armee!"

„Wenn wir die Wahrheit herausfinden wollen, müssen wir früher oder später mit dem Herrscher sprechen", sagte nun auch Gron, ehe er ein Seufzen unterdrückte und sich die Augen rieb. Azurit fing seinen Blick ein. Und da war es wieder, jenes seltsame Lächeln.

„Und wie willst du das anstellen?", blaffte Rizor.

„Liebst du sie sehr?", fragte Azurit unvermittelt.

„Was?", knurrte Rizor, von der Frage irritiert.

„Wen meinst du jetzt?", auch Ahnikki schien verwirrt.

Gron ließ seine Hände sinken. „Was?", fragte nun auch er leise, sein Herzschlag setzte aus.

„Er, der Elbenkönig", Azurit zeigte mit dem Finger auf ihn, „das Gleichgewicht." Er sagte dies mit solch einer Selbstverständlichkeit, solch einer unverhohlenen Ehrlichkeit, dass Gron ihn nur fassungslos anstarren konnte. Alle sahen ihn verwundert an und Azurit grinste wie ein Honigkuchenpferd.

„Nein", antwortete Gron eisig, „wie kommst du darauf?" Er fühlte sich wie ein kleiner Junge, der von seinem Vater in der Wäschekammer ertappt worden war, einem Mädchen unter den Rock gegriffen zu haben. Am liebsten wäre er aufgestanden und hätte den Raum verlassen.

„Dein Blick hat es mir verraten", murmelte Azurit lasziv und lächelte.

Gron zog beide Augenbrauen zusammen. Dieser Mann wurde ihm immer unsympathischer. „Du siehst Geister", wimmelte er ihn ab, oder versuchte es zumindest, „ich bin lediglich müde." Jetzt war er alles, nur das nicht. Erneut rieb er sich die Augen, hoffend, dass man ihm die Lüge nicht anmerkte.

Verdammt.

Beruhige dich. Sie werden es nicht ernst nehmen.

Zum Henker, verflucht.

„Gron ist verheiratet", kam ihm Ahnikki mit scharfer Stimme zur Hilfe.

Gron entnahm aus ihrer Reaktion, dass sie es sich nicht vorstellen konnte.

„Das Mädchen ist doch noch ein Kleinkind", schnaubte sie, „das Ehegelübde ist heilig. Auch bei den Elben."

„Raena ist im Grunde genommen über dreitausend Jahre alt, du Kleinkind", giftete Rizor.

Bei Aras Arsch.

Er fühlte sich schrecklich. Natürlich wusste er, dass es gegenüber seiner Frau falsch war. Aber es würde vergehen, mit der Zeit weniger werden, denn so war es doch immer. Und er konnte einfach nicht damit aufhören, seine verdammten Augen zu reiben!

Ach, Gron, seufzte Grashalm und ihre Reaktion machte es auch nicht besser.

33. KAPITEL

„Mag sein, dass ich mich getäuscht habe", antwortete Azurit nachdenklich, „kein Grund, sich so aufzuregen. Was hast du gegen freie Liebe? Man
lebt nur einmal. Jeder, egal ob Mann oder Frau, hat das Recht auf mehrere
Frauen oder auch mehrere Männer, wo liegt da der Unterschied? Dir würde
es guttun, einmal ordentlich Spaß zu haben."

Sie sog scharf die Luft ein. „Das kann doch wohl nicht- ...?!"

„Lasst das!", donnerte Grons Stimme durch den Raum.

„Ich brauche eine zweite Weinflasche", murmelte Rizor, die Hände vor
seiner Brust verschränkt und die Augen auf die Tischplatte gerichtet, „sonst
ertrage ich euch nicht."

„Bist du eigentlich verheiratet, Rizor?", fragte Azurit und lenkte die ganze
Aufmerksamkeit im Raum auf ihn, „hast du eine Frau?"

„Habe ich. Bist du jetzt zufrieden?", entgegnete der Zwerg genervt.

Gron war überrascht. Er hatte sie noch nie zu Gesicht bekommen.

„Wie heißt sie denn?"

Rizor stöhnte auf wie jemand, der es müde war, zu sprechen. Azurit, davon unberührt, blickte ihn interessiert an, hoffend, eine baldige Antwort zu
erhalten. Doch diese kam nicht. Stattdessen bockte Rizor geladen: „Du bist ein
Söldner, verdammt. Hast du keine anderen Themen? Wie man jemandem am
schnellsten den Kopf abhackt – zum Beispiel? Du könntest Zimor einen Vor-
trag halten. Würde ihm bestimmt gefallen."

Azurit grinste nur und sagte nichts mehr. Seine Augen aber leuchteten.

Gron trank sein Weinglas leer. Schwer lag der Geschmack auf seiner
Zunge. Als ihn die Dienerin fragte, ob er denn noch ein Glas voll wünsche,
lehnte er entschieden ab.

„Ich will noch 'ne Flasche!", wedelte Rizor ihr mit einer Hand zu, um ihre
Aufmerksamkeit zu erhalten.

Gron blickte ihn missbilligend an.

„Wie hast du es eigentlich in den Kerker geschafft? Ich nehme an, er wird
es nicht gewagt haben, dich direkt am Fest abzuführen."

Gron seufzte leise. „Du täuschst dich", murmelte er, „sie haben mich vor
aller Augen abgeführt."

„Ach und weshalb, etwa, weil du gefurzt hast?" Er stieß Azurit in die
Schulter, da er seine Aussage wohl ziemlich unterhaltsam fand, doch der

Söldner blickte ihn nur fragend an, während eines dieser Lächeln über seine Lippen tanzte.

„Du solltest weniger trinken", bemerkte Ahnikki trocken.

Leider bekam Rizor nur ein halb gefülltes Glas. Er betrachtete es wehmütig und hob den Blick. „Also, was ist? Muss ich dich erst ausquetschen, Gron?"

„Esined hat mich gefragt, ob ich sie ein Stück weit begleiten kann. Sie wollte mir etwas sagen, doch dann ist sie zusammengebrochen. Man hat sie wohl vergiftet, was man dann mir in die Schuhe schob."

„Er hat sie selbst vergiftet", knurrte Rizor angriffslustig, „er wird seine Herrschaft nie abgeben. *Nie*. Er wollte uns aus dem Weg räumen, weil wir die Wahrheit wussten."

Vielleicht hat er Recht, sagte Grashalm und Gron stimmte zu. *Erinnerst du dich noch, was er auf der Lichtung sagte? Ich bin der Herrscher. Ich habe das Sagen.*

„Sie wirkte nicht wie jemand, der uns absichtlich verriet."

„Sie war ihr Schoßhündchen. Mirras und seines! Und sie war ausgebildete Leibwächterin, vergiss das nicht und hatte ihre Pflichten." Plötzlich schlug Rizor mit der Faust so fest auf den Tisch, dass die Gläser klirrten.

Ahnikki zuckte zusammen.

„Dieser ... mir fällt nicht einmal ein passendes Wort für diesen Hurensohn ein!" Dann lachte er bellend, es war ein überhebliches, unschönes Lachen. „Aber das ist jetzt vorbei. Die Zwerge kommen. Und sie werden ihn plattwalzen", hauchte er mit starrem Blick und trank sein Glas leer.

Gron blickte zur Bediensteten und schüttelte scharf den Kopf, als sie herbeieilte, um ihm nachzuschenken. Verstehend zog sie sich wieder zur Tür zurück.

„Am liebsten würde ich ihn umbringen, mit einem verdammten Speer aus seiner verdammten, goldenen Kammer. Erinnert ihr euch an dieses eine Jubiläum? Er bekam sie als Geschenk von den roten Reitern. Goldene Speere, drei Meter lang, spitz und stabil genug, um Leute damit pfählen zu können. Die brauche ich. Damit werde ich einen Weg pflastern und anschließend werfe ich ihn von den Mauern – und das nackt", steigerte er sich in seine grauenhafte Vorstellung hinein und der Wahnsinn in seinen Augen deutete darauf hin, wie sehr ihn seine Rachegedanken erfreuten.

„Und Grashalm und ... Fenriel?", mit einem Schlag war das Glänzen aus seinen Augen verschwunden und ehrliches Interesse trat zum Vorschein. „Fenriel ist tot, nicht wahr? Du hast da etwas angedeutet."

Gron spürte, wie sich eine Hand um seine Kehle legte und langsam zudrückte. „Fenriel schwor mir seine Treue", begann er langsam, „er verriet seinen eigenen König."

Auf einmal war es mucksmäuschenstill im Raum, so still, dass man sogar die Uhr an der Wand ticken hören konnte. Obwohl die anderen beiden Fenriel nicht gekannt hatten, so lauschten auch sie gespannt dem Schicksal, welches dem Elfen widerfahren war.

„Das ist Hochverrat", bemerkte Rizor knapp, „wann hat er das getan?"

„Ja, ist es", entgegnete Gron, „wir haben in einer verlassenen Hütte im Wald Rast gemacht. Es regnete, erinnerst du dich? Wir sind fortgeritten."

„Aber", Rizor zog die Stirn kraus, sein Blick wurde finster, „das bedeutet ..."

„Ich habe mir nicht viel dabei gedacht, aber ich wusste, dass ich für Raenas Entführung büßen muss. Unter Zimor werden keine Fehler geduldet."

„Er hat sich geopfert", stellte Rizor ruhig fest.

„Er hat dir seine Treue geschworen, um sich für dich zu opfern?", fragte Ahnikki verdutzt, während sie ihn ungläubig mit aufgerissenen Augen anstarrte.

„Interessant", Azurit griff sich ans Kinn und rieb es, „wohl ein Heldentyp."

„Und Grashalm?", fragte Rizor, „wo ist sie? Haben sie sie auch umgebracht? Wie hat Fialuúnír Wyríl reagiert? Was hat er gesagt?"

Gron wusste nicht mehr genau, was auf der Lichtung geschehen war. Auch wenn er an die Gespräche zurückdenken wollte, sein Kopf verweigerte sich ihm. Er wollte nicht mehr sehen, wie er Fenriel den Kopf abschlug, sich nicht mehr daran erinnern.

Quäle dich nicht zu sehr. Sage ihm, er kann mit mir sprechen, wenn er möchte. Grashalms Stimme war wie Balsam für seine Seele. Sobald sie mit ihm in seinen Gedanken redete, wirkte ihr sanfter Zauber auf seinen ganzen Körper.

„Du überforderst ihn", brummte Azurit.

„Auf Befehl des Herrschers habe ich ihm den Kopf abgeschlagen", stieß Gron scharf hervor, „ich habe ihn getötet und er übertrug mir Grashalm. Ich bin jetzt ihr neuer Reiter." Sein linkes Bein zuckte, er packte sein Knie und hielt es fest.

Rizor, von der Nachricht schwer getroffen, sah aus wie der Tod selbst. „Das ...", begann er, doch verstummte.

Gron versuchte zu deuten, was er kurz in seinen Augen gelesen hatte. War es Abscheu, Entsetzen oder Schock gewesen? Er konnte es ihm nicht verübeln.

Die Zeit verging und Rizor sagte noch immer nichts. Dann lächelte er plötzlich, rutschte vom Sessel und begann zu kichern, als hätte ihm jemand einen Witz erzählt.

Gron, der ihn noch nie so gesehen hatte, wusste zunächst nicht, was er tun sollte. Völlig befremdet von seinem Anblick saß er da und spürte Grashalms Traurigkeit so deutlich wie noch nie zuvor. Er konnte den Verlust in ihrem Herzen fühlen und ein riesiges Loch klaffte in seiner Brust, welches ihm säuerliche Tränen in die Augen trieb. Unfähig sich zusammenzureißen, stellte er seinen Ellbogen auf dem Tisch ab, legte eine Hand über sein Gesicht und verdeckte die Tränen, die in seinen Augen brannten.

Ahnikki erhob sich und blickte über den Tisch. „Du könntest dich zusammenreißen, weißt du. Dein Benehmen ist völlig für'n Arsch."

„Tut mir leid", säuselte Rizor schwer, nachdem er tief Luft geholt hatte. „Tut mir leid!"

Nun verbarg Gron sein Gesicht auch mit der zweiten Hand. Innerlich focht er einen Kampf mit sich selbst und den Gefühlen aus, die Grashalm in ihm wachgerüttelt hatte.

„Ich ... ich konnte einfach nicht anders", keuchte Rizor atemlos, der Tisch zuckte und der Stuhl knarrte, er hatte sich wohl wieder aufgesetzt und Gron hoffte nur, dass die Stunde, die der Baron sie in den Raum eingeschlossen hatte, bald vorbei sein würde.

Schweigen hüllte sie ein.

„Ich werde nicht mit dir kommen. Das weißt du", sagte Rizor unvermittelt, „unsere Wege trennen sich hier. Ich werde meinem König folgen. Sich um Raena zu kümmern ist nun deine Aufgabe." Er hörte sein leises, bitteres und trauriges Lachen. „War es schon immer. Wir waren nur deine Untergebenen und du warst unser Anführer."

Er hörte es – die Anspielung auf seine Position und die Pflichten, die es mit sich brachte. Es tat ihm weh, schnitt tief in sein Fleisch und rüttelte an ihm. *Ich hätte sterben sollen. Ich weiß.* Jedoch brachte er die Worte nicht über die Lippen und ließ ihn reden.

„Das Einzige, was ich noch für dich tun werde, ist, dass ich meinem König berichte. Von dir erwarte ich nur noch, mir ein Tier zu beschaffen – uns meine ich. Damit wir gen Norden reiten können."

Gron nickte, ohne die Hände sinken zu lassen. *Ich werde mit dem Baron sprechen,* dachte er. Eine Träne lief seinen Ellbogen entlang. Es juckte unangenehm und er widerstand dem Impuls, sich kratzen zu wollen.

„Dem großen König hat es wohl die Sprache verschlagen."

Gron hörte, wie der Stuhl zurückrutschte.

„Haben sie dir im Kerker das Rückgrat gebrochen, oder was? Hast du keine Zunge mehr?"

Gron erkannte ihn nicht wieder. Der Mann auf der gegenüberliegenden Seite des Tisches war ihm fremd geworden. Rizor, Unterhand die Eiserne war nicht mehr der, der er einst gewesen war. Der Kerker hatte sie beide gezeichnet.

„Genug jetzt", sprach Azurit bestimmend, „wem hilfst du damit?"

„Du", brauste Rizor auf, „hast mir nichts zu befehlen. Ist das klar?"

„Ich spreche mit dem Baron. Bestimmt wird er euch mit Vorräten und Pferden versorgen", versprach Gron, ehe er die Hände sinken ließ. „Das ist auch das Letzte, was ich für dich tun werde."

Die spürbare Distanz zwischen ihnen würde nicht mehr verschwinden.

„Gut", beruhigte sich Rizor augenblicklich. „Damit ist das Gespräch für mich beendet."

Gron presste die Lippen zu einem schmalen Strich zusammen. Genau jetzt hätte er einen guten Freund gebraucht. Aber er wusste, er konnte Rizor nicht aufhalten, vor allem dann nicht, wenn der Befehl von seinem König kam.

Ahnikki schüttelte den Kopf. Ihre Locken tanzten. „Ich glaube es nicht", murmelte sie, „wie kleine Mädchen."

„Deine Meinung interessiert mich nicht, Geweihfrau", knurrte Rizor verärgert, „aber ich finde es schön, dass du ihn befreit hast."

„Jetzt ist's aber genug", fuhr Azurit dazwischen.

Die restliche Zeit saßen sie in erdrückender Stille ab.

Gron starrte die tapezierte Wand an.

Wärt Ihr so freundlich, jedem von uns ein Pferd zu geben? Ich habe kein Gold bei mir, aber verspreche, meine Schuld zu begleichen, sobald ich wieder zuhause angekommen bin.

Im Kamin kippte ein Holzstück zur Seite.

Baron, es tut mir aufrichtig leid, aber ich weiß nicht, ob ich es überhaupt nach Richterberg schaffe.

Ahnikki hustete in ihre Handfläche.

Ich nutze nur ungern Eure Situation aus, denn ich weiß, Ihr müsst Eure große Familie ernähren.

Dann ein rapider Wechsel in seinem Kopf. Er sah ein Zimmer, im Bett sein Sohn Nazr, der mit bleichem Gesicht und eingefallenen Wangen einen tiefen

Schlaf schlief. Er sah sich selbst am Ende des Bettes, bedrückt hoffend, dass er wieder aufwachte.

Erneut ein Wechsel, Yallas Gesicht vor ihm. Sie schenkte ihm ihr schönstes Lächeln, als er ihre zarte Statur in den Arm nahm, sie sich unter seinen Händen wölbte, sich ihm entgegenstreckte, als er sie am Rücken streichelte. Raena stand daneben und sah ihn an, als sähe sie ihn zum ersten Mal. In ihren Augen las er Klage und Unverständnis.

Genug. Gron fasste sich mit den Händen an den Kopf.

Er konnte seine Gedanken nicht im Zaum halten und quälte sich nur selbst damit. Am liebsten wäre er aufgestanden und hätte sich zurückgezogen, doch die Stunde war noch nicht um. Er wünschte sich zurück in den Kerker, denn Rizors Wut tat ihm mehr weh als die Kälte, die sich durch seine Glieder gefressen hatte. Doch als er an die Männer dachte, ihre Hände und ihr ... wurde ihm kurzzeitig so übel, dass er sich beherrschen musste, um nicht zu würgen.

Die Luft wurde stickig.

Obwohl ihm niemand nahegekommen war und alle wartend auf ihren Stühlen saßen, fühlte sich ihre Anwesenheit auf einmal viel zu erdrückend an. Es kam ihm so vor, als wären sie alle ein Stück näher gerückt – nur ganz wenig, aber nah genug, um starkes Unwohlsein in ihm auszulösen. Gron presste sich die Zeigefinger gegen die Schläfen. Er wusste, dass er sich das nur einbildete.

Ich habe keine Worte, die dich trösten könnten. Doch ...

Er unterbrach sie schroff: *Das spielt keine Rolle,* und was hätte er auch anderes erwidern sollen, *Rizor hat seine Entscheidung gefällt.*

Einen Augenblick später öffnete sich die Tür. Verschwitzt und mit zerraufter Perücke stand der Baron im Raum und warf ergeben beide Hände in die Luft. „Ihr müsst gehen. Meine Schwester hat Verdacht geschöpft ... Ihr ... müsst gehen", wiederholte er sichtlich müde und seine Schultern sanken. „Ich bin ein guter Pferdezüchter. Im Stall stehen genügend Pferde und ganz hinten werdet ihr die zähesten Tiere finden, ich denke, sie werden euch gute Dienste leisten", Zypress blickte zu Gron, „da der Mann, den ich ins Dorf geschickt habe, noch immer nicht zurück ist, gebe ich Euch anderes Gewand mit auf die Reise. Beim Proviant muss ich leider sagen, dass wir nicht- ..."

„Das ist schon in Ordnung", unterbrach Gron ihn schnell, „wir kommen zurecht."

Er warf einen kleinen Seitenblick auf Rizor, dessen Gesichtsausdruck keine eindeutigen Gefühle zeigte. Gron hatte bereits mit irgendeinem abfälligen

Kommentar gerechnet, doch der Zwerg behielt seine Zunge im Zaum.

„Ich danke Euch, Majestät", Zypress rieb seine geröteten Hände aneinander. Nachdem er so aussah, als würde er alle hier Versammelten am liebsten sofort aus dem Haus wissen, erhob Gron sich als Erster. Er unterdrückte ein Aufseufzen, sein Körper so schwer wie ein Felsblock, sein Rücken verkrampft und seine Füße eisig kalt. Er deutete eine schwache Verbeugung an und sprach aus Gewohnheit für alle Anwesenden, als er sich bedankte: „Es ehrt Euch sehr, dass Ihr uns in Eurem Heim aufgenommen und uns bewirtet habt. Ich werde mich erkenntlich zeigen, sobald ich wieder dazu imstande bin."

Der Baron verbeugte sich ebenfalls. „Soll ich Euch zurück nach oben begleiten? Man bereitet gerade ein Kleiderbündel für Euch vor und wird es Euch demnächst bringen."

„Nein, ich denke, dass ich den Weg selbst finde", entgegnete Gron rau, „darf ich ...?"

„Natürlich", der Baron trat zur Seite und ließ ihn vorbei.

Gron verließ erhobenen Hauptes den Raum. Es gab nichts mehr, was er hätte sagen können – keine Worte der Aufmunterung und keine Worte des Abschieds.

Hinter sich hörte er, wie Stühle zurechtgeschoben wurden, wie sich mehrere Füße gleichzeitig über den Boden bewegten.

Ich werde eine Waffe brauchen.

Er betrachtete seine Hand und fragte sich, wann er wieder kräftig genug sein würde, wieder ein Schwert zu schwingen.

„Gron", hielt Ahnikki ihn am Eck auf und er blieb stehen. Angespannt und mit angehaltenem Atem, hatte er ihr den Rücken zugewandt. „Ich stimme zu, auch wenn ich dir im ersten Moment fast den Kopf abgerissen hätte. Wir tun es gemeinsam – auf Augenhöhe, und was auch immer du vorhast, ich helfe dir, aber erwarte nicht von mir, dass ich über mich bestimmen lasse."

„Danke", murmelte er und floh in seine Kammer, wo er sich langsam auf das Bett setzte. Nach wie vor war es kalt, nichts hatte sich verändert und doch fühlte er sich nun fehl am Platz, nicht zugehörig und verspürte den Drang, sofort den Raum verlassen zu müssen, auch wenn Ahnikkis Zustimmung ihm Erleichterung verschafft hatte.

Die Reste seines Frühstücks waren noch nicht weggeräumt worden. Mit leerem Blick bedachte er den Wein, den er getrunken hatte, das Brot, welches er gegessen hatte und obwohl er nicht satt war und nicht wusste, wann er das nächste Mahl zu sich nehmen würde, verspürte er keinen Hunger.

Rizor lag ihm wie ein Stein im Magen.

Er wandte den Blick davon ab und betrachtete seine nackten Füße. Er sah einen Halm auf seinem großen Zeh, ein Mitbringsel von draußen und bückte sich, um ihn zwischen Daumen und Zeigefinger zu nehmen. Als er ihn zur Nase hob, roch er den schwachen Geruch nach feuchter Erde.

„Majestät", flüsterte eine weibliche Stimme, die ihn erschrocken zusammenfahren ließ, „verzeiht mir, wenn ich hereinplatze ..."

Gron ließ den Halm fallen.

„Ich wollte Euch um etwas bitten. Ich – soll ich wieder gehen? Ich wollte Euch nicht mit meiner Anwesenheit belästigen, es ist nur, ich würde gern mitkommen." Emila blickte ihn nicht an, sondern starrte zu Boden.

Gron brauchte einen Moment, um das Gesagte überhaupt wahrzunehmen. Während er versuchte, seine Überraschung zu verbergen, schluckte er und schüttelte schwach den Kopf. „Ihr belästigt mich nicht mit Eurer Anwesenheit", widersprach er ihr, auch wenn sie ihn mit ihrer Bitte aus dem Konzept gebracht hatte. „Ich bin nur ...", brach er zerstreut ab und schüttelte den Kopf. „Warum wollt Ihr das?", begann er von neuem. „Euer Vater wäre nicht besonders glücklich, wenn ihr mitkämet. Ihr wisst doch gar nicht, wohin wir reiten."

Emila war zwar älter als ihre Geschwister, doch ihre Statur war bemerkenswert zart und zerbrechlich. Ihre Arme waren viel zu dünn, ihre Silhouette dürr und in ein enges Korsett gepresst. Ihre zarte Haut glänzte bleich, ihr Haar war hochgesteckt und weiche Locken umrahmten ihr knochiges Gesicht. Sie war hübsch, und doch wirkte sie eher wie eine langsam dahinwelkende Blume als wie eine junge Frau.

„Für mich gibt es hier nichts. Mein Vater möchte mich schnellstmöglich verheiraten, doch ich will nicht auf dem Land, bei einem alten Mann als Trostpflaster enden, der sich an mir wie an einem Jungbrunnen labt, der ihn an seine längst vergessene Jugend erinnert. Ich würde gern die Welt sehen, meine eigenen Entscheidungen fällen, selbst meinen Weg bestimmen. Mich interessieren keine Bälle und hohe Adelskreise sind mir zuwider. Egal wohin Ihr geht, ich möchte Euch folgen."

Gron konnte sie nicht mitnehmen und sie las es wohl in seinem Gesicht, denn sie stieß hervor: „Ich weiß, was Ihr sagen werdet", ihre Unterlippe zitterte und ihre Hände, die sie vor ihrem Schoß zusammengefaltet hatte, zuckten kurz, „doch Ihr seid ein König, ein großer Mann und ein Anführer, jemand, der bestimmt meinem Vater ins Gewissen reden kann." Ihre Augen ähnelten einem überfüllten See voller Hoffnungen und drohten überzugehen. „Bitte, Majestät." Sie fiel vor ihm nieder, ihr Körper segelte zu Boden. Emila war so leicht, dass Gron nicht einmal eine kleine Erschütterung spürte.

„Ich werde hier unglücklich. Ihr ... bitte, helft mir."

„Euer Vater will nur das Beste für Euch", entgegnete er zögernd, „er würde nicht wollen, dass Ihr geht. Er sorgt sich um Euch und Euer Wohlergehen." Gron dachte an ihr Gespräch und daran, wie der Baron über Emila gesprochen hatte. „Und wenn Ihr ihn bittet, nach Narthinn gehen zu dürfen? Es gibt dort viele Männer, die Euch bestimmt gern kennenlernen würden. Ihr seid eine sehr schöne junge Frau. Seid Ihr nicht einem jungen Mann versprochen? Euer Vater hat es mir erzählt."

Emila errötete vor Empörung. „Ich will ihn nicht heiraten. Er wird mich nicht lange ansehen."

„Natürlich wird er das", widersprach ihr Gron, ehe er eine alte Weisheit seines Vaters murmelte, „die Ehe ist ein heiliger Bund, der den Mann und die Frau zur Treue verpflichtet, zur ewigen Liebe und Ehre, bis zu ihrem Tod." Er versuchte dabei nicht an seine eigene Ehe zu denken. „Ihm wird nichts anderes übrigbleiben."

Emila blickte ihn an, ihre Augen glänzten und sie begann zu weinen. „Ihr täuscht Euch, das war vielleicht einst so. Doch die Zeiten haben sich geändert. Männer haben Geliebte und gehen in diese ... *Freudenhäuser*, um sich dort ihre Befriedigung zu holen", sagte sie erstickt.

Gron rieb seine Fußsohlen aneinander. Er war davon ausgegangen, dass die adeligen Mädchen am Land weniger Ahnung hatten als die in der Stadt. Er war wohl naiv gewesen.

„Das stimmt nicht", widersprach er und hörte sich selbst wenig überzeugt an. Im Moment geisterten ihm andere Dinge durch den Kopf, ihre Bitte kam ihm banal und unwichtig vor. Er hatte andere Probleme, seine Gefühle waren aufgewühlt, seine Kräfte, vor allem aber seine Geduld, aufgebraucht. Dennoch brachte er es nicht übers Herz, ihr kalt gegenüberzutreten und zu sagen, dass sie sich keine Hoffnungen machen sollte.

„Zugegeben", murmelte er, „die Welt ist ein dunkler Ort voller Geheimnisse. Es gibt Dinge, die weniger schön für eine junge Frau wie Euch sein könnten. Egal, wohin Ihr geht, werdet Ihr auf Egoismus und Eigennutz stoßen – in der Stadt ebenso wie auf dem Land. Ihr werdet nie vor Unrecht verschont bleiben, und in der Stadt werdet Ihr leicht zu einer eingebildeten Dame, weltfremd und ahnungslos. Viel zu spät werdet Ihr merken, wie schön es hier bei

Eurem Vater war. Frische Luft werdet Ihr dort ebenfalls nicht finden." Er sprach, als müsse er sich selbst von seinen eigenen Argumenten überzeugen.

„Und was ist mit den Zwergen?", fragte sie leise, ihre Stimme kaum ein Hauch, „kommen sie hierher? Aufs Land?"

Das wusste Gron nicht. Die einzigen Informationen, die er zur Verfügung hatte und auf die er sich verlassen konnte, waren die Bilder, die Grashalm ihm gezeigt hatte.

„Das kann ich Euch nicht beantworten", entgegnete er langsam, „was das betrifft, wärt Ihr in Mizerak wohl am sichersten. Bis dorthin werden sie bestimmt nicht gelangen." Doch ob das stimmte, wusste er auch nicht. „Zuerst werden sie wohl Narthinn belagern, ehe sie sich zur Hafenstadt vorwagen. Mizerak wäre ein guter Ort für Euch. Eure Familie könnte bestimmt für eine Zeit lang im Inneren leben. Ihr gehört zum Adel, also wäre die Aufenthaltsgebühr nicht allzu hoch. Dennoch würde ich empfehlen, sich eher im nördlichen Teil aufzuhalten. Es ist keine schöne Stadt. Vielleicht wäre es gut, Euren Vater zu überzeugen, eine Weile nach Mizerak zu gehen, um- ..."

Als Gron eine sanfte Berührung an seinem großen Zeh fühlte, was durchaus verwunderlich war, denn seine Zehen waren beinahe gefühllos, blickte er versteinert nach unten. Ihm war nicht aufgefallen, dass Emila näher gerutscht war. Nun hockte sie knapp vor seinen angewinkelten Füßen und blickte mit zurückgelegtem Kopf zu ihm auf. Ihr Haar war offen, ergoss sich in sanften Wellen über ihren Rücken. Durch ihre Position ermöglichte sie ihm einen weiten Einblick in ihr eng geschnürtes Korsett. Er konnte die zarte, glatte Hautspalte zwischen ihren kleinen Brüsten erkennen.

„Was wird das?", fragte er scharf und zuckte zurück, bevor sie ihn ein weiteres Mal berühren konnte.

Ihr Blick wurde weich, er konnte noch die Reste ihrer Tränen auf ihren Wangen erkennen. Sie bot sich ihm zum Pflücken dar, und er bräuchte nur die Hand nach ihr auszustrecken und sich zu nehmen, was sie ihm freiwillig geben würde.

Gron fühlte sich überrumpelt. Instinktiv wich er zurück, wollte beide Beine wegziehen, sich von ihr wegdrehen, doch sie griff nach seinen Unterschenkeln und hielt ihn fest.

„Wärt Ihr eine Frau, würdet Ihr Euch Gedanken darüber machen, wie Euch Euer zukünftiger Ehemann behandelt? Wärt Ihr nicht um Euer Leben als Ehefrau besorgt, Majestät?"

Ihre Berührung brannte durch seine Hose hindurch, machte ihm schwer zu schaffen. Trotzdem war er wie eingefroren, sein Körper gehorchte ihm nicht.

„Sagt, habt Ihr denn eine Mätresse, Eure Majestät?" Emila ließ ihre Augen bewundernd über seinen Hals, seinen Oberkörper, seine Hüften und seine Beine wandern, wobei ihre linke Hand langsam und sanft bis zu seinem Knie hochwanderte. „Ich möchte mit Euch kommen. Bei Euch fühle ich mich sicher. Ihr seid der Mann, dem ich gern mein Leben anvertrauen würde. Ich ... Ihr habt mir mein Herz gestohlen."

Gron hörte Geräusche. Im Gang rumpelte es, Schritte kamen näher.

Plötzlich war der Bann gebrochen, er konnte sich bewegen und schüttelte sich von ihr frei. Erschrocken sprang sie auf die Beine und begann zitternd ihr Haar zu ordnen, welches immer wieder den Fingern entschlüpfte. Erneut war sie den Tränen nah, ihre bleiche Haut glänzte vor Schweiß und Schreck, ihre Pupillen geweitet. Gron, der sie bei ihrem verzweifelten Versuch, ihre kleine Verführung zu verbergen, nicht länger ansehen konnte, eilte zu ihr.

„Beruhigt Euch", murmelte er, kam ihr näher als er sollte, griff in ihr Haar hinein und half ihr, einen Knoten zu binden. Dann ging er auf Abstand.

„Vielen Dank, Eure Majestät", murmelte sie und als sich ihre Augen kreuzten, errötete sie stark.

Gron blickte zur Seite.

Er konnte sie nicht ansehen, konnte ihrem sehnsüchtigen Blick nicht standhalten. Grashalm, die sich bis jetzt aus dem Gespräch rausgehalten hatte, meinte: *Du kannst sie nicht mitnehmen.*

Emila drehte sich schwungvoll von ihm weg und eilte aus dem Raum. Dabei riss sie fast eine Bedienstete von den Füßen, entschuldigte sich hastig und verschwand im Gang.

Gron blieb mitten im Raum stehen.

Nur am Rande nahm er wahr, wie die Bediensteten an ihm vorbeieilten, ihn grüßten und Dinge aufs Bett legten, die ihm der Baron mit auf den Weg geben wollte. Als sie ihm schöne, kniehohe Stiefel hinstellten und dicke Socken unter die Nase hielten, nickte er schwach und gab ihnen freiwillig sein Bein. Das Geschehen glitt an ihm vorbei wie ein Traum. Emila hatte ihn völlig überrumpelt. Ihre Stimme hatte sich in seinen Kopf gebrannt und ihre Berührung, er ...

„Der Herr .... der Herr?", wiederholte jemand eindringlich und Gron reagierte erst beim zweiten Mal zögerlich, „der Baron gibt Euch ein frisches Hemd, eine zweite Hose und einen seiner dicken Mäntel mit auf die Reise. Ihr habt für zwei Tage Proviant. Trockenes Fleisch, Früchte und ein Laib Brot."

Gron nickte steif und murmelte ein Dankeschön. Zur Not würden sie wildern.

„Zwei Wasserbeutel packe ich Euch ebenfalls hinein. Bis Ihr eine Quelle erreicht habt, wird es wohl genügen müssen. Falls Ihr am Dorf vorbeikommt, schaut bitte, ob ..."

Obwohl er zuhörte, nahm er nur die Hälfte davon richtig wahr. In Gedanken war er bei Emila hängengeblieben und kam nicht von ihr los. Sie hatte sich wie eine Zecke an ihm festgebissen und weigerte sich, sein Fleisch loszulassen.

Du kannst sie nicht mitnehmen, wiederholte Grashalm eindringlich, als ob sie es ihm erst einbläuen müsste.

Ich weiß. Natürlich wusste er das. Sie war Zypress' Tochter, bestens auf die Rolle einer Ehefrau vorbereitet, und es gab andere, Töchter ärmerer Väter, die es im Leben um einiges schwerer hatten und Dinge erleben mussten, von denen sie nur Albträume bekäme. Auch wenn Emila in ihrer in Watte gepackten, sicheren Umgebung langsam erstickte, würde sie hier den Krieg nur am Rande miterleben, Kinder bekommen und bis zum Ende ihrer Tage mit einem Dach über dem Kopf leben.

Das war doch gut, oder?

Vor dem Anwesen roch die Luft frisch und kühl. Trübes Wetter begrüßte ihn. Gron trug Zypress' Mantel, hatte ihn drinnen in Gedanken versunken zugeknöpft und in seiner Hand hielt er einen Ranzen, fest mit einer dicken Schnur zusammengeschnürt.

Er trat auf die Terrasse und ging zu den Stufen hinüber.

Ahnikki wartete nur wenige Meter weiter. Auch sie trug einen Mantel, der ihr nicht gehörte. Er reichte ihr bis zu den Knien und verdeckte ihre Gestalt fast bis zur Gänze. Darunter bemerkte Gron eine schwache Erhebung – ihr verletzter Arm. Neben ihr stand der Hausmeister, der, als er zu ihnen ging, sich tief verbeugte.

„Eure Begleiterin bestimmte, dass der Baron selbst wählen soll, welches Pferd er für die Reise hergeben möchte. Mein Herr hat sich also in den Stall aufgemacht und holt bloß ein Tier, da Ihr ja bereits eines habt."

Grashalm, die sich wieder in den Wald zurückgezogen hatte, setzte sich in Bewegung.

„Das ist wahr", sagte er und betrachtete Ahnikki. Sie hatte ihren Blick von ihm abgewandt und sah in die Ferne. Das Haar hatte sie sich zu einem Pferdeschwanz zusammengebunden, das Geweih auf ihrem Kopf erschien im direkten Licht heller. Er betrachtete die einzelnen Sprossen genauer und ihm fiel auf, dass eine der obersten auf der rechten Stange einen Knick aufwies und leicht zur Seite abstand. Das war ihm zuvor gar nicht aufgefallen. Als sie seinen Blick bemerkte, sah er weg und fragte den Hausmeister: „Wo sind die anderen?"

„Laut meinem Herrn werden sie erst später aufbrechen."

Gron fühlte leichte Wehmut. *Es ist also vorbei. Unsere Wege trennen sich nun.* Grashalm erschien am Waldrand. *Es macht mich traurig, dass er sich nicht einmal verabschieden kommt.*

Gron seufzte leise. Er war froh, dass sie endlich aufbrechen und das Anwesen hinter sich lassen konnten und musste plötzlich an Emila denken. Seine Unterschenkel kribbelten und er kratzte sich. Je schneller sie von hier wegkamen, desto besser. Als er sich wieder aufgerichtet hatte, bemerkte er, dass Ahnikki ihn fragend betrachtete, ihre Lippen leicht geöffnet. „Hast du Flöhe?", raunte sie leise und er schüttelte irritiert den Kopf.

„Ein schönes Pferd, nicht wahr? Eine brave Stute. Sie wird Euch bis ans Ende der Welt tragen."

Gron wandte sich um und entdeckte Zypress. Zu seiner Linken ging eine mittelgroße Stute mit hellgrauem Fell. Sie hielt nur wenig Abstand, ihr Kopf war leicht zur Seite geneigt und ihre Augen taxierten die Wartenden interessiert. Sie hatte einen hellen Fleck am Kopf, der sich bis über die Nüstern zog und dort mit kleinen Punkten in dunkles Schwarz überging. Er hielt sie nicht am Zaumzeug fest, der Riemen war lässig am Sattel befestigt. Gron war abgelenkt.

Zypress blieb vor Ahnikki stehen. „Sie heißt Agra und gehört nun Euch."

„Ihr hättet mir auch ein anderes Pferd geben können", rief sie aus, ebenfalls von der Folgsamkeit überrascht, „mit widerspenstigen Gäulen komme ich gut zurecht."

„Das tut nichts zur Sache. Kümmert Euch gut um sie." Feierlich nahm er den eingeklemmten Zügel vom Sattel und überreichte ihn Ahnikki. Die Stute beschnupperte ihre neue Besitzerin interessiert und blieb brav stehen, als der Baron zurücktrat.

„Ich wünsche Euch eine gute Reise." Zypress verbeugte sich zweimal, vor Gron noch ein wenig tiefer und lächelte bedauerlich. „Leider hatte ich kein Zelt zur Verfügung, also müsst ihr mit den wenigen Decken auskommen, die ich für euch beide am Sattel befestigen ließ."

„Vielen Dank", murmelte Ahnikki und verbeugte sich ebenfalls, „wir schätzen Eure Hilfe sehr."

„Ich habe gehört, dass ihr euch trennt, Majestät. Soll ich den Zwerg und seinen Begleiter eingesperrt lassen? Sie warten noch im Zimmer. Ein Wort von Euch und ich liefere sie aus."

Gron schüttelte den Kopf. Rizor würde zum Zwergenkönig reiten und nicht wie ein Wahnsinniger durch Unschuldige metzeln. Aber wenn er den Befehl dazu bekam ... nun, dann war es eben so. „Lasst ihn ziehen. Er hat gesagt, dass er seinem König berichten wird. "

Zypress blickte ihn an, und Gron merkte, dass ihm die Antwort nicht gefiel, doch schließlich nickte er zweifelnd. „Darf ich Euch noch um etwas bitten?"

„Natürlich", erwiderte Gron verdutzt.

Zypress' Augen glänzten. „Wo ist denn nun Euer Reittier, Majestät?"

Gron lächelte schwach, bevor er sich umdrehte und zum Wald deutete.

„Wunderschön", raunte der Baron, als er Grashalm entdeckte, die in ihre Richtung schritt. Die Schnallen, die von ihrem Geschirr hingen, schlugen leicht gegen ihre Beine und klimperten dabei.

Als Grons Blick auf die kleine Stute fiel, quoll sein Herz über vor Glück. Sie brachte Licht mit sich.

„Ja, das ist sie", hörte er sich murmeln.

„Ich wusste nicht, dass Ihr ein Einhorn reitet, Majestät und war zuvor ein wenig verwirrt. Ein Reittier, das heilen kann? Ich gestehe, das hat mir Kopfzerbrechen bereitet. Woher habt Ihr den schönen Sattel?"

„Das ist eine lange Geschichte", sagte Gron bloß, ehe sich seine Beine wie von selbst bewegten. Er ging auf sie zu, musste sich zusammenreißen, um nicht zu rennen, denn in seiner Brust entfachte Sehnsucht und obwohl er sie in wenigen Sekunden berühren würde können, hatte er Angst, dass sie sich in Luft auflösen könnte.

„Es freut mich, dich zu sehen", flüsterte er und streckte die Hand nach ihr aus.

Sie trabte auf ihn zu und obwohl Grashalm ein Einhorn war, war er sich sicher, sie lächeln zu sehen. Ihre grasgrünen Augen strahlten.

„Ich freue mich, *dich* zu sehen", betonte sie und legte, als sie nah genug war, ihren Kopf auf seiner Schulter ab. Gron warf sich ihr um den Hals, presste seine Wange gegen das Geschirr auf ihrem Fell und es war ihm egal, dass er sich damit in die Haut pikte. Für einen Moment vergaß er alles um sich herum – all seine Sorgen. In diesem Augenblick gab es nur sie und ihn. Ihre Umarmung wurde zum Mittelpunkt ihres Daseins.

Gemeinsam werden wir sie finden.

Das werden wir, pflichtete er ihr bei und blickte zum Sattel, wo er Fenriels gebogenes Schwert befestigt sah. Überall hätte er den Knauf und die dazugehörige Scheide erkannt. Er liebkoste Grashalms Hals mit sanften Berührungen, strich über ihr Fell, als wäre sie ein kostbarer, einzigartiger Schatz und berührte den eiskalten Knauf, ehe er zögernd die Klinge ein Stück hervorzog, sodass eine helle, beidseitig scharfe Schneide blitzte. Eigenartig, die Waffe eines Toten zu ziehen. Das Leder unter seinen Fingern war glatt und er spürte winzige Dellen, für schmale Finger passend. Es fühlte sich beinahe so an, als wäre Fenriel noch da.

Gron sah über den Sattel hinweg den Waldrand an. Hätte ihm jemand gesagt, dass er nur zwischen den Bäumen verschwunden war und bald zurückkommen würde, hätte er es vielleicht sogar geglaubt.

Was für ein dummer Gedanke.

Vielleicht, wenn er seine Waffe bei sich trug, konnte er dann seine Schuld ein wenig mildern? Würde er sich dadurch besser fühlen? Er senkte den Blick, zog das Schwert bis zur Hälfte und las die Worte, die in die Schneide eingraviert waren.

Do smrti budeme služit, stand da in der alten Sprache der Reiter.

„Bis zum Tod werden wir dienen", murmelte er.

Den Schwur musste Fenriel leisten, als er ein Leibwächter des Elfenkönigs wurde. Ich erinnere mich noch gut an den Tag, weil es eine große Ehre für uns war.

Er hat damals wohl nicht daran gedacht, dass er ihn einmal verraten würde. Gron schob das Schwert in die Scheide zurück.

Wir haben ihn verraten, verbesserte ihn Grashalm.

„Brechen wir auf", sagte er zu Ahnikki.

„Gut", nickte sie ihm zu, ehe sie sich vor dem Baron verbeugte, „vielen Dank für alles. Bestimmt kommen wir irgendwann zurück, um uns angemessen bei Euch zu bedanken."

Zypress winkte ab. „Passt gut auf Euch auf."

Gron verbeugte sich ebenfalls vor ihm. „Bis zum nächsten Mal. Vielen Dank, Baron", er lächelte. „Zuletzt möchte ich euch warnen – das, was ich euch erzählt habe, solltet Ihr mit Vorsicht behandeln."

„Natürlich, natürlich! Gute Reise", verabschiedete sich Zypress und kratzte sich unter der Perücke, die ihm fast vom Kopf fiel.

Gron schwor sich, ihm beim nächsten Mal eine neue zu kaufen. Mit diesem Gedanken wandte er sich dem Sattel zu, prüfte den Gurt, legte eine Hand auf den Vorder-, die andere auf den Hinterzwiesel und zog sich hoch. Er war verwundert, mit was für einer Leichtigkeit es ihm gelang. Ein gutes Gefühl.

Geduldig wartete er, bis Ahnikki ebenfalls aufgestiegen war. Ihr Arm bereitete ihr leichte Schwierigkeiten, doch sie lehnte die Hilfe des Hausmeisters ab, der ihr anbot, sie in den Sattel zu heben.

Danach ritten sie los, und er blickte zum Anwesen zurück, war sich nahezu sicher, dass Rizor irgendwo hinter einer der vielen Fensterscheiben stand und zu ihnen nach unten blickte.

„Viel Glück", murmelte Gron leise und hob die Hand zum Gruß.

Pass auf dich auf, Rizor. Hoffentlich erreichst du deinen König, ohne erneut im Kerker zu landen.

34. KAPITEL

Mit zusammengekniffenen Augen suchte sie nach dem Matrosen, den sie aus dem Blickfeld verloren hatte. *Ich hätte ihm nachgehen sollen*, schimpfte sie sich innerlich. Doch nachdem sein Rücken im Schatten verschwunden und mit der Finsternis zu einer Einheit verschmolzen war, war sie verdattert stehengeblieben. Sie verlagerte ihr Gewicht, hörte die Bretter unter ihren Füßen knarren. Kälte kroch über ihre Arme und ihren Rücken hoch.

Es gab keine Lampe, keine Lichtquelle, nichts, was ihr das Sehen erleichtert hätte. Es war so dunkel, dass winzige, flimmernde Flecken vor ihren Augen tanzten.

Als sie sich zur Tür drehte, blickte sie aufs Deck hinaus. Bis auf die Segel und die Taue, die locker von den Masten herabhingen, bewegte sich nichts in der sanften Meeresbrise. Staubpartikel flimmerten durch die Luft und es schien, als versuche die Dunkelheit selbst nach der kleinsten Helligkeit zu greifen.

„Hallo?", fragte Raena laut. Es klang seltsam hohl, unförmig und irgendwie leer. Sie blickte die Stelle an, an der der Matrose im Dunkeln verschwunden war. „Wohin jetzt?", und dachte an Ozean. *Ich sollte nicht hier sein.* Doch der Gedanke an den menschlichen Drachen hielt sie zurück. Irgendwo hier war er, seine Gegenwart ganz nah. *Nur wo.* Raena schluckte. Sie musste sich überwinden und vorwärtsgehen. Doch ihre Beine gehorchten ihr nicht.

„Wo ist denn der Kapitän?" Ihre Stimme klang viel zu hoch.

Raena spitzte die Ohren, horchte in die Stille hinein und hörte nicht einmal den Wind. *Habe ich mich in eine Falle locken lassen? Und wenn ich die Antwort nur überhört habe?*

„Ich suche nach meinem Bruder."

Es antwortet mir keiner. Und auch die Umgebung erschien ihr auf einmal angsteinflößender, da sie in keine Ecke des Raumes blicken konnte.

Hat der Raum überhaupt Ecken?

Raena musste hier raus.

„Bei den G-göttern", murmelte sie. Von einem unglaublichen Fluchtdrang gepackt, spürte sie, wie ihre Beine zuckten, die Muskeln sich zusammenzogen. *Wieso bewege ich mich nicht?!*

Plötzlich fiel die Tür zu. Leise und schnell, wie ein Blinzeln.

Es wurde finster.

„Ozean?", stotterte sie, aber er antwortete nicht.

Warum bewege ich mich nicht? Was ... zum ... H-henker ...

Beruhige dich. Es gibt bestimmt einen Grund.

Es war nicht Ozean, der zu ihr sprach, sondern ihre eigene Stimme.

Du musst Ruhe bewahren. Kalter Schweiß lief über ihr Gesicht.

Obwohl Raena ihre Augen am liebsten geschlossen hätte, zwang sie sich, sie offenzuhalten. Weiße Punkte tanzten vor ihrem Sichtfeld, schufen Gebilde aus unförmigen Lichtformen. Sie glaubte eine Bewegung zu erkennen und zuckte zusammen, doch es stellte sich als wahrloses Hirngespinst heraus.

Ganz ruhig, es gibt bestimmt eine Erklärung hierfür.

Raena blickte dorthin, wo sie ihre Füße vermutete. Klebte sie etwa am Boden fest?

Das war eine Falle. Und du bist hineingelaufen.

„Trotzdem gebe ich nicht auf!", rief sie zittrig. Durfte sie nicht. Die ganze Welt hing von ihrem Leben ab und sie würde sich nicht mehr unterdrücken lassen – es war genug. „Was auch immer das für ein Spiel sein soll. Es ist lächerlich", sagte sie bockig und schauderte ob ihrer Stimme, die viel fester, tiefer und angstfreier klang, als sie sich innerlich fühlte. Zuletzt, als sie sich auf einem Schiff widersetzt hatte, hatte sie teuer dafür bezahlt und nun war niemand in der Nähe, der ihr zur Hilfe eilen würde. Kein Torren, der sich an ihre Seite stellte, ehe Jan ... Raena schüttelte den Kopf, kappte den Gedanken, doch es war zu spät. Sie begann sich schmutzig zu fühlen und versuchte verzweifelt den Tag aus ihrem Kopf zu verdrängen, wo sie sich nackt vor ihn gestellt und er sie wie ein Stück Garderobe angesehen hatte. Sein Blick war tief vorgedrungen, hatte ihre Seele gebrandmarkt. Jan hatte sich den Weg zu ihrem Innersten gewaltsam aufgerissen.

Raena war wie benommen und in ihren Ohren knackte es, als sie schluckte. Was tat sie hier eigentlich? Sollte sie nicht versuchen, von hier wegzukommen? Ihre Gedanken rasten in eine Richtung, die nichts mit ihrer unmittelbaren Umgebung zu tun hatten.

Ein leises Scharren, jemandes Schritte. Sie horchte auf. Ihre Augen suchten nach dem Ursprung, doch da war nur Dunkelheit. Raena blinzelte, atmete flach. Da war es wieder – ein Scharren. Bereit sich zu wehren, ballte sie beide Hände zu Fäusten.

Vor Schreck fiel ihr fast das Herz in die Hose, als sie eine Laterne und eine Gestalt sah.

„Eine Frau? Auf meinem Schiff? Was macht Ihr hier?", sagte der Mann, das Gesicht von der Flamme beleuchtet.

„Meine Güte ... habt Ihr mich erschreckt", stieß sie zwischen den Zähnen hervor und wollte zurückweichen, als sie unsanft an ihre festgefrorenen Füße erinnert wurde, „bitte, helft mir, ich kann meine Beine nicht bewegen."

„Ihr seid in Teer gestiegen."

Die Laterne in seiner Hand, eine gewöhnliche Kerze mit langem, weißem Docht darin, beleuchtete ihre Schuhe. Tatsächlich stand sie mitten in einem dunklen Fleck.

„Was ...?" Raena begriff nicht, warum zum Henker plötzlich mitten im Raum eine Teerpfütze sein sollte und begriff noch weniger, warum man sie so lange im Dunkeln hatte warten lassen, geschweige denn, wohin der Matrose verschwunden war.

„Warum seid Ihr hergekommen?", fragte er mürrisch, hob die Laterne hoch und blendete sie.

„Ich suche meinen Bruder." Nun, da sie wusste, dass Teer sie am Weitergehen hinderte, bemühte sie sich ihre Füße zu heben. Doch es ging nach wie vor nicht.

„Und wie kommt Ihr auf die Idee, ihn genau hier zu finden?" Er ging nicht näher auf ihre Frage ein.

Ozean?, fragte sie in die Stille in ihrem Inneren, doch er schwieg immer noch, war wie aus ihrem Kopf verschwunden. *Ozean!*

„Ich weiß, dass mein Bruder hier irgendwo sein muss", erwiderte sie ausweichend.

„Solltet Ihr beide Euch ähnlichsehen, so versichere ich Euch, keinen solchen Mann auf meinem Schiff gesehen zu haben."

„Wir sehen uns nicht sehr ähnlich", Raena zögerte, „er hat dunkles Haar und hellere Haut als ich. Er ist größer und dünner ... und es ging ihm zuletzt nicht gut."

„Sicher, dass Ihr keinen Toten sucht, junges Fräulein?"

Raena zog die Augenbrauen zusammen. Seine Tonlage hatte sich verändert. Warum war sein Gesicht so verschwommen, während es beleuchtet wurde? Sie blickte die Flamme an, die am Docht bläulich brannte und zur Spitze hin intensiv gelb wurde. Darüber kreuzten sich ihre Blicke und seine Augen, sie hielt den Atem an, waren stechend hellgrau.

„Nein", raunte sie, als sie ihn erkannte, *du!*"

„Ich", entgegnete er kühl und die Flamme erlosch.

Erneut in völliger Finsternis gefangen, spürte sie, wie sich ihr Herzschlag beschleunigte.

„Warum hast du Bahira erschossen?", stieß sie hervor.

Wie hat er es geschafft ...

Was war das für ein Zauber?

War es sein Werk, dass sie sich nicht mit Ozean verbinden konnte?

„Du bist mit meinem Einhorn geflüchtet", hörte sie neben ihrem Ohr ein vorwurfsvolles Wispern, „obwohl ich dir meine Gastfreundschaft angeboten habe."

„Ich wäre entweder gefressen, verkauft oder unter dem Turm begraben worden, hätte ich es nicht getan", verteidigte sie sich und spürte Gänsehaut über ihren Rücken rieseln. Sie hörte seine Schritte nicht und konnte ihn nicht sehen, obwohl ihre Augen weit aufgerissen waren. Es machte sie nervös, erinnerte sie an die verborgene Kammer in dem Raum mit den Büchern und der Meerjungfrau, nur der Verwesungsgeruch fehlte.

„Du hast auch andere Dinge aus meinem Raum entwendet. Die Steine zum Beispiel, sie gehörten dir nicht."

„Ich wurde gegen meinen Willen festgehalten! Das gehört sich auch nicht!"

Sein Lachen ließ sie frösteln. „Das kann ich nicht beurteilen."

„Du hast Bahira erschossen", warf sie ihm erneut vor und spürte, wie sie zu zittern begann, „du hast sie ermordet."

„Habe ich das?", ein Raunen, dieses Mal bei ihrem anderen Ohr.

„Du- ...", Raena schüttelte sich. Sie hielt inne, denn es gab keine Worte, die beschreiben konnten, was sie von ihm hielt. „Lass mich frei", verlangte sie und biss die Zähne zusammen, „was willst du von mir? Ich habe keinen Nutzen für dich."

„Ich bin der Meinung, dass du sehr wohl von Nutzen bist. Du hast sehr langes Haar. Das kann man gut verkaufen. Und der Rest scheint mir auch sehr brauchbar. Du solltest mehr essen, dann wird eine schöne Frau aus dir."

Raena blieb die Luft weg. Ihre Gedanken rauschten im Kreis. Warum war er hier, warum genau auf dem Schiff? Wie war er hierhergekommen? Wo waren all die Matrosen und die Fracht? Was hatten sie transportiert? Was war das nur für ein verfluchter Ort?

„Ich lasse mich nicht verkaufen", fauchte sie angriffslustig, auch wenn ihre Seele sich zu einem kleinen Häufchen verkrampfte. Sie fürchtete sich vor seinen knochigen Händen, hoffte, nicht von ihm angefasst zu werden.

„Wer bist du? Lass mich frei", und als er nicht antwortete, fragte sie wiederholt, „was willst du von mir?" Sie fragte sich, ob sie sich überhaupt noch am Schiff aufhielt. Sie hatte das Gefühl, in irgendetwas Unbekanntes verwickelt, in eine Macht gestolpert zu sein, der sie ausgeliefert war. Sie war in einem Netz gefangen und die Spinne umkreiste sie.

„Ich war freundlich zu dir und habe dich nicht an die Herrin ausgeliefert. Ich hätte es tun können. Aber", betonte er, „ich habe es nicht getan. Und das ist dein Dank. Du flüchtest vor mir, als wäre ich ein Unmensch, ein Tyrann. Ich hatte gar nicht vor, dich zu verkaufen. Ich wollte dir helfen."

„Mir helfen? Dann hättest du mich frei lassen sollen."

„So funktioniert das aber nicht. Geben und Nehmen ist mein oberstes Gebot. Ich tausche gern Dinge."

„Was?", fragte sie schrill, „was für Dinge?"

„Du hast zu viel gefordert", hörte sie ihn bedauerlich, auf einmal unwirklich weit von ihr entfernt seufzen, als stünde er am Ende einer riesigen Halle, „dein Leben und deine Freiheit. Speis und Trank. Einen Schlafplatz, Sicherheit und mein Einhorn. Auch meine Schuhe trägst du."

Schuhe?

„Die habe ich von einem alten Mann bekommen", verbesserte sie ihn verwirrt, „er hat sie mir geschenkt."

„Meine Liebe", seine Stimme triefte vor Mitgefühl, „du bist in meine Illusion gefallen und der Versuch, dich mit diesem Steinhaufen zu schützen, ist fehlgeschlagen."

„Was?", fragte sie leise. *Illusion? Steinhaufen?*

„Ich habe dich gefangen", teilte er ihr mit, als würde er es zutiefst bedauern, „dich, die Frau und das Einhorn", dann machte er eine kurze Pause, „und auch den toten Mann, den du suchst."

Seine Worte, sie musste seine Worte begreifen. Er sprach mit ihr, doch warum tat sie sich so schwer damit, ihn zu verstehen? Was sie mit Sicherheit wusste, war, dass sie in ernsthafte Schwierigkeiten geraten war. Der Knochenelf hatte sie auf eine Weise gefangen genommen, die ihr völlig unklar war.

Ich muss hier weg.

Als sie versuchte, ihre Beine zu bewegen, mit aller Kraft daran zerrte, selbst mit ihren Händen verzweifelt an ihren Knien zog, blieb sie trotzdem an Ort und Stelle stehen.

Angst fraß sich durch ihre Magengrube.

Doch am meisten ängstigte sie, dass er vom menschlichen Drachen wusste. Er konnte noch nicht tot sein. *Er ist nicht tot.* Raena verbot ihm, tot zu sein. Sie schlug die Hände vors Gesicht und versuchte, die Tränen zurückzuhalten, die sich in ihre Augen drängten.

Er kann unmöglich tot sein!

Was auch immer das für eine Illusion war, er log. Er musste.

Mit Sicherheit lügt er.

Weißt du denn, was eine Illusion ist?

Erstarrt, die Hände vor ihrem Gesicht, verharrte sie.

Hatte er gerade im Kopf mit ihr gesprochen?

In ihr stieg ein drückendes, zittriges Gefühl auf, ähnlich dem, das sie empfunden hatte, nachdem Torren in ihren Kopf gedrungen war und sie geküsst hatte – und doch ganz anders. Der Prinz verkörperte Gewalt, brachte den Tod, ein Mörder, der pure Boshaftigkeit ausstrahlte. Seine dunkle Aura hatte ihr Angst gemacht. Trotz alldem war Raena fasziniert gewesen. Der Knochenelf hingegen rief in ihr den Wunsch hervor, sich verstecken zu wollen, in irgendeinem Loch zu verschwinden, damit er sie weder ansehen noch berühren konnte. Und sie hatte das Gefühl, dass der Elf sie überall finden würde. Er war im Moment der, der alles in den Händen hielt, ihr Leben, ihre Wahrnehmung, ihre ganze Welt.

Panik schnürte ihr die Kehle zu.

Sie hatte ihn unterschätzt.

„Ich kann auch anders mit dir sprechen. Von Angesicht zu Angesicht zum

Beispiel."

Von einem Wimpernschlag zum nächsten wurde es hell. Blinzelnd blickte sie zwischen leicht gespreizten Fingern hindurch, musste sich erst an die Helligkeit gewöhnen und ließ dann ihre Hände sinken, als sie sah, wo sie war.

Unmöglich.

Kühler Wind strich um ihre Schultern. Sie roch das Meer darin.

Säulen.

Ihr Körper reagierte mit einem Zittern.

Das kann nicht sein.

Sie stand auf dunklen Schieferplatten. Es war der Boden ihrer Kathedrale.

Nein, das kann nicht sein!

Dennoch, Raena befand sich körperlich an einem Ort, den sie nur aus ihren Gedanken kannte. Dies war die Realität.

„Wie kann das sein ...?", murmelte sie.

Unmöglich konnte das *ihre* Kathedrale sein. Das waren doch nicht dieselben Säulen, nicht dieselbe, bemalte Decke. Während in ihrem Kopf der riesige Raum immer irgendwie von selbst hell gewesen war, sorgten hier hunderte in der Luft schwebende Kerzen für Licht.

Geschockt blickte sie zur Decke hoch. Die Zeichnungen fehlten.

Nein, das ist nicht meine Kathedrale.

Wenige Sekunden später erbleichte sie und die Erleichterung verflog, bevor sie überhaupt richtig wahrgenommen werden konnte, denn die Kerzen waren höher geschwebt und da waren sie, blasse Bilder, von Gold und Silber gezeichnet.

Raena schlotterten die Knie.

„Jetzt kannst du mich sehen." Rechts von ihr lehnte ein lässig lächelnder, kahlköpfiger Mann in schwarzer, seltsam schimmernder Kleidung an einer Säule. Obwohl sie ihn anders in Erinnerung hatte, wusste sie, dass es der Knochenelf war. Unumstritten war ihre Ähnlichkeit, auch wenn der Mann nun jünger und vitaler aussah.

Ein dunkler Umhang wehte um seine Beine, seine Hüfte, wirkte wie ein geisterhafter Schattenschemen. Seine vor seinem Schritt verschränkten Hände steckten in ellbogenhohen Handschuhen aus Samt, jeder einzelne Finger war mit einem kostbar aussehenden roten Stein besetzt. Sein Hemd schien aus mehreren Schichten zu bestehen, besaß Brusttaschen und einen zusammengelegten Kragen, wo sich zwischen zwei Perlmuttknöpfen ein kleiner Teil des Kehlkopfs bewegte.

Seine Gesichtszüge wirkten auf einmal aristokratisch, edel und entschlossen und in seinen Augen, die nun viel dunkler wirkten, zeigte sich offenes Interesse. Im Keller hatte er noch keine solche Macht ausgestrahlt. Sie schien greifbar in der Luft zu prickeln, wie eine stille Warnung, was sie schaudern ließ. Er war in ihre Kathedrale eingedrungen und das, obwohl sie vor Torren hier sicher gewesen war.

„Es belustigt mich, wie sehr dich meine Erscheinung in Angst und Schrecken versetzt", seine hart klingenden Worte wurden von den Wänden der Kathedrale zurückgeworfen.

Raena wagte nicht, sich zu rühren.

„Du brauchst keine Angst zu haben. Ich weiß mittlerweile, wer oder was du bist. Ein großes Unglück, dass es dich genau in den Zoo verschlagen musste. Der Prinz", der Elf nickte ihr zu, als würde er sie daran erinnern, was Torren für sie getan hatte, „half dir dem Markt zu entkommen. Das war richtig von ihm." Er hob beide Hände, verschränkte sie vor seiner Brust. Der Hemdstoff bewegte sich wie die Oberfläche eines Sees und passte sich wie eine zweite Haut seinem Körper an. „Er ist an seinem Gesuche vorbeigeglitten wie ein Rabe an einem schlammbedeckten Gerstenkorn." Er grinste. „Die Wahrheit blieb ihm verborgen und taufte ihn einen Narren."

Raena begriff nicht.

„Ich halte dich, deinen Körper und Geist in meiner Illusion gefangen. Ich kann dich tun lassen, was ich will. Ich kann Teer unter deinen Füßen fließen lassen, kann dich zwingen zu knien, bis du schwarz wirst. Würde ich aber nur ungern, denn du ängstigst dich bereits zu Tode. Das genügt vorerst." Er löste sich von der Säule und kam mit langsamen Schritten auf sie zu.

Raena spürte, wie sich ihr Körper anspannte. Sie wollte flüchten, doch ihre Füße rührten sich nach wie vor nicht von der Stelle.

Was ist das für ein Spiel?, wollte sie fragen, doch ihre Lippen blieben stumm.

„Ich brauche deine Hilfe", sagte er, als sie nur noch wenige Schritte voneinander trennten, „aber zuerst erkläre ich dir, weshalb."

Raena starrte ihn an.

„Vor tausenden Jahren, als sie entschieden, diesen *Fehler*", damit meinte er wohl sie, „wiedergutzumachen, brauchte der Rat mächtige Reiter und Reiterinnen, die mächtigsten von ihnen, um ihre Kräfte mit denen der Göttin gleichzusetzen. Gebündelt war es ihnen möglich, Aras Energie zu unterdrücken und das Fleisch, welches deine Knochen umgibt, in einen tiefen Schlaf zu versetzen. Sie haben ein Ritual vollführt, obwohl sie sich der Gefahr bewusst waren, und banden die Völker der Beteiligten an einen Fluch, der durch dich ausgelöst wurde."

„Durch mich?", murmelte sie, doch er ignorierte es. Nun war er hinter ihr und Raena wagte nicht, den Kopf zu drehen.

„Die meisten Völker haben das Unheil längst vergessen, welches ihre Rasse einst heimsuchte. Kennst du das Geschlecht der Ren? Druiden des Waldes, Hexer und Hexen der grünen Steppen oder wie auch immer sie alle heißen. Das ist einerlei, sie tragen Geweihe am Kopf, was harmlos sein mag, doch sie verloren ihre Fähigkeit, sich verwandeln zu können. Sie verschmolzen mit den Hirschen, den Rehen zu einer Einheit. Es ist das Zeichen ihres Volkes, sagen sie. Doch ich sage, wegen dem Fluch, der auf ihnen lastet."

„Ich kenne keine Ren."

„Wenn du welche siehst, wirst du merken, was ich meine."

„Und wie soll ich dir helfen? Ich weiß nicht, was ich tun könnte."

Obwohl er sie nicht berührte, hatte sie das Gefühl, er täte es.

„Ich habe tausende Jahre nach Heilung gesucht und bin nach wie vor ein lebendiges Skelett, das Fleisch fällt mir von den Knochen und das Horn eines Einhorns hilft nur bedingt." Er lachte hart auf wie jemand, der alle Hoffnung aufgegeben hatte. „Obwohl du nicht mehr schläfst, wirkt der Fluch noch immer. Warum, frage ich mich, du bist wach, also warum? Wer wohl gestorben ist? Deinesgleichen sind selten und an sie ranzukommen ist nicht einfach."

Sie konnte ihm nicht folgen und wurde wütend. „Ich kann nichts dafür, dass sich irgendjemand irgendwann dazu entschieden hat, ein kleines Kind für die Ewigkeit schlafen zu lassen. Büßt für Eure Fehler, schlecht kann ich schuld an Eurem Unheil sein."

Ihr Herz raste.

„Deine verdammte Mutter ist die Schuldige", zischte er in ihr Ohr, war plötzlich so dicht bei ihr, dass ihr Nacken kribbelte, „sie und dein verfluchter Vater. Aber dein Schlaf hat es ausgelöst, also behebe es!"

Raena spürte einen Luftzug, glaubte, geschlagen zu werden und duckte sich, doch verlor das Gleichgewicht und fiel hin. Sie fing sich ab, blieb aber am Boden liegen. Als sie den Blick hob, stand der Elf direkt vor ihr, halb die Hände nach ihr ausgestreckt.

„Verzeih mir", er schien schockiert, seine Augen waren weit geöffnet, „ich wollte dich nicht schlagen."

Sie glotzte ihn entgeistert an und zuckte weg, als er nach ihr greifen wollte.

„Ich kenne meine richtige Mutter nicht", stieß sie hervor und rutschte rückwärts, weg von ihm, bis sie keine Luft mehr bekam und vor Anstrengung keuchte. Warum fühlte es sich so an, als würde sie einen verdammten Berg erklimmen?

Er verzog das Gesicht.

„Du bist mit ihr verbunden. Ich weiß zwar nicht, ob du mit ihr sprechen kannst, aber du könntest es versuchen."

„Mit ihr sprechen?" Raena stützte sich mit ihren Händen ab, spürte den Stein unter ihren Händen. „Aber sie wird nicht antworten, weil sie tot ist." Außerdem wollte sie nicht mit einer Göttin sprechen, die sie nicht als ihre Mutter ansah, das war merkwürdig.

„Hattest du keine Träume, keine Visionen, die du dir nicht erklären konntest?"

Raena wusste sofort, was er meinte. Doch konnte sie ihm auch glauben? Sein Blick ließ sie schaudern und so wandte sie die Augen ab. Welchen Grund hatte sie, ihm zu vertrauen? *Keinen.* „Bei den Göttern, ich- ..."

„Bei den Göttern", äffte er sie nach und als sie ihn wieder anblickte, lachte er.

Raena starrte ihn an, als sähe sie ihn zum ersten Mal. Sie hatte keine Zeit hierfür. Sie musste Ozean suchen, Ozean und den Drachen und dann mussten sie einen Weg finden, wie sie hier rauskamen. Bestimmt gab es einen Ausgang, schließlich roch sie das Meer.

„Und Bahira lässt du hier? Wie nett von dir." Seine Heiterkeit war verflogen.

Raena wurde übel.

„Ich will doch nur deine Hilfe", seufzte er, „das ist doch nichts Großes für dich, immerhin bist du das Gleichgewicht. Wenn nicht du, wer dann? Wenn du nicht weißt, wie man meinen Fluch brechen kann, dann gibt es keine Hoffnung für mein Volk. Frag doch deine Mutter, die kleine Hure. Sie weiß bestimmt die Antwort."

35. KAPITEL

Obwohl Ara für Raena eine Fremde war, so gefiel es ihr dennoch nicht, wie er die Göttin betitelte. Der Elf schien ihre Gefühle zu spüren, denn er verzog lediglich den Mund zu einer Grimasse.

„Denkst du nicht, dass sie mich längst angesprochen hätte, wenn sie ..."

„Hör auf, mich zu belehren!", fauchte er.

... mit mir sprechen könnte?

Raena presste die Lippen zusammen. „Welcher Fluch lastet auf deinem Volk?", versuchte sie ihn zu beruhigen. Ihre Stimme zitterte.

Er sah sie scharf an. „Das weiß ich nicht. Das Fleisch modert uns von den Knochen, während wir verdammt sind, auf ewig tot umherzuwandern. Schmerz spüren wir keinen, nein, aber die Ewigkeit lässt uns genug seelische Qualen erleiden."

Vor ihren Augen spielten sich grauenvolle Bilder ab. Sie sah Skelette, die sich mit grotesken Arm- und Beinbewegungen fortbewegten, Gestalten in schwarzen Umhängen, fleischlose Gesichter ohne Augäpfel, blanke Kiefer und glänzende Schädel.

„Ich habe zu Ara gebetet, all die Jahre lang. Doch die Göttin schweigt", er klang verletzt und wütend zugleich, „ich habe ihr Opfergaben dargebracht, doch sie ignoriert jede Bitte, jeden Wunsch und hüllt sich in Schweigen. Ich würde mich selbst opfern, nur um mein Volk endlich zu erlösen, doch selbst das ignoriert sie. Einst waren wir ein stolzes Elfenvolk aus dem Norden. Wir- ..."

Raena sah ihn betroffen an, während sie an Fenriel dachte.

„Er gehört nicht zu den Nordelfen", beantwortete er ihre Frage, ohne seinen eigenen Satz zu beenden, obwohl sie sie nicht einmal gedacht hatte.

„Warum hast du mich nicht sofort um Hilfe gefragt?"

Er blinzelte und sie hatte das Gefühl, dass er den Faden verloren hatte.

„Ich", begann er, doch hielt inne, „ich habe mich mit der Suche nach jemanden beschäftigt, der ... der mir wichtig ist. Für einen Moment glaubte ich, ihn zu finden, doch dann ... ", er brach ab und seine Brauen zuckten, als konzentriere er sich auf etwas, das er nicht fassen konnte.

Raena hatte das Gefühl, dass er ihr nichts tun würde. Zwar hatte er zum Schlag ausgeholt, doch er hätte sie festhalten können – was er nicht getan hatte. Dennoch, das änderte nichts daran, dass er Ozean seines Horns beraubt und ihn zum Sterben im Stall zurückgelassen hatte.

„Hilf ihm", flehte sie, „du kannst ihm doch helfen?" Während sie das fragte, spürte sie lediglich Schmerz und Kummer.

Warum eigentlich? Wo war ihr Ärger?

Etwas in ihrem Kopf flüsterte leise: *Ozean wollte Buße tun. Er hat ihm nur einen Gefallen getan.* Sie ignorierte die Stimme.

Seine Augen wurden wieder klar, sein Geist kehrte in die große Kathedrale zurück. „Sobald du mir versprichst, alles zu tun, um meinem Volk zu helfen, gebe ich dir deine Begleiter zurück. Aber nur unter einer Bedingung", er setzte ein trauriges Lächeln auf, „du nimmst den Fluch von uns, ansonsten bin ich gezwungen, dich zu töten. Das verspreche ich dir."

„Aber wie?", rief Raena, „wie soll ich euch helfen?!"

„Du findest schon einen Weg. Ich muss mich – ich kann mich nur auf dich verlassen. Es gibt sonst niemanden auf dieser Welt."

„In den tausenden Jahren hast du keine Hilfe gefunden?"

„Ich war bei einem mächtigen Mann, ja. Doch er sah auf mich hinab, lachte mich aus. Ich sei bloß ein Schatten, ein verfluchter, unbedeutender Teil aus seiner Vergangenheit, doch das bin ich nicht. Ich sehe die Dinge ganz klar vor mir. Doch jetzt, da ich seine Tochter vor mir sitzen habe, habe ich endlich Hilfe gefunden."

„Du hast mit meinem Vater gesprochen?" Raenas Gedanken überschlugen sich. „Mit meinem richtigen Vater?"

Er lächelte geheimnisvoll, seine Augen leuchteten auf. Er sah aus wie ein schelmisch grinsender Kater, wie jemand, der mehr als sein Gegenüber wusste. „Er war noch am Leben, vor ein paar hundert Jahren. Ob er noch König ist? Vermutlich. Ach, er hat sie so sehr geliebt." Er seufzte langgedehnt. „Deine Mutter war eine große Herrscherin, die letzte noch atmende weiße Göttin. Man hat sich gefragt, warum ausgerechnet sie und der Gott von Schwarz sich am Schlachtfeld fleischlichen Gelüsten hingaben, ein Kind zeugten und damit die Verteilung völlig durcheinanderbrachten. Was könnte wohl der Grund für ihren Beischlaf gewesen sein? Zuneigung? Liebe? Die damaligen Götter kannten keine Liebe. Alles taten sie nur, um sich selbst zu befriedigen, für sie gab es nur Macht, Habgier, Eigennutz und Ruhm. Wenn sie sich fortpflanzten, waren sie wie Kaninchen. Bruder und Schwester, Vater und Tochter. Sie taten, was ihnen in den Sinn kam, ohne Rücksicht auf Verluste."

Raena fand den Gedanken, sich inmitten von Toten zu lieben, völlig absurd. Die Geschichte war ihr nicht neu – Lanthan hatte ihr dasselbe erzählt. Auch dass sich Götter mit ihren Verwandten einließen, überraschte sie nicht; in Legenden hatte sie von den schrecklichsten Dingen gelesen.

Er lachte rau auf. „Legende oder nicht, Völker sind abergläubisch. Versuche sie vom Gegenteil zu überzeugen und sie werden dich steinigen."

„Sie waren beide Götter und doch sind wir alle gleich. Wir atmen, sprechen, wandeln unter der Sonne, die Suneki erschuf. Was ist mit Suneki? Gehörte er zu ihnen?" Sie hatte keine Ahnung, was sie da redete – sie redete, weil ihr aufgefallen war, dass er gern erklärte.

„Beide waren Götter, sie stammen von der gleichen Rasse und doch nicht von der gleichen Linie ab. Und was Gott Suneki betrifft", sein Gesicht nahm einen angeekelten Ausdruck an, „über ihn spreche ich nicht."

„Der Streifen ist doch jener Ort, wo früher die Kämpfe ausgetragen wurden, nicht wahr? Warum eigentlich? Man spricht immer von Kriegen, Weiß gegen Schwarz, Schwarz gegen Weiß, welche Gründe hatten sie, sich zu bekämpfen? Ich dachte immer, ihr einziges Ziel war es, im Streifen diejenigen auszugrenzen, die ihnen nicht passten."

Der Knochenelf blickte zu Boden, seine Stirn gerunzelt. „Ich habe es dir bereits gesagt, hörst du mir nicht zu? Ehre, Eigennutz, Gier. Damals gab es viel mehr Reiter, die auch wirkliche Reiter waren, nicht diese magisch begabten Adeligen, die auf Tiere gesetzt werden und für den Herrscher in Parade gerückt durch die Straßen ziehen. Wirkliche Reiter, die sich körperlich mit ihren Tieren vereinten, eins mit ihnen werden konnten." Er sprach schnell, sie konnte ihm kaum folgen. „Aber wenn ich ehrlich bin", murmelte er verstimmt „habe ich die wirklichen Gründe längst vergessen."

„Magisch begabte Adelige? Wie ist das gemeint?", fragte sie mehr zur Ablenkung als aus Neugierde, während sie langsam rückwärts rutschte und ihr der Schweiß ausbrach. Es war anstrengend, sich seiner Macht zu widersetzen. „Weißt du, wo mein Vater ist? Wie starb meine Mutter?"

Der Knochenelf hob den Blick. Seine Augen durchbohrten sie.

Raena bekam einen halben Herzstillstand. War ihm aufgefallen, was sie beabsichtigte? Doch er sagte nichts, schien nicht zu bemerken, dass sie sich von ihm wegbewegt hatte. Vielleicht fiel ihm doch nicht alles auf.

„Kennst du die Entstehung dieser Welt nicht, Kind?" Es klang wie ein Vorwurf und hatte kaum etwas mit ihren Fragen zu tun.

„Woher denn?", entgegnete Raena mit möglichst starker Stimme, ohne wirklich darüber nachzudenken, während ein kühler Hauch um ihr Gesicht wehte. Sie war sich sicher, irgendwo hinter ihr befand sich ein Ausgang. Sie roch Fisch und Meer, überlegte nicht zu viel, befürchtete, dass er ihre Absichten in ihrem Kopf lesen könnte.

„Die Götter kamen aus dem Nichts", erklärte er ihr geduldig, „das Nichts hat sie erschaffen, formte ihre Leiber und ihre Glieder nach eigenem Ermessen. Danach glitten sie durch Dunkelheit, auf ewig zur Einsamkeit verdammt. Man sagt, das Nichts habe sich nach Gesellschaft gesehnt, doch ob es stimmt, weiß niemand. Und obwohl das Nichts unendlich ist, seine Weiten unergründlich und die Tiefen nie enden, begegneten sich zwei von ihnen."

Ein Meter. Und dann noch einer. Raena schob sich von ihm fort, bemüht darum ruhig zu bleiben und ihre Gedanken zu lösen, ihm zwar zu lauschen, doch sich nichts anmerken zu lassen.

„Sie sahen sich an und Gefühle waren geboren. Doch das Nichts trug sie wieder voneinander fort, war mit ihrer Begegnung nicht einverstanden, wollte ihre Gesellschaft nicht teilen. So wanderten sie herum, trieben wie Fische im Ozean immer auf der Suche, doch einmal erfahren, konnten die beiden ihre Begegnung nicht mehr vergessen. Sehnsucht war geboren." Er fuhr sich übers Gesicht, verdeckte die Augen, als wäre er selbst davon ergriffen. „Die beiden sehnten sich so stark nacheinander, dass sie sich ein weiteres Mal trafen, die Hände ausstreckten und sich berührten und da erfuhren sie, was Nähe bedeutete. Trotzdem wurden sie erneut auseinandergerissen und verschlungen. Sie tobten, flehten, schrien. Dies war die Geburt der Sprache und nach einer Weile des Schmerzes, bekam das Nichts Mitleid mit seiner Schöpfung und erbarmte sich."

Er schüttelte den Kopf.

„Das Nichts gab ihnen Macht und damit erschufen sie Land, auf das sie herabstiegen und mit ihrem Einfallsreichtum bevölkerten. Auch andere Götter wurden freigelassen und gemeinsam erschufen sie Tiere und Elfen", er blickte sie verärgert an, „zum Henker, du bist eine Plage, stellst mein Erinnerungsvermögen infrage. Was weiß ich. Jedenfalls vermehrten sie ihre Magie, gaben sie an gewöhnliche Menschen weiter und die eiferten den Göttern nach, wurden selbst zu Reitern und auch zu Elfen. Früher nannte man sie nur Magiebegabte. Nun sind es Reiter – eine Beleidigung gegenüber den wahren Reitern, gegenüber dir. Doch der Friede währte nicht ewig, durch Kriege verdünnten sie sich selbst und die großen Götter wurden zurück ins Nichts gestoßen."

„Was bedeutet es, das Gleichgewicht zu sein?", Obwohl Raena jedes Wort gehört hatte, waren sie nur wie ein Lufthauch durch ihren Verstand gestrichen.

„Nun, das Nichts teilte die Kräfte gleich ein und durch den Tod oder das Erscheinen eines Gottes, wird die Energie neu verteilt", dann stieß er plötzlich triumphiert aus, sodass sie erschrocken zusammenzuckte, „das war also der Grund! Ich erinnere mich. Es war natürlich Macht, was sonst. Sie töteten sich gegenseitig, um mächtiger zu werden, weil ihr Körper wie ein Gefäß ist. Wenn man es öffnet, entweicht Magie. Sie behaupteten, ihre Kraft hielte alles am Leben. Würde man dich töten, würde die Welt aus dem Gleichgewicht geraten, denn die Kraft, die du durch deine Mutter erhalten hast, würde kein passendes Gefäß finden. Außer du hast Kinder, hast du aber nicht."

Er blickte über sich, legte den Kopf zurück und bestaunte die reichlich verzierte Decke der Kathedrale.

„Wenn ich gnädig wäre und nur an das Schicksal aller Lebewesen denken würde, dann würde ich dich hier einsperren. Du würdest schlafen, gefangen in meiner Illusion, würdest hunderte Jahre in meinem Zauber überdauern und die Welt wäre in Sicherheit. Solange du dich frei bewegst, steht die Welt vor dem Ende."

Wer war dieser Mann? Er war wie ein Albtraum, sprach, als könne er alles vollbringen. In ihrem Inneren formte sich Widerstand. Er mochte Recht haben, doch sie war sich sicher, mit der Zeit dem Wahnsinn zu verfallen. Allein in einer Illusion gefangen, auf ewig in einer Lüge zu leben, vielleicht noch irgendeiner erdachten Geschichte eines verfluchten Elfen zu glauben – nein, darauf konnte sie gern verzichten.

„Du wärst nicht allein", säuselte er, den Blick von der Decke nehmend und betrachtete sie, als wöge er tatsächlich seinen eigenen Vorschlag ab, „du hast das Einhorn und die Frau, Bahira. Ach, und deinen anderen Freund, den Drachen", fügte er beiläufig hinzu.

„Es wäre nicht echt", antwortete sie ihm.

„Wo ist eigentlich deine magische Kugel hin? Schwebte die hier nicht irgendwo?" Er sah sich um, scheinbar belustigt. „Ich bin wirklich gut darin, Dinge zu verstecken. Du darfst raten, ich gebe dir fünf Versuche."

Raena sah ihn ausdruckslos an. „Ohne meine Magie kann ich dir nicht helfen."

Er lächelte nur, so als wolle er ihr sagen, dass er wisse, dass sie es auch so nicht könne. Es kam ihr wie ein Spiel vor, eine Beschäftigung, die er sich gesucht hatte, um der Langeweile seines ewigen Lebens zu entfliehen. Er gab sie nicht frei, erzählte endlos, während Ozean verblutete, Bahira und der menschliche Drache gefangen waren und sie tat gefühlt nichts dagegen. Wo blieb ihre dunkle Seite? Wo war das Flüstern, das ihr Rettung versprach?

„Lass mich gehen", forderte sie leise, ging nicht auf das Ratespiel ein.

„Ich habe gesagt, was ich von dir will", erinnerte er sie gelassen und nachdem er unbeeindruckt mit den Schultern gezuckt hatte, legte er den Kopf erneut zurück. „Wirklich beeindruckend. Sie hat sich selbst übertroffen. Hier ist es gemütlich groß. Aber das Tor musst du erneuern. Ich bedaure zutiefst, aber leider habe ich es beim Eintreten zertrümmert."

Dann sah er an ihr vorbei und sie folgte seinem Blick.

Da war es. Direkt hinter ihr.

Das Holz war aus den Angeln gerissen und dunkel, schien verkohlt. Dahinter erstreckte sich der Strand von Mizerak. Von da kam auch die Luft, die nach dem Meer roch. Trübes Licht fiel herein, die Sonne hinter den Wolken verschwunden. Sie konnte sogar die Frauen mit ihren Kindern erkennen. Dort draußen war Ozean. Dort musste sie hin. In ihrer Brust flammte Hoffnung auf. Vielleicht, wenn sie einfach aufsprang und loslief, dann wäre sie endlich frei und ...

„Wenn ich nicht verflucht wäre, würde ich selbst Kinder mit dir zeugen."

Raena fuhr herum. Hatte sie richtig gehört?

Sie konnte ihn nun nicht mehr sehen, er war hinter einer Säule verschwunden. Sie nutzte den kurzen Moment der Ablenkung, kroch weiter, wobei es sie enorme Anstrengung kostete und ihr Körper kämpfte.

Im Laufe ihrer Reise war sie oft überfordert gewesen, hatte Ängste und Hoffnungen durchgestanden, war in tiefe Verzweiflung gestürzt, sodass sie nun von ihrer eigenen Kühnheit überrascht war. Er würde sie nicht töten, das war ihr nun klar. Er hatte nur angedeutet, sie für immer in einer Illusion festhalten zu wollen, doch auch das würde er nicht tun.

„Ich heiße Solvíon", flüsterte er in ihr Ohr hinein, was sie erschrocken zusammenfahren und aufschreien ließ. „Dein früherer Begleiter, der vernarbte und hübsche König mit den grünen Augen, sein Schicksal ist eng mit deinem verbunden. Er weiß viel mehr, als er dir verraten hat. Bitte ihn um Hilfe. Du hast ein Jahr, um mich zu finden."

Was sagte er da? Meinte er etwa Lanthan? *Lanthan und König?*

Sie sah ihn nicht, und trotzdem hörte es sich so an, als wäre er ganz nah.

„Vielleicht, wenn wir uns früher begegnet wären, wenn du in meiner Zeit groß geworden und unter der Obhut deiner Mutter aufgewachsen wärst, vielleicht wäre ich dein Geliebter geworden."

Nein, dachte sie, *nur über meine Leiche.*

Er lachte und Raena spürte eine Berührung am linken Unterarm. Es schmerzte nicht, fühlte sich weder kalt noch warm an. Es war ein sanfter Druck, nichts Erwähnenswertes und doch blieb ein blauschwarzer, lückenhafter Handabdruck zurück.

„Es tut mir leid."

Raena war unfähig, sich zu rühren und seine nächsten Worte ließen sie blass wie ein Leichentuch werden.

„Es wird wandern. Solltest du es nicht schaffen, wird es dich nach Ablauf eines Jahres erwürgen."

„W-*andern?*", stotterte sie, starrte fassungslos den Abdruck auf ihrem Arm an.

„Du hast mir keine Antwort gegeben", murmelte er, tauchte plötzlich unerwartet neben ihr aus dem Nichts auf.

„W-warum?", sie bekam Angst um ihr Leben, „du kannst mich nicht mit so vielen Dingen überhäufen und dann erwarten, dass ich, d-dass ich ...", sie hielt einen Moment inne, um sich zu sammeln, „ich sagte doch, ich weiß nicht, wie ich dir helfen soll. Außerdem hattest du kein Recht dazu, das Einhorn zu quälen, Bahira und mich gefangen zu nehmen. Du hattest auch kein Recht dazu, dem Drachen etwas anzutun."

„Aleron", raunte der Elf leise, seine Stimme kaum hörbar. „Er- ..."

„Was?!", herrschte Raena ihn an und in ihrem Kopf formten sich Sätze, die atemlos aus ihr hervorsprudelten, wie Wasser aus einer Quelle, „ich habe keine Ahnung, wie ich meine Macht einsetzen kann oder wie man Flüche bricht. Mein Wissen ist beschränkt, ich habe lediglich Bücher aus Mutters Bibliothek gelesen und da gab es keine magischen Formeln, die mich gelehrt hätten, was ich zu tun habe. Ich bin hier gestrandet, ich weiß nicht, wo meine Begleiter hin sind, i-ich", ihre Stimme überschlug sich, sie schnappte nach Luft, „d-dieser vernarbte König, meinst du Lanthan? Er ... er ist nicht mehr bei mir. Ich weiß nicht, wo er ist."

Solvíon nickte nur und murmelte: „Du findest einen Weg", dann blickte er ihren Arm an, in seinen Augen kein Funken Mitgefühl, „die Hand wird dich davon überzeugen."

Raenas Augenlider zitterten, als sie die dunklen Umrisse betrachtete, die Stellen, zwischen welchen ihre Haut hindurchblitzte. Sie biss sich auf die Unterlippe. Es würde sie umbringen. Bei den Göttern. *Es wird mich umbringen.*

„B-bitte – mach das weg. M-mach das ungeschehen. Ich versuche dir auch so zu h-helfen, ich finde einen W-weg", wiederholte sie seine Worte, konnte nicht aufhören zu stottern, doch sie legte all die Überzeugung, die sie im Moment aufbringen konnte, in ihre Stimme hinein.

„Nein", entgegnete er hastig, „das kann ich nicht, weil ich damit einen Schwur besiegelt habe."

Er kann nicht? Wie – er kann nicht?

„Einen Schwur?! Ich habe doch nichts geschworen!", schrie Raena hysterisch.

Plötzlich kühlte es ab. Ein scharfer Windstoß, die Kerzen erloschen, fielen herab, als hätte man einen durchsichtigen Faden durchtrennt. Ihre Haare wurden aufgewirbelt, ihre Kleidung flatterte auf. Dann hörte sie ein letztes Mal seine Stimme. „Aber ich", sagte er kalt, „ich habe geschworen, dich zu töten, solltest du versagen."

Mit einem einzigen Wimpernschlag fielen die Säulen und die Mauern zu Staub zusammen. In ihrem Kopf ein Stich. Raena kniff die Augen zusammen, stieß einen Angstschrei aus und riss beide Hände hoch, als die Decke auf sie niederkrachte. Die Kathedrale verschwand, als hätte es sie nie gegeben. Schutt zerfiel zu Staub, löste sich im Nichts auf und zurück blieb nur ein weiter, leerer und dunkler Strand.

Raena blinzelte unter ihren Unterarmen hervor.

Der Mond war aufgegangen. Es war kalt und Schauer rieselten ihren Rücken hinunter. Zuerst hörte sie nur ihren zischenden Atem, ihr schnell schlagendes Herz. Ihr Körper zitterte, ihr Gesicht feucht vor Schweiß. Dann vernahm sie die sanften Wellen, die den Strand umspülten. Sie fühlte sich benommen und müde, ihre Augenlider schwer. Die Erinnerung an den Elfen verblasste langsam, doch sein Name leuchtete wie ein Stern in ihrem Kopf auf: *Solvíon, der Nordelf.*

36. KAPITEL

Warum ist es Nacht? Es war doch Tag gewesen?
Längst war die dunkelste Zeit des Tages angebrochen, keine Vögel sangen. Zerstreut starrte sie aufs Meer hinaus, konnte nur Schwärze am Horizont erkennen. Weiter oben glänzten helle, winzige Punkte; sie waren viel zu niedrig, um Sterne zu sein.
Das sind Lichter von Schiffen ... und wo ist das ankernde Schiff, auf welchem ich war?
Von hier aus führte kein Steg ins Meer. Raena war in ihrem Leben noch nie so verwirrt gewesen.

Die Frauen hatten große Arbeit geleistet. Zumindest in ihrer Nähe bemerkte sie nicht das Ausmaß der Zerstörung, das sie gesehen hatte, als sie sich nach dem Drachen ... *der Drache!*

Ihr war, als würde sie mit einem Eimer voll eiskalten Wassers übergossen. Obwohl es stockfinster war, konnte sie das Symbol auf ihrem Unterarm erkennen. Erschüttert starrte sie den Vorboten ihres Todes an.
Ich habe geschworen, dich zu töten, solltest du versagen.

Ruhig lag der Handabdruck auf ihrer Haut, zeigte nicht den geringsten Anschein einer Bewegung.

„Nein", keuchte sie aufgelöst, „nein, bitte nicht." Ihre rechte Hand grub sie in den Sand hinein. Er war nass. „Nein", wiederholte sie, die Stimme von beginnender Verzweiflung getrübt.

Eine Hand berührte sie am Knie. Obwohl sie erkannte, wer da vor ihr lag, schrie sie erschrocken auf. Viel zu schnell befand sie sich auf den Beinen, verlor das Gleichgewicht, stolperte und fiel rückwärts.

„Achtung!", krächzte Bahira.

Raena stieß gegen etwas Hartes, rutschte mit ihrem Rücken daran ab und keuchte, als sie bemerkte, dass es sich dabei um einen Pferdekörper handelte.

„*Ozean!*", heulte sie auf.

Er lag, alle Beine von sich gestreckt, im Sand. Sein gesamter Körper war damit bedeckt, sein Fell sah zerzaust und dunkler aus, als sie es in Erinnerung hatte. Sein Bauch war eingefallen und Raena konnte die Rippen sehen, die unter der Haut hervorstachen.

Als eine größere Welle in seine Nüstern und sein offenes Maul drang, seinen Kopf hin und her bewegte, erstarrte sie. Von ihren Lippen löste sich ein

Schrei und sie umarmte seinen enormen Kopf. Sein Tod musste vor einer halben Ewigkeit eingetreten sein, denn sie konnte erkennen, dass das Wasser das Blut von seinem Kopf gewaschen hatte.

Raena brüllte vor Anstrengung, als sie ihn weg von den Wellen zerrte, doch egal, wie sehr sie sich abmühte, wie sehr sie an ihm zog, er war viel zu schwer und der Boden nicht hart genug. Der Sand rutschte unter ihr weg, sie fiel mehrmals hin und erst als Arme und Beine verkrampften sah sie ein, dass es keinen Sinn hatte.

Raena heulte auf wie ein geschlagener Hund.

Schwer atmend fiel sie vor ihm nieder, wurde von eiskaltem Wasser umspült. Sie spürte es kaum und es war ihr gleich, dass ihre Beine zur Hälfte im Sand versanken, sie von einer Welle halb umgestoßen wurde.

Schluchzend hob sie seinen Kopf hoch und legte ihn auf ihren Oberschenkeln ab, rutschte näher, drängte sich an seinen kalten Leib, während ihr die Tränen von den Wangen perlten. Ihre Sicht verschleierte, als sie in seine offenen, glasigen Augen blickte. Sie konnte den Sand erkennen, der an der Pupille festklebte, sah den Schleier des Todes in seinem Blick. Das wunderschöne Blau war einer toten Dumpfheit gewichen.

Waren wir etwa stundenlang in einer Illusion gefangen?

„Er ist tot", hörte sie Bahira neben sich murmeln, als wüsste sie das nicht, „du kannst leider nichts mehr für ihn tun."

Raena hob den Blick und funkelte ihr Gegenüber wütend an. „Ich weiß!"

Anstatt zurückzuweichen, wie Raena es sich innerlich gewünscht hätte, legte Bahira ihre Hand auf den eingefallenen Bauch. „Er ist noch nicht lange tot, denn er ist nicht steif genug", bemerkte sie, als würde sie einen Korb voll Äpfel zählen – eine Bemerkung, die ganz nebenbei erfolgte und so gefühllos war, dass es Raena nur noch wütender machte.

„Fass ihn nicht an!", bellte sie und war bereit, Bahiras Hand fortzuschlagen. „Fass ihn nicht an", klagte sie und brach auf ihm zusammen. Sie weinte ob seines Todes, ob ihres Schicksals und ob ihrem einzigen Jahr, welches sie noch zu leben hatte. Sie weinte wegen der Welt, die aufhören würde zu existieren. Sie weinte wie noch nie zuvor, all ihren Kummer hinaus.

„Da ist noch jemand."

Raena fuhr sich mit der Hand übers Gesicht.

Ein paar Meter weiter trieb ein Körper im Meer. Sie konnte nicht erkennen, um wen es sich handelte, doch das brauchte sie auch nicht. Als hätte ihr der Anblick einen Tritt verpasst, ließ sie von Ozeans Kopf ab. Plötzlich war da dieses Gefühl ...

Raena stand auf, stolperte, lief über den Strand. Obwohl sie innerlich von Traurigkeit zerfressen war, war der Anblick eine Ablenkung, der ihre Tränen für kurze Zeit versiegen ließ.

Die Wellen spielten mit ihm ihr Spiel, schoben ihn höher, mal tiefer, spülten ihn an Land und zogen ihn wieder zurück. Sein Oberkörper war entblößt. „Er ist es", hörte sie sich keuchen. Sie konnte sein Gesicht nicht sehen, spürte aber nun um einiges deutlicher seine Gegenwart in ihrer Nähe. *Er ist es! Ozean, wir haben ihn gefunden!* Wenn sie sich nicht beeilte, würde ihn das Meer zu sich nehmen und in die Tiefe ziehen.

Mit einem Aufschrei eilte sie in die Wellen hinein, spürte die Kälte kaum, die sich durch ihre Glieder fraß. Sie ging tiefer, ihre Hände griffen nach ihm, doch das Meer zog ihn aus ihrer Reichweite. Mit dem Gesicht nach unten trieb er dahin, sein Haar bildete eine dunkle Krone um seinen Kopf.

Raena watete tiefer, kämpfte mit der Strömung. Es war ihr gleich, mit welcher Kraft das Meer an ihr zerrte, sie würde sich nicht aufhalten lassen, nicht, wenn sie ihm so nah war, nicht, wenn sie ihn endlich gefunden hatte. Schließlich schwamm sie, kämpfte sich mit weiten Armbewegungen vorwärts. Obwohl sie kaum etwas sah, Salz in ihren Augen brannte und sie gefühlt mehrere Liter fauligen Wassers schluckte, griffen ihre Hände nicht ins Leere. Ihre Finger packten nach einem Arm und dann brach auf einmal eine Welle über ihrem Kopf zusammen. Jäh befand sie sich unter Wasser, war von Dunkelheit und Kälte eingeschlossen.

Unter ihren ausgestreckten Füßen spürte sie einen Felsen. An ihm stieß sie sich hoch und kämpfte sich zurück an die Oberfläche. Froh, Aleron dabei nicht losgelassen zu haben, schwamm sie, zerrte ihn hinter sich her und mit übermächtiger Anstrengung zog sie ihn auf den Strand. Dann ließ sie seinen Arm los. Hastig fuhr sie sich übers Gesicht, strich das nasse Haar beiseite und spuckte Wasser.

Ohne sich bewegt zu haben, lag er da. Seine Hände waren angewinkelt, seine Beine ausgestreckt. Raena atmete erleichtert aus. *Ich habe dich gefunden.* Ihr nasses Haar war plötzlich viel zu schwer. Ihre Muskeln erschlafften und sie ließ sich in den Sand sinken. *Ich habe dich gefunden,* dachte sie immer wieder.

„Ich helfe dir!", auf einmal war Bahira zur Stelle.

Raena konnte kaum den Kopf heben. Ihre Lippen ließen sich zwar öffnen, doch sie konnte nicht sprechen.

Es kostete sie enorme Anstrengung, überhaupt zu denken. Also sah sie Bahira dabei zu, wie sie ihn bei den Schultern nahm und auf den Rücken drehte. *Sein Gesicht ...* sie erinnerte sich noch gut daran.

Er war viel zu bleich. Seine Lippen rissig und bläulich. Wunden bedeckten seinen Oberkörper, teilweise offen, teilweise geschlossen. Er sah aus wie jemand, der keinen einzigen Tropfen Blut mehr im Körper hatte.

Bahira nahm ihn bei den Handgelenken, zog ihn von ihr und vom Meer fort. Raena hätte gern nach ihm gegriffen, doch sie konnte nicht. Als seine dürren, grotesk verbogenen Füße an ihr vorbeigezogen wurden, verschleierten ihre Augen ein weiteres Mal.

Er ist tot. Sie hatte sich seine Gegenwart nur eingebildet.

Sein Anblick gab ihr dennoch Kraft, zwang sie zur Bewegung und so kämpfte sie sich auf die Knie hoch und kroch ihm schluchzend nach.

Nur Mut, hörte sie Ozeans Stimme in ihrem Kopf. *Nur Mut.*

Einbildung, eine ferne Erinnerung.

Ihre Hände versanken im Sand, ihre Füße fanden keinen Halt. Mühsam kämpfte sie gegen die Schräge an. Sie fühlte sich in die Illusion zurückversetzt, ihr war, als hielte sie der Knochenelf zurück, als stünde er neben ihr, lache sie wegen ihrer Kraftlosigkeit aus. Doch er war nicht hier. Wenn sie zur Seite blickte, sah sie bloß Ozeans Körper von Wellen umspült.

Ihr wurde schwindlig.

Ich möchte mit diesem Opfer für meine Fehler und die meines Reiters büßen und biete mich freiwillig an.

Was nun? Beide waren hier. Das Einhorn war tot, der Körper lag griffbereit. Fehlte nur noch die Seele des Drachen, die ihn besetzen musste.

Was musste sie tun?

Eine schier unmögliche Aufgabe stand ihr bevor.

Sie wischte sich über die Augen, kratzte sich mit Sandkörnern übers Gesicht. Ihr Blick fiel auf den Körper des Jungen, auf Bahira, die ihr Gesicht seitlich gegen seine Brust drückte.

Was tut sie da?

Als das Bild vor ihren Augen zu verschwimmen und der Boden zu wackeln begann, schüttelte sie den Kopf. Ihr wurde übel, der Schwindel übermächtig. Ihr Atem beschleunigte sich, ihr Kopf pochte. Niemals würde sie es schaffen. Wie sollte sie etwas für sie nicht Fassbares, nicht Erklärbares ohne Hilfe hinbekommen? Wie sollte sie ... *wie soll ich ...*

Es gab keine Lösung, keine magische Formel, kein Rezept dafür.

Nur am Rande bemerkte sie, wie Bahira ihre Hände auf den Brustkorb des Jungen legte. Sie tat etwas und Raena beneidete sie um ihren Einfallsreichtum. Ihre Gedanken glitten zur Kathedrale davon. Umgeben von regenbogenfarbigen Säulen sah sie sich selbst darin stehen. Über ihrem Kopf schwebte eine magische Kugel, eine bunte Vielfalt aus farbigen Fäden inmitten eines nebeligen Gebildes. Warum war sie da, der Knochenelf hatte sie doch versteckt? Nur eine weitere Einbildung. Sie befand sich nicht dort. Sie war hier, am Strand und der Sand war überall, zwischen ihren Zehen, ihren Fingern, in jeder Hautfalte.

Ozean war auch da. Er sah sie stumm an. Seine Anwesenheit tröstete sie, beruhigte ihren Atem und linderte ihren Kopfschmerz.

Gelbes Licht erschien, ein helles, warmes Strahlen, als hätte jemand mit einem Funken ein Feuer entfacht und damit auch die Kerzen, die unmöglich existieren konnten, da sie mit der Kathedrale verschwunden waren.

„Was der schwarze Faden wohl macht?", fragte sie Ozean, hörte ihre eigene Stimme über den Strand hallen. Es war eigenartig. Sie vernahm zwei Stimmen, wie von zwei verschiedenen Personen, die eine übertrieben fröhlich, die andere tief traurig.

Raena rief die Kugel zu sich. „Komm zu mir, komm her!"

Spielerisch griff sie nach ihr und lachte, obwohl sie eigentlich weinte, als die um sich selbst rotierende Masse immer näherkam und schließlich, flackernd, direkt vor ihr zum Stillstand kam.

„Beim letzten Mal hast du dich versteckt ...", sie fasste hinein.

EPILOG

Mit einem Seufzen lehnte sie sich zurück, weg von dem dürren, nur aus Haut und Knochen bestehenden Jungen, der nicht mehr atmete. Sein Gesicht war übersät von dunklen Flecken, ein Mundwinkel war eingerissen und geschwollen. Ob er nun tatsächlich im Meer ertrunken oder bereits im Vorhinein tot gewesen war, vermochte Bahira nicht zu sagen.

Seine Füße waren zerquetscht und gebrochen worden. Die klaffenden Wunden waren blutleer, ausgewaschen und fühlten sich fettig an. Obwohl Bahira versucht hatte, ihm das Wasser aus den Lungen zu drücken – sie hatte einmal ein Buch darüber gelesen, hatte sie nach zwei Versuchen aufgegeben, weil es nichts mehr genützt hätte.

Aufgewacht am Strand, bekleidet, ohne ihre Waffen und mit Seiren an ihrer Seite, hatte sie sich im ersten Moment unglaublich erleichtert gefühlt, denn ihre letzten Erinnerungen galten einem Pfeil in ihrer Brust und einem harten Untergrund. Mit stechendem Schmerz und dem Gedanken daran, ihren letzten Atemzug getan zu haben, hatte sie damit gerechnet, irgendwo, bevorzugt im Familienschloss, als unruhiger Geist aufzuwachen. Mit allem hatte sie gerechnet, nur nicht damit, lebendig und von oben bis unten voller Sand, an irgendeinem menschenleeren Strand ihre Augen aufzuschlagen.

Bahira wandte ihren Blick vom Toten ab.

Seiren musste ihn gekannt haben. Sie hätte sich nicht mit solch einem Elan in die Fluten geworfen, wenn es sich nur um einen flüchtigen Bekannten gehandelt hätte. Es tat ihr leid für sie. Nun mussten sie sich zusammentun, mussten sich auf Wichtigeres konzentrieren. Sie mussten überleben und Hilfe finden – Torren finden. Ein Stich in der Brustgegend erinnerte sie daran, wie sehr sie ihn liebte, wie sehr ihr Körper sich nach ihm sehnte. Umso schmerzhafter war es, dass er sie zurückgelassen hatte. Doch Bahira weigerte sich zu glauben, dass sie ihm egal war. Sie war als seine Begleiterin, als seine Beschützerin auserwählt worden. Solange sie noch Luft zum Atmen hatte, würde sie nicht aufgeben.

„Seiren, wir sollten ...", da bemerkte sie erst, dass die junge Frau am Strand zusammengebrochen war. Besorgt sprang sie auf und eilte ihr zur Hilfe. Vor allem aber aus Angst allein zurückzubleiben und einen Weg zurück ins Reich suchen zu müssen, hastete sie so schnell sie konnte zu ihr hinüber.

„Seiren", rief sie eindringlich.

Seirens Haar war verdreckt, verklebt und verfilzt, lag wie ein Schleier neben ihrem nassen Körper. Die Beine hatte sie von sich gestreckt, ihre Hände lagen unter ihr. Bahira berührte sie am Rücken, schüttelte sie und da sie nicht reagierte, griff sie nach *ihren Schultern. Obwohl Seiren schmächtig und abgemagert aussah, war es mühsam, sie umzudrehen. Dabei fiel ihr Blick sofort auf die unheimliche Tätowierung auf ihrem Unterarm; Bahira war sich sicher, dass sie am Schiff noch keine besessen hatte.*

„Ihr Atem", rief sie sich in Erinnerung. Doch als sie sich hinunterbeugen wollte, um ihn zu prüfen, erstarrte sie mitten in der Bewegung.

Seiren war bei Bewusstsein. Sie rührte sich nur nicht. Ihr Brustkorb hob und senkte sich, ihre Lippen waren einen kleinen Spalt geöffnet.

„Du hast mir nicht gesagt, was ich tun soll. Du hast mir nicht gesagt, wie ich es anstellen soll", hörte Bahira ihre Stimme, obwohl sich ihre Lippen nicht bewegten. Ihre Augen waren geöffnet, starrten dumpf den Himmel hoch.

„Seiren?", fragte sie unsicher, „ist alles in Ordnung?"

Doch Seiren sprach nicht mit ihr. Sie sprach mit jemand anderem, mit irgendetwas, das nur sie sah.

„Ich mache es, wie ich es will." Ihre Stimme veränderte sich abrupt, wurde tiefer, härter, verstimmter.

Mit einem flauen Gefühl in der Magengrube rutschte Bahira zurück, immer weiter weg von ihr. Diese Aura, diese Macht ... dieses Gefühl. Sie spürte, wie ihr kalt wurde, wie Gänsehaut über ihren Rücken rieselte. Die Kluft, ihre Tiefe und die Eiseskälte, voran jedoch die Einsamkeit, ließen sie zurückweichen.

Seiren setzte sich auf. Ihre Bewegungen wirkten fließender, raubtierhafter. Sie sah aus wie ein Mensch, doch der Anblick trog, denn ihre Ausstrahlung hatte nichts Menschliches mehr an sich. Ihr Gesicht war wie aus Stein gemeißelt, ihr Mund zusammengepresst, die Falten geglättet. Dunkle Macht umströmte sie wie grauer Nebel, entströmte ihrem Leib, berührte den Sand und färbte ihn schwarz, als hätte jemand einen Eimer Tinte darauf ausgeleert.

Seiren erhob sich.

Bahira spürte, wie sie von einem Zittern ergriffen wurde und bemerkte erst jetzt die Angst, welche durch den Anblick in ihr ausgelöst worden war. Wie Gift breitete sie sich aus, fraß sich durch ihre Glieder und lähmte sie. Auch wenn sie am liebsten ihre Beine in die Hand genommen hätte, konnte sie nur ergriffen dabei zusehen, wie Seiren wie eine Königin über den Strand ging, einen Fuß vor den anderen setzte, als hätte sie alle Zeit der Welt. Kurz glaubte Bahira, Seiren würde sie beachten, doch das tat sie nicht. Obwohl tiefste Dunkelheit herrschte und sie ihre Silhouette nur im schwachen Schein des Mondes erahnen konnte, nahm sie wahr, wie ihr Körper auf seltsame Weise leuchtete. Es war kein warmes Licht, keine Farbe, die sie jemals zuvor gesehen hatte und dennoch wurde ihre Haut dunkler, matter und durchscheinender. Seiren glühte von innen heraus, obwohl sie zugleich mit der Dunkelheit zu einer Einheit verschmolz.

War das überhaupt möglich?

Bahira zog die Beine an, spürte den nassen Sand unter ihren Füßen.

Seiren bückte sich und nahm den Jungen in ihre Arme. Liebevoll hob sie ihn hoch und trug ihn über den Strand. Er baumelte wie eine Puppe darin, seine Beine bewegten sich, sein Kopf schwankte hin und her. Beim Einhorn blieb sie stehen, legte ihn daneben ab und setzte sich dazwischen. Für einen kurzen Moment hörte man nur die Wellen, die sich sanft am Strand brachen und Geräusche, die das Meer von den Schiffen draußen bis zum Festland trug. Dann vernahm man ein knirschendes, brechendes Geräusch, welches Bahira entfernt an ihren ersten Besuch in der Todesarena erinnerte.

Sie konnte nicht wegsehen, als sich der Brustkorb des Jungen zu verformen begann und zuckend aufklaffte, als ob ihn jemand mit Gewalt aufgerissen hätte. Dasselbe geschah mit dem Einhorn, wobei es sich viel stärker wand, stärker zuckte. Sand spritzte zur Seite, als ein Hinterbein sich in den Boden bohrte. Es sah aus wie ein schwerer Todeskampf, an einen Krampf erinnernd, bevor der Leib seinen letzten Atem aushaucht und die Seele der Unendlichkeit, dem Nichts übergibt. Blut spritzte meterhoch, als der Körper schließlich nachgab und explosionsartig aufgerissen wurde. Von dem Anblick wurde Bahira speiübel und sie würgte.

Seiren saß ruhig mit angewinkelten Füßen da, ihre Hände im Schoß abgelegt. Inzwischen war sie fast durchsichtig.

„Af jsi, kde jsi. Volám tě zpět. Ujmi se darovaného těla, učiň ho svým."

Als Bahira ihre tiefe, unnatürlich klingende Stimme durch die Luft vibrieren hörte, fröstelte sie.

Die Sprache der Reiter.

Sie zu gebrauchen war eine Ehre. Nicht viele sprachen sie. Manche wussten nicht einmal, dass es sie überhaupt gab. Bahira hatte in der Reiterakademie darüber gelernt und nun hatte sie nicht nur Angst, sondern spürte auch Ehrfurcht und Misstrauen.

Sie erwischte sich dabei, wie sie immer weiter nach oben rutschte. Ihre Haut kribbelte. Die Magie, die sich in Seirens Nähe verdichtete, hob Sandkörner vom Boden hoch und ließ sie vor ihren Augen stillstehen.

Seiren schien nicht die zu sein, für die sie sie gehalten hatten.

Sie schien gefährlich.

Bahira spürte einen eindringlichen Impuls. Sie musste fort von hier.

„Nimm deine Beine in die Hand", presste sie zwischen ihren Lippen hervor, um sich selbst einen Ruck zu geben. „Steh auf. Verschwinde von hier."

Sie spürte die Sandkörner ihre Haut berühren, spürte ihren sanften Druck und als sie sich bewegte, ließ sie ein stechender Schmerz zusammenfahren. Bahira blickte auf sich hinab und sah, dass mehrere Sandkörner durch ihre Kleidung gedrungen waren, während auf ihrer Hand ...

Eine Druckwelle fegte über sie hinweg. Von starkem Wind zu Boden gedrückt, knallte ihr Körper am Strand auf und rollte aufwärts. Keuchend rang sie nach Luft und suchte verzweifelt nach Orientierung. Zwischen ihren Zähnen knirschte Sand, vor ihren Augen tanzten weiße Punkte.

Einstiche. Überall Einstiche. Und diese Kälte ...

Bahira stöhnte vor Schmerz.

Dann hörte sie ein Wiehern. Tief. Lebendig.

Wenige Augenblicke später berührte sie jemand an der Schulter und ihr Bewusstsein flackerte auf. Bahira wollte es nicht zulassen, verweigerte den Zugriff zu ihren Gedanken, errichtete eine Barriere in ihrem Geist – doch Seiren glitt hindurch, als gäbe es sie nicht. Sie drang sogar bis ins Haus vor, hinter die Mauern, dorthin, wo die Schneeglöckchen wuchsen, dorthin, wo ihre Träume verborgen waren ...

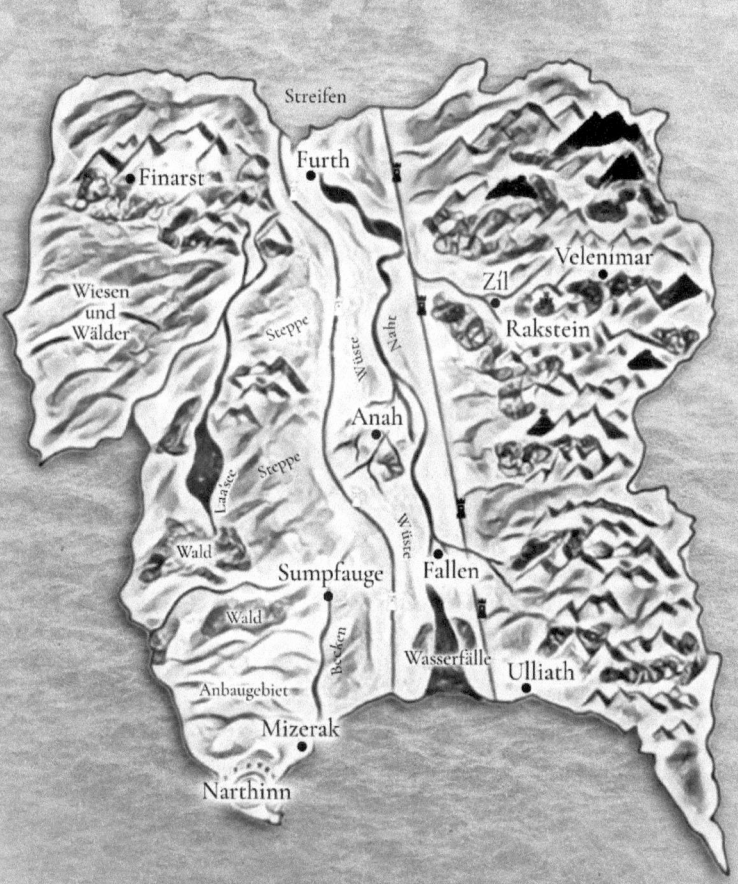

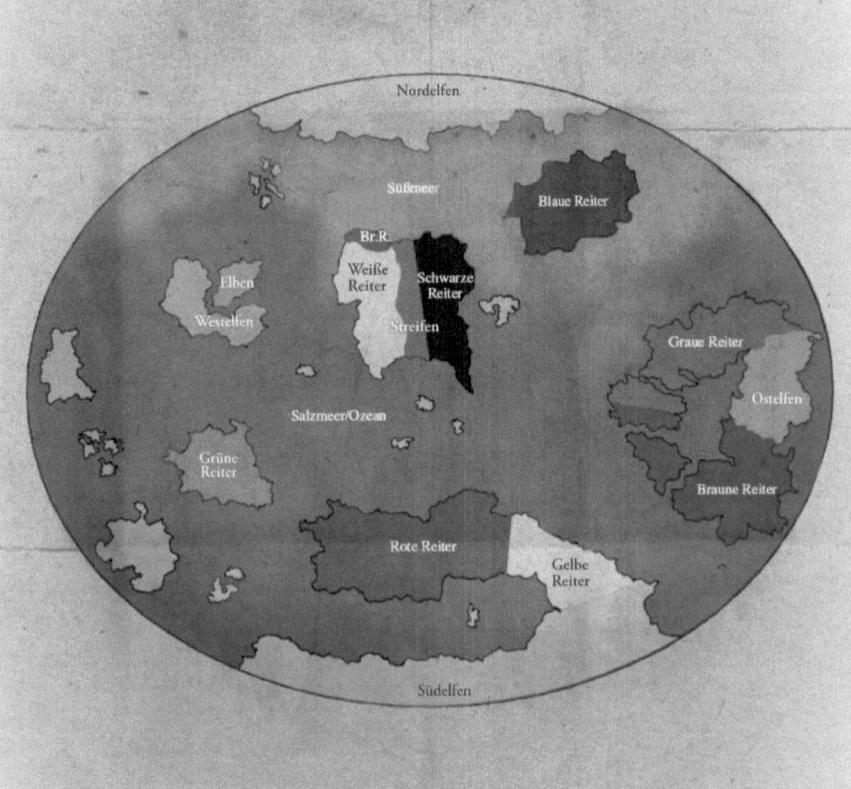

Ein paar persönliche Worte und Danksagung (bin dir nicht böse, wenn du beides ignorierst *smirk*):

Erstmal - vielen Dank, dass du dieses Buch gekauft hast. Ich hoffe, es hat dir gefallen und konnte dich für einen Moment auf eine kleine Reise mitnehmen. Hoffentlich sehen wir uns in Band Drei wieder. Ich würde mich freuen! *dir ein Stück meines Herzens schenk*

Ein Buch zu veröffentlichen ist gar keine leichte Aufgabe, teilweise erscheint es mir wie ein riesiger Berg, der langsam erklommen wird, mit Schluchten und Spalten, in die man droht zu fallen – *lach*. Aber irgendwann **reicht** es. Als Autor akzeptiert man entweder, dass es nicht perfekt ist oder man wird irre. (So zumindest meine Meinung)

Wenn jemand über das Buch sprechen möchte, Anmerkungen hat oder schlicht Fehler fand (auch inhaltliche, wenn blaue Augen plötzlich grün werden zB. oder der Schrank auf einmal ein Teppich ist), bitte schreibt es mir/uns, ich teile mir einen Instagram-Account: *flugfuchsbooks* mit meiner Lektorin, oder falls ihr testlesen wollt, meldet euch gerne. Ich bin sehr offen und dankbar für jeden Input und bemüht darin, mich laufend zu verbessern.

Raena ist nicht einfach für mich, vor allem Band Eins hat mich emotional stark mitgenommen, weshalb ich oft Kopfschmerzen hatte und in einen regelrechten Kontrollzwang verfiel, ob auch wirklich alles zusammenpasst. *Too much details!* Und ganz ehrlich? *Inzwischen habe ich keine Ahnung mehr, mein Hirn hat sich völlig abgeschaltet – Not Aus, Migräne und Verspannungen inklusive.* Aktuell arbeite ich an Band Vier, Drei ist im Lektorat, noch einige Bücher vor mir (sechs oder sieben, glaube ich). Zwei muss ich noch schreiben ... denke ich, dann schaue ich Raena nie wieder an – *voraussichtlich* (leichte Zwangstendenzen, *haha*).

Ich muss mir immer selbst viel Druck rausnehmen, weil mich Raena wahnsinnig macht. Warum ich Raena überhaupt veröffentlichte? Tja, gute Frage, weil jemand einmal zu mir sagte, wie schade es doch wäre, die Geschichte am PC verstauben zu lassen. Jetzt habe ich angefangen ... also beende ich es auch, so war ich schon immer (-auch wenn ich mir selbst dabei schadete, ist das gesund? Nein. Sollte man sich ein Beispiel an mir nehmen? Weiß nicht, muss jeder für sich selbst entscheiden). Und ja, ganz ehrlich? Inzwischen ist es mir egal, ob sich die Bücher verkaufen. Wenn ja – *juhu*, wenn nicht – *achselzuck*. I don't care, really, habe immer nur für mich selbst geschrieben (-und kann erst in Frieden ruhen, wenn ich alles korrigiert und beendet habe). Dennoch freut es mich sehr, wenn sich jemand findet, den die Geschichte begeistert.

Manche sagen zu mir: „Du kannst stolz auf dich sein, du hast ein Buch geschrieben" – vielen Dank an dieser Stelle. Ich empfinde das aber ganz anders. Ich schrieb, damit es mir geistig besser ging – und nicht, um einen Meilenstein in meinem Leben zu erreichen oder um überall herumzuposaunen: „Seht her, ich habe ein Buch geschrieben! Feiert mich!" :) Tatsächlich ist es mir immer ziemlich unangenehm, darüber zu sprechen.

Und nun das Wichtigste!
Vieles wäre nicht möglich gewesen ohne folgende Personen: *Denise* Monti, *Stefan* Wagner, *Bernhard* Zablacky, und auch für meine ersten Leser war ich unglaublich dankbar: *Selina* und *Selina*, *Melina*, *Denise* und die, deren Namen ich leider nicht weiß ... weitere sind *Astrid* Kranner, *Ulrike* Szameitat, *Mira* Winkler, *Anna* Baumgartner, *Stefano* Kaliwoda, *Monika* Pieringer, *Yvonne* Roiß, *Anita* Hofer,– teilweise bekam ich solch spannendes Feedback, dass ich richtig errötet bin – bitte verzeiht mir, falls ich jemanden vergessen habe.

Mein Dank gilt den aufmerksamen Lesern, die mir einige Fehler geschrieben haben und ein riesiges Danke auch an die Bibliotheken und Buchhandlungen, die Raena in ihr Sortiment aufgenommen haben.

Und falls jemand sich wundert, warum Torren keine eigenen Kapitel erhielt ... ich hatte damals (2016) das Gefühl, ihm nicht gerecht zu werden. Das Chaos in seinen Gedanken war mir nicht greifbar, ohne Balion versank seine geistige Welt in Chaos und Blut und Lust und ja ... weshalb er leider keinen Auftritt bekam. Er kommt in Band Drei zurück. :)

Claire
April 2025

Du bist noch hier?
Wie schön.
Ich wünsche dir alles Glück dieser Welt.